广东省第八批援藏工作队墨脱县工作组『佛墨缘』系列丛书

走向天路
援藏这三年

第一辑（上）

谢国高 著

南方日报出版社
NANFANG DAILY PRESS
中国·广州

图书在版编目（CIP）数据

走向天路：援藏这三年. 第一辑：全2册 / 谢国高著. — 广州：南方日报出版社，2018.7

（广东省第八批援藏工作队墨脱县工作组“佛墨缘”系列丛书）

ISBN 978-7-5491-1809-0

Ⅰ. ①走… Ⅱ. ①谢… Ⅲ. ①日记－作品集－中国－当代 Ⅳ. ①I267.5

中国版本图书馆CIP数据核字(2018)第078310号

ZOUXIANG TIANLU YUANZANG ZHE SANNIAN

走向天路：援藏这三年·第一辑（上）　谢国高 著

出版发行：南方日报出版社

地　　址：广州市广州大道中289号

出 版 人：周洪威

责任编辑：方　明　曹　星

责任技编：王　兰

装帧设计：邓晓童

责任校对：王　燕　裴晓倩

经　　销：全国新华书店

印　　刷：广州市尚铭印刷有限公司

开　　本：787mm×1094mm　1/16

总 印 张：42

总 字 数：725千字

版　　次：2018年7月第1版

印　　次：2018年7月第1次印刷

总 定 价：158.00元（全2册）

投稿热线：（020）83000503　读者热线：（020）83000502

网址：http://www.nfdailypress.com/

发现印装质量问题，影响阅读，请与承印厂联系调换

《广东省第八批援藏工作队墨脱县工作组“佛墨缘”系列丛书》编委会

前言

援藏是党中央国务院对西藏的特殊关怀，是相关省市、系统和央企等对西藏的特殊关心，是全国各地各族人民对西藏各族人民的深情厚意。援藏干部人才是新时代民族团结的使者、祖国统一的卫士，也是援受双方及两地联系沟通的桥梁纽带。援藏是一堆篝火，援藏干部人才在这里燃烧青春；援藏是一片热土，援藏干部人才在这里挥洒汗水；援藏是一块沃地，援藏干部人才在这里吸取营养；援藏是一抹天空，援藏干部人才在这里展翅翱翔。

2016年7月，受广东省及佛山市的委派，由谢国高、李斌、喻晓坤、邓宏照、李展健、郭振华、赖明建、雷震八位成员组成的广东省第八批援藏工作队墨脱县工作组（佛山援藏），跨越千山万水，飞越青藏高原，来到远离佛山三千多公里之外的墨脱。在粤藏两地各级党委政府、全国及广东省第八批援藏工作队、郭强总领队和许典辉领队的正确领导下，在佛山社会各界、墨脱干部群众的大力支持下，开始了为期三年的援藏工作，开始了丰富多彩的援藏实践。

墨脱，是一个美丽与危险并存，享受与忍受同在的地方。一方面，作为世界第一大峡谷的雅鲁藏布大峡谷赐予了人类最美的底图，莲花圣地、秘境墨脱让人向往，“世界雾都”“世界雨都”“世界水都”“世界生物之都”“世界气候之都”引人探秘；另一方面，作为全国最后一个通公路，唯一一个不通班车，号称“高原孤岛”，孤悬于喜玛拉雅山之南的边陲小城，地震、塌方、滑坡、泥石流、滚石、倒树、雪崩等频发的自然灾害又时刻影响甚至威胁着人们的健康与生命。

他们是一批高学历、高职称而富有情怀、富有思想和具有丰富实践经验、活跃创新能力的新时代援藏人。强烈的民族情怀、边疆情怀、高原情怀、峡谷情怀，使他们对这片土地以及这片土地上的人民、这片土地上的一切都充满了情感。活跃的思维和丰富的思想，使他们更加深入观察和思考这里的一切。他们积极主动的探索、实践、努力、付出和当地干部群众的理解、关心、支持、配合，让他们积累了丰富的素材和激发了大量的灵感。远离家乡与亲人的孤独、寂寞、思念，没有让他们在这里虚度和沉沦，而是让他们在这里历练和升华。

他们与当地干部群众一道，谱写墨脱发展的新篇章；他们与其他援友一道，谱写华丽蜕变的新华章；他们与笔杆格子一道，谱写躬身践行的新文章。工作组及所有成员、短期柔性援藏人才、工勤人员，在援藏工作、援藏生活过程中形成了丰富的文稿和资料。这些文稿和资料，是全面、系统、客观、真实地反映援藏工作和援藏生活的珍贵史料，是援藏干部人才与当地干部群众共同创造的集体智慧的结晶。为了收集、整理、保护援藏史料和传承、弘扬、创新援藏文化，工作组将工作组的相关资料、工作组成员及短期柔性援藏人才的文稿、工作组委托他人撰写的反映墨脱和援藏的文稿，统一编辑为《广东省第八批援藏工作队墨脱县工作组“佛墨缘”系列丛书》，并委托相关出版社分期分批出版发行。所有工作组成员及短期柔性援藏人才均自愿放弃首次出版的收益，出版所得全部归工作组所有并继续用于援藏事业。

序　言

只想告诉你真实的援藏

谢国高

2016年7月，受广东省及佛山市的委派，由我和李斌、喻晓坤、邓宏照、李展健、郭振华、赖明建、雷震共八位成员组成的广东省第八批援藏工作队墨脱县工作组带着广东省及佛山市的重托，带着八百万佛山人民的期盼，带着亲朋好友的祝福，怀着强烈的民族情怀、边疆情怀、高原情怀，飞上了青藏高原，越过了嘎隆拉雪山，来到孤悬于喜玛拉雅山之南的边陲小城——墨脱，开始了为期三年的援藏工作。同时开始了写作《走向天路》的计划和行动。

《走向天路》从2016年7月13日我进藏的第一天开始，每天一篇，连续编号。当天没有完成任务或者因墨脱断网等原因没发的，次日或有网的时候再补上，坚持每天一篇。以前就发觉“坚持”不容易，后来发觉“坚持”更困难。因为每天无论阴晴云雨雪雾冷暖，无论是否有空是否疲劳，都要坚持，确实不容易啊！很多次，都因为太困睡着了，半夜才又爬起来继续写，而晚上十二点后才写完的情况就经常出现。

为什么要这样坚持这么执着呢？主要就是想把这三年援藏期间的所见所闻、所作所为、所学所习、所思所想、所感所悟、所获所得比较原生态的记录下来，发表在微信朋友圈，与朋友们一起分享，同时听取大家的意见建议，加强相互之间的良性互动。

通过《走向天路》，希望告诉大家一个我眼中的、心中的、相对真实的西藏、墨脱及援藏工作。之所以说相对真实，一方面是因为事物本身丰富多彩而纷繁复杂，而自己的认识水平有限，所描述的只能说是我眼中的、心中的映像，另一方面是因为广东省第八批援藏工作队墨脱县工作组的各位成员心态阳光，态度积极，行动迅速，所以我们一般只反映积极的、正面的、阳光的，而其他不能、不宜、不需描述的就此忽略了。

我的援友们将《走向天路》戏称为《新西游记》。想想是对的，我们来的是西藏，是祖国的西南部，方位对；用的是“旅游”的心态来援藏，心态对；来的目的是学习，是取经，是历练，目标对。好吧，就让我们像“西游记”一样，好好学习，好好工作，好好生活，好好历练，好好享受这个过程。他们又将《走向天路》戏称为《新一千零一夜》。想想也对，三年一共是一千零九十五天，与一千零一差不多，而且绝大多数都是晚上写的，也基本能够对应得上。

《走向天路》，可能是迄今为止唯一完全用手指在手机屏幕上面写就的一本书，是迄今为止唯一连续全景式的记录援藏工作的一本书，是“用心、用情、用爱”演绎和诠释援藏工作的一本书。

是为序。

目录

2016年
（7—12月）

7月13日 星期三 002 走向天路1 进藏
7月14日 星期四 004 走向天路2 学习
7月15日 星期五 005 走向天路3 关怀与感恩
7月16日 星期六 006 走向天路4 送旧迎新
7月17日 星期日 008 走向天路5 巨人的肩膀
7月18日 星期一 009 走向天路6 请教
7月19日 星期二 010 走向天路7 惜别
7月20日 星期三 011 走向天路8 挺进墨脱
7月21日 星期四 012 走向天路9 扎墨公路
7月22日 星期五 014 走向天路10 莲花瓣上的城市
7月23日 星期六 016 走向天路11 仙境之城
7月24日 星期日 018 走向天路12 来墨这五天
7月25日 星期一 020 走向天路13 墨脱的桥
7月26日 星期二 021 走向天路14 潮湿的天气 潮湿的心
7月27日 星期三 022 走向天路15 客似云来
7月28日 星期四 023 走向天路16 在墨一天

7月29日 星期五 025 走向天路17 调研与考察
7月30日 星期六 026 走向天路18 发现之旅
7月31日 星期日 028 走向天路19 瀑布之乡
8月1日 星期一 032 走向天路20 天河之幺
8月2日 星期二 034 走向天路21 墨脱归来不看林
8月3日 星期三 036 走向天路22 不在身边的成长
8月4日 星期四 038 走向天路23 缺席的旅行
8月5日 星期五 040 走向天路24 接力救治珞巴少年
8月6日 星期六 044 走向天路25 来林这几天
8月7日 星期日 047 走向天路26 丢失的日记
8月8日 星期一 048 走向天路27 谋划
8月9日 星期二 050 走向天路28 为你抹去眼里的泪
8月10日 星期三 052 走向天路29 风景杀手
8月11日 星期四 054 走向天路30 空中田园
8月12日 星期五 056 走向天路31 墨脱梯田
8月13日 星期六 058 走向天路32 茶园仙境
8月14日 星期日 060 走向天路33 徒步翻越嘎隆拉
8月15日 星期一 063 走向天路34 二出林芝

8月16日 星期二 065 走向天路35 无限风光在险峰
8月17日 星期三 068 走向天路36 高山花儿美
8月18日 星期四 070 走向天路37 雪莲花开嘎隆拉
8月19日 星期五 072 走向天路38 最可爱的人
8月20日 星期六 074 走向天路39 佛墨互爱
8月21日 星期日 076 走向天路40 一周回顾
8月22日 星期一 078 走向天路41 满满的爱
8月23日 星期二 080 走向天路42 寻找鸡爪谷
8月24日 星期三 082 走向天路43 特色农产品
8月25日 星期四 084 走向天路44 墨脱石锅
8月26日 星期五 085 走向天路45 给我一双翅膀
8月27日 星期六 088 走向天路46 你知道我在等你吗
8月28日 星期日 089 走向天路47 新班子新征程
8月29日 星期一 091 走向天路48 “卫生”书记
8月30日 星期二 092 走向天路49 意想不到
8月31日 星期三 094 走向天路50 现场查看
9月1日 星期四 098 走向天路51 美酒猎枪

9月2日 星期五 100 走向天路52 没有健康就没有小康

9月3日 星期六 103 走向天路53 迈出第一步

9月4日 星期日 105 走向天路54 动物旅伴

9月5日 星期一 107 走向天路55 人在旅途

9月6日 星期二 108 走向天路56 青稞熟了

9月7日 星期三 109 走向天路57 三出林芝

9月8日 星期四 111 走向天路58 高原上的云

9月9日 星期五 113 走向天路59 雨后天晴

9月10日 星期六 115 走向天路60 天路之愁

9月11日 星期日 117 走向天路61 稻田上队旗飘

9月12日 星期一 120 走向天路62 稻子熟了

9月13日 星期二 122 走向天路63 率先启动

9月14日 星期三 125 走向天路64 让爱继续

9月15日 星期四 127 走向天路65 墨脱黑月

9月16日 星期五 129 走向天路66 大拐弯也是墨脱特产

9月17日 星期六 131 走向天路67 佛缘八仙

9月18日 星期日 133 走向天路68 佛缘宝宝

9月19日 星期一 135 走向天路69 人在囧途

9月20日 星期二 137 走向天路70 精简高效
9月21日 星期三 138 走向天路71 天路之殇
9月22日 星期四 140 走向天路72 备受鼓舞
9月23日 星期五 141 走向天路73 关键一人
9月24日 星期六 143 走向天路74 墨水墨水
9月25日 星期日 145 走向天路75 惊魂一刻
9月26日 星期一 146 走向天路76 无奈与自责
9月27日 星期二 148 走向天路77 阴暗下的神奇
9月28日 星期三 149 走向天路78 大地的伤痕
9月29日 星期四 151 走向天路79 生命援藏
9月30日 星期五 152 走向天路80 学习之旅
10月1日 星期六 154 走向天路81 高原混血儿
10月2日 星期日 155 走向天路82 牛穿白袜子
10月3日 星期一 156 走向天路83 相约春季
10月4日 星期二 158 走向天路84 回家回家
10月5日 星期三 160 走向天路85 飞在青藏高原
10月6日 星期四 162 走向天路86 雅江沙丘

10月7日 星期五 164 走向天路87 走过墨脱 天地宽
10月8日 星期六 166 走向天路88 最美墨谷
10月9日 星期日 168 走向天路89 松萝串串
10月10日 星期一 169 走向天路90 第六个区
10月11日 星期二 171 走向天路91 割草
10月12日 星期三 172 走向天路92 巩固后方
10月13日 星期四 173 走向天路93 寻求支持
10月14日 星期五 174 走向天路94 回家更累
10月15日 星期六 176 走向天路95 隐性危机
10月16日 星期日 177 走向天路96 角色定位
10月17日 星期一 178 走向天路97 援藏不虚
10月18日 星期二 180 走向天路98 啥意思嘛
10月19日 星期三 182 走向天路99 漫话西游
10月20日 星期四 184 走向天路100 波密驿站
10月21日 星期五 185 走向天路101 冰川之乡
10月22日 星期六 186 走向天路102 天险不再有
10月23日 星期日 189 走向天路103 “春”过嘎隆拉
10月24日 星期一 191 走向天路104 援嫂

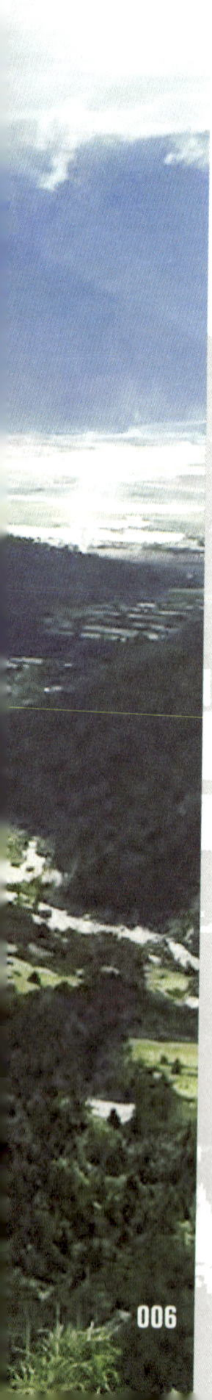

10月25日 星期二 192 走向天路105 雅江晨雾
10月26日 星期三 194 走向天路106 爱不会停
10月27日 星期四 195 走向天路107 食过返寻味
10月28日 星期五 196 走向天路108 仙境观景台
10月29日 星期六 198 走向天路109 在不在
10月30日 星期日 199 走向天路110 领导调研
10月31日 星期一 201 走向天路111 解决问题
11月1日 星期二 204 走向天路112 秋临墨脱
11月2日 星期三 205 走向天路113 感谢有你
11月3日 星期四 206 走向天路114 珞巴乐
11月4日 星期五 207 走向天路115 走出峡谷更精彩
11月5日 星期六 209 走向天路116 佛山秋色
11月6日 星期日 211 走向天路117 回乡省亲
11月7日 星期一 213 走向天路118 多看多学
11月8日 星期二 214 走向天路119 行程满满
11月9日 星期三 216 走向天路120 坑底牛
11月10日 星期四 217 走向天路121 虫占蜂巢

11月11日 星期五 219 走向天路122 援墨精神

11月12日 星期六 220 走向天路123 项目标识

11月13日 星期日 221 走向天路124 南迦巴瓦旗云飘

11月14日 星期一 223 走向天路125 市长来了

11月15日 星期二 224 走向天路126 雅江之虐

11月16日 星期三 225 走向天路127 全面联系

11月17日 星期四 226 走向天路128 再接再厉

11月18日 星期五 227 走向天路129 深入考察

11月19日 星期六 229 走向天路130 慰问困难群众

11月20日 星期日 230 走向天路131 转经也要现代化

11月21日 星期一 231 走向天路132 门珞粮仓

11月22日 星期二 232 走向天路133 冬天不冷

11月23日 星期三 233 走向天路134 紧锣密鼓

11月24日 星期四 235 走向天路135 墨脱仙境

11月25日 星期五 236 走向天路136 植物学家的幻想

11月26日 星期六 237 走向天路137 西藏的狗

11月27日 星期日 238 走向天路138 凝固的美丽

11月28日 星期一 239 走向天路139 植物之宝

11月29日 星期二 240 走向天路140 牛粪也受捧

11月30日 星期三 243 走向天路141 最早的新年

12月1日 星期四 248 走向天路142 天使回佛

12月2日 星期五 250 走向天路143 奶奶安息

12月3日 星期六 252 走向天路144 西藏水泥

12月4日 星期日 254 走向天路145 沙滩帐篷

12月5日 星期一 255 走向天路146 西藏墙头草

12月6日 星期二 257 走向天路147 藏红花不产于西藏

12月7日 星期三 259 走向天路148 青藏高原上的全地形车

12月8日 星期四 260 走向天路149 移动的石头

12月9日 星期五 262 走向天路150 高原巨人

12月10日 星期六 263 走向天路151 维修保养

12月11日 星期日 264 走向天路152 南国无冬天

12月12日 星期一 266 走向天路153 一天到墨

12月13日 星期二 268 走向天路154 不忘护路人

12月14日 星期三 270 走向天路155 过年不缺粮

12月15日 星期四 271 走向天路156 徒步下乡之开始的一天

12月16日 星期五 273 走向天路157 徒步下乡之惊险的一天

12月17日 星期六 276 走向天路158 徒步下乡之休整的一天

12月18日 星期日 277 走向天路159 徒步下乡之挺进的一天

12月19日 星期一 279 走向天路160 徒步下乡之深入的一天

12月20日 星期二 281 走向天路161 徒步下乡之返回的一天

12月21日 星期三 283 走向天路162 徒步下乡之要命的一天

12月22日 星期四 285 走向天路163 回学校去

12月23日 星期五 287 走向天路164 幸福的扬尘

12月24日 星期六 288 走向天路165 天黑前走出丛林

12月25日 星期日 290 走向天路166 踏着泥泞前进

12月26日 星期一 292 走向天路167 冒雨前行

12月27日 星期二 294 走向天路168 我们做到了

12月28日 星期三 296 走向天路169 从群众中来，到群众中去

12月29日 星期四 298 走向天路170 收拾整理

12月30日 星期五 300 走向天路171 天气冷了

12月31日 星期六 302 走向天路172 更是鼓励

2016年

7月 July

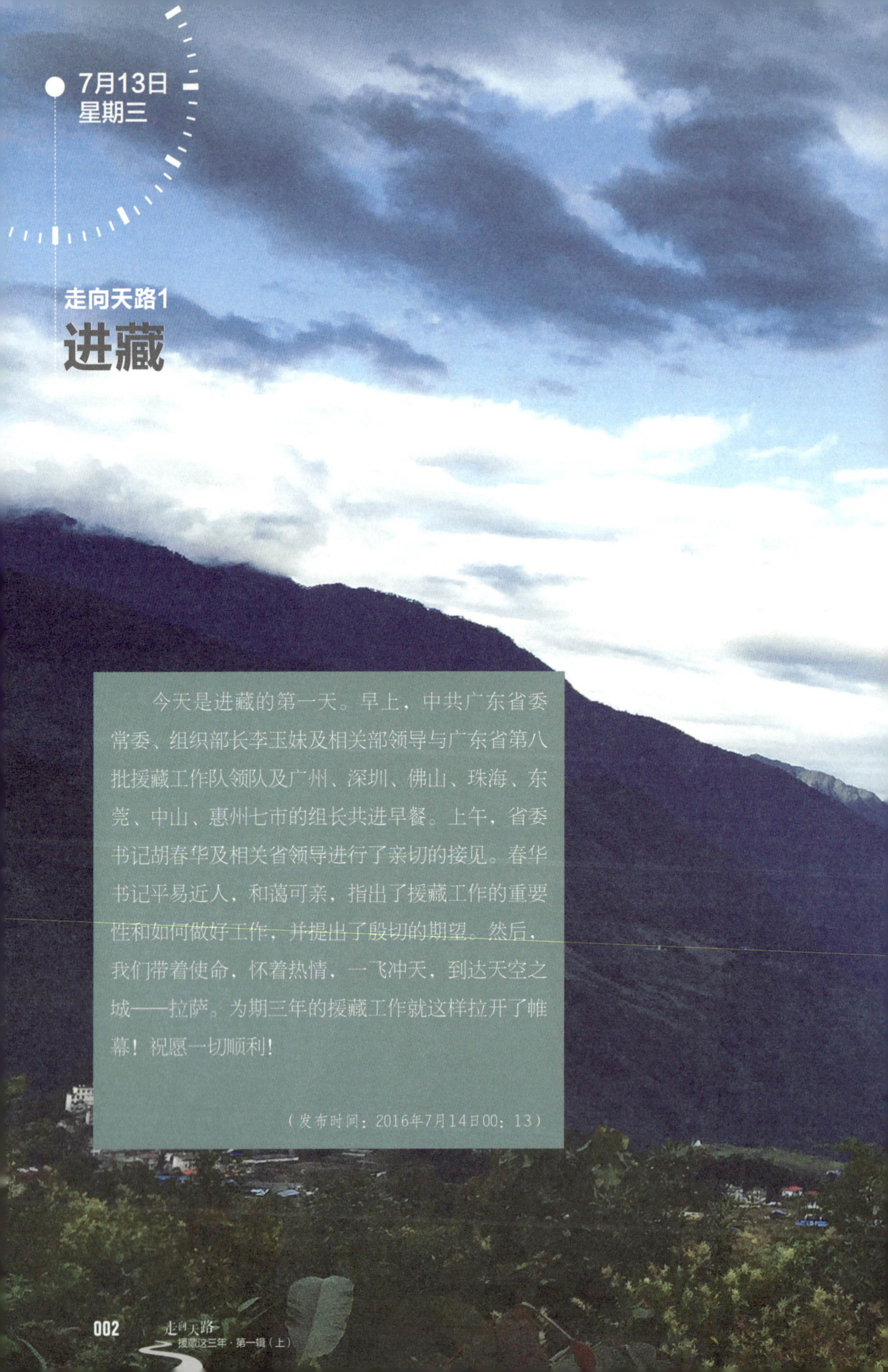

7月13日
星期三

走向天路1

进藏

今天是进藏的第一天。早上，中共广东省委常委、组织部长李玉妹及相关部领导与广东省第八批援藏工作队领队及广州、深圳、佛山、珠海、东莞、中山、惠州七市的组长共进早餐。上午，省委书记胡春华及相关省领导进行了亲切的接见。春华书记平易近人，和蔼可亲，指出了援藏工作的重要性和如何做好工作，并提出了殷切的期望。然后，我们带着使命，怀着热情，一飞冲天，到达天空之城——拉萨。为期三年的援藏工作就这样拉开了帷幕！祝愿一切顺利！

（发布时间：2016年7月14日00：13）

7月14日
星期四

走向天路2

学习

今天是进藏的第二天，主题是学习。昨晚到达拉萨后，援藏干部领队和县（区）委常务副书记就被安排住在自治区委党校学员8号楼。党校位于拉萨西郊的拉鲁湿地国家级自然保护区之滨，环境幽雅。上午没有课程，便把出发前广东省委书记胡春华及佛山市相关领导的讲话精神整理并学习了一遍。其实，在接到援藏的正式通知后，我们马不停蹄地拜访了佛山前几任援藏前辈如援藏英雄许晓珠、彭聪恩等，还有援建四川汶川水磨的相关领导，向他们虚心请教，得到了这些领导、前辈的热情接待，今天也把这些经验进行了梳理。为做好与广东省第七批援藏工作队墨脱县工作组的工作交接，就自己迷惑和想了解的问题进行了梳理，共列出了十多个方面的问题，提前发给广东省第七批援藏工作队墨脱县工作组组长李灿进行请教。下午四点，第八批援藏干部领队、县（区）委常务副书记培训班开班仪式在第二学术报告厅正式举行，吴英杰、房灵敏、曾万明等自治区相关领导出席了开班仪式，并亲切接见了第八批援藏干部领队。曾万明主持了开班仪式，吴英杰做了重要讲话。整个培训持续到7月24日，内容十分丰富。但广东省第八批援藏工作队因明天要前往林芝交接工作，不能参加后面的培训，十分可惜，只能寄望能够拿到相关教材自学。充实的一天就这样过去了。

（发布时间：2016年7月14日22：43）

7月15日
星期五

走向天路3
关怀与感恩

今天是进藏的第三天。早上七点二十分从自治区委党校出发，迎着美丽的晨曦前往拉萨贡嘎机场，九点五十五分起飞，经过四十分钟的飞行，于十点三十五分到达林芝米林机场。桑杰扎巴、蔡家华、刘业强等林芝市领导分别在机场和酒店迎接。前天我们到达拉萨贡嘎机场的时候，多吉次仁、蔡家华等市领导已经在那里等候。我们出发前，得到了佛山市相关领导的会见，更是得到了省委书记胡春华的亲切接见。欢送和迎接都简单而隆重，充分体现了广东省及佛山市、西藏自治区及林芝市领导对广东省及佛山市第八批援藏干部的关怀和厚爱！

自从援藏的消息被不同的渠道传播出去之后，之前工作对口的上级部门包括国家发改委、工信部及省经信委的相关领导，佛山市的相关领导，佛山市经信局的领导和同事，曾经挂职的顺德区相关领导和同事，各区经科局的相关领导和同事，佛山市相关行业协会和企业的负责人，之前负责招商引资工作时接触过的很多外地企业的负责人，以及众多的亲朋好友，都纷纷通过电话、短信或微信等方式表达了关心和祝福。

不少朋友提出要为我们饯行，但出于纪律和时间的考虑，只和家人进行了聚餐，其他朋友的心意只能心领了！援藏、援疆、援川（汶川）的前辈和不少朋友也十分热情地把他们的经验与朋友介绍给我。进藏这三天中，不少领导和朋友远从山南市等地前来看望，给予慰问和鼓励！

所有这些领导和亲友的关怀，既是对我个人的关心，更是对援藏工作和西藏发展的支持！每当想起这些，我就想起并有冲动想唱出那首歌——《总有你鼓励》！

（发布时间：2016年7月16日00：40）

7月16日
星期六

走向天路4

送旧迎新

林芝，藏语意为“太阳宝座”，素有“西藏江南”“雪域明珠”等美誉。今天的林芝，洋溢着节日的气氛。市区内到处都挂满了欢送广东省、福建省第七批援藏干部和欢迎广东省第八批援藏干部的标语，所有的LED显示屏也在滚动播出。

上午十点多，当广东省代表团及广东省第八批援藏干部到达博泰林芝大酒店的时候，市委书记马升昌、市长旺堆、市人大常委会主任多吉次仁、市政协主席桑杰扎巴，蔡家华、刘业强、王纯丁等市领导以及各受援单位的负责人在场迎接。广东省第八批援藏工作队墨脱县工作组除了受到市领导的迎接外，还受到了墨脱县委常务副书记旺东、常委兼组织部部长赵敬等县领导的迎接。

十一点半，在旺东常务副书记的主持下，佛山第七、第八批工作组进行了工作交接仪式。

下午三点，在市政协礼堂召开了广东省第八批援藏干部人才见面会。市领导马升昌、多吉次仁、旺堆、桑杰扎巴、蔡家华、刘业强、王纯丁、许典辉和广东省代表团团长、广东省政府副秘书长周德全出席了会议并在主席台就座。会议由市委副书记、市长旺堆主持，市委常委、组织部部长刘业强宣读了广东省第八批援藏干部人才任职决定，广东省第七批援藏工作队领队蔡家华、广东省第八批援藏工作队领队许典辉、市委书记马升昌和广东省代表团团长、广东省政府副秘书长周德全分别做了讲话。

四点半，市领导与广东省、福建省第七批援藏干部人才合影。

四点四十五分，广东省、福建省第七批援藏干部人才表彰暨欢送大会在市人大办公楼一楼礼堂举行。市领导马升昌、多吉次仁、旺堆、桑杰扎巴、蔡家华、李海波、刘业强、王纯丁出席了会议。会议由市委副书记、市长旺堆主持，市委常委、组织部部长刘业强宣读表彰决定，市领导向援藏干部人才代表颁发证书，市领导蔡家华、李海波、马升昌分别做了讲话。

广东省第七批援藏工作队在中央及广东省和西藏自治区、林芝市党委政府的正确领导下，为林芝乃至西藏的发展做出了巨大的贡献，值得我们学习和致敬！我们第八批援藏工作队将站在巨人的肩膀上，传承和发扬前辈们的优良传统作风，更加努力不懈地奋斗，做出自己应有的贡献！

（发布时间：2016年7月16日21：28）

7月17日
星期日

走向天路5

巨人的肩膀

今天是进藏的第五天，我已经不记得是几月几日，也不记得是星期几，就像过年过节一样，只记得是第几天！

上午十点，广东省第八批援藏干部人才全体会议在市委八楼会议室召开，会议由市委副秘书长肖锋主持，市委副书记、常务副市长、广东省第八批援藏工作队领队许典辉做了重要讲话，市委组织部常务副部长杨科霖通报了相关人事安排，市政府副秘书长肖锋通报了相关工作和生活安排。

中午，我的一个前辈、优秀的藏族领导干部专门从拉萨飞过来看我，让我十分感动！本来我跟他汇报，待我安顿好了就去拜访他的，结果是前辈比我更主动！

下午三点半开始一直到六点半，广东省第七批援藏工作队墨脱县工作组和广东省第八批援藏工作队墨脱县工作组深入交接交流工作。李灿书记及他的团队毫无保留地把他们的理念、作风、工作、生活经验和教训传授给我们。

蔡家华同志带领的广东省第七批援藏工作队及李灿同志带领的墨脱县工作组肩负使命、挥洒热血、团结协作、共同努力，创造了佳绩，为我们广东省第八批援藏工作队墨脱县工作组打下了坚实的基础！我们要向他们学习、向他们致敬、向他们祝福！

（发布时间：2016年7月17日23：25）

走向天路5

请教

昨天广东省第七批援藏工作队墨脱县工作组与广东省第八批援藏工作队墨脱县工作组进行了工作交接，组长李灿及其他队员详细介绍了相关工作和项目情况，并移交了相关资金和物资。但由于我们初来乍到和刚接触此工作，还有很多细节和疑惑想深入了解，于是今天便分头拉着李灿组长及其他队员继续对接交流，请教相关问题。他们都给予了耐心细致的解答，对我们帮助很大。说到感动处，他们都很动情，三年的经历已经让他们与当地的干部群众融为一体，那种难分难解的情感溢于言表！

昨天专门从拉萨过来看望我的一位藏族领导、长辈，十分热情和慈爱，对援藏工作也十分有研究。今天上午他分别从国家的大局、援藏工作、墨脱的情况和意见建议四个方面给了我十分宝贵的意见，并提供了三份宝贵的材料供我学习和参考。晚上，长辈又找我促膝长谈，教导我们工作组要端正心态和角色，向当地、向群众、向历史学习，做好援藏工作。长辈知识渊博，经历丰富，很有修养，对晚辈充满了宽容、关心和爱护。生命中有这么一个好长辈，是我的幸运，令我十分感动、感恩！

市政协主席桑杰扎巴是墨脱人，门巴族。他十分热情和蔼，专门为我们介绍了墨脱的相关情况，给了我们很好的指导意见，为我们迅速熟悉情况和开展工作提供了很大的帮助！

衷心感谢这些领导和长辈的关心和帮助！

（发布时间：2016年7月19日00：55）

7月19日
星期二

走向天路7

惜别

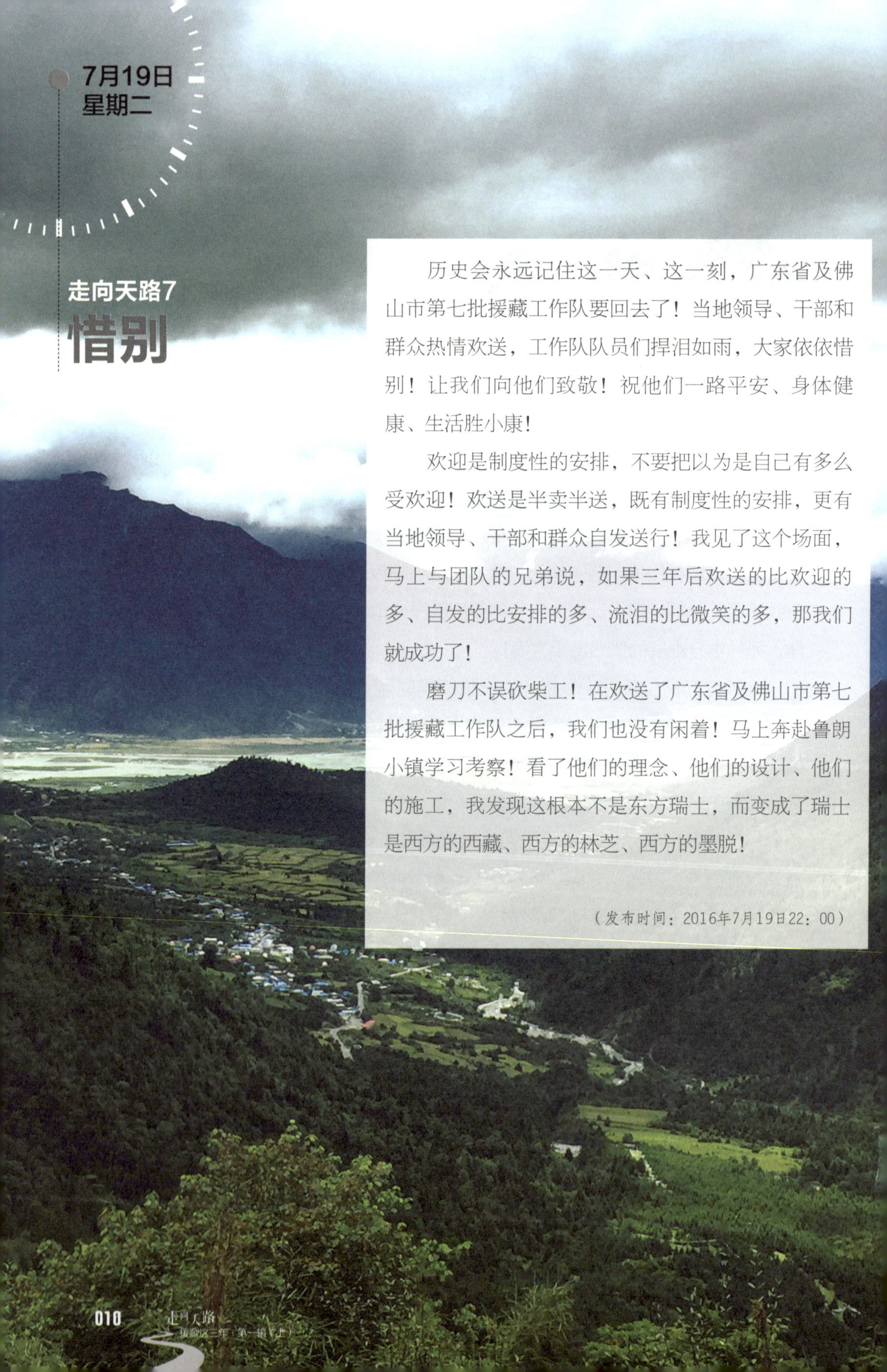

历史会永远记住这一天、这一刻，广东省及佛山市第七批援藏工作队要回去了！当地领导、干部和群众热情欢送，工作队队员们捍泪如雨，大家依依惜别！让我们向他们致敬！祝他们一路平安、身体健康、生活胜小康！

欢迎是制度性的安排，不要把以为是自己有多么受欢迎！欢送是半卖半送，既有制度性的安排，更有当地领导、干部和群众自发送行！我见了这个场面，马上与团队的兄弟说，如果三年后欢送的比欢迎的多、自发的比安排的多、流泪的比微笑的多，那我们就成功了！

磨刀不误砍柴工！在欢送了广东省及佛山市第七批援藏工作队之后，我们也没有闲着！马上奔赴鲁朗小镇学习考察！看了他们的理念、他们的设计、他们的施工，我发现这根本不是东方瑞士，而变成了瑞士是西方的西藏、西方的林芝、西方的墨脱！

（发布时间：2016年7月19日22：00）

7月20日
星期三

走向天路8
挺进墨脱

广东省第八批援藏工作队墨脱县工作组今天早上五点半起床，六点十分在酒店大堂集中。林芝市委副书记、常务副市长、广东省第八批援藏工作队领队许典辉和市委副秘书长肖锋等领导不辞劳苦起床送行，让人十分感动！七点钟在墨脱县驻八一办事处集中后，在墨脱县委常务副书记和县委常委、组织部部长赵敬等领导的陪同下，前往墨脱县。

驱车230多公里，于中午到达波密县城午餐。之前闻名于世的通麦天险成了遗迹，最近已经被隧道取代。

简单午餐后便向墨脱进发，走上闻名遐迩的“生死扎墨公路”，全长117公里。离开波密县城后便开始盘山而上，经过一段雪崩多发路段到达开通不久的海拔约3700米的嘎隆拉隧道。隧道没开通前，需要花三个多小时翻越嘎隆拉雪山，而且每年通车时间只有四个月。隧道开通后，只需要五六分钟。嘎隆拉雪山两侧是完全不同的气候，南侧受印度洋气流的影响，温暖湿润，暴雨多发，多泥石流、塌方和滚石等严重的地质灾害。

穿过嘎隆拉隧道后，迎面而来的是常年缭绕的浓雾和连续多个“之”字形的拐弯下坡路段。然后沿着金珠曲河和雅鲁藏布江前行，一路上几乎都没有见过平地，确实不适合人类居住。到处都是山高林密、坡陡谷深、路窄弯多、水急势大，道路十分崎岖艰险。沿途都是茂密的原始森林，瀑布极多，风景极美，怪不得那么多自驾游客慕名而来！

从早到晚，经过近十二个小时的长途跋涉和艰险路程，路上虽遇多处塌方、修路和堵车，但老天关照，天气很好，终于下午七点前安全抵达墨脱县！

在途中的达木乡和县政府，我们受到了热烈的欢迎，十分感谢各位领导和群众！

（发布时间：2016年7月20日23：49）

7月21日
星期四

走向天路9
扎墨公路

墨脱，我个人的理解是“水多的地方”，能把墨都洗脱。这不，现在外面正哗哗地下着大雨，已经断断续续地下了一整天。当地人说，这才是真正的墨脱，尤其是7、8、9这三个月。回想起昨天进入墨脱穿越“生死扎墨公路”时的晴朗天气，真是感慨自己的运气和人品爆发！

扎墨公路（G559）始于波密县城扎木镇，终于墨脱县城墨脱镇，全长约117公里。先后跨越波斗藏布江、金珠藏布江、西莫河等6条江河，经嘎隆寺，从隧道穿越嘎隆拉雪山，经贡日村、米日村和马迪村到达墨脱县城。

从扎木镇到嘎隆拉隧道约29公里，为雪崩多发路段。即使是夏季，两旁的山峰依然冰雪覆盖，雪崩痕迹随处可见。融雪形成的山水透过用铁笼包石做成的挡墙哗哗地喷涌而出，漫过路面形成水漫路段。

据说“雪害”是以前走过扎墨公路的人最强烈的

感受。线路途经海拔4000—5000米以上的雪山，每年只有不到3个月时间不积雪，其余时间大雪封山。雪崩无处不在，公路勘察队伍中就有4人被埋。因此，为了克服雪崩、雪害，便在嘎隆拉雪山上开挖了3.4公里长的嘎隆拉隧道。隧道纵坡要求不能超过3%，但由于嘎隆拉隧道两头的山体不对称，从隧道进口到出口海拔高度急降，坡度已超过4%，也无法完全满足安全标准。

穿过嘎隆拉隧道后，由于印度洋暖湿气流沿雅鲁藏布江北上，被高耸的雪山及冷空气阻隔后，形成可观的降水量，最大可达4000—5000毫米，远远超过东南沿海城市1600多毫米的降水量。地表水、地下水丰富，径流活动强烈，岩土体饱和，容易造成水毁、塌方、泥石流等严重地质灾害。沿途瀑布、水流冲刷着公路，很多水漫和水毁路段，过河也多选择容易重建的钢架桥。很多路段就挂在金珠藏布江和雅鲁藏布江边的悬崖绝壁上，如果不是路边有植物阻挡了视线，相信大部分的人都会吓到腿软。

但是高大险峻的山峰、湍急的河流、茂密的原始森林、众多的瀑布又使扎墨公路成为世界上最美的风景公路。

（发布时间：2016年7月21日22：55）

7月22日
星期五

走向天路10

莲花瓣上的城市

沿着雅鲁藏布江的挂壁公路前行，几乎看不到有什么地方是平的。猛然抬头一看，前面左手边的山坡上有一块坡地。台地也都说不上，确是坡地，但它已经很好了，毕竟它能够让人在上面立足，还能建立起一个小小的城镇。这就是墨脱县城。

进了县城，核心区就是李灿常务副书记援建的莲花湖和墨脱老街，古朴、优雅，让人眼前一亮，心旷神怡！不信？看照片呗！

（发布时间：2016年7月22日22：03）

热烈欢迎广东（佛山）第八批援藏队员

7月23日
星期六

走向天路11

仙境之城

墨脱县城所在的镇也叫墨脱，是全县唯一的一个镇，其他七个都还是乡。墨脱镇位于雅鲁藏布江下游江边的一个坡地上。她可能是全国最袖珍的一个县城了，甚至与内地的一个大一点的村落都没法相比。当然，她也无疑是全国最具特色、最美丽的县城！紧贴着县城的还有两个村，一个是亚东村，一个是墨脱村。这个地方有意思吧？爷爷、爸爸、儿子同名同姓！如果不是有这么两个村子拱卫着，整个县城就更加形影单薄了。全镇虽然只有几条路，但她却有一环、二环和三环。其中的商业街道只有两条，长度也只有百米左右。麻雀虽小五脏俱全，基本的生活还是能够得到满足，只不过可选择的余地很小，更谈不上质量的满足了。听说当地的群众购物很多要到远在345公里外的林芝市，也有相当多的人在网上买。可见电子商务不仅适用于城市，也适用于偏远地区。

佛山市第七批援藏工作队在县城的核心区规划建设了一

个莲花湖和一条墨脱古街，充实了整个县城的内容，使得整个县城的环境、景观和形象得到了极大的提升。湖泊倒映着古街、山峰、白云和彩霞，特别是早上和傍晚在彩色的朝霞和晚霞的映衬下显得格外的美丽，特别让人陶醉！莲花湖所在的莲花公园，也成了市民和游客观光休闲的好去处，市民晚上的锅庄舞也移到这里来举行了，好不热闹。

县委县政府就座落在县城中心的一个小山冈上，地形真的与拉萨布达拉宫所在的玛布日神山相似，莲花阁所在的小山冈对应的就是拉萨的药王山了。据说整个县城的航拍图就是莲花生大师的脚印，而县委县政府恰好在这个脚背上。所以墨脱在藏传佛教中有着特别重要的地位。从县城往四周看，都是莽莽群山环绕着，中间有一条雅鲁藏布江以及她所形成的大峡谷穿过。一天到晚，雅鲁藏布江及峡谷几乎都浮着一层厚厚的白色云雾，比县城还要低几百米，感觉白云就在脚下！所以说墨脱是一个云端之上的天空城市一点都不会夸张！四周的群山高峻耸立，长满了热带亚热带植物，葱葱郁郁，连野生的芭蕉都大面积地长在山腰上，它的大片叶子使得它从众多的绿色植物中脱颖而出。山顶和山腰几乎一天到晚都有云雾缭绕，山顶的白云就像爬在山上，与山峰连为一体了，而山腰的白云就像哈达一样，所以我戏称这里的山水天天都在热烈地欢迎我们，天天都在献哈达！

一个建立在莲花瓣上的城市、一个建立在莲花生大师脚背上的城市、一个建立在雅鲁藏布江峡谷之上的城市、一个建立在云雾缭绕之上的城市、一个建立在群山环绕之中的城市，别说中国哪怕是全球都是唯一而不是之一！这里就是传说中的仙景的存在版、现实版，可看可触摸可感知可体验！

（发布时间：2016年7月23日22：03）

7月24日
星期日

走向天路12

来墨这五天

前面光顾着介绍扎墨公路和县城，把朋友们的视线转移了。朋友们都不知道我们这几天干啥去了！我们7月20日来到墨脱，受到了当地领导、干部和群众的欢迎。饭堂晚饭之后，便到了莲花圣地公园和墨脱古街散步，然后便是洗漱休整。

7月21日上午，县里召开了佛山市第八批援藏干部人才见面会，市委组织部部务委员、市老干部局副局长卢玉祥宣布了佛山市第八批援藏干部人才的任职决定并讲话，我代表广东省第八批援藏工作队墨脱县工作组做了讲话，常务副书记旺东（主持工作）做了讲话。

随后，我和副组长、县委副书记、常务副县长李斌先后拜访了县委常务副书记旺东、县长魏长旗，向他们报到并请教、请

示。其他队员分赴安排任职的单位报到。

晚上，召开了广东省第八批援藏工作队墨脱县工作组全体会议，研究讨论了相关工作和问题。

7月21日，由于几套班子中其他班子的主要领导不在家，我们便在办公室学习了解当地的情况。下午，林芝市召开了传达学习贯彻习近平总书记关于做好当前防汛抗洪抢险救灾和东西部扶贫协作的重要讲话精神的电视电话会议。

7月22日，上午拜访了县人大常委会主任遵珠，同时继续学习相关资料；中午拟订了相关调研安排；下午便前往政法系统调研，包括县法院、检察院、公安局、司法局、消防大队、武警中队，并参加了县理论中心组学习。

7月23日，星期六。上午把进墨以来的衣服洗了，把内务整理一下。下午，参加林芝市委理论学习中心组学习会（电视电话会议）。一天就这么过去了。

7月24日，星期天。上午去看望慰问了两个患病的干部家属，一个是汉族的，一个是门巴族的。下午天气有点放晴，便在县城兜了一下，以便对整个县城有个初步的了解。随后去了德兴乡考察墨脱德兴竹藤编织加工专业合作社。

（发布时间：2016年7月24日21：50）

7月25日
星期一

走向天路13

墨脱的桥

墨脱作为全球降水量最大的地区之一，河流发育十分旺盛。再加上落差之大，水流极其湍急！在墨脱的河流中，使用船舶过渡是不敢想象的事！高山雪峰阻挡，大河急流隔断，如何才能进行不同地区的交流与沟通？这些巨大的困难没有吓倒这里的门巴、珞巴等各族人民，他们以自己的勇气和智慧创造了中国乃至世界桥梁史上的奇迹！

他们利用当地盛产白藤的资源优势，先后创造了藤索桥和藤网桥等桥梁奇迹。藤索桥是用白藤连接成所需要的长度，拴在两岸，用一个藤做的圆圈套在过江藤条上，溜向对岸。藤网桥是一种略呈管状的悬空网桥，整座桥用藤条建造，远比藤索桥安全可靠，但面对咆吼翻滚的河水，特别是遇到风雨时桥身摇摆晃荡，也甚是惊险。藤网桥体现了门巴、珞巴族人民的超凡勇气和聪明才智。但因架设难度大，且要经常维修，因此在墨脱县已为数不多。藤网桥是墨脱独具特色的交通工具，因此1996年墨脱县藤网桥被列为自治区级重点文物保护单位。

现在，随着国家及对口支援地区加大了对墨脱交通基础设施建设的投入，不少已经改成了较为稳固的吊索桥。同时，由于水毁严重，不少地方架设的都是钢架桥，冲了架，架了冲，循环往复。不管是什么桥，桥面依然十分狭窄，仅容一辆车单向通行。

在墨脱，不仅路漫漫，桥也漫漫！

（发布时间：2016年7月25日21：53）

7月26日
星期二

走向天路14

潮湿的天气潮湿的心

不经意间一看，挂在墙角的拖把上打了很多“结”。走近细看，才猛然发现原来是长满了蘑菇！这也太神奇了吧！

是的，墨脱的气候就是这样子。温暖湿润是墨脱的突出气候特征。这里属于热带雨林向亚热带气候过渡区，雨量充沛，年平均降水量2000—3000毫米，年降水天数200天左右。特别是7、8、9三个月，几乎没有一天不下雨。老天爷就像患了严重的前列腺炎，总是尿不尽，尿不尽啊！我们来墨脱那么多天了，除了来那天是晴天，后来只有两个小半天是放晴的。

外出打伞基本是标配。当然，很多时候雨也不是十分大，距离不远也可以冒雨跑一下，但头和身体就会有湿湿的感觉。回到室内，到处都充满了一种不同程度的霉味。我的空调是装在客厅的，卧室没有空调，只好网购了一台抽湿机。衣服是不可能“晒”干了，幸亏我有预见性，带了个电吹风。毛巾更是没有晾干的时候，几天过后便长满了斑点，洗脸时能明显闻到一股浓浓的霉味。要穿的衣服还是要再吹一下才会干爽一点。洗完澡的身体也难以抹干，只能用电吹风对着各个部位吹一番，然后赶紧穿上睡衣。这里虽然气温适宜，但也不敢光着屁股乱跑，因为害怕得风湿病。

潮湿的天气给我们带来不便的同时，也让这里的万物疯长，造就了别的地方难以复制的生物多样性。

（发布时间：2016年7月26日23：37）

7月27日
星期三

走向天路15

客似云来

昨晚嘲笑了老天爷得前列腺炎，被他老人家听到了，气坏了，不服气了！结果他连夜吃了些藏药，今天间歇性地好了，这是入墨以来唯一的一个晴天！

之前介绍过我们墨脱的一些领导、干部和群众，今天介绍一下我们的另一拨朋友。它们来自自然，回归自然，纯属原生态的朋友！它们有蚊子、飞蛾、蝴蝶、蝉、蚂蚁、屎壳郎、油壳虫……唯独到现在为止还没见到蟑螂先生来报到！它们都十分热情，全部都是主动登门拜访，如果没有纱门纱窗，它们会毫不客气地鱼贯而入！幸亏我们弄了纱门纱窗，它们才学会了礼貌，想进来，还是要敲敲门吧！但还是有些不法分子，趁我们进门的时候混进来了！对这些没有危害的不法分子，我们依法不能打击！因为当地的老百姓都有不杀生的传统！我只好搬出一句话：我不能陪你长大，但我可以陪你老去！你看，它们都终老在我的房间，还要让我把它们埋葬！

还有我们的“宣传部长”——蝉！它们一天到晚地鸣叫，一个比一个厉害，不辞劳苦，声嘶力竭。这里中午是十二点半下班，下午三点半上班，除去吃饭的半小时，还有两个半小时，本来可以好好睡一觉的，结果才半小时就被它们弄起来了！看来在这里不勤快可不行哪！

但是就是这么一帮朋友，让我们不孤独、不寂寞、不无聊！最可爱的“人”呀，在墨脱还真少不了它们！

（发布时间：2016年7月27日22：53）

7月28日
星期四

走向天路16

在墨一天

很多领导、同事和亲戚朋友都关心我们在墨脱的工作、生活怎么样！我给各位亲介绍一下：我调的闹钟是每天早上七点半，但是总有人比它更勤奋——蝉！我连续观察了好几天，它们一般在早上六点半就开始大鸣大放，但就是没有大字报！这个闹钟可比手机闹钟响亮多了，以至于手机闹钟都成了多余的摆设。好吧，七点半不行就提前到六点半起床啦！真是的！起来了也没啥事干，刮胡须，刷牙，洗脸，再看看资料或者书。等到八点半就去机关饭堂吃早餐。这里人力资源稀缺，机关饭堂就没几个人，所以做不了早餐，早餐都是从外面打包进来的。县领导在机关饭堂一起吃早餐，顺便交流一下工作。援藏工作队其他队员在工作队饭堂吃，早餐也是从外面打包送来或者自己做的。其他干部职工要么就在家里吃，要么就在外面各显神通。

这里上午上班时间是九点，各自就忙乎去了。中午是十二点半下班，不回家的和没外出的干部职工就在机关饭堂吃，顺便聊天或谈工作。下午是三点半上班，中间除去吃饭的约半小时还约有两个半小时的休息时间。可是，这里盛产的男女高音民族歌唱家——蝉，中午唱得更欢，而且是男女组合多重唱！也许是一种错觉，上班的时候埋头苦干没有注意到罢了。但这种音乐会只能让我睡半小时就再也睡不着了。我只好起来刷牙洗脸，然后把前一天换下来的衣服洗了。由于T恤衫机洗容易坏，干脆就全部手洗。剩下的时间继续看资料或者书。

下午三点半上班，直到下午六点半下班，在机关饭堂吃饭，有工作聊工作，没工作就聊天，天南海北，无所不谈。晚饭后各自活动，回家的回家，散步的散步，有别的事情的就忙自己的事情。

大概六点半左右，那些男女高音民族歌唱家就逐渐休息了。接下来就是各种虫鸣蛙叫鸟啼，一直伴随着我们到天亮。

这就是我们在墨脱的一天的标准版。

周末两天县领导可以继续在机关饭堂吃饭，但听说也是有一顿没一顿的，停电了、停水了都没得吃。援藏工作队只好自己搞了一个小饭堂，它只在周末开启，各位队员聚在一起也好将一个星期以来的情况进行沟通。当队员中有人生日或者家里有喜事，以及重要的节假日，我们也会加一两个菜，简单而不失隆重地庆祝一下，从而加深沟通交流和友谊，其乐融融。

当地的条件虽然艰苦，但给我们配备的生活条件还是蛮不错的。一房一厅一卫一阳台，客厅有沙发、茶几、电视机、空调、冰箱等配置，房间有床褥蚊帐、衣柜、写字台等设施，洗手间有热水器、坐厕、洗手台等设备，阳台有洗衣机、晾衣架等用具，门窗都安装了纱门纱窗。所以尽管在家时“客似云来”（各种虫子），特别是晚上亮了灯光，甚至还有不速之客混进来了，我们还是生活得很阳光、惬意！

（发布时间：2016年7月28日22：49）

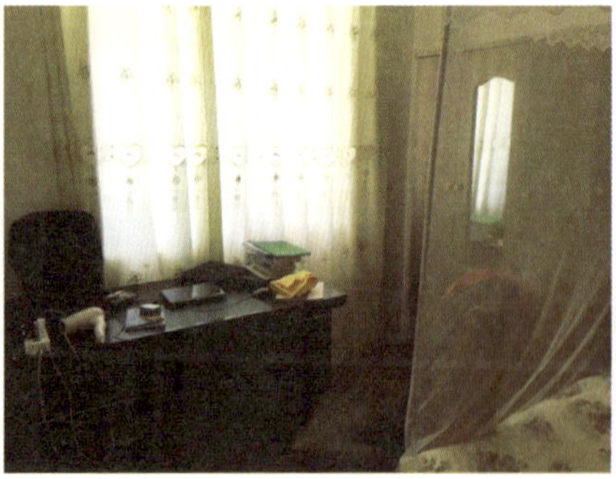

7月29日
星期五

走向天路17

调研与考察

墨脱县第八批援藏项目计划表是佛山市第七批援藏工作队帮我们拟订的，为我们开展工作提供和打下了很好的前提和基础，在此表示衷心的感谢！进入墨脱后，我们以最快的速度拜访了墨脱县几套班子主要领导，听取他们的意见和建议，并以援藏项目为主线，马上拟订了调研计划和考察安排。由于墨脱的特殊情况，出于安全考虑，相关领导和部门都建议我们暂时先不下乡调研，待雨季过后再去。因此，我们把调研的重点放在县各部门，连续用了三天半的时间开展调研座谈，使我们对各部门各战线的情况有了初步的了解。与此同时，围绕着援藏项目，我们同步开展了密集的实地考察。由于当前正值雨季，为避免塌方、泥石流和滚石等自然灾害的威胁，考察也主要集中在县城及附近的德兴、背崩这两个乡。在县城，大家除了在工作时间进行实地考察外，对于一些重要的节点、细部，还利用休息时间反复查看、讨论和研究。在德兴乡，我们利用周末时间重点考察了墨脱竹藤编织加工专业合作社，研究如何保护和弘扬当地的门巴、珞巴民族传统工艺，通过专业合作社培育促进龙头企业发展。在背崩乡，我们重点考察了茶叶的种植和发展，研究如何进一步扩大规模、提升品质和品牌、建立销售网络；还考察了中国华能亚让水电站等基础设施。实地考察解决了我们的一些疑惑，我们对援藏项目的选择有了更清晰的认识。

下乡的道路弯多、路窄、坡陡，塌方、泥石流和滚石几乎随处可见。蚊叮虫咬也是很正常的事，这里的蚊虫叮咬的时候还没发觉，血就已经流出来了，而且还会红肿发痒。但这些都没有消减队员们的冲劲和热情。明天，我和另外两位队员将再次穿越扎墨公路前往林芝，为了提高效率将同步实地考察公路沿线的拟建项目。

（发布时间：2016年7月29日23：01）

7月30日
星期六

走向天路18

发现之旅

原本我和另外两位队员邓宏照、李展健今天要到林芝，并顺便实地考察扎墨公路沿线拟建项目。结果昨晚哗啦哗啦地下起了雨，李斌副组长及其他队员都关切地问是否要推迟，我说看看今天的天气再说吧。结果今天起来，雨已停了，又是一个难得的晴好天气。在队友们的关心和支持下，真是人品大爆发啊！早餐过后，九点钟如期出发，李斌副组长等前来送行，送上祝福！县发改委王斌主任和白马副主任陪同。

我们第一站先来到达木珞巴民族乡，考察研究该乡卫生院的搬迁重建问题，并考察了达木村小康生态示范村和达木乡小学。

第二站来到扎墨公路80公里处，也是达木乡贡日村小康生态示范村所在地，陪同旺东常务副书记和魏长旗县长等考察了旅游小集镇建设。该处在扎墨公路全线贯通之前是进墨人员和物资的中转站。由于当时嘎隆拉隧道还没打通，人们从波密县进来，必须翻越嘎隆拉雪山，得多花三个多小时，而且80公里处与县城的公路还没贯通，到80

公里处必须住上一晚。翻越嘎隆拉雪山的公路每年只有夏季不到四个月的通车时间，进墨物资必须抢在这个时间段运进来，但到了80公里处再到县城就没有公路了，而且这段路正值雨季，必须等到冬天了才能运进县城来。回想当年，人员和物资进出墨脱多么艰辛！现在嘎隆拉隧道和80公里至县城的公路都通了，正常情况下从波密到墨脱三个多小时即可，人员和物资都不需要在这里中转，有些商户就搬走了，如何保持它的繁荣就成了一个问题。第七批援藏工作队在此建设了游客服务中心，接下来要研究如何完善配套设施。

第三站来到扎墨公路52公里处，即仓秀措景区。第七批援藏工作队已分别从左右两个方向修了观光栈道，但还没有形成合围，需要进一步加以完善。

然后往波密方向继续前进，在快到嘎隆拉隧道之前的地方，当地正在修建游客服务中心。发现公路两旁的坡地上长满了黄色的花，我们便将这一片命名为“嘎隆拉花海”。

到达波密已是傍晚，如果再赶到林芝还要六个小时左右，只好在波密住一晚，顺便与驻波密工作队交流请教。晚上在河边散步，发现了一座山酷似女性卧佛，我们便姑且将它命名为“波密卧佛”。

真没想到，今天除了碰到好天气，还有了新发现。此谓天道酬勤也。

（发布时间：2016年7月30日23：34）

7月31日
星期日

走向天路19

瀑布之乡

墨脱，是西藏自治区林芝市的一个县，在西藏自治区的东南部，喜马拉雅山—岗日嘎布山脉的南部，雅鲁藏布江下游，与印度毗邻。

墨脱藏语意为“花朵”，在藏传佛教经中称为“博隅白马岗”，意为“隐秘的莲花”。据说全域地形极像女神吉帕姆的仰卧图，又说这里是金刚亥姆多吉帕姆用身躯幻化出来的，故被佛教徒视为佛教圣地。

相传9世纪时，吐蕃赞普赤松德赞请莲花生大师遍访仙山圣地，到这里发现此处如一朵盛开的白莲花，很有圣地之象，遂自此修行宏法，并取名为“白马岗”。《甘珠尔》经中称“佛之净土白马岗圣地之中最殊胜”。

墨脱是全球降水量最大的地区之一。印度洋的暖湿气流北上遇到喜马拉雅山脉的阻挡，形成十分充沛的降水。墨脱年平均降水量2000—3000毫米，南部最大降水可达5000毫米，年降水天数200天左右。

墨脱北部的喜马拉雅山脉和岗日嘎布山脉雪山冰川众多，积雪融化也形成了丰富的地表水和地下水。

墨脱全境号称九山半水半分田，群山环绕，高峰耸立，山高、坡陡、沟窄、谷深是其显著特点，几乎找不到一块平地，相对较缓的坡地少之又少。

由于前述的三个特点，使墨脱的瀑布发育十分丰富，出现了数量众多的瀑布。暂时还没有人数得清这里的瀑布有多少、有多长。据我估计应该在万条以上，所以将墨脱称之为“万瀑之乡”或者“瀑布之乡”一点都不为过。

这里的瀑布全然不是个生的，而是群生的！每条沟谷两旁的山峰、山坡、山沟，那些瀑布要么爬在山峰和山坡上，要么挂在峭壁和断崖上，要么藏在森林和树丛中，要么夹在溪流和江河中，各种形态应有尽有。

扎墨公路全长117公里，自嘎隆拉隧道出口至县城，较大较长较显眼的瀑布就有20条左右，平均每5公里就有1条。其他规模小的我们都戏称之为“尿布”，完全可以忽略不计。各乡村的瀑布也是星罗棋布，数不胜数。在墨脱，除了开门见山还可以随时开门见瀑布。

瀑布的形态给人美感，瀑布的壮观给人震撼，瀑布的飞花给人清爽。每当我看到她，就想张开双臂拥抱她，就想用我的脸庞亲吻她，更想投入她的怀抱中……你想和瀑布有个约会吗？请来墨脱吧！

（发布时间：2016年7月31日23：17）

走向天路

援藏这三年·第一辑（上）

2016年

8月 August

走向天路20

天河之幺

雅鲁藏布江——世界上海拔最高的河流，源头海拔5345米，河床一般高程在海拔3000米以上；世界上落差最大的河流，总落差5435米；世界上最长的高原河流，全长2104公里，其中西藏境内2057公里；世界上最深、最长的大峡谷；世界上最大的三角洲（恒河三角洲）。因此，雅鲁藏布江是世界上最名符其实、当之无愧的“天河”。

雅鲁藏布江位于西藏自治区境内，发源于喜马拉雅山北麓的杰马央宗冰川，上游称为马泉河，由西向东横贯西藏南部，绕过喜马拉雅山脉最东端的南迦巴瓦峰转向南流，形成了著名的雅鲁藏布江大拐弯，自此各种大小不一的大拐弯接踵而来，连绵不断，较为有名的有果果塘大拐弯。雅鲁藏布江也由此进入了一个高山峡谷地带，名为雅鲁藏布江大峡谷。从南迦巴瓦峰（海拔7782米）到巴昔卡村（海拔115米）的雅鲁藏布江水面垂直高差达到7667米，为世界上最深最长的大峡谷。

雅鲁藏布大峡谷的主体在墨脱县境内。墨脱既是雅鲁藏布江在我国境内流经的最后的一个县，也是林芝市排名最后的一个县。排名最末为之幺，所以墨脱为雅鲁藏布江之幺。广东有句话叫做“拉仔拉心肝”，意即最小的儿子是父母最心肝宝贝的！墨脱也不例外，雅鲁藏布江最精华的河段都在墨脱

境内。除了连续不断的大峡谷、大拐弯，还有全国唯一具有从热带到寒带的垂直气候和植被，全国唯一的极少数民族门巴族、珞巴族的聚居地区。“隐秘的莲花”就隐藏在雅鲁藏布江的下游，她静静地等待着你的到来、探秘、发现和体验！

今天是“八一建军节”，让我们祝各位最可爱的人节日快乐！让我们向他们致敬！墨脱地处祖国西南边陲，还有大片土地尚被印度非法占领，祖国和人民需要你们！当你们把印度非法占领的藏南地区收回来的时候，雅鲁藏布江还会再生长，墨脱这个小幺还会再长大！

今天也是台风“妮妲”袭扰我的家乡——广东的时候，让我们共同祈祷家乡人民平安健康！

（发布时间：2016年8月1日22：53）

走向天路21

墨脱归来不看林

前两天连续介绍了墨脱的水，从高到低，从瀑布到河流。今天，让我们来看看墨脱的水和土滋养出来的绿宝贝吧！

墨脱不仅是西藏海拔最低的地方（平均海拔1200米），更是世界上海拔垂直高差最大的地方（从县境北部的南迦巴瓦峰海拔7782米到南部的巴昔卡村海拔115米，垂直高差达到7667米）。墨脱成为了西藏海拔最低、气候最温和、雨量最充沛、环境最优美、生态最完好的地方。

特殊的地理环境造就了独一无二的墨脱。墨脱以区区一县即拥有了全世界从热带到寒带的全部气候和植被类型。由于当地门巴族、珞巴族的保护以及交通不便运输不畅，当地的森林基本上没有遭到破坏，使墨脱拥有了全国最大的原始森林。据说，墨脱境内仅高等植物就有3000多种，竹类植物有10多种，野生兰科植物80多种。生长着樟木、楠木、乌木、铁木、红豆杉和有"天然活化石"之称的桫椤等80多种国家级重点保护珍稀植物。

因此，墨脱被誉为"西藏的西双版纳""世界垂直气候类型大百科""世界植被类型天然博物馆""世界动植物博物馆""世界生物的基因库"等。墨脱全域为雅鲁藏布大峡谷国家级自然保护区，并且完全有条件全域申报成为"墨脱国家级风景名胜区""墨脱国家森林公园""联合国生物圈保护区""世界自然与文化遗产"等。一座座"金矿"等着我们去发现和挖掘。

从波密进入墨脱，从嘎隆拉隧道至县城，一路急剧下坡。沿路先是冰川雪山，一毛不长，然后是苔鲜地衣、高山草甸，再到灌木、乔木，针叶林、针阔叶混交林、阔叶林。植被由无到有、由少到多、由细到粗、由矮到高，叶子由小到大。在三个多小时的时间内便可领略到从高山寒带到热带雨林的千姿百态、丰富多彩的自然景观。这是一条从荒漠到绿色的希望之路！

相反，从墨脱出来波密，从县城至嘎隆拉隧道，一路急剧上升。海拔越来越高，空气越来越稀薄，呼吸越来越急促，植被也由绿色到荒漠。这是一条回忆之路！所以凡是到过墨脱的人，在离开的时候都会心情惆怅，依依不舍！

在低海拔的热带雨林中，各种树木密密麻麻，清一色的都是绿，由于要适应雨水过多的环境，很少有抢眼的花朵，远远望去很难分辨出是什么树种。只有野芭蕉是个例外，它以自己的大叶片在清一色的绿中脱颖而出，远远便能分辨。

在海拔稍高的针叶林中，云杉是主要的树种。一片片，一排排，黝黑的颜色和挺拔的身姿分外抢眼。而且由于古老原始而沧桑，树梢多已枯竭死，树干和树枝上挂满了寄生的松萝。我觉得比其他地方的云杉林更有韵味、更耐看。

到过墨脱之后，中国所有的森林类型都已经看过了，而且更原始更神秘更壮观，你还会对其他所谓的森林（其实更多的是树林而已）感兴趣吗？我相信你一定会有“墨脱归来不看林”的感觉吧！

（发布时间：2016年8月2日19：48）

8月3日
星期三

走向天路22

不在身边的成长

今天是儿子十一岁生日，爸爸在西藏自治区林芝市遥祝你生日快乐、幸福安康！扎西德勒！

前十年的生日，都是爸爸妈妈和你一起过的。今年因为爸爸根据组织的安排参加了援藏，就不能陪你了，希望你开心快乐！

回想你和妈妈得知我真的要远赴西藏工作的那天晚上，你伤心难过得哭了，眼泪哗哗地流到了饭碗里，连晚饭都吃不下，还吐了出来！爸爸其实也十分难过！

本来每年的暑假都是我们一家三口和朋友们出去旅游的时光。今年的旅游定在了7月8—18日，可是爸爸13日就要进藏，没有办法陪你和妈妈。当8日我送你和妈妈上车去机场的时候，你又是哭了几轮，让我好心疼哦！

结果你和妈妈10日到了玛曲县就出现了高原反应，11日到了久治县的时候更加强烈。爸爸好焦急，赶紧找了青海的朋友连夜送氧气给你们，并且帮忙联系了车于12日送你们回成都。

本来妈妈想连夜从成都坐飞机回来送我，但我考虑到你们高原反应还没完全消退，而且连续坐了

十几个小时的车，太疲倦了，所以建议你们在成都休整几天。而且你也不想回来送我，你说不想分别时又大哭一场！

爸爸到了西藏，妈妈还是很不适应，你显得格外的坚强和勇敢，还会开导妈妈。脾气也不怎么发了，而且还会帮忙做家务。学习也更加自觉和认真。

这个星期你去参加夏令营，妈妈送你上车以后你就把窗帘拉上了，估计你是不忍与妈妈分别，而且在车上肯定又大哭了一番。由此可见你与爸爸妈妈的感情！你每天早中晚至少打三次电话给妈妈，真是太懂事太孝顺了！就是很少打电话给爸爸，让我很是吃醋和失落呢！

爸爸不在身边的日子，你成长、成熟起来了！爸爸很欣慰！邦邦，你真的很棒！

（发布时间：2016年8月3日21：37）

8月4日
星期四

走向天路23

缺席的旅行

孩子上幼儿园的那几年里，他连一次郊游都没有参加过。因为幼儿园的郊游需要父母陪同，而当时我们夫妻俩的工作都很忙，这一拖就是四年，从小小班到大班，所以总觉得亏欠了他。

2011年，待到孩子幼儿园毕业，我们终于下定决心，不管再怎么困难，每年暑假都带他出去旅行一次。每年的暑假总是那么愉快，孩子也经受了历练，增长了见识，提高了适应社会的能力。所以我认为学历、经历、游历“三历”都十分重要。

每一年的暑假旅行结束后，大人和小孩子们都意犹未尽，总是期待着下一年夏季的到来。我们的旅行微信群也叫“相约夏季”。今年也不例外，大家早早就策划好了路线，并预订了机票、车辆和酒店。

大家把时间定在了7月8—18日，正当大家满怀期待准备出发的时候，一个通知打破了原有的计划。我因13日要进藏工作，时间上冲突，已不能按计划参与，只好让其他人继续进行下去。

老婆和孩子见我不能参与，本来是不愿意继续前往的。特别是孩子，他有什么活动都要一家三口一起参与，家庭意识很浓。可为了不浪费三个人的机票，我还是鼓励他们俩随大家一起前往。他们在依依不舍中出发了。

但他们一路上心情都不好，再加上舟车劳顿和海拔较高，第三天到达玛曲时就出现了严重的高原反应，第四天到达久治时进一步加剧。幸得青海当地的朋友相助，除了送氧气外还联系车辆把他们于次日送回了成都。

就这样，我缺席了，他们俩也中止了今年暑假的旅行。见到朋友们在微信群和朋友圈中发的照片以及体会，真是羡慕嫉妒恨呀！直到现在，朋友们都还活跃在微信群上。

但是，缺席了这个旅行，让我获得了另一个特殊的机会和经历。它让我弥补并延长和丰富了这次缺席的旅行，并将让我终生受益和难忘。我的孩子也因此而成长和成熟，又让我获得了意外的收获。

不因生活中的一个变动而彷徨，而因生命中的每一个经历而感动、感激、感恩！

（发布时间：2016年8月5日00：29）

8月5日
星期五

走向天路24

接力救治珞巴少年

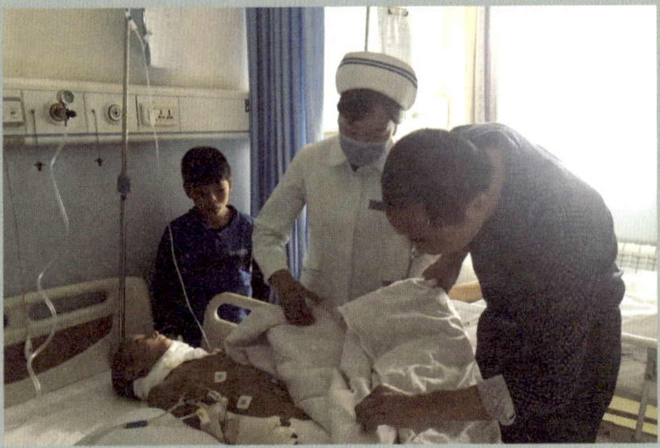

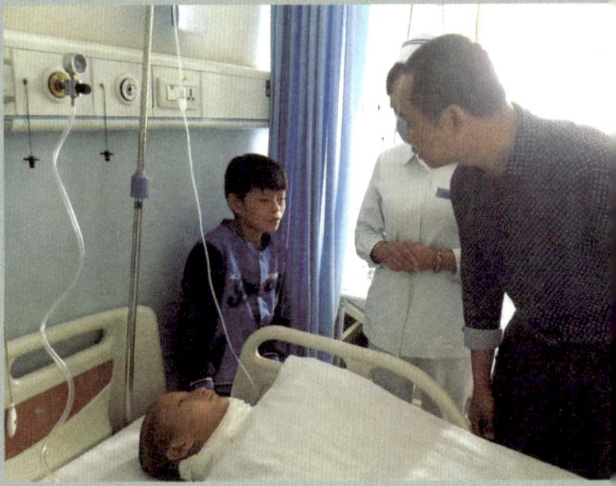

7月31日，是个星期天。仙境般的墨脱县城一如往常般静谧安详，人们都在享受周末最后美好的时光。下午四点，从手术台下来的雷主任刚回到宿舍休息，就接到年轻外科医师次仁顿珠的电话，医院收治了一名从加热萨乡转入的被高压电严重击伤的珞巴族少年白马次仁，才十一岁。顾不上疲惫，雷主任冲出宿舍，三分钟后赶到墨脱县卫生服务中心急诊科。在急诊科的病床上躺着一个小男孩，面色苍白，右手腕、掌指关节、左颈部大面积电烧伤。小男孩生命垂危！“抗休克！抗炎！碱化尿液！护心肌……”雷主任沉稳地发出一个又一个治疗指令。一小时过后，小男孩的面色开始渐渐红润，他的使命终于保住了！

但是患者大面积的皮肤软组织电烧伤，以墨脱目前的医疗条件根本无力进一步处理。“组团式”医疗发挥了重要的作用！病情就是命令，时间就是生命！早一刻钟转院到林芝市人民医院，患者就能得到更好的救治。

在紧急施救的同时，雷主任马上向广东省第八批援藏工作队墨脱县工作组组长、墨脱县委常务副书记谢国高，副组长、墨脱县委副书记、常务副县长李斌报

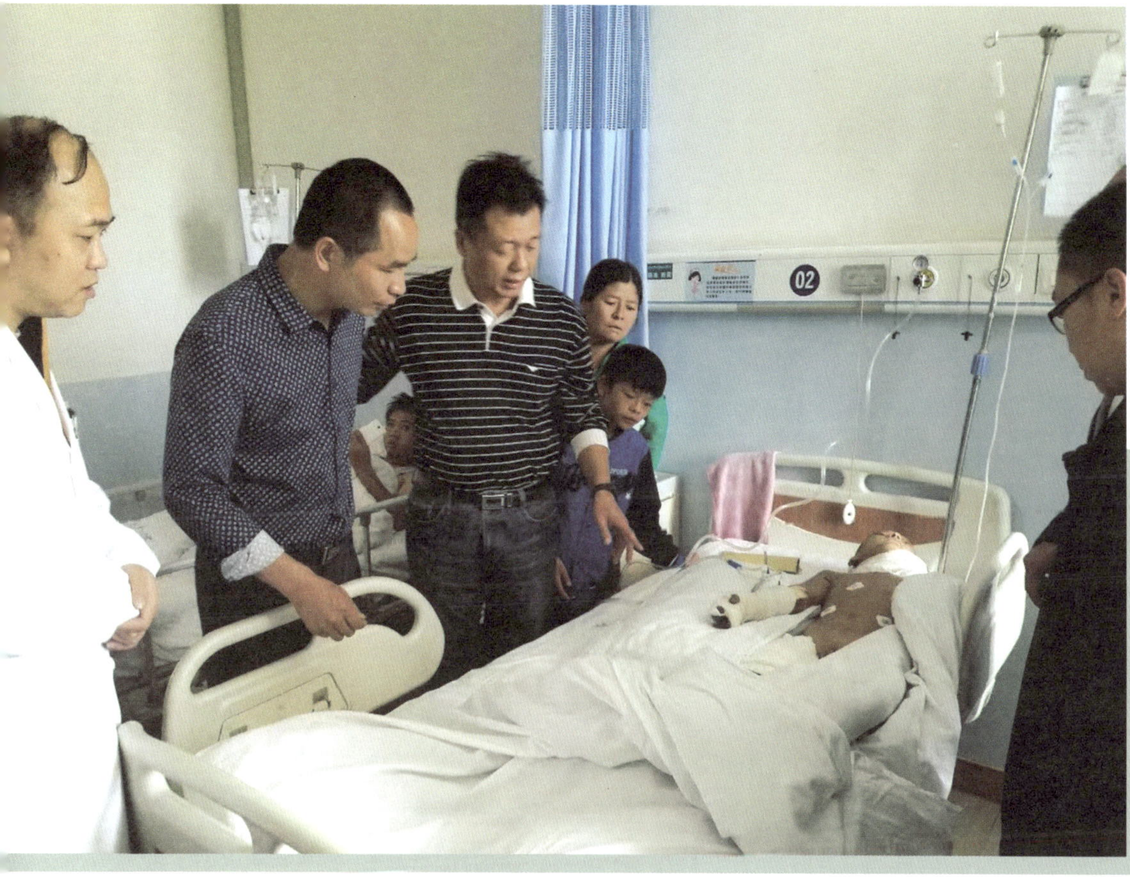

告了情况。谢国高、李斌马上向主持工作的墨脱县委常务副书记旺东、县长魏长旗做了汇报。几位县领导都十分重视，高度关注，指示全力救治。谢国高等领导还亲自与广东省援藏医疗队、林芝市人民医院等相关单位沟通，请求全力以赴救治珞巴族少年。

雷主任按照谢国高常务副书记等领导的指示，紧急电联远在250公里之外的广东省援藏医疗队队长、林芝人民医院副院长杨磊，杨磊副院长表示大力支持，建议在小孩生命体征平稳的情况下迅速转林芝继续治疗。

墨脱到林芝直线距离只不过百公里，但从墨脱到林芝，实际道路到处是悬崖峭壁，飞石塌方，路途之艰险，不亚于蜀道之“难于上青天”，危险程度之大号称“生死扎墨公路”。如何将患者及时安全地送到林芝，成为一大难题。雷主任仔细考虑一番之后，决定从墨脱到林芝分两段走，下午六点出发预计晚上十一点抵达波密卫生服务中心，休整八小时后第二天清晨立即从波密出发再到林芝。

考虑周全后，雷主任又联系了波密卫生服务中心的同行，一一交代了患者的病情及须预先做好的准备。联系好车辆后已经是下午六点，扎墨公路已经封路。雷主任又找到县公安局的领导，开好路条，指派了一名有经验的急诊科医生一路护送。四个半小时后患者顺利抵达波密。经过波密的同行检查后确认患者生命体征暂时平稳。此时夜已深沉。考虑从波密到林芝有段路因泥石流已经堵了将近十小时，深夜雷主任还在与林芝路政联系确定明天的路程是否畅通。第二天在林芝人民医院急诊科的罗朝汉医生帮助下患者顺利入住外科，并得到了广东省援藏医疗队和林芝市人民医院的精心救治。

得知患者家庭贫困，无力支付医疗费用，随时准备中断治疗。广东省第八批援藏工作队墨脱县工作组在谢国高、李斌的带领下，在“轻松筹”上发起捐款，为患者家庭筹措善款，以解患者家庭的燃眉之急和后顾之忧。

8月4日，患者成功接受了第一次手术，病情相对稳定。得知病情稳定后，谢

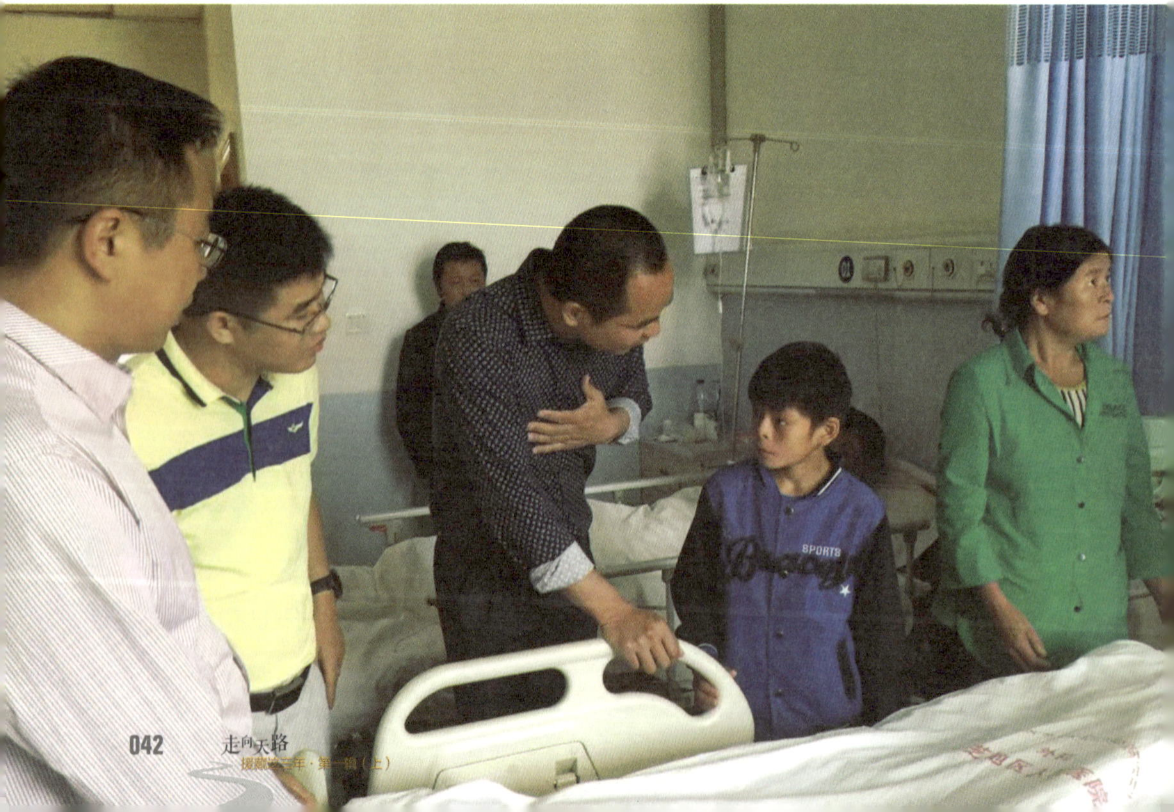

国高带领邓宏照、李展健、王强等队员专程赶往林芝市人民医院，代表县委、县政府和广东省第八批援藏工作队墨脱县工作组探视和慰问了患者及其家属，详细了解事情的经过和患者的病情，安慰和稳定在场的家属，同时进行安全教育，还送上一万元的慰问金，表达县委、县政府和广东省第八批援藏工作队墨脱县工作组的关心和帮助。谢国高表示，县委、县政府及广东省第八批援藏工作队墨脱县工作组就是墨脱各族人民群众的坚强后盾，当你们有危难的时候，我们都会第一时间站出来为各族人民群众排忧解难，希望受伤少年和家属坚定信心，接受治疗，争取早日康复，回到家庭和学校正常生活。随后谢国高等又专门前往杨磊副院长办公室，请求医院全力救治，并尽最大可能减免医疗费用。杨磊副院长是南方医院著名的专家，他表示高压电击伤在林芝市人民医院还是第一例，幸亏有广东省援藏医疗队在，他们已经全力进行了救治，后续医治也会全力以赴，尽最大可能地恢复珞巴少年的生活和劳动能力。对于医疗费用，杨磊副院长表示最少要二十多万元，但会根据谢国高等领导的请求进行研究，争取最大限度地进行减免。

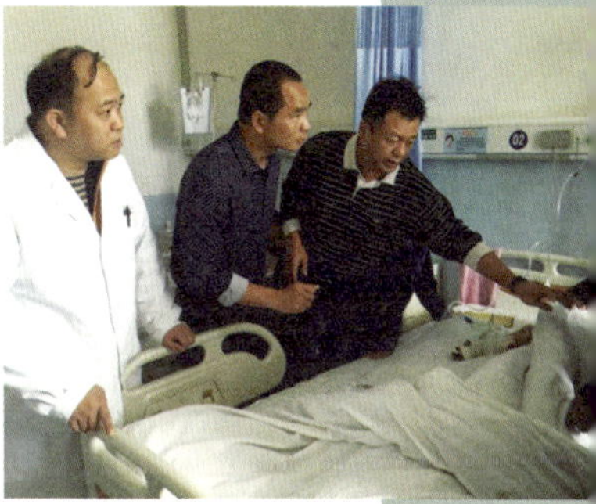

生命至上，患者第一！三十六小时的牵挂，牵动了多少人的心。当患者平安抵达林芝并转危为安的消息传来，人们久悬的心才渐渐放下。一滴水反映出太阳的光辉，患者家属连声道谢，感谢广东省第八批援藏工作队墨脱县工作组，感谢党和政府的关怀，粤藏两地人民、各族人民团结一心的民族深情，无不深深地感动着在场的和知悉的每一个人的心灵！

（注：本文转载自相关简讯，广东省第八批援藏工作队墨脱县工作组的雷震、郭振华、邓宏照、李展健、王强等对图文有贡献）

（发布时间：2016年8月5日22：51）

8月6日
星期六

走向天路25

来林这几天

7月31日早上七点从波密出发，走了大概有十多公里，看到前面的汽车已经排成了长龙，堵车了！过去看看怎么回事。徒步穿越了长长的车龙，挤到前面一看，傻眼了！整条道路被山体滑坡截断了。听说是凌晨五点多发生的，施工人员还没到。观察了一下，估计没有个大半天甚至一天的时间都复通不了，只好打道回府，返回波密。在波密碰见了一些朋友，沟通交流很愉快！

午饭过后，看到经过县城的汽车缓缓前行，知道前面已经复通了，于是我们也重新出发。一路上多处修路，堵车成为常态，走走停停，停停走走，好不容易于晚上七点多到达林芝。终于见到了第二天就要出差的广东省第八批援藏工作队领队、林芝市委副书记、常务副市长许典辉，向其汇报了前期工作情况，并就援藏建设项目和资金、广东省援藏医疗队进墨送医送药等相关工作进行了请示，得到了充分的肯定和支持。

随后的几天里，带领李展健、邓宏照等队员先后拜访了林芝市发改委、住建局、卫计局、教体局、广东省援藏医疗队等单位的相关领导和科室，汇报和对接相关工作，得到了热情的接待、指导和帮助。并与应邀前来的广东省第三批援藏工作队、第一批驻墨工作组的陈观如书记，佛山市禅城区教育代表团，佛山市相关企业进行了对接洽谈，得到了相关单位及领导的指导和支持，感受到了家乡和大后方的关怀、温暖。

这几天里，又发生了另外一件事。7月31日墨脱县加热萨乡一个年仅十一岁的珞巴族少年白玛次仁不慎触碰高压线受伤。加热萨和甘登是墨脱完全不通公路的两个乡。当珞巴少年被送到墨脱县卫生服务中心的时候已经生命危殆！经过广东省第八批援藏工作队墨脱县工作组雷震主任医师等医务人员的紧急抢救后，生命暂时保住了。

可惜墨脱现有的医疗条件已经无法再做进一步的救治，只能转送到林芝市人民医院等大医院才有希望。雷震联系车辆送出、晚上扎墨公路的放行条、波密县卫生服务中心中转、林芝市人民医院接收等，我们也与相关方面进行沟通，得到了广东省援藏医疗队、林芝市人民医院及其队长、副院长杨磊等领导及医务人员的鼎力支持。扎墨公路和波密至林芝的318国道共约350公里，但弯多路窄坡陡，多塌方、泥石流、雪崩和滚石等地质灾害，加上到处修路堵车，足足过了三十六

个小时才送到林芝市人民医院。据说该医院也没有收治过此类病人，幸亏广东省援藏医疗队队长杨磊是南方医院著名的烧伤科专家，他和其他医务人员对珞巴少年进行了紧急的救治，并成功进行了第一次手术。

由于珞巴少年家中贫困，听说中途在波密曾经一度出现过弃医出走的情况。广东省第八批援藏工作队墨脱县工作组获悉这个情况后，在“轻松筹”上发起捐款，表示支持。当珞巴少年的病情稳定后，我们代表县委县政府及广东省第八批援藏工作队墨脱县工作组专门前往看望慰问，了解情况，询问病情，安慰家属，进行安全教育，并送上一万元的慰问金以示帮助。

随后又与杨磊副院长等领导沟通，除了请求继续全力救治外，希望最大限度减免医疗费用，获得支持。

昨晚我在微信朋友圈转发了相关简讯，将珞巴少年的遭遇透露出去以后，很多朋友都为他祈祷，希望他大步跨过、早日康复、身体健康！更有佛山郁南商会自行发起“爱心接龙”活动，为珞巴少年踊跃捐款！佛山市同济小学的邓剑鸣老师等朋友也纷纷表示愿意捐款救治珞巴少年！爱心还在接力、传递下去！

当珞巴少年的母亲和二哥满含泪水地和我们紧紧握手致谢的时候，我感到的不仅是汉珞两个民族、粤藏两地人民的手握在了一起，而且是汉珞两个民族、粤藏两地人民的心紧紧地连在了一起！当危难出现的时候，中华民族从来就没有分离过！

明天，我们将再次迎着朝霞、披着晚霞，穿行在318国道林芝至波密段和“生死扎墨公路”上，返回墨脱了。让我们祝福珞巴少年后续的手术和治疗顺利、早日康复、身体健康！扎西德勒！

（发布时间：2016年8月6日17：21）

8月7日
星期日

走向天路26

丢失的日记

昨天晚上林芝下起了大雨，滴滴答答，断断续续地响了一夜，我也是断断续续地睡了一夜。早上七点起床，洗漱完毕，收拾好行李，七点半到广东援藏公寓吃早餐。

饭堂本来是八点到九点才提供早餐，但负责广东援藏公寓后勤的林芝市安监局副局长曹德爱事前与饭堂打了招呼，师傅提前给我们做了面条等早餐。匆匆吃完早餐，八点钟准时出发。一起出发的还有应邀前来墨脱为我们提供规划设计咨询的三位专家，其中还有一位是我的老乡和校友。

雨后的林芝，没有晨曦，只有云蒸雾绕，空气格外清新。一路上天气很好，途中只堵了一次，也算顺畅，尽管不少地方在修路，甚至有塌方、泥石流和滚石。

中午到达波密吃午饭。然后继续进发，第三次穿越扎墨公路，再次体验了半天穿越整个北半球的感觉，好像是实现了从北极到赤道的回归。经过十个小时的颠簸，终于在下午六点顺利回到墨脱。晚上在工作队饭堂吃了个饭，原先分成两组的人员又汇聚在一起，大家互相问候和交流，气氛甚是活跃。

为了避免影响第二天（星期一）的工作，我们连夜召开了广东省第八批援藏工作队墨脱县工作组第二次全体会议，各自通报了一周以来的工作，对各位队员的努力和成效给予充分的肯定与表扬，对援建项目进行了详细的研究讨论和谋划部署，并就清晰定位、明确重点、加强创新、做好宣传等相关工作进行了具体的安排。会议不知不觉开到晚上快十二点才结束。

带着一身的疲惫和欣慰，回到宿舍，洗漱完毕，继续写每天的日记。不料想，正当快要结束的时候，手机刚好没电了。待充电一下再打开的时候，原先写成的日记消失了！看了一下时间，已是凌晨一点半，重写已来不及了，睡吧！

（发布时间：2016年8月8日21：11）

8月8日
星期一

走向天路27
谋划

经过前段时间的充分调研和反复论证，一个大胆的谋划呼之欲出，那就是恢复“墨脱古城”，再现“门珞”（即门巴族和珞巴族两个极少数民族）辉煌！

拟依托广东省第七批援藏工作队驻墨工作组建设的莲花圣地公园和“墨脱古街”，以县政府大院所在的山冈为核心，在墨脱县卫生服务中心门口附近的扎墨公路新建一个门珞特色的牌坊，将现在的“好日子莲花广场”改造成为“母亲广场”，在县政府大院外围修建一条360度无障碍全景休闲观光栈道，对环绕县政府外围的金珠路和东布路进行穿衣戴帽的改貌工程，规划恢复建设一个由一个牌坊、一个广场、一条栈道、一个公园、三条古街组成的具有鲜明门珞特色的“墨脱古城”！其中县政府所在山冈为核心，休闲观光栈道是纽带，将整个古城有机地结合在一起。

“墨脱古城”的定位是全国唯一的门珞古城、全国唯一的青藏古城、全国唯一的边境古城、全国唯一的热带古城、全国唯一的森林古城、全国“N”大古城（到底是几大还是待真正恢复建成后让大家去评价吧）。

为了搞清现状和选址，今天下午组织了专门的实地考察。广东省第八批援藏工作队墨脱县工作组和县发改委、住建局的相关同志及有关专家冒着炎炎烈日，徒步从县政府出发，到亚东村入口处的加油站后往回走，绕一环路一圈再绕县政府大院一圈，历时三个小时。所有参与人员都是从头湿到脚，湿了又干，干了又湿。

晚上十点多了，县住建局刘敖局长、李展健副局长还前来继续讨论“墨脱古城”的创意、设计及其他项目。看来，墨脱精神和佛山精神在本质上是相融合、相一致的！

衣服持续发出的汗臭提醒我该洗澡了！衣服也不能像平时那样放到第二天中午再洗了。今天的事情真得今天做！

（发布时间：2016年8月8日23：24）

8月9日
星期二

走向天路28

为你抹去眼里的泪

就在我们进藏之前不到一个月的6月16日，墨脱县德兴乡白玛西日沟无人山林区发生山体滑坡，造成九名采挖药材的群众八人失踪、一人重伤，均为青壮年男性。灾难引起了中央及自治区各级党委政府的高度关注，大家全力以赴进行搜救和善后。

今天，广东省第八批援藏工作队墨脱县工作组抽空前往德兴乡那尔东村、巴登则村和墨脱镇亚东村看望并慰问失踪者家属和幸存者。早上八点钟，我们在县政府大院团结楼集中出发，县民政局的张伟陪同。到达德兴乡政府与乡党委书记王桂兰等人会合后继续出发。

道路沿着雅鲁藏布江的西岸（右岸）一直向南。这是一条在陡峭的山崖上开凿出来的道路，上面是高不见顶的崇山峻岭，下面是波涛汹涌的雅鲁藏布江。道路十分狭窄，绝大多数路段只容一辆车通过，会车时基本上都要其中一方倒车，一车紧贴山壁，另一车紧临山崖，擦身缓慢而过。道路依山崖而凿，没有做任何的裁弯取直，蜿蜒曲折。道路十分崎岖难行，有时是烂泥路，有时是水漫路，有时是鸡胸路，有时是碎石路，……沿途随处可见的是塌方、滑坡、泥石流、滚石等自然灾害。个别地方是上面滑坡下面塌方，而且路面上高下低，经过的时候刚够通过，车身倾斜，摇摇欲坠。整条路只能用险象环生、心惊肉跳来形容！

我们先到达那尔东村。这里有两个失踪人员，其中一个遗留下妻子一人，另外一个遗留下妻子和三个未成年子女。随后我们到达巴登则村，这里有五个失踪人员。其中一个遗留下患病的妻子和四个小孩，一个遗留下妻子和两个学龄前儿童，一个遗留下妻子、四个孩子和一个孙女，一个遗留下父母两人，一个遗留下父亲、妻子和三个小孩。最后回到亚东村，这里有一个失踪人员和一个生还人员。失踪人员遗留下岳母、哥哥、妻子和一对儿女。幸存者家中还有妻子和一对儿女。

在九个失踪者和幸存者的三十四个家属中，四人为老人，十一人为学龄前儿童，四人为小学生，一人为高中生；三人患病丧失或几乎无劳动能力，六人务工或务农，一人为村支书，一人为村妇女主任。六个家庭失去劳动力变成零收入，三个家庭失去主要劳动力收入骤减。

特别值得我们敬佩的是那位村支书和妇女主任，在他们也同样失去亲人的时候，没有把自己的家庭和亲人放在第一位，而是把人民群众和工作放在了第一位，全程参与了搜救和善后工作，体现了共产党员的先锋模范作用。

我们详细了解了这些家庭的情况和困难，安抚并稳定其情绪，鼓励他们坚定生活的信心，给予了适当的慰问金。对于需要就业的家属我们会提供机会，对于受伤的幸存者我们安排在全面检查后再决定怎么安置。之前当地党委政府及社会也已经进行了妥善的处理。他们讲到悲痛之处，潸然泪下，我也忍不住拿纸巾替他们擦去眼里的泪。他们对来自党委政府的关心都十分感激！这也让我想起了一些无所事事的人喜欢把党和政府挂在嘴上，用来骂；而当人民群众遭受危难时，他们却知道把党和政府放在心里，拿来赞！

（发布时间：2016年8月9日23：55）

8月10日
星期三

走向天路29

风景杀手

可能几乎所有的旅行者都有过这样的遭遇。当你眼前一亮，绝美的风景就在眼前，赶紧照相！靠！一条、几条甚至几组电线进入了你的视野，挡住了你的视线，影响了你的观瞻！大煞风景，无非指的就是这种情况了。

现在数码相机拍的照片可以拿回去进行后期处理，可是有点费劲，如果不懂处理的人就更不用说了。

那么，我们能不能发明一种相机，在拍照的时候选择过滤电线模式呢？

可是，上述两种情况只是解决了照相的问题，有碍观瞻的问题依然没有解决。电线以及其他线缆为我们解决了电力和通信等问题，改变了我们的生活，但它们也成了风景的杀手、城市的顽疾！

不是吗？我现在就碰到了这个问题！我们筹划恢复建设的“墨脱古城”，密如蛛网的线缆就成了一个拦路虎，拟建中的墨脱古城牌坊、母亲广场、360度全景观光栈道及东布路改貌工程都有涉及。

这些线路主要是高压电线，由中国华能集团墨脱分公司负责建设、运营和管理。华能是央企，社会责任感很强，对墨脱也十分支持。

为了解决“墨脱古城”建设过程中的线缆问题，今天上午专门约见了华能墨脱分公司的相关领导，进行了沟通协调，并冒着烈日全面实地考察了一遍。

考察完毕后华能墨脱分公司相关领导表示支持，并将于近期拟出几个可供选择的解决方案。我们对华能墨脱分公司相关领导的关心和支持表示感谢！同时也分析指出，如果我们把“墨脱古城”建设好了以后，相关线缆问题还得不到解决，华能墨脱分公司将暴露在公众面前，到时会成为众矢之的。

希望华能墨脱分公司能够和我们墨脱县一起，积极推进解决相关线缆的问题，拔除这些群众的“眼中钉、肉中刺”，将一个完美的门珞古城复现在世人面前。

（发布时间：2016年8月10日22：08）

8月11日
星期四

走向天路30

空中田园

墨脱县位于雅鲁藏布江下游，喜马拉雅山脉和岗日嘎布山脉南麓。境内群山环峙，峰岭高峻陡峭，河谷深切狭窄，水流湍急无常。地无三尺平是墨脱的真实写照，全境无一平地。相对平缓的坡地也是极其有限，尽可能地用来建设城镇和村庄，但其实更多的城镇和村庄是建在山腰、山坡或山岭上的。

那么他们的田地布置在哪里呢？是比居住地更陡的坡地！当你从低处或远处看去，这些田地就像是镶嵌在空中一样，十分美丽而壮观。

当地人把这些田地叫作常耕地。以前的常耕地会比现在多，后来很多实施了退耕还林，都已经重新成长为次生原始森林了。之前这里还停留在原始

的刀耕火种模式，每当村民放火烧山的时候，整个县都笼罩在烟雾缭绕之中，据说蔚为壮观！可惜没有找到相关的照片和视频。

这里主要的粮食作物是水稻、玉米及鸡爪谷等。以前勉强可以保证本地人低水平的自给，现在随着外来人口的增多连低水平自给都无法保证了。水田的地势相对来说较为和缓，形成特色鲜明的“墨脱梯田”。

玉米绝大多数种植在更为陡峭的山坡上。有些坡度很大，外来人员都不敢轻易进入。这里收割玉米也很有意思。村民不会等到玉米成熟再收割，而是有一个提前量。你知道是为什么吗？原来这里狗熊和猴子等野生动物很多，如果你等到玉米成熟了，早就已经有人帮忙了。这里收割还要去跟动物抢时间，生存确是不容易呀！面积较大的玉米地一般都会搭建架起来的小木屋，收获的玉米一般会先储存在这个小木屋里。一方面是路途遥远或者山路陡峭，直接搬回家费时费力，影响收割的效率，另一方面也好让它先晾干一些，减轻重量。

再给你们讲一个有趣的故事。以前猴子老是来偷玉米，搞得村民一年到头都白干了，让村民十分头痛。尽管想了很多办法，也无济于事。后来有人想出了一个办法：当玉米快成熟的时候，就拿一个原先制作好的套子，当着猴子的面将准备好的玉米放进去，然后再走开。人走开了以后，猴子就伸手去套子里面拿玉米，结果被套住了！人们将活捉到的猴子化装成人脸再穿上小孩子的衣服，然后将它放回去。获释的猴子撒腿就往猴群里面跑，但猴群见到以为是人来追，赶紧四散奔逃，而获释的猴子见到自己的同伴拼命跑只好拼命追，但猴群见到有人拼命追就只好愈发拼命跑……

就这样，问题解决了。你说这里的门巴、珞巴人是不是很有智慧呢？

（发布时间：2016年8月11日23：28）

8月12日
星期五

走向天路31
墨脱梯田

很多人可能连想都没想过，青藏高原会有稻谷？很多人可能听了也不会相信，青藏高原会种水稻？不管你想过没有、信与不信，它就在那里！

墨脱位于青藏高原东南部，地处喜马拉雅山脉和岗日嘎布山脉南麓。受印度洋暖湿气流影响，这里有青藏高原唯一的热带亚热带季风气候。这也造就了墨脱在青藏高原的稻谷种植条件。

墨脱的水稻种植主要集中在以下几个地方：

德兴乡：德兴村290亩，文浪村400亩，荷扎村193亩，德果村176亩；

背崩乡：背崩村400亩，地东村336亩；

墨脱镇：墨脱村736亩，亚东村729亩，巴日村113亩，米日村约138亩，玛迪村146亩；

达木乡：达木村151亩，卡布村190亩，珠村216亩；

帮辛乡：西登村167亩。

墨脱的梯田虽然规模不大，好像缺乏气势，但却很有特色，可谓梯田中的小家碧玉，十分漂亮！它在地域

上呈大分散小集中，分散在5个乡镇的15个村，但每一处却集中连片。它们镶嵌在峡谷两旁崇山峻岭的坡地上，层层叠叠，错落有致，形状各异，煞是好看！最漂亮的梯田该数德兴乡德兴村集中连片的稻田290亩，形似芭蕉扇，在往德兴的公路出县城离福利院约800米处观赏较佳。

墨脱的稻谷绝对是无公害的有机食品！由于当地居民有不杀生的习俗，绝对不会使用农药等有害物质去除虫，也不习惯使用化肥，还是保留着比较原始的种植方式。由于其无农药无化肥无公害，品质特别好！再加上出产本来就少，当地居民一般不愿意拿出来卖。如果确实需要买，还要找找关系好好说话，听说好的要卖到好几十元一斤呢！

今天也给大家讲一个有趣的故事。历史上，这里是人多田少产量低，老鼠等动物又总是来帮衬。那么当地人是如何治理鼠患的呢？听当地的一些人说：他们把雄鼠捉住后，掏出其睾丸，植入一两粒黄豆，再将其“放生”。当雄鼠回到鼠群后，因为黄豆发胀导致阴囊疼痛。剧烈的疼痛使得这只雄鼠脾气暴躁，并异常凶猛，在鼠群里到处撕咬同伴，光是凄惨的叫声就足以震慑鼠群好多天，防鼠效果特别好！

（发布时间：2016年8月12日18：50）

8月13日
星期六

走向天路32

茶园仙境

墨脱气候温热湿润，境内高山环绕，河谷深切，垂直高差大，常年云雾缭绕，有着种植高山云雾有机茶的优越条件。墨脱与印度著名茶产区阿萨姆和大吉岭纬度相近，地域相连，同为世界著名的茶产区。墨脱茶有着悠久的历史，为著名的茶马古道的重要节点。

近年来，随着福建、广东援藏工作队的到来，也带来了更多的茶叶新品种。种植面积也迅速扩大，目前较为集中的茶叶种植面积已达5000多亩，主要分布在5个乡镇的15个村，均在峡谷两旁高山的山腰、山岭坡地上。

墨脱茶叶的品质非常好！由于当地人有不杀生的习惯，宁愿庄稼毁损，都不会使用农药，也不会使用化肥。而且墨脱偏安一隅，近千公里范围内无污染。所以墨脱茶实属全球难得一见的无公害无污染绿色有机高山云雾茶！

为了因地制宜，乘势而为，将资源优势转化为生产力，大力发展茶叶产业，墨脱引进了一家企业进行加工生产，但由于种种原因，不是很给力，现在都没有形成规模生产。欢迎各个具有茶叶加工生产工艺技术的企业和个人前来投资、合资、合作，共同将这一世界级的优质资源进行开发利用。

墨脱的各个茶园都具有特殊的景观，具备了开发旅游休闲娱乐等产业的条件。其中背崩乡的檫曲卡茶园更是具有不可复制的独特景观。该茶园位于雅鲁藏

布江一个蛇形大拐弯的凸出龙头之上。两旁高山夹峙，气势如虹的雅鲁藏布江在这里拐了个大弯。站在龙头之上，两旁可看众多神山、原始森林、高山田园、醉美乡村、盘山公路；前后可看雅鲁藏布江大峡谷，云雾缭绕，像哈达、像经幡、像藤桥，千姿百态，犹如置身于仙境之中。所以我给她起了个名字叫作“茶园仙境”。该茶园在种植时已经进行了艺术设计，十分美观，超过我所见过的茶园，具有极高的观赏价值。

现在国家正在修建“派墨公路”，从米林县的派镇到墨脱县的背崩乡，全长不足百公里，而且通过隧道拉直，路况良好。派墨公路将与现有的扎墨公路相接，形成墨脱对外交通的环线。而“茶园仙境”恰恰位于这条环线的关键节点上。届时“茶园仙境”到墨脱县城不过半小时，到米林约一个半小时，到林芝约两个小时，到波密约三个小时，交通区位和条件极为改善。

“茶园仙境”的龙头上有一块石头地，不适宜种植茶叶。如果能够在上面建设一座塔，集国防、森林、气象、通信、观光等功能于一体，融中国古塔与门珞文化、塔与亭台楼阁榭于一身，将极大地提升该茶园的配套设施和观光价值。我们设想该塔可以命名为“佛缘塔”，既体现了墨脱在藏传佛教中极其重要的地位，又体现了墨脱与佛山的情缘，而且“佛缘”的谐音是“佛援”，体现了佛山与墨脱的对口援建关系。该塔可设置国防教育（主要是历史上墨脱各族人民团结一致反对外来侵略）、墨脱交通、墨脱茶叶等固定展览。

（发布时间：2016年8月13日23：56）

8月14日
星期日

走向天路33

徒步翻越嘎隆拉

为了实地考察拟建的嘎隆拉天池景区，我们昨晚分两批向波密集结。我带着喻晓坤、郭振华、雷震从林芝赶回，李斌副队长带着邓宏照、李展健、赖明建及县旅游局和设计公司的人员从墨脱出发，总共有十五人。

今天早上，我们八点钟从波密出发，沿扎墨公路行驶到嘎隆拉隧道口的位置，标示里程是24公里，海拔3396米，时间接近九点。

从那里我们弃车徒步，沿着嘎隆拉隧道打通前的扎墨公路往嘎隆拉雪山进发。由于入口封闭，我们只好穿过一片乱石滩，再沿着牛踩的路从陡坡往上爬。

好不容易爬到旧公路的入口，然后基本上沿着已经废弃的旧公路继续前行。整条公路呈不规则的之字形盘旋而上，蜿蜒曲折，上靠峭壁，下临高崖。道路不宽，绝大多数路段只容一车通行。公路经过很多的泥石流、塌方和雪崩区，已经被冲刷得七零八落。即使其他路段，也已被滚石阻挡。

约走了三个多小时（10公里左右）路程，便到达山顶的垭口，仪器显示海拔是4218米。刚开始的时候大家高原反应都比较严重，后来逐步克服和适应。我悟出了一句话：高原上的一小步，平原上的一大步！

翻过垭口的分水岭，就进入墨脱境内。三个略呈并列，形状和大小不一的天池让人眼前一亮，这就是传说中的嘎隆拉天池了！拍完照大家就地休息和午餐。午餐十分简单，都是自带的水和食物。

然后开始研究该景区如何规划设计，大家各抒已见。我的建议是在垭口的分水岭处修建一道寨门，顶上建成风雨桥，但装饰风格采用当地的门珞特色。这样，它既可以作为门票站，也可以作为服务中心，更重要的是它本身就是一道景观。从寨门的左手边（背对）修一条小栈道上风雨桥，站在风雨桥之上，既可以两边远眺波密和墨脱的雪山、森林、河谷，又可以俯瞰嘎隆拉天池。大家都认为这是一个好主意。

然后往下走大约一两百米的地方，右手边也是一个较低的垭口，我建议在那里修一条栈道上去，可以饱览两边的雪山、森林和河谷。在寨门至栈道的路段沿线修建若干店铺和停车场。为了验证其可观性，我带头和李斌、雷震以及旅游局的尼玛、设计公司的小陈冒着高原反应和大风，从雪崩形成的乱石坡爬了上去，景观确实十分震撼。有人建议在三个天池旁边搞建筑，我不是很赞成这种破坏自然的做法。

接下来我们继续沿着旧公路向天池下行，又是一组连续的不规则的之字形。天池往下山坡骤然变陡，简直可以用悬崖来形容。又是一个个不规则的之字形，走了一个又可以看到更多，层层叠叠，看不到底。后来我们确实无法忍受，就从水流旁边的乱石或者泥石流、雪崩形成的乱石坡裁弯取直往下爬。这样不用走那么远的路而且时间短，但是坡度十分陡而且乱石不稳，为了安全起见随后放弃了这种尝试，还是老老实实地走旧公路。

这边的旧公路更为糟糕！除了存在刚才波密一处的情况外，还有很多处是水流直接从上面的山崖冲到路面上，下面的悬崖只能用木头和石头垒起，十分湿滑，异常危险。听说以前有过好几辆车从那里冲出一直翻滚到沟底，垂直高差达几百米！更堪忧的是有一个地方瀑布直接泻到路面上，以前行车都是看不到路，只能凭感觉冲过去，旁边就是万丈深渊，危险可想而知！

历尽艰辛，我们到了靠近谷底的最后一段之字形路。往里紧贴着的是一个山体的“U”形大转弯，分布着大面积的泥石流和雪崩形成的乱石坡和乱石滩，十分壮观。几条积雪融化形成的水流像条条白练急湍而下，响声震天，气势撼人。

到下午6点，历时9个小时，行程30公里，我们终于到达扎墨公路52公里处，与早已等候在那里的司机欢呼拥抱。我虽然出生在农村和山区，但一次性走30公里历时9个小时还是第一次，而且还是高海拔地区。其他队员的情况也是这样，所以我们都很自豪！

今天的实地考察除了顺利完成了工作任务，更重要的是增强了团队意识和拼搏精神。所有参与人员都能够克服种种困难，无一中途放弃，无一落单，最终共同完成了任务，真正体现了我在出发之初跟大家分享的一句非洲谚语：“若要走得快，一个人；若要走得远，一起走！”

（发布时间：2016年8月14日22：42）

8月15日
星期一

走向天路34

二出林芝

8月11日（星期四），我们前往林芝市。这是我们进墨后一个月内的第二次了。此行目的有五个：一是向省队汇报沟通工作；二是招商引资洽谈；三是前往米林县学习考察；四是看望珞巴少年；五是实地考察拟建项目。

早上九点从墨脱出发，经过十多个小时的颠簸，终于在晚上七点半到达林芝市。晚上与应邀前来的一家佛山陶瓷企业进行了洽谈，大家进行了深入的研究和探讨。

第二天（8月12日），我们前往米林县学习考察，随行人员包括广东省第八批援藏工作队墨脱县工作组部分队员、县发改委和住建局的相关领导、设计公司的相关专家。我们先是考察该县的风貌改造，得到了广东省第八批援藏工作队米林县工作组组长、米林县常务副书记荆洪文及县发改委、住建局相关领导的热情接待。我们进行了深入的交流和讨论，随后实地考察了城市风貌改造项目，对该县的经验和做法有了深入的了解，有利于我们推进“墨脱古城”的规划设计和建设。下午，我们前往南伊沟进行了学习考察，为墨脱的仓秀措和喜荣沟开发建设提供参考和借鉴。

第三天（8月13日），上午我们先是前往林芝市人民医院看望被高压电击伤的墨脱珞巴族少年白玛次仁（详情参阅《走向天路24——接力救治珞巴少年》）。就在前一天（8月12日），随我们一起来林芝的广东省第八批援藏工作队墨脱县工作组队员、墨脱县卫生服务中心副主任雷震会同广东省援藏医疗队、林芝市人民医院的颜志坚等医务人员为其做了截肢手术。电梯故障，中途下坠，吓了一跳，为了安全起见，我们只好冒着高原反应爬上了七楼。当白玛次仁小朋友再次见到我们的时候，两行眼泪一下就滚到了病床

上。陪伴他的依然是他的母亲和二哥。我们详细询问了病情和术后情况，鼓励其坚持治疗，坚定信心，尽快恢复健康。我们也打算联系相关厂家为其提供义肢，广东省援藏医疗队为其安装，让其恢复生活能力。当我们离开病房走到走廊的时候，回头看了一下，他的母亲没有像上次那样留在病房照看，而是跟了出来依靠在门框上，目送着我们，眼泪滴在了胸前的衣服上。这一刻，我知道汉珞两个民族、粤藏两地人民的心更加紧密地连在了一起!

随后我们向广东省第八批援藏工作队领队，林芝市委副书记、常务副市长许典辉进行了工作汇报，在精神状态、工作启动、制度建设、民族团结等方面得到了充分的肯定和表扬!

午饭后，我们便返回进墨的必经之地——波密，与工作队的其他队员和县旅游局的相关领导会合。

第四天（8月14日），我们徒步翻越了嘎隆拉雪山，实地考察了嘎隆拉天池（详情请参阅《走向天路33——徒步翻越嘎隆拉》）。

按原定计划，我们今天要前往仓秀措和喜荣沟实地考察。但由于我痔疮发作疼痛难忍，所以兵分两路，我带领部分队员回墨。副书记、常务副县长李斌带领其他队员和县旅游局的相关领导继续行程，他们顺利完成了考察任务，好样的!

（发布时间：2016年8月15日22：18）

走向天路35

无限风光在险峰

“无限风光在险峰”！一句话道出了经过艰苦的攀登之后，屹立在山巅的时候，那种满怀豪情、满目风光的绝佳感受。8月14日（星期日），当我们徒步翻越嘎隆拉雪山之后，对此有了更深刻的认识和体会。

我们来到了海拔3396米的嘎隆拉隧道口（波密一侧）。背对隧道口（下同），右前方的山嘴上有一座嘎隆拉寺，在墨绿色的云杉林下，红顶白墙和蓝顶白墙的建筑分外显眼。两旁都是泥石流和雪崩留下的累累伤痕，更显寺庙的庄严肃穆和淡定从容。寺庙的周围都挂满了经幡，随风飘扬。

隧道口两侧的山沟里有两条巨大的冰川从山窝里延伸下来，呈现倒写的“八”字。开始我们以为是泥石流，后来往上爬才看到它的横截面，

发现原来是冰川。但冰川上确实又覆盖了泥石流，所以才会被它欺骗了。看到这种下面冰川上面泥石流的现象我也是大姑娘坐轿——头一回。两条冰川就像两条凝固的河流，河面相对平整，但也偶有冰窟窿，有点像原子弹爆炸后的弹坑。冰川和泥石流向下推进时将土石混合物推向两边，翻起形成了天然的堤坝，高于冰川和泥石流。其实这里的扎墨公路就有一段修在其中一条堤坝的外侧下方，这样还为公路提供了天然的保护屏障。

以隧道上方的山峰为中心，两侧各有一座雪山，略呈横放的“S”形。刚才提到的两条冰川就是从那里出来的。两座雪山一时金光熠熠，一时云雾缭绕，风云变幻莫测，云卷云舒无定。特别是左手边的那座雪山，没有云雾遮挡的时候可以看到呈现出红色的岩体，估计是含有铁或者铜的成分。

废弃的公路就在隧道上方的山峰上。一路上行的过程中，偶尔也会碰到有积雪。有的覆盖在洼地上，像锅盖；有的覆盖在山坡上，像龟壳；有的侧卧在路边，像长凳。

好不容易爬到了海拔4218米的山顶垭口。回头看两旁雪山夹峙环抱，逐步收窄，形成峡谷，一直伸向波密，形状洽像女人的子宫。

向前看，一个巨大的“U”形山体大拐弯，半山坡地上近乎并列地镶嵌着三个形状各异、大小不一的天池，就像仙女的两只眼睛夹着鼻子，确实十分漂亮。坡地的左边，也有一个雪山，泥石流和雪崩形成的乱石坡，以及依附于其中的雪山融水形成的急流，形状极像一个倒置的锥形投影。到谷底汇聚在一起形成湍急的河流，斜斜地从天池所在坡地的前方滚滚流向远方。

前后两边的雪山、森林、峡谷、急流以及那三个天池，构成了一幅宏大的场景，十分壮观美丽！

屹立在山巅，颇有“一览众山小”“山高人为峰”的感觉。这时想起了我们乡下的一句古话，叫作“欺山莫欺水”。意思是说，你可以欺负山，但别欺负水。因为山再高，只要你脚踏实地，勇于攀登，我们终将把它踩于脚下。而水虽表面温柔，但暗藏汹涌，在没有人施救的情况下，人在水中只能挣扎几分钟。当然，现在随着科技和技能的进步，我们也有一定的“欺水”能力了。游泳可以如鱼得水，划艇可以中流击桨，轮船可以搏击风浪，潜艇可以出没海底，“蛟龙”可以深潜万米。但相比之下，还真的是“欺山莫欺水”会好些。

这时候山顶刮起了大风，迎面吹来阵阵雨夹雪，提醒我们此地不宜久留。

人生不也跟爬山一样吗？不经过艰苦的努力、不克服各种的困难，你上不去，再美的风光也与你无缘。上去了，高处不胜寒，要站得起、站得稳，否则美景就会被恐惧代替。看见了、感受了，不要太留恋，你可成不了仙。所以做人也要上得去、站得住、下得来。

（发布时间：2016年8月16日23：42）

8月17日
星期三

走向天路36

高山花儿美

墨脱是中国乃至全球唯一同时拥有从热带到寒带垂直气候和植被的地方。丰富的气候资源造就了生物的多样性。在所有的生物特别是植物中，花儿是最美最抢眼的。所以这里还有一个垂直分布带，那就是花儿的颜色。

墨脱低海拔地区为热带、亚热带丛林，植被以常绿阔叶林为主。各种植物为了争取更多的生存空间，它们的特点就是疯长，颜色也以绿色为主。由于降雨多，这里的花儿就像当地的民族一样，十分低调朴实，颜色也不鲜艳不抢眼。就是有颜色鲜艳的花儿，也多隐藏在丛林底下，不显山不露水。

中海拔地区的植被以针阔叶混交林和针叶林为主，树种主要有云杉等。到了这里，花儿逐步地活跃起来，遍布树林底下，颜色也逐渐变得鲜艳。

再往上，就是高海拔地区。这里的植被以乔灌混交、灌林、高山草甸和荒漠为主。没有了高大植物的遮挡和压迫，各种花儿获得了自己施展的空间，一反过去低调朴实的风格，真的变成了花枝招展，花的海洋。

红的、黄的、白的、紫的……各种颜色应有尽有。各种花儿高矮不一，高的可以齐腰，矮的像个纽扣，还要翻过来才能看得清，各种高度的也是应有尽有。成片的、成群的、成束的、单株的，各种形态还是应有尽有。

由于花儿的品种太多，当地人只知道少数的几种，其他都是以野花命名。各种各样的花儿吸引了我们的眼球，也黏住了我们的相机。

从嘎隆拉隧道口往上，山峰就像裹上了一层由各种花儿编成的织锦。我们踩在这张织锦上，软绵绵，还得小心翼翼，生怕踩坏了织锦上的花儿。徒步翻越嘎隆拉雪山，也是让我们参观了一场高山花卉博览会。

各种小花的美，让我们想起了细花。黄细花是广东省第八批援藏工作队副组长、林芝市人民政府党组成员、鲁朗管委会党组书记。这位领导和蔼可亲，笑容可掬，更为关键的是她人如其名，名如其人。所以我们都十分亲昵地叫她花姐或者花儿姐！给我们的感觉是：各种花儿，就是花姐的各种变身；花姐就是各种花儿的综合和凝聚；花姐也是我们所有援藏干部的浓缩代表——美的化身，把美留在西藏、留在心里！

（发布时间：2016年8月17日21：51）

8月18日
星期四

走向天路37

雪莲花开嘎隆拉

8月14日我们徒步翻越嘎隆拉雪山的时候，看到了一种很特别的植物。它约有几十厘米高，长长尖尖的叶子长满了刺。顶端有一个周身绒毛和刺的白色球状物体。这是未开花的状态，应该是属于含苞待放的那种吧。如果开了花的，就好像在球的头上放了一盘小向日葵，而且经常有蜜蜂在上面转悠转悠。开始只是觉得漂亮和好奇，并不知道它的名字。后来回来请教人才知道，原来它就是传说中的雪莲花！真是有眼不识泰山呀！它是雪莲的一种，叫刺雪莲。它有时候是单株，有时候成丛，有时候成片。在高山草甸中，它有点鹤立鸡群的感觉。它的形状和颜色也能脱颖而出，不愧是花中贵族。

看到它们，让我想起了一首歌《红雪莲》。它演绎了一个悲戚动人的爱情故事。我把歌词记录下来与大家一起分享吧。

红雪莲

我走过了你的身旁看到了你的眼泪
我的心里涌起了一股浓浓的柔情
我不愿看到你的泪水再往下流
我决定帮你甩去失意重回到伊甸园
你的笑容让我痴醉让我心里好冲动
你长长的黑发连起了我对你的柔情
你那深情的眼睛让我想起天山的湖水
你那坚强的身影让我坚定了自己的爱心
我来到了你的家门看到了你和你的旧情人
我收回了笑容任那泪水哗哗往下流
我的眼前是黑暗痛苦心绪难以再表白
我收回了写了一夜的情书我收回了我的爱
你来到了我的身旁叫我不要再流泪
你给了我一个甜甜的吻叫我不要再伤怀
你说你需要真正的爱情不是虚伪的表白
我不愿听你的解释说你不是个好小孩儿
有一天你上了天山再也没有回家来
在冰雪过后我找到了你那冻僵的身怀
你的怀中放着为我病中所采下的红雪莲
我知道这是你
对我最好的表白我知道这是你对我最好的表白

（发布时间：2016年8月18日21：56）

8月19日
星期五

走向天路38

最可爱的人

这个月最重要的一个节日，就是“八一建军节”！当时由于工作需要，我带队到了林芝市，未能及时去驻墨各部队拜访、调研和慰问，回来后就要赶紧把这一课补上。

这个月还有一个十分重要的纪念日，就是8月15日，这是日本投降71周年纪念日！这是我们中国人最扬眉吐气的一天！

这两个节日纪念日的背后，有一个共同的主体，就是军队！到中华人民共和国成立以后，就是指人民解放军和武警部队！

从17日开始，我们排除了其他工作干扰，专门安排了两天半时间，前往拜访、调研、慰问五个驻墨军事单位。

17日上午，我们首先来到县人民武装部，下午又到了墨脱县公安边防大队。18日上午，我们来到墨脱县公安消防大队，下午又来到了墨脱县武警中队。19日上午我们先前往墨脱县烈士陵园进行拜祭，并为烈士墓除草，以缅怀先烈，表达敬意，激励同志，然后来到解放军驻墨某部。

五个军事单位的首长及战士们热情地接待了我们。我们详细地学习了解了各个驻军单位的性质、职能和工作。

各个驻军单位自从进墨以来，努力克服各种自然环境和工作中的困难，在巩固国防、维护边疆安定、维护社会稳定、维护民族团结、抢险救灾等方面都取得了显著的成绩，实现了政治和军事的双丰收。我们对此表示敬意和感谢！

我们还就关心的问题进行了讨论，了解各个驻军单位存在的困难和问题，并提请各驻军单位支持和配合援藏工作。他们都表示支持和配合。

各个驻军部队都是紧密地团结在以习近平为总书记的党中央周围，认真贯彻落实习近平总书记的系列讲话精神和治国治军方略，同时支持地方经济社会的发展，是一支绝对忠诚、绝对可靠的部队。

听了他们的情况介绍，看了他们的丰功伟绩，缅怀了长眠在这里的烈士，我们由衷地表示感谢和敬佩！是他们，在党、国家和人民需要的时候，用青春和热血谱写了一曲曲赞歌！是他们，在人民群众处于危难的时刻，用健康和生命换取群众的安宁！

他们就是我们这个时代最可爱的人！过去是，现在是，将来也一定是！如果我们对别人的崇高和伟大缺乏认同、敬意和学习，那是因为我们缺乏这样的灵魂和体验！

一个国家、一个民族，如果不敬重自己的军队，那是没有希望的、颓废的国家和民族！

（发布时间：2016年8月20日00：18）

8月20日
星期六

走向天路39

佛墨互爱

我们援藏工作队的宿舍就在县机关办公大楼——团结楼的后面。背靠团结楼，左边一座房子，正前方是并排的两座房子，均为红顶白墙红柱红栏杆，上下两层各有四套房间，楼梯位于中间，呈左右对称。右边是一座单层的临时建筑，蓝色铁皮屋顶，共有六套房间。这左、右、前四座房子与后面六层的团结楼形成一个“口字形”的院子。

院子不大，约有900多平方米。院子中间有一个圆形花圃，以它为中心向四方各有一条小道连接各座房子，呈“十字形”分布，但多已经残缺不全，芳草萋萋。院子里没有规律地长了十几棵桃树和棕树、小果紫薇及其他几棵叫不出名的树。我们七月下旬到来的时候，正好是桃子成熟的时节，让我们成了摘桃子的人。由于桃子缺乏管理，成熟前早已被黄蜂和其他虫子光顾了一番。成熟的桃子掉到地上，经过发酵，走近即可闻到酒糟的味道，我也是醉了！树木底下，是疯长的野草，人们从中踏出了几条小径。

这里就像后宫禁地，除了住在这里的佛山援藏八仙，还有几个（户）干部职工，其他人很少踏足。除了虫鸣蛙叫蝉噪狗吠，也不会有太多的人为干扰，动物的喧嚣衬托着人们的宁静。我们就住在这样一个野趣盎然的环境中。

昨天（8月19日），普果常委来视察了一下，发觉这里杂草丛生、杂物较多、蛛网密布，周边环境卫生不是很理想，估计这帮大老爷们也不擅长搞卫生，于是乎今天（8月20日）亲率干部职工前来搞清洁卫生，并亲自动手。他们把杂物和垃圾清走了，把杂草修理了，把卫生打扫了，弄得十分干净！我见到那么多美女进来搞卫生，自己又帮不上忙，有点腼腆害羞，就带队到达木珞巴族乡去落实达木乡卫生院的建设用地，并沿途调研察看水稻、玉米和辣椒的种植、生长和收成的情况，还进村入户调查了解，留下李斌副书记和他们干得热火朝天。

当地的领导、干部、职工和群众对我们都是高看一眼、厚爱三分，特别关注和关心。我们进墨以来的所作所为也得到了他们的理解、认同和支持。这次普果常委带领的干部职工清洁队，就是对我们的关心关怀，进一步拉近了粤藏、佛墨、汉少（少数民族）的感情。其实，我们都是生活在中华民族这个大家庭中，粤藏、佛墨、汉少在这个大家庭里手牵手，心连心！

感谢今天为我们搞清洁的普果常委及其他的领导、干部、职工和群众！墨脱是承载我们的土地，干部群众是滋润我们的雨露！

为了回应当地干部群众对我们的关心和支持，我们唯有做得更好！

（发布时间：2016年8月21日08：00）

8月21日
星期日

走向天路40
一周回顾

8月15日（星期一）早上九点从波密出发回墨脱。经过一个晚上的沉淀和发酵，上一天徒步翻越嘎隆拉雪山的疲惫和疼痛终于进一步地显现出来了。大腿、小腿、脚板及身体的很多部位都十分酸痛，脚底还起了不少泡，这注定是要帮我换个新包装了。最要命的是上一天在嘎隆拉山顶开始发作的痔疮，迫于无奈夹痔走了二十多公里。当时慢也是痛，快也是痛，所以不管它的死活，只好以时间换空间，快马加鞭，尽量争取以最短的时间到达终点。然而，现在轮到它加倍地报复于我了，让我坐立不得安宁！一直到目前都还没有完全恢复正常，天天都得夹着“尾巴”痛苦地做人。

当天中午回到墨脱，强忍着疼痛接待了家乡佛山高明来的客人。下午和第二天上午主要是阅读资料和讨论项目。

第二天下午，带着广东省第八批援藏工作队墨脱县工作组的相关队员及县农牧、国土、环保等部门的相关领导，背崩乡及背崩村的相关领导，勘探、测量和设计单位的相关人员，前往位于背崩乡的檫曲卡茶场（拟建的茶园仙境旅游区）进行实地调研考察。这是我进墨以后第三次到该茶场了。通过实地调研考察，就相关问题取得了共识。

星期三至星期五上午集中了两天半的时间前往五个驻墨部队进行拜访、调研和慰问（详见《走向天路38——最可爱的人》）。

星期五下午在参加完《墨脱县文化产业发展规划》征求意见会议之后，与中央党校徐平教授带领的团队进行了交流。详细汇报了广东省第八批援藏工作队墨脱县工作组的组成情况、进墨以来开展工作的情况、援建项目和资金的设想等，获得了徐平教授及其团队的肯定和好评。

星期六上午，我带领工作队相关队员前往调研墨脱农牧业的相关情况，先后来到墨脱镇和达木乡的田间地头，实地调研察看了当地的主要农作物（包括水稻、香蕉、玉米、鸡爪谷和辣椒）的生长和收获情况。在达木乡，工作队还走村入户，到农牧民卡嘎拉姆家中座谈调研。我们详细了解其家庭基本情况、收入来源、收入水平、农作物耕作和收获等情况。卡嘎拉姆表示，今年粮食总体收获良好，玉米亩产超过千斤，鸡爪谷亩产约三百斤，当地特色辣椒产量比往年偏高一点，生活也越来越富裕了，她还热情邀请我们品尝她亲自酿造的黄酒，并向我们演示了黄酒的制作流程。在地里，我们与正在劳作的十五岁少女次仁曲珍交流，详细询问她的学业、生活和家庭情况，鼓励她好好学习，争取进步，并与她一起采摘当地辣椒。

下午，我们在达木乡会合了县住建局、国土局、卫生局、林业局、达木乡人民政府、达木村村委会及设计公司等单位的负责人就乡卫生院选址做实地考察。我们认真听取了各单位的意见，综合考虑多方因素，共同讨论决定将达木乡卫生院选址于原乡卫生院北侧，解决了一直悬而未决的问题。

晚上，我们向广东省第八批援藏工作队领导小组成员、林芝市纪委常委兼监察局副局长唐昊带领的专项调研组详细汇报了工作队进墨以来的学习、工作、生活情况及队伍建设、制度建设、廉洁自律、民族团结等情况，得到了调研组的肯定和表扬。

今天上午，随同旺东书记和魏长旗县长等县领导实地查看了县第八次党代会的组织筹备工作。下午，我们又前往看望了出席会议的党代表。晚上，我们迎来了徐道谦副调研员带领的佛山市经信局办公自动化调研组一行六人。他们将在这里进行调研，看是否具备实施的条件和如何实施。

从明天开始，墨脱县第八次党代会、十一届一次人代会、九届一次政协会议将相继召开，直到8月27日，我们将进入一个会议周。

（发布时间：2016年8月21日21：42）

8月22日
星期一

走向天路41

满满的爱

进墨脱，从嘎隆拉隧道到县城，一路急剧下降，我将它称之为快乐（落）之路；出墨脱，从县城到嘎隆拉隧道，一路快速抬升，我将它称之为高兴（升）之路。所以，扎墨公路是“进也快乐”“出也高兴”！我们经常穿越扎墨公路，虽然既艰辛又危险，但也既快乐又高兴。这就是我们援藏工作、生活的真实写照。

自从7月13日进藏特别是7月20日进墨以来，我们得到了各方面的关心和支持，感受到了满满的爱。

这种爱来自多个层次，有佛山市各级各部门的主要领导和相关领导的，有广东省第八批援藏工作队的各位领导和同事的，有林芝市及墨脱县的相关领导、干部和群众的，有相关商会、协会及企业的，有各位亲朋好友的……

这种爱有多种表达方式，有打电话的，有发短信的，有发微信的，有聊QQ的……

这种爱有不同的内容，有关怀、关心、关注的，有问候、祝福、点赞的，有提醒、嘱咐、叮咛的……

这种爱有不同的支持形式，有支持资金的，有支持项目的，有支持实物的，有前来慰问的，有提供帮助的，有精神鼓励的……

这种爱有支持广东省第八批援藏工作队墨脱县工作组的，也有支持个人的……

有的朋友担心我日晒雨淋、风吹雪打，送了我冲锋衣；有的朋友害怕我外出不方便，送了我小背囊；有的朋友担忧我孤独空虚，送了我《魔鬼经济学》；有的朋友觉得我手写输入不方便，送了我蓝牙键盘；有的朋友听说痔疮发作，送了我药膏和坐垫，还推荐了很多秘方……

领导的每一个关怀都让我们鼓舞，亲朋的每一个问候都让我们温暖，微友的每一次点赞都让我们欣慰……

我们会珍惜每一个关爱，善用每一笔款物，做好每一项工作……

因缘分而相识，因认同而相交，因无私而相助！感谢有您！让我们感受到了满满的爱，我们也会把这满满的爱尽最大可能分享给这里的每一个人！

（发布时间：2016年8月22日23：56）

8月23日
星期二

走向天路42

寻找鸡爪谷

我们进墨之初，当地介绍我们喝黄酒。我很好奇，墨脱还流行喝黄酒？不是上海人和浙江人才喜欢吗？他们还说是当地生产的。我更惊奇，墨脱还生产黄酒？不是沪浙一带才有吗？

当他们斟出来的时候，我看见那酒有点淡黄，有点浑浊，不像沪浙的黄酒那么澄明、黄亮。喝了一下，有点甜，酒味不是很浓，估计度数不会很高。

这确实是当地产的一种黄酒。它是用当地的一种叫作鸡爪谷的杂粮酿出来的。主要是居民家里自酿自用，还没有企业规模化的生产。当地政府正想培育或引进企业将其工业化、规范化、规模化生产。

据说它可以去湿驱寒，因为当地雨季时间长，天气十分潮湿，喝这种酒很有必要。我们刚进来的一个多月，雨季还没结束，老天爷就像患了病一样，总是尿不尽，让我们领教了什么叫潮湿，那才真是叫作“顶唔顺”呀！可见此酒在这里很有市场。

鸡爪谷，很特别的一个名字。听说它的形状就像鸡爪子一样。我好期待，它到底是什么样子的呢？每次下乡，我都十分留意，也询问陪同人员，但还是无缘见上一面。

8月20日（星期六）前往达木乡协调落实卫生院建设用地之前，县农牧科技局的赖明建副局长陪同我们考察了水稻、香蕉和玉米等农作物。

在达木乡卡布村进村入户的时候，我们看到有人在马路上晒东西，一簇簇的，颜色有点接近黄黑色。他们告诉我这就是鸡爪谷，可惜是已经采摘下来的，不是它的真容。

后来我们继续走进田间地头，在一路旁的山坡上，我终于看到了长在地里的鸡爪谷，才算一睹芳容。它们与杂草长在一起，没有人介绍的话就是看到了也只是觉得特别，根本就不知道它就是我要找的鸡爪谷。

后来，我们到了卡嘎拉姆（音）家中拜访调研，详细了解其家庭基本情况、收入来源、收入水平、农作物耕作和收获等情况。卡嘎拉姆表示，今年粮食总体收获良好，玉米亩产超过千斤，鸡爪谷亩产约三百斤，当地特色辣椒产量比往年偏高一点，生活也越来越富裕了，她还热情邀请我们品尝亲自酿造的黄酒，并向我们演示了黄酒的制作流程。

这才圆了我的一个梦。

（发布时间：2016年8月24日00：43）

走向天路43
特色农产品

墨脱这个养在深闺的娇女有什么好东西呢?

民以食为天！我们先一起来看看这里有什么吃的吧！这里的粮食主要以水稻及玉米、鸡爪谷等杂粮为主。

水稻我们之前已经介绍过了，详情参阅《走向天路31——墨脱梯田》。听说这里的水稻只种一茬（一季），产量不高，现在亩产最多也只是达到700多斤，与内地相比差距很大，历史上就更不用说了。目前各地的稻谷已经逐步成熟了，成熟度呈现出从雅鲁藏布江下游往上游、从河谷往山上依次递减的特点。位于最南端、海拔最低的背崩乡已经开始在收割了。稻谷成熟了，最漂亮的是梯田美景，万绿丛中一片金黄是什么颜色呢？好好发挥一下你们的想象力吧！

玉米也曾经介绍过，详情参阅《走向天路30——空中田园》。本地玉米长得不高，产量也低。但引进的杂交玉米很高，高的可达三米多，我一米八的个子在它跟前也只不过是个小矮人，听说产量可达一千斤多。我问了一下，当地人说这些玉米主要是用来喂猪。

鸡爪谷昨天也介绍了，详情参阅《走向天路42——寻找鸡爪谷》。鸡爪谷在这里主要是酿酒，但其实脱壳以后也可以掺入大米中一起煮饭、煮粥，也可以碾成粉以后做成其他食物。据说它除了营养丰富以外，还有一个特殊的功效，就是下奶。怪不得这里的姑娘和妇女都那么丰满挺拔！

墨脱还产香蕉，有多个香蕉基地，这里的香蕉还不错哦！野生的芭蕉就更多

了，从江河边一直长到半山腰，十分茂盛，硕大的叶子也十分抢眼。野芭蕉与香蕉不同，它是有籽（核）的，味道不错呐！蹲在水稻田埂上，吃着香蕉，看着雪山，这种景象在全球范围内其他任何地方都不会有啦！

这里出产的柠檬和黄瓜特别大，好几斤一个呢！又是刷新眼球了！也有石斛，但不是铁皮的那种。这里还有一种黑辣椒也很棒！

喝的主要就是墨脱茶和鸡爪谷酿的黄酒，《走向天路32——茶园仙境》和昨天的《走向天路42——寻找鸡爪谷》也介绍了。

这里的农产品田间管理水平都不高，很多是和杂草共生，十分原生态。产量也不高，他们都是以自给自足为主，鲜有外销的。当地的门巴、珞巴族有不杀生的习俗，不使用农药和化肥，所以都是无公害绿色有机食品。当地农牧部门曾经提供过农药和化肥给农牧民，结果他们把它偷偷地藏起来或者埋掉了，令农牧部门哭笑不得。高品质如何高产量并释放出巨大的市场价值，是墨脱农产品要考虑的问题。

当地人卖农产品也很有意思，不是论斤卖的，而是一个柠檬15元、一个黄瓜10元、一簇香蕉50元或者100元这样卖的。

（发布时间：2016年8月24日23：57）

8月25日
星期四

走向天路44

墨脱石锅

昨天给大家介绍了墨脱有哪些可吃的好料。但好料还得配好锅才会好吃、好味。这个角色就非墨脱石锅莫属了！

墨脱石锅有什么牛？告诉你几个现象你就知道了：在百度输入“墨脱”，下面可供选择的就有“墨脱石锅”；在手机上输入“墨脱，“只要再写一个“石”字下面就有个“锅”字可供选择；在318国道上，特别是到了波密和林芝，沿途的饭店多数都要打着石锅的名义进行招徕，巴宜区的鲁朗镇更是有石锅一条街！

墨脱石锅主要产自墨脱县的帮辛乡。当地盛产一种叫“皂石”的石头。所谓皂石就是说这里的石头像肥皂一样柔软。所以正宗的墨脱石锅都是用原始的刀具雕凿而成的，具有唯一性。而用机械加工的石锅要么不正宗，要么太现代，甚至有人说可能是用皂石废料再造的人造石。如何鉴别真伪呢？一定要记住它的特性，就是柔软，用指甲轻轻一刮便知分晓。

墨脱石锅的制作和运输都极其不易。由于当地山势陡峭、丛林密布加上气候条件复杂，皂石的采挖、石锅的制作及运输都十分困难。据说每年仅七、八两个月才能上山采挖。上山前须备足长时间的饮食，采制完成后再驮下山，放入水中浸泡一个月左右才能使用。新买的石锅建议也要反复几次用水浸泡和用猪油煎炸过才好使用。

墨脱石锅具有耐高温、传热快、不粘锅、不变色、保温好等优点，并且含有人体所需的多种微量元素。当地人用石锅炖出的土鸡及各种山珍野味等食品香气扑鼻，营养丰富。据说常食石锅炖煮的食物对高血压、心脏病、心脑血管等疾病患者具有明显的食疗保健作用，是用来火锅、汤锅、煮饭、炖肉、煮菜的极佳器具，用得越久对人体越有益。

墨脱石锅的颜色为灰色，使用以后会变黑。形状主要为圆形，大小不一，锅底主要有平底和弧形两类。有人传说墨脱石锅只能在当地加工，如果把皂石拿到外地就会变得坚硬无比，无法加工。当然，这个我没试过，你不妨可以试一下哦！

（发布时间：2016年8月25日21：38）

8月26日
星期五

走向天路45

给我一双翅膀

墨脱位于西藏自治区东南部，为林芝市下辖的一个县。由于区位偏远、高山阻隔、大江横断、气候复杂、灾害频发，各项基础设施建设和经济社会发展都十分滞后。

墨脱是全国最后一个通公路的县（直到2013年10月31日才正式通车），也是全国唯一一个未通班车的县。目前8个乡镇46个村中尚有2个乡和16个村未通公路，仅靠步行长途跋涉进出，即使通了公路，路况也是十分糟糕。

墨脱的信息化及电子政务建设也十分薄弱。目前公文的流转主要以纸质文件或电子传真进行传递，公文的流转速度和执行效率亟待提升。我们是否能够为她插上信息化的翅膀?

为了解墨脱信息化及电子政务的现状，探索对口支援墨脱的信息化及电子政务建设，应广东省第八批援藏工作队墨脱县工作组的邀请，在佛山市经济和信息化局局长李坚、副局长张庆云等领导的亲自关怀下，由佛山市经济和信息化局副调研员徐道谦带领的佛山市信息化调研组，于8月19日从佛山出发，几经辗转于20日晚上抵达墨脱。

调研组到达后马不停蹄，于第二天早上就到县政府办公室开展调研。随后的几天里，调研组在墨脱县政府会议室分批组织了县直各个单位和四个乡镇召开座谈会，向其了解办公自动化系统建设的现状、需求和建议。为了解墨脱县信息化建设的网络基础设施和电力保障情况，调研组还先后走访了中国电信墨脱分公司和中国华能西藏墨脱电力有限公司。

由于时间紧任务重，调研组于上班时间开展调研和考察，充分利用中午和晚上休息时间进行内部讨论研究。我这个星期由于要连续参加县的党代会、人代会和政协会议，也只有这两个时间段才能和他们进行交流讨论。对于在座谈和考察未能掌握的资料，调研组也拟了文让县政府办公室通知各单位补充。

调研期间正值墨脱县党代会、人代会和政协会议连开，相关县领导及县委办、县府办和其他各部门、乡镇的相关领导、工作人员克服困难，抽空配合，也付出了艰辛的努力。

目前，调研组已经完成了调研报告初稿，也完成了墨脱办公自动化系统建设的初步方案，并向县政府初步反馈了意见建议。这套系统及所需要的软硬环境将寻求相关单位和企业援建，部分企业已经表示了强烈的愿望，同时也欢迎其他关心和支持墨脱信息化建设的单位和企业共同参与！

调研组人员名单：佛山市经济和信息化局副调研员徐道谦、佛山市经济和信息化局电子政务科科员黄伟、佛山市信息网络中心副主任欧国滔、佛山市信息网络中心大数据统筹部部长朱锦河、广东汇源通集团广东卓维网络有限公司总经理助理兼信息部总监李健成、广东汇源通集团广东卓维网络有限公司技术支持中心技术总监郑建明。

他们在墨期间克服了时间短任务重等种种困难，工作积极主动、认真细致、谦虚谨慎、讲求时效、体现成效，充分展现了佛山经信人的精神风貌和工作作风，得到了墨脱相关领导、干部、职工的高度认同和评价。

无论这个系统最终是否具备实施条件和是否实施成功，我们都将会永远记住他们为墨脱信息化及电子政务建设所做出的努力！

他们将完成相关调研任务后于29日从林芝飞返广州，返回佛山。让我们祝愿他们一路平安、旅途愉快、工作顺利、万事如意！扎西德勒！

（发布时间：2016年8月27日00：26）

走向天路46

你知道我在等你吗

昨天提到墨脱的信息化基础设施建设十分薄弱，结果它马上就不高兴了！今天早上起来，先是电话和网络双双中断，后来恢复了电话，但网络一直到下午三点多才算恢复了。

微信上流行的一句话：“人与人之间的距离，最远的就是没有网络。”在内地，这句话可能是调侃，而在墨脱，它真的会变成现实。

墨脱的电信运营商，有中国电信、中国移动和中国联通三家。据说中国电信的信号会稍好，但由于我没带移动的号码过来，只带了电信的，所以没有比较就没有发言权。

墨脱由于塌方、泥石流、滚石和雪崩等地质灾害频发，很容易导致通信和网络中断，特别是暴雨过后。

我们7月20日首次进墨的时候，它就给了我们一个下马威，让我们领教了一次。迄今也已经好几次了。每次中断的时间，从几个小时到一天不等。幸好，暂时还没碰到过超过一天的。所以我们称之为“间歇性失联”。

没有网络的日子，比孤独、寂寞和空虚都更难熬。因为它把我们从相对的孤独、寂寞和空虚几乎推向了绝对。这个时候我们就很想唱：你知道我在等你吗？如果你真的在乎我，又怎么会让无网的夜陪我度过……

有网络的时候，我们还能与家人和外界进行联系，而没有网络，我们在这里真的变成了交通靠走、沟通靠口。

除了断网，还有另外一种“间歇性失联”，那就是下乡和外出。由于山高谷深，很多地方都没有信号，或者信号不好，只能到靠近县城或乡镇所在地才能进行联系。

由于这种情况，县里一些重要部门都备有卫星电话，以防不测。我们援藏工作队由于经常下乡和外出，大家也想拥有一个卫星电话，可是不知道有没有哪个单位或者个人愿意赞助呢？

（发布时间：2016年8月27日18：22）

8月28日
星期日

走向天路47

新班子新征程

从8月20日（星期六）中共墨脱县第八次代表大会代表报到开始，到今天（8月28日，星期日）墨脱县第十一届人民代表大会闭幕为止，连续九天开了三个大会。除了上述两个，还有墨脱县政协九届一次会议。

三个会议分别审议通过了县委、县人大、县政府、县政协及县法院、县检察院、县发改委、县财政局的相关报告，选举产生了县委、县人大、县政府、县政协四套班子及其班长旺东书记、遵珠主任、魏长旗县长、平措多吉主席。这四套班子及其班长将带领墨脱踏上新征程，开创新局面。

我出席了党代会、人代会，列席了政协会；李斌副书记出席了三个会；李展健、雷震列席了党代会；邓宏照列席了政协会。八个队员中有五人参加了会议，占总数的63%。我们是十分幸运的，刚来就碰到了换届，让我们多了一次经历，从中也学到了很多。

三个会议分别系统总结了过去五年的工作和成效，深入分析了当前的形势和环境，明确提出了今后五年的思路和目标，全面部署了今后五年的任务和措施。

这是承前启后、继往开来、开拓创新、锐意进取的会议，是墨脱各族人民、各阶层人士、各界别代表团结一致的会议，是从胜利走向胜利的会议。各代表、委员纷纷表示一定要在以旺东为书记的县委正确领导下，支持县人大、县政府、县政协的工作，同心同德，齐心协力，共同缔造美好墨脱。

在今天上午人代会闭幕之后，下午广东省第八批援藏工作队墨脱县工作组就率先召开三个会议的学习传达贯彻落实会议。各队员一致表示，坚决拥护以旺东为书记的县委的正确领导，坚决支持县人大、县政府、县政协开展工作，坚决服从大局、服务中心，坚决把援建工作融入墨脱今后五年的总体部署中，坚决抓好贯彻落实。明天，县委还要召开全体干部大会，就如何贯彻落实三个会议的精神进行部署，我们也会认真执行落实。

这九天，除了参加三个会议以外，我们还分别于22、28日抽空前往“秘境墨脱”（暂定名）现场查看，拟总体规划、分步实施，近期修建一个牌坊、一个观景平台、一个停车场，远期建设一条下行到雅鲁藏布江边和亚东村江边茶园的栈道、一条上行到亚东村香蕉基地和巴米典梯田梯地的栈道。明天下午我们将组织县发改、住建、国土、交通、林业、环保、旅游等部门及墨脱镇、亚东村的相关负责人前往现场察看。

同时，我们还分别于22、26日晚上召开援藏工作经费预算讨论会和援建项目讨论会。两次都讨论到晚上快十二点才结束，也是难为各位队员了！因为我们白天都分散在不同的单位，所在单位都有工作要负责，所以工作队从来都是以大局为重、以当地为主，工作队的每次会议要么安排在晚上，要么安排在周末休息时间。

另外，我们接待了佛山市信息化调研组并积极配合他们的工作，还接待了两批外来投资的企业。

这九天，是使命重大、任务艰巨、精神振奋、内容充实的九天！

（发布时间：2016年8月28日22：28）

8月29日
星期一

走向天路48

“卫生”书记

8月20日（星期六）上午，在党代会代表报到的当天，党代会、人代会、政协会召开前夕，旺东书记带领所有在家的县领导徒步前往检查会场和代表入住的酒店，并在县城逛了一圈，检查环境卫生和市容市貌，为三会召开营造良好的环境。

旺东书记边走边指出环境卫生存在的问题，并指示分管住建的李斌副书记兼常务副县长负责落实。李斌副书记马上通知相关部门负责人前来，围绕县城不断转悠，把所有卫生死角清查了一遍，并指示各相关部门负责落实。

中午我们在饭堂吃饭后出来，李斌副书记又冒着炎炎烈日独自一人前去检查落实情况，对未落实的又一次进行督促。

当天晚饭后李斌副书记又出去了。我们都以为他是去散步，因为他有这个喜好。谁知道他又去检查环境卫生了，除了对各相关部门进行再督促再落实以外，又在广东省第八批援藏工作队墨脱县工作组的微信群上安排队里的喻晓坤落实墨脱镇政府旁边的卫生，喻晓坤任墨脱镇委副书记兼常务副镇长，我们才明白原来他又去干活了。

往后的八天时间里，李斌副书记早、中、晚最少三次前往检查，对未落实到位的和新产生的进行再部署再落实。

我几次和他一起前往会场，他一见到垃圾就亲自去捡，还教育相关工作人员和群众要注意卫生，不要随地扔垃圾，要爱护环境。

在他雷厉风行的作风和统筹协调的努力下，整个县城的环境卫生得到了极大的改善，为三个会议营造了良好的环境，也让人民群众享受了整洁干净的市容市貌。

我深深地为他雷厉风行的作风、深入细致的工作、看得见摸得着的成效而感动！这也是佛山精神的具体体现。我们私底下都戏称他为“‘卫生’书记”。

（发布时间：2016年8月30日00：24）

8月30日
星期二

走向天路49

意想不到

今天分别召开了县委书记办公会议和常委会议，明确了县委领导班子的分工。我负责广东省援墨工作，分管宣传和统战，协助县政府分管招商。这是我首次从事党的工作，之前虽然也做过党支部书记和党组成员，但主要的工作还是政务。

今年七月，我被安排来援藏，担任广东省第八批援藏工作队墨脱工作组组长、中共墨脱县委常务副书记。这真是让我意想不到！但它已经是我工作中第五个意想不到了！

1997年7月，我从东北财经大学毕业后，通过之前的公务员考试进入了佛山市贸易委员会。其实，当时及之前我对当公务员没有任何兴趣，但在家人的劝说和鼓励下，我报名并成功地考取了。就这样开始了我的职业生涯。我入职之后，被安排在信息综合科，这个科室讲白了就是写材料、爬格子的。我其实不喜欢写材料，但结果是一直到2011年的十多年间，无论我的科室、职务怎么变化，它都如影随形。写作是我第一个意想不到。

第二个意想不到就是工业。我在学校学的是贸易经济和经济法两个专业，到佛山市贸易委员会工作可谓是专业对口。我是文科生，不擅长理工类，所以从来没有想过要与工业有什么瓜葛。结果2000年的机构改革，把佛山市贸易委员会和佛山市经济委员会等机构合并组成佛山市经济贸易局，我被安排从事工业工作，一干就是十年有多，并且与写材料的角色重叠。

第三个意想不到是招商。我负责工业期间，兼顾招商引资，但主战场还是各区及镇（街道），我们作为市级机关主要负责统筹协调和全市性的招商引资活动。我接触到的招商引资工作十分具有挑战性，所以心里默念千万别让我去招商引资。但结果是你越不想就越要来，2011年时新来的市长要求我们经贸、外经贸、科技三个部门分别按照职能开展招商引资。我又被安排去组建佛山市投资服务中心，一干就是四年。

第四个意想不到就是信息化。我们对信息化一窍不通，但结果2012年佛山市经济贸易局与佛山市信息产业局合并，组成佛山市经济和信息化局。我从2014年开始工作之一就是分管电子政务。一干又是近三年。

人生及工作、生活、学习可能都会时不时地发生变动，但只要我们积极适应就会变得主动，否则就会被动；我们心态阳光就会变成惊喜，否则就是惊吓。

每一次意想不到，我都主动适应，顺势而为，奋力拼搏，在不同的岗位上、不同的角色中都付出了自己艰辛的努力。只要努力就好，其他的就留给其他！

（发布时间：2016年8月31日01：30）

8月31日
星期三

走向天路50

现场查看

为了贯彻落实县党代会、人代会和政协会的精神，加快推进“秘境墨脱”（暂定名）和“门珞云杉牧场旅游区”（仓秀措二期工程，暂定名）等拟建项目的确定、选址和方案，广东省第八批援藏工作队墨脱县工作组在8月22日党代会期间抽空前往“秘境墨脱”进行了初步察看。

28日人代会闭幕后，又与县旅游局的相关负责人前往实地查看。这次查看更为深入，以西漠嘴为中心，上至墨脱镇亚东村的香蕉基地，下至雅鲁藏布江边及亚东村的江边茶场。

有了更为明确的设想之后，29日下午我们组织了县发改委、住建局、国土局、交通局、林业局、环保局，墨脱镇及亚东村，林芝公路分局扎墨公路机化队、华能公司等相关单位的负责人前往现场察看。各单位均表示该处景观独特，与相关规划没有冲突，可以进行规划建设。机化队提出要办理相关手续，我们表示认同并严格按照有关程序办理。

我们拟在该处按照总体规划、分步实施的原则，近期修建一个牌坊、一个观景平台、一个停车场，远期建设一条下行到雅鲁藏布江边和亚东村江边茶园的栈道、一条上行到亚东村香蕉基地和万亩梯田梯地的栈道，打造“秘境墨脱”，提升县城的旅游价值和品位。

今天，我们和县旅游局的相关负责人八点钟就冒雨出发，驱车前往扎墨公路62K处的仓秀措景区实地查看。经过研究，我们在扎墨公路约55K处离开公路，下行到沟里去。没有路，我们只能在向导的带领下沿着陡峭的山坡往下走。沿途多云杉和竹子等树木阻挡，饱受雨水和地表水、地下水浸泡的泥土十分湿滑，很难走，有好几个队员都摔了一跤，满身泥巴。

下得山来，谷底豁然开朗，原来这里有一个坝子。两山夹峙，云雾笼罩，嘎

隆拉河从中蜿蜒咆哮奔腾。四周都是云杉林，不少已经枯死，很有沧桑感。坝子上长满了草和各种小花，对岸还有几个牧民的木房子，牛悠然自得地在吃草或者躺卧休息。

看着这坝子草原十分漂亮，走起来却十分头痛。原来这草原是个沼泽地，每走一步都要十分小心，否则就会陷进去，有几个队员在拔腿时鞋子都掉了，鞋袜都湿了。这时我们才有点体会到当年红军过草地的艰险，而我们这里的沼泽还不算深，也不算大。如果不走沼泽地，而走牛经常走的路，更是泥泞不堪，还有队员不小心一脚踩到牛粪中去了，很是狼狈和尴尬。

这里有茂密的原始云杉林，有蜿蜒曲折而咆哮奔腾的嘎隆拉河，有草原牧场和木屋、牛羊，风光不错，离扎墨公路不远，具有一定的开发价值。

由于县旅游局、墨脱镇及墨脱村希望开发，所以我们下午回到县城后又去了墨脱镇墨脱村的大石滩。该处位于雅鲁藏布江边，德兴藤网桥旁边。那里有一片石滩，雅鲁藏布江到此处部分江水被阻挡，形成回流和漩涡。石滩的面积不大，与德兴藤网桥结合起来具有一定的开发价值。

（发布时间：2016年8月31日23：27）

走向天路

援藏这三年·第一辑（上）

2016年

9月 September

9月1日
星期四

走向天路51

美酒猎枪

中国各族人民的基本共识是：朋友来了有美酒，豺狼来了有猎枪！我们广东省第八批援藏工作队墨脱县工作组也是这样。

自打我们进墨以来，除了当地领导、干部、职工和群众十分热情以外，动物界的朋友也是友爱异常，纷至沓来！

他们白天来，晚上也来，晚上来得比白天要多，可能是他们白天也要上班挣钱养家糊口吧。他们工作天来，休息日也来，但这个就看不出什么时候多什么时候少，可能是随机、随缘的。

我这个人呢，爱动也爱静，基本上都能够做到动静分明、动静结合，该动则动、该静则静。

晚上是我想安静的时候。但是朋友们那么踊跃，纷纷前来看望关心，我十分感动。但我还是想安静一下，所以把他们尽可能地拒之门外。他们还是不甘心，就爬在纱窗、纱门上围观，也是难为他们了。我也感觉自己好像是明星了。我虽然单身在墨脱，但是我也有一些不方便给朋友们围观的隐私，于是就把窗帘、门帘拉上。朋友们，我要进入莲花秘境了，可别偷看哦！

动物界也有狗仔队，他们也会想尽办法混进来。好吧！进来就进来了。我也是一个热情好客的人，虽然没有什么好东西招呼他们，但这不是我小气，而是我提供的佳肴他们实在啃不下。但我尽可能地接受、理解、宽容、爱护他们。

那么久以来，我们都和平共处，相安无事，互相尊重、理解、支持和配合，哪怕他们偶尔不守规矩我也算了，大人不计小人过，人类不算动物非，最起码在房间里构建起和谐社会。

但从前几天开始，这种平衡被打破。先是蝉先生混进来，不管白天黑夜乱窜乱撞，弄得到处咚咚咚咚响。但他毕竟是老实人，逮住他以后教育一番还是听讲听教，然后把他放到门外也就知趣地走了。我祝他一路平安、旅途愉快！

可蛾姑娘就没那么高的思想境界了。她是感性的、现实的。她混进来以后，白天还算老实，可到了夜晚就蠢蠢欲动，想入非非了。进我卧房，还进我帐房，无所不用其极。这也算了。最不能忍受的是，她见我没反应，就好好表现自己，拿出一副殉情的样子，不管开灯还是拉灯，都拿头到处乱撞，虽然没有头破血流，但弄得整个晚上咚咚咚咚咚响，我还怎么睡？

对于顽皮的女孩子，我还是宽容的。可是她连续几天不让我睡觉，这就有点闹大了，性质从此逆转。她这种胡缠蛮搞，不依不饶，开始转化为敌我矛盾。我将她的劣迹在朋友圈予以曝光，希望她能够有所收敛，甚至是回心转意。

但是她真心要一条直路走到底，不到南山不回头，不见棺材不落泪，不进坟墓不甘心！我只好在广大微友的一致呼吁下，应全国各族人民的要求，替天行道，拿起拖鞋当猎枪，经过多轮斗智斗勇，将她安全地送到天国安息！

她安息了，我安静了，今晚应该可以安睡了！

（发布时间：2016年9月1日23：36）

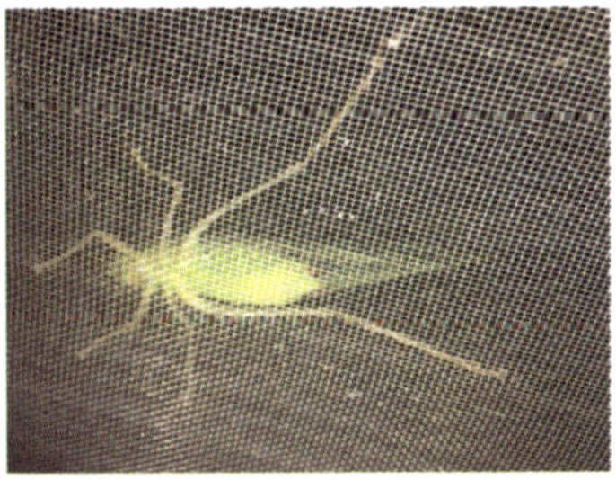

9月2日
星期五

走向天路52

没有健康就没有小康

温饱问题解决之后，健康和教育就成了群众最关心、最直接、最现实的问题。墨脱要在2018年与林芝市同步进入小康社会，健康是绕不开的一道坎。没有健康就没有小康。因此，广东省第八批援藏工作队墨脱县工作组进墨以后，经过深入的调研和分析，决定将医疗卫生作为一项特别重要的工作来抓，做出了一系列的安排。

首先是团队建设。团队是工作的主体，没有团体一切都无从谈起。所以，工作队里面就安排了一位来自佛山市南海区第六人民医院的主任医师——雷震，任墨脱县卫生服务中心副主任。他的到来发挥了积极作用，特别是在被高压电线击伤的珞巴族少年的救治上（详见《走向天路24——接力救治珞巴少年》《走向天路25——来林这几天》《走向天路34——二出林芝》）。

同时，我们还在佛山市及禅城区疾病预防控制中心分别选派了两位专家——杨泽锋、傅秋龙。他们的工作期限是半年，主要任务是疟疾的防治。他们把整套经验和做法编写成手册，这样他们回去以后就可以把知识留下，工作人员只要根据指引操作即可。这种授人以渔的做法让我十分欣赏。

8月30日，我们又迎来了佛山市中医院徐志强副院长、陈务民副科长、陈玉梅主任陪送过来的三名专家——刘天、何家雄、胡惠娟，他们的工作期限是三个月。我建议他们也采用授人以渔的帮扶方法，把工作重点放在学科和科室的建设，管理制度、诊疗规范的建立，诊疗方法、经验的传授，医务人员的培训，重大疾病的治疗等方面。

以后，我们还会根据墨脱的实际需要，组织更多的医务人员和专家前来进行帮扶。佛山市中医院也会轮换相关专家过来帮扶，同时也会适当组织相关医务人员进行培训，提升他们的水平。

第二是创建二乙医院。目前，墨脱县卫生服务中心正在创建二乙医院，他们已经做了大量的前期工作，但还缺两项：一是微生物实验室，需要100多万元；二是麻醉医师。我们对此十分重视，多方进行沟通协调，但由于种种原因还没能得到解决。最后资金只能在工作队里面解决，但是现在工作队的资金也没到位，只好向县政府借支。麻醉师的问题随着徐志强副院长一行的到来看到了希望，他已答应回去院里协调解决。如果墨脱县卫生服务中心能够成功创建二乙医院，在林芝市各县（不包括市）中将是等级最高的，医疗服务将得到较大的改善。徐院长还答应加大支持力度，在三年内再帮扶卫生服务中心创建二甲医院，那样墨脱的医疗服务将得到进一步的提升。

第三是基础设施建设。我们在援建项目里面做了相应安排，拟投资300多万元改扩建达木乡卫生院。该项目选址已确定，相关程序和手续正在办理，预计在9月13日就可以动工。同时，我们拟安排1000多万元推进46个村的卫生室建设，一口气完成国家和自治区下达的任务。随着县卫生服务中心等级的提升、达木乡卫生院和46个村卫生室的建成，基础设施建设全面覆盖县、乡、村三级，将极大地提升当地的卫生医疗环境和水平。

第四是完善医疗设备。我们已经与佛山市医学会联系沟通，该会已在会员中募捐了一批医疗器械，价值近百万元。今后我们还将继续通过募捐和工作队投入相结合的办法支持墨脱医疗设备的完善。

第五是加强医疗救助。我们将多方筹措资金，将现有的贫困家庭医疗救助基金继续下去，努力让困难群众病有所医，同时对一些重大疑难病症病人有条件有选择地送到佛山或其他城市。

第六是加强体检帮扶。我们正在研究如何利用佛山等地派来的专家和当地现有的设备，分层分批组织当地领导、干部和职工进行体检，让援藏工作也惠及广大干部职工。

当然，这所有的一切都需要各相关单位和企业的大力支持。我们希望通过与社会各界的共同努力，让墨脱的广大人民群众以健康的身体步入小康社会。扎西德勒！

（发布时间：2016年9月3日00：21）

走向天路53

迈出第一步

（下乡进村入户之一）

我们进墨之前，就已向相关领导和前辈了解墨脱的有关情况。基于墨脱雨季期间塌方、泥石泥和滚石等自然灾害频繁影响安全，还有2个乡和16个村未通公路，须长途跋涉。基于天气炎热不方便住宿和衣服换洗等因素，我们决定调研分三步走：第一步是相关领导拜访和县直部门及其他驻墨单位调研，第二步是拟建项目的实地考察，第三步是乡镇及村的调研。其中第一项已经全部完成，第二项根据目前的项目安排也已暂告一段落，那么是时候根据天气情况适时安排下乡镇及村调研了。

县委办的同志十分认真和细心，根据我的要求制订出详细的调研计划。我们的考虑是尽可能系统，既对乡镇及村进行全面调研，也对特色产业、拟建项目进行重点考察，还同步看望慰问乡镇及村两委班子、驻村工作队、驻寺工作队、派出所、卫生院、学校以及贫困户。全县共有8个乡镇46个村，需时较长，不可能一次全部搞定，只能根据天气情况、路况、路程并结合其他工作统筹安排、分步实施。

今天，我们因事前往林芝。这已是我们进墨后第三次前往林芝了。由于不想在扎墨公路上白跑，所以决定对沿线的墨脱镇玛迪村、米日村开展调研。

昨晚下了一整夜的雨，直到早上也没有停止。我们向队员王强询问，他说应该不怕之后，我们冒着雨于九点钟出发，先后来到玛迪村和米日村。我们与村两委和驻村工作队进行了座谈，详细了解村的各方面情况、存在的困难和问题、意见和建议，并进行了慰问。随后又到各贫困户了解情况，听取意见，关心慰问。我们对每户的人口构成、收入来源、致贫原因等都进行了详细的了解，并鼓励他

们坚定信心、学习技能、勤奋工作、多想办法，生活一定会更美好。

在米日村，我们还冒雨前往村里提议进行旅游开发的色那拉措去实地考察。该处位于扎墨公路下方的雅鲁藏布江畔。上下的路都是村民走出来的自然路，丛林密布，陡峭湿滑，再加上我们没有预备登山鞋，穿着皮鞋异常难走。好不容易下到江边，只见雅江汹涌澎湃，气势骇人！只是村里讲的原来在雅江上的堰塞湖——色那拉措早已于2000年被易贡的堰塞湖崩溃时一并摧毁了。旅游开发价值是不大了，可爬上来的路更加陡峭湿滑，异常危险，稍有不慎便会滑到雅江去印度神游了！

行进的过程中，总感觉脚和腿有点不对劲。没错，这里面真有乾坤！原来是山蚂蟥上身了！我们爬上来回到扎墨公路的时候，卷起裤腿一看，每个人少则两三条，多则四五条，有的已经紧紧地吸住了，有的还在活跃地爬动寻找下口的地方。这已经是我们第二次遭遇蚂蟥了，上一次是去德兴乡巴登则村看望慰问“6·16泥石流”遇难者家属的时候。

我们把它们都扒下来了，就开始往村里走。这时才发现从头到脚全都被汗水浸透了，幸亏带了换洗的衣服，否则不知道该如何处理。后来很长一段时间，我们都好像感觉有蚂蟥附身一样。

村干部和驻村工作队的工作是艰苦的，村民的生活是艰苦的，援藏工作队下乡也是艰苦的。援藏工作，几乎每一天都是和艰苦同路，与危险同行。

（发布时间：2016年9月4日00：14）

走向天路54

动物旅伴

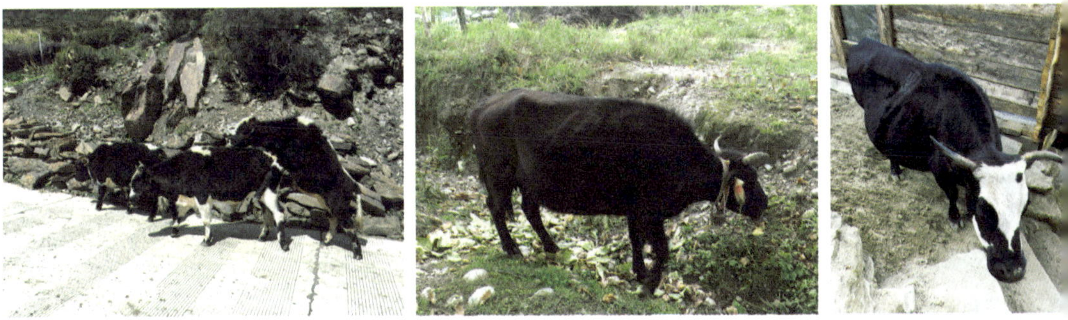

行走在青藏高原的公路上，缺氧但不缺精神也不缺朋友，你会发现人在旅途并不孤独！我们还有很多动物旅伴！

旅伴之一，牦牛。它号称高原之舟。在高寒地带经常能够看到它们三五成群一起分享草原的恩赐。别看它们牛高马大的，其实它们也是胆小鬼，当你一走近，它们就走远，当你一拿起石头，它们就赶紧跑，吓唬一下，它们也怕。我猜想，它们害怕人类的原因可能是太多人在吃牦牛肉了。它们长长的毛有时候对自己可能是个麻烦，很多长刺的植物果实或种子就粘上去了，密密麻麻挂了一身，也算是一道风景，但它对植物的传播却大有好处。

旅伴之二，马。它们也经常在公路边上吃草，但不会挡道。它在交通规则方面比较守规矩，但马容易踢腿，也可能是个麻烦。

旅伴之三，牛。它真的牛！它可以悠哉悠哉地躺在公路中间休息，什么车来了也不怕，只有你让它，没有它让你。

旅伴之四，羊。羊跟牛马一样，在路边吃草悠然自得。有山羊，有绵羊，也有其他叫不出名字的羊。

旅伴之五，藏香猪。这里的动物都是放养而不是圈养的，它们经常跑到路上招摇过市。黑乎乎的身体远远就能看到，可是别看它的样子不好看，它的肉可是好吃着呢！

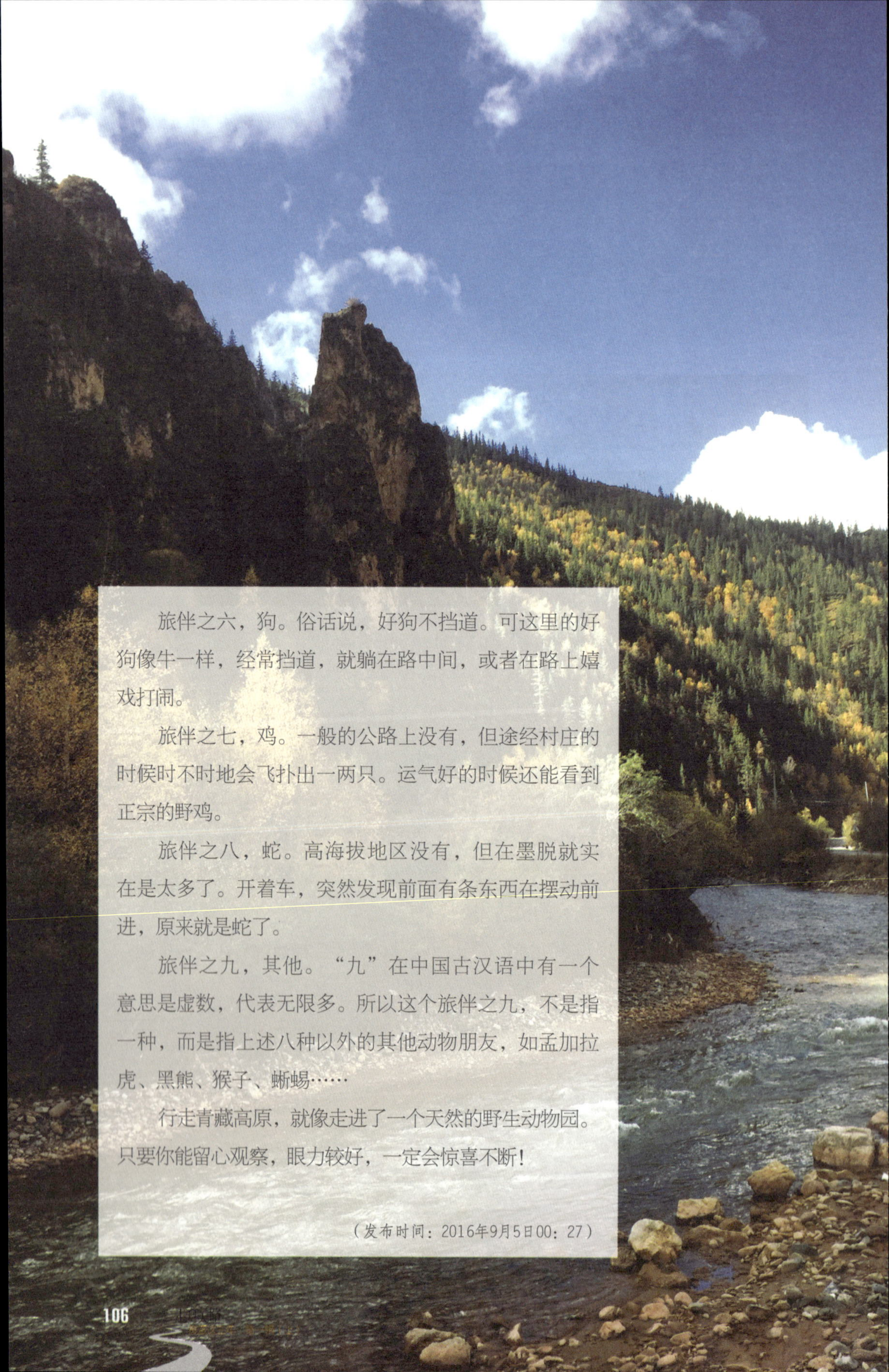

旅伴之六，狗。俗话说，好狗不挡道。可这里的好狗像牛一样，经常挡道，就躺在路中间，或者在路上嬉戏打闹。

旅伴之七，鸡。一般的公路上没有，但途经村庄的时候时不时地会飞扑出一两只。运气好的时候还能看到正宗的野鸡。

旅伴之八，蛇。高海拔地区没有，但在墨脱就实在是太多了。开着车，突然发现前面有条东西在摆动前进，原来就是蛇了。

旅伴之九，其他。“九”在中国古汉语中有一个意思是虚数，代表无限多。所以这个旅伴之九，不是指一种，而是指上述八种以外的其他动物朋友，如孟加拉虎、黑熊、猴子、蜥蜴……

行走青藏高原，就像走进了一个天然的野生动物园。只要你能留心观察，眼力较好，一定会惊喜不断！

（发布时间：2016年9月5日00：27）

9月5日
星期一

走向天路55

人在旅途

行走青藏高原，除了众多的动物旅伴，还有我们自己的众多同类。

走在路上，很霸道的都是开越野车的，他们有性格，飞驰而来，绝尘而去，辗过一片水滩，溅起一片泥巴，让后面的车和路边的人都害怕。有钱就是这么任性！

也有轿车的，一般情况下都没事，但碰上烂路就恼火了！别怪人，谁让你的工具不行！这还能怨人呢？

轿车算是好的，摩托车上的人风吹雨打，顶风冒雨，手麻了，腰直了。最可怕的还是打滑！

还有骑自行车的，绝大多数是学生。看着娃儿就心疼，特别是自行车坏了的时候。但是看着他们坚毅的面容，也就放心了。毕竟娃娃们还年轻，我相信他们能够克服困难。每当看到他们都会竖起大拇指表示敬意和鼓励。

还有更艰辛的，那就是徒步。有些是穿情侣套装的，当他们走不动的时候，就会伸出拇指，请求搭便车。只要我们的车还有座位，就会让他们上来。其他哥们都是性格独特，喜欢一个人的旅行，还在背囊上写上“决不搭车”。这下子你终于知道什么叫牛人了吧？

最虔诚的要数佛教徒。他们一直跪拜着前进，如果不是有一股强大的精神支柱，根本不可能做得到，可见信仰的力量。

（发布时间：2016年9月6日00：22）

9月6日
星期二

走向天路56

青稞熟了

9月4日（星期天），当我人生中第八次经过鲁朗小镇的时候，我留意了一下，长在路边的青稞熟了。金黄金黄的，十分漂亮，也让我们看到了秋收季节的希望和期待。

青稞是我国藏族及其他相关人民的主要粮食。西藏四宝之首的糌粑就是用它做主要原料的。在现代化的工业技术条件下，青稞也越来越多地被做成其他食品，如青稞挂面、青稞馒头、青稞营养粉、青稞酒等青稞产品。更多其他的产品等待着我们工业人和广大人民群众去开发去创造。

青稞主要分布于我国西藏、青海、四川西北部、甘肃西南部及云南西北部等地。可惜墨脱几乎没有。它既是主要的粮食作物，也是一道亮丽的风景线。未成熟的时候，绿油油的，成熟了，黄澄澄的。在蓝天白云雪山森林映衬之下，好美的一片自然山水风光。收割的时候，更是一幅劳动与收获的壮美画卷。

青稞也是西藏的历代贡品，如西藏联乡是历代班禅贡品青稞基地，尼木是历代达赖贡品青稞基地，普兰是古格王朝贡品青稞基地，泽当是吐蕃王朝贡品青稞基地。

青稞作为藏族和其他相关民族的主要粮食，具有丰富的营养价值和药用价值。据科学研究，青稞具有提高机体防御能力、调节生理节律的作用，还能防癌抗癌、防治糖尿病、清肠通便、养胃健脾等等，确实是青藏一宝。在高寒缺氧的青藏高原为何不乏百岁老人？据说是与常食青稞及其制品有关。

现在，青稞早已超越了粮食的范畴，从物质上升到文化，从粮食上升到食粮。未来，青稞将会成为一个以物质为基础，以粮食为主体，以食品为拓展，承载着内涵丰富、极具特色的青藏高原民族文化的重要载体。

（2016年9月6日23：37）

9月7日
星期三

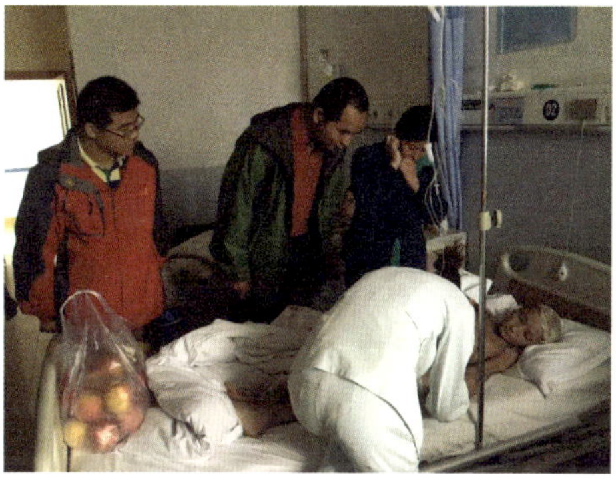

走向天路57

三出林芝

我们9月3日（星期六）上午九点从墨脱冒雨出发，第三次前往林芝。沿途顺便调研和慰问了墨脱镇的玛迪、米日两个村。在米日村午饭后继续冒雨进发，于傍晚时分到达波密县。波密目前是墨脱到林芝公路的必经之地，我们每次往返林芝市，不是到波密午餐就是到波密住宿。这次的行程安排是到波密住宿，当晚吃住都在驻军某部。我们与驻军某部相关负责人进行了工作交流，由于当天刚好是抗日战争胜利纪念日，我们还就共同关心的问题进行了探讨和交流。

9月4日（星期日）上午九点，我们离开波密前往林芝。当天依然全天下雨，道路湿滑难走，于中午时分到达巴宜区鲁朗镇，在鲁朗石锅一条街品尝了石锅鸡。由于色季拉山上修路，查询了一下要到下午四点钟才放行。于是与鲁朗景区管委会主要负责人联系，利用这个等待的时间考察鲁朗花海牧场旅游区，为我们的援建项目积累更多的经验。下午四点开始从鲁朗镇上山，依然还没有放行，大概堵了一个多小时才恢复通行，于晚上六点半前赶到林芝福建援藏干部公寓，见到了许典辉等广东省第八批援藏工作队领导，并进行了工作汇报。

9月5日（星期一）上午，我们与许典辉等领导一起与中国工程院院士陈勇进行了座谈，就生物质能的开发利用等产业进行了探讨。随后，县农牧局副局长赖明建陪同陈勇院士等前往位于巴宜区的林芝宇高生态农业开发有限公司调研，考察其利用猪粪等发酵成沼气，再利用沼气发电的整个技术流程。

而我们则来到林芝市人民医院，在广东省援藏医疗队队长、林芝市人民医院副院长杨磊等医务人员的陪同下，再次看望慰问了遭高压电击伤的珞巴族男孩白玛次仁，向主治医生详细了解上次截肢手术后的恢复情况。看到白玛次仁伤口痊愈很快，身体健康状况明显改善，医治效果良好，我们感到很欣慰。这已经是我们第三次前来林芝看望了。杨磊副院长表示，在我们的请求下，医院方面全力以赴进行了救治，并尽最大限度减免费用。今后，我们还会一直关注其治疗和恢复情况，直到他康复出院。

然后，我们又看望慰问了在该院住院的广东来西藏支教的金伟老师。金伟老师来自湛江，在波密县支教，上个星期高烧不退，后被确认感染了内心膜炎并被送到林芝市人民医院救治。根据金伟老师的病情，他被安排于9月6日乘机返回广东继续医疗。这其中，广东省援藏医疗队发挥了重要作用。让我们祝愿金伟老师早日康复，身体健康，尽快返回波密支教吧！

下午，我们陪同陈勇院士等前往西藏欧林生物质能有限公司调研，考察其将林下废弃物（包括农作物秸秆、林业废弃物等）压缩成高效燃料，生产出新型的清洁能源。

9月6日（星期二）上午，我们前往林芝公路分局与分局党委书记方有珠协调“秘境墨脱”项目中涉及公路部分相关事宜。方书记本来在休假，但专门赶回办公室热情接待了我们，并十分热心地帮助我们协调解决了援建项目的涉及公路问题。我们深深地感受到，我们在支援西藏，西藏也在支持我们，我们并非一个人在战斗。

下午，我陪同墨脱县委书记旺东前往林芝市委，向广东省第八批援藏工作队领队，林芝市委副书记、常务副市长许典辉做了工作汇报。我们驻墨脱工作组的思路和工作获得了许典辉副书记的充分肯定和赞扬。

随后，我们又与易贡茶场党委书记杨爱军等相关负责人进行了交流，请教探讨茶叶产业的发展问题。原来拟于9月7日前往易贡茶场进行实地考察的，但考虑到连日降雨影响道路交通安全，双方商定另外再安排时间前往。

原本安排今天（9月7日，星期三）返回墨脱的，但已经连续多日降雨，而且昨晚和今天还是持续降雨，为了安全起见，决定暂不出发。临近中午，见到天气有点好转，便决定午饭后出发。下午一点，我们如期实施。可到了色季拉山快到鲁朗镇时，遇到修路堵车，经了解几个小时内都不会放行，于是决定折返林芝。结果是正确的，有人说到了晚上八九点钟还在堵。

（2016年9月7日22：54）

9月8日
星期四

走向天路58

高原上的云

在青藏高原上，有一位好姑娘。她美丽，纯洁，仪态万千；她痴情，不离不弃，如影相随；她令我着迷，让我欣慰，为她痴呆。她的名字叫“云”。

当她盛装亮相的时候，阵容庞大，高高在上，颇有遮天蔽日、铺天盖地的感觉。整个天空好像盖了一层松软的棉花，在半空中形成了一个平面，与山峰、河谷构成了一个倒三角形。当她倒映在湖面或者相对平静的河面上，大地仿佛变成了一块夹心饼。

每当早上或者傍晚时分，在阳光的映照下，她更加地绚丽多姿，色彩斑斓。她斑驳的身影投射在高原大地上，投射在江河湖泊上，投射在房顶屋墙上，投射在人脸心房上，愈发显得瑰丽动人。

天雨沐浴之后，她犹如出水芙蓉，变得更加妖媚动人。此时的她十分善变，仿如佛祖有三十六个应身，瞬息万变，捉摸不透。她可以笼罩于山顶之上，刹那间让群峰白了少年头。再往下蔓延，又使群峰变成了一棵棵头顶白雪的圣诞树。这个时候，我很想爬到山顶，把她搂入怀中。她也可以弥漫于山谷之间、河谷之中，从山顶往下看，好像她要填满所有的沟壑一样。这个时候，我好想飞身跳下去，投入她的怀抱。

高原上的她是如此纯洁，好像永远也不会变色。如果在平原，她耳濡目染容易受污，雨前雨中她都会变得污浊不堪。而在圣洁的高原，即使下雨，她也总是坚持着本色，纯洁依然。这也许是信仰的力量吧。

晴天里，有时候她从空中飘过，突然摇身一变化成了珠帘（一种长气根的藤本植物，公园里多让它长在架子上，让气根密集下垂形成一道门帘），一直下垂到地面，把天地直接连接了起来。每当这个时候，我都想着把她当作天梯，攀上九重霄。

她有时候悬浮在山顶之上，与山峰的排列几近一致，像一支出海的舰队，特别是从飞机上往下看，更加形象逼真。有时候会扣在山峰上，像一顶顶白色的帽子。有时候挂在半山腰，像人们为神山奉献的条条哈达。有时候长长的一串横在山峰或者河谷之间，像条条白色的经幡，甚至还像墨脱的藤网桥。

她还能像孙悟空一样，随时、随地、随意变化，一时变龙，一时变凤，一时变虎……你见过的，没见过的；你想象得到的，你想象不到的，应有尽有。

她是那么的美丽动人，让我感触良多，于是随手写下了一首“口水诗”《你是云我是雨》：

你是云儿我是雨
躺你怀里好温暖
你冷了我也走
化作泪珠往下跑
莫愁，莫愁
待咱相见情依旧

（发布时间：2016年9月8日22：36）

9月9日
星期五

走向天路59

雨后天晴

我们原定9月7日（星期三）从林芝返回墨脱，但当天早上持续大雨，而且之前已经连续多日降雨了，为安全起见决定暂不出发。临近中午，天气有所好转，便于午饭后出发。可到了色季拉山路段快到鲁朗镇的时候，遇到修路堵车。听说施工单位与工人闹矛盾，双方撂挑子走人了，但施工机械却横在路上，其他车辆无法通行。估计几个小时内都无法通行，于是决定折返林芝。后来有人告诉我说到了晚上八九点钟还没放行。

我们折返林芝的时候，雨还在下个不停。雨水在路上低洼的地方形成了一条条黄色的小河，有些地方还积水成潭。路上遇到了多次塌方和滚石，幸亏还能勉强通行。滚下来的石头有的很大，如果被砸中后果不堪设想。阿弥陀佛！快走！

9月8日（星期四）早上起来打算出发，结果下着大雨。天气预报说依然有中到大雨，并发出了地质灾害预警，我们又放弃了原来的行程，在林芝滞留了一天。当然，我们也没闲着，就去拜访了部分墨脱籍或者在墨脱工作过的领导，向他们虚心请教，收获颇丰。一位长辈看了我的微信朋友圈，知道我滞留在林芝，又从拉萨过来看我，让我十分感动。

今天，我们早上六点起床，发觉雨过天晴，云升雾腾，朝霞艳艳，神清气爽，便决定七点半出发。一路上尚算顺利，没有怎么堵车。只是雨后的路更加坎坷，既多塌方、泥石流和滚石，也多水毁路段和“弹坑路”“排骨路”“跳舞路”，还有很多积水路和烂泥路。在扎墨公路上，有一次几乎与死神擦肩而过，险些撞车，好在队员王强经验丰富，处置得当。

途中，我们又一次拜访了驻军某部，商讨合作。在扎墨公路上分别看望慰问了52K公安检查站和林业检查站、80K公安检查站的工作人员。在西漠嘴再次实地考察了“秘境墨脱”（暂定名），萌发了一些新的创意，使整个景区的规划设计更加完善、完美。

当我们于傍晚六点半回到墨脱驻地的时候，留守在此的队员见到我们平安归来都十分欣慰。毕竟，在这里的每一次出行都让人多了一份担忧、一份牵挂！

晚饭后，我们又召开了会议，对一些新的精神进行了学习传达，对一些急迫的问题进行了研究，直至十一点半才结束。

（发布时间：2016年9月10日08：44）

走向天路60

天路之愁

“蜀道之难，难于上青天”。这是1200多年前李白在《蜀道难》中发出的感慨，也是当年蜀道的真实写照。他之所以有这样的感慨，是因为这哥们当年没来过青藏高原，更没到过墨脱，否则他又会写一首《蜀道易》，然后又感叹“蜀道易，易过借火”了。

1200多年过去了，当我们来到这个雪域高原的时候，发现蜀道早已不难了，但藏道不光难，而且还愁！

2009年，我曾经和朋友来过一趟西藏。他们从佛山开车出发，走川藏南线（318国道）到拉萨。我没有那么多时间，便飞到拉萨跟他们会合，然后走滇藏线回到丽江，又再飞回去。那时候的路况比现在还要差得多，特别是通麦天险。但因为是第一次，而且是来旅游，当时只觉得刺激和好玩，没觉得有什么大碍。

后来也一直想来西藏旅游，但由于种种原因一直未能实现。可真没想到人生有时候那么具有戏剧性，组织竟然帮我实现了愿望，安排我来西藏“旅游”，而且一安排就是三年。

我们进墨不到两个月，三次进出林芝，七次穿越“八墨公路”（其实就是318国道八一到扎木段和扎墨公路，因为这是我们经常走的路，为表述方便我将其简称为“八墨公路”）。其他的藏道还没走，就已经日益感受到藏道之难、险、愁。

愁什么呢？仅以“八墨公路”为例：

一愁天气。夏天多雨，容易引发塌方、泥石流、滚石等地质灾害，轻则导致堵车，重则交通中断，甚至引发事故。冬天多雪，据说嘎隆拉雪山路段积雪厚度达一米多，隧道打通前通车时间只有四个月，打通后封山时间也有两个月。春天多雪崩，也容易发生春汛。秋天也偶尔会有秋汛。一年到头，不是这灾，就是那灾。除了不安全，还严重影响行程安排，不是你说走就走，不是你说到就到，心里很没谱。

二愁修路。走了“八墨公路”那么多次，没有碰到过不修路的，也没有碰到过只有一个地方修路的。原因就是这里的地质结构不稳定，在雨雪和地震等自然灾害的影响下，十分容易损毁。这里修路不能晚上修，都是在白天才能修。由于道路狭窄，很多是封闭施工，分时段放行。但这其中估计也有施工管理和施工效率的问题。这段时间里，最头疼的就是色季拉山路段。

三愁堵车。除了前面两种情况会导致堵车外，还有两种情况：有些路段因损毁或修路收窄，只容一车通行，结果两车相遇来不及倒车甚至各不相让，而双方向的车从后面涌上来，就这样堵死了。有些路段特别是扎墨公路本来就只容一车通行，结果几车相遇特别是与大货车相遇，倒车有距离而且困难，也会造成拥堵。

四愁混乱。除了管理、施工可能有些不完善外，部分驾驶员的交通素质可能也有些问题。堵车的时候，有些车辆就从左边插上来，将路完全堵死，等到有人来疏通了也很费时费劲。由于路途遥远，路况差并不代表速度慢，因速度过快导致的事故也时有发生。

每次行走于“八墨公路”，都是胆色与运气的握手！

今天是教师节，感恩有你！祝各位老师节日快乐、工作顺利、身体健康、万事如意！！

（发布时间：2016年9月10日22：40）

9月11日
星期日

走向天路61

稻田上队旗飘

前天从林芝返回墨脱之后，得知“6·16”泥石流灾害事故中受重伤的白玛平措家准备收割稻谷，但缺乏劳动力，便决定于昨天带领工作队的同志一起前往帮忙。工作队中除了邓宏照和郭振华两位同志因为加班未能参加以外，其他六个同志全部参加，医疗卫生专家组的傅秋龙、胡惠娟等同志也踊跃参加。

早上九点，我们扛着刚刚制作好的队旗，在白玛平措及其家属的带领下准时出发。一同前往帮忙的还有墨脱镇和华能公司驻村工作组的几位同志。虽然已是九月，虽然还是早上，但这里的太阳依然火辣。大家扛着工具，背着饮食，头顶烈日，身沾露水，脚踏泥泞，沿着崎岖的山路前进。我们蹚过了几条小河，涉过了十多水凼，踏过了无数烂泥，穿过了无尽野草，终于来到田间地头。田埂杂草丛生，更加难走，有些是用圆石垒起来的，踩上去会滚动、打滑，更多的是烂泥，除了陷进去以外，还会崩塌，每走一步都要十分小心。

来到田里，我们把队旗插在田埂上便开始干活。我们来收割的人按工作主要分成三类：

一类是割禾的。我们每人一把禾镰。我自从上大学后已经有23年没有干过这种农活了，试了一下发现自己依然宝刀未老，动作还挺麻利。李斌、喻晓坤、赖明建等队员也都很熟练。对不太熟练的其他人进行了简单的示范，他们也马上掌握了。你可别小看了，割禾也是一个技术活，右手握禾镰，左手正向抓住禾杆中间偏下的位置，下刀的地方离田面约十厘米左右，高了不好抓，低了不好打。割下来的摆放也有讲究，两到三抓放成一把比较适合，多了打稻谷时不好抓或者抓不下，少了效率不高。由于是水田，割下来的水稻最好放田埂上，这样不会让稻谷沾水，否则会增加搬运的重量，还会让稻谷容易发芽变坏。摆放的时候每把交叉摆放，这样打稻谷的人好抓好拿，也能增加摆放的空间。

另一类人是打稻谷的。这里打稻谷的工具是禾桶（广东乡下的叫法）。禾桶就是用来打稻谷的，下面是一个椭圆形、圆形或者方形的大木桶，用来盛放打下来的稻谷；上面左右和后方用编织布、布或者竹篾编成的制品围挡，用来防止打稻谷时向外飞溅，但不封顶，否则举起抽打的时候就会被阻挡；桶内前方斜放一个梯子，打稻谷时就把稻穗抽打在上面，让它脱落；桶子前方左右各系一条绳子，两条绳子可分开也可捓在一起，用来拖拉禾桶前进。打稻谷既是体力活也是技术活，打的时候要高举过头顶然后抽打在禾梯上，抖一下再举起来抽打一次，然后翻过另一面按上述步骤再抽打。我发现当地人抽打后没抖一下就直接再举起来，结果不少稻谷往后甩到田里去了，十分浪费，这对田少产量低的墨脱农民来说不是件好事。于是我就过去示范给他们看，讲解给他们听。旁边的其他农户也有这样的情况，我也过去示范了一遍。他们打完稻谷以后的禾秆就一堆堆放在田里，不利于腐烂变肥，而我们乡下都是散开撒到田里，方便它腐烂和犁田的时候踩到泥里变肥的。看来教授大家相关的技术和方法也很有必要。

还有一类人是为打稻谷的人送禾把或者做其他辅助工作的。

我们很快就割完了三块田。由于禾桶少，打稻谷的跟不上。于是我们割禾的就兵分两路，一部分再去白玛平措家的另外三块田割禾，我和李斌、赖明建、雷震、傅秋龙去旁边另外一户人家帮忙，又割了两块田。到了中午一点左右，白玛

平措家的九块田里已经割了六块。

由于我们之前安排了当天下午前往墨脱县五保集中供养服务中心慰问和华能西藏墨脱电力有限公司调研，得知其他人留下当天也可以全部收割完毕，于是我们工作队便返回驻地午餐，然后继续开展其他的工作。离开田里的时候，我又顺便扛了一袋稻谷到集中堆放的位置。沉甸甸的稻谷压在肩上，穿着水鞋走在泥水快要及膝的田里，可不是一件容易的事。

大家热火朝天地干活的时候，我们工作队员和其他人有说有笑，既干了活，又增进了沟通和感情，全然忘记了苦和累。当我们想直起腰的时候，才发现好像被凝固了一般；当我们想迈开步的时候，才发觉好像被吸住了一样。汗水似乎从身体的每一个部位冒出，然后在全身形成多股细流，从头开始流到脸上，流到脖子上，流到背上……最后滴在田里。全身再也找不到一个地方是干的。汗水流到眼睛的时候有点涩涩的，流到嘴里的时候有点咸咸的，让我们多角度体验了汗水的味道。

当我们宣布收队的时候，抬头看见我们的队旗正在迎风飘扬。在被汗水湿透的眼睛里，红色的队旗在烈日下更加鲜艳，分外夺目。

（发布时间：2016年9月11日17：59）

9月12日
星期一

走向天路62

稻子熟了

九月，正是墨脱各乡村水稻成熟、收割的季节。在高山峡谷之间，在万绿包围之中，在峰回路转之时，突然冒出一片片错落有致、色泽金黄的梯田，一定会让你眼前一亮，甚至欣喜若狂。

墨脱的梯田规模不大，在气势上无法与元阳、龙胜、紫鹊界等梯田相比，但在特色上却不输于它们，甚至还要略胜一筹。它们就像镶嵌在雅鲁藏布江两岸高山峡谷中的一串串、一颗颗黄金一样，分外夺目。加上当地特有的门珞风情，更显神秘而迷人。

虽然墨脱低海拔地区属于热带亚热带气候，但由于降雨量大、雨季时间长和峡谷气候等因素的影响，气温却相对较低。与其他热带亚热带地区的水稻每年能种两季（茬）甚至三季不同，这里只能种一季。我估计就算气温条件允许种两季，但长达七个月的雨季，也让它无法收割和晒干。

其实，九月份依然是这里的雨季。所以这里的人们都是望天打卦，看天吃饭，这里的收割那才真的是叫作“抢收”，稻谷成熟了，只要雨一停就马上行动。有人会问，既然经常下雨，那稻谷收回去了也会发芽变坏呀？这个问题确实问到了点子上。正所谓一方水土养一方人。这里的收获季节虽然雨水多，但气温低。人们把收获的稻谷摊晾在棚子里，温度只有十多摄氏度，在这个温度下稻谷可以放二十多天不坏，然后一旦有晴天便拿出来晒晒太阳。

由于墨脱的耕田本来就少之又少，气候条件又只允许每年种一季，再加上田间管理不善，亩产最高也只有700斤左右，这里的水稻等粮食只能在当地居民中实现低水平的自给，所以虽然是无公害、无污染、有机、绿色、环保食品，具有很高的市场价值，但有价无市，还是不能转化为产业。可见，加强育种和选种，加强田间管理，提高产量和质量，十分重要。

秋收是喜悦的，毕竟半年的付出有了回报，我把去年在乡下收割晚稻时写的一首口水仿古诗和各位朋友一起分享吧：

喜收晚稻

秋风催禾熟，农户割稻谷。
半年汗浇土，化作金满屋。

谨以此诗献给勤劳的墨脱人民，祝愿所有的家庭都喜获丰收、丰衣足食、黄金满屋！

（发布时间：2016年9月12日22：17）

9月13日
星期二

走向天路63

率先启动

我们的援建项目规划是以李灿为组长的佛山市第七批援藏工作队做的，为我们打下了良好的基础。我们广东省第八批援藏工作队墨脱县工作组进藏以后，在林芝与他们进行了全面的交接和深入的交流，得到了他们热情的指导和帮助，至今仍历历在目和心存感激！

7月20日我们进墨以后，从第二天开始便以援建项目为重点，带着项目和问题开展调查研究，以做到有的放矢。一方面是县直部门和驻墨单位的调研，全面了解各个单位和系统的情况，做到心中有数；另一方面是拟建项目的实地考察，了解相关情况、确定选址和提出规划设计思路。

根据调研和考察的情况，按照实事求是和因地制宜的原则，对援建项目规划进行了优化调整，并上报广东省第八批援藏工作队。同时，根据墨脱雨季时间长（7个月），雨季不能施工，旱季不能运料、运输和施工难度大等特殊的情况，决定对拟建项目分类处理：

一是投资规模大、建设周期长的项目，先做好前期准备工作，如测量、勘探、房屋质量鉴定、设计等，并办理前置审批手续。

二是投资规模不大、建设周期较长、建设内容十分明确的项目，除了做好前期准备工作和所有前置审批手续外，争取尽快启动。

三是投资规模小、建设周期短的项目，先明确具体选址、建设规模和内容等。

我们对所有项目都严格按照有关政策法规和程序手续进行办理。

今天（9月13日，星期二），是我进藏（7月13日）两个月的纪念日，进墨（7月20日）两个月还差一个星期。经过前期的谋划和策划、调研和考察、努力和付出、程序和手续，终于取得了阶段性的成果，四个项目同时启动，可谓四喜临门！

一是墨脱县达木珞巴民族乡卫生院建设项目：总投资400万元，由广东省第八批援藏工作队墨脱县工作组援建。项目建设内容为：新建卫生院600平方米及附属工程。该项目拟定于2016年9月开工建设，工期为6个月。该项目建成投入运营后，能够实现负责基本医疗及危重急症病人的抢救，接受村级卫生医疗机构的转诊，承担乡村两级卫生技术人员的进修培训以及业务技术指导任务，有效提高卫生资源的使用效率，既满足了日常各类救治工作的需求，同时又能满足住院病人的救治需求，保护了人民身体健康和生命安全，满足人民群众不断提高健康水平的迫切要求，全面促进当地经济发展。

二是墨脱县德兴乡德兴村村级组织活动场所建设项目：总投资350万元，由广东省第八批援藏工作队墨脱县工作组援建。项目建设内容为：新建建筑面积为770.89平方米的村级组织活动场所（建设高度为21.310米）及附属工程。

该项目拟定于2016年9月开工建设，工期为9个月。该项目建成投入使用后，首先能够为村党组织定期组织党员召开党员大会、支委会，组织党员听党课和过组织生活提供固定场所，使农村基层党组织的活动经常化、制度化，规范化，便于开展民主自治。其次，该场所将为农村专业合作社等提供活动平台，成为农牧民群众交流信息、讨论致富增收门路的经济活动中心。最后，该项目建成后，将具备“一室多用”的功能，为群众提供医疗宣传、农技知识查阅、休闲娱乐等一系列服务，丰富村民精神文化生活，提高农牧民群众的科学文化素质和思想道德素质。

三是墨脱县基层党组织建设服务平台项目：此次捐赠基层党组织建设服务平台所需物资共计92万元，由广东省第八批援藏工作队墨脱县工作组以自己的工作经费捐赠。资金使用分两部分：一是为46个行政村购买办公设备（办公桌椅、文件柜、光盘站点设备、广播设备、宣传栏等），计59万元；二是为墨脱县委党校创建资金，计33万元。截至目前，46个行政村的办公设备已采购完毕，正分发至各村。县委党校创建资金待县委党校启动后统筹使用。该项目实施后，将进一步完善村级党组织基础设施建设，提高村级党组织服务能力和基层党建工作水平。特别是县委党校的建成，将有效解决墨脱县干部和党员群众培训问题。

四是佛山市三水恒利达针织有限公司向墨脱捐赠价值100万元校服项目：在达木民族乡小学启动。恒利达公司成立于1991年，是珠三角地区唯一具有一定规模的学生服生产厂家，曾荣获“广东省守合同重信用企业”等荣誉称号，是广东省连续两年、佛山市连续八年诚信示范单位，一直热心社会公益事业。此次捐赠是在广东省第八批援藏工作队墨脱县工作组的积极协调下，为了支持墨脱县的教育事业，为全县2000余名学生（含中小学和幼儿园）每个人赠送一套冬季学生套装。

今天真是个好日子！佛山市住建局也在今天将支持墨脱县住建局自身能力建设的55万元资金汇入广东省第八批援藏工作队账户。又变成了五福临门！

这些，都离不开广东省委省政府和西藏自治区党委政府的正确领导，离不开佛山市委市政府和林芝市委市政府的关心指导，离不开佛山市和林芝市各部门的帮助支持，离不开墨脱干部群众和广东省第八批援藏工作队墨脱县工作组的奋力拼搏，离不开社会各界的慷慨解囊！

（发布时间：2016年9月13日22：34）

9月14日
星期三

走向天路64

让爱继续

崔杰是佛山市南海区人民医院医学装备科科长、佛山市医学会医学工程分会副主任委员。去年，南海区人民医院受南海区人民政府委托，前来墨脱县送医送药送器械，崔杰就是其中的一个队员。

他这一来不得了！看到了这里勤劳朴素的门珞人民，看到了这里艰险的生活环境，看到了广东省第八批援藏工作队墨脱县工作组的拼搏，他深受感染，从此迷上了这片神奇瑰丽的广袤土地，爱上了这里勤劳智慧的门珞人民。而他，只不过是众多来墨后“中毒”太深的其中一个。

他回去以后，成了墨脱的义务宣传员、援藏的积极发动者。今年，在广东省第八批援藏工作队墨脱县工作组的沟通协调下，在他的积极发动下，佛山市医学会医学工程分会的相关会长及会员慷慨解囊，无私奉献，合力捐赠价值近百万元的医疗设备。

9月11日，他带领的佛山市医学会医学工程分会相关会长及会员共八人，经过长途跋涉，克服舟车劳顿和高原反应，到达墨脱，受到了广东省第八批援藏工作队墨脱县工作组的热烈欢迎。

9月12日，上午九点在墨脱县卫生服务中心举行了医疗设备捐赠仪式。

佛山市医学会医学工程分会捐赠的这批医疗设备符合基层医疗的工作环境，设备重量轻、机身薄，在为患者检测过程中，更加便于使用者携带和摆放；中文按键、平层菜单等贴心设计，易学易操作，降低了临床工作者的培训强度。

崔杰表示：这只是佛山市医学会医学工程分会医疗援藏的一部分，今后他们还会继续发动其他医院和企业来支持援藏事业。佛山市医疗器械行业协会会长、佛山市众康药业有限公司总经理余林泉表示：来了墨脱体会到了这个地方的艰辛及援藏工作者的不易，我们协会有200多家会员，一定会携手支持援藏工作及墨脱卫生

事业。广州同欣医药有限公司总经理李雨桐通过微信向广东省第八批援藏工作队墨脱县工作组表达了她的心情：“我们会想念你们的！我们还会回来的！”

这时，我感觉耳边响起了谭咏麟演唱的《让爱继续》！

其实，全国各族、各地、各界一直都在关注、关心着西藏及墨脱的发展，也以各种形式支持、帮助着援藏事业的进步。我们广东省第八批援藏工作队墨脱县工作组进墨以后，积极进行沟通协调，更是得到了佛山市各级、各地、各界的关心和支持。略举几例：

佛山市郁南商会知道被高压电击伤的珞巴少年白玛次仁的遭遇后，主动捐款25,680元。这是我们进墨后收到的第一笔捐赠，十分感谢来自我的家乡的各位乡贤的关心和帮助。

佛山市中医院对口帮扶墨脱县卫生服务中心。8月30日，佛山市中医院徐志强副院长、陈务民副科长、陈玉梅主任为我们送来了三名专家——刘天、何家雄、胡惠娟，并赠送了一批药剂。今后佛山市中医院还会定期不定期地派出和轮换相关专家，也会在重症病人的救治和药品医械的支持等方面继续努力。

佛山市及禅城区疾病预防控制中心分别选派了两位专家——杨泽锋、傅秋龙前来帮助疟疾的防治。

佛山市三水恒利达针织有限公司向墨脱县全县2000余名学生（含中小学和幼儿园）每个人赠送一套冬季学生套装，总价值100万元。

佛山市住建局支持墨脱县住建局自身能力建设55万元。

…………

进藏两个月，广东省第八批援藏工作队墨脱县工作组引进计划外资金（物资）已经达260万元。

爱已启程！中途还会有越来越多的人加入，爱将继续下去！

（发布时间：2016年9月14日22：09）

9月15日
星期四

走向天路65

墨脱黑月

1997年，我从东北财经大学毕业，回到了佛山。19年了，每个中秋不是在佛山就是在郁南。只有今年是在墨脱，往后还有两年哪！

今天，我们依然八点半起床吃早餐。饭后没事，天气潮湿阴冷，我们就在工作队饭堂打牌。这已经是这里最好的娱乐活动。十点，振华要前往林芝出差，我们在家的兄弟都来欢送。

为什么每个队员出外我们都要握手相送？不是形式主义，不是摆排场！你没来过你不会懂！每一次都要跟兄弟说声“珍重”！

有出有进。我们四个朋友从波密过来看我。他们是昨天下午从林芝出发，昨晚十二点赶到波密的。

等到中午一点钟，他们终于到了。除了司机不敢说以外，其他三人都说被扎墨公路搞晕了。

午饭后，送完朋友四人去酒店开房休息后，我们也回宿舍睡觉。微信从今天早上开始，就像爆豆一样响个不停。睡不着了，起床吧。上个星期去林芝带回来的衣服都还没洗完呐！刚好今天可以清仓了。

洗完衣服，朋友的微信就来了。他们已经起床出去逛了。作为东道主，我赶紧开车过去，带他们游莲花阁，观县城仙境。

然后呢，带他们去拉贡茶场参观。上去的路又陡又窄，仅容一车通行。这不要紧，我们的技术还可以。结果到了中途问题来了，对面有车要下山。错不了，只好倒下来。

待它过了以后，再冲上去。中途又遇拖拉机，幸好勉强能过。上到拉贡茶场，往上是茶叶，往下是稻谷。刚好有人在收割稻子，这个可比我们星期六的先进多了，他们居然有电动打稻机！

我们沿着道路往左拐再往下拐，全是烂路一条。车辆在按摩中前行，还摇头摆脑，上下颠簸，很有越野感，十分刺激。

回到饭堂，已是下午七点。开餐了，把酒言欢。大家都很开心。喝得吃得太饱，要出来兜一圈才能继续。

天已黑了，没有月亮，只有铺天盖地的云和变幻莫测的雾。现在，外面已经哗哗地下着大雨。

这就是墨脱的中秋。墨脱的月亮墨咁黑！我们只能用心中的太阳去照亮我们期待的月亮！

最后，顺祝各位领导、亲友中秋佳节愉快，身体健康，出入平安，口袋有钱装，生活胜小康！

（发布时间：2016年9月15日22：48）

9月16日
星期五

走向天路66

大拐弯也是墨脱特产

昨天中秋节，算是我们进藏后的首个休息日。由于墨脱特殊的地理和气候条件，我们援藏三年，但援建项目的建设时间只有一年半左右，其他时段都是无尽的雨季。

为了抢时间、抓进度，我们进藏之后可谓马不停蹄，五加二、白加黑。这确实是难为了队员们！这三天假，便让大家休息一下，欢度佳节吧。但其实说是休息，部分队员还在部分时段加班，如邓宏照和李展健负责的项目建设，他们这两天依然在准备项目报批的资料和手续；郭振华和赖明建负责的文秘和宣传，他们俩依然要编写简讯、简报、微信和维护网站……

今天，我们再次来到墨脱果果糖（当地人叫作“果果塘”，但我觉得译作“果果糖”更有韵味）雅鲁藏布江大拐弯处。与前两次都是下乡入村时匆匆而过望一眼不同，今天可谓是十分放松。

雅鲁藏布江从北面蜿蜒而来，气势汹汹，到了果果糖处被拦，右拐之后再折向左拐，形成一个蛇形大拐弯，造形十分独特优美。突出的果果糖山势也十分奇特，形状就像一个巨大的蝌蚪头一样，生猛地游向雅鲁藏布江。它的头上有一片草地，形状略似中国地图。县里正在让人进行规划设计，在那里种植茶叶和花卉，构成一幅天然的中国地图。届时旅游和茶叶产业将双得益。我们也将与县里共同合作，投入资金，作为援建的重要项目之一。

果果糖是墨脱境内人们可到达观赏的几个雅鲁藏布江大拐弯之一。它的下游方向不远处还有一个檫曲卡大拐弯，要从德兴乡的巴登则村才能看得到，也十分壮美，但极少有外人问津。还有一个在果果糖的上游，扎墨公路途中，金珠曲与雅鲁藏布江汇合处，叫林多大拐弯。金珠曲貌似清澈的河水与雅鲁藏布江酥油茶似的江水交汇在一起，又形成了一个“泾渭分明”的奇观。

除了这三个较为出名的大拐弯以外，雅鲁藏布江还在墨脱境内形成了众多的拐弯。可谓是此拐弯连着彼拐弯，大拐弯套着小拐弯，小拐弯组成大拐弯。从空中俯瞰，雅鲁藏布江就像游走摆动于群山峡谷间的巨蟒一样，十分壮美。我戏称墨脱是盛产大拐弯的地方，这个特产正吸引着越来越多慕名而来的人。

其实，人们传说中的雅鲁藏布江大拐弯是指它绕过喜马拉雅山脉东段南迦巴瓦峰的那一段。雅鲁藏布江由东西走向突然南折，沿东喜马拉雅山脉南斜面夺路而下，注入印度洋，形成世界上最为奇特的马蹄形的大拐弯。

可惜，那里是无人区。由于雅鲁藏布江大拐弯处两岸岩石壁立，根本无法通行，所以至今还无人全程徒步穿越。一般人无缘目睹他的真容。网上流传的图片都是航拍的，自行下载就好了，不必真的躬身前往。

（发布时间：2016年9月16日23：49）

9月17日
星期六

走向天路67

佛缘八仙

广东省第八批援藏工作队墨脱工作组是由八名固定成员组成的，分别是：

谢国高：组长，佛山市经济和信息化局副局长，墨脱县委常务副书记。

李斌：副组长，佛山市发展和改革局总经济师，墨脱县委副书记、常务副县长。

喻晓坤：秘书长，佛山市三水西南街道党工委委员，墨脱县墨脱镇党委副书记、常务副镇长。

邓宏照：队员，佛山市南海区经济和科技促进局产业发展科副科长，墨脱县发展和改革委员会副主任。

李展健：队员，佛山市高明区更合镇国土城建水务局国土房产股股长，墨脱县住建局副局长。

郭振华：队员，佛山市顺德区勒流街道教育局教研员，墨脱县教体局副局长。

赖明建：队员，佛山市农科所农艺师，墨脱县农牧局副局长。

雷震：佛山市南海区第六人民医院骨外科主任医师，墨脱县卫生服务中心副主任。

前任墨脱县委书记、现任日喀则市副市长邓江陵在迎接我们的时候，把我们戏称为“八仙过海，各显神通”，因此我们也就有了“佛缘（援）八仙”的称号。相应地，我们的微信工作群也改名“佛缘八仙”。

郭振华同志在前天中秋节当天以我们八个人的名字写了一首藏头诗《佛缘八仙》：

佛山八子，舍家赴藏；
苦战月余，硕果初成！
国策在心，高标做事；
木子成才，文武并举；
晓以大义，坤倪乾端；
宏儒硕学，照人肝胆；
展土开疆，健步如飞；
振民育德，华封三祝；
明德惟馨，建功立业；
雷霆万钧，震慑异邦。
佛墨情深，共筑一梦；
巍巍中华，气壮山河！

我们八个人，在县里有任职和分工，在队里也有任职和分工。正如邓江陵副市长所戏称的，我们“佛缘八仙”确是“八仙过海，各显神通”。我们都有不同的成长环境、学历背景、工作经历、兴趣爱好，但这并不影响我们的合作，我们都牢记宗旨，不忘初心，以援藏工作为主线，凝聚人心，团结力量，共同拼搏。

平时，我们都按各自任职和分工，各忙各的，下班以后我们也要经常开会讨论和加班搞材料，十分充实。工作之余，我们也没有什么娱乐活动，根据各自爱好，看看书，煮煮菜，散散步，聊聊天……

工作是艰苦的，生活是清苦的。孤独、寂寞、无聊有时也会涌上心头，思乡、思亲、思念有时也在所难免。幸亏我们这个团队都比较乐观开朗，大家都比较幽默风趣，在一起的时候欢声笑语不断，时光倒也容易打发。

我们工作上互相支持，生活上互相关心，援地上互相融合，努力营造一个良好的环境和氛围，让“八仙”能够“各显神通”，脱颖而出，共同为援藏工作添砖加瓦。

（发布时间：2016年9月17日22：52）

9月18日
星期日

走向天路68

佛缘宝宝

广东省第八批援藏工作队墨脱县工作组负责墨脱县的广东省援墨工作。整个队伍其实是由“8+N+N”组成的。“8”就是昨天介绍的八个固定成员“佛缘八仙”。第一个“N”是其他专业技术人员，他们是不固定的。我们根据墨脱的工作需要并结合佛山的实际由佛山选派。目前在墨的有佛山市援藏消除疟疾工作组的杨泽锋、傅秋龙，他们的工作期限为半年，即将于本月底到期；佛山市中医院对口帮扶墨脱县卫生服务中心工作组的刘天、何家雄、胡惠娟，他们的工作期限为三个月，期满后进行轮换。第二个“N”也是不固定的，是指佛山市乃至其他地区所有关心支持佛山援藏工作的单位和个人，他们的数量更加庞大，支持力度更大。我们只不过是整个佛山援藏工作的前线指挥部，后方的力量才更加强大。

我们固定的“佛缘八仙”加上佛山派遣医疗卫生方面的五名专家，现在已有十三人在墨脱。最近我们又增加了一名新成员——“佛缘宝宝”，由于之前我们已有十三人，所以队员们把它当作第十四个队员，又称之为“十四阿哥”。

“佛缘宝宝”刚来的时候才出生一个月，还不会上厕所，而是随时随地地排放，经常弄得整个饭堂的地上到处都是，特别是每天早上起来更是看到“金钱”满地。其实狗狗是人类的朋友，十分聪明。你只要把它拉到合适的地方，用纸帮它擦一下屁股，然后扔在那里，并告诉它以后要到这个地方来，它就知道了。一次不行就反复几次。再不行就待它乱拉的时候逮着它，严厉批评甚至适当教训之后再做前述的教育，反复几次就可以了。经过教育引导，“佛缘宝宝”早已很讲卫生了，不会再到处大小便，连晚上也不会，真乖。

卫生学会了就教它玩乐。刚好饭堂来了只螳螂。我就招呼它上前，但它毕竟还小，而且没有母亲的呵护和示范，胆子小，不敢动。我就用手抓着它的两条前腿，左扒一下，右拨一下，结果螳螂也举起两个前腿试图反抗，反而激起了它的兴趣，结果就这样玩起来了。开始只敢用爪子逗螳螂，不敢用嘴。我就逮着它让它的嘴去触碰螳螂，结果螳螂反而爬到它的脸上来了，吓得它够呛。我又把它抱起来一屁股坐到螳螂上，螳螂又爬到了它屁股上，搞得它在那里老转圈。后来它们俩终于玩上了，最后搞到螳螂爬到电风扇的叶网里面去了，直到饿死了也不肯出来。

饭堂里面原来有一只猫，也不知道是第七批援藏工作队养的还是自来的。这只猫又黑又老又丑又不好玩，只会在我们吃饭的时候“喵喵喵”地叫。大家也会喂它吃的，但这样的黑丑穷自然得不到更多的青睐。所以才有了“佛缘宝宝”的加盟，这样既可以逗着玩又可以看家护院。

“佛缘宝宝”开始对这只老猫有点畏惧，除了争食的时候互相抗议一下以外基本不相往来。我就逮着它去挑逗那只老猫，把它放到老猫的背上。老猫就转过头来举起一个前爪装作打抓的样子，警告它。“佛缘宝宝”毕竟是初生狗犊，哪里知道呢？它反而觉得好玩，就去扯老猫的尾巴。老猫毕竟是大人不计小人过，基本上任由它扯弄，只有搞烦了的时候才装模作样地吓唬它一下。这样它们俩就又玩上了。它经常扯着老猫的尾巴在那里转圈。这会我们终于知道什么叫“扯猫尾”了。

“佛缘宝宝”毕竟还是小，不会爬楼梯。我就一级一级地蹲在楼梯的台阶上，向它招手，吹口哨引它过来爬。它屁颠屁颠地跑过来，笨拙地往上爬，爬不上的时候就拉它一把。然后又带它下楼梯，下了几级就要赖皮躺在那里不动了。训练了几次，现在它已经熟练多了。

逐步地，我又开始教它学习两腿站立。喂它的时候把食物吊起来，让它站起来抢着吃。逗它玩的时候双手放到它竖起来快要够得着的地方，让它两条腿站着在那里跳。现在能站起来了，但还是站不稳，慢慢来吧。

它喜欢绕着我们的腿转和跑，还想顺着腿往上爬，有时不小心还会踩到它的尾巴，弄得它汪汪地叫。它也喜欢躺在地上，让我们用脚搓它的身体特别是肚子，这样既挠了痒痒又有助于消化。只要我们一回来，它就会迎上来，缠着我们玩。本来队员们在这里的生活都十分单调，没有什么可消遣的东西。自从“佛缘宝宝”来了以后，大家就多了一个玩伴，多了一份乐趣。

它也有调皮的时候。可能长牙牙齿痒，时不时地咬凳脚或者其他东西，甚至缠着我们咬皮鞋和裤腿。但不会有大的破坏性，只要教育它并帮它找些东西来咬，它也能自得其乐。

（发布时间：2016年9月18日22：54）

9月19日
星期一

走向天路69

人在囧途

今天早上八点半我们在工作队饭堂吃早餐，然后召开工作队会议，对国庆期间的安全和纪律、近期的工作、援建实施方案等事项进行了研究讨论和部署安排。

十点钟，我们出发前往位于扎墨公路80K处的达木乡贡日村调研，顺便迎接前来墨脱调研考察的林芝市委副书记、常务副市长许典辉一行。当车行驶至快到墨脱镇玛迪村的时候，前面的车已经排成了长龙。我们便下车前往查看，中途碰到了广东省疱虫病防治援藏工作组的林荣幸、陈军、张妍琰和佛山市疟病防治援藏工作组的杨泽锋、傅秋龙五位专家及其他熟人。我们穿过了51辆车之后，发现前面泥石流已经截断了道路。

经了解，原来是昨晚的连夜大雨引发了泥石流。今天早上进出的车全部都被堵在了这里。林芝公路分局扎墨公路机械化养护队的工程车早已到达并清理了不少，还有一大堆，于是便返回停车的地方等待，顺便欣赏一下雨后的雅鲁藏布江。雨后的雅江云蒸雾绕，与两岸的崇山峻岭及升腾在江面上的云雾构成了一个倒置的“A”字形。小雨淅沥，空气潮湿。我们只有静静地等待。

过了一个多小时，路终于疏通，能勉强通行了，我们便跟着前面的车继续前行。走了一段，发现有一辆车翻在了靠山一边的边沟里。有人认出就是我们的队友、前述的五位专家乘坐的其中一辆车，于是我们便停了下来，赶紧上前了解情况。确实是傅秋龙等人乘坐的车，幸好人没事，只是右边的两个轮胎滑到并夹在了边沟里面。

我们前天晚上才在工作队饭堂欢送了援藏期限届满的五位专家。他们在墨期间顺利完成了任务，没想到就在他们离墨返回的途中出现了意外。于是我们有的人帮忙卸载车上的行李，有的帮忙疏导和指挥交通，有的帮忙搬石头垫高，有的操起铁锹铲泥填沟，有的负责拍照和拍视频记录这感人的场面。

工作队员王强除了参与了搬石铲泥外，还拿来了钢绳绑住了我们的这辆车和翻侧的那辆车，拖了两次都没有成功，反而钢绳断了两次。没法，只好继续在被陷的轮胎前后填土，然后从后面把那辆车拉到填好的土上面，再让那辆车自行冲上来。

经检查，车辆没什么大碍，不影响正常行驶，然后把之前卸载的行李重新放回车上去。询问了司机确实没什么影响并进行安全教育以后，大家互相握手祝福和道别。让我们祝福他们一路平安，顺利返回广东吧！扎西德勒！

然后我们各自继续前进，到了中午一点多才赶到扎墨公路80K处。午饭后前往贡日村调研，下午约四点钟的时候迎接到了许典辉副书记一行后返回县城。

今天上午遇到的两件事，让我们体会到了人在囧途的滋味。其实，更让我们看到了这囧事背后所隐藏的危险！行走在青藏高原及墨脱，必须要技术、经验、运气、胆色同在！

（发布时间：2016年9月19日23：34）

9月20日
星期二

走向天路70

精简高效

从昨天下午到今天下午，广东省第八批援藏工作队领队、林芝市委副书记、常务副市长许典辉一行前来墨脱调研。

这次调研可以用“精简高效”来形容。所谓精简，真正做到轻车简从，只有一辆车，只带了身边的两个工作人员。所谓高效，二十四个小时，行程三百公里，听取了县委县政府和广东省第八批援藏工作队墨脱县工作组的工作汇报，考察了十多个已建和拟建项目。

昨天下午，我们在扎墨公路80K处的达木乡贡日村调研。四点，我们接到了单车前来的许典辉副书记一行，然后返回县城，沿途考察了扎墨公路沿线的已建和拟建项目。到达县城，已是晚上六点多钟了。

许典辉副书记听取了县委县政府和广东省第八批援藏工作队墨脱县工作组的简单汇报，考察了拟建的“白玛岗360度全景观光栈道”（暂定名）项目，随后又和旺东、魏长旗、平措多吉等县领导一起接洽了前来墨脱考察的广东省创业投资协会一行十二人。晚饭后又考察了莲花圣地公园、墨脱古街等已建项目和拟建的东布路、致富路等四条街道的门格风貌改造项目。

今天早上八点半出发，先后考察了莲花阁、檫曲卡茶场、德兴藤网桥等已建项目和茶园仙境旅游区（暂定名）、佛缘塔（暂定名）、果果糖景观改造、德兴村活动场所等拟建项目。

许典辉副书记每到一处都认真听取汇报、认真实地查看、认真询问了解、认真交流沟通，再给出指导意见，其平易近人、认真细致、实事求是的工作作风让我们十分敬佩，也是我们学习的榜样。

许典辉副书记对墨脱县委县政府和广东省第八批援藏工作队墨脱县工作组的工作也表示了充分的肯定和高度的评价。

（发布时间：2016年9月20日23：48）

9月21日
星期三

走向天路71

天路之殇

昨天下午，许典辉副书记一行在墨调研结束后，就往波密方向进发，我们也随后于晚上到达波密。今天早上，我们五点半起床，六点钟准时出发，前往林芝。因为318国道色季拉山路段修路，封闭时间为上午十一点到下午五点，我们必须在十一点前到达并通过色季拉山路段，才有可能赶到林芝参加下午的工作。我们披星戴月，冲破黑暗，在崎岖泥泞的318国道上前行，两个小时后天才开始慢慢地亮起来。功夫不负有心人，我们终于在上午十一点前顺利到达林芝广东援藏公寓。

几乎每次行走“八墨公路”（318国道八一到扎木段和扎墨公路，350公里），工作队员王强都会讲起这条路的有关情况，以前道路是如何的崎岖难走，驾驶员的工作是如何的艰苦危险，现在的道路是如何的改进等等，让我们对这条“八墨公路”有了更多的了解。

让人印象最深刻和最发怵的是他讲起什么时候在什么地方发生了什么事故。略举几例：

1.扎墨公路某处，有一个大型的泥石流多发区域，有一次泥石流下来刚好冲翻了一辆货车，所幸司机身手敏捷跳车逃生，而货车则被推进雅鲁藏布江之中，也许已经送给印度朋友了。

2.扎墨公路某处，有一年的三月份发生雪崩，宽度达一百多米，将途经该处的九个群众活埋。

3.318国道色季拉山靠八一一侧半坡路段，有一次泥石流导致七名工人遇难，其中有一个父亲带着三个儿子，而其他二十多个工人因下山庆祝生日而躲过一劫，特别是有个小男孩因闹肚子去八一看病也躲过了一劫，到了八一后肚子却不痛了。

4.318国道色季拉山靠八一一侧半坡路段，有一次一辆皮卡车因打滑冲了下山，而另一辆装满木材的货车在同一地点因刹不住车而造成六人死亡，一小孩被甩出车外而获救。

5.318国道色季拉山靠鲁朗一侧半坡路段，有一次一辆拉啤酒瓶的货车翻侧，弄得满地是瓶子，其他车辆的人也帮忙捡，花六个小时才捡完。而同一地点的另一辆货车就没那么幸运了，翻侧后车内两人都死了，车子也没人要了，现在的残骸还在路边躺着。

…………（上述仅为口述后凭记忆记录，未经核实）

青藏高原的天路令人向往，也让人敬畏。我们既要克服，也要遵循。但愿国家能够把天路修得更好，希望所有交通参与者都能够遵守规则，建议各位驾驶员苦练本领和积累经验，让天路真正成为通往天堂之路，而不是地狱之门！

祝愿所有行走在青藏高原的人都平安吉祥！扎西德勒！

（发布时间：2016年9月22日00：05）

9月22日
星期四

走向天路72

备受鼓舞

昨天下午，佛山市副市长江楷鑫在林芝市与林芝市公安局签署了佛山林芝两地警务合作协议，全面启动佛山市公安局的援藏工作，使佛山的援藏工作从整体向部门持续深化。其中，禅城区公安分局将对口支援墨脱县公安局，又为佛山援墨工作增添了一支重要力量。

随后，江楷鑫副市长受鲁毅书记和朱伟市长的委托，携佛山市公安局及各区分局的相关领导看望慰问了广东省第八批援藏工作队墨脱县工作组（代表：谢国高、喻晓坤、赖明建、雷震）和佛山市公安局援助林芝市公安局的民警曾明、刘昀昊、李孔军、唐艳军，并与同志们亲切座谈，详细询问了我们在墨脱的学习、工作和生活情况，同时叮嘱全体援藏干部和民警要注意身体，加强各类保障工作。

我们简要地向江楷鑫副市长及相关领导汇报了广东省第八批援藏工作队墨脱县工作组在墨的情况，用了“四个非常”来概括：条件非常艰险，团队非常团结，援地非常融洽，工作非常顺利。我们还郑重地向市委市政府及鲁毅书记、朱伟市长保证：不忘初心，不辱使命，继续擦亮佛山援建的金字招牌！江楷鑫副市长代表市委市政府对广东省第八批援藏工作队墨脱县工作组的表现表示满意和感谢，并给予了充分的肯定和评价。

佛山市公安局党委委员、政治处主任彭建炎，五区公安局局长和市局技侦、网安、科信支队主要领导也参加了看望慰问和座谈活动。

在我们进墨刚好满两个月之际，江楷鑫副市长带来了市委市政府及鲁毅书记、朱伟市长的关心、问候、慰问和鼓励。我们及时向全体队员传达了市委市政府及鲁毅书记、朱伟市长、江楷鑫副市长的关怀和要求。全体队员备受鼓舞，纷纷表示牢记宗旨，不忘初心，不辱使命，尽最大努力为援藏工作交一份满意的答卷！

（发布时间：2016年9月22日22：17）

走向天路73

关键一人

9月13日，我们有三个援建项目要启动。早上九点，我们从县政府出发前往达木乡启动乡卫生院的建设和捐赠校服（详情可参阅《走向天路63——率先启动》。沿着扎墨公路前进，结果刚出县城，快到西漠桥的时候，就开始堵车了。经了解，原来是一辆货车卡在西漠桥那里爬不上来，把路堵死了。

走过扎墨公路的人都知道，离县城不远有一条西漠河，是雅鲁藏布江的一条小支流。它从无人的山谷湍流而出，汇入雅江。清澈的河水与雅江的“酥油茶”形成鲜明的对比，又在墨脱形成了一个“泾渭分明”的景观。这样的景观在墨脱还有好几个呢！

西漠河不大，河谷也不算宽，但算是扎墨公路上最关键的节点之一。架在河上有一新一旧的两座桥。新桥听说是2014年建成的，后来断断续续地用了不到

一年，就成了危桥，据说是因为设计失误，桥本身就超重了400吨。无独有偶，同样的情况在扎墨公路上还有另一座达国大桥。本来是两个最关键的节点，好不容易建了两座新桥，结果均因设计失误而成了危桥，就这么瘫在那里，这对日夜盼望着路好走一点的墨脱人民来说是多么大的伤痛啊！

新桥不光成了摆设，而且暂时来说也是一堆废物，只能是旧桥、危桥在发挥作用。要经过西漠桥，就要先盘旋下来，过了桥，再盘旋上去，哪个方向来都一样。盘旋上下的路十分崎岖和狭窄，只容一车通行，而且又陡又多弯，一边是雅江，一边是西漠河，万丈悬崖和滚滚江水让途经司机乘客心惊胆战。我们7月20日进墨的时候就已经领教了一次。一辆货车扒窝在桥头上坡的位置堵死了去路，迫不得已只好在新的危桥上铺了两行木板，就像走双边桥一样冲了过来，人还是下车走路的。

堵车几乎是每次经过西漠桥时的最低“消费”。这次也不例外。例外的是大家对堵车并不焦急，因为这是行走扎墨公路必须学会的本领。那辆货车是不可能自己爬上来了，其他车也拉不动，听说只有装载机才有这样的实力。怪不得桥两头都竖了一个木牌子，上面写着装载机的电话。幸好旁边就有个沙场，里面有一辆装载机。

问题是沙场里面一个人都没有。听说开装载机的只有一个师傅，他为此也没少赚钱。而当时他还在县城里面睡懒觉。大家只好派人回县城接他过来。大概过了一个多小时，师傅终于来了。他倒是不负众望，三下五除二就搞定了。大家都说他是最关键的一个人，都把他捧为英雄。他也确实是这样子。

但是在管理中我们就要尽最大可能避免“关键一人”这种情况的出现。每一项业务都应该培养A、B角甚至更多，这样就不至于因一个人不在或出现其他情况而无人可用，而且这A、B角还不能安排同时外出。因此，“关键一人”在社会上可能是英雄，而在管理上可能是悲哀。

（发布时间：2016年9月23日23：36）

走向天路74

墨水墨水

墨脱就是一个水多的地方。我戏称墨脱就是水多得连墨都能脱掉的地方。不是吗？印度洋的暖湿气流遭遇喜马拉雅山脉的阻挡，使墨脱轻而易举地坐上了世界降雨量的头把交椅。3—9月的连绵雨季，不但持续时间长，而且一旦下起雨来连续不断，确实让人发怵。但这已经是我对“墨水”（墨脱的水）的第三感觉了。

第一感觉是7月20日第一次进墨的时候，穿过嘎隆拉隧道之后看到瀑布众多，河流湍急。从三面雪山上翻滚而下的条条湍急水流，汇聚成了嘎隆拉河，又继续翻滚着向南流，汇入波斗藏布江，又汇入金珠藏布江，再汇入雅鲁藏布江。雅鲁藏布江更是波涛翻滚，气势汹涌，据说流速达到35米/秒之快。人们对于有车辆或者人掉到雅鲁藏布江里，都是以“要到印度洋去找”来形容的。各条江河所经之处，两旁的崇山峻岭上都有众多的湍急水流和瀑布注入，犹如条条银练悬挂于高山之上，或镶嵌在密林之中。

第二感觉是雅鲁藏布江与各支流对比强烈，造就了众多“泾渭分明”的自然景观。墨脱境内的各条支流都是清澈透明，而雅鲁藏布江却混浊不清，人们将其形容为“酥油茶”。奇怪的是，雅鲁藏布江虽然混浊，但它却是世界上含沙量最小的大河之一。原因何在？留待大家自己去研究琢磨吧。

第四感觉是湖泊不多但皆为珍品。比较著名的有嘎隆拉天池和布裙湖等。但前者因道路的原因开发难度大、开发成本高，后者属于雅鲁藏布江大峡谷国家级自然保护区核心区不能开发。这些隐藏在深山的珍宝如何开发利用是一个课题。

第五感觉是有水缺水。墨脱虽然有着全世界最丰富的水资源，但我们平时喝的水都是买的矿泉水。这是怎么回事？听说墨脱的自来水仅在山上建一个蓄水池，然后再用水管接到各家各户，连沉淀过滤都没有，更别说其他的处理了，所以有人戏称其为“自流水”。墨脱自来水有点像墨脱黄酒，黄黄的，不清澈，而且富含矿物质，如果直接饮用容易导致结石，所以不少人都不拿来饮用，而是花钱买外来的矿泉水或纯净水。

我们都配有洗衣机。刚来的时候，我有一次想先放水把洗衣机洗一下，结果洗完后洗衣机都积了一层薄薄的淤泥。最终，我放弃了使用洗衣机，免得洗完衣服后还要洗洗衣机。

墨脱自来水偶尔也会停水，待到再来水时那水都是黑的，而且有一股浓浓的臭味。每次外出隔了几天才回来时，打开水龙头也是这样的情景。所以我们戏称其为“墨水”。可见，墨脱的基础设施建设和公共事业发展依然任重而道远。

最丰富的水资源与结构性缺水、水资源利用水平不高是墨脱一对现实的矛盾。如何提高水资源的保护、开发和利用水平？这是摆在墨脱面前的一个现实问题。一方面，整体规划，合理布局，分步实施，根据需要来开发利用水能资源；另一方面，强化设计，完善设施，依山就势，引水入城打造具有门珞特色的水城；再一方面，加强建设，优化管理，提升水平，为城乡居民提供优质可靠的自来水。这或许是墨脱水资源开发利用的可供选项。

（发布时间：2016年9月20日23：46）

9月25日
星期日

走向天路75

惊魂一刻

今天，经历了进藏以后的第二次险情！上一次是从林芝返回墨脱行走在扎墨公路时，差一丁点就撞车了！在这样的道路上如果发生事故，那是不可想象的事情！肯定是免签证免费出国了！

今天，同样惊险的事情再次出现！但这次与道路交通无关，而是与方便有关。我们五个队员奔跑在路上，人有“三急”，就在路边停车，下来方便一下。路边下方有一片青稞田，田里有一堆堆垛起来的青稞，还没有脱粒。我想着还是文明一点，躲在青稞垛堆后面再解决吧。

结果惊险的一幕发生了！就在我要转身方便的时候，突然发现一只藏獒向我猛扑了过来，一下子就到了跟前！吓坏宝宝了！幸亏俺是农民出身，赶紧抄起一把青稞并大声吆喝，把它给唬住了！然后慢慢弯下身来捡起一块压青稞的石头，并装作拿石头砸它的动作，它在那里向我狂吠。

与此同时，我大声呼喊距离稍远的其他队员不要跑，马上蹲下身子捡石头，没有石头也要装！结果有人捡起了石头，有人举起了破轮胎，只要就手，什么都有。它还是向着我们狂吠。然后我让大伙面向着它举起手中的家伙，慢慢后退会合在一起，再慢慢地退到车上。

上了车，才庆幸当时还没转过身去，否则它从后面扑上来就不知道会发生什么事情了。而且也庆幸自己有农村生活的经历，否则也会遭殃。农村的经历告诉我，犬类袭击的时候绝对不能跑，而是就地取材抄家伙，有棍拿棍，有石捡石，有什么拿什么，什么都没有也要蹲下装作捡石头的样子并做投砸状，并要伴随大声的吆喝。

所以，知识的积累很重要，经验的积累更重要，两者的高度结合形成的直觉判断和反应在关键的时候能够化险为夷，拯救自己甚至他人一命。

（发布时间：2016年9月25日23：45）

9月26日
星期一

走向天路76

无奈与自责

这两天，神奇的事情接连发生。先是昨天被藏獒袭击，今天又发生了一件令人意外的事情。

中午吃完饭后，顺路将一个朋友捎带回去。他下车时，我也下了车，和他握手告别，然后再上车。结果，这个时候发生了一件大家都意想不到的事情。

一只狗狗跟着我的后腿爬了上来，绕着我的脚转了两圈还要往我身上爬。我让它下到脚踏的地方，并让它下车，但它就是不愿意。经大家商议，既然不愿走，又找不到它的主人，就只好让它留着，让强哥带回家收养吧。

我们继续前行，它就趴在脚踏的地方，把头枕着我的脚，身体绕着我的腿睡觉，十分乖巧。睡了一会儿，它要起来活动，前排空间不足，就让它爬到后排去，结果它又爬上后排座椅睡觉了。

过了一会儿，我们停车休息，放它下车活动和方便并喂食。这时才发现，它的左前腿行动不方便，经检查原来是受伤了，估计是被汽车碾压的。

我们车上有一个外科医生，大家建议到时由他帮它治疗，他也答应了。

我们继续前行，中途停车休息。结果这时它可能是由于晕车，在车上呕吐了，弄得满地都是，而且很臭，大家赶紧把它清理掉。这时，现实问题提出来了，是留还是不留？大家决议不留，因为我们因工作还要两天才返回，这段时间无法照顾它。但也不能把它留在野外，否则有可能会饿死。

于是我们继续带着它前进。路上经过一座寺庙，我们便把它带到寺庙里面，这样它就会有人收留和喂食，不至于挨饿。它很高兴地进去了，并和其他狗狗玩了起来。

看着它和其他狗狗玩得开心，我们便返回上车。结果它又跟了出来，要跟着我们上车。我们劝它不要上车，并关门开车，结果它一跛一跛地追了过来，并一直追着，我们只好加快速度，把它摆脱。它眼见追不上，才依依不舍地返回了寺庙。看着它的背影我们也十分无奈和不舍。

晚上吃饭的时候大家聊起来，听人说有些地方流浪狗太多，又不能杀死，便把它们拉到邻近的地方放逐。听了之后，我们也感到无奈和自责，我们今天的行为是否与他们有些相似呢？

（发布时间：2016年9月27日00：58）

9月27日
星期二

走向天路77

阴暗下的神奇

阴暗，估计不会有太多的人喜欢。毕竟，这是一个灰色的、负面的、消极的、负能量的东西。但是，凡事没有绝对。阴暗与光明本来就是一对孪生兄弟，犹如一个硬币的两面，还是雌雄同体的一个事物。凡事都是相对的，相联系的，相结合的，相融合的。没有阴暗，就没有光明，反过来，没有光明，也不会有阴暗。

墨脱，单纯从汉语去理解，可能会让人误解，误以为是一个像墨一样黑的地方。这样理解也没错，但这只是其中的一面。墨脱具备了从热带到寒带的所有植被和森林类型。由于墨脱是世界上降雨量最多的地区，所以十分阴暗潮湿。这样的环境造就了很多生物，也造就了很多神奇。

这里面有一个十分重要的角色，就是蘑菇。蘑菇生长在阴暗潮湿的环境中，而墨脱恰恰具备了这样的优越条件。墨脱的蘑菇很多，包括种类上的，也包括数量上的。木耳、黄耳、黄菇、灵芝……应有尽有。

这样的条件，十分适合发展林下经济。县里也曾组织部分村民去学习种植木耳，回来后还每人补贴五千元让他们去种。结果到现在也没有见到什么木耳，经了解原来全都死光光了。

这里的门巴、珞巴群众素有勤劳、勇敢和智慧的传统，但也有部分人面对恶劣的自然环境，学会了遵从、习惯和适应，缺乏改变现状的愿望、意志和能力。扶贫先扶志，治贫先治愚，致富先致知！我们应该学习蘑菇的精神，地处阴暗而不丧志，位处恶劣而不屈服，适应环境，遵循规律，改造环境，利用规律，坚定信心，克服困难，创造奇迹！

在此把我处于困难时期写的一首“口水诗”与大家一起分享，一起共勉，一起励志。

绝处逢生

岩石虽坚也有隙，硬发花草三五株。
莫道环境不如意，奇葩常开绝地处。

（发布时间：2016年9月27日22：45）

行走在墨脱，你经常会发现上方山坡、下方山坡或者对面山坡上有一条带状的光秃地带，在森林茂密的墨脱显得格外引人注目，像是在大地上撕开的一条伤痕。这就是泥石流和雪崩留下的痕迹。

泥石流和雪崩的痕迹几乎都是从山顶一直延伸到山脚，上窄下宽，略呈“八”字，堆石也从上到下逐渐变粗。不过雪崩的痕迹更像河流，向外翻出形成左右两条堤坝，中间是积石或积雪，甚至上面还覆盖着泥石流。这种情况在嘎隆拉雪山更加明显。

泥石流和雪崩等是威胁墨脱群众和游客生命财产安全的主要自然灾害。就在今年的6月16日，墨脱就在一条无人沟里发生了泥石流，将上山采药避雨的九名群众吞噬，造成八死一重伤（详见《走向天路28——为你抹去眼里的泪》）。可见，大地的伤痕，往往是人类的泪痕。

但泥石流也不净干坏事，它也会做点好事。据说泥石流过后就会长出大片的青岗树，而松茸就只能长在青岗树下。所以，我们所吃的松茸，是以泥石流灾害作为前提和代价的。

墨脱之所以泥石流和雪崩等频发，主要是山体险峻、土质疏松、降水量大等原因所导致。这里的山体十分高大陡峭，与江河形成“V”形的深谷，两旁的山坡几近直立。我第一次进墨的时候，给我的印象好像只有楼顶是平的。据说墨脱以前是海底，后来因地球板块挤压隆起而形成陆地和山峰，土质十分疏松，主要为沙包石。墨脱受印度洋暖湿气流的影响，成为世界降水量最大的地区之一，夏季天雨连绵，冬季大雪封山。

每当大雨或者连续几天下雨，以及雪融化时都是相对危险的时候。我们进墨两个月内就已经见识过几次泥石流和塌方了。它们威力巨大，经常造成道路交通中断甚至是伤亡事故，闻者动容，见者发怵。

客观规律不可改变，自然灾害不可避免，只能自己避险。这里的群众特别是驾驶员都练就了一身观察分析和判断处置的好本领。他们会分析什么时候出行有风险，什么时候出行较安全，所以我们会赋予他们像飞机机长一般的权力，可以根据实际情况决定是否出行。他们还会根据水流的颜色和山上的响声判断是否有泥石流和雪崩。如果水流颜色变深，水流变大，并伴随隆隆响声，那么就极有可能是泥石流或者雪崩了。雪崩易发季节，他们会在早上日出前通过易发路段，避免可能存在的危险。

我们的工作队员王强在这方面十分有经验，每当我们出行的时候他都会结合实际给我们讲解，让我们增长了相关见识，提高了应对能力。

（发布时间：2016年9月29日01：53）

9月29日
星期四

走向天路79

生命援藏

在我们喜迎国庆的时候，却传来了一个沉痛的消息！在举国欢庆的时刻，却留下了一个悲痛的家庭！

赵炬医生走了。他可能是我们第八批援藏工作队第一个走的。当然，我们绝不希望再有第二个。即使是赵炬医生，我们也是千般的呼唤，万般的挽留。可是，在亲友急切的呼唤中，在援友诚挚的祈祷下，他还是千万般无奈地走了。

赵炬，安徽省滁州市中西医结合医院口腔科的主治医师，安徽省援藏工作队队员，现年41岁。经主动申请，7月9日随安徽省第六批组团式援藏医疗队赴西藏自治区山南市人民医院援藏工作一年。在工作期间，于7月15日突发重症，后转入西藏自治区人民医院抢救，再专机转运回安徽救治。今天（9月29日）早晨六点五十分，赵炬走完了他年轻而有意义的一生。根据赵炬生前及其家人的意愿，赵炬捐献出身体全部可用器官，让生命得以延续，让更多人可以获得帮助。

赵炬医生的爱心工作才刚刚开始，雪域高原的无限风光还来不及饱览，西藏各族人民的热情还来不及体验，各地亲朋好友的关心还来不及享受，他就匆匆地走了。他虽然还没有在西藏建立起什么丰功伟绩，但光是他主动请缨的精神、心系藏区的情怀、大爱无私的奉献，就足以光照高原，星煜华夏。

世事无常，现实无情！赵炬医生只是援藏的一个缩影。据说援藏至今，几乎每一批都有若干减员。在这雪域高原上，疾病、交通事故、泥石流、塌方、山体滑坡、滚石、倒树、雪崩、动物袭击……这些都时不时地威胁着每一位援藏队员的健康乃至生命。在这里，我们要用唯一的生命去应对无数的风险，用唯一的机会去迎接无尽的挑战。援藏不容易，且援且珍重！

政策是中央的，资金是国家的，来源是人民的，生命是自己的。作为一个援藏工作队员，我们是以自己的身体、健康和生命，去贯彻、去落实、去践行党和国家的西藏政策、民族政策。

（发布时间：2016年9月29日16：46）

9月30日
星期五

走向天路80

学习之旅

磨刀不误砍柴工，学习未耽进取路。古人云：三人行必有我师。我曰：两人在必有我师。每个人、每个单位、每个地区都有自己的比较优势，加强学习与交流，做到扬长避短、取长补短，是提升自身素质和促进工作进步的重要方法。

在工作已取得良好开局的情况下，我们一行五人带着问题，带着任务，于9月22日至28日，行走在学习取经的路上。9月22日从林芝出发，先后前往林芝市朗县，山南市加查、错那、洛扎、乃东，拉萨市曲水等县区学习考察，并前往拉萨市拜访了相关部门和领导，得到了上述县区援藏工作队和相关单位的热情接洽。途中，我们还广泛联系了山南市的曲松、隆子、措美、琼结、桑日、扎囊、贡嘎、浪卡子等县的援藏工作队，通过微信联系加强沟通交流。

其中，朗县为林芝市下属的一个县，为广东省惠州市对口援建，作为广东省的兄弟援建单位具有很强的互补性；错那、洛扎与墨脱同为边境县，具有很多相同相似的地方，加查、乃东和曲水是途经地和住宿地，也不错失学习的机会。

我们通过前往上述地区的学习考察，加强了相互之间的沟通联系，学习了兄弟队的经验做法，解决了工作中的一些疑惑，奠定了进一步做好工作的基础。通过拜访自治区相关部门和领导，汇报了墨脱的情况和我们的工作，得到了充分的肯定和表扬，争取了对墨脱和我们的支持。

整个学习拜访过程中，大家克服高原缺氧和路途艰险等困难，顺利完成了学习考察的任务。

（发布时间：2016年10月1日00：04）

2016年

October 10月

10月1日
星期六

走向天路81

高原混血儿

行走在青藏高原，经常可以看到牦牛、黄牛等动物。之前我一直都不知道，原来还有一种介乎于牦牛和黄牛之间的动物，那就是犏牛。这回来援藏可真是长知识了。它让我接触到了越来越多的新奇事。怀着强烈的好奇心，我也不断地向当地的朋友学习和请教，希望能够将更多新奇事介绍给各位朋友。

原来犏牛是牦牛与黄牛杂交的后代。既可以是公牦牛与母黄牛杂交，也可以是母牦牛与公黄牛杂交。母牦牛与公黄牛所生的叫“真犏牛”，公牦牛与母黄牛所生的叫“假犏牛”。由于犏牛主要生长在青藏高原，所以我将其称为“高原混血儿”。

犏牛也有公犏牛和母犏牛之分，据说公犏牛还能再繁洐后代。公犏牛可以与母黄牛交配产出一种叫“多利”的牛，多利牛个子矮、长得慢、肉差，几乎没什么优势，所以牧户尽量避免公犏牛与母黄牛交配。而母犏牛就一般不能够繁衍后代。根据牦牛和黄牛所占的基因不同，有的偏向于牦牛，有的偏向于黄牛，有的介乎于两者之间。

犏牛本来是牦牛和黄牛自然杂交的产物。现在人们为了不同的需要，通过人工杂交和培育，繁衍出奶犏牛、肉犏牛、役犏牛等不同的种群。

奶犏牛主要用来产奶，它的奶子硕大，产奶量比牦牛还大，产奶周期长，但奶质一般来说比牦牛稍差。肉犏牛主要用来产肉，它在一定条件下产肉量比牦牛要高，但肉质也稍差于牦牛。役犏牛主要用来运输，在畜力交通运输中是主力军和排头兵。役犏牛不仅具有与牦牛同样的对高原气候环境的适应力，还具有较温顺易驾驭的优点，并具有适合成群结队而行的优势。

（发布时间：2016年10月1日23：14）

走向天路82

牛穿白袜子

国庆期间没介绍其他而是连续两天介绍牛，是希望我们的祖国和人民更牛，希望西藏及墨脱的发展和援藏工作更牛。

昨天介绍了犏牛，今天给各位朋友介绍一种更牛的牛。这位朋友之所以牛，是因为它总是穿着白色的袜子，而且只吃鲜嫩干净的草。

当地老百姓俗称“穿白袜子的牛”，我将其简称为“白袜子牛”，其实就是这种牛的四只蹄上面的皮毛为白色。它就是墨脱的特有品种——“巴米牛”（巴米是不丹的一个地名，从那里传过来的牛叫巴米牛）。

动物学家认为它是大额牛或宽额牛的一个亚种。大额牛国内主要分布在西藏自治区林芝市墨脱县和云南省贡山县独龙族聚居地区（当地也叫独龙牛），全世界主要分布在印度北部、锡金、不丹、缅甸等地，数量极少。大额牛的基因与印度野牛极其相似，99%相同，野性相当强。但墨脱的巴米牛与百度上介绍的大额牛稍有区别，可能是亚种的区别。

墨脱的巴米牛体型大，纯种最大可达1000多斤。巴米牛的肉质鲜嫩，比一般的牛肉要好吃很多。它的繁殖能力很强，一年能生两胎。它对食草特别讲究，只吃鲜嫩干净草的上半部分，稍有脏污就不吃，哪怕人畜践踏过或撒过尿，都不吃。

（注：墨脱县农牧局副局长袁瑜贵同志对本文有贡献）

（发布时间：2016年10月2日23：51）

10月3日
星期一

走向天路83

相约春季

“明年春季的时候我再来看大家！”这是广东省省长朱小丹在西藏林芝接见广东省第八批援藏工作队时对大家的承诺。

广东省委省政府及主要领导历来讲政治，顾大局，将贯彻落实中央的西藏政策和民族政策放到特别突出的位置上，十分重视援藏工作，对援藏工作人员更是高看一眼，厚爱三分。

7月13日，省委书记胡春华在百忙之中专门抽空接见了当天进藏的广东省第八批援藏工作队领导小组成员并合影，寄予了殷切的期望和要求，给予了极大的关心和支持！随后不久，春华书记又亲自前来西藏昌都调研考察援藏工作，并接见了广东省第八批援藏工作队领导小组部分成员。

在春华书记7月13日接见之后的第八十一天，在我们休假待命的第七天（林芝市因“2016雅鲁藏布生态文化旅游节”已于9月26日开始放假），我们又迎来了省委省政府及主要领导的关怀，省长朱小丹于10月1日前来西藏林芝实地调研考察广东省对口援藏工作，并于10月2日下午看望慰问了广东省第八批援藏工作队。

10月2日下午六点左右，在实地调研考察完林芝鲁朗国际旅游小镇等援建项目之后，风尘仆仆的朱小丹省长在林芝市委书记马升昌、副书记兼常务副市长许典辉等人的陪同下，徐徐走进林芝福建援藏公寓（广东省第八批援藏工作队总部驻地，另一驻地为广东援藏公寓）。朱小丹省长、马升昌书记与早已等候在此的广东省第八批援藏工作队领导小组成员及其他队员代表逐一握手问候，并时不时询问有关情况，叮嘱大家注意安全和身体，做好工作。许典辉副书记十分熟练地逐一介绍领导小组成员及各队员代表。

朱小丹省长一行还调研考察了工作队福建援藏公寓饭堂（另一饭堂为广东援藏公寓饭堂）。随后，朱小丹省长一行与工作队进行了合影，并发表了简短的讲话，勉励大家要注意安全，工作好，生活好。聊天中问到为什么大家不统一穿队服合照时，有队员表示队服还没准备好，希望下次省长再来时穿统一的队服亮丽出现，并提问省长下次什么时候再来。朱小丹省长说将于明年春暖花开的时候再来看望大家，马上引来了无数的掌声。

省委省政府及各派出地党委政府的关心支持，是广东省及各派出市援藏工作队最坚强的后盾，省委省政府及主要领导在这方面做了最好的表率！大家都期待着明年杜鹃花开满山坡，各种野花争艳斗奇的时候，小丹省长等省领导再次来看望慰问，也期待着各派出地党委政府及相关领导更多的关心和支持！

相约春季只是一个期许。其实各级领导的每一次前来、每一个关心都是队员们的春天，杜鹃花将从他们的脸上一直开到心里！

（发布时间：2016年10月3日19：48）

10月4日
星期二

走向天路84

回家回家

10月2日朱小丹省长接见完之后，剩下的国庆假期总算可以属于自己了。10月3日，在离家进藏三月欠十天的时候，根据工作的需要，我首次踏上了回家的路。

早上七点半起床，八点钟从广东援藏公寓出发。经过前几天的风雨洗礼，当天的林芝天空十分湛蓝，阳光特别明媚，空气格外清新，云儿分外美丽。

尤其是云儿，一片片在半空中形成了铺天盖地的一大片，排列有序而各不相同，组合紧凑而并不密封。它们与尼洋河河谷和雅鲁藏布江河谷构成了一个倒三角形，倒映在平缓的尼洋河和雅鲁藏布江上，又形成了上下两重天。最漂亮的是浮在江面上一条条横在河谷之间的、顺着河谷的，像哈达一样的云条，仿佛在为我送行。云儿，你真是有心了！

九点四十五，飞机呼啸着从位于雅鲁藏布江河谷的林芝米林机场腾空而起，于十二点左右顺利抵达重庆江北国际机场。接下来是漫长的等待，因为担心前面的航班延误而影响后面的行程，所以订的是下午五点起飞七点到广州的航班。心有不甘，便去中转柜台查询，三点钟的一个航班还有位置。于是又办理改签手续，终于如愿以偿。在机场等候了两个多小时后开始登机，飞机按时起飞，并提前于下午四点半到达广州白云国际机场。原定五点钟到达的时间，我已走出了机场。

广州下着沥沥淅淅的小雨，气温依然较高。我虽然已在重庆脱掉了外套，但长袖T恤仍然让我感受到了家乡的热情。来接我的除了司机就是我的妻子儿子。几月不见，上车以后话就特别多。妻子说的时候儿子也想说，儿子说的时候妻子也憋不住，妥协的结果就是轮着来，搞得我很有明星般的感觉。

回到家已是六点多，洗漱一下就七点了。我们谁也没约，只想一家三口好好地待在一起。儿子提出到外面吃饭，自从我进藏以后已经好久没在外面吃过饭了。他的要求很简单，只是想吃个湘菜辣一辣，开开胃。我们就在离家很近的地方选了一家湘菜馆，边吃边聊。吃饭的时候，我留意观察了一下，儿子是长大长高了，但妻子却长老长小了，有喜也有忧。

回到家，儿子提出我已经好久没有陪他玩了，希望我跟他下几盘军棋。我很愉快地答应了。然后我们就坐在客厅的地板上，以拖鞋为凳，下了起来。其间妻子也会过来聊天，他们娘儿俩互相向我“投诉”对方的“不是”，使得我对这段时间家里的事一清二楚。

夜已深，该睡觉了。这时问题又来了。他们娘儿俩都要抢着跟我睡。最终妥协的结果就是三个人一起睡。我睡中间，两边各有一条胳膊和一条腿搭在我的身上。确实累了，没有任何感觉就进入了梦乡。半夜听到儿子在笑，估计是做梦也高兴了。

今天早上醒来，妻子已经起来做家务。儿子还在床上，结果又陪着他一直睡到十点多钟。久违了的懒觉确实十分惬意，各种紧张和疲劳像“豆腐渣落水——全身都松”了。

早餐过后，儿子又要和我下棋，我们便又下了起来。临近中午，妻子在家做饭，我要去理发，儿子要跟着我。我们俩时而拉着手，时而搂着腰，就像一对小情侣。

午饭后继续休息，他们娘儿俩又黏在我身边。一直睡到五点多。

晚饭有约，几个好朋友好大哥一定要表示。热情难拗，恭敬不如从命。儿子也要跟着来。他说如果我不带小孩，人家会觉得我对小孩不好，小孩都不愿意跟着我。他还要妈妈也一起来，同样说如果我不带老婆，人家会觉得我对老婆不好，肯定是闹矛盾了。小屁孩儿，学精了！想黏着我还要编个理由。

家是回了，也能陪他们一下。但回家只是援藏工作的另外一个地点，另外一种方式。接下来，汇报工作，沟通情况，争取支持，巩固后方，任务还很艰巨，还有很多事要做。

（发布时间：2016年10月4日22：10）

10月5日
星期三

走向天路85

飞在青藏高原

10月3日，从林芝飞往重庆。

每次飞在青藏高原上，就像观看了一场4D风光大片，享受了一顿视觉盛宴和心灵鸡汤。

随着飞机的爬升和飞行，整个青藏高原就像一幅巨大的立体画卷，徐徐展开，也像一个巨大的沙盘，逼真而精美，丰富而细腻。

最吸引眼球的是连绵的雪山，皑皑雪峰分外醒目。在早上和傍晚时分还会呈现出日照金山的神奇景象和瑰丽色彩。积雪少的、薄的，就像在山尖、山脊上撒了一把面粉。厚一点的，像块块面团粘在了上面。而已形成了冰川的，则像凝固了的湖泊、瀑布和河流，沿着山沟和山谷向下延伸，大小上窄下宽，颜色上深下浅，厚度上薄下厚。沿途把沙石推向两边，形成两道河堤，而冰川就夹在河堤之中变成了白色的河流，表面的浪纹清晰可见。又像是白色的越野公路，很有驾着越野车从上面飞驰而下的冲动。延伸至一定地方，便产生断层和落差，形成水流或湖泊。

没有冰雪覆盖的山峰，则像只剩叶脉的树叶，也像无数的鱼脊按一定的规则进行无限的排列组合。有的尖峰突兀，有的怪石嶙峋，有的像金字塔，有的风化得像碎石堆，甚至个别像沙堆，也有的相对平缓，各种形状和形态应有尽有。更多的是光秃秃，一毛不长，也有一些在山顶上长满了花草甚至是低矮的灌木。阳光照在山峰上，被阻挡以后在山谷形成了阴影，使山谷变成了阴阳两面。雪崩和泥石流形成的伤痕，犹如美少女的泪痕，一直从眼睛流到脚下。

山谷之中，以云杉为主的树木，以河流为中线，分别沿着两边的山坡往上爬，像无数排列整齐的士兵，缓慢地往上攀登。树木爬到一定的高度便失去了力量，取而代之的是花草。初秋的花草已经变黄，它们就像一块块裹在山上的黄色地毯。其中有个别山沟的形状、水流和树草所构成的图案，极像女性的门户，难免让人惊叹大自然的造化。

有的在山顶、山腰、山窝、山脚散布着各种天池、湖泊，数量很多，形状各异，高低错落，像是颗颗散落的珍珠，十分美丽。从山沟形成的水流，到了山谷汇流成河，再往下汇流成江。江河的两边各有很多的小河和水流注入，两边的小山谷与江河流经的大河谷构成了一个连续不断的“非”字形立体结构。各条水流、江河从山沟一直往下，蜿蜒曲折，像是一条条摆动下山的蟒蛇。大拐弯、小拐弯、太极图案，比比皆是。

公路在河谷中穿行，虽然不是完全与河流并排，但也是结伴而行。到了山谷的尾部，便开始“之”字形向上爬行。有的翻过山坳或者山梁后又开始“之”字形向下爬，有的则是沿着山梁、山脊向前推进，此时便大有“天路”的感觉。公路和河流将山谷中的村庄串联起来，像串串天珠。有的村庄则镶嵌在山腰和山岭的台地或坡地上，便又有“之”字形的公路爬上来将其与主路相接。村庄的蓝色、黄色、红色屋顶格外显眼。

最精彩而富于变化的，还是云儿。她以大地为背景，以天空为舞台，变幻莫测，精彩绝伦。她在山之巅，像顶顶白色绒帽，雍容华贵。她在山谷之中、河谷之间，一簇簇，一团团，一片片，一条条，……当她铺天盖地形成一大片的时候，好像在半空中形成了一个白雪覆盖的大平原，也好像一个白色的无边海洋。当山尖雪峰高于这个大平原的时候，好像在云层之上又形成了一个新的、更高的雪域高原。

（发布时间：2016年10月5日15：47）

10月6日
星期四

走向天路86

雅江沙丘

从地球之巅的喜马拉雅山一路走下来，雅鲁藏布江素有世界“天河”之称。这条“天河”充满了传说，也充满了传奇。它创造的很多奇迹令人惊叹，如大峡谷、大拐弯等等。其实，它还有一项奇迹可能没有引起游客更多的注意，那就是它也盛产美丽的沙丘。

很多人到林芝旅游，可能都会首选大峡谷。从林芝前往雅鲁藏布江大峡谷，沿着雅鲁藏布江有左右两条平行线路可走，左边是县道401线，右边是岗派公路，它们可以通过机场高速交会，也可以在鲁夏村和派镇附近分别通过两座桥相通。比较好的安排是左边进右边出或右边进左边出，这样就可以从不同的角度观赏沿途的风光。

如果你从右边（即岗派公路）走，途中会经过一个叫丹娘的小村庄。丹娘村斜对面的雅鲁藏布江边有一片美丽的沙丘，十分抢眼。如果你从左边（即县道401线）走，就直接经过这片神奇的沙丘。这片美丽神奇的沙丘就叫丹娘沙丘，又名丹娘沙洲，又因其形如双手合十的佛掌而得名佛掌沙丘。沙丘以村庄命名，村庄因沙丘著名，相映成趣，相得益彰。形如佛掌又与藏传佛教相结合，增添了许多神秘的宗教色彩。

这个美丽神奇的沙丘还有一个动听的传说：据说沙丘下面原来是一个村子，名叫拉岗村。村里有一个年轻英俊的打猎能手，名叫德多。一次德多出门打猎，发现一个怪物追赶一个年轻貌美的女子。德多曾经梦见过这个女子，认定是自己的“猎物”，于是奋不顾身救下这个女子。这个女子原来是小龙女，不能以身相许，为答谢救命之恩，便赠给德多一面能预见未来的神镜，但要求德多必须保守秘密，否则将会变成一块石头。龙王发现小龙女在此历险，发怒要以沙丘掩埋拉岗村。德多从神镜中预见到这样的情景，便告知村民赶紧逃避。在他的极力劝说下，村民带着半信半疑的态度离开了村庄。结果当晚半夜的时候，龙王果然发力卷起沙丘将村庄掩埋，而德多也化为一块石头。拉岗村的村民在沙丘附近重新安置之后，便将新地方命名为“桑巴村”，意为“秘密之村”，以纪念德多说出了那个拯救了整个村庄的秘密。

传说归传说，而沙丘却是实实在在、漂漂亮亮的。在宽阔的雅鲁藏布江之畔，在两岸高山夹峙之下，蓝天、白云、雪山、森林、村庄、河流、沙丘构成了一幅绝美的天然画面，正吸引着越来越多的游客。

丹娘沙丘仅次于卧龙沙丘（位于米林县卧龙镇附近），为雅鲁藏布江第二大沙丘，也是雅鲁藏布江上最漂亮的沙丘之一。当然，丹娘沙丘只是雅鲁藏布江众多沙丘中的一个，像这样的沙丘，雅鲁藏布江之畔还有很多。从丹娘沙丘沿着雅鲁藏布江往上游走，时不时都会见到或大或小的类似沙丘，有的在江边，有的在靠近江边的山坡上。

据了解，雅鲁藏布江沙丘一般位于雅鲁藏布江中游河水相对平缓，风力较强的地段。每年秋末至春末期间，河水干枯，河沙裸露，强风吹刮，遭遇合适的地形阻挡。迎风面的沙粒在顶部附近堆积，背风坡形成较陡峭的滑落面，丘体两坡不对称，迎风坡凸出而平缓，背风坡凹入而较陡。经年复一年地吹送搬运并堆积，便形成了这一特别的地质地貌奇观。

这些沙丘虽然在游客的心目中十分好看，但在地质地貌上却是一种自然灾害。雅鲁藏布江中游多属干热河谷，土地沙漠化。每年秋冬季节，这些河段地区都会出现沙尘沙化的现象，亟待治理。目前，当地已对部分沙丘进行了治理，效果还有待体现。

（发布时间：2016年10月7日00：14）

10月7日
星期五

走向天路87

走过墨脱天地宽

进墨以来，工作队员王强经常在车上播放关于墨脱的歌曲，一方面让我们更多地了解熟悉墨脱，另一方面以缓解旅途的疲劳和乏味。那么多歌曲中，印象比较深刻的是一首叫作《走过墨脱天地宽》的歌曲。歌中唱出了墨脱的道路有多么的艰难险峻，配合着正在走的道路，此情此景此歌此曲，极其容易引起人的心灵感应和共鸣。

九月下旬，我们因工作需要前往山南和拉萨。汽车驶出林芝之后，先是飞驰在机场高速上，然后便是奔驰在306省道上，沿着雅鲁藏布江途经米林县，在朗县做工作停留之后继续前行到达山南市加查县。穿越在这条宽阔平整的柏油路上，那种畅快的感觉无以形容，平时龟行在“八墨公路”（即318国道八一到扎木段和扎墨公路）所受的憋屈一扫而光，同时又对这些地区拥有如此好路羡慕嫉妒恨。

我们在与加查县及援藏工作队交流的过程中得知，加查到山南的路正在维修，白天封路，晚上通行。他们十分热心地建议我们晚上不要在加查停留，连夜赶到山南，否则就只能走翻越布丹拉山的旧路（306省道）。据他们说翻越布丹拉山的路坡陡路窄弯多崖深，路边悬崖有几百米深，路窄只容两车擦身而过，特别危险，不建议我们走此路。但我们当天已经在两个县进行了学习交流，并已经在路上跑了一天，大家都很疲倦，又有些高反，已经不能再赶路，于是还是决定夜宿加查。

第二天我们一早起来出发，很快便开始翻越布丹拉山，一直到曲松县也没有发现期待中的特别惊险的路。后来大家讨论时才发现，这个故事有点像小马过河。原来当地的路况多数很好，所以他们认为这样的路已经十分之差了，而我们从墨脱出来，认为这样的路已经很不错，放在墨脱至少也是快速路的水平了。

后来到曲松县也发生了类似的故事。当地人不赞成我们从曲松县直接到隆子县，路不好走，而建议我们先到山南再到隆子，这样路好走一点。我们的实践证明，从曲松到隆子的路并没有想象中的那么难走。

难道当地的朋友都说错了吗？NO！他们说的一点都没错，而且十分热情而真诚。问题不在于这里的路有多好，而在于墨脱的路有多差。正所谓不怕不识货，就怕货比货，有比较才有鉴别。当我们走过墨脱以后，才知道外面的天地宽。至此，我们对《走过墨脱天地宽》有了更多的认识和更深的感受。在此将该歌曲附录如下：

走过墨脱天地宽

作词：田大刚　作曲：德吉　演唱：多杰平措

哦嗬……走过
哦嗬……墨脱
走过墨脱天地宽
不知道多雄拉山有多高
不知道老虎嘴悬崖有多险
不知道蜿蜒山路有多长
不知道藤桥溜索有多悬
哦嗬……只因不曾去墨脱
不知道也许有一天
打起行装走墨脱
走过墨脱是好汉
哦啊啦啦走过墨脱是好汉
不知道新酿的米酒多甘甜
不知道门巴姑娘多娇艳
不知道雨后蕉林有多静
静得就像传说中的伊甸园
哦嗬……只因不曾去墨脱
不知道也许有一天
打起行装走墨脱
走过墨脱天地宽
哦啊啦啦走过墨脱天地宽
只因不曾去墨脱
不知道也许有一天
打起行装走墨脱
走过墨脱天地宽
哦啊啦啦走过墨脱天地宽
哦啊啦啦哦啊啦啦
嗦……哦啊啦啦
走过墨脱天地宽

（发布时间：2016年10月7日23：18）

10月8日
星期六

走向天路88

最美墨谷

从波密进入墨脱，穿过嘎隆拉隧道之后，再往前走便是连绵的云杉林。墨脱的云杉林面积大，树龄长，林相好。我个人认为是我所见过的全国的云杉林里面最美的。

绿得发黑的云杉林以河为中心线，分别沿着两岸的山坡往上爬，看上去十分整齐，阵容鼎盛，从一个角度看像列队欢迎的哨兵，换一个角度看又像向山顶发起集团冲锋的军队。

云杉林之上是高山草甸，它们像一张依山就势、随山起伏的绿色地毯，将山体裹得严严实实，十分贴身，估计这山哥们也穿得太舒服了。再往上是皑皑白雪，像是顶顶白色的绒帽。如果从单个山峰看，就像头戴白绒帽，身穿绿T恤和绿黑裙子的美少女。

云杉林间或隐或现悬挂着众多的瀑布。两岸的云杉林所夹着的河流奔腾咆哮，十分湍急，与静静地伫立在那里的云杉林一动一静，形成鲜明的对比，但并不突兀，而是感到非常的协调与和谐。

河流的尽头是一个弧形的山湾，山湾上面布满了金字塔状的雪峰。雪山融水及泥石流、雪崩所形成的痕迹像一个倒置的扇贝。各条水流便汇聚于这个扇贝的末端，形成河流沿着山谷滚滚向前。

很多时候，山谷上面都是铺天盖地的云儿，它们就像架在山湾及两岸的山峰上。这样，就构成了一辆以云为盖，以山湾和两岸的山峰为围，以山谷为底的黄包车。

当然，沿着扎墨公路和雅鲁藏布江往南，随着海拔、高度和纬度的逐步降低，雪峰、高山草甸和云杉林也逐渐消失了，取而代之的是清一色的热带、亚热带雨林，甚至连野芭蕉都快要长到山顶上了。

这样的山谷墨脱有很多，而且绝大多数都是无人谷，保持着原始和神秘的状态。随便拿一条山谷出来开发，几乎都能规划建设成顶级的风景区。如果你有足够的勇气和智慧，欢迎你来探险；如果你有足够的财力和能力，欢迎你来开发。

最美墨谷，最美墨沟，等着你！

（发布时间：2016年10月8日21：41）

10月9日
星期日

走向天路89

松萝串串

墨脱的云杉林辈分都比较老。有些已经枯掉了，但还是屹立在森林中，像一支旗杆，依然傲骨铮铮。有些“聪明绝顶”了，树梢已经干枯，但身子还宝刀未老，绿叶傍身。年轻一点的，也都已经长胡子了，甚至有些都长得快要拖地了。

走进墨脱的云杉林，你会发现很多这样的胡子树。当然，长胡子的不仅仅是云杉，其他树也有长，只是云杉更普遍罢了。能长胡子的，主要集中在海拔2000米以上，林草交界线以下的针叶林和针阔叶混交林。

这些胡子都长得很漂亮，嫩嫩绿绿的，有的像少女的围巾，有的像垂帘，有的像经幡……每当雨后或者有露水的时候，凝结在上面的水珠晶莹剔透，像一串串天珠。如果在阳光的照射下，甚至有可能折射出迷人的色彩乃至佛光。

这些胡子可不是普通的胡子，它其实叫松萝。它还有很多名字，如女萝、松落、龙须草、金钱草、关公须、天蓬草、树挂、松毛、海风藤、金丝藤、云雾草、老君须、过山龙等等。

松萝虽然长在树上，但它却属于地衣植物，与我们平时所理解的长在地上的地衣确实不一样。它们主要生于海拔较高的深山老林或者岩石上。我们去中国西部旅游，经常能够在树林里面看见它们。

据说松萝很爱干净，只在未受污染的环境才能生长，所以有人也把它作为环境是否好的一个参照物。

松萝也具有很强的抗菌、抗原虫的作用，其所含的松萝酸的抗菌作用特别突出，有清肝、化痰、止血、解毒等功效。当然，据说它也有微毒。对其功效，《本草纲目》《名医别录》等药典药书都有记载。现代医学主要用来治疗肺结核、慢性支气管炎等疾病。至于有什么用、如何用，还是听从医生的建议吧。毕竟，让专业的人做专业的事。

天生我材必有用。世界上的任何事物都有它存在的依据和价值，需要我们去探索和发现，利用其积极的，避免或抑制其不利的。这才是我们应该做的事情。

（发布时间：2016年10月9日23：47）

10月10日
星期一

走向天路90

第六个区

“墨脱是佛山的第六个区县！”这是佛山不少领导、干部和群众的情感认同。从今年开始，墨脱的援建工作由原来的佛山等多个地区及其单位共同承担改为由佛山独立承担。多年的对口支援，使得佛山与墨脱结下了深厚的情谊。今年改为由佛山独立援建之后，这种情谊正在全面深化。

从10月8日一上班开始，到今天连续三天，分别向鲁毅书记、朱伟市长、李子甫副书记、蔡家华常务副市长、李雅林常委、黄喜忠和麦洁华副市长等市领导汇报了墨脱的相关情况和援建工作的进展情况，得到了各位领导的肯定和表扬。

入墨以来，我们一是抓团队建设，大家意志坚定，热情高涨，干劲十足，团结一致，齐心协力；二是抓制度建设，已经初步形成了一套团队管理和

管理制度；三是抓调查研究，全面完成了县直部门和驻墨单位的调研，掌握了各个系统的基本情况；四是抓实地考察，针对规划的项目反复进行实地查看，根据实际情况修改完善项目规划，并做好项目策划；五是抓项目建设，扎实做好项目选址、勘探、测量、房屋质量鉴定、设计等相关前期工作和各项审批手续，实现了进藏两月即启动第一批项目建设的奇迹；六是抓民族团结，尊重当地，学习当地，融入当地，和当地领导、干部、职工和群众相处融洽，并在危重病人救治、困难群众帮扶、患病职工慰问等方面做出了积极的努力。概括起来就是“四个非常”：环境非常艰险、团队非常团结、援地非常融洽、开局非常良好。

各位领导对中央的决策认识十分到位，对援藏工作十分重视，对援藏干部也是高看一眼，厚爱三分。他们也对援藏工作提出了期望和要求：对墨脱要有像佛山五区一样的情感，将其作为第六个区县来对待；要特别注意安全，包括政治安全、纪律安全、人身安全等等；要实事求是，扎扎实实做好工作，体现佛山的质量、水平和速度，擦亮佛山援建的招牌……

领导的每一个肯定，都是对我们的鼓舞；每一个叮咛，都是对我们的关怀；每一个要求，都是对我们的鞭策。我们唯有以“马不扬鞭自奋蹄”的精神，积极、主动、自觉做好各项工作，擦亮佛山援建的金字招牌！

（发布时间：2016年10月10日23：51）

10月11日
星期二

走向天路91

割草

秋上高原，层林尽染，百草枯黄，好一派秋色的景象。

从墨脱出来，沿途遇到众多的牛群迎面而来，它们正从高海拔的高山牧场往低海拔地区转移，以度过这个秋冬季节。由于墨脱具有从热带到寒带的垂直气候和植被，所以它具有这样的特殊优势，但其他地区就未必有那么幸运了。

这个时节行走在青藏高原，经常能够碰到驴马等动物驮着或拉着青稞、豌豆等的秸秆在路上走。这些都是牛、马、羊、驴、骡子等食草类动物过冬的粮草了。

也会时不时地看到当地居民在山坡上割草，使得原先静态的秋色有了动态的效果。他们用镰刀或者割草机把草割下来，堆成一垛垛。然后一个人把一条弯曲的铁棍伸进草堆中往一个方向转动，草便随着转动结成一条粗大的草龙，另一个人配合着把草往转动的草龙上输送，草龙就越结越长，直到适合的长度。对于剩下较散的草料，他们便用耙子或一条弯曲的棍子把它们弄起来，再重复上述的步骤。

结成的一条条草龙被摆放在一边，到收工的时候再用摩托车或者畜力把它运回家去。有些居民会搭个架子把草垛在上面，也有的就地取材挂在屋边地头的树上。这些草晒干或风干以后，将会是牛羊等动物在这个漫长而寒冷的冬季的主要食品了。

（发布时间：2016年10月12日05：34）

10月12日
星期三

走向天路92

巩固后方

没有后方就没有前方，后方不稳前方不勇。后方的稳定、和谐，直接影响着前方的团结、斗志。工作队是援藏工作的前方，各派出地、派出机构和所在单位、所在家庭是十分重要的后方。

为了让前方工作队能够浴血奋战，免却后顾之忧，我们从一开始就十分重视后方的巩固。进藏之初，我们便建立了“广东省第八批援藏工作队墨脱县工作组家属交流群”，加强工作队与家属、家属与家属之间的交流，使家属能够及时了解工作队在前方的工作、学习和生活情况，使家属相互之间建立起沟通互助的机制，为稳定前方、巩固后方起到了积极的作用。

这次回佛山开展工作，也将巩固后方作为重中之重。首先是向市领导汇报工作。分别向市委书记鲁毅、市长朱伟等七位相关市领导及四位正副秘书长、市委组织部汇报了墨脱的情况和工作开展情况，让组织和领导放心，让工作队安心。（详情参阅《走向天路90——第六个区》）

其次是向各区反馈情况。分别拜访各区区委书记、组织部长及相关区领导，向各区通报其所派出的工作队员在墨的工作、学习、生活及表现情况，争取各区的关心和支持。目前已经拜访了三个区的八位领导，还有两个区正在联系落实。

再次是拜访所在单位。我们登门拜访各个队员的所在单位，向其主要领导和相关领导宣传政策，反馈情况，加强沟通，争取支持。目前已经拜访了五个队员的所在单位，还有三个队员的所在单位正在沟通联系。

最后是拜访家属所在单位。我们逐个拜访每个工作队员配偶的所在单位，向其主要领导和相关负责人宣传政策，提请关心。没有单位的则到家中慰问。目前已经拜访了四个队员家属所在单位或进行了慰问，其他四个正在联系落实。

在我们汇报沟通的过程中，各位领导都十分重视和热情，对中央的政策和国家的战略都有深刻的认识，对西藏及墨脱都怀有深厚的感情，对工作队员及家属都十分关心和爱护，使我们备感欣慰，备受鼓舞，更加安心、舒心。

（发布时间：2016年10月13日05：45）

走向天路93
寻求支持

后方的支持是前方的动力。后方的支持既有制度性的安排，也有相关单位的主动而为，但也要主动出击，积极争取。我们乡下有句俗语，叫作“天上掉钱也要弯腰捡”，说的就是类似的道理。

这次回佛三大任务：一是汇报工作（详见《走向天路90——第六个区》）；二是巩固后方（详见《走向天路92——巩固后方》）；三是争取支持。与前两者相比，后者在对象上具有不特定性，在效果上具有不确定性，在方式方法上具有挑战性，在内容上具有融合性。

在开展前两项工作的时候，也结合着进行第三项工作，得到了市及区相关领导、相关部门和单位的认可与支持。除此之外，我们还拜访了市委组织部、市委宣传部、市发改局、市经信局、市农业局、市财政局、市教育局、市台办、市工商局、市红十字会等相关部门，三水区西南和乐平、高明区更合、顺德区勒流等镇（街道），佛山电信等运营商，市互联网协会、佛山郁南商会等商（协）会，盘古开天信息科技、齐明软件科技等企业，佛山科技学院等高校，探讨了干部培训、宣传、财政预算、项目建设、经费支持、物资捐赠、招商引资等多方面的合作，得到了相关单位和领导的表态支持。

需要拜访的单位和领导还有很多，需要争取的资源和支持还有很多，需要落实的工作和任务还有很多，只是这次回来的时间有限，很快就要回墨脱去了，这次未能完成的事情只能留待下次了。

我们期待着后方更多的支持。

（发布时间：2016年10月13日22：46）

10月14日
星期五

走向天路94

回家更累

10月3日晚上回到家里，10月4日陪家人美美地休息了一天。

孩子跟我说，以前我们国庆假期都会外出旅游，如果我们这次整个假期都待在家里，可能会太闷了。好吧！我也是个明白人。但只剩下三天了，远的地方已不可能，也已累得不想去。近的呢？逛街闷，爬山累，海人多。算了，还是去泡个温泉，放松一下吧。

就这样，我们10月5日外出住了一晚，10月6日返回，又连续休息了两天，直到国庆假期结束。每天上午都睡了一个惬意的懒觉才起床，午饭后又补一觉，不知道是累了还是醉（氧）了。

从10月8日开始到今天，连续七个工作日。标准的一天基本上是这样子安排的：早上六点半起床，七点钟吃早餐，送娃上学，然后去工作，直到晚上才回家，每次时间不定。

每次送娃上学后，要么是向相关市领导汇报工作，由于他们的时间都是随机的，约了大概什么时候就要提前去等候，以免错过时间；要么是前往各区和各队员所在单位拜访相关领导，反馈各区和各单位所派队员的工作和表现情况；要么是去各队员家属所在单位或者家里，沟通情况，加强交流，宣传政策；要么是去相关的部门和单位拜访，沟通情况，争取支持。截至今天，已累计拜访了十一位

市领导、五个区的相关领导、二十多个相关单位，还有很多单位和领导还来不及拜访。

其间，我们还于10月12日下午前往广东华南建筑设计院听取墨脱县城风貌改造、白马岗360度观光栈道、墨脱秘境、茶园仙境等项目的设计汇报，双方进行了讨论；14日上午还抽空前往佛山中医院看望慰问了在此治疗的墨脱干部家属。

每天基本上都是自己开着车，时而穿梭于城内大街小巷，时而奔驰在乡村道路，哪里约好时间就往哪里跑。为加快速度，节约时间，每天都要跑多个单位，中途不休息，所以中午和晚上基本上都是在外面吃个简餐，填饱肚子了事，直到晚上才回到家里。10月11、12日这两天晚上，着实是太累了，连原先每天坚持的日记也没有写就睡了。睡到半夜醒来，想想都已经坚持了那么久，不能因此而放弃，于是又爬起来写。看来，坚持没那么容易，付出没那么简单。

功夫不负有心人，付出总是值得的。整个拜访汇报过程都得到了相关单位和领导的热情接洽，汇报和沟通了相关情况，使更多的单位和领导了解墨脱，支持墨脱，理解援藏，支持援藏。

回家，虽然更累，但也更充实。

（发布时间：2016年10月14日23：09）

10月15日
星期六

走向天路95

隐性危机

驻外，既是机遇，又是挑战。它可能会充满各种危险，也可能会充满各种危机。最大的危险来源于各种安全威胁，这是显性的；最大的危机是被后方所遗忘，这是隐性的。当然，这些都只是一种可能性，但如果不注意预防和控制，它就会变成一种现实性。

人走茶凉。这是一种十分自然的社会现象，也是一种十分正常的人际规律。别人是这样子，我们自己也是这样子的。对此，我们无须大惊小怪，无需道德评价，无须怨天忧人。

人与人之间的关系，主要取决于距离和联系。“距离产生美”，这是指距离已经是特别近的时候。但如果距离足够远就未必如此了，你没有听说过“远亲不如近邻”吗？说的就是这个道理。传统社会上交通、通信不便，距离更是决定性的因素。我们在墨脱，离佛山有3080公里，如果不注意，这个距离足以产生隔阂了。

现代社会，交通、通信的发展已经突破了传统距离的限制，人与人之间的关系更取决于联系。联系紧密关系就好，联系不紧密关系就疏。而我信奉的是“和而不同，亲而不近”，平时懒于走动，疏于沟通，容易产生距离和隔阂。特别是援藏，刚开始时可能大家都对你一腔热情，逐渐就会变得从容淡定。这是我们驻外人员特别需要注意和克服的。

幸好，我们的领导和亲友们都比我们更主动、更宽容，给我们营造了一个良好的氛围，使我们能够在前方安心、舒心。当然，我们也要注意认识和把握规律，加强汇报和沟通，让后方对前方放心、放手。这样，我们才能避免潜在的危机，甚至将正在形成的危机化危为机。

（发布时间：2016年10月15日21：18）

走向天路96

角色定位

援藏工作队应该扮演什么样的角色、发挥什么样的作用？这是每一个援藏工作队员都应该思考的问题。

从接到通知到进藏只有短短的几天时间。我就利用这几天时间拜访请教援藏的前辈，他们把墨脱的情况和他们的经验教训都和盘托出，毫无保留，让我心中有底，心存感激。同时，我们自己也学习了相关的文件和资料，结合以往的工作经验，思考逐渐成熟。

7月20日我们进墨，21日上午县里召开了干部见面会。我在发言中将广东省第八批援藏工作队墨脱县工作组的角色、定位也做了介绍，后来在实践中我们又做了些发展，大体上可以概括为“三者五队”。

我们的角色是：

——党的治藏方略的实践者。我们将作为党中央及习近平总书记提出的“治国先治边”“治边先稳藏”的治国、治藏方略的重要实践者。

——党的民族政策的执行者。我们将作为党中央的民族政策和习近平总书记关于民族问题的系列讲话精神的重要执行者。

——党的援藏事业的建设者。我们将作为广东省根据党中央国务院关于对口支援西藏所安排援藏事业的重要建设者。

我们的定位是：

——宣传队。积极宣传党和国家的西藏政策、民族政策、对口支援政策。

——学习队。主动向历史学习，向当地学习，向群众学习，加强自我学习。

——工作队。我们来西藏、来墨脱不是为了享受，而是来落实各项援建工作，完成各项分管工作。

——服务队。了解群众的需求，在完成援建工作和分管工作的同时，努力为群众提供更多的服务。

——战斗队。捍卫国家主权，维护祖国统一，促进民族团结，保持社会稳定。

我们在实践，我们在行动。

（发布时间：2016年10月16日21：55）

10月17日
星期一

走向天路97

援藏不虚

火车不是推的，牛皮不是吹的，援藏不是虚的。

但如何告诉社会一个真实的援藏呢？这个不能靠吹，而是要靠推，要通过宣传把真实、完整的援藏信息及时、有效地推送出去，让全社会知道援藏，了解援藏，理解援藏，关心援藏，支持援藏，共同援藏。

如何推呢？这是广东省第八批援藏工作队墨脱县工作组在进藏之前就开始思考和谋划的重要事情之一。经过研究和讨论，我们决定构建一个多管齐下的立体宣传网络。

——政府网站。我们率先在佛山市政府网（http：//www.foshan.gov.cn）开设了《佛山援藏》专栏（http：//www.foshan.gov.cn/ztjs/fshz），并将其链接到佛山市政府网站群的近300个政务网站上，及时发布相关工作动态，供社会公众了解、查询。截至今天已发布了72条信息。

——微信公众号。我们在进藏之前就已率先申请了“佛山援藏”的微信公众号（微信号：foshanyuanzang）。微信公众号开通后，我们及时把相关工作动态进行发布，基本上能够做到当天信息不过夜。截至今天已发布了18期共61条信息。

——工作简报。我们率先编发了《佛山援藏工作简报》，发往广东省援藏工作队和佛山市、林芝市及墨脱县党政领导和机关。每期都有主题有内容而不是记流水账。截至今天已编发了7期共54条简讯。

——新闻媒体。我们十分重视与报纸、电视、电台等新闻媒体的沟通交流。新华通讯社以《36小时的牵挂——广东佛山援藏工作队合力救治珞巴少年》为题报道了我们的事迹，《西藏日报》在二版头条进行了报道，腾讯新闻等国内主流媒体和《佛山日报》等市内媒体也进行了报道。《佛山日报》、佛山电视台等市内媒体在三个月内已进行了近十次的宣传报道。

——自媒体。我们每个队员都会在自己的微信朋友圈和相关的群、QQ空间、微博等发布相关信息，引起了广泛的关注。其中，我自己在微信朋友圈中推出《走向天路》系列，每天一篇，朋友们都比较感兴趣。

——标志标识。我们设计制作了“佛山援藏”的LOGO，用于微信公众号的头像、名片等众多领域，以方便公众对我们进行识别。我们还设计制作了“广东省第八批援藏工作队墨脱县工作组”的队旗、队服，以便我们在公众场合活动时进行形象展示和宣传。

——投稿。我们还会通过撰写通讯及其他文学作品进行投稿，以扩大宣传，活跃援藏文化。

广东省第八批援藏工作队墨脱县工作组负责宣传的主要是郭振华、赖明建两位同志。我们队里将他们俩称为“宣传双宝”，当然他们俩在队里负责的工作远不止宣传。其他每位同志都是通讯员，负责提供简讯，共同做好宣传工作。

我们用心在做，用嘴在说，无非就是告诉你一个真实的援藏。

（发布时间：2016年10月17日21：04）

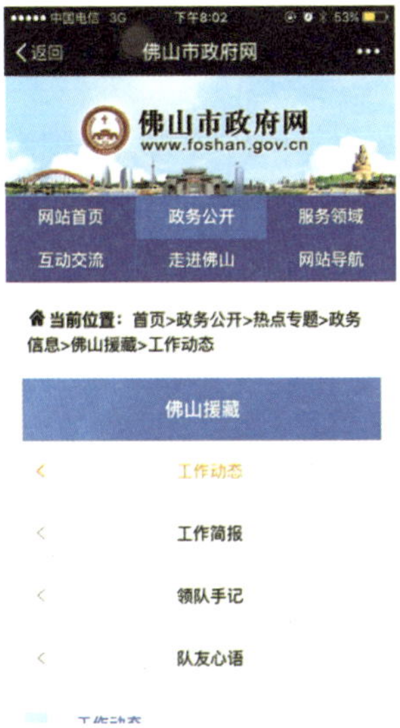

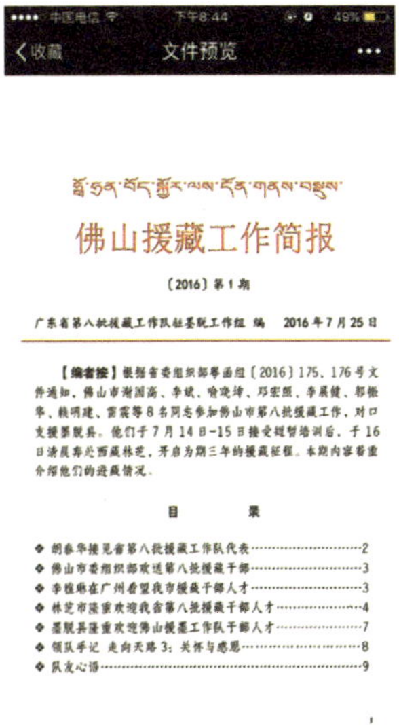

10月18日
星期二

走向天路98

啥意思嘛

为了加强形象识别和宣传推广，我们设计了“佛山援藏”的标识（LOGO）。但这个LOGO是什么意思呢？

LOGO中央是藏体“佛山援藏”四个大字，大字下方为“佛山援藏”的藏文，直奔主题，语意明确，融入西藏的主体民族文化元素和字体特色，寓意汉藏（藏在此指以藏族为主体的各少数民族）一体，永世和谐，民族团结，携手共建。

文字上方是主图，是幻化变形而来的一朵莲花，意指墨脱。因为莲花是墨脱最具代表性的文化符号。相传9世纪时，吐蕃赞普赤松德赞邀请莲花生大师入藏，遍访仙山圣地。莲花生大师到墨脱后，发现这里的地形极像一朵盛开的莲花，认为有圣地之象，便在此修行弘法，并取名“白玛岗”，藏语意为“隐秘的莲花”。藏传佛教经典《甘珠尔》中称“佛之净土白玛岗，圣地之中最殊胜”，因此墨脱被喻为莲花圣地。

而“莲花”由五个花瓣组成，意指佛山的五个区（禅城、南海、顺德、高明、三水），寓意佛墨一体。中央为一颗红心，代表佛墨两地一条心，在党中央的正确领导下，雄心壮志建设美好墨脱。心中为握着手的“F”和“M”两个字母，分别为佛山和墨脱的第一个拼音字母，代表佛山和墨脱手握手，齐奋斗。红心周围的四个花瓣组成人形，意即汉、藏（西藏的主体民族）、门巴和珞巴（墨脱的主体民族）四个民族及其他少数民族人民团结在党中央的周围，团结共建美好墨脱的明天。

汉藏双语的“佛山援藏”和莲花图案可以单独用于名片、队服等众多领域。

LOGO以墨脱的地理标志——沐浴金色阳光的南迦巴瓦雪峰、绿意盎然的雅鲁藏布江果果糖蛇形大转弯以及高远辽阔的蓝天为背景。从雪山之巅到雅鲁藏布江河谷，又体现了墨脱从寒带到热带的垂直立体气候和植被。连绵耸立的雪山，也代表西藏是雪域高原。天空湛蓝，山水相连，金阳沐浴，绿意盎然，生机勃勃，寓意墨脱的明天会更广阔、更美好、更和谐。

LOGO构图为一个圆，谐音“援”和“缘”，即佛山和墨脱对口支援是一种缘分。同时圆形代表与外界融洽、和谐。

LOGO以红色和金色为主色调。红色代表着吉祥、热烈、奔放、激情和斗志，寓意墨脱门珞民族人民的热情淳朴，积极向上，也寓意佛山援藏队在墨脱干部群众的支持下，充满激情和斗志，克服困难，战胜自我，全情援藏。金色是一种最辉煌的光泽色，更是大自然中至高无上的纯色，它是太阳的颜色，它代表着温暖与幸福，也拥有照耀人间、光芒四射的魅力；金色是深秋的颜色，它寓意着丰收和喜悦。寓意党中央对西藏各族人民的关怀像金色阳光照耀在雪域高原的每一寸土地，洒向每一颗心灵；同时也寓意佛山援藏在上级的关怀、当地的支持和自身的团结协作、创新苦干下一定能取得丰硕的成果。红色和金色，取自国旗，寓意佛山援藏全体干部人才将无比忠诚于党和国家，以最大的热情和干劲、崇高的历史责任感和使命感、严明的纪律自觉性投入援藏工作中。

LOGO主体突出，内容丰富，层次分明，色彩明丽，特色鲜明，寄寓深远，是广东省第八批援藏工作队墨脱县工作组的形象符号和文化代码。

（注：广东省第八批援藏工作队墨脱县工作组办公室主任、墨脱县教体局副局长郭振华同志对本文有贡献）

（发布时间：2016年10月18日20：57）

10月19日
星期三

走向天路99

漫话西游

这几年，总想把自己的学习、工作和生活所得总结一下，按主题写几本书，提纲也草拟了，但就是没有付诸行动。这当中既有工作太忙的原因，也有静不下心，缺乏动力和压力的原因。

参与援藏工作完全是意料之外的事，但既来之则安之，则为之而努力，为之而奋斗。在尽力做好工作的同时，也不想虚度这三年的光阴，所以希望将之前的写作计划调整一下，将内容转移到援藏方面来，于是便有了《走向天路》系列。

《走向天路》从7月13日进藏的第一天开始，每天一篇，连续编号。当天没有完成任务或者因墨脱断网而发不出去的，次日补上，坚持每天一篇。以前就发觉坚持不容易，现在写这个《走向天路》系列发觉坚持更困难。每天无论阴晴云雨雪雾冷暖，无论是否有空是否疲劳，都要坚持，确实不容易啊！好几次，都因为太困睡着了，半夜又爬起来继续写，而晚上十二点后才写完的情况就经常出现。

为什么要这样坚持这么执着呢？主要是想把这三年援藏期间的所见所闻、所做所为、所学所得、所思所想、所感所悟、所获所得比较原生态地记录下来，与大家一起分享，同时听取朋友们的意见建议，加强相互之间的良性互动。

通过《走向天路》系列，希望告诉大家一个我眼中的、心中的、相对真实的西藏、墨脱及援藏工作。之所以说相对真实，一方面是因为事物本身丰富多彩而纷繁复杂，而自己的认识水平有限，所描述的只能说是我眼中的、心中的映象，另一方面是因为广东省第八批援藏工作队墨脱县工作组的各位队员心态阳光，态度积极，行动迅速，所以我们一般只反映积极的、正面的、阳光的，而其他不能、不宜、不须描述出来的就此忽略了。

我的队友们将《走向天路》系列戏称为“西游记”。想想也对，我们来的是西藏，是祖国的西南部，方位对；用的是旅游的心态来工作，来援藏，心态对；来的目的是学习，是取经，是历练，目标对。好吧，就让我们像《西游记》一样，好好学习，好好工作，好好生活，好好历练，好好享受这个过程。

（发布时间：2016年10月19日21：18）

走向天路100

波密驿站

波密位于西藏自治区东南部，喜马拉雅山东端和念青唐古拉山东段，帕龙藏布江北岸，为林芝市下辖的一个县。

中国最著名的景观大道318国道贯穿县境。波密距拉萨市634公里，距林芝市233公里，距昌都市481公里，距藏东门户芒康县588公里，是318国道上的重要驿站。

波密也是目前公路进出墨脱的必经之地和重要驿站，国际著名的扎墨公路（波密县城扎木镇至墨脱县城墨脱镇）的起点，距墨脱县117公里。

在扎墨公路全面通车（2013年10月30日）之前，墨脱县在波密建有物资转运仓库，所需物资先从各地运送至此，再转运至扎墨公路80公里处，然后又转运至县城。而今，该转运仓库的房子仍然保留在那里，但作为转运仓库的功能已经废弃。

我们进驻墨脱以后，也经常进出林芝，必然经过波密。有时候我们会从墨脱直奔林芝，或者从林芝直接返回墨脱，但中途肯定需要在波密吃个午饭，否则两头不到岸。

有时候我们根据工作需要也会在波密住宿。在墨脱工作半天，走扎墨公路半天，刚好可以在波密休整一下。反过来，在林芝工作半天，走318国道八一至波密段半天，在波密休整一晚，或者走318国道八一至波密半天，在波密休整一夜，次日再返回墨脱。

每次夜宿波密，我们都不想浪费这个机会，都会沿扎墨公路开展工作，或者到波密与当地的相关领导和部门进行交流。我们也经常拜访在波密的驻军某部，加强交流，探讨合作，互相支持，双方形成了良好的沟通和合作关系。

驻军某部首长诚挚地提出，我们可以将其作为墨脱县和广东省第八批援藏工作队墨脱县工作组的波密办事处。这样，我们就在波密多了一个驿站。她不仅是工作上的，也是生活上的，还是心灵上的。

感谢有你，生命中的波密驿站！

（发布时间：2016年10月20日23：12）

10月21日
星期五

走向天路101

冰川之乡

波密县城扎木镇坐落在帕隆藏布江河谷之中，318国道和帕隆藏布江自东向西穿越县城和县域。

如果晚住波密县城，早上起来，可以走在帕隆藏布江的任何一座桥上。站在桥上，往西可以看到阳光正好投射到一座雪山上，略呈金字塔的雪峰呈现出日照金山的景象。往东可以看到另一座也是略呈金字塔的雪山，背着阳光，呈现出银山景象。而南北两岸青山夹峙，长着茂密的原始森林，山脚下是碧绿的帕隆藏布江。这样，整个县城就呈现出既有金山银山，又有绿水青山的天下奇观。

其实，只要走进波密，不管是从西往东还是从东往西，沿着318国道穿行于帕隆藏布江河谷，都可以看到南北两岸的山上有很多雪峰。这些雪山与草原、森林、村庄、河流、湖泊相映成趣，十分融洽，构成了一幅人与自然和谐共处的美图。

据有关资料介绍，全国共发育有冰川46, 377条，面积59, 425平方公里，而波密县则有冰川2040条，总面积4382平方公里，约占全国的4.4%和7.4%，成为全国海洋性冰川条数最多、面积最大、分布最集中的地方，号称“冰川之乡”当之无愧。

波密境内分布着卡钦冰川、若谷冰川、米堆冰川、郭奶隆巴冰川、亚速冰川、珠西冰川、则普冰川、贡普冰川、白玉冰川、古乡冰川、嘎瓦龙冰川等。这些冰川造型和风格各异，风光无限。给我印象最深的是县城南面的一座雪山，从北岸往东南方向看去很像一座女性卧佛。

所以，波密对外宣传的形象可以总结为“既有金山银山，又有绿水青山”。

（发布时间：2016年10月22日00：07）

10月22日
星期六

走向天路102

天险不再有

从林芝出发，沿川藏公路（318国道成都至拉萨段）向东行驶，过了迫龙沟特大桥就进入波密境内。迫龙沟特大桥全长743米，横跨迫龙沟，将巴宜区（原林芝县）和波密县连接起来，是川藏公路上的控制性工程和地标式建筑，为西藏目前最大的公路双塔斜拉桥。该桥已于今年6月正式通车，极大地缓解了川藏公路林芝段尤其是通麦天险的交通困难。

迫龙沟特大桥再往前，横跨在易贡藏布上的是通麦特大桥，是川藏公路的咽喉工程，全长258米。据说这已经是第五座通麦大桥了。解放后先是修建了第一座木桥，70年代初又修建了一座永久性的钢筋水泥桥，2000年4月9日波密县易贡乡发生特大山体滑坡，易贡湖水溃坝暴泄，导致包括通麦大桥及其以下的帕隆藏布和雅鲁藏布江上所有桥梁被毁，川藏公路完全中断，使墨脱、波密、林芝三县的90多个乡镇一度成为与世隔绝的孤岛。随后修建了一座钢架桥作为临时桥梁保通。2013年8月2日23时27分，这座通麦大桥铆索脱落导致桥面垮塌，桥上一辆货车坠入河中，车上两名波密当地村民失踪，另外有一男一女共两名游客也在大桥垮塌时掉入江中。经过40天的紧张抢通施工，于2013年9月10日上午才顺利恢复通车。新的通麦特大桥于今年6月建成通车后，原先的钢架桥和人行桥已经封闭停用，形成了现在的人行吊桥、钢架桥和新的通麦特大桥三桥并存的景象。

从通麦特大桥往林芝方向约14公里范围内的路段，是川藏公路上最险的一段，原为闻名天下的“通麦天险”，也有人叫“排龙天险”。这里号称“世界第二大泥石流群”，沿线山体土质疏松，雪山遍布，降雨量大，极易发生山体滑坡、泥石流、塌方、雪崩和滚石，不知道已经有多少人葬身于此，故有“死亡路段”“通麦坟场”之称。

通麦特大桥再往东走约2公里，便是通麦兵站。通麦兵站旁边便是“川藏线十英雄纪念碑”，上面刻着红色大字“无限忠于毛主席川藏线上十英雄纪念碑”。这是2003年9月重新建成的，原先的纪念碑已于2000年6月被洪水冲毁。

十英雄的事迹是这样的：

1967年8月25日，总后勤部汽车十七团三营副教导员李显文奉命带领十一连和十二连车队运送物资进藏。当李显文带领十二连车队来到川藏公路著名的“通麦天险”，时逢雨季，遭遇山体大面积塌方，整个山谷烟雾沉沉，响声隆隆，巨石纷纷砸向公路，严重影响车辆通行。李显文带领干部战士不畏艰险，数次冲入险区排石，终于强行通过险区。

26日，十一连连长杨星春带领十一连车队赶到，当时公路已经完全被土石阻断。杨星春多次组织清障未果。于是李显文于28日带领十二连车队返回协助，被阻在险区的西端。为了查看塌方的具体情况，十二连副连长陈洪光与副指导员谭仁贵两人冒着生命危险穿过险区，同被阻在险区东端的十一连会合，共同研究强行通过的方案。

29日下午，塌方加剧，险情进一步恶化。李显文于是不顾个人安危，从西端冲进险区。而险区东端的几位干部战士则决定去险区同李显文会合。班长杨庆忠、李荣昌和新战士陈昌元、李兴富也要求一起去。正当李显文、杨星春等十人分别从东西两端向险区中心行进时，突然一阵惊天动地的巨响，特大塌方发生了。一股巨大的泥石流从700米的高处倾泻而下，十名官兵当即壮烈牺牲。后据相关研究人员估计，这次大塌方土方量达2000万立方米。

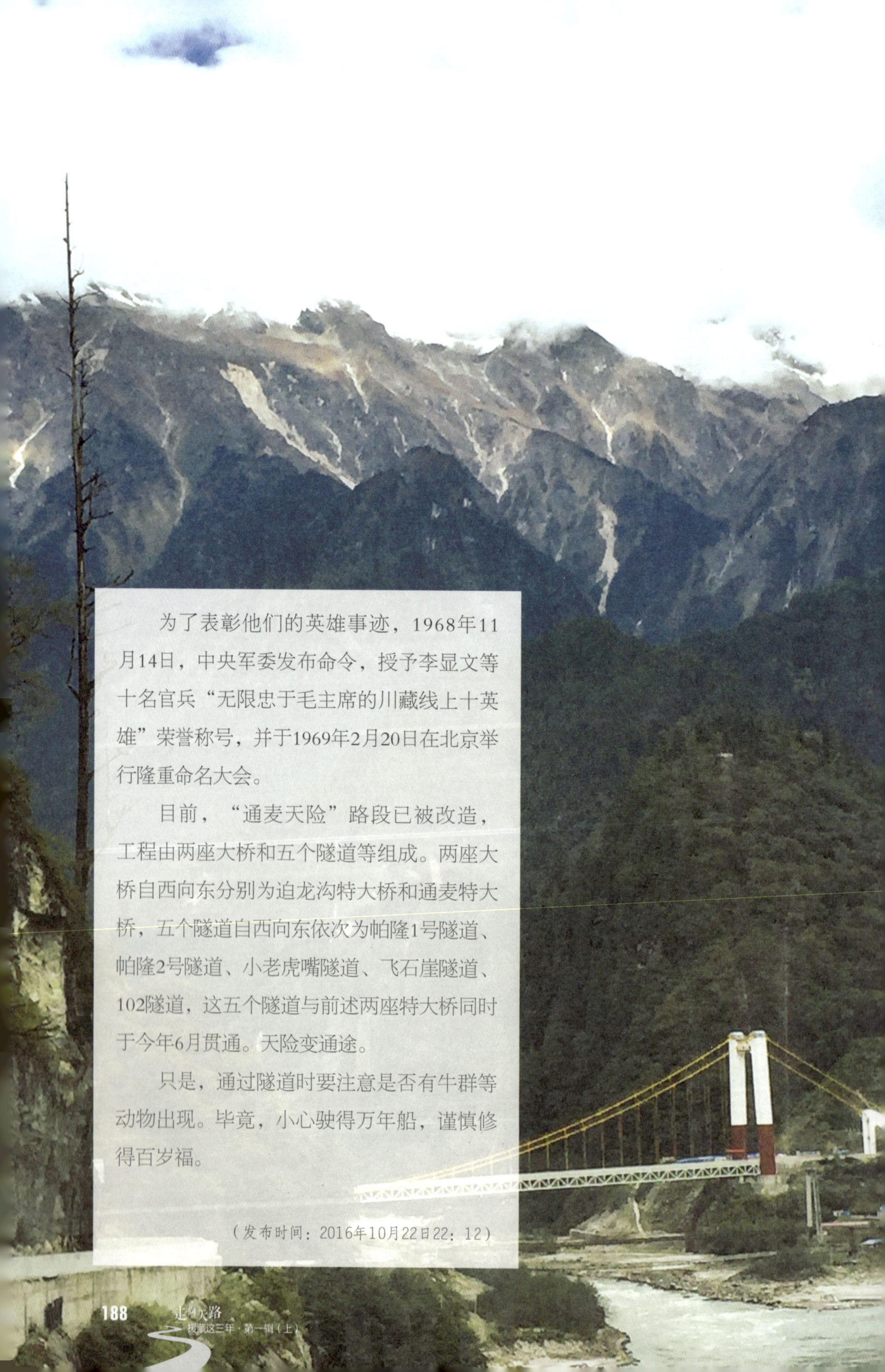

为了表彰他们的英雄事迹，1968年11月14日，中央军委发布命令，授予李显文等十名官兵“无限忠于毛主席的川藏线上十英雄”荣誉称号，并于1969年2月20日在北京举行隆重命名大会。

目前，“通麦天险”路段已被改造，工程由两座大桥和五个隧道等组成。两座大桥自西向东分别为迫龙沟特大桥和通麦特大桥，五个隧道自西向东依次为帕隆1号隧道、帕隆2号隧道、小老虎嘴隧道、飞石崖隧道、102隧道，这五个隧道与前述两座特大桥同时于今年6月贯通。天险变通途。

只是，通过隧道时要注意是否有牛群等动物出现。毕竟，小心驶得万年船，谨慎修得百岁福。

（发布时间：2016年10月22日22：12）

10月23日
星期日

走向天路103

“春”过嘎隆拉

10月20日上午八点半，我和广东省第八批援藏工作队墨脱县工作组秘书长、墨脱镇委副书记、常务副镇长喻晓坤及队员王强三人，从林芝广东援藏公寓出发前往林芝米林机场。当天风和日丽，晨起的江云像条条哈达，悬浮在尼洋河和雅鲁藏布江上，似乎在陪同我们迎接来自家乡的客人。

飞机在雅鲁藏布江河谷自东向西呼啸而过，平稳地降落在机场上，滑行结束后调头徐徐返回，停靠在到达大厅对面的停机坪上。下机的乘客中，有五个是我们此次迎接的贵宾：佛山市人大常委会常务副主任杨建华、副主任霍伙、秘书长钟美恃、财经工委主任麦昌顺、办公室综合科科长李跃东。

我们一下子便在人群中认出了他们。他们是当天早上五点多起床，乘坐7：30— 9：45的CA4251航班从成都双流国际机场飞抵林芝米林机场的。之前他们已于17日出发前往新疆维吾尔自治区伽师县调研佛山市对口援建工作。几天旅途的疲惫和当天的早起似乎对几位领导没有什么影响，他们精神焕发，兴致盎然。都是老领导、老朋友，见面之后自然免不了相互嘘寒问暖一番。

由于墨脱路途遥远而艰险，我们出于安全和关心的考虑，请示各位领导是否不进墨脱，而在林芝听取汇报。结果让我们颇感意外，各位领导坚持进墨，让我们很是感动和敬佩，他们是我们进驻后首批入墨看望的市领导。春风在不是春天的季节翻越了嘎隆拉雪山，吹进了具有“高原中的高原”“高原孤岛”之称的墨脱来了。

于是我们便不再啰唆，马上出发。由于色季拉山修路封闭施工，我们便顺着尼洋河考察。直到放行后才翻越色季拉山，到鲁朗用午餐，品尝一下石锅鸡。然后继续进发，傍晚时分到达波密。晚饭是在驻军某部吃的，同步与其完成了工作交流。

21日早上八点，我们沿着扎墨公路开始进发。穿越嘎隆拉隧道后，调研组顺道考察了沿线的已建项目和拟建项目。中午时分到达县城，县委书记旺东、县长魏长旗、县人大常委会主任遵珠等县领导迎接并献哈达。与相关县领导和工作队员在工作队饭堂午餐后，调研组不顾路途上的高反和疲劳，马上前往墨脱镇、背崩乡和德兴乡调研已建和拟建项目，直到傍晚才返回县机关饭堂用餐。

22日早上继续考察了县城墨脱镇的相关项目后，才出发前往林芝。他们将在林芝完成相关调研并适当休整后，于24日早上乘飞机途经成都前往凉山彝族自治州继续后面的调研。领导们马不停蹄，真是辛苦了！让我们祝福他们一路平安、一切顺利！扎西德勒！

调研组在墨期间，实地考察了达木乡贡日小康示范村、莲花圣地公园、墨脱古街、莲花阁、檫曲卡茶场、德兴藤网桥等已建项目，以及墨脱秘境、白玛岗360度全景观光栈道、墨脱县城风貌改造、果果糖大拐弯中国地图茶叶种植和观光基地、檫曲卡茶园仙境等拟建项目，听取了县委县政府和工作队的工作汇报，深入了解对口支援的需求、工作队的困难和意见建议，对进一步做好对援工作提出了指导性意见和建议，并叮嘱工作队要注意安全，保重身体，照顾生活，团队团结，融入当地，做好工作。特别让我们感动、感激和感恩的是，在临离开墨脱时还让我们提了三个实际困难和问题，带回去与市委市政府及有关部门沟通协调解决。

调研组代表佛山市委市政府充分肯定和高度赞扬了广东省第八批援藏工作队墨脱县工作组继承和发扬“老西藏精神”“两路精神”“老墨脱精神”，在非常艰险的环境中，实现了“团队非常团结、援地非常融洽、开局非常良好”的佳绩，并对工作队连续创造了多个第一和率先表示祝贺。

墨脱县委书记旺东、县长魏长旗、县人大常委会主任遵珠等县领导，对调研组的到来表示热烈欢迎，对广东省委省政府和佛山市委市政府多年来大力支援墨脱县经济社会发展表示衷心感谢，对广东省第八批援藏工作队墨脱县工作组主动作为、敢于作为、能够作为的工作态度、工作作风、工作成效表示十分赞赏。

春风拂我面，我们唯有策马扬鞭继续向前！

（发布时间：2016年10月23日18：26）

走向天路104
援嫂

如果没有援藏，就没有援嫂。

有了援藏，就多了一个援嫂，多了一个词语，多了一个群体。军嫂、警嫂等各种嫂子，又多了一个伴。

如果没有援藏，她只是一个普通的女人。每天早上起来做好早餐，然后叫孩子起床。吃完早餐送孩子上学，然后去上班。上完班，然后去接孩子放学。回家做饭，然后辅导孩子功课。孩子睡了，然后再完成当天的家务。

有了援藏，她还是一个普通的女人。每天，她依然是重复着上述的劳作。只是，身边少了一个人，少了一个依靠，少了一个支持。当她忙得不可开交的时候，少了一个人帮助；当她加班加点的时候，少了一个人顶替；当她累了的时候，少了一个人安慰；当她病了的时候，少了一个人照顾；当她烦恼的时候，少了一个人倾听；当她来气的时候，少了一个人释放。

如果没有援藏，周末她可以和丈夫一起送孩子上兴趣班，然后俩人逛逛公园逛逛街，重温浪漫重温爱；或者分工合作，你送娃儿我做菜，共享天伦好可爱。待孩子上完课了，一家三口散散步来骑骑车，玩完模型玩航拍，下完棋来看看书。

有了援藏，她送完孩子去买菜，接完孩子还做菜，其他活动懒得睬。

没有援藏，节假日和寒暑假她可以和家人一起外出旅游旅游、放松放松。

有了援藏，节假日和暑假她已没了外出的冲动，取而代之的是在家等老公。

如果没有援藏，她并不怎么关注西藏，更谈不上墨脱，一切对她来说都很遥远，一切对她来说都很陌生，好像和自己没有太大的关系。

有了援藏，她很关注西藏，更留意墨脱，西藏的一切、墨脱的一切，对她来说都很有吸引力、很密切。就连她的其他家人、朋友都来关注、关心。

援嫂，她不是一个人。她是一个代表，她是一个群体，她是一种精神。

（发布时间：2016年10月25日00：26）

10月25日
星期二

走向天路105

雅江晨雾

雅鲁藏布江在墨脱县城脚下由北向南蜿蜒流过，缔造了举世无双、独一无二的雅江晨雾，绝对称得上是天下奇观。

早上起来，爬到位于县城西南方的莲花阁，应该是观赏雅江晨雾的最佳位置。雅江晨雾什么时候开始形成并升腾起来不得而知，因为我还没试过那么早起床去观看。但这个季节的最佳观赏时间应该在每天七点半左右。

站在莲花阁的位置往下看，只见一条白色的巨龙升腾在雅鲁藏布江之上，充盈着整个雅鲁藏布江河谷。这条巨龙前不见头后不见尾，远远不是我们平时所说的“神龙见首不见尾”所能比拟的。它以缓慢的速度由北向南、从上游往下游移动，速度虽慢，却气势如虹。

同时，这条巨龙慢慢地从江面往上升腾、扩展，一直从江面往山顶上攀爬。太阳从东方升起来，金色的阳光投射在绿色的山尖上，形成一个以绿色为底的金字塔，并缓慢地向下移动。就这样，白色的晨雾与金色的阳光双向而行，最终交汇在一起，有情人终成眷属。

在它们没有交汇之前，由近及远，自下而上，形成了一幅由五个层次组成的天然图画。第一层次是跟前的绿色植物，色彩稍暗；第二层次是白色晨雾，色彩鲜艳；第三层次是晨雾与阳光相夹的黝黑山体，色彩更暗；第四层是阳光照耀的金色山峰，色彩明亮；第五层是蓝天白云，映衬着巍峨山峰和江雾。当阳光与晨雾交汇后，第三层次就没有了，晨雾也会逐渐幻变和消失，真是天下无不散之筵席。

与前述进程同步的是，那条白色巨龙会向雅鲁藏布江两边的山沟峡谷弥漫、延伸和渗透，颇有点张牙舞爪的意味。其中一支从西漠嘴和亚东典之间的山沟悄悄地摸进来，爬上来。当它遇到县委县政府所在的白马岗，又分成左右两支。绕过白马岗后再形成合围，向县城弥漫扩散，并继续向莲花阁和拉贡山移动延伸。最终，这股与另一股从雅鲁藏布江升腾扩散至莲花阁和拉贡山之间缺口的白雾融合。白马岗和莲花阁就像浮在云雾之上的两座孤岛，而这两座孤岛就像各自戴上了一个白色的环。

这时，整个县城浸染在白色的晨雾之中。绿色的树梢就像白色海洋上的浮萍。红色的屋顶穿透浓雾的阻隔，分外醒目。而其他房子和景物则若隐若现。此时真让人感叹，拍神话故事又何须电脑合成？墨脱就是一个真实版的仙境！

（发布时间：2016年10月25日22：24）

10月26日
星期三

走向天路106

爱不会停

经广东省第八批援藏工作队墨脱县工作组沟通协调，由广东乐意投资有限公司董事长徐昆带领的爱心企业家团队一行十六人，于10月25日前来墨脱参观考察。

爱心企业家团队25日早上从波密出发，沿扎墨公路考察，于当天下午四点左右到达墨脱县城。我和队员、县农牧（科技）局副局长赖明建及队员王强三人一起前往迎接。

我们为远道而来，风尘仆仆的爱心企业家团队送上哈达，举行了简单的资金和物资赠送仪式，并合影留念。爱心企业家团队向工作队捐赠现金五万元、文具和书包三十套。

获赠的五万元，我们拟用于墨脱“6·16”特大泥石流事故（详见《走向天路28——为你抹去眼里的泪》）遇难者家属的帮扶。在八户遇难者家属中，其中一户只留下一个妇女，无子女；另一户只留下一个妇女带着三个未成年子女。这两户之前为了发展产业，各向当地农业银行贷款五万元，目前已经各还贷一万多元，各剩三万多元未还，已无力再还。为了帮助他们摆脱困境，维护乡村和居民信用，稳定金融秩序，我们拟将这五万元为这两户各还贷二万五千元，不足部分申请银行减免本金和利息，再不足部分拟由乡政府配套解决。获赠的文具和书包拟捐献给未通公路乡镇的小学。

爱心企业家的爱心还不止于此。我们在接洽过程中，爱心企业家团队希望能够前来墨脱进行爱心投资，即投资产业，但主要是以扶贫济困为主，以营利为辅，我们正在策划相应的项目供他们参考选择。同时，我们希望爱心企业家团队能够在教育帮扶基金和危难救助基金方面给予支持，得到了积极的回应，目前我们正在制订相关方案供他们决策参考。此外，爱心企业家团队对我们策划的“寻找佛山爱心爸爸妈妈”活动也表示积极参与。

积极向墨脱伸出援手的，广东乐意投资有限公司董事长徐昆及其带领的企业家团队不是第一次，也不是最后一次；不是第一批，也不是最后一批。

风会继续吹，爱也不会停！

（发布时间：2016年10月26日23：50）

走向天路107

食过返寻味

到墨脱，如果不去品尝一下这里的“门巴乐”（其实是农家乐，为突出民族特色，我将其叫作“门巴乐”），就实在太可惜了。

在离县城约8公里的德兴乡德兴村委会旁边，绿树掩映之下，有五座具有门珞风格（门巴族和珞巴族）的木构房子和两个亭子。这就是“次仁玉珍农家乐”。

农家乐背靠大山，山上满是热带亚热带丛林。房子周边遍种橘子、甘蔗、香蕉等热带亚热带植物，很有热带亚热带风情，这在西藏显得十分稀罕。

农家乐是有关部门为了鼓励村民脱贫致富而投资40万元修建的，乡政府也支持了部分资金，然后由次仁玉珍承包经营，每年租金6000元。她是村委会主任次仁旺扎的夫人，村里的致富带头人。

每次走近农家乐，便有四只狗前来迎接，一白一黄两只奶牛狗。它们会摇头摆尾地迎过来，用头和身体挨着你的腿转圈儿，嘴里发出一种叫声，欢迎你的到来。当你吃饭的时候，它们会守候在你身边，每只狗一个位置，不争不抢、不吵不闹。最为特别的是，当你不给它吃的时候，它会用前爪轻轻拍打你的大腿。这真是闻所未闻，见所未见。

这里菜色不多，主打的是石锅鸡、石锅牛肉、石锅排骨、竹笋炒牛肉、本地木耳炒肉等荤菜及蕨菜、麻菜、苦菜等本地野菜，个个正宗，个个好味，各不相同。

在我们接待或者介绍前去的客商中，个个赞不绝口，都说“食过返寻味”。

（发布时间：2016年10月28日00：38）

10月28日
星期五

走向天路108

仙境观景台

我将墨脱称为“仙境之城”（详见《走向天路11——仙境之城》）。观看和欣赏这个“仙境之城”，有多个角度。从远往近看，从近往远看，从外往内看，从内往外看，从上往下看，从下往上看，从对面往这边看，从这边往对面看。同一个方向，也有不同的地点，换个位置，换个角度，风景各异，颇有“横看成岭侧成峰，远近高低各不同”的意味。

今天，我给各位介绍的是从上往下看的其中一个好地方——莲花阁。莲花阁又称之为“墨脱门珞历史文化遗产博物馆”。这个名字起得有点儿长，其实可以叫作“墨脱博物馆”。如果一定要突出门巴族和珞巴族特色的话，也可以叫作“墨脱门珞博物馆”，这样可能会方便记忆一些。

之所以叫莲花阁，我估计它首先是一个阁。阁是中国古代建筑——亭、台、楼、阁、塔、榭、舫等形式中的一种。同时，由于墨脱在藏语中意为“花朵”，在藏传佛教中称为“博隅白玛岗”，意为“隐藏的莲花”，故有“莲花圣地”“莲花秘境”之称。因此，莲花在墨脱也是一个具有代表性的文化符号。

莲花阁位于县城西南角的一个小山岗上，为县城的标志性建筑，也是第六批援藏工作队的杰作。莲花阁下临雅鲁藏布江，悬崖绝壁千丈少。对面是镶嵌在雅鲁藏布江右岸台地上的美丽乡村——德兴村，以及其旁边的形如芭蕉叶的美丽梯田。莲花阁所在的山岗与县委县政府所在的山岗、县城背靠的大山、拉贡山形成合围，将整个县城及其旁边的亚东村、墨脱村尽揽怀中。由于在莲花阁能够看到县城全景和雅江晨雾（详见《走向天路105——雅江晨雾》），整个“仙境之城”尽收眼底，所以我将其称之为“仙境观景台”。

莲花阁中有墨脱门珞历史文化展览，分为地理位置、门珞文化特征、农耕文化、狩猎文化、酒文化、祭祀文化、宗教文化、语言文化、音乐文化、建筑文化、石锅走廊、竹碗展厅、服饰、自然资源以及图片展等多个主题的展览，是了解墨脱门珞文化的一个好地方。

（发布时间：2016年10月29日00：53）

10月29日
星期六

走向天路109

在不在

你在
就是最美的风景
总是拽住我的视线
你不在
就是我的思念
总是牵着我的心灵

（发布时间：2016年10月29日21：11）

走向天路110

领导调研

为贯彻落实广东省对口支援西藏新疆工作领导小组第七次会议精神，做好广东省第八批援藏任务的推进和服务工作，进一步推进鲁朗国际旅游小镇项目收尾收边建设和运营管理工作，广东省发改委副主任、援藏援疆办副主任陈志清于10月25—30日带队赴西藏林芝考察调研和对接有关工作。

其中，陈志清副主任带领调研组一行四人（包括省发展改革委对口支援一处处长杨增欣、省发展改革委党委办副调研员钟洁、省发展改革委对口支援一处主任科员庞子铃），在林芝市政府副秘书长、发改委副主任李连声和宗凯的陪同下，于10月27—28日前来墨脱考察调研。

调研组一行风尘仆仆，于27日下午抵达墨脱。当天我们刚好在德兴乡的文朗村和德果村调研，便在与德果村隔雅鲁藏布江相望的墨脱镇玛迪村迎接。

接到后，调研组马不停蹄，前往考察了德兴藤网桥、果果糖蛇形大拐弯等已建项目和墨脱秘境、果果糖中国版图茶叶基地等拟建项目。然后返回县机关饭堂用餐，县委书记旺东、县长魏长旗等县领导迎接。

晚饭后，连夜在县政府二楼会议室召开了汇报会。调研组一行和县长魏长旗、广东省第八批援藏工作队墨脱县工作组全体队员参加了会议。工作队汇报了进墨以来的工作情况、项目安排、存在问题、意见建议。调研组对工作队所做的工作和成效给予了充分的肯定，对援藏项目的安排和调整提出了指导性的意见，对工作队提出的诉求给予了积极的回应。

会议结束后，调研组不辞劳苦，摸黑考察了莲花圣地公园、墨脱古街等已建项目和白玛岗360度全景观光栈道、县城风貌改造等拟建项目。

28日早上七点半，调研组在考察完莲花阁等已建项目后离开墨脱，继续后面的行程。

调研组一行轻车简从，低调务实，指导有方，回应有力，为我们进一步推进援建项目的建设和管理提供了很好的指导和保障。

（发布时间：2016年10月30日21：29）

10月31日 星期一

走向天路111

解决问题

（下乡进村入户之二）

今年的雨季结束得晚了点，但最近终归算是结束了。趁着雨季结束的黄金时期，在做好其他工作的同时，我们也得抓紧时间下乡进村入户开展调查研究了。

于是，我们便在10月26—27日前往德兴乡及其下辖的德兴、荷扎、那尔栋、巴登则、易贡白、文朗、德果七个村调研，29日前往达木乡及其下辖的达木、卡布两个村调研。达木乡还有两个村，一个是贡日村，已在9月19日调研过了；另一个是珠村，这段时间修路去不了，据说县里某部门去的时候恰遇滚石差点挂了，所以只能留待下次。

我们分别听取了乡、村及驻村工作组、驻寺工作组的汇报，详细了解各乡及村的概况、人口、基层党建、特色产业、收入、脱贫攻坚、安居工程、小康示范村等各方面的情况，询问存在的困难和问题，听取意见和建议。对于未能及时解决的困难和问题，建议乡及村整理上报，动员和整合社会各方资源支持解决。对于能够及时解决的困难和问题，则马上表态给予解决。

例如：对于今年墨脱“6·16”特大泥石流灾害事故中，德兴乡八个遇难者家属中有两户居民，只剩下一个妇女和一个妇女带三个未成年子女，无力还贷，困难加剧并影响农村金融稳定，我们决定联合乡政府和金融机构予以解决，并已联系广东乐意投资有限公司董事长徐昆落实了五万元的资金（详见《走向天路106——爱不会停》）。对于墨脱县德兴乡神舞演艺队缺两万元制作面具，我们

马上表态将联系佛山的企业予以解决，并于昨天（10月30日）前往林芝途中在鲁朗与广东粤众互联信息技术有限公司总经理刘志明会面洽谈获得支持，今天他们已到墨脱兑现。而该神舞是林芝市级非物质文化遗产，目前正在申报自治区级和国家级非物质文化遗产。

我们到各小学和卫生院详细了解基础设施和相关情况，到各寺庙详细了解寺庙及僧侣的相关情况，到农牧民家中详细了解他们的生产、生活情况，并慰问了各村两委班子、驻村工作组、驻寺工作组及部分困难群众。

我们实地考察了农牧民安居工程、小康示范村建设、门珞特色农家乐、乡村家庭旅馆等惠民项目的实施情况，并初步拟定将德兴乡文朗村、达木乡卡布村作为今年启动建设的小康示范村。

我们还前往各村的每个连片特色农牧业产业基地进行实地考察，包括水稻、红米（旱稻）、玉米、曼稼（鸡爪谷）等粮食种植基地，茶叶、香蕉、辣椒、花辣、蜜柚、桃子、橘子等经济作物种植基地，鸡、猪、牛等禽畜养殖基地。

通过实地调研，我们更加了解掌握了相关乡村的情况，为群众解决及拟解决部分困难和问题，进一步拉近了与农牧民群众的距离，促进了与当地群众的团结和融合。

（发布时间：2016年10月31日20：15）

2016年

11月 November

11月1日
星期二

走向天路112

秋临墨脱

雅江晨起舞白龙，
半坡黄叶失葱笼。
站在沟底以为秋，
爬却山顶早已冬。

（发布时间：2016年11月1日08：09）

11月2日
星期三

走向天路113

感谢有你

由于特殊的自然环境和条件，墨脱有几断：断路、断电、断水、断网……当然，这些都是偶发性的，并非常态，所以大家来墨无须担心。但是，有备才能无患。

由于墨脱偶尔会断网，而且下乡的不少地方没有信号，行走在青藏高原的不少路段也没有信号，就会造成间歇失联（详见《走向天路46——你知道我在等你吗》）。

如果没有什么紧急的事情，一时半会联系不上也不要紧，但最担心的是如果有什么突发、紧急、重大情况的时候，如果不能及时向上级报告，与外界联系，就有可能出现严重后果。

我们从七月份进藏以来，已数度历险，虽无大碍，但也让我们更加清醒地认识到应急通信的极端重要性。

因此，我们将这个情况与中国电信佛山分公司进行了沟通，得到了胡平总经理、罗永强副总经理及政企客户中心李立、林碧秦、林雯、陈伟等领导的理解、关心和支持。中国电信佛山分公司为广东省第八批援藏工作队墨脱县工作组提供了应急通信设备一批，包括卫星电话和对讲机等。

今天下午，中国电信佛山分公司正式将该批应急通信设备赠送移交给我们。胡平总经理及政企客户中心李立、林碧秦等领导出席了捐赠仪式，并鼓励和支持我们继续做好相关援建工作。

有了社会各界和后方的大力支持，我们一定会更加珍惜，更加努力。有你撑场，愈战愈强。感谢电信，感恩有你！

（2016年11月2日23：23）

11月3日
星期四

走向天路114

珞巴乐

从波密进入墨脱，沿扎墨公路行驶，过了金珠桥上完坡，左手边有条岔路。如果是从墨脱到波密方向，就是扎墨公路过了林多大拐弯快到坡顶的右手边。这条路就是通往达木珞巴族乡和格当镇的。

沿着这条岔路爬到半山腰的位置，就是达木村，也是珞巴族乡政府驻地。这个村子不大，而且位置有点偏僻，但却有一家“珞巴乐”（其实是农家乐，为突出民族特色，我将其称之为“珞巴乐”）和五家家庭旅社。

这家叫作“扎西农家乐”的“珞巴乐”，是有关部门为了帮助村民脱贫致富而投资修建的，资产归村委会，然后将其承包给村里的致富带头人扎西来经营。在分配上与德兴村的“次仁玉珍农家乐”（详见《走向天路107——食过返寻味》）所不同的是，收入的30%归经营者个人，另外70%归村里，用来做村里的公益事业和脱贫攻坚。

这家“珞巴乐”环境优雅，食材和味道正宗，而且还可以住宿，也比较干净。它最具珞巴特色的是，有一个小型的博物馆，里面展示了不少动物的标本，而珞巴族原先就是一个狩猎的民族。此外，还展出当地的一些特色农产品、生产生活用具等等，也值得关注珞巴文化的游客一看。

它虽然位置偏僻，但因味道正宗和有民族特色，生意也不错。而其他五家家庭旅社都是当地村民在政府的引导和支持下自己投资、自己经营的，其中村妇女主任在自己家里开的“德庆旺姆家庭旅社”已经开业经营，另外四家尚未开业。

目前，门珞特色农家乐（“门巴乐”“珞巴乐”）及相关家庭旅社已经成为有条件开设的乡村村民脱贫致富的好路子。

我们在资金允许的情况下，也可能会投入部分资金，用于支持这些特色“门巴乐”“珞巴乐”以及其他专业合作社等经济组织的发展，培养和扶持一批致富带头人，引导当地农牧民通过发展经济脱贫致富，实现小康目标。

（发布时间：2016年11月3日21：26）

走向天路115

走出峡谷更精彩

尽管前面已经有四十支表演队伍，也已经有四十个表演节目，而且个个节目都精采绝伦，但当墨脱门巴族舞蹈队来到看台前面表演的时候，依然拽住了所有观众的目光，也引来了他们热烈的掌声。

墨脱门巴族舞蹈队五十五个演员，个个精神饱满，神采飞扬，仪态万千，展现了墨脱精神，体现了民族特色。这是今天晚上我在“2016广东（佛山）非遗周暨佛山秋色民俗文化活动佛山秋色巡游”主会场所看到的。

当我们在九月底接到佛山市的邀请时，剔除了国庆假期，到今天开幕，留给我们开展组织筹备工作的时间只有二十多天。

当时，我们马上向县委书记旺东、县长魏长旗做了汇报，得到了两位主要领导的大力支持，并安排李勇副县长及县文广新局具体组织实施。10月8日，我们还应佛山市副市长麦浩华之邀，带领县文广新局局长李和平、县教体局局长桑杰顿珠前来佛山商讨相关事宜。

回到墨脱后，县文广新局马上组织相关表演团体和墨脱镇部分群众组成墨脱门巴族舞蹈队，在编导达瓦平措的指导下，开展排练。其间，我们也多次约县文广新局局长李和平商量研究，前往好日子莲花广场察看排练的情况，并提出了要求。

当墨脱门巴族舞蹈队于11月2日飞抵广州的时候，我们还专程提前回来前往迎接。可惜我们按惯例去了广州白云国际机场到达B区等候，结果那个航班却去了A区到达，而失之交臂。

到达佛山后，舞蹈队努力克服醉氧和生活改变所带来的影响，积极准备，认真训练，不负所托，不负众望，终于演出了精神，演出了风格，演出了特色，我们为你们感到骄傲！没想到当你们从雅鲁藏布江大峡谷走出来之后，表现得更精彩！

自始至终，我们也得到了佛山市委市政府及麦洁华副市长、邓灿荣副秘书长、市文广新局俞进局长等相关单位及领导的关心帮助，确保了演出成功。

明天晚上还有一场，希望你们能够更加出彩！

（发布时间：2016年11月5日00：41）

11月5日
星期六

走向天路116

佛山秋色

“佛山秋色”不是指佛山秋天的景色，而是一项历史悠久的民俗活动。据说已有600多年的历史，并已申报成为国家级非物质文化遗产。它是指历史上佛山及周边地区在每年秋收之时，民间自发举行的以展示丰收成果、庆祝丰收喜悦的游行及相关活动，也俗称为“秋色赛会”“秋色提灯会”或者“出秋色”等。近年来，“佛山秋色”被重新挖掘、整理、包装、传承和弘扬出来，成为佛山及相关地区以民俗的展示、交流、开发为核心的重大文化活动，也是佛山乃至华南地区的一场文化盛宴。

今年的“佛山秋色”扩展为“2016广东（佛山）非遗周暨佛山秋色民俗文化活动”，由广东省文化厅和佛山市人民政府主办，广东省非物质文化遗产保护中心、佛山市文广新局、佛山市禅城区人民政府承办。

今年的“佛山秋色”时间跨度大，从8月到11月，前后达四个月之久。其中8—10月为“佛山秋色赛会”，主要是组织非遗传承人对中小学校及非遗生产企业、非遗基地进行非遗教学，开展技艺培训，辅导中小学生参加非遗学习并制作手工艺品，组成秋色赛会巡游方阵参加表演等，是整个“佛山秋色”的预热活动。

“佛山秋色”于11月2日正式开幕。而这个开幕式是以晚上八点在佛山琼花大剧院上演的粤曲星腔舞台剧《永恒的星光》为标志的。佛山是粤曲的发祥地，粤曲被称为“南国红豆”，已经申报成为世界非物质文化遗产。

11月3—6日为“全省非遗项目活态展示”和“地图寻宝”活动。前者从全省的国家级和省级非物质文化遗产中选取50个有代表性的项目汇聚佛山进行集中展示和交流，内容涵盖传统技艺、传统美术、传统医药、曲艺等方面。后者为制作非遗寻宝地图，发动市民和游客观看、体验前者展示的各种非遗项目，收集印章，兑换非遗纪念品，增强市民和游客的参与度。两者的活动地点均为佛山岭南天地。

11月4日有两个活动。这两个都是佛山传统的地方特色民俗活动，历史悠久。一个是“佛山祖庙秋祭”，通过祭祀北帝，祈祷来年风调雨顺，国泰民安。另一个是“佛山乡饮酒礼”，广邀土著和侨居的耆老乡绅参加，宣扬礼教，弘扬美德。二者均在佛山祖庙举行，前者为上午十点，后者为晚上六点。

整个活动的重头戏是11月4—5日的“佛山秋色巡游”，时间为这两天晚上八点到十点半，地点为佛山祖庙历史文化街区。第一天还有一个启动仪式——舞蹈《花灯承祥》。巡游分为上下两个篇章，上篇为《佛山韵律》，有29个表演项目，以佛山传统秋色项目为主线，依照秋色中的灯色、车色、马色、飘色、地色、水色、景色等七色表演项目逐项分类排序表演，包括了扎作、砌作、针作、裱塑、雕批、音乐、舞蹈、戏剧、杂技、化妆表演等十大类。

下篇为《和风鸣唱》，有20个表演项目。分三章：第一章为《名镇连心路·友城满欢歌》，有7个表演项目，为国内武汉、开封、景德镇四大名镇与广西、贵州粤桂黔高铁经济带及俄罗斯纳罗明斯克区国外友好城市选送的表演项目；第二章为《共建绘蓝图·携手奔小康》，有6个表演项目，为佛山对口支援和帮扶的新疆伽师、西藏墨脱、四川凉山及省内的云浮、湛江等地选送的表演项目；第三章为《群英会秋色·粤艺竞芬芳》，有8个表演项目，为广东省内其他地区选送的非遗表演项目，是此次秋色巡游的压轴大戏，也是最亮点。

明天（11月5日），则有系列的“非遗专题研讨会”。

后天（11月6日），还有两个专场演出，一个是新疆伽师县的专场演出——大型民族歌舞诗《梦回丝路·魅力伽师》，另一个为四川凉山州的专场演出——中国民族歌舞剧《彝红》。时间均为晚上八点，演出地点前者为佛山琼花大剧院，后者为佛山顺德演艺中心。

我们带领的墨脱门巴族舞蹈队在11月4—5日的“佛山秋色巡游”中表演西藏门巴舞《林芝颂》，惊艳登场，演出成功，获得好评！在此也感谢佛山市委市政府及有关部门的领导、墨脱县委县政府及有关部门的领导、各参演人员及相关工作人员的关心、帮助和付出！

（发布时间：2016年11月5日23：54）

11月6日
星期日

走向天路117

回乡省亲

七月份接到进藏通知的时候，离出发时间只有短短几天，很多出发前的工作需要准备。当时由于时间紧迫，只能匆匆忙忙跑回乡下去看望了一下父母和其他家人便返回佛山。

今年国庆节后因工作需要回来了一趟佛山，但那次的行程安排得太紧，而且10月8—14日全是工作日，10月15日刚好是星期六但当天就要回西藏了，所以连在佛山的家人都没有全部见完，也就更没有回乡下了。

这次带领墨脱县党政代表团和门巴族舞蹈队回来佛山参加“2016广东（佛山）非遗周暨佛山秋色民俗文化活动”，恰逢11月5—6日是周末，而且更巧的是11月5日是父亲92岁生日，所以既有时间更有必要回乡下一趟，看看父母及其他家人，并给父亲庆生。

这次十分难得，连儿子也主动放弃了他的

兴趣班，请假一起回去给爷爷过生日。24个家庭成员中，这次回家团聚的有19人，还有5人因在外工作或学习未能参加。但我们六个兄弟姐妹都回去了，这是我们自打离开乡下外出学习和工作以后兄弟姐妹聚得最齐的一次。

11月5日接近傍晚时我们回到家里，大家见面自然十分高兴，还一起动手准备晚饭。儿子提出要去爬山，我也有一段时间没陪他玩了，就答应了他。

于是我们一家三口便沿着屋背后的一条小路一直往山沟里面走。由于很多村民都外出学习或务工了，所以以前通往沟里田地的小路也缺乏维护，杂草丛生，有些地方还坍塌了。我在过一条小竹桥的时候，桥断了，我掉到沟里去了，原来白蚁早已把它蛀空了。幸亏是有惊无险，但儿子还批评我说去了西藏去了墨脱却还缺乏野外旅行的经验。

我们选择快要到沟尾的一个地方开始往山上爬。那里原是一块种满巴戟的坡地，从沟边一直延伸到山脊。今年巴戟已经挖了，但还有一些残留。地上长出的野草特别是芒已经比人高，而且正值开花的季节，在夕阳和晚霞映衬下显得别有一番风情。当我们爬到山顶的时候，发现了一棵由遗落的种子长出来的葫芦藤，还长了好多的葫芦呢！于是我们顺手牵羊摸了一个带回来尝尝。

然后，我们沿着山脊一路往下走，穿过巴戟地、竹林、桂林、松林等，一直下到离村庄附近的沟边。在山脊上行走的时候，夕阳西下，晚霞泛红，近山远影，村庄田地，都显得有点朦胧而轻柔，又勾起了天路的回忆。

虽然是为父亲庆生，但也没有什么特别的安排，只是一家人一起吃个晚饭，象征性地切个蛋糕庆祝一下。其实父母并不在乎有什么物质，有什么活动，最重要的是我们能够回来看看他们，陪陪他们，听听他们唠叨。

时间总是宝贵而短暂的，今天吃过早饭，在临近中午的时候，我们又得返程了。毕竟，小孩子们有功课，我们大人有工作。自古忠孝两难全。特别是我现在在西藏墨脱工作，出差回来能看看父母及其他亲人并能碰巧给父亲过生日，也已经很幸运，很满足了。

父母早已青春不再，步入暮年。作为子女只能尽可能地多看多陪多聊，只能祝福他们身体健康，长命百岁。扎西德勒！

（发布时间：2016年11月6日21：37）

11月7日
星期一

走向天路118

多看多学

受佛山市政府的邀请，墨脱县派出了强大的阵容参加“2016广东（佛山）非遗周暨佛山秋色民俗文化活动”。其中墨脱门巴族舞蹈队55人，党政代表团19人，共计74人。

他们11月1日从墨脱出发，当晚住林芝，2日从林芝飞成都再转飞广州，然后到达佛山。今天，他们已经从广州直飞林芝，然后返回墨脱。与其他地方不同的是，把这么多的人从墨脱沿扎墨公路搬出来，然后再搬回去，是一件颇费周折、风险很高的事。

出来一趟不容易，所以除了门巴族舞蹈队全程按照佛山市的安排执行外，党政代表团既要根据安排参加佛山秋色的相关活动，还要开展相关的学习考察和教育培训。目的就是要让大家了解佛山，开阔眼界，增长见识，解放思想，更新观念。

从3日至6日的这四天时间里，党政代表团在参加佛山秋色相关活动之外，还前往佛山新城、南风古灶、佛山祖庙、梁园、广东工业设计城、美的集团、香云纱生产基地、顺德博物馆、顺德逢简水乡、广东金融高新区、千灯湖等参观考察和学习培训，内容包括城市规划建设、现代工业文明、现代服务业、旅游规划开发、历史文化、非物质文化遗产保护等众多领域，并与佛山市委市政府及发改、经信、文广新、民宗等部门进行了接触和交流。

通过这次参观考察和学习培训，代表团成员表示深化了他们对佛山的了解，学习了佛山精神，触动了心灵深处，对他们解放思想，更新观念，做好工作都有很大的启发。

舞蹈队和党政代表团在整个活动过程中讲文明，懂礼貌，守纪律，听指挥，搞团结，充分展现了墨脱干群和门珞人民的良好精神风貌。

（发布时间：2016年11月7日22：36）

11月8日
星期二

走向天路119

行程满满

这次墨脱县应邀派党政代表团和门巴族舞蹈队前来参加“2016广东（佛山）非遗周暨佛山秋色民俗文化活动”，广东省第八批援藏工作队墨脱县工作组也派了三个队员（我、喻晓坤、赖明建）回来，提供全过程服务。

我们三人是10月31日从林芝飞回来的。根据工作需要，我们三人时合时分，各司其职，各负其责。我主要负责汇报工作，沟通关系，争取资源；喻晓坤和赖明建主要负责党政代表团和舞蹈队的服务，并配合我的工作。回来的次日，我们便开始了密锣紧鼓的行程。

11月1日：上午先前往市红十字会进行沟通协调，得到了有力的支持，市红十字会表示将捐赠10万元和一批物资（出厂价7万多元，市场价约20万元），并探讨了为墨脱的先天性心脏病和白内障患者提供相关治疗的问题；随后前往市发改局及援藏援疆办沟通相关工作；然后向相关市领导汇报了有关工作情况。下午先回市经信局进行汇报沟通，然后再前往市住建局沟通工作，对其支持（55万元及相关工作）表示感谢。

11月2日：上午先到市文联拜访，探讨组织文艺界人士前往墨脱采风创作事宜；第二次前往市发改局及援藏援疆办沟通协调相关工作；再前往市人大常委会，与杨建华常务副主任、霍伙副主任、钟美恃秘书长和市工商联朱卫华书记等领导进行座谈，研究援藏相关工作。下午先到中国电信佛山分公司座谈和接受应急通信设备捐赠（详见《走向天路113——感谢有你》），然后前往广州白云国际机场迎接墨脱县党政代表团和门巴族舞蹈队。

11月3日：上午先去市教育局拜访，得到了有力的支持，市教育局表示将捐赠10万元，并在派出师资、接收培训、对口帮扶等方面给予支持；然后前往市政府向毛永天秘书长汇报沟通朱伟市长来墨的行程安排。下午先后拜访了禅城区教育局和经科局，他们均积极表态大力支持。

11月4日：上午与李勇副县长、县卫计局米马局长等前往佛山市中医院调研拜访，感谢其对墨脱县卫生服务中心（县人民医院）的对口帮扶，探讨如何进一步深化合作。下午到晚上的行程较多，一是前往市文联接受相关书籍和字画的捐赠；二是前往市红十字会接受相关物资的捐赠；三是前往市委宣传部沟通协调相关工作；四是前往看望前来参演的门巴族舞蹈队；五是参加“2016广东（佛山）非遗周暨佛山秋色民俗文化活动”之“乡饮酒礼”；六是参观了“佛山秋色巡游”。

11月5—6日：恰逢双休日，回乡下看望父母（详见《走向天路117——回乡省亲》）。

11月7日：前往广东省广播电视网络股份有限公司及省相关部门沟通汇报工作。

11月8日：上午前往广州华南建筑设计研究院研究听取几个项目设计思路的汇报，提出修改意见。下午前往市信息协会、市无线电协会、市互联网协会沟通协调，争取这些协会及其会员企业对我们拟援建的“佛缘办公自动化系统（OA）”给予支持。

明天，我们将飞往成都，拜访广东省人民政府驻西南（成都）办事处等相关单位。后天再飞回林芝，等候佛山市市长朱伟一行于11日前来林芝及墨脱调研考察。

这几天的汇报、沟通、协调，得到了相关单位及其领导的关心和支持，在此表示感谢！喻晓坤和赖明建两位同事也为此付出了很多的辛劳！

（发布时间：2016年11月9日00：27）

11月9日
星期三

走向天路120

坑底牛

“坑底牛——食两边”，这是广东话中的一个歇后语。

坑，在广东话中是指两边高、中间低的狭窄的小河、小溪或者水渠、水沟以及山谷、河谷、峡谷等。如圳坑，指的就是水渠；狗坑，指的就是污水沟；屎坑，指的就是粪渠；山坑，指的就是山谷；坑边，指的就是小河边或者小溪边；等等。

而所谓的坑底牛，就是指站在小河、小溪中的牛，它最大的特点和优势就是小河、小溪两边的草都可以吃得到，常用来形容两边的好处都能享受得到的人。

今天，我和喻晓坤、赖明建一起从广州飞到成都，先后拜访了西藏自治区人民政府驻成都办事处和广东省人民政府驻西南（成都）办事处，就变成了“坑底牛”。我们得到了两个省区驻成都办事处相关领导的热情接洽。

西藏自治区人民政府驻成都办事处的相关领导说，我们现在是西藏的干部，办事处就是我们在成都的家，在成都有什么事就不要客气，他们定当全力以赴给予支持。

广东省人民政府驻西南（成都）办事处的相关领导也提出，我们是广东省派出的干部，办事处就是我们在成都的窝，欢迎随时回来，而且有什么事也不要见外，他们肯定义无反顾给予帮助，而且省委省政府及有关部门也对他们提出了明确的要求。

两省区都把我们当亲人，都争着要，抢着接，而不是把我们当皮球一样踢来踢去，让我们有家的感觉、家的温暖、家的味道。

作为广东省派出的援藏干部，作为西藏自治区的地方干部，同时得到了广东省委省政府和西藏自治区党委政府及相关部门、相关单位、干部群众的关心爱护，我们深受感动，深怀感激，心存感恩！

（发布时间：2016年11月9日20：57）

走向天路121

虫占蜂巢

鸠占鹊巢，就算你没见过这种现象，也应该知道这个成语吧。但虫占蜂巢，就不知道你是否见过或者听过了。

蜂会蜇人，连人都不轻易去捅它的蜂窝。难道虫就不怕吗？还敢去招惹它？还敢占它的巢？是的！确实有虫敢这么干呢！这种虫一般都带有强烈而特殊的臭味，把蜂也熏得够呛。其中有一种是蟑螂，一种是臭虫，它会把你养的蜜蜂赶走，再把蜂蜜吃掉，十分可恶。我以前在乡下的家里曾经养过一窝蜜蜂，就是被蟑螂赶跑的。

这次回乡下，看到房间的窗户下面的地板上有一堆虫粪，甚觉诧异。因为原先是有一窝黄蜂住在这个铝合金窗户的沟槽里面，而它们是不会把粪便排在地面上的。

黄蜂怎么会住在这里？这要从几年前说起。几年前有一次回乡下过年，把窗户打开，结果从窗户的沟槽里面掉了一堆黄蜂出来，吓了宝宝一跳。原来是黄蜂爬到这个窗户的沟槽里面过冬，在这里冬眠了！黄蜂会在屋里屋外筑巢我倒是见过，可见到它们在门窗的沟槽里面过冬还是“大姑娘坐轿——头一回”。这可算是重大发现，因为我原来根本不知道也没想过黄蜂会去哪里过冬。

这让我回想起了“九月九”。就是每年的农历九月初九前后一段时间，天气晴爽，乡下的屋檐下会有很多黄峰飞来飞去，并且一改以往，不再具备攻击性。我们把这种现象以及这个时候的黄蜂称之为“九月九”。小时候，我们会拿竹子把它们打下来，用指甲掐掉它尾巴上的毒刺，然后放进嘴巴里面吸吮，可以吸到甜甜的像蜂蜜一样的糖汁。这可是我们儿时的一项福利啊！

见到这些黄蜂从窗户的沟槽掉出来，才想起原来“九月九”是要找地方过冬了。掉出来的黄蜂有些神智稍为清醒的就缓慢地爬回沟槽里面去继续过冬了，而神智不清的就掉到楼下或者晾在窗台上冻死了，很是可惜。见此情形，我只好缓缓地关上窗户，并告诫孩子和其他家人不要打开窗户，以免残杀了这些可爱的生灵。几年来，它们都一直待在这里过冬，我们和谐相处。

这次回来看到虫粪，就慢慢地打开窗户，想看个究竟。妈呀！不看不知道，一看吓一跳！密密麻麻的一堆臭虫窝在沟槽里面，太恶心了！这些臭虫会释放出一种特殊而难闻的刺激性臭味，系人都顶佢唔顺！于是赶紧把窗户拆了下来，扛到洗手间用水龙头狂冲，把它们及粪便冲走。绝大多数或爬或飞四处奔逃，部分直接被水冲到下水道里去了，个别还在厕兜里面打水漂。岂有此理！对爬到墙上的一律用扫帚扫下来再“处理”，对还在打水漂的再补一桶水。

重新把窗户装上后，那些刚才“树倒猢狲散”后四处逃逸的臭虫，见到“树”又竖起来了，就又开始回来想在这里继续安家了。没门！于是只好又把它们给“招呼”了一番，足足有几十只之多。

在我们离开乡下返回佛山的时候，已经不再见到这些臭虫的踪影了。但愿它们不要再来，否则下次回来过年的时候还得把它们给“招呼”一番。但愿它们不要再虫占蜂巢，让黄蜂有个安稳而温暖的家过个年吧。扎西德勒！

（发布时间：2016年11月10日12：42）

11月11日
星期五

走向天路122

援墨精神

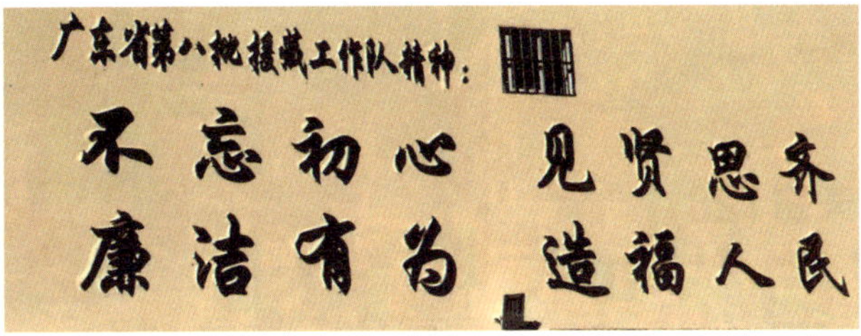

援藏首先是一种精神，是一种情怀！西藏有很多宝贵的精神值得我们学习，最著名的有“老西藏精神”“两路精神”“老墨脱精神”。

“老西藏精神”就是“特别能吃苦、特别能战斗、特别能忍耐、特别能团结、特别能奉献”；“两路（川藏、青藏公路）精神”就是“一不怕苦、二不怕死，顽强拼搏、甘当路石，军民一家、民族团结”；“老墨脱精神”与“老西藏精神”“两路精神”是同源同根，一脉相承的。

广东省第八批援藏工作队在综合“老西藏精神”“两路精神”“老墨脱精神”和广东省历批援藏工作队精神的基础上，提炼总结了广东省第八批援藏工作队精神：不忘初心，见贤思齐，廉洁有为，造福人民。

广东省第八批援藏工作队墨脱工作组根据省队的精神，结合佛山和墨脱的实际，总结提炼了自己的精神：践行、融合、创新、大爱。

——践行：我们是党的治边、治藏方略和西藏政策、民族政策、援藏政策的实践者、践行者（详见《走向天路96——角色定位》），这是回答我们的角色问题；

——融合：我们来援藏的目的就是要促进民族团结，促进粤藏、佛墨两地的交流与融合，这是回答我们的宗旨问题；

——创新：我们来援藏既要尊重当地，向当地学习，又要把佛山的一些先进经验和做法带过来，与当地的实际相结合，并在此基础上进行创新，它的基础是坚守、苦干、作为，这是回答我们怎么干的问题；

——大爱：我们来援藏就是播种爱，收获爱，大爱才能无疆，这是回答我们的结果问题。

我们将把“老西藏精神”“两路精神”“老墨脱精神”以及总队精神、省队精神融会贯通，与佛山精神、墨脱实际相结合，尊重当地，学习当地，融入当地，配合当地，造福当地。

（发布时间：2016年11月11日22：25）

11月12日
星期六

走向天路123

项目标识

每一批援藏工作队都会在援建项目前竖一个标牌，一方面让人知道这个项目是由谁建设的，另一方面也是一个项目简介，让人知道是怎么回事。

我们也设计了一个项目标识。它的顶部是门珞的建筑风格，代表着墨脱的主体民族门巴族和珞巴族，寓意着墨脱各族人民。

它的主体是一根梯形的四方柱，外套一个汉字的“八”字，寓意着广东省第八批援藏工作队。柱的正面是项目名称，其右下角落款为“粤八援建”。

它的底座为藏式宝塔的底座风格，既体现西藏的民族特色，也寓意着立足于西藏，扎根于西藏。基座正面为项目简介。

基座的右上角为“隐藏的莲花”，意指墨脱。

项目标识设计的完成，加上前期所作的LOGO、队旗、队服等，构成了我们完整的形象视觉识别系统。

看的已经有了，下一步关键是怎么干了！

（发布时间：2016年11月13日00：53）

11月13日
星期日

走向天路124

南迦巴瓦旗云飘

在雅鲁藏布大拐弯的内侧，有一座世界著名高峰——南迦巴瓦峰。她是西藏自治区林芝市的最高峰，海拔7782米。她也是藏传佛教的神山圣地，有着“西藏众山之父”之称。

南迦巴瓦在藏语中有多种解释：“雷电如火燃烧”“直刺天空的长矛”“天山掉下来的石头”等。她还有另一个名字——“木卓巴尔山”。她常年被云雾遮挡，一般人难以一睹真容，因此也被称为“羞女峰”。

我们经常行走于“八墨公路”（318国道八一到扎木段+扎墨公路），每次经过色季拉山的时候，都想一睹其芳容。无奈缘分未到，一直未能如愿。之前最好的时候也只是看到了她的脖子，上下皆为云雾笼罩，中间只露出狭窄的一层。

今天，我们陪同前来墨脱调研援藏工作的佛山市市长朱伟一行从墨脱返回林芝。傍晚时分途经色季拉山，当时天气晴朗，秋风送爽，真是难得的好天气。有人突然惊叫起来：“南迦巴瓦！”回头一看，原来日夜思念、朝思暮想的“她”出现了！

在群山簇拥之下，有一座三角形的雪峰高高耸立其中。在雪峰与其前面的群山之间，有一层白云环绕，犹如白色的哈达挂在她的脖子上。而在她的头顶上，则有一条“旗云”向北方飘去。这次不仅目睹了其芳容，更观赏了她的“旗云”奇观。

“旗云”为青藏高原的高山雪峰上偶尔出现的一种奇观。因出现时云贴着山顶，以山峰为杆，飘向一边，仿佛一面迎风招展的旗帜，因此称之为“旗云”。在青藏高原上有这样的说法，谁见到了旗云就犹如见到了佛光、海市蜃楼等一样，都表示运气好，福气到。

据说“旗云”可作为判断峰顶风力大小和天气变化的标志，既是高原雪峰的风向标，又是天气预报的晴雨表。从“旗云”飘动的位置和高度来看，如果“旗云”飘动的位置越向上飘，说明风越小；越向下压，说明风越大；而与峰顶平，则风力约有九级。平时，“旗云”受高原上强劲的西风影响，一般飘向东方。如果“旗云”指向北方，则有可能要下大雪；如果“旗云”向上升腾，则天气有可能要变坏。

从今天的“旗云”来看，其与峰顶齐，由此推断风力应该在九级左右；其飘向北方（不知道方向是否有误），则今晚有可能要下雪了。

（发布时间：2016年11月14日00：54）

走向天路125

市长来了

11月11—14日，佛山市市长朱伟在市政府秘书长毛永天、市财政局局长江启强、市农业局局长唐棣邦、市发改局副局长张远航、市发改局科长苏荣楷五人的陪同下，利用周末的时间前来林芝市及墨脱县调研援藏工作。广东省第八批援藏工作队领队、林芝市委副书记、常务副市长许典辉，市发改委主任唐拥军等全程陪同了调研。

朱伟市长一行于11日上午十点飞抵林芝米林机场后，克服高原反应带来的影响，没有做任何休整便投入工作，一路舟车劳顿，马不停蹄地开展调研。

朱伟市长一行先后会见了林芝市委书记马升昌、副书记兼常务副市长赵树明、市政府副秘书长李连声等林芝市领导，墨脱县委、县人大、县政府、县政协主要领导及有关部门负责人、广东省第八批援藏工作队墨脱县工作组全体成员，并与之进行了座谈。

朱伟市长一行先后实地调研了林芝藏东南文化遗产博物馆（尼洋阁）、鲁朗小镇、驻军某部，墨脱扎墨公路、门珞历史文化遗产博物馆（莲花阁）、莲花圣地公园、古街、德兴藤网桥、拉贡茶场等粤闽两省援建项目，以及墨脱县城风貌改造、致富路改造、白玛岗360度全景观光栈道、墨脱秘境、德兴村级活动场所、果果糖中国版图茶场等拟建项目。

朱伟市长一行还分别在墨脱和林芝看望慰问了广东省第八批援藏工作队墨脱县工作组全体队员和佛山市其他援藏人员，并勉励大家要注意安全，团结当地，做好工作。

佛山市委市政府及主要领导历来高度重视援藏工作，把贯彻落实中央的治边、治藏方略和西藏政策、民族政策放在十分重要的位置上，对援藏干部从来都是厚爱三分，高看一眼。这次朱伟市长率先带队前来调研考察和看望慰问，让我们备感自豪，备感温暖，备感给力。我们也会加倍努力，全力以赴，做好工作，向佛山市委市政府、墨脱县委县政府及墨脱门珞人民交出一份满意的答卷。

（发布时间：2016年11月14日23：17）

11月15日
星期二

秋至层林染，
水浅沙洲现。
风来尘满天，
何处无硝烟？

走向天路126
雅江之虐

这是昨天（11月14日）下午我们从林芝米林机场返回林芝市区时在机场高速公路上看到的景象。

雅鲁藏布江的中上游地势相对平缓，滩涂广阔，江南江北景色各异，形成了一边沙丘（沙滩、沙洲）一边绿洲的特殊景观。这里沙化非常严重，在午后有风的时候，飞沙走石，黄沙飞扬，遮天蔽日，不知道的人还以为云雾缭绕。

雅江在肆虐，人们在受虐！雅江不治好，黄沙还怒号！爱护自然，就是爱护自己！保护自然，就是保护自己！

（发布时间：2016年11月15日22：16）

11月16日
星期三

走向天路127

全面联系

援藏的目的就是要通过加强援受双方的沟通联系，促进两地的融合、民族的团结、社会的稳定、经济的发展。

每个援藏工作队就是每个派出地在西藏、在当地、在前方的代表。那么，如何发挥好这个代表的作用，让这个代表更加广泛深入地加强与受援地的沟通联系呢？这是我们在进藏、进墨之前就思考的问题。

进墨之后，我们在深入调查研究的基础上，创新性地提出了全面联系制度。经过广泛征求相关领导和单位的意见，《广东省第八批援墨工作队全面联系制度实施方案》已于11月9日由中共墨脱县委员会印发实施。

全面联系，就是要让广东省第八批援藏工作队墨脱县工作组的八个队员分片联系全县的相关单位，包括县直和驻墨单位、乡镇、村三个层次，做到无遗留、无死角、全覆盖。由于我们八个队员中有两个是民主党派，所以他们俩负责的联系村的党支部则再分给另外六个党员队员负责联系。

我们建立全面联系制度的目的，就是要加强与相关单位的沟通，掌握更多的信息，了解他们的需求，按照实事求是、结合实际、量力而行、尽力而为的原则，积极主动配合、协助他们解决一些实际困难和问题，以实现交流、融合、团结、稳定、发展的宗旨。

希望我们的创新能够起到积极的促进作用，希望各个相关单位能够积极配合我们的工作，也希望社会各界能够积极支持我们的努力。

（发布时间：2016年11月16日22：08）

11月17日
星期四

走向天路128

再接再厉

（下乡进村入户之三）

趁着这几天没有更特别重要的工作、会议和接待，我们安排从今天开始连续四天下乡进村入户，拟于20日（星期天）才返回。

今天我们前往的是格当乡。早上八点半准时出发，先是沿扎墨公路行驶，过了雅鲁藏布江林多大拐弯之后便转向达木、格当方向。过了达木乡之后一段路，约十点钟的时候，遇到前面修路，滞缓了一个半小时。十一点半左右开始放行，我们继续前进，先后到达桑珍卡村、占根卡村。

我们先后与这两个村的两委、驻村工作组进行了座谈，并看望慰问了相关的贫困户。当我们到达乡政府驻地的时候，已是下午两点多。此时大家都觉得肚子饿了，赶紧在乡政府饭堂吃饭。其中腊排骨非常好味，给我们留下了深刻的印象。

午饭后，我们继续前往布龙村、格当村调研，照例是先后与这两个村的两委、驻村工作组进行座谈，并看望慰问贫困户。然后还前往格当寺、乡中心小学、乡卫生院、驻军某部等单位进行了调研和慰问，并在乡政府与乡干部进行了座谈。

按原定计划今晚是夜宿格当乡，然后明天再前往达木乡的珠村和帮辛乡调研的，但由于其中一辆车的续航能力不足，被迫连夜返回县城，明天再去了。当我们摸黑返回驻地的时候，已是晚上八点半了。

往返格当乡的路况还是比较差，除了弯多路窄坡陡崖深以外，路面坑坑洼洼，凹凸不平，坐车时摇来晃去，一不小心就要练“铁头功”，撞得车窗咚咚响。回程的时候本来已经很困，撞了几次以后倦意全无，清醒了很多。

格当的四个村离乡政府驻地都不远，相对集中，但每个村的住户并不集中，相对分散。这种布局特点对我们推进小康示范村建设是一个挑战。

格当乡位于一条山沟河谷的尾部，后面和两旁高山雪峰环峙，水寒地瘠路差民贫，脱贫攻坚的任务还很艰巨。

（发布时间：2016年11月17日23：50）

走向天路129

深入考察

（下乡进村入户之四）

经过昨晚一夜的休整，今天依然是早上八点半准时从工作队驻地出发。沿着扎墨公路过了达果桥后往左拐，便开始往山上盘旋。从半山腰往对面看，可以看到达木乡达木村的全貌和卡布村的背影，以及蜿蜒曲折的盘山公路，十分壮观。

盘旋到一定的高度，便绕过山嘴转到山的另一边去。山的刚才那边是金珠曲河谷，而现在这边就是雅鲁藏布江大峡谷，刚才绕过的山嘴就是金珠曲和雅鲁藏布江汇流所形成的夹角而突出的龙头。从狭窄的山路往下看，雅鲁藏布江犹如一条小溪流，除了感觉到十万丈深渊以外，根本感觉不到它平时的气势。

往前到达一个垭口，又碰到修路，在那里大约滞留了大半个小时。在那个垭口往前看，达木乡的珠村就镶嵌在雅鲁藏布江左岸半山的陡坡上，层层叠叠，错落有致，十分壮丽。复通后我们继续前行到达珠村。珠村是我们10月29日前往达木乡下乡进村入户时就想来的，无奈那时修路就没来，让它成了“漏网之鱼”，今天终于挂网了。

在珠村，我们与村两委和驻村工作组进行了座谈，看望慰问了贫困户。午饭后再下到雅鲁藏布江边上方实地考察水稻田。这里的珞巴人民太智慧太勤劳了，在陡坡上开垦的梯田一条条的，每块多数只能种两行，更有的一块只能种一行！

梯田我也算是见多了，但这么陡这么窄的还是第一次。

考察完了便继续向前进发，前往帮辛乡。沿着半山公路，过了两个垭口便看到了帮辛乡的帮辛村和根登村。盘旋下来去到帮辛乡政府后直接前往根登村。照例是与村两委和驻村工作组座谈，看望慰问贫困户，还考察了一个养鸡场。

然后再往前转过一个垭口前往帮果村，与村两委和驻村工作组座谈，看望慰问贫困户。徒步往下考察水稻田并前往西登村，先考察了石锅加工厂，拜访自治区级石锅非物质文化遗产传承人，看望慰问贫困户，与村两委和驻村工作组座谈。

离开该村时天色渐暗，回到帮辛村时已是晚上七点半，天已全黑。由于听说村干部仍在等候，而且为了不影响他们明天出去工作，我们继续与村两委和驻村工作组座谈，并摸黑看望慰问贫困户。

今晚，我们就住在乡里，明天还有三个村子要考察，还要去乡卫生院和小学，然后再与乡党委政府座谈。现在，外面满天繁星，屋内满耳虫鸣。今晚将度过一个难忘之夜。

（发布时间：2016年11月18日22：32）

11月19日
星期六

走向天路130

慰问困难群众

（下乡进村入户之五）

昨晚住在帮辛乡的一个农家乐，没有条件洗澡，加上又累又困，脸没洗，牙没刷，脚没冲，衣没脱，就睡了。

为了考察藏香猪养殖场，我们今天早上七点半起床，八点钟出发，否则八点半猪就被放出去了。看完养殖场后，返回吃早餐。早餐后继续今天的行程。

第一个是肯肯村，先与村两委和驻村工作组座谈并慰问，然后看望慰问贫困户。第二个是隔江相望的岗玉村，但在去的过程中碰到了问题。由于塌方堵塞了道路，只好弃车步行至宗荣村。在村里借了村民的一辆车和道路施工队的一辆车继续前进。过了雅鲁藏布江之后又碰到了问题，依然是塌方阻拦了去路，只好再次弃车徒步爬坡前往。

到达岗玉村后先与村两委和驻村工作组座谈并慰问。驻村干部曲尼汇报精简但内容全面系统，对情况熟悉，是我们自开展下乡进村入户以来对驻村工作组最满意的汇报之一。座谈完了正想去看望慰问贫困户，结果被村民拦下了，原来是他们已经为我们做了午饭。我们计划是在宗荣村吃午餐的，也已经让那边做了。怎么办？我和队员们商量了一下，村民的热情又不能冷落，只好两边都吃，都付饭钱。

简单吃了一点便去看望慰问贫困户，并为一个先天畸形的脚病患者进行了检查。然后再徒步走下山坡，乘坐借来的车返回宗荣村，顺路考察了借车村民的石锅加工厂，然后继续第二顿午饭。午饭后为了让村民先收拾碗筷，我们决定先看望慰问贫困户再回来座谈。

忙完了宗荣村，便再次徒步返回公路弃车的位置。此时午阳正艳，路上的沙石可能富含石英，星光熠熠，颇有星光大道的感觉。回到乡里先后调研了乡中心小学和乡卫生院，然后再与乡党委政府座谈。

当我们离开帮辛乡的时候，是下午五点半。我们按昨天来时的路，原路返回县城工作队驻地。到达的时候，已是晚上九点了。

（发布时间：2016年11月19日23：16）

11月20日
星期日

走向天路131

转经也要现代化

只要我们一踏进藏区，就能经常碰到手摇各色转经筒的藏族群众，也能经常在寺庙、山顶、路边等众多场合看到一个个、一排排的转经筒。

转经筒起源于象雄雍仲本教，流传于整个藏传佛教。藏传佛教认为，诵经特别是持诵六字真言（六字大明咒，即嗡嘛呢叭咩吽）越多，表示对佛越虔诚，可免轮回之苦。

但在奴隶制时代，藏族群众多数人都不识字，所以只好把经文装在转经筒里，每转一圈，相当于诵经一遍。在几乎全民信教的藏区，转经筒就成为了一道亮丽的风景线。

转经筒一般分为两类：一种是手摇式的，又叫作手摇玛尼轮。这种通常是用木、骨头或者金属制成的，一般比较轻巧和精美。另一种是固定式的。这种通常安装在轮架上，顺时针转动。无论是手摇式的，还是固定式的，它的结构其实都是大同小异，里面都有一张用藏文书写的经文。

传统的转经筒，无论是手摇式还是固定式，都需要靠人力去转动。智慧的藏族人民也不断跟上现代化的步伐，现在也开始使用水力、风力、灯火热能、太阳能、电能等作为转经筒的动力，代人念诵“六字大明咒”。

（发布时间：2016年11月20日16：32）

11月21日
星期一

走向天路132

门珞粮仓

门巴族和珞巴族群众对粮食的储藏是很特别也很有讲究的。内地的群众一般都是将粮食储藏在家里，而门珞群众却不一样。他们的粮仓不但没跟住所放在一起，反而是放在村子的旁边，离开住所有一定的距离。这是为什么呢？原来门珞群众过去包括现在也绝大部分是木质结构的房子，容易发生火灾。如果这种情况发生，不但没有地方安身立命，就连赖以生存的粮食也会化为灰烬。可见门珞人民的智慧了吧？

这算什么，还有更具智慧的呢！他们的粮仓都是吊脚楼，这样可以防潮防虫。因为这里是全球降水量最大的地方之一。粮仓一般用四根木柱子支撑，上面是一个四方形的木房子，只留一道门，屋顶过去是用茅草等植物覆盖的，现在多改成用铁皮或者其他防水性能好的材料了。用于上下的木梯子平时就放在粮仓门口的走廊上，需要时取下来搭上去再爬上爬下。门珞粮仓里最能体现门珞人民智慧的反映在粮仓的四根柱子上，每根柱头上都顶着一个圆盘状的木板。这有什么奥妙吗？是的！它的玄妙之处在于它的防鼠功能。当老鼠沿着柱子往上爬的时候，碰到圆盘状的木板就要倒着爬，这个时候老鼠就没这个能耐了，啪的一下就掉了下来。厉害吧？

我们将这一独具特色的门珞智慧和结构应用于县城风貌改造项目上，把岭南的骑楼建筑与门珞的风格以及门珞的智慧结合在一起，骑楼的柱子头上就是一个圆盘状的顶板。

门珞人民还有一个风俗习惯，就是粮仓里面不许外人观看，否则他们会认为财气外泄，那是不吉利的。所以里面是啥样子，我也没看过。不过我想也不会太复杂，应该就是堆满了粮食而已。

（发布时间：2016年11月21日23：32）

走向天路133

冬天不冷

进墨以来，我们一直把教育放在十分重要的位置上，也把学生的冷暖放在心上。经过工作队秘书长、墨脱镇委副书记、常务副镇长喻晓坤同志的积极沟通协调，爱心企业——佛山市三水恒利达针织有限公司为墨脱全县近2000名中小学生和幼儿园幼儿各提供冬季校服一套，总价达百万元。

我们于9月13日与首批项目动工仪式一起，在达木乡中心小学举行了捐赠仪式。然后统计全县中小学生和幼儿的人数及尺寸，交给爱心企业进行加工生产。佛山市三水恒利达针织有限公司生产出来以后，先是通过物流发往墨脱县驻八一办事处，然后再由广东省第八批援藏工作队墨脱县工作组雇车辆转运回墨脱。其间总共用了三个多月的时间，光是从八一运回墨脱就花了7500元。

今天，我们与县教体局一起组织各中小学和幼儿园把运到的校服领回去分发给学生。不少前来领取的学校教师说，目前学生的校服都比较薄，天气开始逐步转凉了，这些新校服刚好解决了这个问题。我们真心希望学生们能够喜欢，希望他们这个冬天不再冷！

我们在此诚挚地感谢爱心企业——佛山市三水恒利达针织有限公司！我们也希望有更多的爱心企业和人士加入援藏工作中来！

（发布时间：2016年11月22日21：41）

11月23日
星期三

走向天路134

紧锣密鼓

（下乡进村入户之六）

墨脱镇是县城所在地，虽然近在眼前，但对它的下乡进村入户调研直到今天才算勉强完成。说是勉强完成，就是还差与镇的座谈没完成。因其他工作导致这个座谈一拖再拖，明天又要去拉萨开会了，只有等到回来后再安排了。其实之前进行项目策划和实地考察的时候，它下辖的六个村除了巴日村外，其他都已经去过很多遍了，只是没有对其开展全面调研而已。而且由于它就在县城及附近，所以总想着在工作的间隙去就行，没有必要专门连续安排。就这样，一直拖到现在才完成。

对墨脱镇的下乡进村入户调研始于9月3日，当天调研了玛迪村和米日村。后来转去忙别的事和调研别的乡村。这几天都在县里开会，就想抽空把剩下的四个村也完成。

于是昨天早上八点半（九点半才上班。这里与佛山约有两个小时的时差，实际上等于佛山的六点半）就出发前往亚让村。我们沿着雅鲁藏布江左边的公路往下游方向走，晨起的江雾笼罩着整个峡谷，能见度很低。我们到达亚让村时很多村民还没起床，但村两委和驻村工作组因已提前接到通知，就等候在那里。我们与他们座谈后便去看望慰问贫困户，正值村民做早餐，就顺便了解他们的一日三餐。随后返回县城调研了墨脱村和亚东村。由于下午要开会，当天的调研到中午就结束了。

今天也是早上八点半准时出发，前往巴日村和著名的仁钦崩寺。它们就在县城旁边的山上，之前由于路没修通再加上雨季经常塌方、泥石流和滚石，就一直没去。我们沿着狭窄的山路往上爬，回望沉浸在雅江晨雾中的县城，简直就是海市蜃楼，壮不可言，美不胜收。我们先是前往最远的仁钦崩寺调研，路很烂，泥泞不堪，越野车冲过去的时候摇头摆尾，甩来甩去，像是前进中的蛇，十分刺激。与寺管会座谈完了便参观了寺庙，与僧人进行交流，查看了僧舍、招待所、农家乐等生活和接待设施。随后返回巴日村进行午餐并座谈，看望慰问贫困户，实地考察小康示范村建设，然后再赶回县里开会。

经过这两天的调研，我们掌握了更多的信息，对援建项目有了新的想法和创意。

（发布时间：2016年11月23日23：38）

11月24日
星期四

走向天路135

墨脱仙境

自从我到达墨脱，我就发现并认定她就是一个仙境之城（详见《走向天路11——仙境之城》），而且不管你从哪个角度看都是不一样的景观但是一样的感受（详见《走向天路108——仙境观景台》），仙境呀！

昨天上午我们要去墨脱镇的巴日村调研。早上七点半起床，八点早餐，八点半出发。沿着盘山公路往上爬，回眸一看，妈呀！这还是人活的地方吗？！这简直就是神仙的天宫呀！我们怎么会那么好运，来到了这个仙人的地方工作和生活呢！？刚好今天是西方的感恩节，真心感谢有你，有我，有墨脱！

从雅鲁藏布江升腾起来的白雾填满了整个峡谷，绿色的群山环绕着它形成了一个白色的湖泊，又像一片白茫茫的海洋，而整个县城就像突出的一个半岛。像蓬莱，像海市蜃楼！

这就是墨脱！赋口水诗一首：

墨脱仙境

白雾茫茫群山绕，
众生芸芸神女现。
此景只应天上有，
岂料下凡在人间！

（发布时间：2016年11月24日22：13）

11月25日
星期五

走向天路136

植物学家的幻想

过去不是，现在不是，将来应该也成不了——植物学家。但我还是有这个幻想。

因为，墨脱的植物实在是太丰富了。墨脱被誉为“世界植被类型的天然博物馆”“世界动植物博物馆”“世界生物基因库”等。

据了解，墨脱境内仅高等植物就有3000多种，竹类植物约有10多种，野生兰科植物80多种，生长着樟木、楠木、乌木、铁木、红豆杉和有“天然活化石”之称的桫椤等80多种国家级重点保护珍稀植物。

在墨脱，每次出门，不管是行走在扎墨公路还是乡村道路，不管是山上还是沟里，不管是田间地头还是树林草丛，不管是春夏秋冬还是雨季旱季，只要你留心观察，你都会有很多新发现。每次看到新的植物品种或者奇花异草，都会让我惊喜，让我着迷。

可惜的是，虽然有这么好的环境条件，但我自己缺乏相应的植物学知识，也缺乏相应的导师带我入门。我曾向人请教，但这里的植物实在是太多了，他们也说不出太多。我上网查询到有一本《墨脱植物》的书，无奈它给我的只是“到货提醒”。

既然墨脱动植物资源那么丰富，为什么不想成为动物学家呢？连植物是静态的都搞不定，更何况动物是动态的呢！你想找它都找不着，碰到了也逮不住，而且有的还会伤人。

有人说，梦想还是要有的，万一实现了呢！我只能说，幻想还是要有的，万一破灭了呢？也不要紧！所以，我见到比较特别或者稀奇古怪的植物，就把它拍下来，研究不了，就拿来欣赏吧！

（发布时间：2016年11月25日22：03）

11月26日
星期六

走向天路137

西藏的狗

行走在青藏高原，你会发现一个很有趣的现象，就是狗特别多。

市区、城镇、村庄、寺庙、路旁，甚至是野外，只要是人能够到达的地方，几乎都可以看到它们的身影。

有藏獒、西藏牧羊犬、藏狮、西藏梗等众多犬中贵族，也有普通的家狗、宠物狗等芸芸众生，整个青藏高原简直就是一个场面广阔、种类繁多的狗博会。

它们或跑，或走，或躺，或趴，或玩耍，或觅食，或吃奶，或交配，各种情形应有尽有。

由于这里的藏族及其他少数民族群众都有崇尚自然放养和不杀生的习俗，所以流浪和自然繁殖的狗很多，但主要是家狗和宠物狗。

这些流浪的狗主要集中在城镇、村庄和寺庙，自娱自乐，自觅自食，自生自灭。有的也会向人讨吃，看见你吃东西会叫，甚至会用前爪来拍打你的腿；有的会跟随着你走，只要你们有缘分，我们就曾碰到过这种情况（详见《走向天路76——无奈与自责》）；有的甚至会不请自来，留下来以此为家，不再走了。会跟随你走的或者来了你家不走的，我们乡下俗称为“自来狗”，据说会给主人带来好运。我们工作队饭堂前段时间就来了一只（另文再述）。

这些流浪狗一般都能与人和谐共处，没有恶意，没有危害。但是，有些流浪狗会逐步演化成为野狗，在饥饿等特定的情况下也会有攻击性，所以偶尔也会听到有野狗伤人甚至是致人死亡的事故。毕竟，狗急了会跳墙，狗饿了会吃人。如果你看见有多条流浪狗集结向你走来，你就要警惕甚至防范了。

所以，行走于青藏高原，既要学会与狗等其他生物和谐相处，最好随身携带一些狗爱吃的东西，需要时可以给它们解解饥饿；同时也要注意安全，提高防范意识，最好随身携带登山杖之类的防身器材，必要时能够保平安。

（发布时间：2016年11月26日18：57）

11月27日
星期日

走向天路138

凝固的美丽

当下，青藏高原已经入冬，高山白雪覆盖，半山赤身裸体，河谷尘土飞扬。

山上的冰川向下蚕食，山坡的雪线向下延伸。有些河流开始结冰了，水面上漂浮着一层浮冰；有些湖泊冷冻了，把波浪也冻住了；有些瀑布凝固了，变成了冰瀑。

今天，我们就在路边幸运地遇到了一个冰瀑。它从山上的一个沟口流出，被冻结了，悬挂在崖壁上，下面还有一个底座。大自然的鬼斧神工实在是太神奇了！

这是我第三次看到这样凝固的美丽。前两次，一次是在河北省石家庄市的苍岩山，另一次是在山西省宁武县的千年冰洞。

（发布时间：2016年11月27日21：52）

走向天路139

植物之宝

近两个月来，从墨脱出发，于扎墨公路62公里处开始，一直到林芝，在河流两岸经常能够看到一种树，光秃秃的树枝上结满了黄澄澄的果子，十分漂亮而诱人。这种树叫作“沙棘”。把它摘下来放在嘴里，酸中带甜，味道极佳，而且还能提神醒脑。

沙棘是一种古老的植物，据说它已经在地球上生存超过两亿年了。沙棘也是植物之宝，应用价值很广、很高。

由于其对水土和气候等环境的适应能力很强，具有耐寒、耐热、耐干旱、耐风沙、耐盐碱等特性，能够生存于沙漠等干旱地区和高寒山区，因此被广泛用于水土保持、防风固沙、改善土壤等生态绿化和园林绿化。

沙棘是食药同源的植物，具有很高的食用和药用价值。由于它的果实中含有丰富的维生素C，故素有“维生素C之王”的美称，在我国被称为“圣果”，在日本称为“长寿果”，俄罗斯称为“第二人参”，美国称为“生命能源”，印度称为“神果”。而它的果实具有止咳化痰、健胃消食、活血散瘀、降低胆固醇、缓解心绞痛发作、防治冠状动脉粥样硬化性心脏病等功能和作用。它的根、茎、叶、花也有相应的用途。这个植物的宝藏等待着我们更进一步的认识和开发。

（发布时间：2016年11月28日23：51）

11月29日
星期二

走向天路140

牛粪也受捧

一提到牛粪，不少人可能会嗤之以鼻，甚至是闭目掩鼻。然而，牛粪也会受到追捧，信不信由你。

行走在青藏高原，特别是缺乏森林的牧区，你会经常发现路边草原上有一堆堆的黑色宝塔，还有一排排粘在墙壁上或者垒在墙头上的黑色烙饼。那不是别的什么东西，而是牛粪。这些牛粪用来做什么呢？原来它是生活在青藏高原的广大农牧民的最佳燃料。藏族群众将它称之为“久瓦”，用它作燃料已有十分悠久的历史。

用牛粪作燃料并不是藏族群众的专利，其实我国西南地区其他很多少数民族都有这个习惯。有的在路上见到牛粪会用石子围起来，表明它已经名花有主了。也有的会背着一个背篓，见到已经干了的牛粪就把它捡到背篓里背回家去。

我国内地缺乏森林的部分地区，在没有用上电力和石油气、天然气之前，也有使用牛粪作燃料的历史。我在顺德区工作期间，就曾听说过这样一个故事。在生产队的时期，有一个叫阿呆的小孩。一天早上他母亲正在煮粥，当粥快要煮开的时候，刚好有事要外出，就嘱咐他过一会往里添两块牛粪，粥就煮好了。母亲回来的时候，问他牛粪放了没有，他说放了，结果母亲一掀开锅盖，一股浓浓的牛粪味就冲了上来！

牛粪作为燃料的作用，我用一首打油诗来形容：

牛粪一堆堆，
任凭北风吹。
待到晒干了，
正好用来炊。

牛粪作为燃料，与直接燃烧相比，效果更加理想的是建沼气池。它既能解决牛粪的污染问题，又能解决群众的燃料来源问题，气化以后剩下的渣、液又是非常好的有机肥，可谓一举三得。

牛粪本身又是传统的优质有机肥，现在更是有人利用现代技术工艺将其作为

原料生产出生物有机肥，解决了原来发臭、烧根烧苗、传播病虫害等问题，并且提高了肥力。

还有人利用牛粪来种植蘑菇和养殖蚯蚓，都取得了成功，并且效益明显。

对于牛粪在种植和养殖方面的作用，我也用一首打油诗来形容：

我做牛粪你做花，
你来插我我栽花。
我长得越可爱，
你开得越奇葩。

牛粪还能作为人们休闲娱乐的玩具呢！这太有点不可思议了吧？然而它却是实实在在地发生了。在2009年牛年春节的时候，有人突发奇想把“牛粪”当成“牛奋”的谐音，寓意“牛年奋斗”，迎合了当时人们奋发图强的精神追求。更有人设计和生产出“牛粪”造型的卡通玩具，并大受欢迎。

牛粪作为休闲娱乐的功能，我还是用一首打油诗来形容吧：

牛粪落地上，
顽童放炮仗。
砰的一声响，
飞溅脸和裳。

（发布时间：2016年11月29日21：35）

走向天路141

最早的新年

今天是大年初一！可以连续休假五天，太棒了！你不是时空错乱吧？还是神经失常啊？朋友们可能会这样问我。可我说的是真的，一点都没有骗你！今天确实是大年初一！

只不过我说的是工布新年。这是怎么回事？原来，位于我国西藏自治区东南部的林芝市巴宜区、米林县、工布江达县等一带地区，在吐蕃时期属于工布王统治，俗称“工布”或者“工布地区”，而居住在此的藏族群众也成了藏族的一个特殊分支——工布藏族。而工布藏族是在藏历的每年十月初一（公历时间每年不同，今年是11月30日）过新年的，谓之工布新年。这不光是西藏，即使是中国，乃至世界都是最早的新年了。

那么工布人为什么要这么早过年呢？据说在吐蕃时期，有一年的秋季，工布地区受到了北方霍尔部落的攻击。为守护家园，工布王阿吉杰布紧急召集族中男子出征迎敌。但当时已挨近年关，族中男子面对可能战死沙场，都有点不愿出征。因为他们连年饭都还没有吃，怕变成了饿死鬼，而宁愿变成饱死鬼。智慧的阿吉杰布看穿了男子们的心思，便说仗要打，年要过，吃饱喝足再出发！于是下令提前过年，在藏历的十月一日，男子们大吃大喝一顿之后再开拔。结果，吃饱喝足、心满意足的工布男子作战勇猛无比，一举击败了入侵者，凯旋而归。为了纪念这个胜利，工布人后来就提前到藏历的十月一日过年，并一直流传至今。

每逢工布新年来临，工布人都会穿上节日盛装，准备好充足的物资和食物进行庆祝。据说，工布新年是从藏历九月二十九日（即除夕）开始，一直延续至藏

历十月初七，共八天，也有的延续到半月之久（但我们放假只有三天，连上周末才五天）。这期间，工布人会有些什么特色的民俗活动呢？

活动之一，祈福。每到藏历九月二十九日（除夕），各个工布家庭就会将家里炉中的火灰掏出，撒到离家最近的三岔路口，并摆成“卍”的符号。这个符号在佛教和印度教中又称万字符，最初人们把它看成是太阳或火的象征，后来普遍被作为吉祥的标志。工布人摆“卍”符号的寓意是希望带走家里所有人的烦恼和忧愁。而同在这一天，每个工布家庭还会用糌粑粉在旧房屋的房梁及橱柜等地方画上莲花的符号，祈求来年风调雨顺。

活动之二，请狗。藏历九月二十九（除夕）晚上，工布人会把酥油、奶渣、肉、饼子、青稞酒及用糌粑等做成的祭品——“措”摆放在院子里，款待自家的狗。工布人认为狗吃什么，不吃什么，都是神的指使，因此全家人都聚精会神地注视着狗的每个动作。如果狗先吃了“措”（用糌粑做成的祭品）或饼子，则预示来年农业丰收；如果先吃了酥油或奶渣，则预示来年牧业兴旺；如果先吃了肉，则不是个好兆头。

活动之三，驱鬼。“请狗”结束之后，工布人还会举行驱鬼仪式。晚上，人们高举松枝火把，跑进每一间屋子，从怀里抓出早已准备好的拇指大的黑白石子，哗啦啦地朝角落砸去，口里不停地叫：“滕秀！”（意为“滚蛋”）当人们认为“鬼”确实被赶出了房子时，就把门关严，这样“鬼”就无法回来了。然后人们继续高举火把在家中绕一圈之后，直奔村外，一路燃放鞭炮。走到三岔路口，用糌粑粉把自己的头发捏成团在全身绕一圈，把古突和糌粑团放在三岔路口。然后回家，回家时不能回头，以防“鬼”跟尾。

活动之四，年饭。让狗吃饱了，人们再吃年饭。一家人围着火塘坐一桌一圈，烤着暖烘烘、香喷喷的青岗柴火，喝着青稞酒、酥油茶，吃一种特殊的食品——结达。“结达”是用酥油、牛奶、面粉、红糖或白糖等做成的圆面团，用削得尖尖的木棍穿上，伸进火里烤，熟一个吃一个，味道香甜，风味独特。据说除夕晚上是一定要吃饱的，否则半夜“鬼”还会来背人。吃得饱的，“鬼”背不动；吃不饱的，说不定就被“鬼”背走了。晚上他们还会放烟火，举行煨桑仪式。

活动之五，背水。大年初一，天还未亮，人们就已背起水桶，带着青稞酒和“措”，到水源处去背水，并在水边煨桑，祭拜神灵。据说他们与内地人争第一炷香一样，也希望能够抢到第一桶水。

活动之六，祭神。大年初三，在太阳刚刚升起的时候，人们穿着节日盛装，带上贡品和青稞酒，来到自家最好的一块庄稼地里，竖起巨大的经幡柱，将糌粑、青稞酒、酥油等供品摆上，点燃香火，同时每家每户的妇女围着祭台唱歌、跳舞，祭祀丰收女神，请求保佑来年庄稼丰收。

此外，工布人在节日期间还会举行射响箭、跳锅庄舞、牧民节等众多活动，不一而足。

由于我出差在外，没有亲身经历，所以本文主要是根据网络资料和当地群众介绍综合整理而成，如有错漏敬请批评指正！同时也在此谨祝各位领导、亲人、朋友新年愉快！扎西德勒！

（发布时间：2016年11月30日16：59）

走向天路

援藏这三年·第一辑（上）

2016年

12月 December

12月1日
星期四

走向天路142

天使回佛

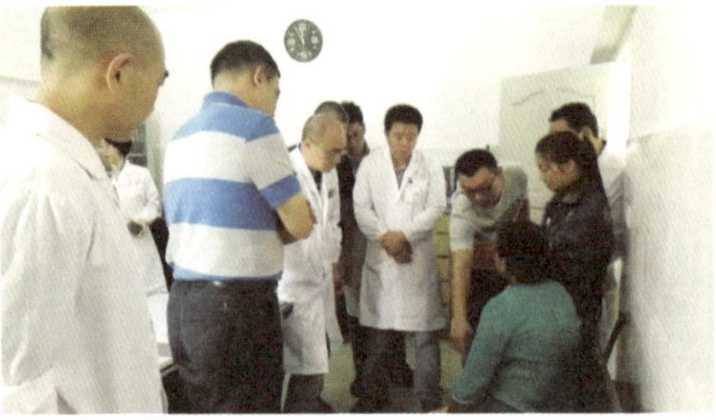

8月30日，佛山市中医院的刘天、何家雄、胡惠娟三名专家在该院徐志强副院长、陈务民副科长、陈玉梅主任的陪送下，来到墨脱，开始了为期三个月的对口帮扶（详见《走向天路52——没有健康就没有小康》）。

作为佛山市中医院对口帮扶墨脱县人民医院（县卫生服务中心）的首批医疗队员，他们在县卫生局及县人民医院的领导下，在广东省第八批援藏工作队墨脱县工作组的支持下，主动融入当地，积极开展工作。利用墨脱县人民医院创建二级乙等综合医院终审之机，经过初步调研，拾遗补缺，在原来的基础上帮助其建立完善一系列规章制度。继而通过带教查房、带教手术、疑难及死亡病例讨论、专题讲课、技能培训等一系列形式，帮助墨脱人民医院医护人员建立了ICU病房，填补墨脱人民医院科室设置空白，进一步规范其诊疗行为，使其各项工作流程都得到进一步落实，医疗服务水平得到有效提升，在创建二级乙等综合医院终审过程中获得专家一致好评。

在外科方面，他们共诊治各类创伤及骨科患者共计30人次，其中收治13人次，进行手外伤骨折内固定、足伸趾肌腱开放断裂清创吻合、颅骨开放骨折清创引流术、胸腔闭式引流术等手术共8台次，协助行急腹症剖腹探查、盆腹脓肿引流、急性阑尾切除术等普外手术，开展了掌、指骨折，桡下端骨折，锁骨、肩胛骨、跟骨、肱骨髁上、肱骨干、胫腓骨骨折，肘关节脱位，指间关节脱位等手法整复夹板外固定术，主持疑难病讨论1例，进行专题讲座（外科换药术、正骨十四法、骨科夹板疗法的临床应用）3次，将小夹板外固定术得到开展，使部分骨科创伤疾病在县内就能得到有效治疗。

在内科方面，他们在内科常见病、多发病（如支气管炎、肺感染、高血压病、慢性胃炎、类风湿性关节炎、急慢性心衰、泌尿系感染、脂肪肝、肝硬化等）诊治方面的经验及诊疗常规带到当地，同时介绍一些专科的前沿理念和知识。对于一些疑难病例，联系佛山市中医院专家会诊，减少患者辗转求医的麻烦及经济压力。在3个月的工作期间，完成60余人次的教学查房，完成危重病人（急性心衰、蛛网膜下腔出血、上消化道出血、糖尿病酮症酸中毒）抢救4例，主持疑难病例讨论6例，主持死亡病例讨论2例，专题讲座（胰岛素应用、糖尿病口服降糖药应用、糖尿病酮症酸中毒、医学体重管理）4次。

在护理方面，他们通过与护理部主任、各护士长及护士等层面的深入接触，了解全院院感工作及护理工作现状、护理工作存在的主要问题，并与护理部及院感科同事一起制订了切实可行的改善及培训计划，计划及各项建议得到受援医院领导高度重视和支持。加强病房管理，完善各项护理管理制度，修订和规范各项工作流程，规范护理文书书写，加强无菌操作及消毒隔离意识，加强专业技术、急救技能及各类仪器的使用、保养方法培训，每天进行护理查房，解决护理疑难问题。通过对口帮扶工作，进一步提高全院护士的各项临床护理操作技术及急救护理技能水平，把护理工作的程序化、规范化及护理相关知识作为重点，打牢医院的护理基础，同时也不断灌输护理前沿理念和知识，开拓和改变护士们的护理理念。

在三个月内，他们利用周末假日多次下乡开展义诊，为边远的村民送医送药，并对乡卫生院医务人员做简要培训，传授相应的诊疗技术。

他们在墨期间，得到了相关领导的关心，也得到了广东省第八批援藏工作队墨脱县工作组的支持，在墨期间的高原补贴等所有在藏待遇全部从工作队的工作经费中挤出支付。他们在墨期间兢兢业业的工作态度，得到了医院领导和同事们的肯定。他们团结协作，开拓创新，凝心聚力，扎实推进医院发展，使当地老百姓得到实惠，让当地老百姓感觉党的援藏政策好。他们在墨脱的努力和付出，得到了县委县政府及县卫生局、县人民医院，广大干部、职工、群众的充分认可和高度评价，县委县政府给他们授予了“援藏优秀人才”的荣誉称号。

近日，这三位白衣天使已经离开墨脱和西藏，带着门珞人民的深情厚意，带着荣誉，离开墨脱这个第二故乡返回佛山。希望他们常回家看看！让我们祝福他们回佛后工作顺利，身体健康，生活幸福！扎西德勒！

很快，佛山市中医院的第二批专家会进墨，接替他们的工作，延续他们的激情、爱心和奉献！

（注：部分资料由墨脱县人民医院提供）

（发布时间：2016年12月1日17：03）

12月2日
星期五

走向天路143

奶奶安息

今天，我们送走了奶奶，她已经到天国安息了。

历时两天，几经辗转，行程4000公里，于昨天傍晚赶到，今天为她送行。

认识奶奶是在2001年，迄今已有十五六年了。那年夏季，我跟当时的未婚妻即现在的妻子回家去见家长。那时爷爷奶奶都还健在，是两个慈眉善目、和蔼可亲的老人。

几年前，爷爷因病先行离去，享年82岁。爷爷的离去，奶奶曾经心痛欲绝。经过时间的慢慢治疗，奶奶逐渐地恢复了平和、乐观、豁达的心态。

她与我的岳父母家住在同一栋房子里，她的另外两个儿子老二和老三一左一右把房子建在两边。三个儿子及其家人平时都会照顾她，她的三个女儿也经常拖家带口地回来看望她。虽然那么多家人在一起，但是她还是坚持自己独立生活，并且打理得井井有条，干净整洁。

我跟奶奶的接触不是很多，就是每次回去探亲的那几天才会见到她。每次回去，除了刚刚到家时会有一次专门的正式的看望以外，也会经常到她的厅子里坐。她总会把所有能吃的好吃的东西如橘子、瓜子、饼干、糖果等都端出来，毫无保留，热情地招呼我们吃。她也不啰唆和唠

叨，我们聊天、吃东西、打牌，她就满脸慈祥、满脸笑容地在一旁静静地坐着，默默地看着，半睡半醒，时睡时醒。只要我们去她那里，她都会十分高兴和欣慰。她对晚辈特别是孩子们都充满了慈爱。

听说她本来还可以多留几年的，但为了不给后辈增加负担，就自己悄悄地停了药，高血压上来就走了。她这次离去，几乎没有给后人留下任何负担，走前就已经把后事都安排好了，竟然连每个亲友的红包都封好了。她就是这样的一个人，总是把麻烦留给自己，把方便让给别人；把负担留给自己，把轻松让给别人。

由于奶奶那种平和、豁达的心态和处事方法，她与家人和邻居都没有任何矛盾，也从来没有听说她与谁红过脸，吵过架。所以她今天出门的时候，闻知此事的本村邻居和周边村庄的村民都自发前来送行。

当然，由于我接触得不算太多，除了自己直接的感受外，更多的是从我的妻子她的孙女那里间接体会。之前她健在时，我们每次提起她，妻子的脸上都洋溢着自豪和幸福。现在她走了，只要我们说起她，妻子的脸上都是充满了悲伤和思念。

奶奶走的时候已经91岁。虽然她是无疾而终，高寿离去，含笑西归，走的时候神态安详，现在也已经安息了，但依然留给我们深深的悲伤、惋惜、不舍和思念。

扎西德勒！

（发布时间：2016年12月2日13：32）

12月3日
星期六

走向天路144

西藏水泥

在西藏参观布达拉宫、罗布林卡、大昭寺、扎什伦布寺、萨迦寺等著名的藏式古建筑时，你如果留心脚下，就会发现有一种地板像我们乡下以前的“灰沙地板”一样，十分结实、光滑、美观而富有民族特色。

这是什么地板呢？带着孩子般的好奇，我向相关人士请教，被告知是“阿嘎土”，而且它不仅用于地板，也用于屋顶。由于它的作用和特性有点像水泥，所以我给它起了一个具有地域和民族特色的别名：“西藏水泥”。

阿嘎土，据说主要分布于西藏雅鲁藏布江中游谷地的曲水、林周、达孜、扎囊等县，尤以扎囊的最优。它是高原温带半干旱灌丛草原植被下形成的一种特殊土壤。勤劳智慧的藏族人民发现了它的特性，就把它用作建筑用途，被普遍应用于藏式古建筑的屋顶和地面。这种用阿嘎土建筑的地面和屋面，既适应了当地的气候和环境条件，又逐步形成了特有的地域性、民族性建筑风格，体现了独具高原特色和藏族特色的人文景观。据说阿嘎土主要用于寺庙等藏式古建筑，所以它既体现了藏传佛教的典型文化特征，也成为显示地位尊贵的一种等级象征。

“刀无两头利。”阿嘎土有其独特的优势和特色，但由于其抗水性能差，经风吹日晒雨淋后容易变得越来越粗糙，雨后屋面经常出现漏水现象。漏水后再在其上继续打阿嘎土，会使屋顶越来越重，容易导致房屋变形甚至坍塌。这是阿嘎土最致命的弱点。据说，有关单位已经对其进行了改性研究并取得进展，在相关藏式古建筑维修工程中应用也取得了成功。“西藏水泥”必将获得新的生命力和创造力。

那么，阿嘎地面和屋面是如何建成的呢？是打成的。“打阿嘎”是阿嘎地面和屋顶的修筑方法。藏族群众将阿嘎土加上水混合后铺于地面或屋顶，再以人工反复夯打使地面和屋顶变得坚实、平滑，不容易渗漏水。“打阿嘎”有一套严整的操作程序。先是将采挖回来的阿嘎土捣成不等的颗粒，按从粗到细的顺序边浇

水边夯打，直至表面平整与光洁，然后涂抹天然胶类及油脂增加表层的抗水性能。在日常保养时，经常使用羊羔皮蘸酥油进行擦拭，使夯制的表面光洁如初。这种方法与我们乡下打“灰沙地面”几乎如出一辙。

“打阿嘎”时，藏族群众手执木夯（我们乡下叫作“泥跛”）抽打，此起彼伏的抽打声伴随着他们嘹亮的歌声，场面十分壮阔而感人。再加上其被赋予了浓厚的民族风情和神秘的宗教色彩，很多游客为之着迷和倾倒。

（发布时间：2016年12月3日20：28）

12月4日
星期日

走向天路145

沙滩帐篷

青藏高原除了林芝市以外，其他地方多数干旱缺水，沙化比较严重，即使有河流经过的地方也是沙滩、沙丘、沙地、戈壁、荒漠遍布。秋冬季节，每逢午后起风时，尘土飞扬，黄沙满天。

为了改善环境，保护生态，当地党委政府和居民也想了很多办法，采取了很多措施，付出了很多努力，取得了一定成效，如在河滩遍种杨柳。但在河滩与山坡之间的沙地、戈壁、荒漠，因为缺水而使杨柳无法种植，如何改造它们确实是一个难题。对此，我一直看在眼里，记在脑里，痛在心里。

前段时间前往日喀则市出差，经过某个路段时从车窗往下看，看到很多大小不一的帐篷摆在河边的沙滩上，我便让队员王强停车，和其他队员一起去看个究竟。原来是移动和远看时的一种错觉，其实不是帐篷，而是生长在沙滩上的一团团草丛。

再往前走，路两边的沙地、戈壁、荒漠又出现了连片的“沙滩帐篷”。距离近，就在路边，我决定下车细看。结果又有了新的发现，原来这些草丛能够防风固沙，把风吹来的沙子阻挡成堆并固化起来。而且前后还不一样，在风吹来的方向和两边植被茂盛，而背风的一面几乎没有植被，都是被阻拦以后积聚的沙子。再细看，这种草身上长满了刺，估计牛羊等动物既下不了手也入不了口，这可能也是它得以生存的重要原因之一。

我原来以为是骆驼刺，结果百度了一下好像又不对。于是又向人请教，但也没有碰到有认识的人，无奈之下我只好给它起了一个浪漫的名字：“沙滩帐篷”。这种“沙滩帐篷”有如此好的生存能力和防风固沙功效，希望有关部门和当地居民能够积极研究、种植和推广，为防治青藏高原的沙化发挥应有的作用。假如，青藏高原的所有沙滩、沙丘、沙地、戈壁、荒漠都搭起了顶顶帐篷时，圣洁的高原又将增添一份浪漫。

（发布时间：2016年12月4日21：35）

走向天路146

西藏墙头草

“墙头草——风吹两边倒。”这是很多人都耳熟能详的一个歇后语。但我这里讲的“西藏墙头草”与此一毛钱关系都没有，不光这样，“西藏墙头草”反而是一个宝。

在西藏，无论你是参观布达拉宫、大昭寺，还是扎什伦布寺，或者桑耶寺等其他一些著名的寺庙，你会发觉这些寺庙建筑中与白墙黑窗形成鲜明对比的，还有一种红墙。这种红墙一般在墙体的顶部，估计是比较高贵，而且是用一捆捆染成红色的草砌成的。红、白、黑三色搭配反差强烈，对比鲜明，庄重肃穆，淡定从容。这样对比强烈的颜色搭配和凝重神秘的宗教氛围相互配合，相得益彰，给人强烈的视觉冲击和震撼的心灵感受。

我依然是带着孩子般的好奇和兴奋，去请教它到底是什么。这次得到了满意的答复。原来它叫“边玛墙”，它不是草，而是一种叫“边玛草”的灌木树枝，颜色也不是红的，而是后面涂上去的。据说边玛草的原料为“柽柳枝”，是一种生长在青藏高原高寒山区的一种灌木。这种灌木受高寒气候的影响，具有生长缓慢，生长期长，质地坚硬，枝干不易分叉、不易弯曲、不易腐烂等特点。勤劳智慧的藏族群众在长期的劳动和生活实践中发现了它的这些优点，于是因地制宜，因材施用，结合实际，大胆创新，巧妙地将其应用在寺庙建筑上，从而在视觉、宗教两方面都获得了奇佳的效果。

那边玛墙是如何砌成的呢？据说是当地藏族群众先去深山老林把边玛枝砍回来，然后剥皮，晒干，再把它割成每段约30厘米长短，捆扎成手臂粗细的一捆捆，最后垒砌而成的。砌筑边玛墙的时候，要先把捆扎好的边玛枝在已有墙体上铺一层，再加一层黏土夯实，然后重复上述两个环节。当到了顶部的时候，还需要进行相应的防水处理。待墙体砌筑完成后，再在墙面上涂上一层红色的天然矿物颜料，就OK了。为什么要用树枝砌墙？据说它可以起到减轻墙体顶部重量的作用，对高层藏式建筑有着很好的减重和抗震功能。

据了解，由于边玛墙的材料稀缺、制作过程繁杂、成本昂贵等原因，所以在西藏不是什么建筑都可以砌筑边玛墙的。历史上，为了彰显宗教的高贵和贵族的特权，只有寺庙建筑和贵族建筑如十三世达赖喇嘛出生地冲康庄园等一些特定的建筑才能享受这种“特殊待遇”。除了它们之外，你在藏式传统建筑中再也难以看到其他的边玛墙了。

由于边玛墙融合了特定的历史、民族、宗教、地域、材料、建筑等工艺、技术和文化于一体，我不知道相关部门是否已经申报各级非物质文化遗产。如果有，那就应该好好地进行研究、保护、传承和弘扬；如果没有，就应该加快申报的步伐，把这一优秀的传统工艺、技术、文化保护好，传承好。

（发布时间：2016年12月5日19：13）

走向天路147

藏红花不产于西藏

“我刚从红河谷现代农业示范园区回来，刚才在种藏红花，连手都还没洗！”他在说话的同时摊开双手，手上沾满了泥巴，衣裤上也蹭了不少。这是我见到江孜县常务副县长陆剑涛时的情形。

11月26日（星期六），我们在拉萨市参加了“第八批援藏干部人才第一次组长座谈会”。会后，我们顺道前往日喀则市相关县区调研学习。我们是27日中午抵达江孜县的，在上海援藏公寓门前便发生了开头的一幕。

由于王高安常务副书记在外未回，我们便在他的关心和安排下，与陆剑涛常务副县长、朱书敏副局长等援藏干部人才进行了座谈，双方互相交流了工作思路和工作开展情况，探讨了如何进一步做好今后的工作。午饭后，我们又一起前往红河谷现代农业示范园区进行实地调研学习。

在那里，我头一次看到了藏红花，并且第一次知道，藏红花原来并不是产自西藏！藏红花，之前就经常听说，由于与己无关，一直都没有留意过它。但潜意识里，它是产于西藏的，否则怎么会叫藏红花呢？这次听说它居然不是产自西藏，虽然说不上是莫名惊诧，但也颠覆了我原有的思维，引起了我的兴趣。

藏红花其实是番红花的俗称，也叫西红花。藏红花有观赏藏红花和药用藏红花之分，我们平时所说的主要是指药用藏红花。据说药用藏红花是西亚的原生种，目前主要种植于希腊、意大利、西班牙、法国等欧洲南部，小亚细亚等地中海沿岸地区，伊朗等中东地区，以及克什米尔等南亚地区，最早由希腊人人工栽培成功。在元朝、明朝时传入中国。据说当时是经由西藏传入内地，故得名“藏红花”。西藏曾经试种，但因水土气候等环境方面的原因，未取得实质性的成功，故而西藏实际上并不产藏红花。

据介绍，目前中国的藏红花产地主要是上海的崇明岛、浙江、北京、河南、山东、四川等地。而上海的崇明岛在20世纪80年代初便开始种植藏红花，是目前中国最大的藏红花种植地，约占了全国产量的90%。那藏红花不产于西藏会不会失真？功效会不会不同？据有关专家反映，因产地不同而导致藏红花功效的差异其实并不明显。影响藏红花品质的因素主要是田间管理的水平，但只要不是由坏的藏红花烘干的，就不会影响它的功效。它们的功效都差不多，因为品质并不等同于功效。

藏红花最为突出的是它的药用价值，是一种十分名贵的中药材。据说在许多历史时期，藏红花都要贵于同等重量的黄金。究其原因在于它的主要药用部分为小小的柱头，因此显得十分珍贵。由于它具有强大的生理活性，具有很好的保健和治疗功效，可以用于多种疾病的治疗，应用范围十分广泛（由于医学太专业，具体请咨询医生）。

同时，藏红花还用于香料、染料、食品调味调色、园艺绿化等多方面的用途。据说直至今天，藏红花仍是世界上最贵重的香料之一。

西藏不产藏红花即将成为历史，过去受水土气候等因素的影响较大，但现在的农业基础设施和种植管理技术都已大为提升，原有的制约条件正在不断被改善和克服。在西藏种藏红花不仅可以为其正名，更因为西藏无污染和温差大，品质更佳，药效更高，与其他地方相比更具优势和竞争力。我们真心希望王高安常务副书记和陆剑涛常务副县长带领的上海第八批援藏干部江孜联络小组引进的企业和项目能够在江孜乃至西藏取得成功，除了为藏红花正名，更为重要和关键的是，希望它能够为江孜、为西藏各族群众脱贫致富提供一条可探索、可模仿、可复制、可推广的路子。

（发布时间：2016年12月6日20：29）

走向天路148

青藏高原上的全地形车

青藏高原是一个地广人稀的地方，动物比人多的现象比比皆是。如果你行走于青藏高原，你会常常发现一群又一群动物闯进你的视线，吸引你的目光，迫使你举起相机或者望远镜，但千万别举起你的猎枪！

在这么多的动物中，最引人注目的应当是牦牛了。在这高原上，牦牛与人们乘坐的牛高马大的越野车相映成趣，显得格外地高大威猛。牦牛的特征明显而独特，总的一句可以概括为：头大，额长，耳小，角粗，颈短，躯体庞大，四肢粗短，体毛特长。毛上短下长，特别是身体两侧、腹部和尾巴的毛粗而长，几乎可以帮忙扫地、拖地了，而且上面常常粘满了带刺的植物果实，帮忙传播种子。这也许就是它为什么叫牦牛的原因吧。最搞笑的是一群牦牛慢跑的时候，屁股一颠一颠的，抖动的尾巴就像是人们跳的草裙舞。

牦牛是青藏高原上的“全地形车”。牦牛是世界上除了人以外生存海拔最高的哺乳动物，也是高寒地区的特有牛种，主要生活在青藏高原海拔3000米以上的我国及周边地区。由于它能够在高海拔、高寒的恶劣生态环境条件下生活自如，具有耐寒、耐粗、耐劳的特点，能爬雪山过沼泽，穿树林越草丛，攀陡坡走险路，游江河渡激流，故有“高原之舟”的称号，绝对称得上是青藏高原上的“全地形车”。据说牦牛最高可以翻越海拔7000米的雪山哩！因此，当地群众既将它用来耕作，又用作运输，还用于做旅游者的向导。

牦牛全身都是宝，号称家畜中的“全能冠军”，青藏高原各族群众的衣食住行都离不开它。它的肉质很好，能生吃、打火锅、风干等等；奶营养丰富，可以做成酥油茶、清茶、酸奶等等；毛十分利水，可做成衣服、帐篷、编织袋等等；皮可以制革等等；粪可以燃烧、制沼气等等。反正全身上下没有一个地方是多余的。

（发布时间：2016年12月7日22：36）

12月8日
星期四

走向天路149

移动的石头

不知道你听说过没有？在美国加利福尼亚州的“死亡谷国家公园”里有一种灵异的现象——石头会自己移动，并留下滑行的痕迹！科学家们经过长时间的考察研究后得出结论，石头自己没有长腿，但千百年来却一直坚持自己“走路”。这也太神奇了吧？

其实，在青藏高原上也有这样“移动的石头”，而且它不仅可以向下移动，还会向上移动。只要它喜欢，就可以向任意方向移动。不仅可以一块单独移动，还可以一群整体移动。它不是别的，而是绵羊，号称“移动的石头”。因为它的毛色比较接近石头，远远望去，好像有一群石头在草原上、在山坡上缓慢地移动一样。这绝对是青藏高原上一道亮丽的风景线！它使得原先静美的画面有了动态的质感。

西藏饲养的绵羊主要是藏绵羊，又称西藏羊、藏羊或藏系羊等。不问不知道，我原来以为它只是普通的绵羊，结果它是我国三大原始绵羊品种之一、三大粗毛绵羊品种之一。主要分布在青藏高原，青海、西藏及周边邻近地区是主要产区。藏绵羊可分为草地型（高原型）和山谷型（河谷型）等类型，其中草地型（高原型）藏绵羊还被国家农业部列入《国家级畜禽品种资源保护名录》，是藏绵羊的主体。由于藏绵羊具有耐高寒、耐干旱的特点，对高寒地区恶劣气候环境和粗放的饲养管理条件具有良好的适应能力，故饲养的效益高、数量大、分布广，成为西藏分布

最广、数量最多的家畜之一。

绵羊除了样子温顺可爱，最有趣的可能是拉屎。它不像别的很多动物站着拉，而是边走边拉，边拉边走，一路走一路拉，一路拉一路走，掉得满地都是指头大小的圆粪。所以我们经常把那些时断时续的建设工程叫作“羊拉屎工程”就是这个道理。而且它拉的屎既不烂也不臭，硬硬的，圆圆的，从屁股眼挤出来以后，掉到地上还能打几个滚儿。当地农牧民在做牛粪饼（详见《走向天路140——牛粪也受捧》）的时候，也会把羊屎掺和进去。一大盘颜色稍淡的牛粪饼，里面不均匀地夹杂着一些颜色稍深的圆碌碌的羊屎，特别像是芝麻大饼。如果你紧紧地盯着一堆牛粪大饼看，入定了以后很容易忘了它是牛粪，然后真有想咬它一口的冲动。

（发布时间：2016年12月8日20：47）

12月9日
星期五

走向天路150

高原巨人

行走青藏高原，你如果用心欣赏，你会看到它很多不同的侧面和场景。

有的山峰高耸入云，直插云天，冰雪覆盖，白雪皑皑，在不同的光线下有时金光灿灿，有时银光闪闪；有的山峰尖峰突兀，怪石嶙峋，峥嵘浩气；有的山峰深谙世道，磨棱去角，浑圆滑头。

有的山坡赤身裸体，铁骨铮铮，浩然正气，像一个大义凛然的男子；有的山坡绿茵满地，奇花遍布，像裹着绿色花毯子的青春少女；有的山坡树林密布，整严肃立，像是成熟稳重的大人。

有的河谷宽阔，水流蜿蜒，草原与河滩交相辉映；有的山谷狭窄，激流险滩，流泉飞瀑。

有的水草丰美，树木茂盛；有的土干地涸，沙石肆掠；……

这是从不同角度、不同侧面看到的青藏高原的各个场景。我看完了这么多场景以后，便在脑海里、心目中形成了一个整体的概念、丰满的形象，仿佛整个青藏高原就是一个有血有肉的巨人。

而这个名叫“青藏高原”的巨人是如何形成并丰满起来的呢？是：

——地壳运动给了他身躯，

——风化作用给了他容貌，

——各种植被给了他衣裳，

——冰雪河湖给了他血液，

——人类文明给了他灵魂。

（发布时间：2016年12月9日19：29）

12月10日
星期六

走向天路151

维修保养

11月29日在日喀则出差行程结束，适逢次日是林芝的工布新年，11月30日至12月4日放假调休五天。这时面临一个问题，是先回墨脱再回佛山呢，还是直接回佛山？因为林芝市党政代表团12月10—11日到访佛山，我需要回来衔接工作和参与接待。如果先回墨脱，路上时间两天，回去休息三天，放假结束后上班两天，然后再花两天时间回佛山，这样就太折腾了。

于是请示相关领导之后决定直接回佛山，衔接工作之余顺便“维修保养”。因为之前下乡时把腰给扭伤了，经常卡住了动弹不得，疼痛异常。当时途经林芝时向广东省援藏医疗队的相关医生要了些药膏，贴了之后有所缓解，但还没有完全恢复。在拉萨开会期间也得到了同是援藏的拉萨人民医院于亚滨院长和自治区公安厅祁红霞等同志的帮助。但想着既然要回佛山，干脆就先应付着，回来再做系统的检查和治疗。

这时传来了奶奶仙逝的噩耗。于是11月30日下午先飞抵成都，停留一晚后12月1日再飞抵广州，然后又前往湖南娄底为奶奶送行。2日晚上乘坐高铁再回到佛山。

从3日开始到现在，都是一边“维修保养”一边衔接工作。其间又接到母亲身体不佳、无法起卧的消息，6—7日又抽空回去看了一下。每天前往医院进行检查、理疗和推拿按摩治疗。幸亏问题不大，主要是劳损和扭伤，经过康复治疗，应该又可以“续航”一段时间了。

林芝市党政代表团将于今天中午抵达佛山，明天离开。我也将于后天早上从广州飞抵林芝后，直接返回墨脱。这个边衔接工作边“维修保养”的状态也随之结束了。

（发布时间：2016年12月10日0：42）

12月11日
星期日

走向天路152

南国无冬天

在北半球，天文学上把12月至2月作为冬季，中国习惯上把每年立冬到立春的三个月时间作为冬季，西方人普遍把冬至至春分作为冬季，而气候学上则将平均气温连续5天低于10摄氏度才算作冬季。如果按气象学的标准算来，南国几乎没有冬天。

这不，地处南国的佛山现在天天都是阳光明媚，气温暖和。树绿的绿，花红的红，马蹄紫荆、三角梅、大红花等各种花儿竞相开放。从南美洲引进的美丽异木棉更是毫无顾忌、赤身裸体地尽情绽放。在这里，你根本看不出一丝的冬意，甚至连秋天的影子都没有。

在这个美好的季节、天气和景色中，我们迎来了林芝市党政代表团。12月10日（星期六）下午，马升昌书记带领林芝市党政代表团一行21人在广东省发改委、省委接待办相关负责人的陪同下，抵达佛山开展调研考察。他们是在12月5日从林芝飞抵广州的，当天下午与广东省委省政府进行了座谈，晚上广东省委书记胡春华、省长朱小丹等省领导接见了他们。随后的几天里，代表团一行风尘仆仆，马不停蹄，顶着醉氧，克服疲劳，先后前往广州、东莞、惠州、深圳、珠海、中山等广东省对口支援城市进行了调研考察。

代表团一行从中山抵达佛山后，第一站先调研考察了顺德陈村花卉世界，然后与佛山市委市政府进行了座谈，当天晚上和第二天早上又先后调研考察了佛山岭南天地、佛山新城等。佛山市委书记鲁毅、市长朱伟、副书记李雅林、常务副市长蔡家华、常委杨朝晖等市领导热情接待了代表团一行。

在10日下午的佛山·林芝对口支援工作座谈会上，佛山市市长朱伟介绍了佛山市经济社会发展情况，林芝市委书记马升昌介绍了林芝市经济社会发展和受援情况，广东省政府副秘书长、广东省第八批援藏工作队领队、林芝市委副书记、常务副市长许典辉介绍了第八批援藏工作队及相关援藏工作情况，广东省第八批援藏工作队墨脱县工作组组长、墨脱县委常务副书记谢国高汇报了佛山市对口支援墨脱工作情况，双方其他与会代表进行了座谈交流，最后佛山市委书记鲁毅做了总结讲话。

广东省第八批援藏工作队墨脱县工作组高标准、严要求，通过抓早、抓准、抓好，在环境非常艰险的情况下，实现了团队非常团结、援受非常融洽、进展非常顺利的良好开局。佛山市委书记鲁毅、市长朱伟，林芝市委书记马升昌，广东省第八批援藏工作队领队许典辉等相关领导都对广东省第八批援藏工作队墨脱县工作组的出色表现给予了充分的肯定和高度的评价，认为团队角色定位准、精神状态好、团结协作实，适应环境快、进入角色快、工作推进快，得到了各级领导和干部群众的认可。

领导的肯定和群众的认可犹如南国的冬日暖阳，让我们从头暖到脚，从外暖到心里。明天一早，我将迎着晨曦，沐着朝阳，把这个冬日暖阳带回西藏，带回墨脱，与团队的各位成员一起分享。因为这是团队的共同努力，他们才是真正的生力军，我只不过是团队的代言人。

（发布时间：2016年12月11日12：18）

12月12日
星期一

走向天路153

一天到墨

昨天上午送走了林芝市党政代表团。今天凌晨三点起床，三点半出发，前往广州白云国际机场。背着自己的行囊，提着队员们的装备，拖着疲惫，打着瞌睡，带着腰伤，沐着月光，冒着黑夜，迎着晨曦，出发，前进，回归！

经过不到一个小时的车程，顺利到达广州白云国际机场。来得早了一点，办理登机手续和安检的工作人员都还没有上班。在机场，与佛山市发改局党组书记卢建华带领的赴墨调研组一行四人会合，然后登机直飞林芝。碰巧，林芝市党政代表团也同机返回。

早上六点，南航的CZ3477航班腾空而起，一飞冲天，飞过平原，越过群山，爬上高原，掠过雪峰，穿过峡谷，于十点徐徐地降落在林芝米林机场。这让我想起了以前自己所写的一首满怀豪情的诗：

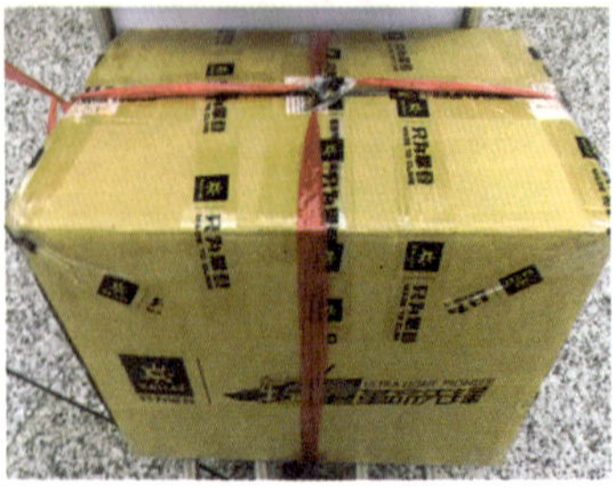

飞

一飞冲天堪胜鸟，
喜看脚下白云飘。
俯瞰万物皆渺小，
只缘身在九重霄。

出了机场，我们马上出发回墨脱。穿越了雅鲁藏布江和尼洋河河谷，翻越了色季拉山，经过了鲁朗小镇，沿着东久曲、拉月曲、帕龙藏布前行，经过通麦天险和迫龙沟特大桥、通麦特大桥、古乡湖，到达波密吃午餐。然后继续进发，

翻越嘎隆拉雪山，穿过嘎隆拉隧道，沿着嘎隆拉河、金珠曲、雅鲁藏布江前进，于傍晚六点左右返回墨脱县城。

其间，在扎墨公路沿线的达木乡贡日村与该乡党委书记杨郓等人一起看望慰问了我负责联系的两户贫困户，并送上了慰问金。

多日不见，队员们见面后都十分高兴。我也把这次林芝市党政代表团到访佛山的情况以及佛山市委书记鲁毅、市长朱伟，林芝市委书记马升昌，广东省第八批援藏工作队领队许典辉等相关领导对我们的肯定、表扬与大家一起分享。同时，除了卢建华书记带领的佛山市发改局赴墨调研组外，还有广东省第八批援藏工作队纪检组、新华通讯社采访报道组在墨关心、慰问、指导我们的工作，更是高兴异常。墨脱，给了我们家的感觉、家的温暖、家的温馨。

一天回到墨脱，让我想起了唐代大诗人李白的《早发白帝城》：“朝辞白帝彩云间，千里江陵一日还。两岸猿声啼不住，轻舟已过万重山。”很有此感觉！

晚上九点，我们与前来检查指导的广东省第八批援藏工作队纪检组召开了座谈会，汇报了相关工作情况，进行了交流，纪检组唐昊、杨科霖等领导给了很好的指导意见。会议一直开到晚上十一点半才结束，省队领导的敬业精神和认真态度值得我们敬佩和学习。

（发布时间：2016年12月13日00：46）

12月13日
星期二

走向天路154

不忘护路人

扎墨公路（波密县扎木镇至墨脱县墨脱镇，G559），是全国最烂的国道，也是全国最顶级的越野公路，号称“生死扎墨公路”。它位于西藏自治区林芝市波密县和墨脱县境内，全长117公里。

2013年10月31日扎墨公路全线正式通车以后，它的养护也摆上了议事日程。承担这个艰巨而光荣任务的是林芝公路分局扎木机械化养护队。养护队有三个工区总计100人，每个工区33人左右。其中一工区在波密县城扎木镇，二工区在墨脱县扎墨公路80K处，三工区在墨脱县城墨脱镇。

每次行走于扎墨公路，都能看到穿着橙色衣帽贴着反光条的养护工人在施工。路面坑坑洼洼不平了，是他们填平；两边草木影响道路了，是他们清理；道路水毁了，是他们修复；道路塌方了，是他们抢通；道路雪崩了，是他们清理……总之，他们每天都在精心地呵护这条进出墨脱的生命线。

他们每天日晒雨淋，风吹雪打，风餐尘食，工作条件十分艰苦。他们经常面临着洪水、泥石流、塌方、雪崩、滚石、倒树等危险。飞驰而过的车辆在晴天给他们一肚尘，雨天给他们一身泥，而且还时刻威胁着他们的安全。在扎墨公路上，如果说我们走路难，他们养路就更难了。

他们是这条路上最可爱的人。每次从他们身边经过，我都由衷地对他们充满了敬意。我心里面一直在盘算，我们能够为他们做点什么，以表达对他们的敬意和感谢。有一天我突然想起，利用我们广东省第八批援藏工作队墨脱县工作组的资源，为他们进行体检，进而为他们提供一些力所能及的义诊，是我们能够做到的事情。

于是我便与队员、墨脱县卫生服务中心副主任雷震商量，得到了他的热情回应和大力支持。他积极主动与养护队联系沟通，得到了养护队相关领导的积极响应。雷震副主任还和县卫生服务中心沟通商量把体检费打了个折，每人360元，所有费用由我们支付。

今天，三工区的工人们在养护队张队长的带领下前来县卫生服务中心开展体检，其他两个工区的工人也会在近期安排。让我们祝愿扎墨公路上最可爱的人身体健康，工作顺利，家庭幸福！扎西德勒！

（发布时间：2016年12月13日23：42）

12月14日
星期三

走向天路155

过年不缺粮

11月19日，我们在帮辛乡岗玉村调研的时候，得知该村只有玉米地，没有水稻田，而村民们都是以大米为主食。该村交通闭塞，经济落后，粮食缺乏。县民政局等部门已经提供了部分，但春节期间的粮食还没有着落。民以食为天！我们经商议之后，决定在工作队自有经费中挤出一点，为村民们提供部分粮食，以便让他们渡过难关，有粮过年。

回到县城后，我们做了进一步的研究。该村共有128人，我们决定在工作队经费中拿出三万元，在元旦前先行为村民每人提供大米50斤，可以吃两个多月。这样从元旦开始到春节后的一个多月内，村民都不用担心粮食的问题。于是便安排工作队员赖明建、王强去具体落实。他们在出差途经林芝时选购了优质大米，并联系好运输车辆。

由于今天我们要前往不通公路的加热萨乡和甘登乡调研，会途经帮辛乡。于是安排昨天晚上运到扎墨公路108公里处，于今天上午再爬山沿着雅鲁藏布江边上的挂壁公路运往岗玉村，与我们会合。由于横跨雅鲁藏布江的吊桥无法通行货车，我们只好在桥头的位置将大米发放给村民，让他们自己搬回在江的另一边陡坡峭壁上的村里面去。

我们到达时，帮辛乡党委书记达穷等乡干部和岗玉村的村民以及先行到达的大米已经等候在那里。我们便开始逐一将大米发放给村民，村民们都异常高兴。我们徒步前往岗玉村午餐后原路返回公路，继续进发前往加热萨乡开展调研。

俗话说，手中有粮心不慌。希望岗玉村的村民们能够过一个安稳年、温饱年！扎西德勒！

（发布时间：2016年12月21日00：21）

走向天路156

徒步下乡之开始的一天

（下乡进村入户之七）

昨天（12月14日），我们在帮辛乡岗玉村分发完大米并午餐后，约于下午两点多离开该村前往加热萨乡调研。先徒步走了约半个小时，然后乘车盘旋下到雅鲁藏布江边，过吊桥后继而盘旋而上，返回到前往甘登乡的公路。

从帮辛乡宗荣村开始到加热萨乡久当卡村的公路，是刚刚开通的，很多地方还在施工。路况自然不好，但我们已经习惯了行走墨脱路，所以也没有什么好大惊小怪，有得走总比没有强吧。

我们约于下午四点到达久当卡村，再往前就没有公路了。加热萨乡乡长张岗等乡干部及驻村工作队、村两委班子成员，以及为我们运输行李的骡马已经等候在那里。我们一方面马上开始调研，听取驻村工作队和村两委的汇报，考察兰草和红豆杉种植基地，看望慰问贫困户，另一方面让村民装载行李，慰问物资和我们的生活用品驮满了五匹骡马。当我们调研考察慰问结束的时候，行李也已经装载好了，于是便在张岗乡长等乡干部的陪同下与马队一起出发，开始了徒步下乡之旅。

沿着雅鲁藏布江上方一千多米高的羊肠小道前进，上傍峭壁，下临悬崖，其中有一段近乎垂直。为了安全起见，我们让骡马先行，保持一定的距离，人员先后单线行进，不得并排，以防挤碰，而且一律靠里边走。路面十分崎岖，布满了大大小小的碎石，踩上去很容易滑动翻滚，有队员几次差点滑倒。天气干燥加上人踩畜踏，路上粉尘很厚，深及脚眼，人畜走过，尘土飞扬。连人走都能引起那么大的扬尘，我也是第一次看见。

虽然没有公路，而且道路险窄，但加热萨乡里却有挖掘机、拖拉机和摩托车！这是怎么回事？原来更帮村为了开沙石场，花了六十万元买了一辆挖掘机，却花了八十万元才把它运进来。勤劳勇敢智慧的门珞群众把它拆解以后，硬是人背马

驮把它搬了进去。拖拉机和摩托车也是这样子运进去的。但它们进去以后到现在也没有出来过，被“软禁”在此了，活动范围极其有限，只能等待公路打通了才能获得“释放”。

晚上七点，天刚黑的时候，我们终于到达加热萨乡政府驻地更帮村。其实，我们刚刚过了久当卡村不久，就已经看到这个村子了。只是，看着直线距离近，但道路沿着雅鲁藏布江拐了一个又一个弯，每一个弯都得花上一段时间。从距离雅鲁藏布江一千多米高的半山，盘旋下来到位于江边的更帮村，也没少花时间。

到达后，我们入住名为“加热萨游客服务站”的农家乐。名字是这样起的，可除了下乡的工作组以外，真正的游客就没几个，每年只有从波密县派龙乡过来的为数不多的徒步旅行者。安排好房间后，我们就吃饭。房间简陋，都是三人间，没有洗手间。饭菜也简单。听说乡政府有地方洗澡，我们就去洗了一下。条件确实有限，但能够洗已经喜出望外了。

睡觉前，我们去村里转悠了一下。村里有三家农家乐，其中最小的一家只有一个房间。有几个小商店，居然是二十四小时便利店，问及为什么二十四小时营业，原来村民爱喝啤酒，半夜也有人来买。有几个很小的歌舞厅，但开门的只有一家，里面也没有什么客人。有村民在灯光下打台球。满路的牲畜或卧或立，它们就在外面过夜。

晚上，宁静的大环境与嘈杂的小环境对比强烈。狗经常吠叫，汪汪声此起彼伏。骡马等牲畜时不时跑进院子翻纸皮箱等找食物，弄得咚咚响。农家乐老板他们打麻将，老鼠在屋顶跑来跑去，沙沙作响。帮我们驮运行李的两个村民喝完酒回来以后几乎整夜大声说笑。整个晚上，我们都是处于半睡半醒之间。

乡里只有信号，没有网络，微信只能先写，待几天后回县城再补发了。

就这样，我们开始了为期七天的徒步下乡进村入户之旅和“暂时失联”（没有网络）之旅。

（发布时间：2016年12月21日00：35）

走向天路157

徒步下乡之惊险的一天

（下乡进村入户之八）

昨天（12月15日），我们在加热萨乡乡长张岗等乡干部的陪同下，从乡政府驻地更帮村往山上爬。

上山的道路都是马行道。由于山坡陡峭，道路不能直上直下，都是“之”字形拐弯盘旋而上。路面照旧是粉尘和碎石的混合体，与前一天的路相比更窄更陡。人畜在前面走过，扬起的灰尘像升腾的云雾，迎面而来，很快便灰头土脸。鼻孔里也沾满了尘，用纸巾一擦，黑乎乎的一片。当地人形容是“夏天一身泥，冬天一身灰”。由于这里雨季和旱季十分分明，我觉得改成“雨季一身泥，旱季一身灰”比较贴切。

原先预计天气会比较冷，就穿了一条厚的冲锋裤。为了减轻行李负重，也没带换洗的裤子。结果这里的天气是早晚凉白天热，早晚穿着正合适，白天穿着就很热。尤其是走路和爬山时，里面全是汗，走路时裤子与身体若粘若离，一粘一离，感觉很不爽朗，但也没办法了，总不能光着屁股走吧。

第一站到达加热萨村。与其他乡镇和所在的村同姓同名不同的是，加热萨村并不是加热萨乡政府驻地，而是在它上方的陡峭山坡上。在加热萨村调研慰问结束后，就往它上方的拉贡村走去。到达拉贡村时，已是中午，村委会的门因拿钥匙的同志有事外出打不开，我们便来到村支书家。由于饭菜已经准备好了，就先吃饭再座谈。然后村干部再吃饭，我们则去看望慰问贫困户。队员们都累了，其中有五人就倒在沙发上和房间的地板上睡着了。我们另外三人等他们休息好了，下午两点再出发。

山上还有两个村——曾久村和达昂村。按原计划，我们当天走完曾久村就在该村住宿，第二天再前往达昂村。但我们了解到，曾久村和达昂村大体上与拉贡

村位于同一高度，所以前往的路虽然路况一样不好，但不需要爬太多的坡。如果这样的话，按我们的行进速度当天可以走完这两个村再住宿。于是便决定先去最远的达昂村再返回曾久村。

曾久村位于雅鲁藏布江与一条山沟相夹的山嘴上。前往曾久村的路相对较平，没有太大的起伏上落，很快便到达了，然后绕过它继续往山沟里的达昂村前进。

曾久村到达昂村的路与前面的路一样，但不一样的是它是在悬崖上修出来的，下面是万丈深渊，上面是千仞壁立。不少路段是悬空的，下面是用木头树枝撑着的，谁也不知道它什么时候腐朽或者松动然后撑不住了。但这还不是最惊险刺激的，好戏还在后头。

我们来到了一个常年塌方滚石区域，路早已没有了，唯一能踩踏的就是积聚在岩壁上的碎石流沙，幸亏岩壁上的石头有一点棱角，可供攀扶一下。下面是角度近乎垂直，垂直高度达一千多米的悬崖，毫无阻拦，如果掉下去后果不堪设想，不能说尸骨无存，但绝对捡不回几块。我也不敢往下多看，以免头晕腿软。上面也是近乎垂直的高达数百米的绝壁，而且随时都有流沙滚石的危险。

县电视台的赵东台长走在前面已经过去了，他建议我先不要过去，让张岗乡长先过去接应一下。张岗乡长爬过去以后，我也跟着爬了过去，其间朝下看了

一下，真是胆战心惊！我过去以后，跟大家说不敢过不能过的一个都不要过，返回曾久村休整，但没有一个愿意回去，无奈只能让大家务必小心谨慎，不要往外看。他们每一个过来我都捏了一把汗，直到全部过完了悬着的心才放回了原处。

达昂村分上下两村，我们就在岔路口先往上村，然后往下村，回到岔路口原路返回曾久村。又要经过刚才的那个塌方滚石区域，我又是捏了几把汗，那里真是“险过剃头”！我们在达昂村调研时明确要求乡政府驻村工作队和村两委马上研究，拿出方案，整治那个危险路段，资金由广东省第八批援藏工作队墨脱县工作组从自有工作经费中挤支。

回到曾久村，我们继续往曾久寺和村委会调研，看望慰问贫困户。晚饭后，由于队员们想回乡里住，就只好下山返回乡里。此时已经接近晚上七点，天也快黑了，下山的路与上山的路不是同一条，更为陡峭。我们大步流星，以急行军的速度下山。才走了一小段天就黑了，我们只好用手机的手电筒照明。只有我带了强光手电筒，我就把它让给了其中一位视力不好的队员。连跑带滚，村民都要用两个多小时下来的山路，我们才一个小时多一点就下来了，此时已是晚上八点。

（发布时间：2016年12月21日01：04）

12月17日
星期六

走向天路158

徒步下乡之休整的一天

（下乡进村入户之九）

昨天（12月16日），上午八点起床，八点半吃早餐，九点出发。当天下乡进村入户的是加热萨乡政府所在地的更帮村，不用走太多的路。

我们先沿着前一天晚上下山的路往上爬一段，到达更帮村的村委会座谈。然后去看望慰问该村的贫困户，这里还包括前天去的达昂村借居在更帮村的两个贫困户。我们还前往乡卫生院和派出所调研和慰问，乡小学由于放假没人就先不去。

最后，我们回到乡政府与在家的乡干部座谈。然后再实地调研了乡政府的办公和干部的居住环境。现有的办公楼是一座破旧的两层小楼，由于地方不够，所以办公和住宿都挤在这里。整个乡政府只有书记和乡长共用一个小办公室，其他人员全部集中在一个破旧的会议室里办公。如果有会议召开，他们还得搬走。现在新建了一座两层的新办公楼，快要完工了，但只有一个外壳，里面的办公设施设备还没有着落。

午饭后，我们进行了半天的休整。说是休整的一天，其实只有半天而已。

（发布时间：2016年12月21日06：10）

12月18日
星期日

走向天路159

徒步下乡之挺进的一天

（下乡进村入户之十）

昨天（12月17日），我们的目标是甘登乡，在加热萨乡的雅鲁藏布江上游。这是离县城最远的乡镇，与加热萨乡一样，是两个不通公路的乡镇之一。途中要经过加热萨乡的龙列村。

早上八点起床，八点半吃早餐，九点出发。我们在加热萨乡乡长张岗等乡干部的陪同下，从乡政府驻地更帮村启程，沿着雅鲁藏布江边上的马行道前进，前往龙列村。走了一段之后，遇到了一条山沟，需要向右转弯先往沟里走，到窄的地方才能过桥走到对面。这段路是昨天最险的路段之一，是在悬崖绝壁上开凿出来的一条挂壁马行道。

过吊桥的时候，摇摇晃晃，既惊险又刺激。当帮我们驮行李的骡马来到桥头的时候，死活不愿意过桥，磨蹭了好一会儿才又拉又赶弄上了桥。吊桥一下子就沉下去很多，并不断摇晃，确实也是很难为它们了。

过了吊桥，迎面而来的是“之”字形的十一道拐。好不容易爬上了十一道拐，再走一段便到了龙列村，此时大约是上午十一点。龙列村的村民十分热情，妇女主任和另外一位妇女提着当地的黄酒（鸡爪谷酒），按照当地的风俗逐一敬酒，搞得每人都喝了几碗才结束。接着是座谈和看望慰问贫困户，然后午餐。

午餐后，队员们本想找地方睡一觉再走，因为前面到甘登乡的路很远，但因没有合适的地方而放弃。我们顶着烈日和瞌睡继续前进。

这里虽然早已入冬，早晚寒凉，但白天烈日炎炎，气温依然高达三十多摄氏度。从龙列村到甘登乡的路几乎都是一路攀升，而且没有什么遮挡，直接暴露在烈日下。我们都担心可能有人会中暑，如果有人在冬天里中暑可能会成为天下奇闻，但在这里却不是玩笑。

道路沿着雅鲁藏布江边的山坡一路盘旋而上，过了一个弯又一个弯，翻了一个坳又一个坳。大家走走停停，停停走走。幸亏我们都是乐天派，一路说说笑笑，虽然累得两腿像灌了铅，但依然顺利行进。走了约两小时后，在一个坳口遇到了前来接应的甘登乡党委书记徐利明等乡干部，于是又一起走了两个小时，于傍晚六点左右终于到达甘登乡政府驻地甘登村。

入村的时候，我们顺道先调研了甘登寺，看望慰问了驻寺工作组。然后到乡政府旁边的农家乐入住和吃晚饭。说是农家乐，但没接待过几个人。因为不通公路和路途遥远，工作组来得也不多。虽然这里有两条通往波密县古乡的徒步路线，但走的游客也不多，据说今年才来过两个。从这里到波密古乡约有八十多公里，须步行两天，中途须翻越雪山，而到墨脱县城却有一百多公里，也要两天，步行到加热萨乡的久当卡村以后还要坐车多花车费，所以当地居民主要是前往波密县，物资也主要来源于波密县。

因为前一天没有洗澡，当天又走了九个小时的路，出了很多汗，所以浑身上下都不舒服。我就问乡政府有否洗澡的地方，他们说没有。我说只要有水龙头即可，冷水也无妨。他们说乡政府院内有一个水龙头，是太阳能热水器烧的水，不知道热不热。我去试了一下，水温还可以，徐利明书记又帮忙烧了一壶水。由于乡政府没有女性，所以我就在院子里穿着内裤洗了澡。晚上气温很低，一阵冷风吹来，浑身起鸡皮疙瘩，并且打哆嗦。但洗完澡全身舒服多了。

（发布时间：2016年12月21日06：24）

12月19日
星期一

走向天路160

徒步下乡之深入的一天

（下乡进村入户之十一）

昨天（12月18日），早上八点半起床，九点钟吃早餐，九点半出发。我们先前往甘登乡政府所在地甘登村看望慰问贫困户，然后到村委会进行座谈并慰问了驻村工作队和村两委。继而前往看望慰问乡卫生院和派出所，实地考察了乡政府的办公和乡干部的生活环境，再与乡政府进行了座谈。我们十二点半开始吃午餐，中午一点休息，一点半起床出发去全县最偏远的甘登乡多卡村调研。

我们沿着雅鲁藏布江上方的山路往上游走，但高度和海拔却是有所下降的。由于上午的强度不大，中午又休息了一下，年轻的队员们飞也似的跑到前面去了，只剩下我和郭振华及陪同的乡干部殿后。刚开始的那段路是下坡路，而且植被良好，太阳基本晒不着，相对比较舒服。

走了一个多小时以后，我们来到了一条与雅鲁藏布江相接的山沟。我们徒步走路最怕就是上坡，其次就是山岭、山窝和山沟。山岭凸出来，要绕过去，山窝凹进去，要拐进去，它们都经常伴随着上下坡。而山沟的出口处太宽，修桥难度大成本高，所以都要先沿着山沟的一边往沟里走，到相对窄的地方盘旋到沟底，过桥，然后再盘旋而上，沿着山沟的另一边出到沟口，再沿着山坡往前。这不，山沟的另一边就是一个“之”字形的十三道拐，而且还是在悬崖峭壁上。

好不容易爬上了十三道拐，道路沿着山坡前进，虽然时而凸出来，时而凹进去，一个弯接着又一个弯，但总体平缓，没有急上急下。路上遇到一个从村里出来的僧人，他得知我们要进村便主动献了哈达，又遇到一个背柴火的年长村民，得知我们要进村也是主动握手致意。据村民说由于多卡村实在太偏远，历史上只有刘革生、扎西、扎西顿珠等少数几个县领导来过，所以村民见到领导来都特别热情。

大约傍晚五点半的时候，我们来到了村子的下面。村子上下比较分散，村委会大概在中间位置，但我们要住在村支书家，还得继续往上爬。又过了半个小时，才到达村支书家里。饭菜已经做好，我们就先行吃饭，然后村干部第二轮再吃。趁着村干部吃饭的时候，我们看望慰问了贫困户。这时刚好村子正对着的加拉白垒峰上呈现出美丽的晚霞，大家都赶紧拍照。

晚上七点，我们在村支书家里召开了座谈会，听取了驻村工作队和村两委的汇报，并进行了交流。对于不通公路的村，我们都想满足他们的一些合理诉求。但由于村里提不出明确而合理的诉求，我们就让他们回去想，他们想了一会又进来找我们，但还是不太清晰。于是我让他们不要急，回去再了解情况，听取意见，提的要是群众急需而又能解决的问题。

晚上我们就住在村支书家里，五个人一个房间，其他人到别的房间，每人一张沙发。由于没有洗澡，大家都觉得有点不舒服。猪就在我们身下，只有一层木板之隔，不时地嗷嗷叫。有只虫子在房间里飞来飞去，撞得到处咚咚响。

（发布时间：2016年12月21日06：44）

12月20日
星期二

走向天路161

徒步下乡之返回的一天

（下乡进村入户之十二）

昨天（12月19日），天快亮的时候，公鸡突然开始啼鸣，而且就在我的耳边，原来它跟我只隔了一层薄薄的木板。它们一共啼了三次，可能是重要的事情说三遍吧，催我们起床了。

又过了一段时间，天才开始蒙蒙亮，加拉白垒峰像一座银山一样屹立在窗户正对着的雅鲁藏布江峡谷上。八点过后，大家陆续起床洗漱。我洗漱完毕后，把被子等床上用品折叠放好，并建议其他队员也这么干。这时村干部跑过来告诉我，他们商量了一个晚上，觉得冰柜比较实用，希望我们能够满足他们的诉求，为全村每户各提供一个冰柜。我们商议后答应了他们，但要求他们自己从公路末端的加热萨乡久当卡村运回去，而且对他们的投工投劳不支付任何费用。因为按照他们的惯例为他们建设项目和赠送物资给他们，他们投工投劳你还得支付报酬。

太阳开始出来了，投射在加拉白垒峰上，原先的银白已被金色取代，整个山峰金光灿灿，俨然就是一座金山。不过这个过程很快，没多久就又变回银白了。大家拍完照后就开始吃早餐，早餐后已经九点半了，我们启程回甘登乡。路上我们商议了一下，由于甘登乡只有两个村，而且都不通公路，也是全县最偏远的村，乡干部和群众的生活困难，干脆就为乡政府、派出所、卫生院、小学及全乡每一个家庭都提供一个冰柜。

一路上，部分队员跑得飞快。就在前一天晚上，有队员提议直接从多卡村途经甘登乡（甘登村）、龙列村返回加热萨乡，但被大多数队员否定，因为这段路程有约40公里，时间太长。我们中的大部分队员都没问题，但我们是一个团队，要统筹兼顾每一个人的情况，不能以走得最快的人为标准，而恰恰相反，必须以走得最慢的人为标准。这是走路的“水桶原理”吧。走着走着，就只剩下我和另外两个队员以及陪同的乡干部在后面了。

经过几天的长途跋涉，队员郭振华前天从甘登乡到多卡村和昨天从多卡村返回甘登乡都走得稍慢，落在后面，我担心他会觉得孤独乏味，走起来没劲，于是就陪着他一起走。我最佩服的就是他，其实他从来没有走过这么远，如此高强度的路，身体已经有点吃不消，但他从不言弃，也劝不退，而是一直以自己的意志和毅力在默默地坚持着，直到完成任务。当然，其他队员也是一样。

我从佛山返回墨脱后仅上了一天班，就开始连续徒步下乡，也很累，但作为团队的负责人也是默默地坚持着。当然，我的状态还算可以。我最大的问题不在于走路，而在于痔疮。吸取上次徒步嘎隆拉雪山时的教训，为避免痔疮发作，白天不敢大便，只能憋到目的地，但这个过程和感受也很不爽，确实是个难言之隐。

前天从甘登乡到多卡村的时候是下坡路比较多。但只要你是原路返回，上下坡就像翘翘板，这头上了那头就得下，那头下了这头就得上，所以昨天回来的路上坡就比较多。下午两点左右，历经四个半小时，我们终于返回甘登乡政府。

午饭后，去乡卫生院找了个地方洗了个澡，舒服多了，然后睡了一回，再起来随意溜达了一下。暖暖的阳光照在身上，十分惬意。

傍晚六点，待乡中心小学放学后，我们在乡党委书记徐利明等乡干部的陪同下，来到了乡中心小学。这个小学只有四个教师和两个年级（班）共15个学生。我们为每个学生赠送了一套校服、一个书包、一筒文具，并慰问了教职工。

然后返回我们住宿的农家乐吃晚餐，并等待对面的老虎雪山的晚霞。因为17日傍晚我们到达甘登乡的时候，曾经出现过十分绚丽的火烧云，可惜当时在洗澡没有拍到，洗完澡就没有了。而昨天傍晚期待中的火烧云并没有如期而至，只能等待下次了。

晚上起风了，一阵一阵吹得沙沙响。风透过木板墙壁上的缝隙从四面八方灌进来，虽盖着被子，但脑袋却是凉飕飕的，避无可避。

（发布时间：2016年12月21日07：01）

12月21日
星期三

走向天路162

徒步下乡之要命的一天

（下乡进村入户之十三）

昨天（12月20日），我们依然是八点起床，八点半吃早餐，九点出发，目的地是加热萨乡。

我们依依惜别了徐利明书记等甘登乡的干部，踏上了返回的路途。出了甘登村不远，就是一条山沟，然后就是持续的上坡和一个又一个的弯。到得垭口，就能看到加热萨乡了，然后就开始下坡，依然是转了一个又一个的弯。

在离加热萨乡龙列村还有一个小时路程的时候，看到有人提着两桶黄澄澄的东西，以为是甘登乡的村民买了花生油回家。结果再一看，龙列村的妇女主任和其他村民提着壶和杯在后面，原来是村民又敬酒来了。村民如此热情和纯朴，只得喝了两大杯黄酒才脱了身，其他在后面的队员想逃都被拦住了。我们几个都喝了以后，村民们又飞快地往前跑，我以为他们是去追前面的队员，因为听说他们相遇的时候跑掉了。结果我们走到一条小桥的时候，他们又拦在桥上，我实在不能再喝了，就借机逃脱，被他们追得气喘吁吁，后面的队员又被拦住喝了一轮。到达龙列村支书家的时候，他们赶回来又逮着我们每人喝了几杯。午饭后他们把门关上了，不喝不给出门，只好又喝了一轮才离开龙列村。龙列村的热情让我们每个队员都留下了深刻的印象。

到了离加热萨乡还有约半个多小时路程的时候，相关的乡干部前来接应，并带来了水和口罩。原来从加热萨乡久当卡村修进来的路正在施工，滚滚烟尘笼罩了加热萨乡，弄得人眼睛和喉咙都发痛。见此情形，我们决定放弃在加热萨住宿，而改为直奔久当卡村。于是一方面通知派车到久当卡村前来接应，另一方面在加热萨乡兵分三路：一路回到加热萨游客服务站收拾留在这里的行李和结账，一路去乡卫生院送药，一路随我去乡中心小学捐赠校服、书包和文具。看到学生们冒着浓浓烟尘，我们赶紧把东西移交给学校，让学生赶紧回教室，并安排乡卫生院马上把现有的口罩送来给教师和学生，不够可以来县城找我们要，以保障师生的健康。

忙完后，我们冒着滚滚烟尘离开了加热萨乡。下了一条山沟，过了一座吊桥，然后一直爬坡，而且刚开始那段还十分陡峭。本来就已经是疲劳之师，希望能够在加热萨休整一晚再走的，结果此地不宜久留，队员们只好拖着疲惫的身躯前行，步履沉重，停下来休息的次数越来越多了。更要命的是，本来就气喘吁吁，又要戴个口罩，呼吸就更困难了。幸亏我们是一个积极乐观的团队，大家有说有笑，互相取乐，互相鼓励，终于在傍晚七点左右到达久当卡村。在那里休整和等待。昨天足足走了十个小时，而且很多上坡路段，是最要命的一天。

七点过后，终于看到两辆汽车从垭口上盘旋下来。七天没见到汽车了，突然间有一种莫名的感动。上车后，汽车冒着黑夜，沿着山上的公路往回赶。队员们实在太累了，部分队员晕车，还吐了。经过三个多小时的颠簸，终于在晚上十点多回到县城驻地。简单吃过晚饭后各自散去回房休息。这是七天来最累最要命的一天，除了前几天的积累，还有当天的加码。

我回到房间后，虽然也十分疲惫，但满身的灰尘和汗臭还不能让我马上安眠。于是先穿着衣服鞋袜洗澡，冲掉身上的灰尘。待这一切都弄完了，已是凌晨一点多。

（发布时间：2016年12月21日22：24）

走向天路163

回学校去

12月18日，我们从甘登乡徒步前往多卡村，在离多卡村还有一个小时左右路程的时候，有一个学生模样的小孩子在后面追了上来。我和队员、县教体局副局长郭振华就问他是不是学生，他说是；问他在哪上学，他说在县中学；问他是不是逃学了，他说不是，是家里有点事。能让一个小孩子从县城徒步几天回家，估计不是什么好事，怕不方便，我们就没再问他什么事。

结果第二天（12月19日）早上我们从多卡村出来返回甘登乡的时候，在路上碰到了他与父母一起赶着骡子驮柴火回家，估计就不是家里有什么事，而是逃学了。于是我就和他及他父母谈了话，要求孩子回学校去，要求父母督促他，并与他约定好了我们在甘登乡等他，他回家拿了行李就赶过来和我们会合，然后我们再把他带回县城。走在我前面的郭振华也已经跟他谈过了。

然而，到了傍晚我们仍然没有见到他，他并没有如约前来。于是我便让郭振华了解一下情况。据向校方了解，这孩子不是逃学，而是他在学校犯了错误（我们未经核实），学校要求他回家劳动改造十五天，这孩子不敢回去，怕学校不要他。于是郭振华一方面与学校进行沟通，要求让孩子先回去再教育，一方面与孩子父母沟通，学校已经同意其回去，要求督促

孩子回学校去。我和郭振华还与相关乡干部进行了沟通，通知驻村工作队到其家中做好父母及孩子的思想工作，安排孩子次日（12月20日）随村里运输的骡马队到达加热萨乡与我们会合，然后再一起返回县城。

由于当天我们回到加热萨乡时发觉灰尘笼罩不宜久留，改变了计划继续徒步到久当卡村乘车返回县城，于是便让孩子到达加热萨乡时联络当天留宿加热萨乡的县电视台台长赵东，让赵东台长帮忙带回县城。

12月21日下午，赵东台长将小孩带到工作队驻地。我和郭振华一起与小孩谈了话。我跟孩子主要谈了三点：一是犯了错误不要紧，关键是要勇于面对，敢于承认，善于改正，杜绝再犯，就是一个好孩子，学校、老师、同学都会原谅、接受和帮助他；二是学习和知识是改变命运，摆脱贫困的途径，能够考上大学最好，大学毕业后就可以脱贫了，考不上大学能读到高中毕业在西藏一样也有出路，而不要成为危害社会和他人的罪犯，否则人生就完了；三是学习不要有压力，只要努力就好，考试不一定要拿第一或者一百分，只要达到自己的最高水平，甚至十分二十分也是最棒的。

郭振华也语重深长地与他谈了话，并在其已有一个帮扶对象的基础上再增加他一个，对他进行帮扶教育，但不是他的保护伞。我们都表示会对他的情况进行跟踪了解。我们的谈话，孩子都表示接受。于是我就跟他说珞巴人都是讲信用守承诺的，你不要成为第一个失信的珞巴人，他也答应了。

郭振华通知了校长和班主任过来接他回去。我们也向校长和班主任了解了他的情况，然后要求学校和老师先把孩子带回去，既要给他机会，也要好好教育，严格管理。校长和班主任也承诺会好好教导和管理孩子，并把他带了回去。希望通过这次事件，他能够成长为一个有知识有文化懂纪律守规矩的珞巴汉子。

（发布时间：2016年12月22日21：09）

12月23日
星期五

走向天路164

幸福的扬尘

墨脱的“上三乡”是指从县城往雅鲁藏布江上游的帮辛乡、加热萨乡和甘登乡三个乡，其实还应该包括达木乡的珠村，因为它们在同一条线上，而且同属一个地理单元，这样加起来共有17个村。它们位于雅鲁藏布江大峡谷、大拐弯和自然保护区的核心区域，自然风光雄浑壮观，人文风情原始神秘。

历史上，由于不通公路，进出这17个村都必须靠徒步，爬山坡，穿丛林，越山岭，翻雪山，攀悬崖，过吊桥，溜绳索。进出不便，运输困难，物资匮乏，生存艰苦，各族群众为此吃尽了苦头。为了解决群众的出行难问题，交通部门已经规划并正在建设扎墨公路108公里处（达国大桥）经帮辛乡、加热萨乡到甘登乡的公路。其中达国大桥到加热萨乡久当卡村的公路已经开通。而久当卡村到加热萨乡的一段目前正在施工，预计明年四月份能够打通。

12月14日至20日我们徒步前往加热萨乡和甘登乡下乡进村入户调研时，经过久当卡村至加热萨乡的马行道时，发现道路的下方正在修久当卡村到加热萨乡和甘登乡的公路，炮声隆隆，烟尘滚滚。由于山高谷深，烟尘无法向上散去，只能随着江风往上游飘浮。除了江面上升腾着一条黄色的巨龙之外，江两边一定范围内的树木也是“层林尽染”，绿树林变成了“黄树林”。这些烟尘一直影响到加热萨乡及以上地方，当地居民不堪其扰。他们说这是“幸福的扬尘”，可谓是：想着幸福，看着想哭；未来幸福，现在想哭。由于当前正值旱季，估计这种情况还得持续几个月。虽然难受，但却意味着他们越来越快有路可走了。这可是千百年来的期盼啊！希望这个“幸福的扬尘”时间越来越短吧。

我们12月20日从甘登乡返回加热萨乡时，发现整段雅鲁藏布江峡谷尘土飞扬，笼罩着整个加热萨乡，不宜久留，所以继续前行到久当卡村乘车返回县城。据甘登乡的相关干部说，这让我们创造了一天时间从甘登乡返回县城的纪录。

（发布时间：2016年12月23日22：24）

12月24日
星期六

走向天路165

天黑前走出丛林

（下乡进村入户之十四）

今天开始新一轮的徒步下乡进村入户调研慰问，目标是位于县城下游的背崩乡。刚好这几天《林芝报》记者赵宣雨在墨采访，她昨天上午已经就援藏工作采访了我，并想更多地了解我们工作的情况，得知我们今天下乡便相约一起前往。

早上七点半起床，八点钟吃早餐，八点半出发。天上下着沥沥淅淅的小雨。我们沿着雅鲁藏布江边上的公路往下游前进，县城到背崩乡的公路正在进行拓宽改造工程，稍有阻滞。雅江晨雾正浓，并在升腾和不断变幻。沿途经过墨脱镇的亚让村，然后到达背崩乡政府驻地背崩村。与乡党委书记王海斌和人大主席旦增多吉会合后，跨过雅鲁藏布江，在江的另一边继续往下游走。这段是新修的道路，有些地方还在施工，也是稍有阻滞。

快到地东村的时候，车辆停了下来，他们与路上的工人聊了好一会儿还不见动静，我就下来问个究竟。原来是工人准备铺水泥路面，如果我们的车过去了他们施工我们就回不来，如果我们过去了又要回来他们就施工不了，我就表示我们徒步前进。工人们很感激，便让我们的车先送我们到村里再出来，然后地东村往西让村还有一小段公路，他们表示可以派车在这段接送我们。其实，很多时候就是你让我一尺，我让你一丈。问题就这样迎刃而解。

我们到达地东村的时候，已经快十一点了。我们便与驻村工作队和村两委进行了座谈，并慰问了驻村工作队、村两委及贫困户。午餐后，我们出发继续前往下游的西让村，此时约为十二点半。施工方派来了一辆车，就让部分人先走，我们几个徒步前进，走到约一半时那辆车返回接我们，并把我们送到雅鲁藏布江边上的一个沙滩上。往前再没有公路了，只能徒步前进，此时是中午一点。

前往西让村的路与前几天前往加热萨乡和甘登乡的路相比好多了。道路相对较平，没有大起大落；雨后路面湿润，没有尘土飞扬；丛林遮天蔽日，没有阳光暴晒。我们沿着雅鲁藏布江前进，崖壁陡峭，丛林密布，野生的芭蕉夹道欢迎。整条路只有两个地方较为危险，一个是塌方区，一个是崖壁须攀绳上下。我们于下午三点半就到了西让村，只走了两个半小时，这让驻村工作队和村干部有点意外，因为他们预计我们最少要走三个小时。

在西让村与驻村工作队和村两委进行了座谈，并慰问了驻村工作队、村两委及贫困户，然后于下午五点开始返回。路上本来就暗，在暮色的笼罩下就更暗了，到后来需要用手机电筒照明了。回来的速度更快，结果傍晚七点就回到了之前下车徒步的沙滩，只用了两个小时，终于在天完全黑之前走出了丛林。

刚好他们派的两辆车也到了，我们便乘车返回地东村。特别值得一提的是《林芝报》记者赵宣雨，刚毕业不久的小女孩，之前从未走过这么远的路，今天一口气走了二十公里，没叫过一声苦！今晚留宿地东村，幸好这里有网络，不至于“失联”了。

（发布时间：2016年12月24日23：27）

12月25日
星期日

走向天路166

踏着泥泞前进

（下乡进村入户之十五）

昨晚，下起雨来了，整个地东村沉浸在烟雨朦胧之中。在墨脱下乡最怕的就是下雨，除了危险，还让人惆怅。这让我想起了以前在佛山时写的一首形容“回南天”的诗：

春怅

烟雨蒙胧浸南国，
满城夜灯分外浊。
凭窗凝视光影里，
思忖良久无所获。

虽然地点、季节都完全不同，但昨晚还是很有这个味道。雨一直下了一个晚上，并且听到很大的水声。今天早上醒来，起床一看，雨不算大，水声原来是附近水渠传来的。

我们九点开始离开地东村，大约徒步了半个小时，到达昨天放车的地方，然后乘车返回背崩乡。途中遇到一块巨大的滚石砸在路上，钩机推不动，只能直接在它旁边挖个大坑让它滚进去，埋了再填平，耽搁了一些时间。路复通以后我们继续前进，回到背崩乡后又折向雅鲁藏布江的另一边往下游走。新修的道路十分泥泞，汽车在不断打滑中缓慢前进。虽然不好走，但只要还安全，坐车总比走路好。

我们于上午十一点左右到达背崩乡江新村。与驻村工作队和村两委班子进行了座谈，并慰问了驻村工作队、村两委班子及贫困户。而这个村有两户贫困户还是我负责结对帮扶的。忙完以后回到乡里的一个农家乐吃饭。今天天气不好，但运气不错，中午还能休息一下。

下午三点，我们继续工作。先是前往乡政府所在地的背崩村，照例是调研和慰问驻村工作队和村两委班子。但在背崩村听到了自从开始下乡进村入户调研慰问以来水平最高也是最令人欣慰的一次驻村工作队的汇报。驻村工作队的派出单位是自治区交通厅，之前的第五批和现在的第六批都很有想法也有办法，开展了很多工作，做了很多实事，取得了积极的成效。而且他们提出来的问题和困难，与其他驻村工作队主要是要钱要物相比，更加深刻而现实。

随后，我们调研并慰问了乡中心小学、乡卫生院、乡派出所。然后再回到乡政府与乡干部进行了座谈，听取了乡党委书记王海斌的汇报。我在发言中建议，背崩乡要按照县委县政府的统一部署，迎接派墨公路即将打通的机遇，抓好定位：派墨公路的桥头堡，进墨的第一镇；墨脱县域的副中心，墨脱的第二镇。与小集镇建设、小康示范村建设有机结合起来，搞好规划和设计。对其他工作也提了些建议。

今天，整天都下着小雨，道路泥泞不堪，鞋子和裤腿都沾满了泥巴，幸亏有全套的防水冲锋衣裤和鞋子。记得之前有朋友提醒我，做领导不能穿冲锋衣，要穿正装，而在墨脱，冲锋衣是最好的选择，特别是下乡时和下雨时。它们陪我走过了泥泞的一天。

（发布时间：2016年12月25日21：55）

12月26日 星期一

走向天路167

冒雨前行

（下乡进村入户之十六）

昨晚又下了一夜的雨，滴滴答答的，都快滴到心里面了。今天早上雨依然未停。七点半起床，八点吃早餐，经询相关乡干部的意见，认为没问题，于是八点半在乡党委书记王海斌和人大主席旦增多吉的陪同下，冒雨出行。

跨过雅鲁藏布江后，就沿着新修的公路往山上爬。由于是还在施工中的公路，加上下了雨，道路十分泥泞，车辆经常打滑，有一个地方走在前面的车冲了几次才摇头晃脑地冲了上去。走了四十五分钟，九点十五分的时候，前面的路还在修，车再也不能往前开了，只好下车徒步。不光这样，前面的拐弯处刚好挖断了，没路可走，只能从上面施工倒下来的极其陡峭的松泥爬上去。然后继续沿着新修公路和原有小路往上爬，新修公路泥泞不堪，原有小路比较陡峭，爬起来都比较吃力。爬了一个多小时，于十点半到达位于半山腰的波东村，此时雨停了。

我们与驻村工作队和村两委进行了座谈。由于之前停电，驻村工作队队长、村党支部第一书记罗布次旺手写了好几页纸的汇报材料，比较系统全面，可见态度认真，情况掌握。然后对驻村工作队、村两委及贫困户进行了慰问。

接着前往位于波东村左手边（面对）的阿苍村。徒步了六公里以后，在下午一点到达阿苍村。幸亏波东村前往阿苍村的路相时平缓，没有太大的起伏升降，而且雨停了，天气也不热。到达后刚好是吃饭时间，而且饭菜也做好了，于是先吃午饭，然后再进行座谈和慰问。在吃午饭的时候，又下起雨来了，直到我们离开村子。

下午两点半，我们从阿苍村出发前往位于波东村右边（面对）的巴登村。途经波东村的时候，由于下雨和猪拱畜踏，道路也是十分泥泞。这里也是在修路时把路给弄断了，我们只好又一次从上面倾泻下来的陡峭松泥爬上去。徒步十公里后，我们于下午四点半到达巴登村，照例开展工作。

下午五点半，我们没有按原行程安排在村里住宿，而是开始离开巴登村。我们也没有选择返回波东村再徒步下来回到早上下车的地方，而是选择了直接从巴登村下到位于雅鲁藏布江支流白马西路河边上的新修公路，这条新修公路所在的位置就是著名的派墨徒步路线（米林县派镇至墨脱县背崩乡）。

从这边下山的路隐藏在丛林中，十分幽暗，也很陡峭，都是以“之”字形盘旋而下。下山途中，天又下雨，而且越来越大，幸亏是穿着防水冲锋衣，雨水只是淋湿了外面，但汗水却浸湿了里面。原来村民们预计我们要约两个小时才能下得来，结果我们仅仅用了五十分钟，便到了白马西路河边上的新修公路，也在天黑之前走出了丛林。再走了十多分钟，在傍晚六点半的时候便坐上了等候在此的汽车，于晚上七点回到背崩乡的农家乐吃饭和住宿。

今天累计用时共十个半小时，徒步近三十公里。经过近段时间的积累，大家都感觉确实累了，但大家的心态依然乐观，兴致依然很好。适逢今天是毛泽东同志诞辰123周年，今年也是红军长征胜利80周年，革命前辈的精神激励着我们。更为值得期待的是，明天只剩下两个村了，而且都已开通公路。

写到这里刚好停电了，晚安！

（发布时间：2016年12月26日23：12）

12月27日
星期二

走向天路168

我们做到了

（下乡进村入户之十七）

“进墨当年走完46个村，你们是第一批！”县里的相关领导如是说。

据县里的相关领导和干部说，我们是历批进墨的援藏工作队中第一批在当年走完8个乡镇46个村的，是第一批以团队而不是个人走完8个乡镇46个村的，是第二批在三年任期内走完8个乡镇46个村的。一定要在进墨当年走完8个乡镇46个村，这是我们在进墨之初就定下的目标之一。现在，我们做到了！

昨晚，雨依然下个不停，而电反而停了，网络也断了。冷风从木板房的缝隙中四处钻进来，身盖着被子，但头却被吹得冰凉。到了下半夜，连被子也不够暖和了，只好把自己缩成一团等待天亮。

到了早上，雨倒是停了。我们九点开始出发，沿着背崩乡背后的“之”字形盘山公路往上爬。虽然只有一小段水泥路，但其他路段的路面尚算平整，据说这已是墨脱最好的一条公路了。在快到格林村之前，公路下方有一片森林和沼泽，云雾弥漫，犹如仙境。由于这里是格林村旧址，格林的村名又与格林童话同名，于是我们将此称为“格林仙境”。九点四十五分，我们到达了格林村，对驻村工作队、村两委进行了调研和慰问，并看望慰问了村中的贫困户。

随后我们离开格林村，翻越垭口前往今年下乡进村入户调研的最后一个村——德尔贡村。过了垭口之后，全是烂泥路，雨后泥泞不堪，汽车几乎都是在打滑中前行，既惊险又刺激。走了一小段，驾驶员认为不安全，于是便弃车步行，此时为十点五十分。沿着这条泥泞的道路，我们一直盘旋而下，来到德尔贡河边，过了吊桥，又开始上坡。在行进过程中，我们的步伐明显比以前慢了。虽似强弩之末，但仍能穿鲁缟。因为我们是一个团队，我们有一种精神！走了大约五公里，于中午十二点十分到达德尔贡村。

我们在德尔贡村与驻村工作队和村两委进行了座谈，并前往德尔贡寺进行了调研，慰问了驻村工作队、村两委、寺管会和贫困户。在村委会吃过午饭后再到老支书家探望慰问，然后开始返程。此时，驾驶员也已把车开到了村里，尽管他们开过来的时候如同玩了一番汽车越野。天气也已经晴朗了，路面稍微干了一些，驾驶员带领我们又体验了一番惊险刺激的汽车越野。

我们在背崩乡握别全程陪同了我们四天的乡党委书记王海斌和人大主席旦增多吉，他们也是够辛苦的了！然后返回县城，于下午五点半回到工作队驻地。回到家，马上洗了个澡，然后把这几天穿戴的所有衣服鞋帽都洗了。

我们好累，可我们好充实！我们好笨，可我们好真实！

（发布时间：2016年12月27日22：18）

12月28日
星期三

走向天路169

从群众中来，到群众中去

“从群众中来，到群众中去”，是中国共产党的群众路线的领导方法和工作方法，就是要深入群众，认真调查研究，把群众的愿望、要求和斗争经验集中起来，加以分析、综合和提高，使之系统化，从而做出工作决定，提出我们的政策、任务和规划；当工作决定形成之后，又回到群众中去做宣传解释，贯彻执行，化为群众的意见，使群众坚持下去，见之于行动，并在群众行动中检验这些意见是否正确。

我在这里说的是另外一层意思，就是领导干部的本源和角色问题。领导干部是在群众中脱颖而出成长起来的一个群体，来源于群众，本质是群众，只不过是担任了领导职务的群众，是有了职业和职务标识的群众。领导干部从来就不是高于群众的一个群体，在本质上、在法律面前与群众一律平等，只不过领导干部因工作需要在担任职务、享受待遇方面高于群众。领导干部与群众更不是相互对立的双方，而是同根同源，同一立场，只不过是领导干部在行使领导职能和管理职能时可能会与管理对象发生矛盾，但那个是人民内部矛盾，是角色差异导致的矛盾，是管理者与被管理者天然的矛盾。

如果领导干部因为担任了领导职务，有了职业和职务标识，有了工作职务和职务待遇，有了职务权力和管理权限，就忘记了自己也是群众的身份和本质，那就是忘本。忘本必然要变质。如果领导干部把在领导和管理群众中产生的人民内部矛盾、管理矛盾，错解甚至上升为敌我矛盾，而不是用化解人民内部矛盾、解决管理矛盾的方式方法来处理，那就会造成重大失误。重大失误必然招致重大损失。如果领导干部认为自己也是群众的一员，从而降低对自己的高标准和严要求，那就会沦落为一般群众。沦落必然导致堕落。

因此，作为领导干部，我们要始终牢记自己的本质就是群众的普通一员，既要做到“从群众中来”（从群众中脱颖而出），又要做好“到群众中去”（回归到群众的本源），与群众同声同气，同甘共苦；要心怀群众，情系群众，善于用群众路线的工作方法来处理和化解在领导群众、管理群众中形成的矛盾和问题；要来源于群众又高于群众，加强学习、锻炼和修养，不断提高自己的综合素质和能力，努力增强为群众服务的本领。

总之，作为领导干部，不要以为自己不是群众，也不要以为自己只是群众。

（发布时间：2016年12月28日23：00）

12月29日
星期四

走向天路170

收拾整理

昨天早上依然按时醒来，十一天徒步积累的疲惫并没有让我多睡一会儿。刚好当时有一点灵感，就没有像以往一样按时起床，而是待在床上写了一篇短文。早餐也懒得去吃了，就在家冲了一杯咖啡，吃了几个朗县的核桃。

由于今天要前往林芝，明天要回佛山休假，所以昨天在家收拾整理了一下。说实话，自从7月20日住进这个家，我就一直在忙，压根就没有认真地理过她，确实也有点亏欠她了。

家里说不上乱七八糟，但也好像是千头万绪，从哪开始入手好呢？按照统筹安排的原则，先把一些衣服洗一下吧，这样同时可以收拾整理其他衣服。不整理不知道，原来不知不觉中将佛山家中的衣服几乎都带了过来，有些还躺在行李箱中睡大觉呢。于是把它们都翻出来，按照同类归纳、异类分开摆放的原则，分别为冬装和夏装、上衣和裤子、冲锋衣和其他衣服、内衣和袜子、帽子和围巾及手套分别找到合适的位置。前段时间一直隐隐约约觉得内衣和袜子越来越少，还以为是老鼠拖走了（之前逮过两只老鼠），结果是塞在一个抽屉里忘记了。

既然这样，把衣服收拾好了以后就顺藤摸瓜，整理其他的柜子和抽屉，结果发觉一些杂七杂八的日用品和食品等放进去以后就忘记了，有些都已经过期了，经检查后只能该留的留，该扔的扔。还有一个抽屉里的风油

精和万金油等其盒子都被老鼠咬了，满抽屉的纸碎。再延伸到床铺和房间里的其他杂物，都进行了全面清理和重新摆放，这样整齐多了。

衣服和杂物整理完，就轮到书籍和资料了。没成想，半年时间不到，就从佛山带来和在网上买了几十本书，有些看了，有些成了旧的新书或者新的旧书。于是按看过和没看过以及主题和内容进行分类整理。对于书桌上的一大堆文件资料，逐一查看，有用的按主题和内容进行归类整理，用文件夹、长尾夹夹住或者用文件袋装好，没用的另外放一边交给办公室处理。

其间，穿插着把该洗的衣物都洗了，晾了以后未干就放到干衣机里去烘干，一共搞了好几批。屋里的卫生也简单搞了一下，连中午觉也没顾得上睡。

上午把有形的东西整理好了，下午就开始转向无形的电子文档和照片。半年下来，电子文档不少，但还好处理，很快就搞定了。但照片就多了，手机上的，相机上的。上传了手机的，再上传相机的。当中穿插着其他事，昨天搞到晚上睡觉了还没完成，今天早上起来又搞了一下，才算结束，但还没有来得及分类管理。

今天从墨脱到林芝，晚上回到广东援藏公寓。由于来得少，住得短，房间里到处都是灰尘。只好换洗了被套床单，清洁了桌椅。但正因为来得少，住得短，每次都只是把她作为一个匆匆而过的驿站，添置的东西自然也就极少。房间里只保持最低限度的保障，而更多的是靠随身携带的行李来支持，所以收拾整理的工作量不算太大，很快就搞定了。

明天我们就要休假回佛山了，大后天就是元旦了，这两天的收拾整理就当是新年前的扫除吧。扎西德勒！

（发布时间：2016年12月29日22：59）

12月30日
星期五

走向天路171

天气冷了

进入秋冬以来，墨脱的天气也开始逐渐变冷，特别是扎墨公路的嘎隆拉隧道至80K（贡日村）沿线和位于雅鲁藏布江大拐弯核心区的甘登乡等海拔相对较高的高寒地区。

12月24—27日，墨脱下了今年进入旱季和秋冬以来的第一场雨，天气就更加冷了。这场雨在当地叫作“封山雨”，这场雨在低海拔地区和山下是雨，在高海拔地区和山上是雪，会形成大雪封山。这几天，我们在墨脱海拔最低的背崩乡调研，就是山下下雨山上下雪，平时葱葱绿绿的山峰一夜之间就白了头。

昨天，我们从墨脱前往林芝，行走于扎墨公路。到了嘎隆拉再往上，山上的雪越来越多，雪线也越来越低，再往上就连公路都有积雪了。当到了52K时，积雪就更厚了，估计有一尺多厚。

在扎墨公路上，52K有一个公安检查站和林业检查站，80K有一个公安检查站和旅游门票站，共四个单位。这些单位地处高寒，远离县城，工作和生活条件都比较艰苦。每次行走扎墨公路途经此处，我们都会和工作人员打个招呼表示敬意。在中秋节前的9月9日，我们从林芝返回墨脱时，还专门看望慰问了这些单位。

与这些单位相仿的，还有前面提到的甘登乡。12月17—20日我们徒步前往该乡调研时，也实地查看了干部的工作和生活环境，确实十分简陋，当时也进行了慰问。

对这些地处偏远和高寒的单位及其工作人员，我们都看在眼里记在心里。为此，我们募集了一批大衣，于12月22日在工作队驻地为甘登乡党委政府及乡派出所、小学、卫生院的全体乡干部，甘登村和多卡村两委班子的主要领导，每人派发了一件。昨天，我们途经扎墨公路时，也为两个公安检查站、林业检查站的全体工作人员和旅游门票站的干部，每人派发了一件大衣。

天气冷了，小小的一件衣服根本不足以让同志们保暖，但只希望能够为他们增添一份心意一丝温暖。

今天，我们已经顺利返回佛山，进入了一年一度的休假模式，同时也开启了另外一种工作模式。因为，对于援藏来说，休假只不过是换了个地点换了种工作方式而已。

（发布时间：2016年12月30日22：49）

12月31日
星期六

走向天路172

更是鼓励

今天是2016年的最后一天，也是我们进藏的第172天、进墨的第165天。这半年，我们有学习，有探索；有尊重，有沟通；有汗水，有热泪；有工作，有生活；有努力，有付出；有肯定，有表扬；有耕耘，有收获。

我们付出了热情，收获了肯定。广东省第八批援藏工作队墨脱县工作组被墨脱县委县政府评为“民族团结进步先进集体”，雷震作为队员代表被评为“民族团结进步先进个人”；杨泽锋、傅秋龙、刘天、何家雄、胡惠娟、谢林碧六位医疗技术人员全部被县委县政府授予“援藏优秀人才”称号；谢国高、李斌、喻晓坤、邓宏照、李展健、郭振华、赖明建、雷震八位队员在年度考核中全部被评为“优秀”；谢国高被县委县政府推荐参评“全国扶贫攻坚先进个人”。

这是我们在佛山、林芝两市党委政府和广东省第八批援藏工作队、墨脱县委县政府的正确领导下，墨脱县各级各部门及广大干部群众的大力支持下，全体队员团结一致、奋力拼搏的结果！

这是墨脱县委县政府及全县干部群众对我们的理解、支持和肯定，但更是对我们的关心、期望和鼓励！

在2016年即将结束之际，让我们共同感恩：感恩佛山和林芝两市、广东省第八批援藏工作队及墨脱县各相关领导、相关单位对我们的关心、爱护和支持！感恩社会各界特别是相关企业对我们的关注、理解和帮助！感恩墨脱县门珞等各族群众对我们的热情、接受和包容！

在2017年即将到来之际，让我们共同祝福：祝福给予了我们关心支持的佛山和林芝两市、广东省第八批援藏工作队及墨脱县的各级各部门相关领导，社会各界人士，墨脱县门珞等各族群众新年愉快，身体健康，家庭幸福，心想事成！

扎西德勒！

（发布时间：2016年12月31日09：33）

广东省第八批援藏工作队墨脱县工作组『佛墨缘』系列丛书

走向天路 援藏这三年

第一辑 下

谢国高 著

南方日报出版社
NANFANG DAILY PRESS
中国·广州

图书在版编目（CIP）数据

走向天路：援藏这三年．第一辑：全2册 / 谢国高著．— 广州：南方日报出版社，2018.7

（广东省第八批援藏工作队墨脱县工作组“佛墨缘”系列丛书）

ISBN 978-7-5491-1809-0

Ⅰ．①走… Ⅱ．①谢… Ⅲ．①日记—作品集—中国—当代 Ⅳ．①I267.5

中国版本图书馆CIP数据核字(2018)第078310号

ZOUXIANG TIANLU YUANZANG ZHE SANNIAN

走向天路：援藏这三年·第一辑（下） 谢国高 著

出版发行：南方日报出版社
地　　址：广州市广州大道中289号
出 版 人：周洪威
责任编辑：方　明　曹　星
责任技编：王　兰
装帧设计：邓晓童
责任校对：王　燕　裴晓倩
经　　销：全国新华书店
印　　刷：广州市尚铭印刷有限公司
开　　本：787mm×1094mm　1/16
总 印 张：42
总 字 数：725千字
版　　次：2018年7月第1版
印　　次：2018年7月第1次印刷
总 定 价：158.00元（全2册）

投稿热线：（020）83000503　**读者热线**：（020）83000502
网址：http://www.nfdailypress.com/

《广东省第八批援藏工作队墨脱县工作组“佛墨缘”系列丛书》编委会

前言

援藏是党中央国务院对西藏的特殊关怀，是相关省市、系统和央企等对西藏的特殊关心，是全国各地各族人民对西藏各族人民的深情厚意。援藏干部人才是新时代民族团结的使者、祖国统一的卫士，也是援受双方及两地联系沟通的桥梁纽带。援藏是一堆篝火，援藏干部人才在这里燃烧青春；援藏是一片热土，援藏干部人才在这里挥洒汗水；援藏是一块沃地，援藏干部人才在这里吸取营养；援藏是一抹天空，援藏干部人才在这里展翅翱翔。

2016年7月，受广东省及佛山市的委派，由谢国高、李斌、喻晓坤、邓宏照、李展健、郭振华、赖明建、雷震八位成员组成的广东省第八批援藏工作队墨脱县工作组（佛山援藏），跨越千山万水，飞越青藏高原，来到远离佛山三千多公里之外的墨脱。在粤藏两地各级党委政府、全国及广东省第八批援藏工作队、郭强总领队和许典辉领队的正确领导下，在佛山社会各界、墨脱干部群众的大力支持下，开始了为期三年的援藏工作，开始了丰富多彩的援藏实践。

墨脱，是一个美丽与危险并存，享受与忍受同在的地方。一方面，作为世界第一大峡谷的雅鲁藏布大峡谷赐予了人类最美的底图，莲花圣地、秘境墨脱让人向往，“世界雾都”“世界雨都”“世界水都”“世界生物之都”“世界气候之都”引人探秘；另一方面，作为全国最后一个通公路，唯一一个不通班车，号称“高原孤岛”，孤悬于喜玛拉雅山之南的边陲小城，地震、塌方、滑坡、泥石流、滚石、倒树、雪崩等频发的自然灾害又时刻影响甚至威胁着人们的健康与生命。

他们是一批高学历、高职称而富有情怀、富有思想和具有丰富实践经验、活跃创新能力的新时代援藏人。强烈的民族情怀、边疆情怀、高原情怀、峡谷情怀，使他们对这片土地以及这片土地上的人民、这片土地上的一切都充满了情感。活跃的思维和丰富的思想，使他们更加深入观察和思考这里的一切。他们积极主动的探索、实践、努力、付出和当地干部群众的理解、关心、支持、配合，让他们积累了丰富的素材和激发了大量的灵感。远离家乡与亲人的孤独、寂寞、思念，没有让他们在这里虚度和沉沦，而是让他们在这里历练和升华。

他们与当地干部群众一道，谱写墨脱发展的新篇章；他们与其他援友一道，谱写华丽蜕变的新华章；他们与笔杆格子一道，谱写躬身践行的新文章。工作组及所有成员、短期柔性援藏人才、工勤人员，在援藏工作、援藏生活过程中形成了丰富的文稿和资料。这些文稿和资料，是全面、系统、客观、真实地反映援藏工作和援藏生活的珍贵史料，是援藏干部人才与当地干部群众共同创造的集体智慧的结晶。为了收集、整理、保护援藏史料和传承、弘扬、创新援藏文化，工作组将工作组的相关资料、工作组成员及短期柔性援藏人才的文稿、工作组委托他人撰写的反映墨脱和援藏的文稿，统一编辑为《广东省第八批援藏工作队墨脱县工作组“佛墨缘”系列丛书》，并委托相关出版社分期分批出版发行。所有工作组成员及短期柔性援藏人才均自愿放弃首次出版的收益，出版所得全部归工作组所有并继续用于援藏事业。

序 言

只想告诉你真实的援藏

谢国高

2016年7月，受广东省及佛山市的委派，由我和李斌、喻晓坤、邓宏照、李展健、郭振华、赖明建、雷震共八位成员组成的广东省第八批援藏工作队墨脱县工作组带着广东省及佛山市的重托，带着八百万佛山人民的期盼，带着亲朋好友的祝福，怀着强烈的民族情怀、边疆情怀、高原情怀，飞上了青藏高原，越过了嘎隆拉雪山，来到孤悬于喜玛拉雅山之南的边陲小城——墨脱，开始了为期三年的援藏工作。同时开始了写作《走向天路》的计划和行动。

《走向天路》从2016年7月13日我进藏的第一天开始，每天一篇，连续编号。当天没有完成任务或者因墨脱断网等原因没发的，次日或有网的时候再补上，坚持每天一篇。以前就发觉“坚持”不容易，后来发觉“坚持”更困难。因为每天无论阴晴云雨雪雾冷暖，无论是否有空是否疲劳，都要坚持，确实不容易啊！很多次，都因为太困睡着了，半夜才又爬起来继续写，而晚上十二点后才写完的情况就经常出现。

为什么要这样坚持这么执着呢？主要就是想把这三年援藏期间的所见所闻、所作所为、所学所习、所思所想、所感所悟、所获所得比较原生态的记录下来，发表在微信朋友圈，与朋友们一起分享，同时听取大家的意见建议，加强相互之间的良性互动。

通过《走向天路》，希望告诉大家一个我眼中的、心中的、相对真实的西藏、墨脱及援藏工作。之所以说相对真实，一方面是因为事物本身丰富多彩而纷繁复杂，而自己的认识水平有限，所描述的只能说是我眼中的、心中的映像，另一方面是因为广东省第八批援藏工作队墨脱县工作组的各位成员心态阳光，态度积极，行动迅速，所以我们一般只反映积极的、正面的、阳光的，而其他不能、不宜、不需描述的就此忽略了。

我的援友们将《走向天路》戏称为《新西游记》。想想是对的，我们来的是西藏，是祖国的西南部，方位对；用的是“旅游”的心态来援藏，心态对；来的目的是学习，是取经，是历练，目标对。好吧，就让我们像“西游记”一样，好好学习，好好工作，好好生活，好好历练，好好享受这个过程。他们又将《走向天路》戏称为《新一千零一夜》。想想也对，三年一共是一千零九十五天，与一千零一差不多，而且绝大多数都是晚上写的，也基本能够对应得上。

《走向天路》，可能是迄今为止唯一完全用手指在手机屏幕上面写就的一本书，是迄今为止唯一连续全景式的记录援藏工作的一本书，是“用心、用情、用爱”演绎和诠释援藏工作的一本书。

是为序。

目录

2017年（1—7月）

1月1日 星期日 002 走向天路173 下乡综述
1月2日 星期一 005 走向天路174 全面了解
1月3日 星期二 008 走向天路175 看望慰问
1月4日 星期三 010 走向天路176 工作指导
1月5日 星期四 012 走向天路177 解决问题
1月6日 星期五 016 走向天路178 沟通交流
1月7日 星期六 018 走向天路179 实地考察
1月8日 星期日 020 走向天路180 一起走过
1月9日 星期一 022 走向天路181 墨脱情
1月10日 星期二 023 走向天路182 雅鲁藏布大峡谷
1月11日 星期三 024 走向天路183 开门红
1月12日 星期四 026 走向天路184 抓团队
1月13日 星期五 028 走向天路185 抓调研
1月14日 星期六 030 走向天路186 抓项目
1月15日 星期日 032 走向天路187 抓深化
1月16日 星期一 034 走向天路188 抓惠民
1月17日 星期二 037 走向天路189 抓资源

1月18日 星期三 039 走向天路190 慰问家属

1月19日 星期四 041 走向天路191 支持同事

1月20日 星期五 043 走向天路192 争取支持

1月21日 星期六 045 走向天路193 为了项目

1月22日 星期日 046 走向天路194 自己的假期

1月23日 星期一 047 走向天路195 南瓜萝卜

1月24日 星期二 048 走向天路196 墨脱野花椒

1月25日 星期三 049 走向天路197 墨脱松

1月26日 星期四 050 走向天路198 组织关怀

1月27日 星期五 052 走向天路199 干到过年

1月28日 星期六 054 走向天路200 过年了

1月29日 星期日 056 走向天路201 过年祭祀

1月30日 星期一 059 走向天路202 儿子的委屈

1月31日 星期二 060 走向天路203 儿时的河流

2月1日 星期三 064 走向天路204 我的家乡

2月2日 星期四 067 走向天路205 白水没白来

2月3日 星期五 069 走向天路206 南国水乡

2月4日 星期六 071 走向天路207 墨脱柠檬

2月5日 星期日 072 走向天路208 六化建小康

2月6日 星期一 074 走向天路209 慧眼出美景

2月7日 星期二 075 走向天路210 和小朋友聊墨脱
2月8日 星期三 076 走向天路211 家家户户有电站
2月9日 星期四 077 走向天路212 雷鸣崖
2月10日 星期五 078 走向天路213 开春一周
2月11日 星期六 080 走向天路214 邂逅渔村
2月12日 星期日 082 走向天路215 最爱是小巷
2月13日 星期一 084 走向天路216 如虎添翼
2月14日 星期二 086 走向天路217 援媒合作
2月15日 星期三 088 走向天路218 水中花
2月16日 星期四 089 走向天路219 高原光影师
2月17日 星期五 091 走向天路220 开春两周
2月18日 星期六 093 走向天路221 墨脱吊桥
2月19日 星期日 095 走向天路222 分享与勉励
2月20日 星期一 096 走向天路223 开春第一会
2月21日 星期二 097 走向天路224 想当然
2月22日 星期三 098 走向天路225 用心工作
2月23日 星期四 100 走向天路226 冒雪来看你

2月24日 星期五 102 走向天路227 我们的声音

2月25日 星期六 103 走向天路228 援藏像乞丐

2月26日 星期日 104 走向天路229 墨脱的钢架桥

2月27日 星期一 105 走向天路230 巧遇藏历新年

2月28日 星期二 107 走向天路231 墨脱，我们回来了

3月1日 星期三 110 走向天路232 回墨第一天

3月2日 星期四 111 走向天路233 墨脱野芭蕉

3月3日 星期五 113 走向天路234 勇敢者的游戏

3月4日 星期六 115 走向天路235 上班之前

3月5日 星期日 117 走向天路236 援受关系

3月6日 星期一 119 走向天路237 全面支援

3月7日 星期二 121 走向天路238 开春惠民见行动

3月8日 星期三 123 走向天路239 不忍看你

3月9日 星期四 125 走向天路240 杜鹃花儿开

3月10日 星期五 126 走向天路241 项目啊项目

3月11日 星期六 128 走向天路242 农民也放假

3月12日 星期日 130 走向天路243 踏雪前行

3月13日 星期一 132 走向天路244 看看他们

3月14日 星期二 134 走向天路245 全域旅游
3月15日 星期三 135 走向天路246 茶叶咋办
3月16日 星期四 136 走向天路247 三个转变
3月17日 星期五 137 走向天路248 三种能力
3月18日 星期六 138 走向天路249 三种结果
3月19日 星期日 139 走向天路250 三个层次
3月20日 星期一 140 走向天路251 十天回顾
3月21日 星期二 142 走向天路252 天晴了
3月22日 星期三 143 走向天路253 并非都是朋友
3月23日 星期四 145 走向天路254 一年之计
3月24日 星期五 146 走向天路255 卓玛拉神山
3月25日 星期六 148 走向天路256 雅江奇石馆
3月26日 星期日 149 走向天路257 丈量卓玛拉
3月27日 星期一 151 走向天路258 三月来客
3月28日 星期二 153 走向天路259 我们的“3·28”
3月29日 星期三 155 走向天路260 教育为本
3月30日 星期四 157 走向天路261 设计为要

3月31日 星期五 158 走向天路262 春之勉

4月1日 星期六 162 走向天路263 墨脱鱼竿

4月2日 星期日 163 走向天路264 人面桃花

4月3日 星期一 165 走向天路265 为了稳定

4月4日 星期二 167 走向天路266 墨脱无清明

4月5日 星期三 168 走向天路267 再投三千万

4月6日 星期四 170 走向天路268 援藏进家庭

4月7日 星期五 171 走向天路269 夜访拉贡神山

4月8日 星期六 173 走向天路270 莲花圣地公园

4月9日 星期日 175 走向天路271 墨脱之春

4月10日 星期一 177 走向天路272 墨脱古街

4月11日 星期二 179 走向天路273 有这么一群人

4月12日 星期三 180 走向天路274 援嫂颂

4月13日 星期四 181 走向天路275 五福临门

4月14日 星期五 183 走向天路276 乡亲让我感动

4月15日 星期六 185 走向天路277 全面考察

4月16日 星期日 187 走向天路278 周日何处去

4月17日 星期一 189 走向天路279 奔跑吧孩子

4月18日 星期二 191 走向天路280 雪崩

4月19日 星期三 193 走向天路281 母亲，我回来了

4月20日 星期四 195 走向天路282 送别母亲

4月21日 星期五 196 走向天路283 人形萝卜

4月22日 星期六 197 走向天路284 墨脱

4月23日 星期日 198 走向天路285 六个深化

4月24日 星期一 200 走向天路286 创新引领

4月25日 星期二 202 走向天路287 疲惫的旅程

4月26日 星期三 203 走向天路288 一张机票坐三程

4月27日 星期四 205 走向天路289 墨脱春景

4月28日 星期五 206 走向天路290 步步惊心

4月29日 星期六 208 走向天路291 在县城转转

4月30日 星期日 210 走向天路292 春之祭

5月1日 星期一 212 走向天路293 爱在春风里

5月2日 星期二 213 走向天路294 不能再等了

5月3日 星期三 215 走向天路295 头顶烈日

5月4日 星期四 217 走向天路296 激情越野

5月5日 星期五 219 走向天路297 冒雨进行

5月6日 星期六 221 走向天路298 “四讲四爱”在援藏

5月7日 星期日 223 走向天路299 助你渡过难关

5月8日 星期一 225 走向天路300 为了更好地服务

5月9日 星期二 226 走向天路301 墨脱朗夜

5月10日 星期三 227 走向天路302 二进格当

5月11日 星期四 229 走向天路303 红旗飘在山岗上

5月12日 星期五 231 走向天路304 红遍雅鲁藏布

5月13日 星期六 232 走向天路305 她们值得尊重

5月14日 星期日 233 走向天路306 怀念母亲

5月15日 星期一 235 走向天路307 七叶一枝花

5月16日 星期二 236 走向天路308 生命直通车

5月17日 星期三 238 走向天路309 党旗进农家

5月18日 星期四 239 走向天路310 更加融合

5月19日 星期五 241 走向天路311 “擦擦”堆堆

5月20日 星期六 243 走向天路312 逛市场

5月21日 星期日 245 走向天路313 墨脱“不要脸”

5月22日 星期一 246 走向天路314 墨脱惊现“死亡花”

5月23日 星期二 248 走向天路315 青藏石刻

5月24日 星期三 250 走向天路316 迎刃而解

5月25日 星期四 252 走向天路317 不约而同

5月26日 星期五 254 走向天路318 总领队的关怀

5月27日 星期六 255 走向天路319 背着书包上学去

5月28日 星期日 256 走向天路320 无惧风雨

5月29日 星期一 257 走向天路321 引蛇出洞

5月30日 星期二 258 走向天路322 墨脱“吸血鬼”

5月31日 星期三 260 走向天路323 援嫂来了

6月1日 星期四 262 走向天路324 最幸福的孩子

6月2日 星期五 263 走向天路325 我想成为一只雄鹰

6月3日 星期六 264 走向天路326 不要以为自己只是群众

6月4日 星期日 265 走向天路327 满地狼毒

6月5日 星期一 266 走向天路328 学习取经

6月6日 星期二 268 走向天路329 一波多折

6月7日 星期三 270 走向天路330 伤痕累累

6月8日 星期四 271 走向天路331 虫草找到了吗

6月9日 星期五 273 走向天路332 续说虫草

6月10日 星期六 275 走向天路333 仁者心动

6月11日 星期日 277 走向天路334 不忘记基层和群众的每一个诉求

6月12日 星期一 280 走向天路335 藏区神鸟

6月13日 星期二 282 走向天路336 可爱可恶可怕

6月14日 星期三 284 走向天路337 寻求出路

6月15日 星期四 286 走向天路338 群众的健康呵护者

6月16日 星期五 288 走向天路339 亦鼠亦兔

6月17日 星期六 289 走向天路340 抓紧落实

6月18日 星期日 290 走向天路341 开心的父亲节

6月19日 星期一 291 走向天路342 墨脱仙境

6月20日 星期二 292 走向天路343 墨脱之夜

6月21日 星期三 293 走向天路344 倍感鼓舞

6月22日 星期四 295 走向天路345 给群众一个健康指引

6月23日 星期五 297 走向天路346 雅鲁藏布大峡谷

6月24日 星期六 298 走向天路347 连一头种牛也不放过

6月25日 星期日 300 走向天路348 惊险一幕

6月26日 星期一 302 走向天路349 卓玛拉

6月27日 星期二 303 走向天路350 雅鲁藏布江之洲
6月28日 星期三 304 走向天路351 墨脱乌木
6月29日 星期四 305 走向天路352 绿化还是美化
6月30日 星期五 307 走向天路353 没有最好
7月1日 星期六 310 走向天路354 是分享而不是索取
7月2日 星期日 312 走向天路355 老虎变病猫
7月3日 星期一 314 走向天路356 耕牛
7月4日 星期二 315 走向天路357 儿子毕业了
7月5日 星期三 317 走向天路358 原来自己就是佛
7月6日 星期四 318 走向天路359 高原油菜花
7月7日 星期五 320 走向天路360 天然野生动物园
7月8日 星期六 322 走向天路361 我们结婚了
7月9日 星期日 324 走向天路362 墨脱地震
7月10日 星期一 326 走向天路363 我喜欢孩子
7月11日 星期二 328 走向天路364 助你实现大学梦
7月12日 星期三 330 走向天路365 河谷绿洲

走向天路

援藏这三年·第一辑（下）

2017年

1月 January

1月1日
星期日

走向天路173

下乡综述

（下乡进村入户回顾之一）

一定要在进墨当年走完8个乡镇46个村，这是我们在进墨之初就定下的决心；如果进墨半年都不能与各个乡镇村的群众见上面，那真的是没脸面见他们了，这是我们在进墨之时形成的共识。

下乡，在今天的中国即使是去新疆、内蒙古也算不上是什么高难度的动作。但是凡事总有例外，在西藏的墨脱，下乡还真不是一件容易的事。墨脱境内山高谷深，坡陡崖峭，树高林密，虫多兽猛；道路沿江临崖，翻山越岭，崎岖曲折，弯多狭窄；雨季时间长，达7个月之久，连绵不断的降雨十分碍事；夏季多塌方、泥石流、滚石等地质灾害，冬季多雪崩等自然灾害。8个乡镇中还有16个村不通公路，

只能徒步往返，而其他的乡村也只是粗通公路。在墨脱，通路与通车是两个不同的概念，通路并不意味着就能通车。因此，在任期内能走完8个乡镇46个村已属不易，更别说是在半年内。可是，我们就是要吃这个“螃蟹”。

根据墨脱的特殊情况，我们的调研分三步走：第一步是相关领导的拜访请教和县直部门及驻墨单位的调研座谈；第二步是援建项目的策划拟定和拟建项目的实地考察；第三步是下乡进村入户调研和看望慰问。第一步在进墨的头几天便已告完成，第二步也已于8月底暂告一段落。下乡进村入户是我们重要但不是唯一的工作，而且8个乡镇46个村需时较长，不可能一次性完成，只能根据天气情况、是否通路、路程远近并结合其他工作统筹安排，分步实施，穿插进行。

于是，我们在2016年9月3日正式启动了第三步的调研——下乡进村入户。期间由于众多工作穿插其中，直到12月27日才告结束。全程历时4个月，用时共21天。其中，徒步往返17个村（墨脱镇的墨脱村仁钦崩寺，帮辛乡的西登村、宗荣村、岗玉村，加热萨乡的更帮村、加热萨村、拉贡村、曾求村、达昂村、龙列村，甘登乡的甘登村、多卡村，背崩乡的西让村、阿苍村、波东村、巴登村、德尔贡村），用时共13天，徒步近200公里。

在墨脱下乡，特别是徒步下乡是艰苦甚至是痛苦的。坐车一时像过山车，一时像拨浪鼓，除了不好受，还提心吊胆。住宿条件简陋，木板房子比较单薄，晚上四面灌风，一人走动全屋摇晃，一般都没有洗手间和沐浴设施。饮食卫生条件相对较差，包括我在内的好几个队员都曾出现过闹肚子的情况，来势汹汹，几乎跑都来不及。徒步除了考验体力，更是考验意志和毅力。当然，这些困难只是增加了我们的体验和感悟，阻挡不了我们的决心和信心。

期间，有一件事差点让在当年内完成下乡任务的计划流产。11月下旬我在拉萨出差，有消息说12月20日就可以休假回家了，军心开始动摇。有队员希望剩下的下乡任务等休完假回来再继续完成，有队员提出在我前往拉萨和广东出差期间他们分头完成。大家的心情都是可以理解的，毕竟已经离家半年了，归家心切十分正常，也应该关心。经过分析研究，如果采纳前者，必然导致当年无法完成任务，目标落空，而且回来就是3月，又开始进入连绵的雨季；如果采纳后者，形式上是完成了，但我作为工作组的主要领导没有参加，基层和群众会有所失望，效果必然大打折扣。

何去何从？这是考验团队特别是团队负责人的意志力、决断力和应对能力的时候了。我一方面向省队请示，搞清要求，得到的答复是12月20日后可以休假，但休假的时长要符合规定，早休早回，晚休晚回，自己选择，我将政策传达清楚；另一方面展开队内调查，搞清情况，实事求是，区别对待，确因工作出差的根据工作需要安排，确因家中有事（如生孩子）的按照规定休假。我表明态度，坚定立场，明确当年一定要完成任务，哪怕只有我自己一个人去也要走完46个村。随后进行动员，愿意留下的留下，愿意参加的参加。首先动员了跟随我一起在拉萨出差的赖明建，他即刻表态愿意留下参加，而且说即使其他人因事不能参加，他也会跟随我走完46个村。特别是王强，作为驾驶员他也主动表态参加，而且后来还参加了部分村的调研，开了驾驶员参与调研的先例。他俩的表态和支持将永远印在我的脑海和心里。其他队员也纷纷积极表态参加，最终，整个团队参加了加热萨和甘登2个乡9个村的7天徒步。后因工作需要和家庭原因（生孩子）部分队员前往拉萨、广东出差或回家陪护，我和喻晓坤、赖明建、雷震走完了剩下的背崩乡9个村。

至此，整个下乡进村入户任务宣告结束。这是意志的胜利，团队的胜利！

今天是新年伊始，在此特别感谢我们团队的每一位成员及其家属，有你们撑场，愈战愈强！同时祝福我们团队的每一位成员及其家属，祝福每一位关心和支持我们的领导、同事、亲友，新年愉快，万事如意！扎西德勒！

（发布时间：2017年1月1日13：51）

走向天路174

全面了解

（下乡进村入户回顾之二）

既然在墨脱下乡不容易，尤其是全面、系统的下乡进村入户，就要好好珍惜，好好谋划，好好安排，好好落实，好好总结。所以，我们在2016年7月进墨之初就已开始研究部署，安排县委办拟定调研计划。县委办副主任郭晓峰等同志十分认真细致，根据我们的要求拟定了详细的调研安排，经反复修改完善后，择机执行。

在调研对象上，尽可能系统。既包括乡镇党委政府及村两委、驻村工作队、寺管会（驻寺工作队），也包括乡镇派出所、小学、卫生院及村卫生室，还包括专业合作社、双联户和贫困户等。

在调研内容上，尽可能全面。既包括乡镇党委政府及驻村工作队、寺管会（驻寺工作队）的工作情况，也包括乡镇及村的基本情况，还包括农牧业、手工业、传统文化、拟建项目等相关情况。

在调研方式上，尽可能综合，既包括座谈交流，又包括实地考察，还包括亲身体验。

在了解基本情况时，我们详细了解：

人口情况：包括户数和人数、民族结构、性别比例、年龄结构、劳动力、大中小学及幼儿园学生等；

种植情况：包括水稻（及有特色的红米、糯米、加巴热）、玉米、鸡爪谷、青稞、荞麦、小麦、花生、黄豆等粮油作物，茶叶、花椒、甘蔗、七叶一枝花、兰草、红豆杉、藤等经济作物，香蕉、柠檬、柑橘、桃子、枇杷、苹果、木瓜、波罗蜜等水果，辣椒、萝卜、南瓜、油菜、茭白、土豆、黄瓜等蔬菜，黑木耳、

羊肚菌、脆蛇、铁皮石斛等林下经济，特色农产品销售等；

养殖情况：包括牛、骡子、马、猪、鸡、鸭、鱼等；

手工情况：包括石锅、竹编、藤编、黄酒、藏白酒等；

收入情况：包括人均纯收入、人均现金收入、政策性补贴、农牧业收入、项目收入、务工收入、运输收入等；

脱贫情况：包括贫困发生率，贫困户及低保户、五保户，致贫原因，脱贫措施，脱贫目标，

沙石场，农家乐，家庭旅馆，致富带头人，技能人才，交通运输和工程机械，专业合作社，农牧民施工队，转移就业等；

基建情况：包括通路、通电、通水、通信、网络，安居工程、小康示范村、异地搬迁，机耕道、马行道，围栏等；

基层情况：包括村两委班子成员及分工、文化素质、制度建设和落实、工作开展情况，驻村工作队、第一书记的派驻和工作开展情况；

党团情况：包括党员、预备党员及入党积极分子，共青团员等；

宗教情况：包括寺管会（驻寺工作队）的派驻和工作开展情况，寺庙、经堂、白塔、转经筒、玛尼堆、经幡等宗教场所、物品的情况，教派及僧尼、学经人员的情况，神山和转山路线，佛事活动等；

文化情况：村级活动场所、农牧民演出队、非物质文化遗产等；

边防情况：包括边境补助、民兵建设等；

诉求情况：包括存在的问题、困难，意见、建议等；

…………

在听取工作汇报时，我们认真倾听各乡镇及村的基本情况、经济发展、社会事业、精准扶贫、综治维稳、队伍建设、基层组织、党建廉洁等，特别注重听取工作方式、经验总结、工作思路的汇报。

在开展实地考察时，我们仔细察看已建项目的效果和问题，在建项目的进度和困难，拟建项目的确定和选址，农作物的种植、生长及收获，禽畜的养殖、管理和销售。

在走进贫困家庭时，我们深刻体会、了解家庭情况、收入情况、致贫原因、脱贫措施，表达关心、慰问和鼓励。

这次全面系统的下乡进村入户调研，使我们对墨脱特别是基层和群众有了一个比较直观的印象和深刻的感受。当然，尽管我们考虑得比较全面系统，但由于我们自身的能力和素质问题，收集整理的相关情况并非完全清晰和准确，有待日后深入调研时补充完善。

（发布时间：2017年1月2日17：46）

1月3日
星期二

走向天路175

看望慰问

（下乡进村入户回顾之三）

西藏是全国最大、最集中、最连片的贫困区域。墨脱作为“高原孤岛”“高原中的高原”和全国最后一个通公路的县，受自然条件制约，现实发展能力有限，加上历史欠账太多，农牧民增收渠道狭窄，一直是全国的特困县，贫困发生率高达20%以上，贫困人口达668户2615人。

对这些贫困人口，各级党委政府特别是墨脱县委县政府通过精准扶贫，千方百计增加其收入。与此同时，各级党委政府对其给予适当的看望慰问也是必要的，以体现党和国家的关怀。作为广东省第八批援藏工作队墨脱县工作组，在下乡进村入户和特殊情况（如重大节日、灾害、疾病等）下，有选择地对基层单位、贫困户以及遭遇灾害、疾病的家庭给予适当的看望慰问，既是援藏工作的应有之义，也是一项特色的援藏工作，充分体现了广东省委省政府、佛山市委市政府以及广大佛山市民的关心和帮助。

因此，在我们的下乡进村入户活动中，看望慰问就成了其中一项重要的工作。由于国家对各类慰问已有明确的政策规范，所以我们在标准上严格执行相关规定。没有将乡镇列为看望慰问的对象，通路的乡镇派出所、学校和卫生院的条件相对较好，也没将其列入其中。那么，我们选定的看望慰问对象为解放军和武警驻墨部队，不通路的乡（甘登、加热萨和背崩）的派出所、小学、卫生院，扎墨公路沿线的52K公安检查站、林业检查站和80K公安检查站、旅游门票站，县五保集中供养服务中心，村两委、驻村工作队、寺管会（驻寺工作队），贫困户，重大灾害事故遇难者家属和受伤者，患病干部、职工、群众，干部、职工的患病家属，等等。

自去年7月20日进墨至12月31日，半年内累计看望慰问相关单位和个人超过

235人次（约占全县总人口的2%），慰问金额近35万元。在去年没有相应经费安排的情况下，这些资金全部从我们的自有工作经费中列支（所谓自有工作经费就是你用了我就没得用）。

在看望慰问解放军和武警驻墨部队时，我们详细了解边防和维稳的情况，实地查看官兵的工作和生活条件，祭奠和缅怀革命烈士，勉励他们捍卫国家主权、维护祖国统一、促进民族团结、维持社会稳定，探讨军地合作共建边防和基层组织，并成功争取朱伟市长答应将解放军驻墨某部列为佛山市的双拥共建单位。

在看望慰问基层单位时，我们认真听取工作汇报，详细了解存在的困难、问题和意见、建议，实地查看他们的工作和生活条件，勉励大家要来得了、呆得住、干得好、活得妙，并按照统筹兼顾、量入为出、量力而行、尽力而为的原则在力所能及的情况下为他们解决一些实际困难。

在看望慰问贫困户时，我们坚持不能通知群众过来，而是我们主动过去，登门拜访，详细了解家庭情况、收入情况、致贫原因、脱贫措施等。对因学致贫的，我们讲解相关的助学政策，让其放心，并以自己为例说明教育改变命运、知识改变命运，鼓励他们好好抚养，培养成才；对因病致贫的，现场让工作队员、县卫生服务中心副主任雷震为其检查，能治则治，不能治的给予安慰和鼓励；对因无劳动力致贫的，要求村两委在项目和村民互助等方面给予关注；属于五保户的，建议他们更新观念，抛开顾虑，到县五保集中供养服务中心去。总之，我们会因应不同情况给予相应的安慰、鼓励、建议和帮助。

在看望慰问遭灾遇病者时，我们在保护其隐私的情况下适当了解情况，表达关心和慰问，并在力所能及的情况下为他们提供一些帮助。在这方面，我们除看望慰问了一批患病的干部职工或其家属外，还做了两件比较有意义的事：一是看望慰问了去年“6·16”特大泥石流灾害事故的遇难者家属和伤者，为其协调安排就业和帮忙收割稻谷，并联系广东乐意投资有限公司为其中两个寡妇清还了5万元的银行贷款；二是接力救治被高压电击伤的珞巴少年白玛次仁，将其安全转送到林芝市人民医院移交给广东省组团式援藏医疗队救治，我们四次从墨脱前往林芝、一次徒步前往加热萨到其家中探望慰问，为其筹款和争取减免医疗费用达30多万元。

（发布时间：2017年1月3日09：39）

1月4日
星期三

走向天路176

工作指导

（下乡进村入户回顾之四）

作为领导和上级，下乡进村入户调研，既要认真听取工作汇报，了解存在的问题和困难，倾听相关意见和建议，又要根据中央、上级和本级的总体工作部署，结合当地的实际，提出意见建议，给予工作指导；作为援藏干部，既要认真听取当地的做法和措施，充分肯定他们的成绩和经验，又要把派出地一些先进的思想、观念、思维、理念带过去，一起分享，共同探讨，合力创新。

我们下乡进村入户调研，既不能走形式赶过场、只听不说、只看不语、保持沉默，又不能走马观花、没看先言、没听先说、胡言乱语。因此，我们会根据不同层级、不同乡镇、不同单位，区别不同情况，结合实际，因地制宜，因人而异，有话则长，无话则短，分层、分类给予工作意见和建议。

对于乡镇，我们建议：要按照县第八次党代会和第十一届人代会的精神和县委县政府的统一部署，解放思想，更新观念，未雨绸缪，迎接扎墨公路改扩建和派墨公路打通所带来的发展机遇。一是要抓定位。根据各乡镇的实际情况，抓好定位、规划和建设。如建议背崩乡按派墨公路桥头堡、进墨第一镇及墨脱县域副中心、墨脱第二镇的定位来进行小集镇的规划、设计和建设；帮辛乡打造中国石锅之乡等。二是要抓队伍。队伍是干事创业的主体和关键，要抓好队伍，特别是领导班子建设，党政主要领导要率先垂范，搞好团结。针对党政主要领导可能存在矛盾的情况，强调党委书记不是个人而是党在该地区该单位的代表，要维护权威，只要决策没错都应该尊重和执行，有意见可以提出或按规定向上反映，而不应闹矛盾，带头破坏政治规矩。三是要抓发展。结合实际，因地制宜，因势利导，量力而行，积极而为，注重实效，积极发展茶叶、旅游服务业和特色农牧业、农家乐、沙石场、农产品销售，拓基增效。四是要抓扶贫。扶贫攻坚、同步小康是硬任务，要搞清情况，因情施扶，将针对性与综合性脱贫措施有机结合。五是要抓建设。主动争取，落实资金，积极推进基础设施、社会事业、民生工程的建设，抓好工程质量和安全，注重维护，避免浪费和失效。六是要抓党建。注重基层组织建设和党风廉洁建设，探索基层组织建设与巩固边防、爱国主义教育相结合。此外，还要抓好综治维稳和受援工作等。

对于驻村工作队，我们建议：一是要抓认识。要充分认识、理解花如此高的制度成本来安排驻村的重要战略考量和重大现实意义。二是要抓任务。想方设法，争取资源，积极探索，切实把“5+2+1+3”工作任务落到实处。三是要抓进村。要做到“五个进村”，即人员、身体进村，思想、观念进村，方式、方法进村，项目、资金进村，工作、服务进村。四是要抓定位。驻村工作队要指导、帮扶而不是取代、弱化村两委，要定位、到位，而不能缺位、错位。

对于村两委和寺管会（驻寺工作队），我们也提出了相关的意见和建议，供他们结合实际参考执行。

作为县委常务副书记和广东省第八批援藏工作队墨脱县工作组组长，我自己也一直在学习、思考、探索如何更好地发挥出应有而恰当的作用。

（发布时间：2017年1月4日08：02）

1月5日
星期四

走向天路177

解决问题

（下乡进村入户回顾之五）

下乡进村入户其中一项重要的任务，就是要了解基层和群众的困难、问题，倾听他们的意见、建议，收集他们的需要、诉求，然后进行归纳整理、分类研究、逐个处理。

去年7月我们进墨之初就组织了35个县直部门和驻墨单位召开座谈会，共收集整理意见建议110多条，这次下乡进村入户调研走完8个乡镇46个村又收集整理意见建议250多条。为全面系统地收集整理各县直部门、驻墨单位、乡镇及村的问题困难和意见建议，前段时间又通过县委办发文，让各单位以规范的格式填报，目前汇总的需求已近400条。

那么，面对数量如此之多、诉求五花八门的需求应该如何处理呢？一是对交叉重复的需求予以合并；二是对诉求不清、内容不明或者纯粹是只要资金的需求予以过滤（即不予考虑）；三是对能够使用援藏资金的将其纳入援建项目一并考虑；四是对重大而紧迫的需求（如异地搬迁安置）则提请佛山市委市政府研究决定；五是对群众最关心、最直接、最现实的小额需求，我们尽量用工作经费或者向社会募集资金予以解决；六是除此之外的其他合理需求，争取动员社会资源帮助解决，并拟在佛山举行“佛山·墨脱对口支援推介洽谈会”。

去年，我们十分努力，目前已解决的困难和问题有：

1. 墨脱县费用类项目（经贸、文化、培训等）需求，经沟通汇报，佛山市政府已批准同意，2017年追加250万元；

2. 县教体局冬季校服需求，协调佛山市三水恒利达针织有限公司为全县

2000多名中小学生及幼儿园小朋友捐赠价值100万元的冬季校服；

3. 县卫生服务中心医疗设备需求，协调佛山市医学会医学工程分会组织相关医院和企业捐赠价值100万元的医疗设备；

4. 县委组织部基层组织建设服务平台，从自有工作经费中拨付92万元，已实际支付56万元，采购物资已到位；

5. 县卫生服务中心创建二乙等级医院需要建设微生物实验室，在援藏资金中安排60万元用于采购相关设备，目前已在招投标过程中；

6. 县住建局工程质量检测设备、应急执法公务车、办公信息化项目，协调佛山市住建局支持55万元，资金已到位；

7. 县卫生服务中心及乡卫生院药品需求，已协调佛山市南海区卫计系统及佛山市南海区第六人民医院等单位捐赠药品一批，价值50万元；

8. 看望慰问驻墨解放军和武警部队、基层单位、患病干部群众、贫困户超过235人次，发放慰问金近35万元；

9. 县教体局爱心助学工程，投入援藏资金34万元，县政府投入54.8万元，合计投入88.8万元，助力190名贫困农牧民子女进入高一级学校就读；

10. 救治和帮扶被高压电击伤的珞巴少年白玛次仁，将其安全转送到林芝市人民医院移交给广东省组团式援藏医疗队救治，四次从墨脱前往林芝、一次徒步前往加热萨到其家中探望慰问，工作队出资1万元，协调佛山市郁南商会、华能墨脱分公司以及组织网上筹款超过10万元，争取林芝市人民医院减免医疗费用10

多万元，合计达20多万元；

11. 墨脱县爱心物资需求，协调佛山市红十字会捐赠物资一批，价值20多万元，物资已运抵墨脱；

12. 德兴乡“6·16”特大泥石流灾害事故遇难者家属无力偿还银行贷款，已协调广东乐意投资有限公司捐赠5万元解决；

13. 林芝公路分局扎木机械化养护队体检需求，从自有工作经费中安排3.6万元，其中三工区已体检完毕，一、二工区安排在春节后；

14. 辛乡岗玉村过年缺粮，从自有工作经费中安排3万元购买6400斤大米（每人50斤），已分发到村民手中；

15. 墨脱县疾控系统信息化设备需求，协调佛山市疾控中心出资购置了8台电脑，捐赠给县疾控中心及相关乡卫生院，支持当地预防接种规范化门诊建设和信息化建设；

16. 德兴乡那尔东村神舞表演队（县级非物质文化遗产）缺乏资金制作面具，已协调广东粤众互联信息技术有限公司捐赠2万元解决；

17. 协调相关爱心人士捐赠2万元帮扶德兴乡的贫困学生；

18. 墨脱镇仁钦崩寺寺管会生活设施配套需求，已协调相关爱心人士捐赠1万元解决；

19. 墨脱县卫生服务中心对口支援需求，协调佛山市卫计局及佛山市中医院提供对口支援，第一批派出刘天、何家雄、胡惠娟三名医疗专家，协助创建二乙等级医院后已返回佛山，第二批医疗专家将于近期前来；

20. 墨脱县卫生服务中心创建二乙等级医院缺乏麻醉科专家，协调佛山市卫计局及高明区人民医院派出麻醉科医生谢林碧，协助县卫生服务中心顺利通过二乙等级医院评审；

21. 墨脱县公安局对口支援需求，协调佛山市公安局禅城分局提供对口支援，相关协议已签订；

22. 墨脱县干部群众经贸文化交流和学习考察培训需求，向佛山市政府汇报沟通，邀请墨脱县派出强大阵容参加“2016广东（佛山）非遗周暨佛山秋色民俗文化活动”，其中墨脱门巴族舞蹈队55人、党政代表团19人，共计74人，期间还安排了经贸文化交流和学习考察培训；

…………

走进2017年，我们将撸起袖子加油干！目前拟努力解决的困难和问题有：

1. 佛山市全面对口支援墨脱县，经沟通汇报，相关领导已表态将给予相应支持，方案已报佛山市援藏援疆办；

2. 墨脱县异地搬迁改造安置项目，经沟通汇报，相关领导已表态将给予一定的支持，请示已报佛山市援藏援疆办；

3. 解放军驻墨某部列为佛山市双拥单位，经沟通汇报，相关领导已表态同意，目前正在起草有关文件；

4. 县人民检察院挡土墙倒塌维修需求，已列入工作队安排；

5. 县人民法院围墙修建，已列入工作队安排；

6. 加热萨和甘登两乡党委政府及派出所、小学、卫生院冰柜需求，已列入工作队安排；

7. 加热萨乡达昂村塌方区域路段治理，已列入工作队安排；

8. 加热萨乡龙列村吊桥桥面木板腐朽更换和修路工具，已列入工作队安排；

9. 加热萨乡加热萨村、拉贡村试种苹果苗、茶苗需求，已列入工作队安排；

10. 加热萨乡更帮村农牧民表演队服装，已列入工作队安排；

11. 甘登乡甘登村和多卡村每户一台冰柜需求，已列入工作队安排；

12. 背崩乡政府及德尔贡村公共浴室热水器需求，已列入工作队安排；

13. 背崩乡阿苍村冰柜和种牛需求，已列入工作队安排；

14. 背崩乡巴登村篮球架需求，已列入工作队安排；

15. 背崩乡中心小学蒸饭器和饭堂防滑毯需求，已列入工作队安排；

…………

这些，需要佛山、林芝两市及墨脱县各级各部门的关心和重视，也需要社会各界特别是广大企业的关心和支持！

（发布时间：2017年1月5日08：36）

1月6日
星期五

走向天路178

沟通交流

（下乡进村入户回顾之六）

下乡进村入户，除了要了解情况，听取意见，加强指导，解决问题，还要进行思想的沟通，观念的交流，以正确的思想引导人，以积极的观念鼓励人，从而达到促进工作、推动发展的目的。

下乡进村入户，基层和群众难免会反映困难和问题，甚至可能会表现出畏难情绪和消极心态，也可能会提出各种各样的诉求。面对这些反映和诉求，我们要耐心倾听，冷静面对，灵活处理。

基层和群众反映的困难、问题，都有其客观和合理的一面，我们不能随便否定和批评，但也不能与部分基层和群众一样，面对客观困难学会了适应、习惯、顺从和依赖，而是要正视现实，勇于面对，客观分析，寻找突破，大胆探索，积极实践。

例如，有的村或农牧民希望种植或养殖一些新品种，但又害怕因缺乏技术而失败。我们就鼓励他：梦想还是要有的，万一实现了呢？那就发达了！幻想也是要有的，万一破灭了呢？那也没关系！我们本来就没有，还害怕失去什么呢？并承诺给予支持，如果确实买不起苗木，我们可以协调县农牧局看能否提供；如果不能提供，工作队想办法帮忙提供。

基层和群众提出的需要、诉求，有其客观和合理的一面，但我们也不能只是一味的迎合、满足。一方面，我们不可能有这么多的资源和精力；另一方面，我们也不可能纵容甚至培养“等、靠、要”的思想。

例如，我们应群众要求答应帮助建设一些现实而迫切的小项目，但是个别农牧民却提出要由他们投工投劳，要求我们支付报酬。由政府出资，农牧民投工投劳并获取报酬是当地的惯例，在现阶段完全无可厚非，因为当地群众确实缺乏收入来源，主要收入靠政策性补贴。

但问题是根据有关部门的要求，援藏资金已全部安排用于投资性（建设性）项目，解决群众现实而迫切的小困难、小问题只能用我们的工作经费和社会捐赠。工作经费是按人头和内容核发的，你用了意味着我就没得用，所以空间有限；社会捐赠是不稳定的，也不可能大量获得，而且我们还要发挥出资金的最大效益。于是，我们提出，我们可以购买材料，由农牧民投工投劳，我们不支付报酬。因为你是为自己工作，而不是为我工作。这样一方面可以体现你的主人翁精神，另一方面又可以花小钱办大事、办多事、办好事。经过沟通交流，农牧民逐步开始理解、接受和支持，甚至像背崩乡背崩村群众一样提出有些项目连征地补偿款也不要了。

此外，针对个别基层和群众可能存在的依赖思想，我们也指出，国家的关怀和内地的支援是为了加速民族地区、边疆地区、高原地区经济发展，促进民族团结，共同步入小康社会，共享社会发展成果的战略举措。我们要相向而行，迎头赶上，而不能原地踏步，更不能背道而驰。因此，我们要把中央的关怀、内地的支持和自力更生有机结合起来，更多更好地发挥基层群众的主体作用、能动作用。

思想的解放，观念的更新，不可能一蹴而就。况且，我们自己的思想观念也还存在很多需要解放和更新的地方。我们只能多沟通，多交流，多碰撞，以期擦出更多的新的火花。

（发布时间：2017年1月6日07：54）

1月7日
星期六

走向天路179

实地考察

（下乡进村入户回顾之七）

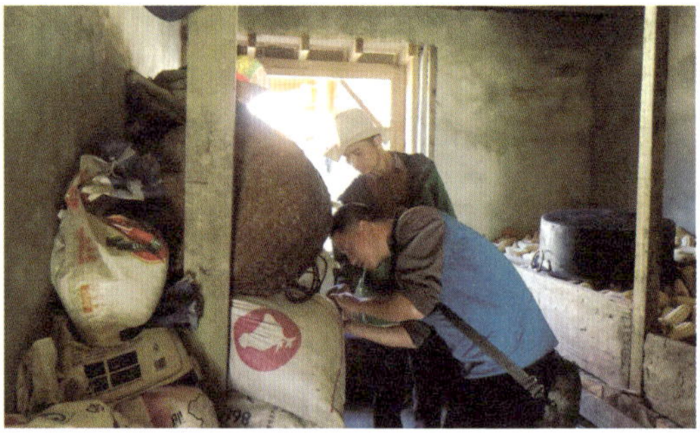

俗话说，百闻不如一见、读万卷书不如行万里路。实地考察也是下乡进村入户的重要内容之一，实地考察主要围绕查看情况和策划项目进行。

为了了解基层单位的情况，我们实地考察了各乡镇及派出所、学校、卫生院，村两委、驻村工作队，寺管会（驻寺工作队）及寺庙（经堂、白塔）、神山，扎墨公路沿线的52K公安检查站和林业检查站、80K公安检查站和旅游门票站，县五保户集中供养服务中心，几乎走遍了所有基层单位，详细了解他们的工作和生活环境。

为了了解产业发展的情况，我们前往华能墨脱分公司及亚让电站，探访茶叶、石锅、竹藤编织等加工厂及其他专业合作社、专业户，非物质文化遗产传承人，农家乐及家庭旅馆，农副产品销售点，几乎走完了所有的经济组织，详细了解他们的生产和经营情况。

为了了解农牧业的情况，我们下到田间地头，实地查看水稻、玉米、鸡爪谷、小麦、青稞、荞麦等粮食作物，茶叶、香蕉、花椒、辣椒等经济作物和蔬菜水果，藏香猪、藏鸡等养殖基地，几乎踏遍了所有集中连片的种养基地，详细了解种养和收获情况。

为了了解贫困户及其他家庭的情况，我们深入到众多农牧民家中，详细了解他们的家庭、种植、养殖、务工、收入、饮食、困难等情况，足迹遍及100多户。

为了了解政法部队的情况，我们全面走访了县公安局、县检察院、县法院，县人武部、武警边防大队、公安消防大队、武警中队、解放军驻墨某部，详细了解他们的工作和生活条件。

为了项目的规划、策划、设计和选址，我们上至嘎隆拉雪山垭口，下至雅鲁藏布江江边，北至甘登乡多卡村，南至背崩乡西让村，东至格当乡布龙村，西至德兴乡易贡白村，足迹遍步全县的每一个乡镇和村，县城的每一个角落，能通车的扎墨公路及其他乡村道路的每一个路段，县城前往各乡镇村以及各村前往连片耕地的每一条徒步路线，拟建项目的每一块土地。

没有调查就没有发言权。实地考察，使我们对情况的了解更加全面系统、客观真实、细致入微，使我们对基层和群众的困难更加清楚，并为他们解决一些力所能及的实际问题，使我们对项目的规划、策划、设计、选址、建设更加心中有数。

（发布时间：2017年1月7日12：04）

1月8日
星期日

走向天路180

一起走过

（下乡进村入户回顾之八）

因我们一起走过，下乡的路值得回味，下乡的事值得回顾，下乡的景值得回放，下乡的人值得回忆。

下乡的路，我们一起走过。我们一起坐着车，穿行于大江峡谷，爬行于盘山公路，翻越崇山峻岭。我们在中国顶级的越野公路上，坐的是过山车，玩的是心跳，摇的是拨浪鼓，看的是谁头硬。我们一起徒步在崎岖的乡村道路上，踩过了碎石，踏过了粉尘，践过了泥泞，迈过了坑洼，跨过了水沟，晃过了吊桥，走过了田埂，穿过了丛林，攀过了悬崖。不管什么样的路，都有我们鱼贯而行的身影。

下乡的难，我们一起克服。下乡，是体力、精力更是毅力、意志力的考验。我们不是哪吒，踩的是风火轮，我们只是普通人，穿的是登山鞋，靠的是我们的双脚去丈量墨脱的土地；我们不是花千骨，有的是洪荒之力，我们只是血肉之躯，靠的是自己的体力；我们不是钢铁战士，不知疲倦，我们只是普通人，会疲惫，会腰酸，会背痛，会腿疼。我们也碰到过没地方洗澡等不便，出现过恐高、痔疮、拉肚子、皮肤过敏等不适，遇到过蚂蝗、马蜂等侵扰，遇见过塌方、滚石、倒树等危险，但我们只是选择了克服。不管有什么样的困难，都有我们的欢声笑语。

下乡的景，我们一起欣赏。下乡不是美差，但一定是美景。高耸的雪山，茂密的森林，如茵的草地，奇异的花草，众多的瀑布，滔滔的雅江，幽深的峡谷，神奇的湖泊，变幻的云雾，蜿蜒的公路，美丽的乡村，挂壁的田地，秀丽的茶园，神秘的民俗，瑰丽的文化，动人的乌姬（姑娘），无一不吸引着我们的眼球，拽住我们的视线，引起我们的回忆。不管什么样的美景，都有我们的共同欣赏。

下乡的味，我们一起品尝。乡下的阳光没有杂质，空气异常清新，令人心旷神怡。但局部也有花草树木的芬芳，瓜果饭菜的香味，以及大家的汗臭味、脚臭味、屁臭味、沤臭味等，这是鼻子能闻到的。还有心中的甜酸苦辣等各种滋味，这是只能通过心灵才能感应得到的。经历过，才会懂。不管什么滋味，都有我们的共同品味。

陪我们一起走过的，有广东省第八批援藏工作队墨脱县工作组的各位同事，也有各乡镇的相关领导，特别是加热萨乡乡长张岗，背崩乡党委书记王海斌、人大专职主席旦增多吉，德兴乡乡长白玛占堆，帮辛乡乡长周大明、党委委员丹巴平措，格当乡人大专职主席格桑多吉等。他们陪我们一起走完了本乡镇的各个村和相关单位，特别是张岗乡长应邀利用周末时间陪我们走完了甘登乡，在此一并表示感谢！

每当回想一起走过的路，共同度过的日子，我就想起了著名歌手孙燕姿的《一起走过》、张国荣的《共同度过》、刘德华的《一起走过的日子》。当你经历之后，再去听会更有共鸣，再去唱会更加动情。

（发布时间：2017年1月8日08：51）

1月9日
星期一

走向天路181

墨脱情

滚滚雅江水，

滔滔墨脱情，

巍巍群山任我行。

拳拳爱国心，

浓浓民族意，

敢教墨脱添新姿。

（发布时间：2017年1月9日07：54）

1月10日
星期二

走向天路182

雅鲁藏布大峡谷

一刀劈山相对开，
雅江咆哮蜿蜒来。
两岸峭壁万仞立，
峡谷头上白云盖。

（发布时间：2017年1月10日07：49）

1月11日
星期三

走向天路183

开门红

（2016年工作回顾之一）

广东省第八批援藏工作队墨脱县工作组自2016年7月20日进驻墨脱以来，在半年的时间里，在环境非常艰险的情况下，实现了“团队非常团结、援受非常融洽、进展非常顺利”的良好开局，得到了佛山和林芝两市相关领导及墨脱县委县政府的肯定，得到了当地干部群众的认可。

在2016年12月10日下午于佛山召开的“佛山—林芝对口支援工作座谈会”上，佛山市委书记鲁毅、市长朱伟，林芝市委书记马升昌，广东省人民政府副秘书长、广东省第八批援藏工作队领队、林芝市委副书记、常务副市长许典辉等相关领导都对广东省第八批援藏工作队墨脱县工作组的出色表现给予了充分的肯定和高度的评价，认为团队角色定位准、精神状态好、团结协作实、适应环境快、进入角色快、工作推进快，得到了各级领导和干部群众的认可。墨脱县委书记旺东评价说：“你们为墨脱发展、稳定、和谐，做了大量卓有成效的工作，对此表示敬佩和感谢！望不忘初心，继续前进！！！”

2016年，广东省第八批援藏工作队墨脱县工作组硕果累累，获得了一系列的荣誉（详见《走向天路172——更是鼓励》）。我们之所以能够取得开门红，是通过“三抓”来实现的，即抓早、抓准、抓好。

所谓抓早，就是根据墨脱雨季时间长、施工时间短等特殊县情，将时间往前赶、速度往上提、效率往高拉。在进藏之前，我们就向在佛山的援藏前辈请教，得到悉心指导，做到心中有数；在进藏之初，我们就向西藏自治区、林芝市、墨脱县的相关领导请教，并与第七批工作队做好工作交接和沟通，得到热情帮助，做到无缝对接；在进墨之后，我们就马上开展工作，7月20日进驻，21日上午召开干部见面会，会后就开始拜访调研，得到大力支持，做到时间零间隙。

所谓抓准，就是科学谋划、顶层设计，通盘考虑、统筹兼顾，重点突破、以点带面，以期达到整体推进、各方协调的工作局面。我们重点抓了思路、团队、调研、项目、深化、团结、后方等方面。

所谓抓好，就是高标准，严要求，树典范。要么不做，要做就要竭尽所能，做到最好（是自己的最好，不是横向与别人比较的最好）。

（发布时间：2017年1月11日20：52）

1月12日
星期四

走向天路184

抓团队

（2016年工作回顾之二）

团队是干事创业的前提和基础。成也团队，败也团队。没有团队，一切都无从谈起。有了团队，就要从团队抓起。没有经过整合的团队，只是乌合之众、散兵游勇，甚至是牛鬼蛇神、毒虫猛兽。团队的关键在人，核心在头。团队必须以共同的目标凝聚人，以先进的思想引领人，以积极的行为带动人，以健康的情绪感染人，以科学的方法管理人。那么，团队如何抓？

一抓思路。思路清，方向明，目标准，任务定，措施实，效果好。我们经过集体讨论，由邓宏照同志执笔，按照以民生援藏为龙头、以产业援藏和智力援藏为两翼的总体思路，结合墨脱县实际，制定了《佛山市“十三五”对口支援墨脱县经济社会发展规划实施方案》，形成了“落实两个80%，提高基层教育、医疗卫生等公共服务水平，加强生态建设和环境保护，优先发展特色农牧业、旅游业和门珞文化产业，完善基础设施配套水平，加大扶贫攻坚工作力度，深化民族间地区间交往交流交融”的三年援藏工作思路，为促进墨脱县全面建成小康社会和长治久安注入新的活力。

二抓学习。进藏以来，我们将集中学习和分散学习、集体学习和各自学习、政治学习和业务学习相结合，向当地学习和自我学习相结合。工作队深入学习贯彻党的十八届六中全会精神，开展“两学一做”学习教育活动和援藏干部人才纪律教育活动，学习墨脱县第八次党代会系列文件精神，深入了解墨脱县发展战略规划。

三是抓管理。我们建章立制，先后制定和完善资金管理办法、考勤等十多项内部管理制度，编印了《广东省第八批援藏工作队墨脱县工作组管理制度汇编》；加强日常管理，严格请销假制度，全体干部人才在藏率、在岗率达到100%。

四抓后方。我们通过微信平台建立“佛山援藏家属交流群”，建立援藏干部人才家属沟通互助机制，让前、后方互相了解工作、生活情况，家属之间加强联系，互帮互助；向佛山市委书记鲁毅、市长朱伟等多位相关市领导及市委组织部汇报墨脱的情况和工作开展情况；拜访援藏干部人才派出单位区、镇（街）相关领导，向他们通报派出的工作队员在墨工作、学习、生活及表现情况，争取各区、镇（街）的关心和支持；拜访援藏干部人才家属所在单位，提请关心援藏干部人才家属，解决后顾之忧。

五抓分工。在援藏项目和援建工作上，我们实行责任分工，各司其职，各负其责，充分调动每位援藏干部的积极性和责任感，强化责任担当。

六抓文化。我们在实践中形成了“践行、融合、创新、大爱”的工作组精神，形成了“三者五位”的角色定位——工作组是“党的治藏方略的实践者、民族政策的执行者、援藏事业的建设者”，是“学习队、宣传队、工作队、服务队、战斗队”，还设计了颇具特色的组徽、组旗、组服和项目标识。

（发布时间：2017年1月12日22：34）

1月13日
星期五

走向天路185

抓调研

（2016年工作回顾之三）

没有调查就没有发言权。调查研究是做好一切工作的前提和基础，是了解情况、研究问题、形成决策的重要工作方法，也是领导和干部的基本功。

为全面系统了解墨脱县经济社会发展情况，为做好对口支援工作提供决策依据，我们十分重视抓好调查研究。主要抓了以下几个方面：

一抓请教。在进藏之前，我们就向在佛山的援藏前辈请教，得到悉心指导，做到心中有数；在进藏之初，我们就向西藏自治区、林芝市的相关领导请教，得到指点，做到胸有成竹；在林芝停留时，我们与第七批工作队做好交接和沟通，得到热情帮助，做到无缝对接；在进墨之后，我们就在干部见面会后开始拜访请教县相关领导，得到大力支持，做到时间零间隙。

二抓座谈。我们在进驻墨脱的第二天下午便开始拟定县直部门和驻墨单位的调研安排，第三天便开始分系统、分部门先后组织了35个县直部门和驻墨单位召开座谈会，了解各单位及其所属系统的情况，并收集意见建议110多条，使我们对墨脱有了一个基本的了解。

三抓下乡。基于墨脱的特殊情况和我们的工作安排，我们在去年9月3日正式启动了下乡进村入户调研。期间由于众多工作穿插其中，直到12月27日才告结束。全程历时4个月，用时共21天，其中徒步往返17个村，用时共13天，徒步近200公里。我们分别听取了各乡镇党委政府及村两委、驻村工作队、寺管会（驻寺工作队）等基层单位的工作汇报，全面了解各乡镇及村、寺的基本情况、工作情况、困难问题、意见建议等，收集意见建议250多条。据说，我们是历批进墨

的援藏工作队中第一批在当年走完8个乡镇46个村的，也是第一批以团队形式走完8个乡镇46个村的，还是第二批在三年任期内走完8个乡镇46个村的。

四抓考察。我们的实地考察主要围绕了解情况和项目建设进行。在下乡进村入户调研时，我们实地考察了几乎每一个基层单位、每一个经济组织、每一块集中连片的种养基地，以及100多户贫困户和农牧民家庭。在研究项目建设时，我们的足迹遍步全县的每一个乡镇及村、寺，县城的每一个角落，能通车的每一个路段，拟建项目的每一块土地。

五抓取经。他山之石，可以攻玉。我们在调研的过程中没有闭门造车，而是根据工作需要并结合其他工作安排有针对性地走出去，学习取经。半年来，我们将出差工作和学习取经相结合，分别前往拉萨、日喀则、山南、昌都、林芝的相关县区进行调研学习，很受启发。

六抓转化。除了县直部门和驻墨单位座谈会收集整理的意见建议110多条和下乡进村入户收集整理的意见建议250多条外，我们为全面系统收集整理各县直部门、驻墨单位、乡镇及村的问题困难和意见建议，又通过县委办发文，让各单位以规范的格式填报，收集汇总的需求达400多条。我们已对其进行归纳整理、分类研究、逐个处理。目前已解决问题22项，拟解决问题15项。

（发布时间：2017年1月13日09：59）

1月14日
星期六

走向天路186

抓项目

（2016年工作回顾之四）

项目是整个援藏工作的核心和关键。项目抓得好不好，关系到整个援藏资金能否得到落实、转化和应用，关系到是否能够推动当地经济社会发展，关系到是否能够让基层和农牧民得到实惠。在推进项目建设中，我们主要抓了以下几个方面：

一抓策划。第七批援藏工作队已制定了"十三五"期间的援建项目规划，为我们打下了良好的基础。但它是一个五年的长期规划，一个方向性的宏观规划，我们三年内要做哪些、具体做什么还需要进一步明确。因此，我们以该规划为基础，深入开展调查研究，广泛听取各方面意见，反复酝酿沟通，按照实事求是和因地制宜的原则，依据以民生援藏为龙头、以产业援藏和智力援藏为两翼的总体思路，对援建项目进行了优化和具体化，拟于三年内投入1.59亿元用于基建、产业、医疗、教育、民生等5大类11小类的项目，并上报有关部门。由于目前的项目管理体制，项目的策划和确定是一个漫长而不断反复的过程。

二抓考察。在项目确定前，要实地考察项目的必要性、可行性和选址；在项目确定后，要实地考察验证项目的正确性；在项目的前期，要陪同实地测量、勘探和设计，以体现我们的理念和要求；在项目实施过程中，要实地查看进度、质量和安全。为了项目，我们曾经用9个多小时徒步30公里翻越嘎隆拉雪山，多次穿越密林深入喜荣沟和嘎隆拉沟。我们的足迹遍布全县的每一个乡镇及村、寺庙，县城的每一个角落，能通车的每一个路段，县城到各乡镇及各乡镇到各村、各村到相关种养基地的每一条徒步路线，拟建项目的每一块土地。

三抓沟通。项目建设，沟通为要。除了加强与县相关领导、部门、乡镇及村的沟通，取得理解和共识，还要加强与林芝市相关领导及部门、广东省第八批援藏工作队的沟通，争取关心和支持。半年时间里，我们十次（往返二十次）前往林芝拜访相关领导及部门沟通工作；积极向省队汇报工作思路和项目建设情况，得到省队主要领导及相关领导的肯定；多次与市发改委商讨项目规划事宜，与林芝公路分局协调部分项目中涉及扎墨公路的相关事宜，与市财政局、公安局、住建局、卫生局等部门沟通协调相关项目的建设，得到了相关部门的热情指导和大力支持，为项目建设积累更多的经验。

四抓前期。根据墨脱雨季时间长（7—8个月）、雨季不能施工、旱季不能运料、地质条件复杂、运输和施工难度大等特殊情况，我们不等不靠不要，没有按部就班、因循守旧，而是对拟建项目进行分类处理，通盘谋划，科学安排，抢抓时间，做好前期工作。对投资规模大、建设周期长的项目，先做好测量、勘探、房屋质量鉴定、设计等准备工作，并办理前置审批手续；对投资规模不大、建设周期较长、建设内容十分明确的项目，除了做好前期准备工作和所有前置审批手续外，争取尽快启动；对投资规模小、建设周期短、建设内容明确的项目，先明确具体选址、建设规模和内容等。我们将这一项目建设思路向省队汇报后，得到了相关领导的肯定和赞扬，认为我们能因地制宜、思路清晰、思维创新、主动作为。

五抓启动。9月13日，这是我们进藏的第二个月，进墨的两个月差一个星期的日子。经过前期紧张的谋划、调研、考察、沟通和协调，我们抢抓时间，完成项目的前置审批程序和手续，终于在雨季即将结束前启动了第一批拟建项目：德兴乡综合服务中心建设项目，总投资350万元，新建建筑面积770.89m^2；达木珞巴民族乡卫生院建设项目，总投资400万元，新建卫生院600m^{2}及附属工程；墨脱县基层党组织建设服务平台项目，工作队千方百计从自己的工作经费中调出92万元用于该项目，刷新了投资建设类援藏项目最快动工建设的纪录。

六抓管理。我们为加强项目管理，保证项目建设安全和质量优良，建立并实施项目全过程管理制度，施工中实行"三控制两管理一协调（质量控制、进度控制、造价成本控制，合同管理、安全管理，全面组织协调）"，建立项目管理联系会议制度和项目安全质量责任书制度，创新项目管理方式，科学管理，规范管理，严格管理，树立典范。

（发布时间：2017年1月14日06：10）

1月15日
星期日

走向天路187

抓深化

（2016年工作回顾之五）

我们已经是第八批援藏工作队，前七批的前辈们已为我们打下了坚实的基础。我们是站在巨人的肩膀上继续前进，所以不能故步自封、停滞不前，而是要以敢为人先的气魄，勇于创新的精神，不达目的不罢休的执着，不断深化援藏工作。我们主要抓紧以下几个方面：

一抓全面支援。进墨之初，我们就考虑到由佛山单一对口支援墨脱县的特点和优势，率先提出由佛山全面对口支援，并着手起草相关实施方案。设想是安排佛山市直部门对口支援墨脱县直部门，佛山的五个区对口支援墨脱的8个乡镇，然后由各区指定相关的镇街对口支援墨脱的46个村，让两地之间的相关单位建立起沟通交流和合作帮扶的机制，进而发动所辖系统或地区的党政机关、企事业单位、行业协会、社会组织甚至家庭及公民个人参与进来，建立“立体式”“网格化”的对口支援体系。此设想已在公安、医疗卫生部门率先启动试点，分别沟通协调了佛山市中医院、佛山市公安局禅城分局对口支援墨脱县人民医院、县公安局。经过汇报沟通，此思路已得到佛山市相关领导的认可，方案已报市政府。

二抓全面联系。进墨之后，我们在深入调查研究的基础上，创新性地提出了全面联系制度。经过广泛征求相关领导和单位的意见，《广东省第八批援墨工作队全面联系制度实施方案》已于11月9日由中共墨脱县委员会印发实施。全面联系，就是要让广东省第八批援藏工作队墨脱县工作组的八个队员分片联系全县的相关单位，包括县直和驻墨单位、乡镇、村三个层次，做到无遗留、无死角、全覆盖。由于我们八个队员中有两个是民主党派，所以他们俩负责的联系村的党支部则再分给另外六个党员队员负责联系。我们建立全面联系制度的目的，就是要加强与相关单位的沟通，掌握更多的信息，了解他们的需求，按照实事求是、结合实际、量力而行、尽力而为的原则，积极主动配合、协助他们解决一些实际困难和问题，以践行交流、融合、团结、稳定、发展的宗旨。通过全面联系，我们目前已经为相关单位解决了一些问题。

三抓爱心结对。我们进墨之初就积极开展“寻找佛山爱心爸爸妈妈”的活动。由工作队和墨脱县教体局、扶贫办遴选出符合条件的墨脱县流动、留守、孤困农牧民儿童，由佛山符合相关条件的爱心家庭结对帮扶，积极帮助解决实际困难，促进他们的身心全面健康成长，促进民族交流融合与社会的和谐稳定，促进援藏工作从政府、社会向家庭深入延伸。目前，首批26名孩子的名单已列出，拟与佛山相关爱心家庭达成结对意向，下一步我们还会进一步扩大范围。

四抓军民共建。考虑到墨脱是边境县，加强军民合作，促进军民融合，意义重大。一方面，我们全面看望慰问解放军和武警驻墨部队，探讨军地合作共建边防和基层组织，并积极向佛山市政府主要领导及市双拥办汇报沟通，获得支持，佛山市已将驻墨某部列为长期双拥共建单位，每年最少给予30万元的支持；另一方面，我们与武警墨脱县边防大队共同起草了军民合作共建基层组织的方案，目前正在征求意见。

五抓费用保障。由于“十三五”援建项目规划全部都是投资建设类项目，没有把费用类项目纳入其中，导致开展经贸合作、文化交流、干部培训、基层建设、扶贫济困等费用类项目缺乏资金，我们积极与佛山市相关领导及部门汇报沟通，争取到市政府同意在2017年新增250万元资金。同时，我们还积极动员社会资源用于费用类项目的开展。

通过上述努力，我们不断推动援藏工作实现“五个深化”，即从政府向部门深化、从政府向社会深化、从政府向家庭深化、从市级向基层深化、从单一向全面深化。

（发布时间：2017年1月15日01：52）

1月16日
星期一

走向天路188

抓惠民

（2016年工作回顾之六）

援藏最重要的目标之一就是要促进民族团结，而要促进民族团结最重要的就是真心付出，因为当地的干部和群众是决不会为我们的虚情假意买单的！如果你是虚情假意，他们也许不会说你什么，但也决不会为你说什么，所以我们决不能要小聪明，而是一定要用心、用情、用爱。在这方面，我们尽我们所能：

一抓全力救治。这是我们进墨第十二天发生的事情，加热萨乡加热萨村一位珞巴族少年被高压电击伤，生命垂危，送到县人民医院的时候，已经奄奄一息了！广东省第八批援藏工作队墨脱县工作组队员、县人民医院副院长雷震接报后立即组织人员对他进行了救治，但县里条件有限，必须马上送往林芝。而当时已是晚上，有关部门规定，为了安全起见，晚上八点以后就不许进出扎墨公路，雷震马上联系相关部门批准放行，并向我报告。我要求不惜一切马上转送林芝救治，经过36小时的长途转运

和接力救治，珞巴少年白玛次仁终于被转送到林芝市人民医院，得到了广东省援藏医疗队队长、林芝市人民医院副院长杨磊等医护人员的精心救治和护理。经过几次手术后，他终于在国庆期间病愈出院，期间我们四次前往林芝探望，并为他筹款10多万元，还协调林芝市人民医院减免医药费10多万元，佛山郁南商会获悉后也自发捐款2.6万元，让患儿及时得到了很好的救治。

二抓全力帮扶。2016年6月16日，德兴乡一条离最近的村也要徒步二天的无人沟里发生特大泥石流灾害事故，造成上山采药的门巴族群众八死一重伤。我们7月20日进墨之后，了解到这个情况，于是抽空于8月9日前往慰问“6·16”特大泥石流灾害事故中受灾的门巴族家庭，并协助受灾群众的家属就业，利用周末时间帮助受灾家庭抢收稻谷，还协调爱心企业捐资5万元解决其中两户受灾家庭无力偿还银行贷款的问题。

三抓全力慰问。我们利用周末或者出差工作之余，探望当地患病干部或其患病家属、贫困家庭、工作队战友20余人次；下乡进村入户慰问贫困家庭100多户，慰问驻村工作队、寺管会（驻寺工作队）、村两委共250多人，慰问驻墨部队、政法系统等单位9家，发放慰问金近35万元。深入了解了当地干部群众的生活、工作情况，密切了与当地干部群众的关系，为开展援建工作奠定了良好的群众基础。

四抓全力共建。墨脱是边境县，加强军地共建，拥军强军，巩固边防建设，意义重大。工作队深入县人民武装部、公安消防大队、武警中队、驻军某部调研慰问；将解放军驻墨某部列为佛山市双拥单位，加强军地共建；在檫曲卡茶园仙境旅游区援建项目中增加国防教育等功能，加强爱国主义教育。

五抓全力保护。对民族文化的保护、传承和发展，我们提出“和而不同，融而不灭”的理念，在所有援建项目中全部采用当地的门珞风格和名称。在“2016年雅鲁藏布生态文化旅游节”中，我们从自有工作经费中投入9万元为墨脱县参演队伍提供民族服装；在“2016广东（佛山）非遗周暨佛山秋色民俗文化活动”中，我们积极与佛山市政府及有关部门沟通协调，由佛山市全资支持，邀请了由55名农牧民群众组成的墨脱门巴族舞蹈队和由19名干部组成的党政代表团前往佛山参演参观学习；在德兴乡那尔东村调研时，了解到该村的神舞表演队是县级非物质文化遗产项目，具有鲜明的门珞文化特色，具有相当高的文化艺术价值，目前表演队发展遇到了资金困难的问题，我们当即根据村民的请求同意投入2万元，用于该表演队道具的制作和日常排练；在加热萨乡更帮村调研时，对农牧民表演队的服装需求也当场答应予以支持。

六抓全力解困。我们在调研过程中了解到帮辛乡岗玉村不产水稻，过年缺粮，我们非常关心，当场同意解决该村村民部分粮食问题。12月14日，我们将6400斤价值3万多元的大米送到了乡亲们的手中，帮助村民渡过难关。

更多的真心援藏、真情付出、真爱流露，敬请参阅《走向天路175——看望慰问》《走向天路177——解决问题》及每天的《走向天路》系列。

（发布时间：2017年1月16日09：29）

走向天路189

抓资源

（2016年工作回顾之七）

援藏资金已有制度性安排，争取额外资金等资源不是我们既定的工作任务。但是为了给当地相关单位及农牧民群众解决一些实际的困难和问题，以便更好地支持和推动墨脱经济社会的发展，我们也会在制度性安排的援藏资金之外，积极向佛山市及社会各界争取更多的额外资源（包括资金、物资及服务等）。主要办法有：

一抓汇报。我们充分利用前往佛山出差的机会，分别向市委书记鲁毅、市长朱伟、市委副书记李雅林、常务副市长蔡家华等主要领导及相关领导汇报墨脱和援藏的相关情况，让领导更加了解墨脱、关心墨脱、支持墨脱，他们都在感情上将墨脱作为佛山的第六个区县来对待，将对墨脱的经济社会发展给予大力的支持。同时我们积极邀请相关市领导前来林芝及墨脱实地调研和指导，半年内已有市长朱伟、市人大常委会常务副主任杨建华、市人大常委会副主任霍伙、副市长江鑫楷等市领导和相关部门、区及镇（街）领导深入墨脱调研和检查援建工作。通过积极汇报请示，援墨工作得到了市相关领导的关心和支持。市政府已同意在2017年追加250万元用于支持费用类项目的开展，并将解放军驻墨某部列为长期双拥共建单位，每年给予30万元的支持。异地搬迁改造工程的资金缺口的解决也得到了相关领导的积极表态。

二抓沟通。我们每次前往佛山出差都会抽空到佛山市的相关部门、各区及镇（街）沟通，介绍墨脱和援藏的相关情况，让相关单位及领导更加了解墨脱、关心墨脱、支持墨脱。我们先后拜访了市委组织部、市委宣传部、市台办、市发改局、市经信局、市财政局、市住建局、市教育局、市民政局、市工商局、市红十字会等众多部门，禅城、南海、顺德、高明、三水五区及其相关部门，南海区大沥镇、顺德区勒流街道办事处、高明区更合镇、三水区西南街道办事处和乐平镇等镇（街），得到了相关单位及领导的热情接待和积极表态，其中市财政局、市住建局、市民政局、市红十字会等部分单位的支持已经落实到位。

三抓争取。我们每次前往佛山出差都会抽空与各行业协会（商会）、企事业单位沟通，争取支持。已先后拜访了市信息协会、市互联网协会、市无线电协会、佛山郁南商会等商（协）会，中国电信佛山分公司等运营商，广州齐明软件、广东乐意投资、粤众互联信息等众多企业，佛山科技学院等高校，佛山市中医院、南海区第六人民医院等医院。我们与相关单位及其领导探讨了资金支持、物资捐赠、招商引资等多方面的合作，得到了相关单位及其领导的积极表态和大力支持，其中佛山电信、齐明软件、乐意投资、粤众互联信息等多家单位的支持已经兑现到位。

截至2016年12月31日，我们筹集的计划外资金（物资）已近900万元。争取这些资源虽然不是我们的强制任务，但它能够有效地解决当地相关单位及农牧民群众的实际困难和问题，对当地经济社会的发展也将起到很好的助推作用，是援藏资金的有力和有益补充。

（特别说明：《走向天路183—189》中的部分素材来源于工作组办公室主任、墨脱县教体局副局长郭振华和工作队员、县农牧局副局长赖明建所撰写的工作队工作总结，在此一并表示感谢！）

（发布时间：2017年1月17日08：02）

走向天路190

慰问家属

（休而不息之一）

我们在西藏、在墨脱，虽然环境和工作都十分艰苦，但再苦也只是自己一个人，最起码一人吃饱全家不饿。而我们在西藏、在墨脱时，却苦了在佛山的另一群人——队员们的妻子，她们除了自己苦，还要为家里的其他人苦。她们是一人吃饱，还要照顾其他家人吃好。真是苦了她们！

她们有多苦，我曾经于2016年10月24日深夜写过一篇短文，详情可参阅《走向天路104——援嫂》。这篇短文描述了她们所受的一些苦，引起了不少援友的共鸣，部分援友转发了此文，还引起了援嫂们的关注，也有部分援嫂阅读并进行了转发，我自己家的援嫂看了还感动得躲到洗手间哭了一番呢。

将士在外奋不顾身，惦记的无非就是家人，援友也不例外。所以，我们十分重视对队员家属的关心和爱护。我们建立了家属交流群，既让前后两方能够互相沟通和理解，也让家属之间能够互相沟通和帮助。我们每次前往佛山出差，都会抽空前去其他队员家里或其家属单位探望，并提请其所在单位给予关心和爱护。

此前我们已经看望慰问了五个队员的家属，而另外几个队员的家属因时间等关系还没有前去。这次回来休假，我们也将看望慰问队员家属作为首要的任务来完成。元旦假期刚过，我们便于1月4日前往佛山市高明区的李展健家中，他的女儿就在他回来的当天出生，其时他正好在林芝飞往广州的飞机上。我们对其二胎喜获千金表示祝贺，对其家属表示慰问。同日我们还前往高明区人民医院看望慰问了因病回来在此医治的援藏医疗人才谢林碧。1月5日前往佛山电视台南海分台看望慰问了队员邓宏照的家属，1月6日前往南海区第六人民医院看望慰问了队员雷震的家属，雷震的二胎小孩刚好在他进藏之前的三天喜降人间。至此，我们的看望慰问基本实现了队员家属及其所在单位的全覆盖。1月12日，我们再把所有队员及其家属邀请到一起，举行了队员家属恳谈会，向队员家属介绍我们在藏、在墨的情况，对队员家属表示我们的敬意和慰问。

后方稳，前方勇。没有巩固的后方，就不会有拼搏的前方，前后方是有一条隐形的红绳在联系着、牵动着。我们能力有限，不可能做得太多，唯有用这份心去巩固和发展这份情。

（发布时间：2017年1月18日07：42）

1月19日
星期四

走向天路191

支持同事

（休而不息之二）

我在《走向天路184——抓团队》中说过，“团队是干事创业的前提和基础”，“团队的关键在人”。我们作为团队的负责人带领团队，在某种程度上跟搞传销有点相似，那就是我们的业绩都是线下做的。因此，关心好、爱护好团队的每一个成员，充分调动大家的积极性和创造性，就是团队负责人的重要职责。

如何关心爱护，内涵丰富，形式多样。广东省第八批援藏工作队墨脱县工作组的各位队员，分别来自于市直及各区的相关单位。因此，加强与市及各区相关领导、市及各区组织部门、各队员所在单位的沟通，如实汇报反馈他们在藏、在墨的工作、学习和生活情况，就成为我们的工作之一。

我们每次前往佛山出差，都会专门向市相关领导及市委组织部、各区相关领导及区委组织部、各队员所在单位汇报工作情况及队员情况，请求相关领导及单位对队员给予关心和支持。每次相关领导前来林芝及墨脱实地调研指导时，我们也会将其作为汇报内容之一。这次回来佛山休假，我们也将关心爱护队员与看望慰问队员家属一样，作为重要的任务穿插结合起来一起完成。

1月4日下午，我们前往高明区拜访，得到了区委书记徐东涛、区委副书记严冰、区委常委冼嘉奋、副区长叶敏坚和谢志强等区领导的热情接待，向他们汇报了相关工作情况及该区派出的李展健、谢林碧等队员的表现情况。随后到高明区人民医院与该院相关领导进行了工作和相关情况沟通，对该院派出并因病返回该院治疗的援藏人才谢林碧进行了看望慰问。1月5日下午，我们前往南海区拜访，得到了市委常委、区委书记黄志豪，副区长乔吉飞等相关领导的接见，并与区发改局相关领导进行了座谈，向他们汇报了相关工作情况及该区派出的邓宏照、雷震等队员的表现情况。1月6日上午，我们前往南海区大沥镇和南海区第六人民医院与黄伟明镇长、罗丽燕副镇长等相关领导进行了工作情况沟通，向他们反馈了该镇及该院派出的雷震同志的表现情况。

至此，我们的汇报沟通基本实现了市相关领导及市委组织部、各区相关领导及各区委组织部、各队员所在单位及其相关上级单位的全覆盖。

（发布时间：2017年1月19日08：11）

走向天路192

争取支持

（休而不息之三）

我在《走向天路171——天气冷了》中就说过："对于援藏来说，休假只不过是换了个地点换了种方式工作而已。"确实是这样，你回家休假了，不趁这段时间去完成后方的工作，难道要等回藏上班后再回过头来做后方的工作吗？不可能吧。因此，我们都会利用在家的时间积极去开展后方的工作，争取更多的支持。

1月4日下午，我们前往高明区，拜访高明区相关领导及单位，得到了区委书记徐东涛、区委副书记严冰、区委常委冼嘉奋、副区长叶敏坚和谢志强及区发改局、区人民医院相关领导的热情接待。我们向相关领导及单位汇报了墨脱的相关情况、我们的工作情况、相关队员的情况、提请给予的支持等，得到了相关领导特别是徐东涛书记及相关单位的积极表态。

1月5日下午、6日上午、11日下午，我们三次前往南海区，分别拜访南海区相关领导及单位，得到了市委常委兼区委书记黄志豪、副区长乔吉飞及区发改局、大沥镇、佛山电视台南海分台、区第六人民医院相关领导的热情接待。我们向相关领导及单位汇报了墨脱的相关情况、我们的工作情况、相关队员的情况、提请给予的支持等，得到了相关领导特别是黄志豪书记及相关单位的积极表态。

1月5日、11日、13日下午，我们分别拜访了市财政局、市民政局、市卫计局等市直部门，得到了市财政局相关领导、市民政局副局长廖沙和田园、市卫计局王政局长等的热情接待。我们向他们汇报了墨脱的相关情况、我们的工作情况、提请给予的支持等，得到了他们的积极表态。其中廖沙副局长表态支持将解放军驻墨某部列为双拥共建单位，每年给予30万元的支持；田园副局长表示将对我们提请的助贫济困需求给予尽可能的支持；王政局长表示将对我们提请的县人民医院创二甲、医疗技术人员、医疗器械、药品等需求给予尽可能的支持。

1月5日下午、11日上午，我们分别与佛山市互联网协会及相关企业进行了座谈，前往广州齐明软件有限公司进行了拜访，向他们介绍了墨脱的相关情况、我们的工作情况、提请给予的支持等，得到了相关单位的积极表态。市互联网协会表示会适时组织会员企业前往墨脱考察，相关企业表示会在力所能及的情况下给予适当的支持。广州齐明软件有限公司总经理周贵廷立即表示先给予10万元的支持，并在春节前兑现。

1月6日下午，我们分别前往广东省农业科学院及茶叶研究所拜访，得到了易干军副院长、操君喜所长等相关领导的热情接待。我们向他们介绍了墨脱的相关情况、我们的工作情况、提请给予的支持等，得到了他们的积极回应，表示将在种苗、技术、市场等方面支持墨脱茶叶的发展。

此外，我们还拜访了相关市领导及其他单位。

相关领导及单位的积极表态和大力支持，给了我们更多的信心和动力，感恩有您！

（发布时间：2017年1月20日08：30）

1月21日
星期六

走向天路193

为了项目

（休而不息之四）

项目是整个援藏工作的核心和关键。鉴于墨脱的特殊情况，我们按照相关法规的要求和省队的安排，对援建项目实施抓早、抓紧、抓好，这次回来休假也不例外。

1月8日、11日两个下午，我们专门前往位于顺德区杏坛镇的逢简水乡和南海区桂城街道的蠕岗公园魁星阁进行实地考察，为我们相关项目的策划、设计和建设提供参考。

1月9—10日，我们专门前往惠州市龙门县的南昆山及相关苗圃基地进行实地考察，为我们相关项目的绿化配套工程物色相应的花草树木，并带了部分回来做试验。

1月11日上午，我们专程前往广东省城乡规划设计研究院拜访，沟通请教相关援建项目的设计问题，得到了党委书记钱中强及该院援藏干部、林芝市住建局总工程师黄炀等领导的接见和指导。

1月12日上午，我们与华南建筑设计研究院进行了座谈，该院何国昆主任等详细汇报了墨脱县城风貌改造、致富路改造、白玛岗360度全景观光栈道、墨脱秘境、雅鲁藏布江茶园仙境及墨脱镇巴日村、德兴乡文朗村等小康示范村建设项目的相关设计问题，我们提出了相关的意见。

1月12日下午，我们召开了广东省第八批援藏工作队墨脱县工作组项目工作会议，全体队员参加了会议。我们对所有拟建项目进行了进一步的研究讨论和具体化，确定了每个项目的名称、内容、规模、责任人等细节问题，待与县里沟通并报省队等相关部门同意后推进实施。会议要求以最快的速度启动前期工作、以最快的速度办理相关手续、以最快的速度启动建设。

我们希望，在我们2月底回墨的时候，部分前期工作已经完成，全部前期工作已经展开；到今年雨季结束的时候，全部手续已经办完，所有项目全部动工。

（发布时间：2017年1月21日08：13）

1月22日
星期日

走向天路194

自己的假期

自从孩子幼儿园毕业以后，我们每年暑假都会一起外出旅游一趟，以放松身心，增长见识，丰富经历。去年暑假的旅行早已安排好了，但因我当时要进藏工作，因而缺席了那次旅行，妻儿也因此提前中止了旅行，使得去年暑假的旅行成为了一次遗憾。我曾在《走向天路23——缺席的旅行》中提到过此事。

这次回来休假，先是忙了十来天，然后孩子放寒假了。孩子提出暑假旅行没弄成，然后又辛苦了一个学期，希望出去逛一下。我们商量了一下，干脆连妻子也休假，一家三口一起去。去哪里原先也没有计划，去北方太冷了，还是在南方吧。孩子说四个直辖市只去过北京，天津又冷，那就剩下上海和重庆了。孩子喜欢吃辣的，那就去重庆吧。

孩子1月14日开始放假，那就当天出发，什么兴趣班全部都放弃了。我们当天上午飞抵重庆，然后中午吃了一顿火锅犒劳一下自己，晚上又到著名的解放碑步行街去吃小吃，坐船欣赏一下重庆的夜景。由于没有既定的目标，从第二天开始，我们便将探亲访友和四处闲逛相结合，趁此机会见见同学、探探朋友，并随心随意地在周边转悠，一直转到昨天才回来。这几天，才真正算是自己的假期。

其实，旅行不一定在乎去了什么地方，只要一起就好；不一定在乎看了什么美景，只要开心就好；不一定在乎吃了什么东西，只要满足就好。

（发布时间：2017年1月22日07：57）

走向天路195

南瓜萝卜

我曾经戏称：在墨脱，除了楼顶有可能是平的，就再也没有其他平的地方了。这虽然有点夸张，但情况基本属实。

由于墨脱全境山高谷深，坡陡崖峭，缺乏足够的耕地，所以农产品很难规模化种植。而没有规模化就没有产业化，因为规模化是产业化的前提。

墨脱的农产品虽然没有规模化，但却极具特色和个性。不信？你可以过来看看哦！保证令你口水直流，马上出手！

今天，我就给大家分享一下墨脱的萝卜吧。我们在徒步下乡进村入户的时候，在加热萨乡拉贡村支部书记家中，发现了一种形状十分特别，外形酷似南瓜的萝卜。由于当地居民不知道它具体是什么品种，叫什么萝卜，因此我们只好以它的外形给它命名为“南瓜萝卜”。这种萝卜颜色有红白两种，大小不一，大的可重达几斤，既可熟食，也可生吃,熟食清甜可口，生吃清脆爽口。

除了南瓜萝卜，墨脱的其他萝卜也很有特色。我们在背崩乡德尔贡村就发现了一种红皮萝卜，据说还有紫色的，可惜我们没有看到。墨脱的白萝卜也很棒。

俗话说：萝卜青菜，各有所爱。但墨脱的萝卜，既能食用，又能观赏，特色鲜明，个性突出，值得你爱！

（发布时间：2017年1月23日08：04）

墨脱野花椒

在墨脱下乡进村入户调研的时候，经常在山边路旁看到一种树，枝干长满了刺，枝上还长满了红褐色的小果子，走近一闻，一种特殊的香味扑鼻而来，沁人心脾。

经询问了解，原来是一种野花椒，墨脱多有分布或种植。据说野花椒可以食用，打火锅、炒菜……各种烹饪皆可，特别是将野花椒和墨脱石锅鸡相配合更是妙不可言！

据说野花椒也可以药用，味辛辣，麻舌，性辛、温，具有驱风、去湿、逐寒、止冷、消肿、止痛、健胃、利尿、抗菌、驱虫等功效。根、果、叶、皮等可用于治疗风湿、歪嘴、神经错乱、毒蛇咬伤、牙痛、发痧、腹痛腹泻、心口痛、胸腹酸痛、跌打损伤、劳伤劳损、瘀血作痛、经闭、咯血、吐血、湿疹、皮肤瘙痒、水肿、腹水等疾病，还可用于避孕等，据闻江西、台湾等省民间还有用其来根治胃病的。

我发现野花椒还具有给衣服及其他物品增添香味的作用。放一小袋野花椒在柜子或袋子里，既不惹虫，又异香扑鼻，比传统的樟脑好多了。

可惜的是，墨脱虽然有此宝物，但由于销路等问题，更多的野花椒只好烂在了树上。真心希望有哪位做电商或者微商的大神可以帮忙推销一下，这样这里的农牧民就能增加点收入，大家也能品尝到墨脱野花椒！

（2017年1月24日07：51）

1月25日
星期三

走向天路197

墨脱松

前往墨脱的达木、格当、帮辛、加热萨、甘登等乡，特别是加热萨乡龙列村至甘登乡多卡村的路上，经常可以看到一棵棵或一片片挺拔的松树，矗立在雅鲁藏布江及其支流两边的陡坡、山崖上。

墨脱的松树特色鲜明，个性突出。她修长而优雅，绝对是女生羡慕、男生倾慕的对象。树干最高可达几十米，单株的时候，亭亭玉立，而即使身处丛林，依然能够脱颖而出，鹤立鸡群，冠压群芳。树干上少有杂枝，只有到了树冠枝叶才比较茂盛，造型独特而优美，像伞，像火炬……由于墨脱的地形山高谷深、坡陡崖峭，所以她的顶部一般都向着山坡的外侧和下方，而她的底部却是扎根于山坡的内侧和上方，整个身形构成一个不规则的“Z”或“S”型，杠杆原理和曲线原理在她身上得到完美体现。其实，她就是门珞乌姫（门巴族和珞巴族姑娘）的化身。

她具有顽强的生命力和高尚的品格。她生长的环境要么是陡坡，要么是峭崖，土壤贫瘠，条件艰苦。但她做到了位处绝境而不息，跻身丛林而不屈，独身静处而不骄。这不就是正直善良、勤劳勇敢、顽强不息的墨脱门珞人民的缩影吗？

墨脱松，门珞人。

（发布时间：2017年1月25日07：59）

走向天路198

组织关怀

（休而不息之五）

1月24日上午，佛山市委书记鲁毅接见了派驻西藏墨脱县、新疆伽师县、四川凉山州的援建干部人才，表达了市委市政府对援建干部人才的关心和慰问。葛承书、张可、谢国高三位组长分别汇报了援川、援疆、援藏的工作情况，鲁毅书记作了讲话。市委常委、常务副市长蔡家华，市委常委、组织部部长杨朝晖，市委秘书长郭长勇，市政府副秘书长蒋庆等相关领导参与了接见。

鲁毅书记在讲话中表示，是包括援派干部在内的大家成就了佛山的今天，并简要通报了佛山2016年经济社会发展情况；当地对援藏等工作队的表现十分满意，市委市政府也一样；援建干部把佛山的精神带到当地去，体现了佛山干部干事创业的精神风貌。鲁毅书记指出，对口支援西藏、新疆和四川是党和国家的正式制度安排，是中央和广东省赋予佛山的光荣使命，也是佛山义不容辞的政治责任，我们一定要将中央及广东省的要求牢记在心，做好、完成好。鲁毅书记对做好援藏、援疆、援川工作提出了三点意见：一是要以阳光的心态面对人生、以辛勤的劳动创造生活、以感恩的情怀开拓工作。佛山是一个充满阳光和正能量的城市，援派干部人才派驻到西藏墨脱县、新疆伽师县和四川凉山州工作，是组织的信任和人民的重托，要以更加阳光的心态融入当地社会开展工作。当前佛山的经济社会发展走在全国的前列，佛山人民辛勤的劳动使各方面建设都很出色，我们选派的援建干部人才都是经过考察挑选的优秀干部人才，到条件艰苦、边远的地方去工作，更要保持这种辛勤作风，为受援地的人民群众创造更好的生活。国家部署安排的对口援藏、援疆、援川工作，关系到民族团结发展、全民奔小康的战略大局问题，援建干部人才受组织的培养和信任，要以感恩的心把握这个机会。二是要保持激情燃烧、干事创业的精神。对口支援建设是国家战略，要有使命

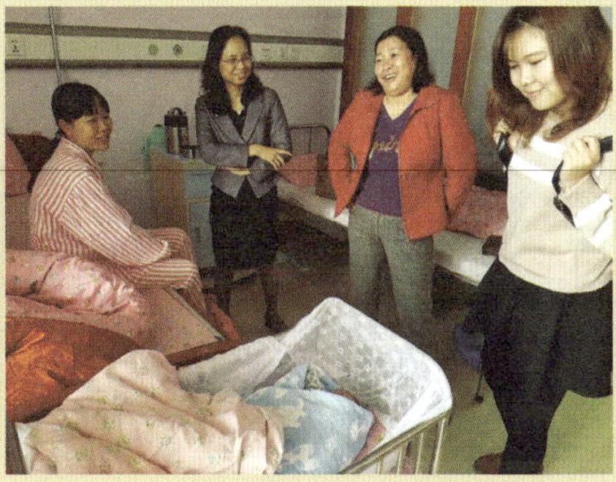

感、责任感和担当意识，以一万年太久，只争朝夕的干事创业激情去服务西藏墨脱县、新疆伽师县和四川凉山州的建设发展。三是要在当地党委政府的领导下，尊重、理解、学习、适应当地民俗习惯和宗教信仰，自觉维护民族团结、维护社会稳定，严格遵守纪律，注意人身安全，平平安安归来。鲁毅书记还表示，相信我们的干部人才有能力、有水平、有担当，能够完成好中央和广东省交给我们的任务，为推动受援地区跨越式发展和长治久安做出积极的贡献，并要求市委组织部加强跟踪考察和落实政策。

而在此前后，各个援藏干部人才所在单位及所在区的组织部门也分别对援藏干部人才及其家属以各种形式表达了关心和慰问。1月22日下午，佛山市经信局召开了援派干部座谈会。市经信局副局长张庆云受市人大常委会副主任、市经信局局长李坚的委托主持了会议，市经信局援派西藏、云浮等地对口支援及在省经信委、禅城区张槎街道办事处挂职的六位同志和市经信局办公室、人事科、机关党委等部门的负责人参加了会议。市经信局副局长、广东省第八批援藏工作队墨脱县工作组组长、墨脱县委常务副书记谢国高详细介绍了墨脱的基本情况和援建工作的开展情况，其他援派干部和市经信局相关部门的负责人也进行了发言。张庆云副局长代表局党组向各位援派干部表达了敬意、关心和慰问。

包括市委主要领导在内的各级领导及各队员所在单位、所在区域组织部门的关心慰问，体现了组织的关怀，既是支持，又是鼓励。有了领导的关心和组织的关怀，2017年我们撸起袖子加油干！

（发布时间：2017年1月26日08：43）

1月27日
星期五

走向天路199

干到过年
（休而不息之六）

相比前方，后方的工作更显得时间紧任务重，因为我们回来休假无非就是这段时间，而这段时间除去周末和节假日就所剩不多了，在剩下的时间里还得看看对方是否有时间，自己和对方都有时间的时间才是真正的有效时间。所以，必须得抓紧、抓紧、再抓紧，否则就又到了回墨的时间了。

于是乎，1月21日回到佛山后，我当天就拜访了市台办主任香秀杏、市工商联党组书记李德等相关部门的领导，向他们汇报了墨脱的情况和援建工作的情况，提出了相关请求，得到了他们的积极回应和大力支持，表示将于今年4月组织相关企业到墨脱考察。

1月22日上午陪孩子去南海外国语学校参观考

察，下午与相关企业座谈沟通后回市经信局参加援派干部座谈会（详见《走向天路198——组织关怀》）。

1月23日上午分别拜访了市委常委、常务副市长蔡家华和市发改局及市援藏援疆办，下午前往广州拜访了省发改委及相关部门，向相关领导及部门汇报援建工作情况，然后回到佛山与市机械装备行业协会及相关企业进行座谈，得到该协会的积极回应和支持。

1月24日上午先参加了市纪委十二届二次全会，然后拜访了市卫计局局长王政和市农业局局长唐棣邦，向他们汇报医疗卫生和农牧业特别是茶叶方面的情况和沟通了请求，得到了热情接待和积极表态，再参加了鲁毅书记的接见（详见《走向天路198——组织关怀》）。下午先参加了市经信局主要领导向市纪委的述责述廉述德会议，然后分别拜访了市委常委、组织部部长杨朝晖和市委宣传部副部长黎才远，汇报了墨脱的情况、援藏干部人才的表现情况和宣传方面的情况等。

1月25日上午先拜访了佛山电视台和禅城区委宣传部、禅城区经科局，下午又拜访了南海区经科局等单位，得到了罗乐生台长、何永庆常务副部长、李凯局长、伍慧英局长等领导的热情接待，向他们介绍了墨脱的情况和援建工作的情况，提出了相关请求，得到了他们的积极回应和大力支持。

1月26日上午与相关企业进行了沟通交流，下午前往市人大常委会向钟美恃秘书长汇报沟通军民合作共建的相关问题。

今天是新历的1月27日，农历的大年三十，也就是除夕了。今天，就算是我们想再干估计也不会有人搭理我们了。现在，我们将迎着初升的太阳，沐着和暖的阳光，拂着微微的柔风，带着一颗回家的心，携着一股对亲人的期盼，奔驰在刚开通不久的江罗高速公路（广东江门至罗定）上。

终于可以回家过年了！

（发布时间：2017年1月27日07：59）

1月28日
星期六

走向天路200

过年了

我们一家三口是昨天（除夕）早上才从佛山返回郁南乡下过年的，这是我有史以来回得最晚的一次。

回来的前一天晚上，难得有空，我们一家三口便相约前去逛花街。所谓花街，顾名思义就是卖花的街道。花，在这里是适合家里种植、摆放的各种花草树木的统称。广东人有爱花赏花的习惯，喜欢过年的时候在家里摆花、插花，以增加节日气氛，寓意吉祥幸福。逛花街是广东地区最广泛的民俗活动之一，一般在每年除夕前几天开始，而在除夕当晚达到高潮，并于午夜后结束。

晚饭后，我们来到位于文华路的禅城迎春花市。整个花市灯火通明，人头攒动，熙熙攘攘，十分热闹。有一家拖儿带女的，有老俩口、小俩口或者情侣出双入对的，有三五知己成群结队的，也有一个人独自精彩的。他们或手拉着手，或手挽着手，或勾肩搭背，或相依而行，也有小孩子坐在肩膀上的。

花市以道路中间的绿化带为界分成两边，每边又在道路旁搭建了临时的摊档，售卖的商品琳琅满目。其实所谓的花街，只不过是以花为主题，所摆卖的花无一例外都是应节应景、寓意吉祥的花草树木，种类繁多，主要有年桔、桃花、兰花、菊花等，同时兼备相关节庆用品、日常用品、食品饮料、各种精品、各地特产、各种小吃以及相关的活动，跟北方的庙会有点相似。

由于我们不在佛山过年，也没什么东西要买，所以我们的主要目的不在于买什么，而是来感受一下过年的气氛。

昨天早上从佛山出发，沿着广明高速和江罗高速行驶，车辆还不少，但也不拥挤，十分顺畅，全路段基本上都可使用定速巡航。我们中午回到家里，简单地吃了个午饭。之前其他家人已经按本地风俗拜了祠堂、社公及其他神圣，其他准备工作也已经基本就绪。于是我们就往房屋背后的山沟里走走，其实这里的山路并不见得就比墨脱的好，只是没有墨脱的险而已。

晚上是丰盛的晚餐，我们这里是大年三十晚上和大年初一早上最为丰盛。晚上一家人坐在客厅里聊天和看电视，同时把对联和门神等也贴好了。由于天气干燥，为了安全起见，我们便没有买任何的烟花回来，放烟花的环节也就省掉了。

这里的习俗是大年初一都要放鞭炮迎新年。家里人说除夕夜十二点过后就是吉时，于是便先放了鞭炮再睡觉，这样今天早上就不用那么早起了。今天早上起来后，大家先是互相拜年祝福，给小孩子们派红包，然后就是丰盛的早饭。接着，大家便继续聊天，有时出去四处逛逛。期间还前往邻村的村委会去看了一下，可惜今天没人上班，交流不了。

现在回乡过年，已经不再像以前一样有什么特别的活动，也不再像以前一样对物质和饮食有什么渴望，孩子们对红包虽然来者不拒但也不再像以前一样那么兴高采烈。过年，更多的是对故乡的一种思念，对家的一种依恋，对亲人的一种期盼。

值此新春佳节，顺祝各位领导、各位亲友及家人新年愉快、身体健康、工作顺利、家庭幸福、万事如意！祝福佛山、墨脱2017年更美好！扎西德勒！

（发布时间：2017年1月28日22：01）

1月29日
星期日

走向天路201

过年祭祀

祭祀，源自于人们对各种自然现象、社会现象的神秘及不确定性的恐惧和崇拜，希望通过祭祀自己内心想象而成的各种所谓的神灵以及自己的祖先，消除恐惧，寄托希望，并祈求事物向着有利于自己的确定性发展。祭祀是中华民族的传统文化，源远流长，种类繁多，程序复杂。过年祭祀（我们这里称之为拜神）就是其中之一。我们乡下过年的祭祀时间主要是年三十（除夕）、年初一、开年和外嫁女回来探亲时，祭祀的对象主要有天地神灵、社神和祖先，祭祀的场所主要是当天（地堂）、社、祠堂。

每逢年三十（除夕），人们便早早起床，宰鸡杀鸭，准备团年饭和祭祀贡品。贡品主要分为食品饮料和香烛纸钱、鞭炮等，食品分为肉类和非肉类。肉类主要

有鸡和猪肉（鸡和猪以外的其他家禽和家畜是不能作为贡品的），这是必备贡品，而且必须煮熟。鸡要成只，去毛开肚，掏出内脏，头向上，双脚弯曲到腔内，成跪拜状。猪肉要整块，有头有尾。非肉类食品有面条、饼干、糖果等。饮料有酒和其他饮料。这些食品饮料在搞完祭祀仪式后是可以拿回去自己食用或者饮用的（酒和饮料祭祀时要倒掉部分），而香烛纸钱和鞭炮等则是消耗品，就完全贡献给神灵和祖先了。贡品也会随着时代的变迁而变化，并非一成不变。

当一切准备就绪之后，人们便会选择一个所谓的吉时开始祭祀活动。祭祀首先是从当天（地堂）开始的，这是祭祀天地神灵的地方。人们会在自己家门前的地堂上放上桌子，摆上贡品。先分别点燃红色的油烛（必须是双数）和香（必须是单数）插到香炉上，然后点燃纸钱放在香炉下面的地上燃烧，再将酒或其他饮料倒三杯摆在香炉前并分别拿起倒一些到地上，最后就是燃放鞭炮。过后人们便齐聚贡品前，朝着贡品和香炉的方向朝拜三下并许愿即可。

接下来就是祭祀社。社就是祭祀社神即土地神的地方。社有大社小社之分，大社即整个宗族的社，小社即宗族中的一个分支（我们叫作房，如大房、二房等）的社。祭祀社要从大到小。祭祀社的程序和祭祀天地是一样的，不同的是社分上下两边（即对内、对外两面），甚至连旁边都还可能有上香的地方。

然后是祭祀祠堂。祠堂是祭祀祖先和先贤的场所，也可以用于族人办理红白喜事及商议族内要事等。但在我们乡下就只有前者，后者都习惯在家里或其他地方举行。祠堂有特定的建筑风格和布局，与普通民居不一样，常人一眼就能看出来。一般进围墙大门以后就是地堂，所谓地堂就是房子前面的一块平地，多数有围墙围着。然后正中间有道大门，大门正对着的是列祖列宗的神位，神位一般镶嵌在神龛内，神龛前面是神台，它们都位于正厅。正厅与大门之间有个长方形的天井，屋脊上的瓦水从四面汇流到天井中，寓意四水归堂，有肥水不流外人田的意思，然后再通过暗渠排到外面去。正厅两旁可能还有偏厅。这是一进式的布局，如果规模大的还有多进式的。祠堂也有大小的区别，大祠就是整个宗族的祠堂，小祠就是宗族中的一个分支（房）的祠堂，祭祀也要从大到小。祭祀祠堂的程序也是一样的，不同的是上香的地方多了几个，除了正中的列祖列宗神位外，它的右边（面对着）还有一个相关神灵的神位，偏厅有修祠时做饭的灶神，大门内侧左边（面对门外）有一个神位，大门正对着的围墙上还有一个神位，一般共有五个神位。祭祀完祠堂，一个祭祀环节便告结束了。

与年三十（除夕）的祭祀相比，年初一的祭祀阵势更大，但环节较少。先是择个吉时大放鞭炮，十分隆重，整个村炮声连绵，震耳欲聋，烟雾弥漫。然后再祭祀当天（天地神灵）和小社，但大社和祠堂一般就不去了。

开年祭祀，阵势（主要是指放鞭炮）小于年初一，但环节就与年三十（除夕）一样，要当天（天地神灵）、社和祠堂全部走完。所谓开年，就是一年的开始，一般在年初二进行，而不是年初一，可能年初一是用来庆祝和休息的吧。开完年，人们就可以扫地，而在年三十（除夕）之后开年之前是不许扫地的，免得把一年的运气给扫走了。开完年，人们就可以外出探亲访友或外出工作、干活，而亲友也可以来访了，各种活动的开展不再受影响。

外嫁女或其家人前来探亲时，也要拿他们带来的礼物作为贡品祭祀当天（天地神灵）和小社，以告慰神灵和祖先，但大社和祠堂一般也就免了。他们带来的礼物一般都要包括一只鸡在内，而这只鸡和其他部分礼品都是要用作贡品的。对于他们带来的礼物，主人家会领一部分，然后回一部分。其他的亲友来访，一般都不会举行祭祀仪式。

（发布时间：2017年1月29日21：39）

走向天路202

儿子的委屈

今天聊天时，儿子突然冒了一句：“老爸！你不在家，妈妈的唠叨全都倾泻到我身上了！”这先是让我一愣，随后便开怀笑了。

原来儿子的委屈，不光是我不能经常陪他，他还得替我分担唠叨。据他说，平时他妈妈的唠叨，他最起码占了四分之三。现在我回来了，他的压力骤然减轻。

听他这么一说，还真是委屈他了。我无言以对，只好用手轻轻抚摸了一下他的头，然后鼓励他多担当一点。

（发布时间：2017年1月30日20：03）

1月31日
星期二

走向天路203

儿时的河流

每次回到乡下，都喜欢到村子的各处去走走，山上、地里、田间、溪边……那里有很多我们儿时的记忆。最让我怀念的是家乡的小溪、小河。它们从村子背后的各条山沟里发源，沿着山沟往外流，途中不断与其他小溪汇合，最终形成两条小河流经村子的左右两侧，并在村子前面形成合抱，再流向远方。

每条小溪的源头，都在每条山沟沟尾的山脚下。众多的泉眼就在那里无声无息地冒出来，或高或低，或大或小，或急或缓。我们小时候放牛的时候喜欢用手指去堵，但却怎么也堵不住，只感觉十分清凉。小溪的源头，常常有很多小螃蟹。它们四处爬走，行动迅速，敏捷而机警。两只眼睛就像长在两根小树枝上，还能摆动，煞是可爱。它们爬走的时候很特别，不是前进后退，

而是左右移动，广东话称之为“打横行”，意思是十分霸道，但这个意思与它的可爱真是风马牛不相及。

这些小溪、小河在外流的过程中，有些河段下切很深，落差也大，形成了很多清澈的水潭。两边的树草几乎完全将它遮盖，里面就像一条隧道，溪流几乎完全变成了暗渠。而有些河段又相对平缓，与两边的田地高差不大，树不多，草也不高，溪流与田地构成了完美的田园风光。但这些平缓的河段并非天然，而是村民用石头砌成平坝或用木桩拦截杂物、淤泥和河沙堆积而成的，目的是为了提高水位，开渠引水，灌溉农田。由于这些都是平坝，没有水闸，河水直接在坝顶上漫过，然后跌落形成众多的小瀑布和小水潭，因此，每条小溪、小河都呈陡缓相间的阶梯状分布。

平缓的河段，是我们放牛的最佳去处之一。牛站在小溪、小河里，伸头就能吃到两岸的草，真可谓是“左右逢源”。我们将这种状态下的牛，叫做“坑底牛”，意思是吃两边。由此而产生了一个粤语版的歇后语：坑底牛——食两边。我们特别喜欢在这些河段骑牛马，哪怕它发起飙来，我们也能向两边扑，即使掉水里也不会有什么大碍。

而陡急的河段，由于水潭众多，潭里经常有鱼，就成了我们捉鱼的好地方。我们有时候在水潭上方挖泥筑坝，截断水流，同时把水潭的水往外泼，待到把鱼抓了再挖坝放水，或让它自然溃坝恢复原状。有时候在水潭上方挖泥筑坝，并在水潭边上开挖一条水渠将水引到它的下方，然后再把水潭的水向外泼，待把鱼抓了再恢复正常。后来我发现把鸡粪或鸭粪放在有底垫的笼子里，然后把笼子侧放在水潭里，待鱼进去吃的时候再提起来，鱼儿束手就擒，这种方法可就省事多了。

在一些河底有沙的河湾里，通常都会有虾子，那是我们抓虾的风水宝地。在有淤泥的河道里，还能抓到泥鳅和塘鲺（一种鲶鱼）。

这些小溪、小河为我们的童年生活带来了很多乐趣，留下了很多记忆。后来，村民们越来越多地烧山挖地，开荒种植巴戟和桂树等经济作物，导致了不同程度的水土流失，对那些小溪、小河造成了一定的影响。对于农村的这种情况，我曾经写过一首诗来表达我的担忧：

滥垦

木伐林砍草烧光，
锄岭挖坡来开荒。
泉涸溪浅河变短，
雨来洪涌翻黄汤。

随着全球气候变暖，加上各地农村的滥垦、垃圾倾倒等问题，变少、变小、变短、变脏似乎已成为现在河流的基本特点。

儿时的河流，我们只找回了对它的记忆，再也难以找回它原来的样子。

（发布时间：2017年2月1日07：24）

2017年

2月 February

2月1日
星期三

走向天路204

我的家乡

我家所在的村庄叫三垌坑，是广东省云浮市郁南县中部山区的一个自然村落。所谓“垌”，在汉语里的意思是“田地”。其实这个解释不太贴切，准确的意思应该是我国广东、广西、湖南部分地区对分布于山间河谷、盆地的局部平坦或相对平坦区域的称谓。垌与坝子有点相似，坝子是指我国云贵高原上局部平坦的地方，主要分布于山间盆地、河谷沿岸和山麓地带。它们不同的地方有四点：一是区域不同，垌是两广和湖南部分地区的叫法，而坝子是云贵高原上的称谓；二是海拔不同，垌是位于海拔较低的山地丘陵地带，而坝子位于海拔较高的云贵高原地区；三是大小不同，垌的规模相对较小甚至很小，而坝子的规模相对较大甚至很大；四是范围不同，垌不包括山麓地带的平地，而坝子则将其

包含在内。而“垌”在上述地区与“洞”“峒”基本上是通用的，如当地居民是将“三垌坑”写作“三洞坑”的，湖南的“千家峒”是用“峒”的。所谓“坑”，在粤语中还有一个意思就是指两山相夹的狭窄山谷、河谷或峡谷（详见《走向天路120——坑底牛》）。

顾名思义，三垌坑就是里面有一些相对连片和平坦田地的三条山沟。这个地名比较确切地反映出这个村子的地形地貌特征。村子所在的地形整体坐北朝南，鸟瞰略呈不规则的小写英文字母“m”，只不过两边长中间短。村子后面和左右两边的山峰都是与邻村的分水岭，后面的山峰最高，然后向左右两边扩散延伸，两边的山也相对较高、较长，一直延伸到村前开始收窄，左边止于三垌坑口与冬笋坑口交汇处，右边继续延伸到约一公里开外的增西村。如果从三面环山的地形看，又像一个宝瓶葫芦。而村子后面的最高峰尖峰嶗左侧延伸出来的一座长条形低山——岗顶界，则像一条巨龙一样蜿蜒而来，一直延伸到村子的屋背后，村子的房子多数就位于这个龙头的位置。村子前面有一片稻田，发源于村后各条山沟的小溪小河分别汇成两条小河，在村子的两边流过，并在村前稻田的下方汇合，形成合抱之势。整个村子可谓是靠山面水，左右逢源，很有中国山水画中描绘的村庄的味道。

村子的右后方，是三垌坑中的两坑。最右边

的叫细坑，细即是小的意思，细坑真是名如其坑、坑如其名，又细又短。中间那条坑叫做豆豉坑，至于为什么这么叫就不是很清楚了。从村子往坑里走，约一公里之后，豆豉坑又分成三条小坑，右边的叫老鼠坑，中间的叫正坑，左边的叫豆豉坑，而老鼠坑再分成两条更小的坑，右边的叫老鼠坑，左边的叫横坑。村子左后方的那条坑叫崩塘，意思就是它的地形像鱼塘崩了个缺口。崩塘往里走几百米又分成三支，右边的叫塘椏，中间的叫崩塘，左边的叫“深办坑”（“办”在当地方言意为烂泥、淤泥）。这样算下来，三垌坑其实共有八条坑。这是一个很吉祥的数字和布局，汉语成语中以八开头的就有八拜之交、八斗之才、八方呼应、八方支援、八方来客、八面玲珑、八面来风、八面威风等。

每条坑的坑尾，要么像倒放的“U”形，要么像倒放的“V”形，造型优美，而且都是水源地，泉眼密布，溪流潺潺。从坑尾到坑口，时宽时窄，时陡时缓，峡谷深沟与层层梯田相间。四周山上树木葱茏，间或镶嵌着一片片梯地。村子房前屋后花草树木环绕，田地夹杂其间，最美乡村也不外如是。

这个村子不仅风水好、风光好，而且十分幸运。公路279省道从左边的山上经过，从村口的山脚一直爬到村尾的山坳。这条省道往上、往北可达郁南县城——都城镇，以及封开、梧州等地，往下、往南可抵罗定、德庆、云浮等地，使得这个本来毫不起眼、毫无优势的村子有了交通的便利，最起码出行不用先徒步几个小时甚至几天才能坐上车。前几年，村里把连接村子与公路的进村道路进行了硬底化，进出就更加方便了。

但是，最近这两年不知道什么时候，在村民毫不知情的情况下，当地在邻村一条与崩塘、深办坑背靠背的坑里建了一个垃圾焚烧场，烟尘和气味经常扩散到整个村子。昔日的世外桃源和最美乡村一下子就成了空气污染的扩散地、吸纳地。除了老人没办法要留在家里以外，年轻一辈是不太可能愿意呆在这里了。我们对家乡的感情、好感，也只能停留在记忆里，现实已让我们回不到从前了！

（发布时间：2017年2月1日22：39）

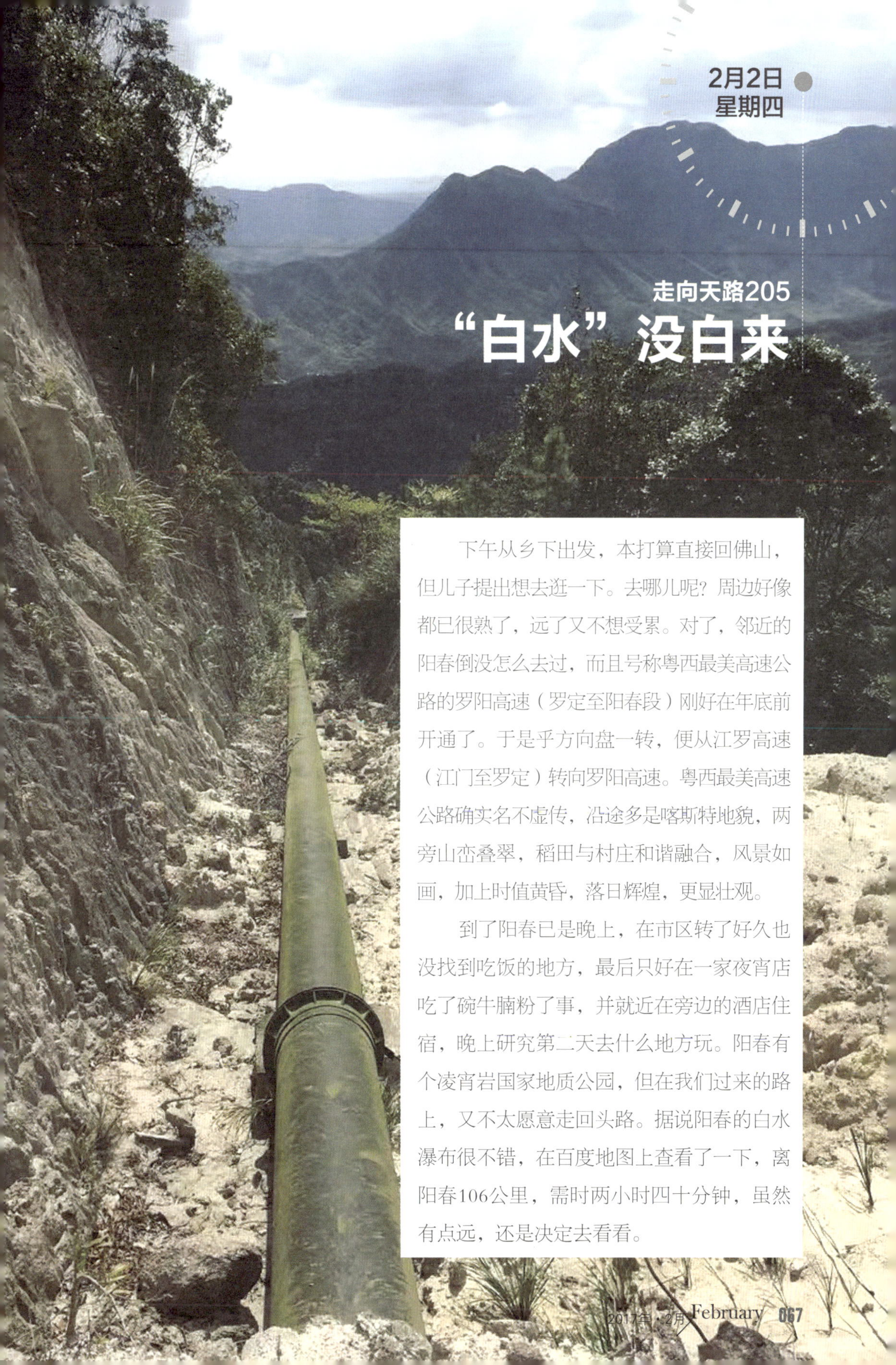

2月2日
星期四

走向天路205

“白水”没白来

下午从乡下出发，本打算直接回佛山，但儿子提出想去逛一下。去哪儿呢？周边好像都已很熟了，远了又不想受累。对了，邻近的阳春倒没怎么去过，而且号称粤西最美高速公路的罗阳高速（罗定至阳春段）刚好在年底前开通了。于是乎方向盘一转，便从江罗高速（江门至罗定）转向罗阳高速。粤西最美高速公路确实名不虚传，沿途多是喀斯特地貌，两旁山峦叠翠，稻田与村庄和谐融合，风景如画，加上时值黄昏，落日辉煌，更显壮观。

到了阳春已是晚上，在市区转了好久也没找到吃饭的地方，最后只好在一家夜宵店吃了碗牛腩粉了事，并就近在旁边的酒店住宿，晚上研究第二天去什么地方玩。阳春有个凌宵岩国家地质公园，但在我们过来的路上，又不太愿意走回头路。据说阳春的白水瀑布很不错，在百度地图上查看了一下，离阳春106公里，需时两小时四十分钟，虽然有点远，还是决定去看看。

第二天早上起来，吃过早餐便开始出发。我们在车载导航上查找没有结果，于是改用百度地图。我们跟着导航走，掠村过镇，离开了阳春，进入电白境内，在罗坑镇折向左后方，中午的时候来到一座山的半山腰处。那里有一栋旧房子，里面有三个人在用桐油油木箱。经了解，这里原来是河尾山林场的场部，现在已经废弃了。他们是在这里养蜂，他们在油的木箱就是蜂箱。我们环顾四周，房子周边有三个蜂场，一个个蜂箱架在地面上，还有蜜蜂嗡嗡地飞来飞去。我们参观了他们的蜂场，并买了几斤冬蜜，确实十分地道、纯正。

我们向他们了解去白水瀑布如何走。他们告诉我们车只能停在这里，往上走大约两百米有个叉路口，沿着左边的那条路上山即可，大约需要三个小时，来回约六个小时。我们简单准备了一下便开始出发。由于从阳春过来的路上没吃的，我们只好带上水和仅剩的一盒饼干当作午餐充饥。往上的土路宽度可以通车，也不算陡，但由于缺乏维护已经难以行车了，只能徒步。没有寒潮来袭，南国的冬天也是艳阳高照，幸亏山上到处都是树木，在路上有时也能遮一下阴。

在路上走走停停，停停走走，爬了很长的一段山路，终于来到了一个水电站的引水渠处。这里有一个水池，左右两边各有一条引水渠把山上的水汇集到此，然后通过一条粗大的水管流到位于山下的水电站。左边的那条引水渠已经干涸，我们便沿着右边的引水渠继续往山里走，一直走到拦坝截水的那条山沟才往回走。

一路上我们始终没有找到那个所谓的白水瀑布。在下山的路上，我们碰到了一个上山狩猎返回的村民。他说这座山叫鹅凰嶂，这个山峰叫做双髻顶，我们所处的这边属于电白，山的另一边属于阳春，而白水瀑布属于阳春，在山的那边，从这边翻山过去那边得一天的时间。哎呀！又被导航误导了一次，这白水瀑布算是白来了！后来上网查看才知道，跟着导航去白水瀑布没找着地方的远不止我们一家呢！其实正确的路线据说应该是从阳春市八甲镇前往高屋电站，再往前走没多远就到了。

百度地图误导我们已经有多次了，虽然原先的目的地没找到，但它却把我们带进了一个我们不曾想到的地方。这次虽然瀑布没找着，但在这过程中我们也收获了很多：参观了蜂场并买到了纯正的蜂蜜，观赏到了一些珍稀植物，重温了《小马过河》的现实版读本，锻炼了身体、意志和领略了野趣……所以，“白水”没白来。

（发布时间：2017年2月2日18：52）

2月3日
星期五

走向天路206

南国水乡

（休而不息之七）

墨脱水多，我们拟在推进小康示范村建设的同时，选择德兴乡的文朗村，依山就势打造一个水村的概念。为此，我们于1月8日专程前往位于佛山市顺德区杏坛镇的逢简水乡调研学习，希望能够得到经验和启发。

“小桥、流水、人家”，是对水乡意境的最佳概括，江南六大古镇以及丽江古城、束河古镇、白沙古村等，概莫能外。但如果仅有小桥、流水、人家，就会趋于同质化和庸俗化，缺乏个性和魅力。逢简水乡，作为一个既历史悠久又是后起之秀的水乡，如何在众多早已蜚声中外的水乡中脱颖而出，展现自己独特的个性和魅力呢？这是我们在学习考察过程中特别留意的问题。

论文化底蕴，我们恐怕还有点比不上江南六大古镇；论民族风情，我们根本无法与丽江等少数民族聚居的地区相提并论。那我们的优势何在呢？经过实地考察和认真分析，我认为我们的优势在于地域特色和乡土气息。

逢简水乡与江南水乡均处于河网密布的三角洲平原，这是它们的相同之处，也是区别于其他地区水乡的独特之处。逢简水乡地处南国，深受岭南文化和广府文化的浸润，具有独特的地域文化和特色。逢简水乡也是顺德的一个缩影，如果把它与顺德的几个方面相结合，足以让它个性十足，魅力四射：一是与桑基鱼塘的农耕文化相结合；二是与自梳女的女性文化相结合；三是与香云纱的传统工艺文化相结合；四是与顺德菜的饮食文化相结合；五是与龙舟竞渡的民俗文化相结合；六是与李小龙的功夫文化相结合。因此，我们在墨脱规划设计相关项目时，都要把西藏、墨脱以及门珞民族的因素充分考虑进去。

素有“南国水乡”“岭南周庄”之称的逢简水乡，曾获得“发现·2013中国

最美村镇”的最高奖项“典范奖”，成为华南地区唯一获此殊荣的村镇。如今逢简水乡河涌纵横交错，鱼塘星罗棋布，村民沿河而居，绿树成荫，秩序井然，构成一幅“小桥、流水、人家”的美丽画卷，加上浓郁的地域特色和乡土气息，形成了一派典型的珠三角水乡风情，正成为珠江三角洲旅游、观光、休闲的新热点。

（发布时间：2017年2月3日10：15）

2月4日
星期六

走向天路207

墨脱柠檬

如果你有机会行走于扎墨公路，碰到路边有小卖部的时候，请你不妨稍微停留休息一下，因为在这里你可能会遇到惊喜，收获奇特。

这些小卖部一般都是销售当地的特色农产品和食品饮料等。通常你都能看到有十几公分甚至二十几公分长、几斤甚至近十斤重的大柠檬！这绝不唬人，而是真的！这就是墨脱柠檬。

其实，据有关专业人士说这并不是柠檬，而是香橼。其实墨脱是有真正的柠檬种植的，那为什么又把香橼叫成了柠檬呢？据说是当地居民不知道它叫什么名字，而外地人进来以后看到它的样子像柠檬，就这么叫开了，现在再改已经很困难了，很多传统和习惯也是这样子。

据说香橼有三个变种：香橼（原变种）、佛手（变种）、云南香橼（变种）。但据我观察，墨脱柠檬的外形与上述三个变种有相同也有区别，是否为另外一个变种不得而知。如果确实是另外一个变种，那就有可能被命名为墨脱香橼了。

香橼的果实呈椭圆形、近圆形或者两端狭长的纺锤形，果皮呈淡黄色，表面十分粗糙，难以剥离，果肉无色，近于透明或淡乳黄色，口感爽脆，味酸或略甜，有香气。

香橼可用于绿化美化，种植于房前屋后或者庭院十分美观；也可用于食用，去皮后果肉可直接吃，也可泡水喝；还可用于药用，性温，无毒，理气宽中，消胀降痰。

由于墨脱柠檬的外形奇特，就算买来观赏都觉得十分有趣，所以不少路人都会买一些，甚至有朋友要求帮忙携带回去。但由于容易腐烂，所以不宜邮寄和快递。想要的朋友还是请来墨脱走一走哦！

（发布时间：2017年2月4日18：07）

2月5日
星期日

走向天路208

六化建小康

小康示范村建设是全面建成小康社会的重要内容，也是对口支援西藏的重要工作。那么，如何推进小康示范村的建设呢？经过去年下半年的实地调研和学习思考，我认为应该做到“六化”：

住房安居化。安居工程是小康示范村建设的前提，安居工程必须前置或者同步进行，否则连居民最基础性的住房问题都还没有解决，

那就更谈不上小康示范村建设了，因此小康示范村建设应该以安居工程为基础，结合之前已经实施的人居环境整治，统筹考虑，协调推进。

道路硬底化。进村道路不属于小康示范村建设的内容，但村内道路应该是小康示范村建设的重要内容，特别是村内公共道路的硬底化，如果条件允许还可以把进户道路包括其中。村内道路硬底化对降雨量十分大的墨脱来说尤为重要。

设施配套化。要根据各村的公共服务需求以及现有的基础，以完善功能为目的，有什么不建什么，缺什么补什么，弱什么强什么，加强配套，拾遗补缺，丰富完善。

环境生态化。要按照生态的理念，进行人畜、人禽隔离，禽畜集中圈养或有序放养；充分利用墨脱水资源丰富和可以引水自来的优势，每个村根据住户分布和人数建设一座以上示范性的公厕和澡堂，鼓励每家每户自建带化粪池或沼气池的厕所及浴室，有条件的要发展沼气；稳步推进垃圾收集、分类和无害化处理。

庭院经济化。按照一村一品、一村一特色、一村一产业的原则，鼓励和引导村民充分利用房前屋后、庭院内外种植经济作物，既可绿化美化，又可以自吃自用，还可以适度的商品化、产业化。

景观旅游化。既要充分挖掘和开发利用好各村现有的景观，加强旅游配套设施的建设，又要在村容村貌建设和整治时使其景观化，尽可能按旅游景点一样来打造。

总之，小康示范村的建设应当将小康示范村、生态文明村、旅游示范村等理念融为一体，因地制宜，全面规划，整体设计，量入为出，分步实施，逐项建设，渐次推进，不断完善。

（发布时间：2017年2月5日14：59）

2月6日
星期一

走向天路209

慧眼出美景

景物既是外在事物在人们内心的反映，也是人们内心在外在事物的映像。景物固然会通过眼睛反映到内心并影响内心的感受，同样内心的感受也会通过眼睛投射到景物并影响对景物的评判。

不同的人即使见到同样的阳光感受也是不同的，阳光在积极的人眼里是金色的，而在消极的人眼中是灰色的。因此，旅行要尽可能避免与消极的人在一起，否则当你兴致勃勃的时候，他给你来一句“还不是一样？”搞得你兴致尽失，索然无味。

其实，美景在路上，慧眼出美景。景由眼观，慧由心生。如果你有心，就会时时有惊喜，处处有收获。走路，我愿意慢慢地走，而不是匆匆地过。我腿长步大，不是走不快，而是不想错过，因为与美景相遇是一种缘分，但如果你不用心就会变成有缘无分了。

用心走路，精彩不断。我们曾经在波密县城扎木镇发现了女性卧佛，在洛扎大峡谷发现了铠甲勇士，在鲁朗小镇发现了水天一色，在墨脱县甘登乡发现了五牛登峰，在墨脱县德兴乡德果吊桥发现了雅江之牛，在遵义赤水四洞沟发现了“虎视眈眈”，在三柳高速公路柳城段北向南方向发现了天然卧佛……

（发布时间：2017年2月6日23：46）

2月7日
星期二

走向天路210

和小朋友聊墨脱

（休而不息之八）

自去年被确定为佛山单一对口支援后，墨脱就引起了佛山市民的广泛关注。墨脱到底是怎么样的呢？援藏工作又是怎么样的呢？不仅大人们极其关心，小朋友们也十分关注。

带着这种关心和好奇，近20名小记者朋友在佛山市小记者协会秘书长李绍随及相关工作人员和家长的带领下，于今天上午来到佛山市经济和信息化局33楼的会议室对我进行采访。

小朋友们兴高采烈，活泼可爱，而又遵守纪律，听从安排，表现得十分棒。小朋友们进来坐下后，我先问了一下大家年过得怎么样，小朋友们七嘴八舌地说开了，一下子就拉近了彼此的距离。我也给小朋友们准备了三份书面材料，以免大家听不懂或记不完。一份是墨脱简介，一份是广东省第八批援藏工作队墨脱工作组的工作总结，还有一份是我们下乡进村入户调研慰问的情况综述。

李绍随秘书长简单介绍了一下之后，我们的交流便开始了。小朋友们提问非常踊跃，频频发问。他们提的问题既有宏观的又有具体的，既有综合的又有单项的，提的问题都很到位，看来是备足了功课。提问的内容涉及国家战略、治藏方略、民族政策、援藏事业、社会稳定、民族团结、医疗卫生、教育培训、生态环境以及具体项目、具体工作、个人情感等等。面对小朋友们的提问，我都尽可能用平实的语言和易懂的词语来回答，涉及相关专业术语和难懂的词语都尽可能进行解释，提高可理解性。

快到中午12点了，小朋友们还是意犹未尽，继续举手发问，但由于时间关系，不得不在依依不舍中结束了这次交流。为了让小朋友们更多更好地了解墨脱和援藏工作，我留下了微信号给大家，方便与他们随时交流。

佛山市小记者协会拟于今年暑假的时候，组织部分小朋友前来墨脱亲身体验，与我们墨脱的小朋友们一起手拉手。小朋友们，我们在墨脱等你！

（发布时间：2017年2月7日22：43）

2月8日
星期三

走向天路211

家家户户有电站

墨脱有着世界上最大的降水量和最丰富的水能资源，也可能有着世界上数量最多、分布最密的“水电站”——几乎每家每户都有一座！

在墨脱行走，不管是公路还是步道，在靠近村庄的路段，你经常能够看到道路两边有很多电线，要么挂在树上，要么直接耷拉在路边。这就是村民们的“电网”。这样岂不是很危险？不用担心啦！这些电线的电压都很低，顶多就是像被打了一巴掌，一般问题都不大。

由于墨脱是全国最后一个通公路的县，一直像个高原孤岛一样孤悬在喜玛拉雅山脉南麓，包括电力在内的各项基础设施建设相对滞后。因此村民为了解决用电问题，都自购或由相关单位帮扶买了小水轮发电机，把它放在水沟里，让它发电，然后通过这些电线将电送回家。当然，这些小水轮发电机功率不大，多数只能供照明和看电视，其他电器就难以带动了。

为了解决电力供应问题，县里原先也建设了一些小型水电站，但还是供应不上。后来，中国华能进驻墨脱之后，建设了亚让电站，供应是没问题了，可电网建设还是一个问题。因为电网所经之处，都是山高谷深，坡陡崖峭，不仅架设难度大，维护难度更大。一旦遇到塌方和泥石流等自然灾害就连铁塔都冲走了，更别说停电了。

现在的情况正在不断好转，华能正在全力以赴，目前46个村只剩下9个村未能用上华能的电了，估计今年都能搞定。

（发布时间：2017年2月8日22：15）

走向天路212
雷鸣崖

众所皆知，墨脱由于山高谷深，坡陡崖峭，土质疏松，降雨频繁，因而塌方、泥石流、滑坡等自然灾害频发，全境有很多塌方、泥石流、滑坡多发区域。而且这种地质灾害就像习惯性流产——开得了头结不了尾（详见《走向天路78——大地的伤痕》）。

在众多的塌方区域中，有些是从山顶到山脚都在塌，从年头到年尾都在塌。它们爆发的时候，烟尘滚滚，雷声隆隆。这样的塌方区域，在帮辛乡对面的雅鲁藏布江边上有一处，在加热萨乡对面的雅鲁藏布江边上有一处，在加热萨乡曾久村到达昂村的路上有一处，在达昂村对面的山上也有一处……我去年曾两次到帮辛下乡进村入户调研，两次都看到了这种壮观的景象。

由于当地群众都形容它们发作的时候隆隆作响，像打雷一样，所以我给它们取名为“雷鸣崖”。

（发布时间：2017年2月9日21：42）

2月10日
星期五

走向天路213

开春一周

（休而不息之九）

相关单位已经开工了，我们还在休假期间，但作为组长，你还能继续安心地休下去吗？答案显然是否定的，这就是作为组长的责任。不当家不知道当家的难处，不做领导不理解领导的担当。

汇报沟通和争取支持依然是回墨前的工作重心，主要分成几个层次：一是市相关领导；二是市相关单位；三是各区相关领导及单位；四是各镇街；五是相关行业协会及企业。

因此，年初八（2月4日），在各相关单位开工的同时，我们也开始了我们的活动。当天便回市经信局与局领导见面座谈，并走访了各个科室，给领导和同事们拜个年。

年初九（2月5日）是星期天，当天是休息日。白天亲戚朋友间互相走动了一下，晚上约了在佛山的其他队员一起考察佛山岭南天地，为墨脱县城风貌改造项目提供参考借鉴。

年初十（2月6日），我们先是前往广东科杰通信息科技有限公司拜访洽谈，探讨该公司为工作队在佛山援藏网站、微信公众号、微信专栏、照片处理等方面提供信息技术服务的事宜，然后前往市工商局和市工商联分别拜访了李灿局长（援藏前辈）、李德书记（援疆前辈），向他们学习请教，并寻求支持，市工商联将于今年四月份组织相关企业前来墨脱考察。

年十一（2月7日），我们分别向市委副书记李雅林（援藏前辈）、市人大常委会常务副主任李子甫和佛山科技学院党委副书记兼纪委书记（援藏前辈）汇报请教了相关工作，并接受了市小记者协会组织的近20名小记者朋友的采访。

年十二（2月8日），我们前往西樵山风景名胜区学习考察，为墨脱檫曲卡茶园仙境及佛缘塔的建设提供参考借鉴。

年十三（2月9日），我们先是前往佛山智慧神州信息技术有限公司拜访，探讨双方在信息化方面的合作，然后前往南海区人民医院拜访，感谢该院对援藏事业的支持，提请该院一如既往地支持墨脱的医疗卫生事业，并看望了墨脱县人民医院在佛山市中医院和南海区人民医院进修学习的两名医生——贡雪梅、次仁曲珍。

年十四（2月10日），我们先是前往禅城区人民政府拜访，得到了孔海文区长及相关领导的热情接待，我们汇报沟通了墨脱及援建工作的情况，孔海文区长进行了积极的表态。然后拜访了团市委书记王树彬，禅城区祖庙街道办事处工委书记唐旭明、主任李仕亨及相关领导，南方日报佛山记者站站长何又华、副站长林焕辉等。

开春以来的第一个工作周就这样在忙碌而充实中度过了。

（发布时间：2017年2月10日23：43）

2月11日
星期六

走向天路214

邂逅渔村

（休而不息之十）

今天一早起来从城南跑到城北，把小孩送去参加课外活动。然后从城北跑到城东，前往南海区的平洲花木市场，寻找援建项目中可能用到的苗木，重点了解玉堂春、黄花风铃木、凤凰木、马蹄紫荆、佛手、炮仗花等相关花草树木的情况。看完后又从城东跑到城西，到1506创意产业园（南风古灶）参观考察。

考察完已是下午一点，于是想回家吃个午饭。从南风古灶出来，沿着潭州水道边的忠信路和江滨路往东平路方向走，过了石南大桥快到澜石大桥的时候，蓦然发现河的两边停靠着一排排渔船，煞是好看。这条路我曾走过多次，但从未真正留意观察过它以及沿途的风景。今天这些渔船引起了我的兴趣，于是便把车停在路边，走下河堤去看看。

已经连续冷了几天，午后的阳光明媚而和暖，丝丝江风拂在脸上温柔又体贴。河堤是一道用水泥砼构

筑的斜坡。斜坡与河道之间夹着一片滩涂，滩涂靠河堤一侧长着一片水杉，水杉林下长着各种杂草，也有渔民开垦的零星菜地，种了些各种蔬菜，滩涂靠河道另一侧则是狭长的沙滩或者泥滩。

紧靠滩涂的河面上，有一片渔船。它们静静地泊在那里，倒映在水中。很多渔船上没有见到人，个别渔船上有人在轻声细语地聊天，间或有一条小艇划动在渔船中穿梭一下。堤上就是繁忙嘈杂的道路和城市，而堤下却是一片宁静，对比强烈而又完美融合，相互矛盾而又和谐共处。

这里的河面不是很宽。河的对面有一个沙洲，沙洲的另一边也是河，那边的河面可就宽多了，偶尔经过的轮船就是走那边的。沙洲朝着我们这边的水面上也停泊着一片渔船，与这边的渔船互相呼应，相映成趣。沙洲上茂林修竹，优美而静谧。

我们想乘船过去沙洲逛一下，好不容易见到一个上岸的渔民，便询问他我们可以怎么过去。他告诉我们，这个沙洲被人承包了，要上去得经人家同意，承包人的船就在上游一两百米处。于是我们就沿着河堤往上游走，看到有市民在河边垂钓，休闲而寂寞。待我们过了水闸来到泊船处，只看到有一艘叫做“佛山印象”的游船和几只小船，并没有人，可能还在休假吧。于是只好无功而返。

虽然最终没有达成登洲的心愿，但是与这个渔村的邂逅也给了我很多的感受和很好的享受。参与援藏工作之后，我在留意经济现象之外，也学会了全面观察和多角度思考，这也是援藏的其中一个收获吧。

今天是元宵节，顺祝各位领导和亲友节日愉快，万事如意！扎西德勒！

（发布时间：2017年2月11日23：51）

2月12日
星期日

走向天路215

最爱是小巷

（休而不息之十一）

现实生活中，人们往往喜欢找极端，不管是递增的还是递减的，递增的如最大、最高、最长、最多、最热……反过来，递减的如最小、最矮、最短、最少、最冷……

就拿旅行来说吧。估计谁都希望自己能够到海拔最高的珠穆朗玛峰、海拔最低的死海去看看，甚至最好能把最高的喜马拉雅山脉倒插在最深的马里亚纳海沟里，看看到底会怎样。人们喜欢大海和草原，它的壮丽和辽阔摄人心魄，给人以强烈的视觉冲击和心灵震撼。同样，人们也喜欢小胡同和小巷子，它的狭窄和曲折耐人寻味，给人以历史的沧桑和小资的情调。

为了给墨脱县城风貌改造项目提供学习借鉴，春节后我专门抽了两个晚上来到佛山岭南天地，寻找感觉，激发灵感。一次是2月5日（年初九），约的是队友和同学，三五知己走一走；另一次是2月10日（年十四），约的是家人，一家三口逛一逛，以不同的身份和不同的陪伴获得不同的心理体验。其实我对岭南天地并不陌生，之前也来过多次，但都是来吃个饭就走了，从来没有慢慢地逛，细细地品，更没有把它作为一个观察和研究的对象。

岭南天地东起福贤路，并以此路与国家重点文物保护单位——东华里相邻，西至天地路，并以此路与国家重点文物保护单位——佛山祖庙相接，南起东熙里，北至良缘路，占地65公顷。岭南天地及与之相邻的祖庙和东华里片区是佛山最重要的历史文化街区，是佛山作为中国四大古镇（另外三个为湖北汉口、江苏苏州、河南朱仙镇）最重要的历史文化遗存地，其实更恰当的名称应该叫佛山古镇，而岭南天地更多的只是一种商业开发。

岭南天地是典型的明清岭南建筑，主要的标志性建筑和文化遗产有简氏别墅、简照南佛堂、黄祥华如意油祖铺、酒行会馆、祖庙大街店铺、李众胜堂祖铺、龙塘诗社、文会里嫁娶屋、元吉黄公祠、钟楼等。经过修旧如旧和注入新元素新内容的商业开发，目前的岭南天地一改过去的破旧颓废，已经焕然一新了。里面店铺林立，有各色菜系、各国风味、各地小吃、生活精品、休闲娱乐等，种类繁多，琳琅满目，特色鲜明。

在岭南天地，每一条街巷都有过辉煌，每一幢建筑都有过故事。徜徉在这里，仿佛在空气中就能闻到历史的味道，在光影里就能读出如烟的往事。我最喜欢这里的小巷子，它狭窄而不局促，曲折而不迷茫，幽深而不忧怨。漫步其间，用脚踩踏着古老而光滑的石板路，厚重踏实，寻味着前人所走过的路。伸手触摸用水磨青砖砌成的墙壁，庄重典雅，回忆着房屋主人的趣事。满墙的爬山虎，更显历史的沧桑。楼上的窗户透出幽柔的灯光，总是吸引着人们想探个究竟。那里的墙界石、搪龙门、人字山墙、镬耳封火山墙、砖雕和灰塑等都有着深厚的岭南韵味，值得细看和品味。

（发布时间：2017年2月12日20：52）

2月13日
星期一

走向天路216

如虎添翼

（休而不息之十二）

“援藏”虽小，五脏俱全。我们除了要紧紧依靠当地，也要尽量依靠社会，广泛动员和整合社会各方资源为援藏服务，支持援藏事业。

为了让社会各界尽可能充分地了解墨脱以及佛山援藏工作情况，广东省第八批援藏工作队墨脱县工作组提供了多种资讯渠道：在佛山市政府网站（www.foshan.gov.cn）开设“佛山援藏”专栏，开设了“佛山援藏”微信公众号，不定期按专题编发《佛山援藏工作简报》及微信一起秀，等等。

这些都是由工作组队员、墨脱县教体局副局

长郭振华和队员、县农牧局副局长赖明建两位同志负责，其他队员配合。每位队员既要做好县里的分工，也要完成队里的任务。

这两位同志对队里的文秘、档案和宣传工作都十分积极主动，认真细致，进墨以来的工作成效十分显著，被称之为“佛缘（援）八仙”中的“文秘双宝”。但他们俩的负担也非常重，迫切须要减轻他们的负担，以便释放精力将其他援藏工作做得更多、更好。

于是，年初十（2月6日）一早我和郭振华、赖明建便来到广东科杰通信息科技有限公司拜访，探讨将佛山市政府网站的“佛山援藏”专栏、“佛山援藏”微信公众号、专题微信一起秀、援藏图片等的编辑、处理、推广等工作进行服务外包，得到该公司曾伟英总经理、霍凯亮副总经理及其他高层的积极响应和大力支持。他们还主动表示该公司也将尽佛山企业的一份社会责任，积极参与到援藏事业中来，免费为工作队提供信息技术支持保障服务。

会后双方马上行动，草拟了相关协议。今天上午，工作组与广东科杰通信息科技有限公司在该公司正式签署了合作协议，并举行了简单的捐赠仪式。该公司将为工作组免费提供三年的信息技术保障服务，价值达一百万元。

有了广东科杰通信息科技有限公司等众多企业和社会各界的支持，我们的援藏事业将如虎添翼。有你撑场，我们愈战愈强！

（发布时间：2017年2月13日23：07）

2月14日
星期二

走向天路217

援媒合作

（休而不息之十三）

援藏要真抓实干，但也不能只是埋头苦干。援藏宣传，不是也不能自吹自擂，而是要如实反映援藏工作，主动回应社会关切，广泛动员社会力量，积极争取各方支持。

援藏宣传，既要依靠自己，如我们在佛山市政府网站开设的“佛山援藏”专栏、“佛山援藏”微信公众号、《佛山援藏工作简报》以及每个队员的微信朋友圈、微信群聊等自媒体，也要依靠当地干部群众对我们理解、认可、肯定和以后的口口相传，更要依靠各种媒体的力量。

各种媒体是援藏工作的重要力量，对我们的援藏工作也给予了高度的关注和大力的支持。自从我们去年7月份进墨以来，包括新华社、腾讯新闻、西藏日报、佛山日报、佛山电视台、佛山市小记者协会、林芝网等国家级、省级、市级主流媒体对我们的采访报道已达十多次。这些报道从不同的角度如实地反映了我们的努力和付出，回应了外界的关注。

我们也十分重视和媒体的沟通与合作。在西藏、在墨脱，我们与中央驻藏媒体和当地各级媒体保持密切联系；回广东、佛山，我们主动拜访中央、广东省驻佛媒体和本地各个媒体。

自从去年7月进墨以来，我们因公或者休假回佛四次，每次都必定到市委宣传部汇报沟通工作。这次休假回来过年，我们也全面拜访了市内各主要媒体和部分上级驻佛媒体。

1月5日，拜访了佛山电视台南海分台，得到了杨柏台长、关国明和侯安林副台长以及其他相关负责人的热情接待；

1月25日，拜访了佛山电视台，得到了罗乐生台长和黄伟总监的热情接待；

2月7日，接受了佛山市小记者协会组织的采访，与近20位小记者朋友交流了西藏、墨脱及援藏工作的相关情况；

2月10日，拜访了南方日报佛山记者站，得到了何又华站长、林焕辉副站长及记者王艽琹的热情接待；

2月13日，拜访了佛山日报，得到了党委书记、社长、总编辑宋卫东，总编助理、主任记者沈熤，时政新闻中心副主任何仁军，综合管理中心副主任智慧等相关负责人的热情接待；

2月14日，拜访了佛山电台，得到了张伟立副台长、叶琳总监、宋秀辉副总监、付国华主任助理等相关负责人的热情接待。

我们参观考察了相关媒体，并与之进行了座谈交流。我们向各媒体的相关负责人介绍了墨脱的基本情况和援藏工作的开展情况，探讨了佛墨两地媒体的交流合作，提请各媒体在宣传报道、技术支持、人才培训等方面对墨脱及援藏工作给予支持，并初步拟定了一些合作项目。

为加强广东省第八批援藏工作队墨脱县工作组与媒体的联系沟通、交流合作，我们已经在微信上建立了“援媒交流群”。接下来，我们将会进一步加强与相关媒体的沟通合作，共同推进援藏事业的发展，让“佛山援藏”之花绽放出绚丽的色彩。

（发布时间：2017年2月14日17：03）

2月15日
星期三

走向天路218

水中花

镜花水月，即镜中花、水中月，原指诗歌中灵活而不可捉摸的意境，后比喻虚幻的景象，虚无缥缈的东西，根本不存在的事物。

反过来，水花镜月，水中的花、镜中的月，在我的记忆中也如海市蜃楼、空中楼阁。当然，这里讲的水中花是指开在水里而不是开在水面上的花。开在水面上的花不光有，如各种莲花，而且还很高贵。如北宋周敦颐所作的《爱莲说》，将其形容为“出淤泥而不染”“可远观而不可亵玩”，将其奉为“花之君子者”。

但在林芝的鲁朗，却打破了我的传统印象。在那里的扎西岗村，有一条水渠，水里长着一种绿色的水草。它细长柔软的纤体随着水流左右摇曳，像神龙摆尾，又像蝌蚪游动，显得婀娜多姿。走近细看，水草的枝干上有些白色的小点。甚是好奇，于是再靠近细看，原来是长着的白色小花！

水草我可是见多了，如丽江的水渠和桂林的灵渠里就有很多。不知道是地方不对，品种不对，还是时间不对，反正之前我是没有见过在水里开花的水草。这次在鲁朗看到了水中花，可真是大姑娘坐轿——头一回。

这也许应了我所说的：学历、经历、游历都同样重要。读万卷书不如行万里路，道理就在这里了。这次见到了真正的水中花，说不定下次就有机会看到真正的镜中月了。

（发布时间：2017年2月15日21：57）

2月16日
星期四

走向天路219

高原光影师

我们观看各种演出，除了经常被演员们的精彩表演所折服，也经常被声、光、电、气等造成的效果所震撼。这背后，离不开光影师的积极作用。在青藏高原上，就有这么一位高明而神奇的光影师。

辽阔的高原大地上空，飘浮着朵朵白云，强烈的高原阳光投射到地上，其投影顿时变成了一群群的“山羊”，在河滩上、草地上、山坡上缓缓地移动，与白色的绵羊相映成趣，在白色的“移动的石头”之外，又多了一群黑色的“移动的石头”。

当密云满天时，一束束的阳光只好透过它们的空隙投射到地上，形成一块块金色的斑点。如果这时风吹云动，这些金色的斑点便会在地上移动，就像从天空中伸下来一把把刷子，在地上涂了一块块薄薄的“黄金”。

云儿足够磅礴，几乎铺天盖地时，也会从它的缝隙中透出一缕阳光，就像一台老式的电影放映机倒挂在天上，光束投射到地上，仿佛是文化部门送电影上高原下乡村来了。

每当初升的太阳照射到金字塔般的雪

峰上时，就形成了高原上独特的日照金山奇景，而在它的背面，阳光达不到的地方，又是另一番景象——银山。在同一时间同一雪峰上，金山与银山背靠背，就像一个硬币的两面，既矛盾又相融，既区别又辉映。

当云彩以及它所背靠的天空倒映在平静的湖面、河面上，在水中又形成了另一个天空。怪不得都说雪域高原是圣地，原来它的上面是天堂，下面依然是天堂，而没有地狱。

在墨脱的高山峡谷中，阳光又有着不同的演绎。早上太阳从东边升起来，阳光投射到西边的山峰上，形成了座座金山。随着时间的推移，金山不断往下延伸、扩大。不知道什么时候，又反了过来，金山转移到东边了。不同的是，它不是向下延伸、扩大，而是向上收拢、缩小。

墨脱境内山高谷深、坡陡崖峭，如果阳光从峡谷、河谷的两边照来，就会形成阴阳两界；如果从峡谷、河谷的两头照来，又如同时光隧道。由于地形的关系，有些地方一天到晚、一年到头都见不到阳光，有点遗世独立的感觉。

高原光影师能做的还远不止这些。如果你想领略高原光影师的神奇效果，此事还得亲身体会，并用心旅行。

（发布时间：2017年2月16日23：02）

2月17日
星期五

走向天路220

开春两周

（休而不息之十四）

一年之计在于春。这个星期是春节假期结束后的第二个工作周，虽然我们依然在休假期间，但是后方的单位早已是工作期间，错位的时间让我们的假期打了个两三折。

2月13日（星期一），上午九点，我和郭振华、赖明建先是到达广东省不锈钢材料与制品行业协会与该会执行副会长兼秘书长林泽榆等负责人交流和沟通援藏工作。十一点，我们到达广东科杰通信科技有限公司，与曾伟英总经理签署合作协议，该公司将为广东省第八批援藏工作队墨脱县工作组免费提供三年的信息

技术保障服务，价值达一百万元。下午三点，我们先是来到佛山日报社，与党委书记、社长、总编辑宋卫东等相关负责人交流和沟通援藏合作。然后于五点到达佛山软件园，参观考察了该软件园及进驻企业佛山市凯尔资讯科技有限公司、广东粤众互联信息技术有限公司、广东盘古开天信息科技有限公司等企业，并就援藏合作进行了探讨。

2月14日（星期二），上午九点，我和郭振华、赖明建到佛山供电局拜访，党委书记罗旭恒等相关负责人与我们进行了接洽。然后于十点半到达佛山电台，沟通交流了墨脱及援藏工作情况，对相关合作项目进行了讨论。下午，我们前往佛山郁南商会拜访，对其前期给予的大力支持和帮助表达谢意，并探讨如何进一步扩大援藏合作。

2月15日（星期三），我们前往广州南沙的百万葵园调研考察，学习主题景区及相关配套服务设施的规划、设计、建设、管理和运营。

2月16日（星期四），我和邓宏照、雷震先是拜访市人大常委会副主任、市总工会主席、市人社局局长刘珊，汇报沟通相关事宜，然后前往广东科立盈光电技术有限公司拜访，参观学习，分享体会，探讨援藏。

2月17日（星期五），上午九点，我和喻晓坤、李展健、赖明建前往市妇联拜访了曾颖主席，十点前往市红十字会拜访梁旭莹、邝丽仪等会领导，十一点前往市民政局拜访了张敏良、廖沙等局领导。中午没有地方休息，我们只好在市政府附近南浦公园的凉亭里坐等下午的到来。下午两点半，我们前往市台办拜访香秀杏主任；三点半，前往市政协拜访熊志翔主席；然后和邓宏照、雷震会合后前往广东福迪汽车有限公司拜访暨沛权副总经理等相关负责人，再与市住建局林国荣书记、蔡栋伦副局长等相关负责人座谈，分别探讨了援藏合作事宜。

（发布时间：2017年2月18日09：00）

走向天路221

墨脱吊桥

不少公园或者景区都有吊桥，主要是为了丰富游玩的内容，增加旅行的体验性和趣味性，以达到吸引游客的目的。

墨脱也有很多吊桥，可以说是吊桥的博览馆。但墨脱的吊桥主要不是用来游乐，而是交通必备。由于墨脱山高谷深，坡陡崖峭，河谷众多，桥梁是飞谷过河的大杀器。据说吊桥的跨越能力是各种桥梁体系中最大的，所以在墨脱广受欢迎。墨脱的吊桥既有刚性的，主要是公路桥梁，也有柔性的，主要是步行桥梁。

扎墨公路上现有两座吊桥，分别是西漠河上的西漠大桥和金珠河上的达国大桥，它们取代了原来的两座钢架桥。这两座吊桥几经周折后终于在去年底再次通车了，极大地改善了扎墨公路的通行能力（详见《走向天路73——关键一人》）。

墨脱境内的雅鲁藏布江上现有六座公路吊桥，这些都是刚性吊桥。其中最早的要算背崩乡的解放大桥，可惜在2000年易贡河堰塞湖溃坝时被冲走，“送给”下游的邻居——印度了，现在的解放大桥是其后重建的。在解放大桥上游不远的地方，近年又新建了一座更雄伟壮丽的吊桥，进一步提高了通行能力。在它们的上游，又有德兴大桥、鲁古吊桥、德果吊桥和岗玉吊桥等吊桥，有效地克服了大江急流的阻隔。

人行吊桥，在我的记忆中最起码有八座以上，它们都是柔性吊桥。其中，背崩乡地东村至西让村的路上有一座，加热萨乡久当卡村至加热萨乡的路上有一座，加热萨乡至龙列村的十一道拐附近有一座，加热萨乡龙列村至甘登乡的路上有一座，甘登乡至多卡村的路上有两座，达木乡境内的扎墨公路旁边通往牧场的路上有两座。

不管是车还是人畜行走在吊桥上，特别是步行在柔性吊桥上，都有明显的下垂和摇晃，再看看脚下波涛汹涌的雅鲁藏布江或深不可测的峡谷，不免有些心惊胆战。据说，如果这个时候偶遇乌姬（姑娘），会很容易互相爱慕，这就是所谓的“吊桥效应”。可惜，每次除了我们同行的队员和当地陪同的干部，在吊桥上还没碰见过其他人，更别说漂亮的乌姬（姑娘）了。

去年12月15日我们前往加热萨乡达昂村调研慰问时，要经过一处塌方区域，那段完全就是一处悬崖，根本没路可言（详见《走向天路157——徒步下乡之惊险的一天》）。见此情形，我们再也按捺不住了，希望能够为村民们修一座吊桥或进行整治，初步预算要三百多万元。危险一直存在，想法也有了，但资金还需多方筹集，希望社会各界也能踊跃支持，慷慨解囊。

（发布时间：2017年2月18日23：16）

2月19日
星期日

走向天路222

分享与勉励

（休而不息之十五）

2月16日，当我和邓宏照、雷震赶到位于佛山市南海区瀚天科技城的广东科立盈光电技术有限公司时，已是下午五点半。我们在该公司董事长王清平及其他高层的陪同下，参观考察了相关产品和科技展厅，听取了他们的介绍。其中给我印象最深的就是该公司的团队建设和科技创新。

我们参观完相关展厅后，便步入会议室，准备做简短的交流。这时已是下午六点，是大家下班的时间。就在我们坐下的时候，突然又进来了一批人。据了解，他们都是该公司总部的员工。我们相互介绍认识后，王清平董事长便给了我们一个议题，就是分享在墨脱的感受。这可是原先所不知道的环节，但也没关系，因为我们在墨脱的感受，都在心里面呢！

我先让邓宏照和雷震发言，然后才轮到我。他们俩发言完毕，我便接过话茬。我先是介绍了墨脱的基本情况，接着介绍了我们在墨脱面临的各种挑战，进而介绍当地干群是如何克服困难奋力前行的，再把我们进墨以后克服挑战努力学习的情况讲一讲，然后再结合我们的团队建设和工作创新谈企业的团队建设和科技创新，并勉励大家在佛山这么优越的条件下工作要更加努力，撸起袖子加油干。

没有任何思想准备，没有任何华丽词藻，只是用我们的经历、我们的感受，与大家一起分享、与大家共勉，结果却赢得了尊重、理解、支持和掌声。

事实证明，用心工作是干事创业的最高层次、最高境界。

（发布时间：2017年2月19日22：30）

2月20日
星期一

走向天路223

开春第一会

（休而不息之十六）

墨脱的医疗卫生事业是我们十分关注的领域之一。我认为，温饱问题解决之后，健康和教育就成了群众最关心、最直接、最现实的利益，没有健康就没有小康。

在墨脱县的主导下，经过广东省第七批援藏工作队的前期努力和广东省第八批援藏工作队墨脱县工作组的最后冲刺，墨脱县人民医院（县卫生服务中心）于去年底成功创建了二乙医院，这在林芝各县（区）中与工布江达县卫生服务中心一样是等级最高的医院了。

但是，没有最好只有更好，现在的成效只是未来的基础、新的起点。完成了这个阶段的目标就得提出下一个阶段更高的目标。否则，很容易出现管理疲劳和松懈，不但没有进步，反而可能退步，这是须要切实加以关注和防范的。

为了促进墨脱医疗卫生事业的发展，持续提升医疗卫生服务的水平，我们昨天下午在佛山召开了广东省第八批援藏工作队墨脱县工作组开春第一会，主要是探讨墨脱县人民医院创二甲是否可行。会议邀请了包括佛山市卫计局、市第一人民医院、市第二人民医院、市中医院、南海区第六人民医院、顺德区中医院等相关单位的领导和专家共13人。我和队员、墨脱县人民医院副院长雷震参加了会议。

这13位领导和专家都曾到过墨脱，对墨脱充满了感情。他们都参与过支援墨脱县人民医院创二乙的工作，对该院乃至墨脱的情况都比较熟悉。他们详细分析了该院的现状和基础，存在的问题和不足，提出了目标、思路、方法等建议，对我们毫无保留，和盘托出。他们的真知灼见对我们启发颇多，帮助很大，让我们澄清了认识，理清了思路，认清了方向，搞清了方法。

创二甲是一项综合性的提升工作，也是一个努力奋斗的目标。目标固然重要，但更重要的是享受过程，并在这个过程中得到持续提升。

（发布时间：2017年2月20日21：20）

2月21日
星期二

走向天路224

想当然

我家所在的那栋楼有18层，两台电梯。一台电梯可以到达负一楼，而另一台只能到达一楼，而且平时两台中总有一台停在中间楼层——9楼，而另一台则停在18楼或1楼。这样看上去很科学很合理，但实际使用上却有很多问题：下楼到负一楼停车场的人比到一楼步行的人多得多，当他们看到是只能到一楼的那台电梯上来时，便把它按到1楼，再把另一台按上来坐到负一楼，这样变成了其中一台是空跑了一趟；当前面的使用者用完电梯后，它又回到9楼或1楼、18楼，这时刚好来人，它又得重新跑回来接人，而这种情况十分之多。你说，这到底是节能了呢还是耗能了呢？

我们倒车时，影碟机的屏幕上都会出现安全警告的文字，只有你按确定后才能继续。这为了安全本无可厚非，但问题是当你倒车以后这段警告文字重新出现，你又得再按一下确定，如此反复。大家都知道，平时更多的是司机在操作。你说，这个设置是安全了呢还是危险了呢？

我们买了一件新衣服回来，衣领、腰部、裤头或其他地方都会有一条甚至一叠标签标识，这些标签标识包含了材料、洗涤等信息，可真正去看并依此执行的又有多少人呢？而这些标签标识却让你身体相应的部位十分不舒服。你想剪掉它吧，它却是整件衣服里缝得最结实的地方。据说这么干还是国家标准要求的呢！你说，这是方便了顾客还是为难了人家呢？

…………

这样的例子不胜枚举。只要你用心观察，随便都可以举出一两例。是什么原因导致了这种现象呢？是设计中的想当然！设计需要想象力，但不需要想当然！否则，就会变成败笔。

因此，我们在援藏项目的规划设计中都要吸取相应的经验教训，尽量避免这种不必要的败笔。要做到这样，就要充分调查研究和听取意见，多思考多领悟，多修改多完善。

（发布时间：2017年2月21日23：30）

2月22日
星期三

走向天路225

用心工作

我们用什么来工作呢？我认为最少有三个层次：

第一个层次是用体力工作。这主要是指体力劳动，主体是体力劳动者，包括农民、牧民、工人等。他们主要依靠体力开展工作，工作条件苦，工作强度大，工资待遇低。他们是整个社会分工体系的前提和基础，如果没有他们，整个社会分工将无从谈起。他们依靠自己的勤劳获得收入，赢得尊重。

第二个层次是用智力工作。这主要是指脑力劳动，主体是脑力劳动者，包括了各种管理人员、自由职业者等。他们主要依靠脑力开展工作，工作条件优，工作强度大，工资待遇好。他们是整个社会分工体系的中间层和纽带，如果没有他们，整个社会分工将断层破裂。他们依靠自己的努力获得报酬，赢得敬重。

第三个层次是用智慧工作。这主要是指智慧劳动，主体是智慧工作者，包括领袖及各级领导、战略家等。他们主要依靠智慧开展工作，工作条件好，工作强度大，报酬待遇优。他们是整个社会分工体系的顶端和核心，如果没有他们，整个社会分工将迷失方向。他们依靠自己的智慧享受待遇，赢得爱戴。

这三个层次，没有高低贵贱之分。每个层次都是社会分工体系的有机组成部分，缺一不可。每一个人都是根据自己的能力和际遇进入到这个分工体系之中并找到自己的位置，并且根据日后努力的情况可以在不同层次间交流。

能够把这三个层次联系起来互相衔接、融会贯通的是“用心”，能够让人在整个社会分工体系中向上的迈进的也是“用心”。只要用心工作，不管在哪个层次、哪个岗位、哪个时代都可以做到极致，都能创造神话，都能获得敬佩。

用心工作，是干事创业的最高境界！

（发布时间：2017年2月22日23：01）

2月23日
星期四

走向天路226

冒雪来看你

（休而不息之十七）

“又见雪飘过……”车载影音系统正在播放着陈慧娴的《飘雪》。“下雪了！”有队员高声地欢叫。真是太应景了！汽车飞驰在蜿蜒曲折的山路上，纷纷扬扬的雪花在空中飘舞，与急驰而过的汽车相迎，飘落在挡风玻璃上，瞬间融化成了水。半山以上的树木，逐渐形成了树挂，晶莹剔透，玉树琼花，煞是壮观。

此时，我和队员喻晓坤、李展健、郭振华、赖明建、雷震一起，正在冒雪前往广东省委书记胡春华的家乡——湖北省宜昌市五峰土家族自治县，学习考察种茶脱贫致富的经验做法。

2月20日，我们早上五点半起床，六点钟出发前往广州白云国际机场，乘坐8：40起飞的南航CZ6589次航班，经停武汉，然后于13：00到达恩施许家坪机场。恩施市人大常委会副主任杨帆、市农业局副局长廖建中、市茶叶办主任何远军等领导已经在此等候，我们会合后便前往中国硒茶博物馆参观考察，然后进行了座谈，详细了解该市茶叶产业发展的基本情况、政策措施、经验做法等。恩施市亲稀源硒茶产业发展有限公司董事长蒋子祥等也参加了会议。

2月21日，我们参观考察了号称中国七大人造古城中唯一成功的案例——恩施女儿城和人造主题景区——恩施土司城，详细了解它们的策划、设计、建设、运营和管理。然后前往相关茶叶种植基地进行了实地考察，并于20：00赶到宣恩县晚宿。

2月22日，我们早上8：00从宣恩县出发，前往五峰土家族自治县，路上便遇到了本文开头的一幕。当我们穿越鹤峰县进入五峰县后，右后轮胎炸了，又停下来顶着寒风飞雪换轮胎。让我没想到的是，平时舞文弄墨的郭振华动手能力那么强，他和司机一起配合完成了任务。然后我们在13：00多赶到该县湾潭镇，与早已在此等候的县政协副主席李平、湾潭镇党委书记邹刚、县委办常务副主任熊峰等相关领导

会合。午饭后我们继续前往老县城五峰镇，考察了凉风洞地质灾害治理点和香东村茶园、五峰银毫茶叶有限公司，然后前往新县城渔洋关镇。

2月23日，我们先后参观考察了湖北茶博馆、湖北采花茶业有限公司、青岗岭万亩生态茶园、五峰茶源地陈列室等。下午，我们与五峰土家族自治县代表进行了座谈，详细了解该县茶叶产业发展、政策措施、经验做法等，并请求该县在培训、指导、技术等方面给予帮助，获得积极的支持。县委副书记柯志强、县政协副主席李平及渔洋关镇、县教体局、县住建局、县卫计局、县茶叶局等相关单位的主要负责人参加了座谈。

得知我们来自于春华书记曾经工作过的林芝市，而且是援藏干部，来访主要是为了贯彻落实春华书记关于发展茶叶促进墨脱脱贫致富的有关指示精神，五峰的领导对我们十分热情、认真、周到。宜昌市人大常委会副主任、县委书记、县人大常委会主任陈华，县委常委、县委办公室主任、县直机关工委书记陈延斌等相关领导也专门抽空接见了我们，并进行了详细的交流。

晚上，我们乘坐21：55—23：45的南航CZ3312次航班由宜昌返回广州。由于航班延误，我们凌晨一点多才回到广州，沿途送完其他几个队员回家，待我回到家的时候已是凌晨两点半了。

（发布时间：2017年2月24日03：49）

2月24日
星期五

走向天路227

我们的声音

（休而不息之十八）

早上八点钟，我们的声音通过佛山电台94.6频率传向全市乃至更广、更远。

我和队员郭振华、赖明建于2月14日拜访佛山电台时与张伟立副台长等相关负责人达成的一项共识，就是要在今天共同举办一个直播节目，向广大市民介绍佛山对口支援西藏墨脱的相关情况，动员广大市民加强对墨脱的关心、关注。

我是在今天凌晨三点才从湖北省五峰土家族自治县出差回到家的，四点才睡，然后七点起床，七点半与喻晓坤、邓宏照两位队员会合后，前往位于佛山新城的佛山电台参与直播节目。

我们主要围绕墨脱的基本情况、我们在墨的工作和生活情况、面临的困难和挑战、下乡进村入户、项目建设、惠民解困等方面的内容与电台主持人大田、宛君进行了互动。

节目结束之后，佛山电台又为我们录制了三条公益广告，第一、二条由我进行录制，第三条由我和喻晓坤、邓宏照一起录制。这三条公益广告，将在整点或半点时播出，旨在获得社会各界对墨脱的关注和支持。

包括今天佛山电台的直播节目，今年以来我们已被佛山主流媒体报道了六次之多。第一次是1月4日的佛山日报，第二次是1月6日的佛山电视台，第三次是1月17日的佛山日报，第四次是2月7日的佛山小记者，第五次是今天的佛山日报，第六次就是今天的佛山电台。

我们的声音通过媒体传播出去，希望告诉大家一个真实的墨脱、一个真正的援藏，希望社会各界和广大群众积极参与、大力支持，撸起袖子加油干，共同创造更加美好的佛山和墨脱。

（发布时间：2017年2月24日23：16）

走向天路228

援藏像乞丐

一位老领导不无心痛地说："小谢，你才去了半年，回来又黑又瘦，白头发也多了很多！"我的亲友们也经常对我说："你整天跑来跑去，像个乞丐一样，真是阴公咯！"

自从去年7月进藏以来，我们共回了佛山四次，前三次都是因公出差，这次是按规定休假。每次回佛山，我们都会前往拜访市及各区相关领导、市及各区相关部门、相关镇（街道）、相关行业协会及企业，汇报工作，沟通情况，争取支持。

这次回来佛山，虽说有两个月的休假时间，但其实除了1月14日至21日这八天陪家人外出旅游和1月27日至2月2日这七天春节放假外，其他的时间都是奔波在各个单位之间，去争取支持和资源，难怪亲友们会这么说。

其实，援藏作为一项国家战略和政治责任，佛山市各级各部门的领导都是高度重视，充分认识，大力支持。我们已经拜访了那么多领导及单位，他们都会在最短的时间内安排会见，认真听取工作汇报和情况介绍，对我们的工作和生活嘘寒问暖，对我们的请求积极表态，对能够解决的问题都毫不犹豫，对能够提供的帮助都毫不吝啬。到目前为止，因工作太忙等种种原因求而不见的单位也不超过三个。

因此，我们拜访各位领导及相关单位从来就没有低人一等、乞讨求怜的感觉。而相反的是，各位领导及相关单位都对我们高看一眼，厚爱三分，热情接待，积极支持，让我们倍感温暖，倍感自豪。

话也说回来，如果能够为墨脱的发展争取更多的资源，如果能够为墨脱的干群解决更多的困难，哪怕做一回乞丐我也甘心、也自豪。

（发布时间：2017年2月25日22：16）

2月26日
星期日

走向天路229

墨脱的钢架桥

明天就要结束休假返回墨脱了。虽然按照规定我有70天的假期，但其实是休不完的，除非你真的是不想干活，才有可能完整地休完你的假期。

虽然很留恋佛山的家，但也很想念墨脱的家，所以不管假期结不结束，有无要求3月份必须到岗，我也是真的想回去了。

去年20多次往返扎墨公路，每次经过钢架桥时的隆隆声又在耳边响起。我很喜欢这种声音，惊险而刺激。汽车碾压在有些凹凸不平的钢板上,飞驰而过，只留下隆隆的声音从后面传来，还有整个桥身的震荡。

我曾粗略地数了一下，光是扎墨公路上的钢架桥就有23座之多，其他通乡、通村道路上还有一些。这在墨脱的过河（江、沟、谷）桥梁中是数量最多、应用最广的。其他的还有吊桥（详见《走向天路220——墨脱吊桥》）、藤网桥（详见《走向天路13——墨脱的桥》）以及溜索。

存在即合理。既然墨脱大量使用钢架桥，钢架桥自然就有它的优势。墨脱河谷众多，沟壑纵横，一桥飞架是最好不过的选择。钢架桥结构简单，架设方便，在跨度不大、承重不高的地方十分适用。墨脱泥石流频发，容易造成路桥损毁，而钢架桥所具备的优点正好可以解决快速修复的问题。

（发布时间：2017年2月26日21：41）

2月27日
星期一

走向天路230

巧遇藏历新年

（休而不息之十九）

虽然调了闹钟，但由于担心睡过了头，所以昨天晚上总是处于半睡半醒之间。迷迷糊糊中，闹钟终于响了。凌晨三点半，不能再赖床了，得赶紧起来。行李已在昨晚收拾好了，简单洗漱一下便出发。接上队员赖明建之后直奔机场，一路上依然迷迷糊糊，到了机场才被叫醒。办完登机手续过完安检，在候机大厅与其他队员会合，也见到了省队及其他市队的援友。时间紧凑，很快便登机了。

飞机起飞后又不知不觉地睡着了，中途醒了几次，迷迷糊糊的。预定九点到达的航班却在十点才降落在林芝机场。看见队员雷震搀扶着一名漂亮的空姐下舷梯，经了解才知道原来一名空姐在机上突发疾病，找到雷震检查，初步判断是阑尾炎，经检查可随机返回广州再做治疗，雷震便没有再追随而去。就在我们睡了一觉的工夫，雷震又做了一件好事。

出了机场，我们便直奔巴宜区布久乡仲果村的一个藏族家庭——旺堆家。虽然天气还是很冷，但明媚的阳光却懒洋洋地从空中洒落下来，又恢复了几分暖意。雅鲁藏布江及其支流尼洋河一反常态，水流缓慢而温柔，水色格外碧绿，清晰的倒映着天空白云及两岸崇山峻岭的白头绿身。白色的沙滩和沙丘造型各异，静静地躺卧在雅鲁藏布江及尼洋河上，犹如一幅少女躺卧图。路边的田野已经冒出了一层浅浅的绿色，散落分布的果子李或含苞待放，或已经盛开，艳枝遥指天空。

今天刚好是藏历新年的第一天，我们前往旺堆家主要是想感受一下这里的节日气氛。当汽车拐进村庄的时候，整个村庄宁静而冷清，只有几个人在路上闲聊。到了家门口，气氛一下子热闹起来了。旺堆及他的女儿达娃曲珍、女婿阿牛，还有达娃曲珍的朋友——一位年轻而漂亮的妇女，捧着哈达，提着酒壶端着酒碗在等着我们。先是逐个敬献哈达，然后是敬酒，碗很大，按规矩是先用左手托住酒碗，然后用右手的无名指沾酒向上、向外、向下弹三下，弹酒三次是对天、地、神的敬奉和对佛、法、僧三宝的祈祝。喝酒必须要“三口一杯”，主人敬酒时双手接过，然后轻啜一口，主人把酒添满，再喝一口，再添满，第三口将添满后的酒一饮而尽。这“三口一杯”，藏语中为“松折夏达”。酒很甜也很香，不过由于碗太大，一碗下去肚子便鼓了起来，而且酒劲儿逐步地往头上涌。

进了屋里，我们在一排呈“L”型的沙发上坐下，前面的桌子上摆满了各种饮料、食物和水果，十分丰盛。其中具有藏族特色的是一种用酥油和白面油炸的馃子（卡赛）、奶渣和酥油茶等。主人热情地招呼我们吃，期间也有敬酒。然后端了羊肉、腊肉和荞麦饼等让我们吃午饭，但主人们并不和我们一起吃。大家都对各种食物赞不绝口，并且饱餐一顿，我们也回赠了茶叶和对联以表谢意。

依依不舍地离开旺堆家后，我们继续前往尼泽河上游的巴宜区更章门巴族乡扎曲村的一个门巴族家庭——次仁旺堆家。这个村子就在尼洋河边上，背山面水，左右逢源，景色十分优美。我们到达的时候，主人家热情地迎了出来。他们捧着一个造型十分精美的叫“切嘛”的箱斗，斗内装满青稞和糌粑，上面插着青稞穗以及用酥油做的彩花板。主人家让我们抓起少量青稞向空中抛洒三下，代表着第一敬天，第二敬地，第三敬父母及兄弟姐妹们，然后抓点糌粑吃。接着又是敬酒，规矩与之前的一样，酒碗也是与之前的一样大，只是与之前的青稞酒不同的是，这里的是啤酒，喝下去冰凉透心。屋内沙发的摆设也呈“L”型，前面的桌子上也摆满了各种饮料、食物和水果，十分丰盛。主人热情地招呼我们吃东西和敬酒，村里的小伙子还来唱歌跳舞，场面十分热闹。

刚才的藏族村寨，他们年初一相互之间不串门，外来的客人却不受此限。但这个门巴族村庄，他们却到每家每户敬酒，每家喝一碗，有些酒量差的还没敬完酒就已经醉倒在村里了。可见西藏各族各地的风俗习惯确实在大同的基础上存在小异，并非像有些资料所介绍的完全一样。

今天巧遇藏历新年，让我们也感受了一番别样的风情。当我们回到广东援藏公寓的时候，依然是迷迷糊糊的，只是现在起作用的是酒，早上起作用的是瞌睡而已。

（发布时间：2017年2月27日22：40）

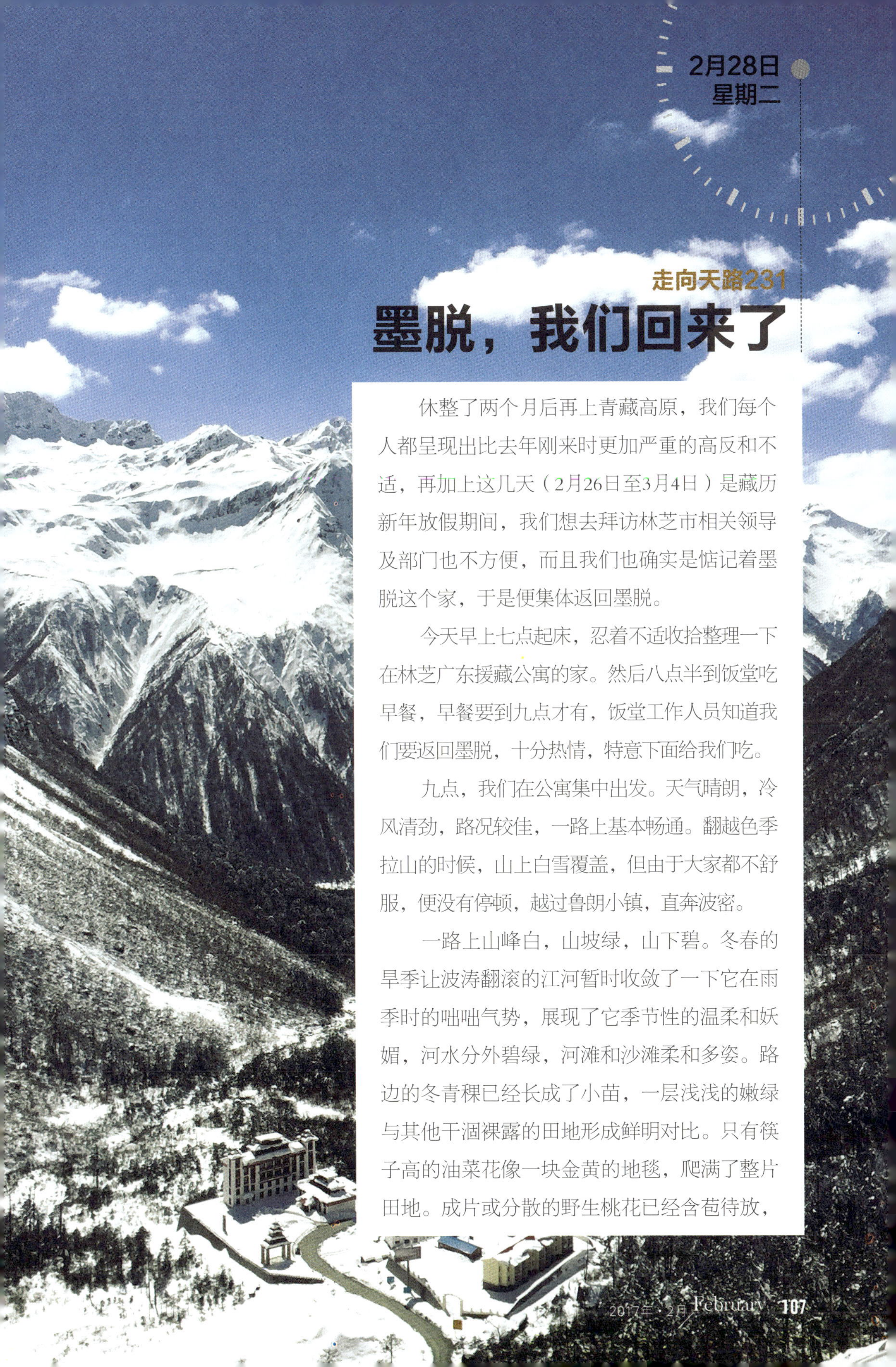

2月28日
星期二

走向天路231

墨脱，我们回来了

休整了两个月后再上青藏高原，我们每个人都呈现出比去年刚来时更加严重的高反和不适，再加上这几天（2月26日至3月4日）是藏历新年放假期间，我们想去拜访林芝市相关领导及部门也不方便，而且我们也确实是惦记着墨脱这个家，于是便集体返回墨脱。

今天早上七点起床，忍着不适收拾整理一下在林芝广东援藏公寓的家。然后八点半到饭堂吃早餐，早餐要到九点才有，饭堂工作人员知道我们要返回墨脱，十分热情，特意下面给我们吃。

九点，我们在公寓集中出发。天气晴朗，冷风清劲，路况较佳，一路上基本畅通。翻越色季拉山的时候，山上白雪覆盖，但由于大家都不舒服，便没有停顿，越过鲁朗小镇，直奔波密。

一路上山峰白，山坡绿，山下碧。冬春的旱季让波涛翻滚的江河暂时收敛了一下它在雨季时的咄咄气势，展现了它季节性的温柔和妖媚，河水分外碧绿，河滩和沙滩柔和多姿。路边的冬青稞已经长成了小苗，一层浅浅的嫩绿与其他干涸裸露的田地形成鲜明对比。只有筷子高的油菜花像一块金黄的地毯，爬满了整片田地。成片或分散的野生桃花已经含苞待放，等待着情侣们的卿卿我我，以及他们特有的小声说大声笑。沿途的村庄宁静而安详，只有飞驰而过的汽车以及它带起的灰尘飞扬扩散形成特有的动感。

我们于下午一点左右到达波密，如约前往驻军某部时行午餐并商讨军民、军援合作共建的相关事宜，然后继续沿着扎墨公路翻越嘎隆拉雪山返回墨脱。

越往嘎隆拉雪山上走，积雪就越厚，比色季拉山厚得多。路上的积雪已经被翻到了路的两旁，堆积起来有一米多厚。堆雪使道路收窄了很多，路面上也有薄薄的一层冰，需要小心而行。山上白雪皑皑，在毫无杂质的空气和阳光中分外耀眼。山上的积雪和冰川沿着刨床向下延伸，不断扩大横截面，一直延伸到路边或河边。据说这是近十年来降雪量最少的年份，所以虽然气势逼人，但暂无雪崩之虑。快到嘎隆拉隧道的时候，那里是一个四面环山但留有一个小缺口的平整小盆地，像一个白色的银盆，盆底和盆壁贴了一层厚厚的白银。盆壁上有明显的滑痕，我忽悠大家是有人滑雪留下来的痕迹，其实是滚石或滚雪的印记。黑色的道路从小缺口那边的狭窄山沟爬上来，从盆地中间贯穿而过，从对面的隧道消失了，像是银盆的底梁。

穿过嘎隆拉隧道，眼前呈现的依然是冰天雪地的世界，但又是另外一种景象。蜿蜒曲折的九道拐顺着悬崖峭壁盘旋而下，穿过冰雪覆盖的墨脱县52公里处游客服务中心，沿着两旁雪山夹峙的山谷河边扬长而去。河边和路边两旁山坡上的云杉，枝叶上积了层层的雪墩，不时掉落下来，打破山谷的宁静，有时砸到车顶上咚咚作响。下降到海拔2800米左右的地方，雪线就悄然消失了，取而代之的是针阔叶混交林，以及隐藏在树林中的杜鹃花，它们含苞待放与含苞怒放并存着，花色鲜艳而漂亮。再往下就是阔叶林及热带亚热带丛林了。

我们于傍晚六点多回到位于县政府后面的工作队驻地。由于是放假期间，很少碰到同事，偶尔碰到的相互致以节日的问候和祝福，并热情地握手嘘寒问暖。不久，县长魏长旗、副书记罗加带领县委办副主任郭晓锋和县府办主任欧珠江村到工作队驻地，代表县委县政府看望慰问，让我们本已疲惫的身躯和不适的身体好像打了一针鸡血，马上振作起来。

墨脱，我的家，我们回来了！

（发布时间：2017年2月28日22：58）

2017年

3月 March

3月1日
星期三

走向天路232

回墨第一天

今天早上起来到饭堂吃早餐的时候，他们告诉我邓宏照、李展健和王强已经出发去背崩乡的幪曲卡茶园仙境旅游区实地查看地质勘探工作了。他们知道我昨天不舒服，为了不让我跟着去，就提前吃了早餐，悄悄地出发了。邓宏照和李展健是我们“佛缘（援）八宝”中的“项目双宝”，项目的事主要由他们操心，我很是省心。

不巧的是，勘探队让他们帮忙带的工具忘了拿，中途又折返回来，我刚好还在饭堂，就跟着他们一起出发了。我们先是来到幪曲卡茶场了解勘探工作的进展情况，交换了意见，提出了要求。据了解，他们早在年十一（2月7日）就从四川出发赶到墨脱，这段时间工作和吃住都是在这荒山野岭上。看了他们的工作环境和工作态度，我想我们的努力和付出也算不了什么。

随后我们在乡党委书记王海斌的陪同下来到乡政府驻地，先后实地考察了拟建的墨脱农产品展销中心、村级活动场所及相关配套设施，初步确定选址、建设规模和建设内容等，并就维稳等工作交换了意见。

下午，我们来到德兴乡。第一站实地考察了小学的教学和生活设施，对早已被列为危房的综合楼的拆旧建新进行了详细的了解和评估，拟定选址和建设内容。第二站实地查看德兴村级活动场所的建设，详细了解进度，要求抓好安全生产、工程质量。第三站来到德兴村的芭蕉形梯田，了解春耕备耕工作的情况。碰巧该村部分妇女在白塔前聚会，便上前和她们聊天，了解她们藏历新年的风俗习惯、宗教活动以及维稳等情况，她们很热情地招呼我们喝酒并回答我们的问题。乡党委书记王桂兰、乡长白玛占堆及相关负责人陪同了考察。

晚上，邓宏照和李展健在饭堂召集相关施工单位召开了项目工作会议，喻晓坤和雷震来我家里商讨工作，郭振华和赖明建在家里整理相关资料。其实今天大家的身体都还没有完全恢复，但是回到墨脱以后，大家都忘了这里2月26日至3月4日还是藏历新年的放假休息期间，而是条件反射立马开始工作了。

（发布时间：2017年3月2日00：37）

3月2日
星期四

走向天路233

墨脱野芭蕉

不管你什么时候来墨脱，雅鲁藏布江两岸的山都是绿的，只是绿的深浅程度不同而已，春季是嫩绿，夏季是鲜绿，秋冬是暗绿。这里的热带、亚热带丛林，几乎是清一色的绿，绿得让你在远处难以分辨出是什么植物，但有一种例外，那就是野芭蕉。

野芭蕉也是绿色的，光从颜色上也难以分辨，但它特有的长而大的叶子使得它能够在丛林中脱颖而出，吸引你的眼球。它们既有分散的，也有很多集中连片的。这里的野芭蕉不仅长在江边上，而且沿着山坡一直爬到快到山顶的地方。据说以前有一位领导来墨脱视察，看到满山芭蕉，就批评了县里怎么把香蕉种到山上去了，搞得陪同的干部一脸尴尬，不知如何是好，既不敢说领导不懂，也不能承认。其实这种尴尬和笑话在我们的日常工作和生活中并不少见。

芭蕉的叶子是绿色的，但其茎却是黑色的，于是曾有人把它形容为珞巴族的化身，因为珞巴族的服装是黑色的，并因此建议建一条芭蕉大道，这倒是蛮有创意的一个想法。

它开花的时候是直接从顶端伸出一条长长的“棍子”，头顶着类似于圆锥的蕉蕾。开的花中，一般只有最先的那四五排能长成芭蕉，往后的就不再结果。当蕉蕾继续往上长，蕉蕾就越远离芭蕉，其间相连的只有那条“棍子”。但奇怪的是，我们平时所看到的香蕉和芭蕉开花结果都是拐弯下垂的，而墨脱的芭蕉却是继续向上的。蕉蕾的颜色主要有红色和黄色两种，未开的时候像个不规则的圆锥体，打开的时候像盛开的莲花。它的花藏在苞片里面，当苞片向外打开时才露出来，一排排的，十分整齐，像是一排排黄色的象牙。

芭蕉其实是个宝。据说芭蕉的果、花、叶、根、茎中均含有丰富的糖类、氨基酸、纤维素、多种矿物质、硒等微量元素及多种化合物成分，药食兼用，营养丰富。它的叶子是一种广谱抗菌抗病毒的药物，对好多病毒和细菌都有抑制和杀伤作用，对呼吸系统疾病也有一定的防治作用。根具有清热、止渴、利尿、解毒的作用，可治水肿、脚气、血淋、血崩、痈肿、疔疮、丹毒等症，可根治感冒、胃痛及腹痛等病。花干燥后煎服可治脑溢血。芭蕉的根茎可以提取植物纤维，用于工业。芭蕉还是很好的绿化和观赏植物。

这里的门珞人民除了食用芭蕉果实外，在墨脱镇巴日村我还看到他们把茎头（蕉头）砍回来剁碎喂猪的，我们也尝试把蕉蕾剁碎以后煮粥。芭蕉是一个巨大的宝藏，还有待我们更多的开发利用。

（发布时间：2017年3月2日21：04）

走向天路234

勇敢者的游戏

墨脱主要位于雅鲁藏布江下游两岸，大江阻隔是最大的交通障碍。历史上，勤劳、勇敢、智慧的门珞人民为了排除这种障碍，创造了溜索和藤网桥等渡河工程。

现在，随着吊桥、钢架桥和钢筋混凝土桥的广泛使用，藤网桥和溜索正逐步退出历史舞台。藤网桥已经在《走向天路13——墨脱的桥》介绍过了，墨脱全境目前也只剩下德兴藤网桥了，而且它只具有旅游的功能，早已失去了实用价值。

原来雅鲁藏布江上也有很多处溜索，其他的要么废弃要么拆除了，现在也只剩下背崩乡地东村一处了。不同的是，它不是用来旅游娱乐的，而是村民一直用于来往于雅鲁藏布江两岸耕作的。

我对溜索很感兴趣，想去看看，甚至体验一下，但一直未能如愿。我们曾于去年12月24—25日前往地东村和西让村调研慰问，但因时间太赶没有去看。今天因工作需要前往地东村，忙完其他工作后便提出去看看墨脱仅剩的一处溜索。

村支书高荣找来几个村民带上工具开着皮卡带我们前往。我们在雅鲁藏布江

边的路旁停下，然后沿着湿滑的小路往江边走，来到一处石崖上。在这里，才看到了一条钢绳横跨雅鲁藏布江，飞到对岸去。这条钢绳是这头高，那头低。我便问怎么回来呢？村民指着下面，原来还有另外一条钢绳从对岸飞过来。不同的是，这条钢绳是那头高，这头低。

于是我们便开始准备溜索。其中一个村民十分麻利地套上绳索，装上滑轮，挂到钢绳上，一溜烟儿便到了对岸。我当时忙于拍照，反而没看清他是如何过去的。于是另一个村民重复了上述动作，也溜过去了。这次我看清楚了，于是便决定体验一下村民溜索过江耕作的不易。

村民拿来绳套，分别从左右两条腿套上来，再用一条绳子绑着腰和吊绳用于固定，然后挂到一个滑轮上，最后把滑轮挂到钢绳上。他们告诉我不要用手抓钢绳，也不要让脸碰到钢绳，否则会把肉都刮掉。讲明白后便放开手让我滑了出去，顿时飞一般的感觉，我只觉得两个耳朵边风声呼呼作响，还有滑轮摩擦钢绳的声音和滔滔的急流声。还没怎么反应过来就已经到了对岸，先前滑过来的两个村民来接应我，然后再从另一条钢绳滑回去。

据村民说，这两条钢绳长的有280多米，短的有260多米，滑过去的时间只有40秒左右，速度相当快。他们平时到对岸耕作、搬运都是依靠这对钢绳。我问他们有没有领导来溜过，他们说除了村民，连干部都没有。

那么这些钢绳是如何飞到对岸的呢？他们说这对钢绳是请驻军用炮打过去的。之前是用火药枪打过去的，更早的时候是两岸同时互相射箭，把较细的绳子射出去并在江心钩连在一起，慢慢的拉过对岸，然后把细绳换成粗绳，再将溜索一端固定于一边的石崖、树木或木桩上，另一端则系在粗绳上拉过对岸，固定于彼岸的石崖、树木或木桩上，再加固，即告完成。

溜索，说起来简单，架起来困难，溜起来不易，那是一个勇敢者的游戏。

（发布时间：2017年3月3日23：54）

走向天路235

上班之前

明天就是正式上班了。今天是藏历新年七天假期的最后一天，我们回到墨脱也已经四天了。从我们回到墨脱的第一天（3月1日）起，就下起了桃花雨，有时滴滴答答，有时淅淅沥沥。雨一直下个不停，我们的工作也一样。

3月1日，我和邓宏照、李展健就前往背崩乡和德兴乡实地查看地质勘查、检查建设进度、考察项目选址、研究建设内容、督导维稳工作（详见《走向天路232　　回墨第一天》）。

3月2日，原本是安排前往达木珞巴族乡检查乡卫生院建设进度和去墨脱镇米日村支付农家乐配套设施建设扶持资金的，但由于雨势较大工地

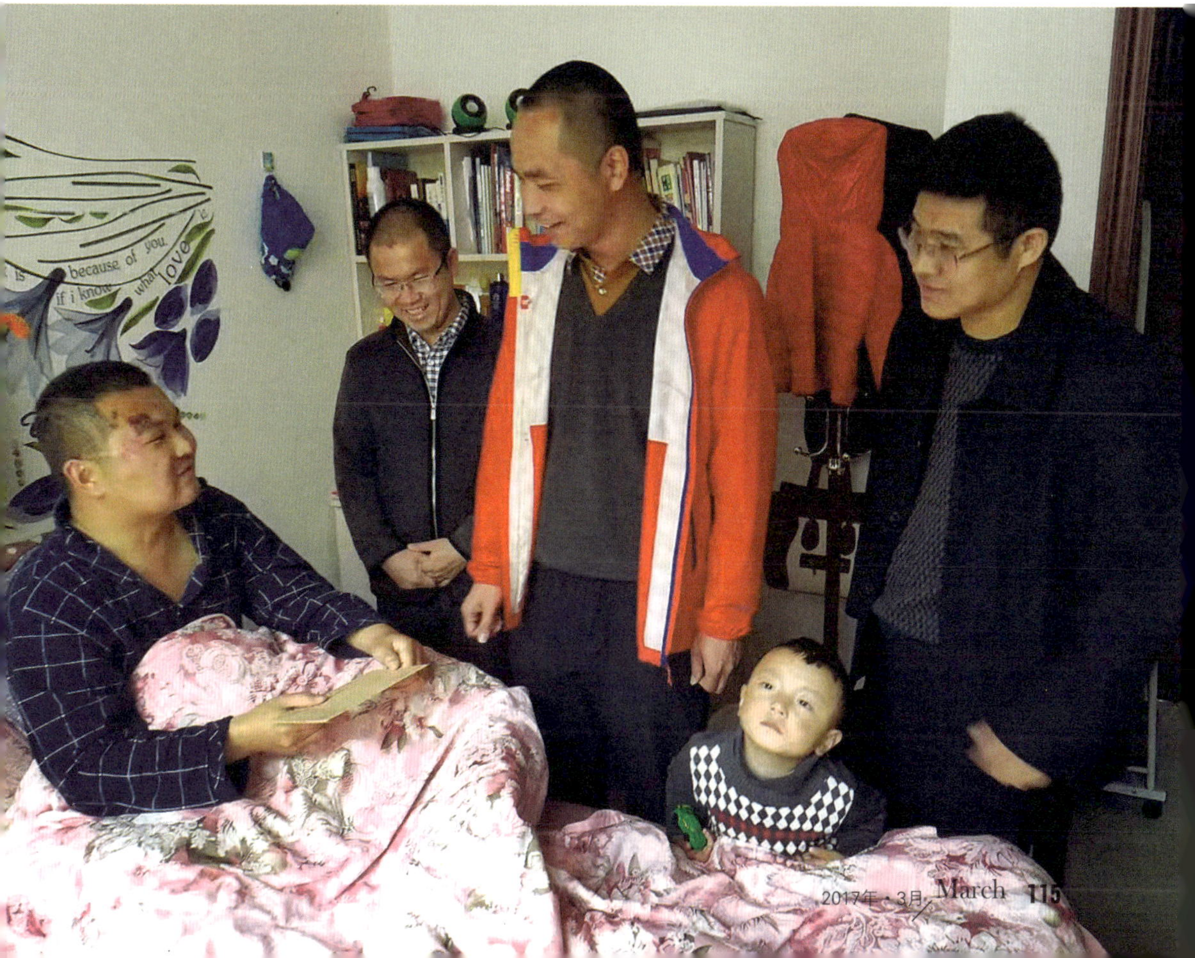

没开工而作罢，转而留家处理内务工作和整理思路，并于当天和李斌、喻晓坤前往队员索朗家看望慰问，他在春节期间喜得千金。

3月3日，我和赖明建前往背崩乡突击检查维稳工作。我们先是听取了乡党委书记王海斌及相关负责人的情况汇报，然后检查了相关制度、人员和措施等的落实情况，随后在王海斌的陪同下前往格林村和地东村进行突击检查。在地东村，我们还前往了解和体验村民溜索过江耕作的情况（详见《走向天路234——勇敢者的游戏》）。

今天，原本安排前往德兴乡文朗村考察小康示范村建设项目的选址等，但由于雨雾太大看不清而放弃了。上午，我和邓宏照、李展健、赖明建前往看望慰问受伤的县国土局局长李振和县发改委主任王斌的母亲。下午，工作队召开了第一工作会议，对去年下半年及今年前两个月回佛休假期间的工作进行了回顾，对当前的工作环境和条件进行了分析，对相关问题进行了研究，对今年的工作进行了部署。

雪季尚未结束，雨季已经来临，道路业已泥泞，灾害也将高发，这些都将影响和阻碍我们的工作。我们唯有在粤藏、佛林两地各级党委政府的正确领导下，依靠当地，凝心聚力，握沙成团，撸起袖子加油干，为党的十九大献礼。

（发布时间：2017年3月4日21：32）

3月5日
星期日

走向天路236

援受关系

在祖国大家庭中，佛山与墨脱是兄弟姐妹关系；在对口支援中，佛山与墨脱又多了一层关系——援受关系，佛山是支援地，墨脱是受援地；在区域情感中，佛山干群又将墨脱视同手足，视作佛山的第六个区，情深意切。兄弟姐妹关系是前提是基础，工作关系是提升是深化。

佛山市援藏工作队作为佛山市委市政府的代表和前方工作机构，肩负着推进援藏事业，促进民族团结的重任。而要顺利完成这个重任，就必须科学、艺术地处理好援受关系。因此，我在去年7月21日的墨脱县与佛山市援藏干部人才见面会上就提出了“五个当地”的原则，即“尊重当地、学习当地、融入当地、依靠当地、服务当地”。

尊重当地：首先是服从，我们来自于佛山，毫无疑问要接受广东及佛山两级党委政府的正确领导；我们工作在墨脱，也毫无疑问要接受林芝及墨脱两级党委政府和广东省第八批援藏工作队的正确领导。其次是尊重，我们来自南粤大地，有我们的自己的风俗习惯和人文精神，我们工作在墨脱，也有当地的宗教信仰、风俗习惯，我们不一定要认同，但一定要尊重。尊重是建立一切友好关系和化解一切矛盾的前提。

学习当地：我们来自先发地区，自然有我们先进的思想、理念、经验和做法；墨脱是后发地区，当地干群在克服恶劣的自然条件、创造性地开展工作方面，也积累了丰富的经验和做法。刚好，我们可以互相学习，扬长避短，取长补短。我经常告诫我们的队员，不要以为高原没高人，不要以为墨脱没能人，我们唯一的不同，可能就是我们所处的地区和平台不同而已。我们来墨脱干得不如当地干部好的概率，比墨脱干部去佛山干得不如我们的概率，要大得多。因此，我们要向当地学习，向高原学习，向历史学习。

融入当地：来之前，我们是佛山的一分子；来以后，我们就是墨脱的一子。到家了，就不要把自己当外人。来自先发地区，不要以为自己高人一等，鹤立鸡群，木秀于林风必摧之。但融入当地，也不是意味着当地的一切我们都学习都接受，还是要实事求是，因地制宜，因时制宜，取其精华，去其糟粕。当然，目前我们还没有发现有什么糟粕。

依靠当地：我们八个人过来，虽然号称“佛缘（援）八仙”，八仙过海，各显神通，但毕竟我们不是神，而是人，实实在在的人，没有三头六臂，没有神通广大，不可能干完所有的事情，也不可能解决所有的问题。十分庆幸的是，墨脱的干群对我们很接受，很理解，很宽容，很支持，很配合。所以，我们要把我们的能力和当地的能耐有机结合起来，依靠当地，充分发挥，两全其美。

服务当地：我们放弃先发地区优越的条件，优厚的待遇，来墨脱不为名不为利，只为服务当地的老百姓。我们所带来的资金，所建设的项目，所做的事情，所提供的服务，都留在这里，不带走一片云彩。惠及当地，造福一方，是我们共同的愿望。

经过半年多的积极实践，工作取得了显著的成效，团队非常团结，援受非常融洽。佛山市援藏工作队因此被墨脱县委县政府授予“墨脱县民族团结进步先进集体”，雷震作为队员代表被授予“墨脱县民族团结进步先进个人”。

“雄关漫道真如铁，而今迈步从头越”，年度休假已经结束，正常上班已经开始。在新的一年里，我们将在佛山、林芝两市市委市政府及广东省第八批援藏工作队、墨脱县委县政府的正确领导下，扎实推进建设类项目，积极开展创新性项目，努力解决干群实际困难，科学处理援受关系，让佛墨两地、援受关系结出新的艳丽动人的“佛墨并蒂莲”。

（发布时间：2017年3月5日22：55）

走向天路237

全面支援

就在藏历新年来临的前一天，也就是我们结束休假返回林芝的前一天（2月26日），佛山市委市政府就让我们给墨脱一万四千多名干部群众拜年，罗萨扎西德勒！并献上一份厚礼——《佛山市全面对口支援墨脱县乡镇结对方案》于当天正式由佛山市政府办公室印发实施。

建立全面对口支援制度是我们进墨之初就开始谋划的一项创新性持久性项目。因为我们是第八批援藏工作队，前面已有五批援藏工作队进墨（当时由于不通公路，第一、二批没有进墨），前辈们已经为墨脱的进一步发展打下了坚实的基础，我们是站在巨人的肩膀上前进，所以必须要有所创新、有所进步，否则我们将无法面对援藏前辈们的努力和付出，也无法面对门珞人民的期盼和支持。

有了思路之后，我们就寻找出路。我们利用广东省政府副秘书长、广东省第八批援藏工作队领队、林芝市委副书记兼常务副市长许典辉去年下半年三次进墨和我们多次前往林芝向省队报告工作之机，向许典辉同志汇报请示，获得肯定和支持。去年11月11—14日，佛山市市长朱伟带领相关部门负责人前来林芝及墨脱调研慰问时，我们又作了汇报，得到了朱伟市长及相关领导的肯定和支持。去年12月10—11日，林芝市委书记马升昌带领林芝市党政代表团到访佛山期间，我们又先行向佛山市委书记鲁毅等市领导作了汇报，同样获得肯定和支持。今年1—2月我们回佛山休假期间，于1月23日向佛山市委常委、常务副市长蔡家华作了详细汇报，得到肯定和支持，并确定了全面对口支援的具体内容。经过法定程序后，该方案如期出台。

全面对口支援制度是我们的第二个创新性项目，第一个是全面联系制度（详见《走向天路127——全面联系》），接下来我们还会陆续推出一些创新性的项目，敬请期待哦！

全面对口支援制度是我们在全国范围内率先践行习近平总书记在东西部扶贫协作座谈会重要讲话精神，贯彻中央第六次西藏工作座谈会和中央扶贫开发工作会议精神，落实《中共中央办公厅国务院办公厅关于进一步加强东西部扶贫协作的意见》，探索地区之间、部门之间、乡镇（街道）之间、行政村之间结对帮扶的创举。

全面对口支援，就是佛山市教育局、市卫计局、市农业局、市旅游局、市公安局、市工商局、市工商联等市直部门与墨脱县对应的县直部门结对帮扶，其他部门配合；佛山市的五个区与墨脱县的八个乡镇结对帮扶，具体是禅城区对口加热萨乡、甘登乡，南海区对口德兴乡、格当乡，顺德区对口背崩乡、帮辛乡，高明区对口达木珞巴民族乡，三水区对口墨脱镇。主要任务是优先改善发展民生、优化提升产业援建、促进交往交流交融，目标是推动墨脱在2018年与林芝市其他六个县区一起步入小康社会。

思路和出路都有了，接下来就是要落实、落实、再落实。

（发布时间：2017年3月6日22：32）

3月7日
星期二

走向天路238
开春惠民见行动

阳春三月，阳光明媚，春风拂面，碧水涟涟，桃红柳绿，莺飞草长，鱼欢鸟畅。这是多么美妙的春景图啊！

可是，这在墨脱是难以出现的。从3月1日开始，便呈现山上雪、山下雨的连绵雨雪天气。山上下起了大雪，并引发了多处雪崩，扎墨公路中断，墨脱又成为了高原孤岛。我们被迫取消原本前往林芝参加会议的打算，多个进墨工作组滞留在此。

山下的雨时大时小，时急时缓，时断时续，有时噼噼啪啪，有时滴滴答答，有时淅淅沥沥。山下道路也多处塌方，整个路面泥泞不堪，有些地方像水塘，很多地方泥浆都有一尺多厚，汽车就像神龙摆尾一样滑行在临江面崖的山路上，经常有汽车深陷其中无法自拔，成为了拦路虎。

面对这样的天气，我们一方面不断前往各乡镇检查督导维稳工作和实地考察在建、拟建项目，一方面根据去年收集整理的意见建议和需求，想方设法协调解决一些实际问题，暖民心，解民困，化阴雨。

今天上午，我们在“三八”妇女节来临之际，利用墨脱县妇女干部知识竞赛之机，举行了简单的捐赠仪式。一方面，我们将向佛山市捷泰克机械有限公司筹集的一批“佛山香云纱”捐赠给县妇女联合会，并现场发放给相关妇女干部，价值3万多元。另一方面，我们将向佛山市红十字会筹集的一批物资赠送给县委组织部，并通过县委组织部发放给基层干部及农牧民，包括运动服、鞋子、内衣等多个种类，价值约8万元。

待我们从会场出来的时候，雨停了，久违了的阳光重新洒落在雅鲁藏布大峡谷中。于是，下午我们便结合维稳检查督导等工作来到墨脱镇米日村，将支持该村两家农家乐停车场改造的15000元送到农牧民手中。

该村的两家农家乐就在扎墨公路边上，门前是一片不大的菜地。由于游客较少和缺乏停车场，生意一直清淡。相关包片领导知悉后与我们沟通协调，希望我们能够帮其改造停车场。我们沟通联系了几家企业，他们认为意义不大而放弃了捐助。我们又让有关部门对工程造价进行了估算，据说要15万元之多，我们在工作队会议上讨论时一致认为造价太高而未予通过。

我们于去年12月29日前往林芝途中，专门前往实地查看，认为只要把门前的菜地铲掉铺上水泥即可，这样的活村民自己动手就能解决，而无需请施工队实施。于是，我们与相关村干部和村民进行了深入的探讨和沟通，由村民自己投工投劳进行改造，我们不支付劳动报酬，而只支付水泥、沙石等材料费，村民表示同意。

今年2月28日，我们从林芝返回墨脱时，又专门停车查看，发觉停车场已经改造好了。经向相关村民了解，每个停车场材料费才用了六七千元，合计不到一万五千元。思路和方法调整一下，造价居然不到原来的十分之一！

（发布时间：2017年3月8日07：58）

3月8日
星期三

走向天路239

不忍看你

几乎每次闭上眼睛，眼前都会出现她的容貌。头发花白而稀疏，面容消瘦而憔悴，目光发散而呆滞，语言混乱而不清，身躯如柴而驼背，手脚无力而发抖。

她就是我的母亲。母亲现在已经80多岁了，身体一直都不是很好，不是这里痛就是那里不舒服，带她去看医生都说是老人病，不知道从哪里开始下手，更不知道如何去根治，只能头痛医头，脚痛医脚，治标不治本。

但母亲也一直顽强地生活着。她虽然满身病痛，却从不叫苦，只要还能行走，就绝不会闲着。我们很是担心她的身体，也害怕她会摔倒，经常劝她不要再外出和劳作，有时候甚至采取一

些激进的措施来劝阻，但徒劳无功，她依然如故。热爱劳动和工作的人是不需要任何激励的，而且任何事情都难以阻挡她对劳动和工作的执着。

早几年前开始出现的帕金森综合症，让她的手经常抖动和无力，迫于无奈而减少了劳作。近几年，不断发展的帕金森综合症及其他疾病让她加速衰老和退化，不但已经不能下田上地去劳作，而且连生活自理都成了问题，于是安排其实一直在家照顾的大哥大嫂进一步专门照顾她。

这两年，她去医院的次数越来越多，疗效也越来越差，身体更是越来越糟。以至于连医生也不愿给她看病，也不敢下药，怕有什么闪失，在我们保证即使有事也不怪他时才敢开药。与之前的顽强不同的是，她越来越多地抱怨甚至叫嚷这也不舒服那也不得劲，可见疾病的折磨会消减人的意志，令一个如此顽强的生命也会失去耐心和坚持。

今年春节期间回去看她的时候，情况已经进一步恶化了。她已经基本不能进食，吃饭和喝水都得靠喂靠哄。神志时而清醒时而迷糊，言语也是时而清晰时而含糊。她基本上已经卧床不起，但偶尔也能爬起来，结果是没人看见的话又不知道摔倒在哪个角落里，摔得面青鼻肿，周身疼痛。看到她痛苦的神情，听到她痛苦的呻吟，确实不忍去看，不忍去听。

今天是“三八”妇女节，我远在三千多公里外的边陲小城。这让我想念家中的援嫂，更让我挂念年迈多病的母亲。我只能遥祝家中的母亲、援嫂及其他家人身体健康，节日快乐！同时也祝福佛山、墨脱及所有的妇女节日快乐！扎西德勒！

（发布时间：2017年3月8日23：17）

3月9日
星期四

走向天路240

杜鹃花儿开

刚刚穿越雪线，下到没有冰雪覆盖的地方，队员王强就叫了起来："书记！您看！杜鹃花！"这是2月28日我们从林芝返回墨脱途经嘎隆拉雪山时发生的情景。顺着他手指的方向，我在高密的云杉林中看到了一束束红色的花。

他不说不知道，不指不留意，一棵棵杜鹃树夹杂在云杉林中，树高只有云杉的三分之一到二分之一。一朵朵红色的花儿在树丛中绽放，颇有万绿丛中一点红的感觉。红色的花朵与刚才经过的白色冰雪世界和眼前幽暗的森林形成了强烈的对比，使得原本近乎单色的森林突然间平添了浓烈的色彩。犹如昔日腼腆含羞的少女，一旦成熟便一改以往，尽情展现自己最亮丽的一面。

于是我们便停下车来欣赏和拍照。丛林法则使得它们拼命地瘦身，使劲地往上生长，枝干也是左穿右插，见缝插针，尽最大可能争取自己的空间。枝干上裹满了厚厚的青苔，尽显历史的悠久和岁月的沧桑。丛林法则既让它们互相竞争，也互为嫁衣。再往前走，又陆续出现了粉红色的、黄色的。

今天我和喻晓坤前往仁青崩寺督导维稳工作，湿滑的道路和满脚的泥泞让我们格外小心。咚的一声，有东西砸在了头顶的斗笠上，然后滚落在地。捡起来一看，原来是一朵红色的杜鹃花。抬头一看，一把红色的杜鹃花指向天空，映衬着苍穹。再往远处看，还有一棵棵白色的杜鹃矗立在树丛中。一红一白的杜鹃既让昏暗的树林增加了色彩，也为雾雨绵绵的天气带来了生机。

在这乍暖还寒、阴雨连绵、雾天云地的桃花雨季节，杜鹃花开满了墨脱，给了我们春的气息、暖的感觉、色的诱惑。

（发布时间：2017年3月9日23：02）

3月10日
星期五

走向天路241

项目啊项目

2月28日我们回到墨脱以后，从3月1日开始，到今天为止已经十天了。十天来，雨就没有停过，路也没有好过，我们一直在为项目而奔波，尽管雨浇头，云抚脸，水湿衣，泥裹脚，车摇身。

3月1日：上午前往背崩乡，实地考察檫曲卡茶园仙景旅游区的地质勘查工作进度和墨脱县农产品展销中心、墨脱县门珞服饰加工展销中心、背崩游客服务中心、背崩村综合服务中心、背崩客运站“五位一体”项目的选址；下午前往德兴乡，实地考察德兴乡中心小学综合楼项目选址及建设规模、内容和德兴村综合服务中心项目的建设进度。

3月4日，召开佛山市援藏工作队工作会议，研究讨论相关援建项目。

3月5日，召集县发改委、住建局、旅游局、环保局、交通局、林业局及背崩乡实地考察和研究背崩乡“五位一体”项目。

3月6日，上午与县委组织部研究干群培训、基层组织建设等八个方面的项目；下午向县四套班子及相关部门汇报去年以来的援藏工作和援建项目，并重点汇报了县城风貌改造、白玛岗360度全景观

光栈道、秘境墨脱旅游区、檫曲卡茶园仙境旅游区四个项目的概况、策划和效果图，获得一致好评。

3月7日，前往达木珞巴民族乡实地考察乡卫生院项目的建设进度，并研究补充完善项目内容和配套设施。

3月8日，前往德兴乡文朗村实地考察和研究小康示范村项目的理念、规划、设计、规模、内容、选址等问题。

3月9日，上午与县委宣传部研究《醉美林芝，秘境墨脱》宣传画册项目，前往县电视台实地考察电视台改造提升项目；下午前往墨脱镇巴日村实地考察和研究小康示范村项目的理念、规划、设计、规模、内容、选址等问题。

3月10日，上午分别前往县农牧局、县教体局、县发改委研究茶叶种植、茶叶学习考察、果果糖茶园配套设施、德兴乡中心小学综合楼、小康示范村、背崩“五位一体”、达昂吊桥等项目；下午召集县发改委、县住建局、县旅游局、县交通局等部门重点研究解决背崩“五位一体”项目和达昂吊桥项目，由于交通部门另有安排，决定放弃达昂吊桥项目。本来今天要到林芝参加省队的项目工作会议，但由于扎墨公路因雨雪导致泥石流和雪崩而中断，所以请假了。

十天之中，一天都没停过，不是为了项目，就是为了其他工作。为了加强统筹，整合资源，提高效率，我们的各项工作都是按照时间和地点合理安排，穿插进行。其他工作在其他专项里另行反映。

（发布时间：2017年3月10日22：55）

3月11日
星期六

走向天路242

农民也放假

农牧民也会放假，他们也有自己的假期。你听说过吗？是不是觉得有点不可思议呢？

但这可是真的！我也是第一次听说，因为在我的印象当中，只有上班一族才有假期，而农牧民是自由人，他们可以灵活处理劳作与休息的时间，根本用不着固定的假期。

3月1日，藏历新年初三，我和邓宏照、李展健前往德兴乡实地考察拟建项目德兴乡中心小学综合楼、在建项目德兴村综合服务中心以及督导检查维稳工作。之后，又前往德兴村的芭蕉扇形梯田考察。

在那里，我们碰到一群正在聚会的妇女。她们坐在一个亭子下，有的在打牌，更多的在喝酒和聊天。亭子的后面，就是一座白塔，白塔不高，它的左右两边和后面都有一排转经桶，左前方有一座香炉。

见我们过来，她们热情地招呼我们喝酒。于是我们便接过酒碗，坐下来和她们聊天。因为正值藏历新年，就向她们了解有些什么活动。她们告诉我藏历新年放假时间短，只有三天假期。

这引起了我的好奇和兴趣，原来农牧民还会放假！经了解，这确实是真的，春节期间村里就放了15天。原来，每逢重大节日，村里都会讨论决定放几天假。放假期间，各家各户就不再劳作，而是休息或举办一些集体活动，在外当官和做生意的也会被邀请回来。

墨脱山高谷深，坡陡崖峭，林密草盛，虫多兽猛，河流湍急，雨雪交加，灾害频发。历史上，出行难是制约门珞群众生活的重要因素之一。他们之前与外界接触不多，相对封闭和传统，同村多互为亲戚，属于比较典型的宗亲、姻亲和熟人社会。他们聚族而居、聚众而劳、聚集而娱的特点比较明显，因此形成了重大节日放假的传统。

后来我们到其他村考察和检查时，问起村民都说有这种习惯，只是各村放假时间的长短和举办的活动有些差异而已。

（发布时间：2017年3月12日00：01）

3月12日
星期日

走向天路243

踏雪前行

到今天为止，山上雪、山下雨已经持续了十二天。由于嘎隆拉路段积雪太厚并发生多处雪崩，据说扎墨公路从3月3日就开始中断，3月6日正式发布封路公告，墨脱再次成为与世隔绝的高原孤岛。这几天来，里面的人出不去，多个工作组及游客滞留在县里；外面的人进不来，多滞留在林芝或波密。据说，这几天如果见到有人在波密闲逛，基本可以判定他是墨脱人。

与外界隔绝为墨脱带来了很多麻烦。上个星期县人民医院收治了一个16岁的高危妊娠高血压患者，由于县里医疗条件有限，急需将其送去林芝甚至内地救治。我们前往了解情况并联系相关部门看能否抢通，又联系了军方看是否可以动用直升机，都因危险太大无法保证安全而被迫放弃。最后我们建议，如果她的情况允许就能拖则拖，如果确实不能拖就要果断处置。现在的结果是小孩没了，大人还在救治中。恶劣的自然条件往往会造成很多的无奈。县农牧局购买的一批茶苗前几天已经运抵波密，由于进不来而被迫卸载了。虽然已经采取了保暖等措施，但等到运进来估计已经“冻过水（即死掉）”了，类似这样的事情还有很多。

为了确切了解扎墨公路的情况以及对沿线村庄的维稳工作进行检查督导，我们今天早上出发沿着扎墨公路实地查看。一路前行，经过雨水的冲刷和浸淫，路面比平时更加坑坑洼洼和泥泞坎坷。沿途也有不少小的塌方和泥石流，滚石经常可见，撒了一地。唯独几乎不见过往车辆和行人，可雨水却一直伴随着我们。

过了达木珞巴民族乡贡日村再往前不远，雨就逐渐变成了雪，纷纷扬扬地在空中飘舞，然后轻轻地飘落在树上、地上、汽车的挡风玻璃之上。云杉的枝叶上积压了一个个的雪墩，给人头重脚轻、摇摇欲坠的感觉。时不时有雪墩掉落下来，砸在地上，甚至砸在汽车顶上，咚咚作响，打破了山间峡谷的寂静。也有云杉因不堪重负而拦腰折断，折断的树干上也积了厚厚的雪，既像一顶白色的毯帽，又像一个白色的蘑菇。各色杜鹃花迎雪开放，冒雪灿烂。野鸡和一些不知名的动物在林间雪地上奔跑，掸起的雪花飞向空中。

地上积了厚厚的一层雪。石头等圆形或块状物体像是戴上了白色帽子，枯木等长条或长方形的东西像是穿上了白色的睡袍，很多直接就被包裹起来，严严实实的。昔日宽阔湍急的河流也变成了一条白色的“公路”，只有部分狭窄的水面依然裸露出来，形成了黑白分明的格调。公路只剩下两条黑色的车辙，弯弯曲曲引向深处。我们越往上，雪越厚，除了两行深深的车辙，中间的积雪被汽车底盘刮得十分平整，两边的积雪隆起像两条堤坝一样保护着道路。我们快到扎墨公路52K的时候，一棵大树倒在路上，彻底切断了我们继续向上的路，也彻底打消了我们继续前进的念头。

我们光下车就费了九牛二虎之力，因为雪太厚挡住了车门。走在路上，雪很软，也很厚，我一米八的个子，雪也深至膝盖。看着我们走过的路，留下了一串深深的脚印，想起了几年前我在湖南衡山赏雪时写的两首“口水诗”：

高山雪景

满岭披白锦，众树开琼花。

一行履痕深，引向仙人家。

雪

漫天白绒纷飞扬，落地铺成晒棉场。

上树盛开冰莹花，遇人帮添白衣裳。

（发布时间：2017年3月12日23：38）

3月13日
星期一

走向天路244

看看他们

我的工作确实很忙，但再忙也不能忘了他们。他们就是广东省第八批援藏工作队墨脱工作组的成员，我们“佛缘（援）八仙”中的“六仙”——喻晓坤、邓宏照、李展健、郭振华、赖明建、雷震。

在过去的八个月（2016年7月—2017年2月）中，我利用回佛山出差或休假的机会，专门抽空拜访了其他七个成员及其家属的所在单位，他们所在区的相关领导及组织部门，如实反馈他们在墨的学习、工作和生活情况，听取相关领导及单位的意见、建议，加强前方与后方的沟通交流、合作互动。

休假结束回墨脱以后，我也想到各个队员所在单位去走访一下，主要目的如下：一是了解各个队员在所在单位的工作和表现情况；二是研究落实与该单位相关的援建项目和援藏工作；三是听取相关单位对援藏工作的意见和建议；四是了解相关单位驻村的情况，待有条件时可以给予适当的支持。

带着上述问题，结合其他工作，统筹考虑，综合安排，穿插进行，于3月10日上午先后走访了赖明建所在的县农牧局、郭振华所在的县教体局、邓宏照所在的县发改委，3月13日先后走访了李展健所在的县住建局、雷震所在的县人民医院（县卫生服务中心）、喻晓坤所在的墨脱镇。

各相关单位对相应的队员都给予了高度的评价，认为他们政治素质好，综合能力强，业务技能熟，能尊重当地，学习当地，融入当地，与工作组的队员们一起，与所在单位的同事们一起，做了大量积极有效的工作，获得了当地干群的理解、认同和支持。对于他们的一些不足，各单位也态度诚恳，开诚布公，实事求是，帮助他们改正，协助他们克服，配合他们提升，体现了高度的互爱互助精神和民族团结风貌。

我也向各相关单位指出，各队员具有双重身份，他们既是援藏工作队员，也是所在单位成员。他们既要服从广东省第八批援藏工作队及墨脱工作组的领导和安排，也要服从墨脱县委县政府及所在单位的领导和安排，这是毫无疑问的。在工作组与所在单位的工作安排有冲突时，要根据工作本身的性质及轻重缓急难易来决定。我也向各相关单位提出要求，对他们要大胆地安排，大胆地使用，大胆地管理，对他们一视同仁甚至要求更高。

各队员也参与了其所在单位的走访调研，他们都表示尊重、服从所在单位的领导和安排，与所在单位的同事们一起，全力以赴，撸起袖子加油干。

（发布时间：2017年3月13日23：11）

3月14日
星期二

走向天路245

全域旅游

根据墨脱的资源禀赋和现实条件，目前有可能实现产业化的是旅游和茶叶，据说墨脱也是西藏两个全域旅游县之一。那么如何推进全域旅游，促进旅游向产业化发展呢？途径和方法固然很多，但我认为须要关注以下几个方面：

目标旅游化。墨脱全县皆景，旅游资源十分丰富，有雪山冰川，有森林草原，有河流瀑布，有天池湖泊，有民俗宗教，有人文景观，更有全球唯一的雅鲁藏布大峡谷，从热带到寒带的垂直气候和植被，神秘的门珞文化……既然有这样好的资源禀赋，就应当把旅游作为全县经济社会发展的重要目标，将旅游的理念和意识融入经济社会发展的各个方面和各个环节，贯穿始终。

统筹机制化。目前林芝市已经批复同意墨脱县的机构改革方案，拟设立旅游发展委员会。但这不应该是机构名称的简单改变，而应该是思想的解放，观念的更新，职能的转变，机制的建立，统筹的加强。新机构要建立新机制，加强对全县旅游业和涉旅事宜的统筹、规划、策划、设计、推动、实施、督促、检查。

项目景观化。全县范围内的所有项目，特别是重大建设项目，在规划、设计、建设、运营和管理的过程中，都要考虑旅游的因素，植入旅游的理念，进行必要的景观设计。如果充分考虑了旅游化的设计，其实很多项目完全可以在不增加任何成本的情况下实现景观化。景观化要抓住关键，突出重点，目前重点是要对县城和重大项目进行景观设计和景观审查。

设施配套化。按照全域旅游的理念，加强对旅游设施的调查研究和规划建设，没有的补充，不足的补够，软弱的补强，残旧的改造，共享的开放，努力提供完善、优质的配套设施和环境。

政策系统化。按照全域旅游的理念，加强公共政策的研究和制定，提供系统化的政策支持。

（发布时间：2017年3月15日00：01）

3月15日
星期三

走向天路246

茶叶咋办

在茶叶方面，墨脱具有全球唯一顶级的资源禀赋，她是所有名茶所需要的条件的集大成者。高山、云雾、海拔、无污染、无化肥、无农药、无残留、无公害、绿色、有机、环保、循环、节能……更为重要的是，印度的阿萨姆和大吉岭居然跟在我们后面，追随着我们被誉为全球最著名的产茶区。

既然有这么好的资源禀赋，那墨脱的茶叶怎么弄呢？我建议从以下几个方面入手：

一是做好选种育种。据说墨脱茶叶种植面积的理论极限是两万五千亩，这么有限的土地，品种不能太多，不能太杂，要看看哪几个品种适合，从中选出两到三个即可。

二是做好田间管理。我们的门珞群众有着勤劳、勇敢、智慧的优良传统，要把这种优良传统与现代茶叶种植的理念、技术有机结合起来。该尊重科学的时候，该尊重领导的时候，该尊重技术的时候，还是要尊重客观规律和民族情感。还要注意与其他有益的花草树木配种、间种，以吸天地之精华、日月之光彩，缔造顶级品质。

三是做好加工环节。墨脱拥有全球最顶级的茶叶资源，但好材料要有好工艺，所以要有好的合作伙伴和加工企业、加工工艺。目前的茶叶加工是否需要调整思路、方法和技术，不得而知。

四是做好品牌策划。有了好材料，有了好产品，还要有好品牌。现在我们已经有了“墨脱茶”的品牌，但不一定要是单一品牌，也可以多品牌同台竞争。百花齐放，各自精彩，反而更有利于墨脱茶叶走向市场。可以参考的品牌有“雅江茶”“大峡谷”“大拐弯”“墨红”“墨绿”“墨黑”……

五是做好市场推广。市场是产业的唯一出路。没有市场的产业不可能成为产业，也不应该叫产业。所以，我们要遵循市场规律，加强市场调研，加强市场策划，加强市场推广，加强市场监管，把墨脱茶推向市场，推向世界，推向高端。

（发布时间：2017年3月16日00：06）

3月16日
星期四

走向天路247

三个转变

我们八个队员之前在佛山都分别在不同的单位任职，各自负责某一方面或几方面的工作。大家都有着不同的成长环境、工作经历、学历背景、专业特长、兴趣爱好。

我们来到墨脱以后，也分别在不同的单位任职，负责某一方面或几方面的工作。与此同时，我们还要承担援藏工作。援藏工作虽小，但“五脏”俱全，是一项全面性、综合性、系统性很强的工作。这就对我们的综合能力提出了挑战，特别是原来属于单一技能型的人才。

解决这些问题，需要依靠当地，也需要自我提升。因此，我们从一开始意识到这个问题之后，就对相关情况和问题作了详细深入的研究分析，并采取了有针对性的工作分工和鼓励、引导、训练。经过半年多的努力，队员们的综合能力得到了很大的提升，基本实现了“三个转变”：

从技术型人才向行政型人才转变。原来从事科研或技术工作的队员，对相关的行政理念、知识和技能已经熟悉并掌握，已经成为合格的行政型人才了。

从专业型人才向综合型人才转变。我们原来可能只熟悉一个或几个领域，但现在需要承担与原来不同的工作，或承担比原来更多的工作。我们只能边干边学，边学边干，学干结合，学干相促，现学现卖，不断提高自己的综合能力。

从技能型人才向管理型人才转变。原来我们可能都具备一定的技能，实操性比较强，但援藏工作除了要动手，还要动脑，更要动心。光自己会干还不行，还要学会规划、策划、设计、推动、监管，要提高统筹、组织、沟通、协调的能力。

目前，我们在“三个转变”方面已经取得了显著的成效，但“革命尚未成功，同志还需努力”，需要继续向当地学习，加强自我学习，加强鼓励、引导和训练。

（发布时间：2017年3月16日22：57）

走向天路248

三种能力

昨天提到我们已经实现了“三个转变”，那么“三个转变”的目的是什么呢？就是要培养和锻炼“三种能力”，即策划能力、资源整合能力、执行力。

策划能力。这是首要的能力。策划其实就是一个完整的决策过程。我们要在充分调查研究和学习、思考、分析、对比的基础上提出多种思路和方案，然后进行综合和抉择，形成特色和创新。我们安排的每一个项目、每一项工作，都经过了反复的精心策划，所以才能取得初步的成效，并在墨脱这样艰险的环境中开出创新之花。

资源整合能力。有了好的创意，还要有相应的资源去支撑去实现，否则就会变成空中楼阁、海市蜃楼。我们之所以经常在县里与相关领导、干部和群众沟通，前往林芝与广东省第八批援藏工作队、林芝市相关领导及部门沟通，返回广东省及佛山市与社会各界沟通，就是为了进行资源动员和整合。目前也已取得了阶段性成果，争取到的资源基本能够满足我们的策划。当然，如果有更多的资源，我们可以推出更多精彩的策划。

执行力。有了好的创意和相应的资源，还得有好的执行能力，否则也是“嘥心机捱眼训”（即“白废劲”）。负责执行的人员要有较强的悟性，能够正确、充分理解策划的创意，并根据实际情况创造性地执行，也要注意经常督促检查、纠偏改正。

我们无论从事什么工作，特别是援藏工作，最好都能够具备这三种能力。如果确因各种原因不能全部具备，也要具备其中一种并培养优势，否则很难在团队中找到自己的位置，也就更难找到存在感和成就感。而这三种能力，完全可以通过学习和锻炼培养出来，因此我们只要有信心、有决心、有恒心，必定能使“铁杵磨成针”。

（发布时间：2017年3月18日00：48）

3月18日
星期六

走向天路249

三种结果

我们接收工作成果的时候，针对不同的情形，一般会有“三种感受”，即享受、接受、忍受。同样，我们交付工作成果的时候，对方的感受也是一样的。

享受。当接收的工作成果达到甚至超过了预期目的，接收者会兴高采烈，喜出望外，心悦诚服，这种工作成果对他来说就是一种享受。这是最高层次，是我们追求的境界。

接受。当接收的工作成果基本达到预期目的，不好也不坏，是个合格品，接收者心平气和，不喜也不怒，这种工作成果对他来说就是可以接受。这是中间层次，是我们要守住的底线。

忍受。当接收的工作成果低于预期目标，达不到基本要求，但见你也就这样了，也不想再说你什么，这对接收者来说就是一种忍受。如果更糟一点就简直无法忍受了。这是最低层次，是要尽最大可能避免的。

因此，我们干事创业，不要为了干而干，不要像僵尸一般应付着干，更不要像怨妇似的抵触着干，而是要用心、用情、用爱去积极、主动、创新地干。实施“三个转变”，培养“三种能力”，就是为了创造享受型的工作成果，让交接双方都身心愉悦。

（发布时间：2017年3月18日23：47）

走向天路250

三个层次

我们能够走到一起共事，首先是一种缘分。试想，全球60多亿人，全国13多亿人，绝大多数我们都不会见面，那叫无缘无分；在能见面的人中，绝大多数都不会认识，那叫有缘无分；在能认识的人中，绝大多数都不会一起共事，你说能一起共事的还不是有缘有分吗？

一起共事，有“三个层次”，即朋友、同事、敌人。

朋友。这是最高的层次，也是我们追求的目标。在一起共事，能够互相沟通，互相理解，互相支持，共同把事情做好，并在这个过程中积累友谊，积累感情。

同事。这是中间层次，也是我们要守住的底线。在一起共事，你不关注我，我也不在乎你，你做你的，我做我的，你过你的，我过我的，既说不上不友好，也不存在矛盾，相互之间就像“水过鸭背”一样，不留痕迹。

敌人。这是最低层次，也是我们要极力避免的。在一起共事，“憎人富贵嫌人贫”，斤斤计较，有劳则推，有功则争，总计较一时一事，总为所谓的权力和利益相争，搞窝里斗，最后“内斗无赢家”，两败俱伤，得不偿失。

我在自己的工作经历中，都积极努力追求最高层次，成为朋友。确实不行，也要退而求其次，成为同事。我一直感觉自己没有敌人，但自己是否成为了别人的敌人，就不得而知了。

我们带着情怀来到这里援藏，特殊的经历造就特殊的情感，造就特殊的友谊，值得我们一辈子珍惜和回味。目前，我们的团队非常团结，值得我们继续珍惜和保持；我们与县里的领导、干部和群众也非常融洽，值得我们继续保持和拓展。只要我们用心、用情、用爱，相信只会有一个结果，那就是友谊长存！

（发布时间：2017年3月20日00：41）

3月20日
星期一

走向天路251

十天回顾

3月11—20日的十天里，我们冒雨前行，继续推进各项工作。

3月11日（星期六），上午我们召开了墨脱县工作组工作会议，进一步研究讨论了有关援建项目的问题；下午我和邓宏照、李展健前往达木珞巴族乡卡布村实地考察小康示范村和村综合服务中心等拟建项目，并检查督导该村的维稳工作。

3月12日（星期日），上午我们前往扎墨公路实地考察冰雪封路的情况，到达52K附近返回；下午返回县城途中分别前往达木珞巴族乡贡日村、80K公安检查站、墨脱镇玛迪村检查督导维稳工作，并再次前往卡布村与乡、村负责人研究小康示范村和村综合服务中心等拟建项目，达成一致意见。

3月13日（星期一），当天分别走访了队员李展健所在单位县住建局，雷震所在单位县人民医院（县卫生服务中心），喻晓坤所在单位墨脱镇，并检查督导了该镇的维稳工作情况；出席观看了墨脱县2017年维稳反恐联合实战演练；派赖明建代表工作组为80K公安检查站送去了价值2000多元的生活物资。

3月14日（星期二），上午向自治区某工作组汇报了墨脱县工作组的援藏工作情况；下午和邓宏照、李展健、赖明建前往背崩乡地东村实地考察了地东村小康示范村和村综合服务中心等拟建项目，并于当晚住在背崩乡进行维稳工作蹲点督导。

3月15日（星期三），上午前往背崩村看望慰问贫困户扎西罗布后返回县城；下午前往县委宣传部进行了调研座谈。

3月16日（星期四），上午前往县政法委、公安局调研政法、综治、维稳工作；中午返回工作组驻地召开了工作组工作会议，讨论研究了相关问题；下午主持召开了县委理论中心组学习第一次会议。

3月17日（星期五）：上午参加了林芝市2017年农村工作暨脱贫攻坚工作会议（电视电话会议）；下午先是主持召开了墨脱县2017年政法综治维稳工作会议，然后接连参加了自治区及林芝市的维稳工作电视电话会议；晚上参加了墨脱县向自治区督导工作组的汇报会，直到晚上九点半才结束，然后自治区政协副主席次旺多布杰等领导接见了广东省第八批援藏工作队墨脱县工作组的8名队员，带来了自治区党委和政府的关心慰问，直到晚上十点多才吃晚饭。

3月18日（星期六），上午前往当地民族领导干部家做客，并看望慰问了休完产假回来的一名干部；下午参加了县委常委会议。

3月19日（星期日），因感冒咳嗽休整了一天，处理了一下内务。

3月20日（星期一），上午主持召开了墨脱县援藏项目前置审批手续部署工作会议；下午组织县委统战部、县民宗局、县工商联等单位召开座谈会，研究统战和维稳工作；傍晚陪同魏长旗县长及县人大常委会班子看望出席县“两会”的代表。从明天开始，将进入一个会议周。

（发布时间：2017年3月20日22：39）

3月21日
星期二

走向天路252

天晴了

持续了20天的阴雨冷冻天气以后，今天终于迎来了久违的阳光。大家的脸上都洋溢着笑容，强烈的光线让人的眼睛都眯成了一条线。人们的衣服也不再裹得那么严实，而是轻装上阵，敞开了胸怀。

扎墨公路在中断了十天以后，也于3月15日成功复通。暂时还是单边通行，今天进就明天出。路通了，我们也迎来了今年的第一批客人——我的老同事、老前辈区志贤一行八人，不畏艰险前来墨脱关心看望。我们在工作组驻地举行了简单的欢迎仪式，为他们献上了哈达。大家热聊以后依依不舍地送别，祝他们一路平安！扎西德勒！

（发布时间：2017年3月22日00：46）

走向天路253

并非都是朋友

我们常常说，动物是人类的朋友。这是正确的，因为它们是整个地球及各个局部地区生态系统的有机组成部分。伤害了它们就等于伤害了我们自己，虽然这种伤害具有滞后性，而这种滞后性又导致了迷惑性，从而使人们不能直接地、正确地认识到这种对应关系。

墨脱由于具有良好的生态环境，动物资源十分丰富，所以我形容墨脱虫多兽猛真是毫不夸张。据说光是熊就有几万头，是人类的数倍。它们平时都藏在深山峡谷之中，与人类互不干扰，和谐共处。但到了玉米收获的季节，它们就会来“帮忙”，让村民们头疼不已。有关部门每年都会收到各乡镇及村关于它们的“投诉”，当事人要求政府给予补偿，但相关部门又无法对它们进行“处分”更别说“处罚”。它们可谓是神龙见首不见尾，我们只看到了它们“帮忙”后的现场，却见不到它们魁梧高大的身影。据说它们还会跑到牲畜栏里“拍掌”，一掌一头，吃不完也要拍完，“好事”做到底。一般人都无缘见此“盛况”，据说波密曾有一个人十分“幸运”地遇上了它，被它拍了一掌之后，头再也无法拧回原来的位置，而且真的是面目全非，惨不忍睹。

除了熊，这里的蜂也是个厉害的角色。去年12月15日我们在加热萨乡曾求村下山往加热萨乡走的时候，在前面领路的同志突然转身掉头跑了回来，原来是路边有几窝马蜂，需要绕路走。后来有一天，有队员向我报告说队员、县教体局副局长郭振华受伤了，要送医院治疗，吓了我一跳！安全第一是再三强调、千叮万嘱的，怎么还会出了事？！我马上了解了一下，原来不是自己不注意，而是被人（马蜂）盯（叮）上了。他局部红肿疼痛难忍，全身发冷发抖，于是我让队员赶紧把他送医院治疗，让队员、县卫生服务中心雷震副主任马上处置。郭振华吊了几瓶药水后才稳定了下来，能坐能站能走了，我的心才放了下来。但是，他的腿上却留下了一个小洞，到现在为止肉还没填满。后来我了解了事情的真相，原

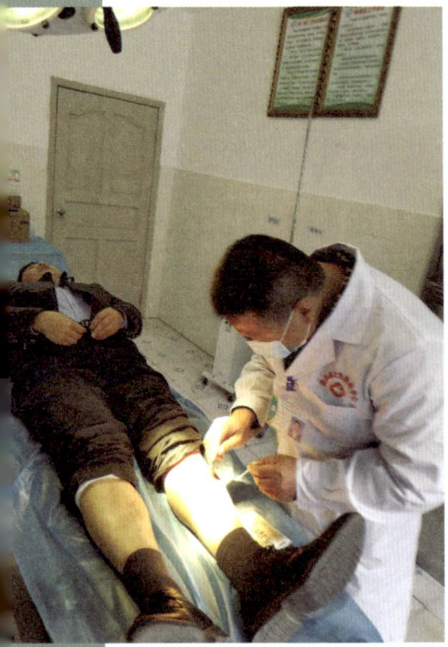

来他穿裤子时有一只马蜂躲在裤腿里，把他蛰了一下。听完我很为他庆幸，幸亏那只马蜂是躲在外裤而不是内裤，否则……

出事以后，我让队员、县农牧局副局长赖明建去了解了一下，原来这里的蜂种类很多。蛰了郭振华的是其中一种叫做杀人蜂的。这种蜂，据说三只蜂王就可致人死亡，九只蜂王可致牦牛等大型动物“魂归故里”。一窝蜂里面据说有一只蜂后（部分可能会有两三只），然后会有几只到二十几只不等的蜂王。蜂王的毒性最大，其次是兵蜂，据说大的一窝里有几千乃至上万只兵蜂。兵蜂的毒性也不小，据说如果被多只兵蜂蛰了，人也是会上天堂的。而蛰伤郭振华的是兵蜂，幸好不多。

我进墨以后，从来没有亲眼看见过老鼠。刚刚开始的时候，我还以为这里蛇多老鼠就没了。后来我每天中午和晚上睡觉的时候，都会听到咯咯吱吱的声音，开始没有在意，后来被它弄烦了睡不着，就竖起耳朵细听，好像是从床头和床底传出来的。但也没见有啥东西，也就算了，你响你的，我睡我的，互不理睬，确实睡不着就闭目静躺。再后来，发现我的几条裤子无缘无故破了几个洞，床罩下垂的部分也快没了，已经快长到床上来了，我才意识到肯定有蹊跷，于是上班后让王强帮我看看。他把床搬开以后一只老鼠窜了出来，床底下还有它咬烂的一堆杂物。据后来估计，它是在开门搞卫生的时候混进来的，因为我们的房子都有纱门纱窗，而这些纱门纱窗就是为了防止墨脱众多的蛇虫鼠蚁混进来的。

我们下乡的时候，经常会被叮得手脚红肿痒痛。但我从来没有见过对手是谁，不知道是我工作过于专注还是眼花或反应迟钝。据说这是一种叫做“一点红”的蚊虫干的好事，被它叮过之后最少有一个多月的红肿痒痛。

我们下乡的时候，还会经常碰到一个熟悉的老朋友——蚂蟥。我们已经亲密接触过很多次了，它对我们也是热情有加，忠心耿耿，不离不弃，我们就是跳进雅鲁藏布江也“洗不清”，更别说是跳进黄河了。

这样不太友好的朋友还有很多很多……

（发布时间：2017年3月22日22：48）

3月23日
星期四

走向天路254

一年之计

俗话说，一年之计在于春。墨脱的春天也在阴雨连绵和大雪纷飞交织中悄然而来，中断了十多天的扎墨公路也没能挡住她坚毅的步伐。3月21日，我们终于迎来了久违的阳光，迎来了今年的第一批来自佛山的客人，迎来了今年墨脱的“两会”。

3月21日，墨脱的天气一反常态，停止了从3月1日开始连续20天的阴雨冷冻天气，而呈现出阳光普照、春光明媚的好气象。当天，就在墨脱好日子莲花广场旁边的多功能会议室，今年墨脱县第十一届人民代表大会第二次会议和中国人民政治协商会议第九届墨脱县委员会第二次会议拉开了帷幕。经过三天紧张有序的会议，所有议程全部顺利完成，并于今天下午落下了帷幕，完满结束。

今年之计已经有了，接下来就是落实、落实、再落实，才会有春华秋实！

（发布时间：2017年3月23日22：35）

3月24日
星期五

走向天路255

卓玛拉神山

卓玛拉神山就在县城的背后，隔着县城与雅鲁藏布江高低相望，守护着县城——墨脱镇，及它的两个村——墨脱村和亚东村，还有在县城脚下滚滚而过的雅鲁藏布江。

从墨脱村有徒步路线可以直达卓玛拉神山，只是道路陡峭湿滑，而且还有蚂蟥，现在走的人少了。更多的是沿着从县城到仁钦崩寺的盘山公路前往，其中到墨脱镇巴日村的公路已经硬底化，巴日村到仁钦崩寺的道路已基本开通，但雨天十分泥泞，只能间歇和部分通行。公路到达仁钦崩寺下方的一个小山口，往左上方就是仁钦崩寺，往右上方就是墨脱村在山上的一个小自然村，只有几户人家和几个农家乐散布在山坡上，从山口往前就是转山的步行道。

从步行道往前走，左下方就是一片沼泽，仁钦崩寺就在山顶上正对着脚下的这个山间盆地。据说这个盆地原来是一个湖泊，只是后来水浅了才变成了沼泽。沼泽看上去面积不大，但丛林密布，据说里面有很多蛇和蚂蟥，连牛进去了都出不来，更别说是人了，因为很容易迷失方向。

再往前走，就进入原始森林了。道路两旁挂满了经幡。树木十分古老，浑身裹满了青苔以及其他寄生植物，就像大猩猩一样，全身毛茸茸的，尽显历史的悠久和岁月的沧桑。树木普遍高大而茂盛，遮天蔽日。春日里，林中的杜鹃正在盛开，红的，白的，黄的，粉的……还有一种高大的树木，在它的树冠上开着有点像桃花红花，因高于其他树木而真有点鹤立鸡群、冠压群芳的感觉。它们与杜鹃花一高一低，错落有致，互相配合，在古老沧桑中增添了春的气息、花的颜色。

一路上起伏不算太大。途中有一处据说是神泉，泉水清澈透明而冰凉爽口，可以饮用，泉边有个亭子可供休息。转到山峰的另一边，也有一个亭子，在那里刚好可以俯瞰整个县城，遥望德兴乡的德兴村和文朗村，景色十分壮丽。路边有几处

玛尼石，上面刻着六字真言。其中值得一提的是有两棵树，它的汁液味道很像当地黄酒（鸡爪谷酒）。路旁有些树上布满了斑点，据说是转山的人为了记录次数而刻凿的。我们还在路边发现了一处石头，从一端看像卧佛，从另外一端看又像恐龙化石。树林里还有一种俗称“风流果”的树木，据说它就是“印度神油”的主要原材料。

大约一个小时就可以走出丛林，回到刚才所说的自然村和山口，形成一个闭环。

（发布时间：2017年3月25日00：27）

3月25日
星期六

走向天路256

雅江奇石馆

夏天的雅鲁藏布江像一个火气十足的猛男，气势汹汹，只可远观而不可近亵。那时的雅鲁藏布江，水色浑浊如酥油茶，水位高，水流急，水势大，咆哮而来，怒吼而去。

秋冬春季的雅鲁藏布江又摇身一变，成了温柔多情的少女。这时的雅鲁藏布江，水是碧绿碧绿的，水流放缓了很多，水位也很低，敞开了胸怀，露出了河滩。

虽然她已敞开了胸怀，但是要投入她的怀抱也不是那么容易的事情。从公路上看下去好像很近，但由于太陡，盘旋下去还很远。而且也没有正常的路下到江边，只能沿着采沙场的路下去。这些路都很烂，凹凸不平，泥泞不堪。

但下来后，却又是另外一番境界。江水下降露出的河滩很宽阔，靠山的一边是平整而柔软的沙滩，这些细沙走在上面软绵绵的，十分舒适。但由于其含泥量大，在建设工程中并不好用。靠江的一边相对较陡，全是石滩，大石下面和中间是小石。这些石头都很稳固，踩在上面不会翻滚，因为它们是早已经过滔滔江水的冲刷而沉淀下来的。

不看不知道，这些石滩原来就是一个天然的奇石馆，也是一个天然的地质博物馆，完全有条件申报国家甚至世界地质公园。这些石头有大有小，有长有短，有圆有方，大小不一，长短不齐，形状各异，姿态万千。成分上既有单一的，只有一种矿物质，又有复合的，由两种甚至多种矿物质混合。与之相对应，颜色上也是既有单色，也有混色。纹理也分粗犷与细腻，勾勒出很多线条和图案，有些像星空一样，有些像等高线地形图一样；有些像人，有些像动物，有些像植物……

总之，应有尽有，超乎想象，让人不得不惊叹大自然的鬼斧神工。整条雅鲁藏布江及其支流，就构成了一座树状的天然奇石馆。

（发布时间：2017年3月26日00：06）

3月26日
星期日

走向天路257

文量卓玛拉

今天，是我进墨以来第四次到卓玛拉神山及仁钦崩寺。前三次，第一次是下乡进村入户调研，第二次是督导检查维稳工作，第三次是前来回应群众诉求，这次是前来落实群众所需。

上午开了两个会，中午吃了一个饭，饭后睡了一个觉，然后我和喻晓坤、郭振华、雷震四个人，约了施工队一起前往仁钦崩寺。我们在寺管会驻地进行了现场查看，根据寺管会提出的诉求，安排施工队按照要求做好相关工程。

然后，我们在寺管会两位同志的陪同下，沿着转山的步行道往前走，去寻找下山返回县城的路。因为村民告诉我从卓玛拉神山有一条下山的步行道，并希望我们能把它修成栈道，这次来了正好可以实地考察一下。我们沿着转山的步行道走了大约三分之二路程的时候，寺管会的同志告诉我们可以从这里下山。于是我们互相辞别，他们继续前行返回驻地，我们则下山返回县城。

这是一条完全靠人走出来的路，十分陡峭湿滑。道路完全隐藏在茂密的原始森林中，环境十分幽暗，像是夜幕降临似的。路面上铺满

了落叶，落叶掩盖着湿滑和碎石等各种真相，一不小心不是摔倒便是打了一个趔趄，吓了一跳。我们四个人都有过摔倒的经历，一屁股坐在地上还要继续往下滑；也有过趔趄的紧张，下半身往前冲，上半身往后躺，这种互相矛盾的动作往往伤害了腰部。路上有很多奇花异草，还碰到过难得一见的红叶。

我们大概走了一个多小时才走出了丛林。突然间豁然开朗，整个县城就呈现在眼前，在傍晚时分显得云雾缭绕，炊烟袅袅。途中下了大概五六次雨，更是湿滑泥泞难走。虽然我穿了防水冲锋衣，但身上的衣服依然湿透了，原来水不是从外面进来，而是从里面渗出。又走了约半个小时才走到墨脱村的背后，卓玛拉神山的山脚。这时，队员索朗已经来接应我们了。

我们都觉得好累，但是我们也觉得好惬意。除了搞清了情况，还锻炼了身体，更是增添了经历，磨炼了意志。我晚上要接待自治区一个工作组，结果迟到了一个小时左右，十分抱歉！

回到家脱衣服洗澡的时候，才发现右小腿血淋淋的，原来是被蚂蟥给光顾了一番。可是我没看见它，它早已不知道在什么时候什么地方吃饱了就滚落在地上，等着下一个猎物。

今天，我们终于用双脚丈量了卓玛拉神山。

（发布时间：2017年3月26日23：50）

3月27日
星期一

走向天路258

三月来客

3月的第一批来客，不是别人，而是墨脱的雨雪，山下雨，山上雪。她从3月1日开始，一直持续到3月20日，中途也曾出现过短暂而珍贵的放晴，但终究挡不住她的胡搅蛮缠。她的任性导致了从3月6日至15日共十天时间的大雪封山，扎墨公路也随之中断，墨脱成为高原孤岛。

第二批来客，是我的老同事、老前辈区志贤一行8人。他们刚好是在转晴的第一天（21日）进来的。他们不畏艰险，克服困难，前来墨脱看望慰问，我们的心情就像当天的天气一样，也是放晴了，格外的清新。

第三批来客是佛山企业家戴志华一行18人。他们是3月24日进来的，由于动静太大，他们路过后就开始雪崩了。结果是导致扎墨公路又中断了两天，26日复通后直到现在还是单边通行，即波密放行一天进墨，墨脱放行一天出波，造成了很大的不便。他们团队中的一位前辈，对我们十分关心和爱护，让我们十分感动和感激。

第四批是佛山市南海区大沥镇罗丽燕副镇长一行五人，于3月25日进来。他们一路上克服高反，抵御严寒，冒着雪崩的危险进入墨脱。他们向德兴乡卫生院捐赠了一批药品，价值5万元，向德兴乡中心小学捐赠了一批文具，价值3千元，并看望慰问了佛山市援藏干部人才，带来了大沥镇党委政府及社会各界的关心和支持。

除了上述家乡人，3月本来还有几批要过来看望慰问的，但由于种种原因未能成行，深感遗憾。当然，3月里还有不少佛山以外的客人来访。西藏自治区及林芝市也有很多工作组进墨，表达了各级党委和政府对佛山援藏干部人才的关心和慰问，并听取了广东省第八批援藏工作队墨脱县工作组的工作汇报，对我们的工作给予了充分的肯定和高度的评价。如3月17日，西藏自治区政协副主席次旺多布杰一行就接见了全体佛山援藏干部人才。

一位朋友看了我的朋友圈之后这样跟我说："这样的路都愿意去看你的，男的肯定是生死之交，女的绝对是真爱！"确实，进墨不容易，能给予关心支持就更难能可贵了。让我们感谢、感恩所有进墨看望慰问的各级领导和社会各界朋友吧！扎西德勒！

（发布时间：2017年3月27日22：58）

走向天路259

我们的“3·28”

58年前的今天，西藏的历史翻开了全新的一页。就在这一天，西藏的百万农奴获得了解放。这彻底结束了西藏千百年来政教合一的封建农奴制度，从此迈上了社会主义的康庄大道。

农奴制度怎么样？农奴生活得怎么样？我对历史的研究不是很深，说得不是很清楚。但我听过我们的县委书记——旺东同志给我们讲的故事。他是地道的少数民族干部，是藏族和门巴族结合的结晶，是一个十分帅气睿智的门巴族汉子。他自小从墨脱走出去，去年又回来主政墨脱。

他说他的爷爷也到过拉萨，亲眼目睹了农奴的惨状，有被挖掉双眼的，有被砍断双腿的……反正，农奴就是农奴主的私人财产，可以随意处置。当这从一个当地少数民族干部口中说出，我们无法想象还有谁能质疑这些历史事实。

农奴早已解放当主人了，农奴主也早已改造了，这两个概念都早已成了历史名词。没有共产党就没有新中国，没有共产党就没有新西藏，这个看似概念化的口号却有着坚实的历史依据和现实支撑。

解放初期的西藏我没有见过，但2009年我曾和朋友一起自驾来过西藏，穿越过滇藏线。去年，我又到了墨脱参与援藏工作。对比这八年来的变化，确实可以用日新月异来形容。这当中，固然有西藏各族群众勤劳、勇敢、智慧的结果，但更离不开中央的关怀和全国各地的支持。在墨脱更是如此，农牧民的收入超过七成直接或间接来源于政策性补贴。

当前，整个西藏及墨脱都政通人和，社会稳定，经济发展，民族团结，边防巩固，人们安居乐业。有这样的环境，有这样的日子，我们应该倍加珍惜，倍加努力，倍加感恩。

“3·28”，是值得我们骄傲和自豪的日子。今天，墨脱县各级党委政府以及社会各界都举行了系列活动来庆祝和纪念。我也出席并主持了墨脱县西藏百万农奴解放58周年纪念日升国旗仪式等活动。

（发布时间：2017年3月29日00：57）

走向天路260

教育为本

我曾经多次说过：温饱问题解决之后，健康和教育就成了群众最关心、最直接、最现实的利益。没有健康就没有小康，但没有教育就不光没有健康更不会有小康。因此，我们广东省第八批援藏工作队墨脱县工作组十分重视教育，因为我们自己就是依靠教育和知识改变命运的一代，经历更多，体会更深，受益更丰。

去年，我们7月20日进墨以后，就召集了县教体局进行了座谈调研，详细了解了墨脱教育的相关情况。得知国家对当地教育投入特别大，基础设施建设十分完善，于是我们就把更多的资金投入到其他民生和产业上去，但还是为教育事业安排了近600万元。

去年，经过工作组秘书长、墨脱镇委副书记、常务副镇长喻晓坤同志的积极沟通协调，爱心企业——佛山市三水恒利达针织有限公司为墨脱全县2000多名中小学生和幼儿园幼儿各提供了一套冬季校服，总价值达百万元。据学校、教师和学生反馈，这些校服质量好、保暖强、穿着舒适，十分实用，并希望能够再提供一套以便换洗。我们希望有更多的爱心企业和人士加入到援藏事业中来，对墨脱的教育事业给予更多的支持。

去年，我们在下乡进村入户调研过程中，也前往除了县城以外的所有乡镇小学及幼儿园调研交流、看望慰问，并为不通公路的加热萨乡、甘登乡的两个小学

带去了一批文具和书包。

去年，我们在下乡进村入户调研了解情况之后，决定投资300万元对德兴乡中心小学的一幢危楼进行拆除重建，用作综合楼，以解该校的燃眉之急。目前，该项目已经完成房屋质量鉴定、测量、地勘等前期工作，开始进入设计阶段。

去年，我们在下乡进村入户调研过程中，了解到全县各个学校的饭堂地面都铺了抛光砖，而墨脱的气候却是多雨潮湿，学生容易滑倒造成事故。于是，我们休假回佛山的时候联系了一家爱心企业——佛山市远华塑料有限公司，该公司总经理夏冠明先生为我们提供了价值十万元的塑胶防滑地板，目前已经在发运中。

昨天，我和队员郭振华、赖明建前往县城的墨脱县中学、县完全小学、县幼儿园调研，听取他们的汇报和建议，了解他们的困难和问题，并进行了沟通交流。至此，我们已经全面完成了对全县中小学及幼儿园的调研和慰问。根据调研所了解的情况，我们会积极争取资源，按照统筹兼顾、量入为出、量力而行、尽力而为的原则，为墨脱的教育尽我们的力量。

（发布时间：2017年3月30日00：42）

3月30日
星期四

走向天路261

设计为要

策划，是一个项目的开端、前提和关键。策划得不好，就只能开低走低，但策划得好，也并不意味着就能开高走高。能不能开高走高，后面还有几个重要的环节，其中设计就是十分重要的一个。

除了对项目的策划十分重视以外，我对项目的设计也同样重视。去年下半年，为了县城风貌改造、白玛岗360全景观光栈道、秘境墨脱、檫曲卡茶园仙境旅游区（均为拟定名）等项目的设计，我和队员们带着相关部门和设计单位风里来雨里去，顶烈日冒酷暑，在不同的时间、天气、角度反复去现场查看，以获得灵感、启发思路。去年四次前往广东出差，都前往相关设计单位听取汇报，提出意见和建议，以便不断地修改完善。功夫不负有心人，在我们和相关设计单位的共同努力下，设计理念、思路、风格、方案得到了县里的认同，在3月6日向县四套班子汇报时获得了一致好评。

由于种种原因，目前我们还有一批项目没有进入设计阶段。于是，我们邀请了相关设计单位前来，但前段时间受到扎墨公路中断的影响，他们到了波密又被迫打道回府了，直到3月28日才又重新进入墨脱，这中间又耽误了一个月的时间。他们进墨以后，我和邓宏照、李展健连续三天陪同他们前往墨脱镇白玛岗、墨脱县电视台、达木乡卡布村、德兴乡中心小学、背崩乡背崩村和地东村等地现场考察，为的就是做好项目的设计。

（发布时间：2017年3月30日23：39）

3月31日
星期五

走向天路262

春之勉

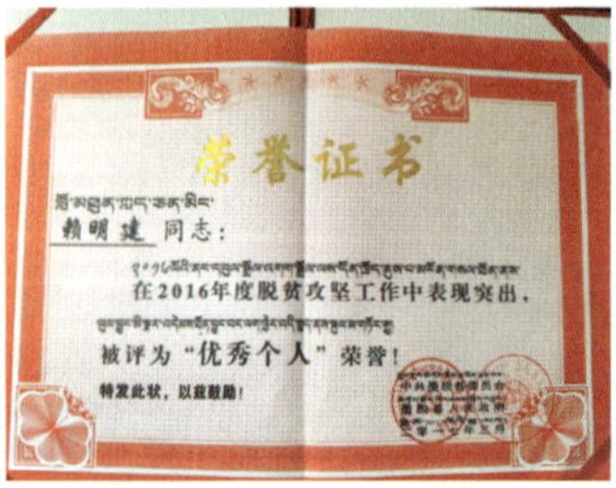

春天是一个充满希望的季节。春天的绿色催人奋进，春天的红花予人激励。春天的墨脱也充满了正能量，继续给我们关心和鼓励。

近日，广东省第八批援藏工作队墨脱县工作组捷报频传，喜讯连连。

在3月26日召开的“墨脱县2017年党建工作专题会议”上，墨脱县委常务副书记、工作组组长谢国高，县发改委副主任、队员邓宏照，县教体局副局长、队员郭振华，三人作为队员代表被评为“2016年度优秀党务工作者”。

在3月27日召开的“墨脱县2017年脱贫攻坚工作专题会议”上，广东省第八批援藏工作队墨脱县工作组被评为“墨脱县2016年度脱贫攻坚工作先进集体”，墨脱镇委副书记、常务副镇长、队员喻晓坤，县农牧局副局长、队员赖明建，两人作为队员代表被评为“墨脱县2016年度脱贫攻坚工作优秀个人”。

在3月29日召开的“墨脱县2017年安全生产工作专题会议”上，县住建局副局长、队员李展健，一人作为队员代表被评为“墨脱县2016年度安全生产工作先进个人”。

而在去年底，广东省第八批援藏工作队墨脱县工作组已被墨脱县委县政府评为“墨脱县民族团结进步先进集体”；县卫生服务中心副主任、队员雷震，一人作为队员代表被评为“墨脱县2016年度民族团结进步先进个人”；杨泽锋、傅秋龙、刘天、何家雄、胡惠娟、谢林碧等六位医疗技术人才全部被县委县政府授予“墨脱县援藏优秀人才”称号；谢国高、李斌、喻晓坤、邓宏照、李展健、郭振华、赖明建、雷震等八位队员在年度考核中全部被评为“优秀”。

墨脱的各级领导、干部和群众对我们十分关心和支持，去年冬天给了我们一个“冬日暖阳”，今年春天又来了个“春光明媚”。获得如此鼓励，我们必须继续在佛山和林芝两市市委市政府、广东省第八批援藏工作队、墨脱县委县政府的正确领导下，撸起袖子加油干！

（发布时间：2017年3月31日23：51）

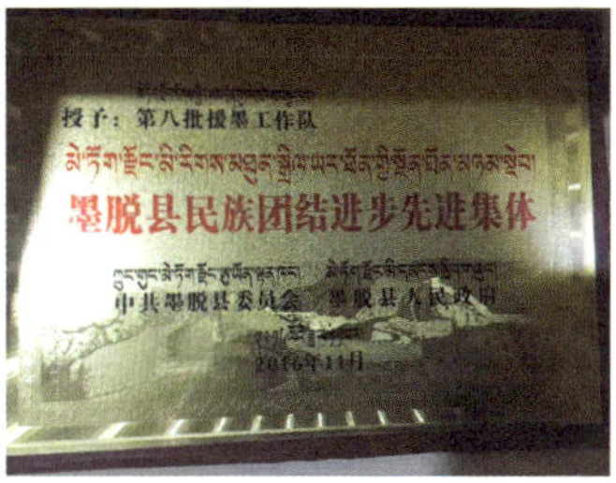

走向天路

援藏这三年·第一辑（下）

2017年

April 4月

4月1日
星期六

走向天路263

墨脱鱼竿

对于鱼竿，百度百科是这样表述的：鱼竿是一种捕鱼工具，外形为细长多节竿状物，通常有一个把手，由把手到后端逐渐变细变尖，要用一根钓线连接带有饵料的鱼钩来使用。

而在墨脱，这种鱼竿却是天然的，是大自然赐予墨脱门珞人民的宝贵财富。那这个墨脱鱼竿到底是什么呢？它就是墨脱的竹子。在青藏高原东南部的墨脱还能生长竹子？这可能是很多人都会有疑问的一个事情。可墨脱确实盛产竹子，而且品种还不少，至于有多少个品种，这个可能需要严格而科学的普查了。墨脱为什么能够产竹子？因为墨脱位于喜马拉雅山南麓，是典型的峡谷地形地貌和气候特征，受印度洋暖湿气流的影响，这里是全球唯一具备从热带到寒带的所有气候和植被类型的地区，只不过这种气候和植被类型是垂直、立体的。

墨脱的竹子与内地的竹子相比，极具个性和特点，别的不说，光是它的长相就极像一支鱼竿。它的躯体细长多节，从根部到尾部逐渐变细变尖，特别是到了尾部更细更长，自然弯曲下垂，就像鱼竿的钓线一样。如果你仔细观察，已经长满枝叶的竹子是这样，而刚刚长出来还没长枝叶的就更加逼真了。它们都是先长身体，待到高度和长度都确定了，才开始横向发展，逐步长出枝叶，再逐步丰满起来。

（发布时间：2017年4月2日04：47）

4月2日
星期日

走向天路264

人面桃花

一直都听说林芝巴宜和波密的桃花很美，但却一直没有机会一睹它的芳容。我们拟建的小康示范村建设项目，按照旅游化的理念、旅游村的目标、特色化的要求，须要前往上述地区学习考察。我们也制订了相应的调研计划，但一直未能如愿。

昨天，机会终于来了。经过广东省第八批援藏工作队墨脱县工作组与佛山市旅游局局长蒋庆、佛山市工商行政管理局局长李灿等领导的沟通协调，佛山市顺德区的一批爱心企业于昨天抵达波密，向我们捐赠价值50万元的援藏物资。由于他们行程匆匆，不够时间进墨，需要我们前往波密举行捐赠仪式。于是我和队员喻晓坤、赖明建于昨天前往波密。

我们下午到达波密后，他们却因为修路堵车而未能如约而至，于是我们便利用这个时间空档去考察了桃花沟。桃花沟始于318国道，沿着波堆藏布一直往沟里走，大约终于许木乡的玉仁村，全程70多公里，范围覆盖倾多和许木两个乡镇。

沿着Y029县道往里走，路虽然不宽，但已经铺了柏油路面，起伏也不算大，路况算是不错。两边尽是崇山峻岭，上面是雪山，白雪皑皑，有时还下着雪；下面是森林，十分茂密。河床宽阔的波堆藏布穿行于山间峡谷中，蜿蜒而来。河流与山脚之间，是一片片的山间冲积扇和一个个的冰碛丘陵，村庄主要就坐落在这些冲积扇上。村庄的里外，长满了古老的桃树，开满了密密的桃花，一团团的，远看像一个个半球扣在地上。有些路段，两旁的桃树夹道欢迎，构成了美丽的桃花大道。这里的桃花绝大多数都是粉红色的，偏粉和白，红色的很少。粉红的桃花，鲜绿的青稞，墨绿的森林，白色的雪山和白云，蓝色的天空，在阳光和白云不断变化的组合之下，互相映衬，交相辉映，十分壮观。

大约傍晚六点半的时候，我们终于见到了广东伊之密精密机械股份有限公司董事长陈敬财、广东宏昊投资集团有限公司董事长梁仕璋、佛山市宏汇小额贷款有限公司董事长黄庆才和总经理温建成等爱心企业家。他们代表佛山市宏汇小额贷款有限公司、广东顺德渔人码头游艇服务有限公司、广东宏泰融资租赁股份有限公司、广东伊之密精密机械股份有限公司、佛山市顺德区宏汇房地产有限公司等五家爱心企业和我们举行了简单的捐赠仪式。待该批物资运抵墨脱之后，我们将会统筹安排使用，帮助墨脱的干部群众改善工作、生产和生活条件。同时，我们希望有更多的爱心企业、更多的社会力量共同参与到援藏事业中来。

陈敬财等几位爱心企业家是我在顺德区工作时就认识的老朋友。在远离家乡三千多公里的青藏高原见面，老朋友之间自然十分热情，面泛红光，宛如桃花，十分应景。

（发布时间：2017年4月3日00：15）

4月3日
星期一

走向天路265

为了稳定

“稳定压倒一切”，邓小平同志的这 著名论断深刻揭示了社会稳定的极端重要性。这一论断无论是放在古今中外还是今后，都具有十分重要的理论和现实意义。

为了促进维稳工作的落实，今年2月28日我们返墨后，于3月份结合其他工作，按照统筹兼顾、综合安排、分别实现的原则，除了完成县委安排的任务外，还主动作为，前往相关县直部门和驻墨单位、乡镇及村进行学习了解、调查研究、督促检查。一个月内，我先后主持召开了“墨脱县2017年政法、综治（维稳）工作会议”，出席了“墨脱县2017年维稳反恐联合实战演练”，前往县委宣传部、县委统战部、县委政法委、县公安局及80K公安检查站、县民宗局、县工商联、县电视台、县武警边防大队、县武警中队等县直部门和驻墨单位进行调研，前往背崩

乡及背崩村、格林村、地东村，德兴乡及德兴村、文朗村，墨脱镇及巴日村、玛迪村、米日村、仁钦崩寺，达木珞巴民族乡及达木村、卡布村、贡日村等地基层单位进行督导检查。有些地方结合其他工作甚至去了三次以上，如背崩乡及地东村、达木乡及卡布村、墨脱镇及仁钦崩寺等。

墨脱素来民风淳朴，党群、政群、干群关系融洽，门珞等各族人民和谐共处，安居乐业。当前，全国及西藏乃至墨脱都呈现出政通人和、社会稳定、经济发展、民族团结、边防巩固的良好局面。我们应该更加珍惜、维护和发展好这来之不易、来之有益的社会稳定。

（发布时间：2017年4月3日21：29）

4月4日
星期二

走向天路266

墨脱无清明

今天是清明节，但由于工作组进驻，墨脱没有放清明假期，而是这三天都全员在岗。我说墨脱无清明，指的主要还不是这个，而是这里的门巴族和珞巴族没有过清明的习惯。他们主要信奉藏传佛教中的宁玛派（红教），同时保留了原始宗教或苯教的一些崇拜。他们主要拜佛、拜神，而不是拜先人、祭祖先。

这里的门巴族和珞巴族主要是实行土葬和火葬、水葬相复合的丧葬模式。当他们家里有人不幸去世时，他们会在村子附近选择一个地方，把先人埋葬，此为土葬。但他们不是像内地一样垒土做成坟墓，而只是用围栏围起来，以防牲畜踩踏和野狗等动物刨挖。一年后，家人会把先人的骨头挖出来，用火烧掉，此为火葬。但据说不是随便用什么木头都能烧的，而是要到林芝等地去买一种特殊的木材。因此，如果家庭不富裕，经济条件不允许的，就实行水葬。据说，如果是因病特别是因传染病去世的，就有可能直接实行水葬。去年底，我们下乡进村入户调研时，就曾分别在背崩乡的德尔贡村、阿苍村看到过土葬和火葬，如果不是有人指点，一般人是看不出来的。

他们还有树葬的习惯，但这种葬法主要是针对夭折的未成年小孩。去年底，我们下乡进村入户调研，从甘登乡的多卡村返回的时候，在村口看到大批乌鸦云集，经人指点应该是有树葬。我们看到在路下方不远处有一棵大树，树上挂着一个笼子，而乌鸦们正在向该处集结。对于夭折的未成年小孩，除了树葬以外，据说以前还有屋顶葬和屋底葬的习俗，但现在应该是很少甚至已经没有了。

据说以前门巴族和珞巴族也有天葬和崖葬的，主要为头人、富人、僧人等采用，但现在还有没有就没有考证了。毕竟，去请教人家这些问题不知道是方便还是不方便。因此，这些只能是人家说多少就听多少，而不便也不必去问太多。据说他们的葬礼也有很多风俗习惯，而且不同的地方也有一些差异，由于了解不多，在这里就不作介绍了。

在这清明节里，让我们祝所有的逝者安息！祝所有的生者安康！扎西德勒！

（发布时间：2017年4月4日22：32）

4月5日
星期三

走向天路267

再投三千万

佛山市对墨脱视同己出，在情感上将其作为“第六个区”来对待，这是实实在在的。这也是“敢为人先、崇文务实、通济和谐”的佛山精神的具体体现。

4月1日，这是西方的所谓“愚人节”，而对于墨脱来说，那可是正儿八经的“娱人节”。确实，这是值得墨脱全体干部群众高兴的日子。就在这一天的上午，佛山市人民政府召开常务会议，研究讨论通过了广东省第八批援藏工作队墨脱县工作组的请示，决定在援藏计划资金之外，在去年已经额外增加250万元用于支持墨脱县费用类项目建设的基础上，再大幅度增加3000万元，用于支持墨脱县甘登乡多卡村、加热萨乡龙列村、帮辛乡岗玉村三个地质灾害频发村的易地扶贫搬迁安置。

事情得从去年7月20日我们进墨之后说起。我们在下乡进村入户调研的时候了解到，墨脱县甘登乡多卡村距离县城111公里，平均海拔2300米，为门巴族、珞巴族、藏族聚居村，全村有31户143人；加热萨乡龙列村距县城103公里，平均海拔1490米，为珞巴族聚居村，全村有26户111人；帮辛乡岗玉村平均海拔1240米，为门巴族聚居村，全村有33户127人。三村均坐落于陡峭的斜坡之上，生产、生活条件十分恶劣。经中科院等机构鉴定，三个村均存在严重的地震、泥石流、塌方、山体滑坡等自然灾害隐患。其中多卡村、龙列村还不通公路，出入只能靠长途跋涉。

墨脱县一直计划将上述三个村整体进行易地扶贫搬迁，集

中安置到格当乡布龙村多龙地块。新村庄的道路、给排水等基础设施由政府筹资建设，房屋采用村民自筹和政府资助的方式解决资金问题，整个工程项目需要建设资金约1亿元，资金缺口3000万元，所以一直苦于资金难题无法完全落实。考虑到墨脱县财政资金困难，去年11月11—14日，佛山市市长朱伟带领相关部门负责人前来林芝及墨脱调研援藏工作时，我们向朱伟市长作了汇报请示，得到了朱伟市长及相关领导的肯定和支持；去年12月10—11日，林芝市委书记马升昌带领林芝市党政代表团到访佛山期间，我们又向佛山市委书记鲁毅等市领导作了汇报请示，同样获得肯定和支持；今年1—2月回佛山休假期间，我们于1月23日向佛山市委常委、常务副市长蔡家华作了详细汇报，得到肯定和支持，并具体确定了相关内容。经过法定程序后，市政府同意在计划内援墨资金的基础上，再额外追加3000万元用于上述三个村的易地扶贫搬迁项目的安置房建设，以加快易地扶贫搬迁进度。

佛山市额外增加3000万元用于支持墨脱县三个村的易地扶贫搬迁安置，是佛山市委市政府及广东省第八批援藏工作队墨脱县工作组积极践行中央治藏方略、民族政策、援藏事业及习近平总书记系列重要讲话精神的具体体现。工作组通过充分调研和极力争取，将易地扶贫搬迁作为精准扶贫、脱贫攻坚的一项重要抓手，从根本上消除贫困的原因，为墨脱县与林芝市其他县区在2018年同步进入小康社会起到了十分重要的作用。

（注：广东省第八批援藏工作队墨脱县工作组成员、墨脱县发改委副主任邓宏照对本文亦有贡献）

（发布时间：2017年4月5日22：37）

4月6日
星期四

走向天路268

援藏进家庭

在墨脱援藏，克服艰险和困难是前提和基础，这是不以人的意志为转移的，因为这是墨脱的自然条件和发展水平所决定的。但是，佛山素有“敢为人先”的改革勇气和创新精神，因此我们不应该也不可能只停留在克服艰险和困难上，而是要在向当地干群学习的基础上，结合墨脱的实际情况，勇于开拓，敢于创新。因此，我们提出了“佛山援藏，创新引领”的口号，而“创新”也是我们墨脱县工作组的精神之一。

“佛墨缘”爱心家庭结对，是我们进墨之初就开始谋划的一项创新性活动和制度性安排，也是我们佛山援藏系列创新项目中的第三项。前两项为全面联系制度和全面对口支援，均已开始实施并一直不断深化和取得成效。

探索开展“佛墨缘”爱心家庭结对帮扶活动的目的，就是要全面贯彻落实中央第六次西藏工作座谈会议、中央扶贫开发工作会议和习近平总书记在东西部扶贫协作座谈会上的重要讲话精神，落实《中共中央办公厅国务院办公厅关于进一步加强东西部扶贫协作的意见》，通过发动佛山的爱心家庭与墨脱的农牧民家庭结对帮扶，为西藏林芝市墨脱县相关农牧民家庭，特别是未成年孩子提供成长指导、爱心帮扶，率先探索对口支援地区之间的家庭爱心结对帮扶，促进援藏工作从党委和政府向部门深化、向基层深化、向社会深化、向家庭深化、向全面深化、向域外深化，充分调动佛山及域外社会各界的资源，促进佛山及其他地区与墨脱的沟通交流、区域融合、经济发展、社会稳定、民族团结。

“佛墨缘”爱心家庭结对帮扶活动由我提议和策划，队员、县教体局副局长郭振华负责起草实施方案，全体队员共同参与推动。由于缺乏制度性、大面积的开展家庭结对帮扶经验，所以我们没有贸然推行，而是在反复调查研究、听取意见、修改完善、落实家庭的基础上，于近期正式推出。经县委同意，该活动方案已由县委办公室于3月30日正式印发实施，并同时公布了第一批8对17户家庭的名单。

接下来，我们将边探索，边完善，边推广，边总结，边提升。

（发布时间：2017年4月6日23：15）

4月7日
星期五

走向天路269

夜访拉贡神山

拉贡神山大体上位于县城南面偏东方向，是卓玛拉神山向下向雅鲁藏布江伸出的一个山嘴，跨过一个小垭口并经莲花阁所在的山岗继续延伸到亚东村，与卓玛拉神山经巴日村向下向雅鲁藏布江延伸的西漠嘴一起，一左一右像两条巨大的臂膀，拥抱着整个县城。墨脱县城处于这个怀抱中，坐拥两座神山的庇护。

我自从来到墨脱就十分欣赏这里的地形地势，并看上了拉贡神山、西漠嘴等县城外围据点和白玛岗等县城内部核心。已经无法记得有多少次，我们徜徉在墨脱县城的街头及各个角落，攀爬来往于卓玛拉神山、拉贡神山、西漠嘴和雅鲁藏布江边。早上去，中午去，傍晚去；晴天去，阴天去，雨天去；夏天去，秋天去，冬天去，春天去。为的就是了解和观察墨脱在不同角度、不同天气、不同季节的不同景象，以便我们进行项目的规划、策划和设计。

终于，我们确定了以县城为核心、周边为节点、其他为延伸的项目总体布局。我们在县城核心区安排了县城风貌改造、致富路等市政道路改造、墨脱镇综合服务中心、白玛岗360度全景观光栈道、白玛岗花海等拟建项目，在县城周边安排了巴日村小康示范村、海市蜃楼、秘境墨脱、文朗村小康示范村、德兴乡中心小学综合楼及相关运动场地、德兴村综合服务中心等拟建项目。

但是，作为对县城十分重要的拉贡神山，因原先县里有关部门已经安排了相关拟建项目，而让我们与它失之交臂。今天，机会终于来了。由于相关规划和政策的变动，原有的拟建项目需要调整，这就给了我们在那里施展拳脚和智慧的机会。下午和相关县领导及相关部门沟通协调确定之后，由于部分队员明天因公出差前往林芝，于是我和队员喻晓坤、李展健、郭振华、赖明建、雷震等人，便于晚饭后的七点半左右，一起来到拉贡神山实地考察。明天早上，我们还约了县发改、住建、国土、林业、环保、旅游等部门的领导前往拉贡神山继续实地考察。

站在拉贡神山上，环视四周，可饱览整个县城及墨脱村、亚东村、巴日村、文朗村、德兴村等特色门巴族村寨，雅鲁藏布大峡谷、果果糖大拐弯、亚东瀑布等峡谷风光，西漠河大桥、鲁古吊桥、德兴藤网桥等九座壮观桥梁，拉贡茶场、上崩多茶场、文朗茶场、荷扎茶场、果果糖茶场等八个仙境茶园，德兴巴蕉扇梯田、墨脱梯田、巴米点梯田等六片神奇田园，更有雅江晨雾奇观……

拉贡神山，真是神了！

（发布时间：2017年4月8日00：04）

走向天路270

莲花圣地公园

墨脱本身就是一个天然的大公园。但是，作为人工建设的城市公园，莲花圣地公园却是墨脱的第一个，也是唯一一个。它是以佛山援藏干部李灿为组长的广东省第七批援藏工作队墨脱工作组投资建设的。它的建成，一举改变了墨脱没有公园的历史，极大地提升了墨脱的城市形象和品质，成为了游客观光旅游和市民休闲健身的好去处。它所在的地方，原来只是县城中心的一块沼泽地，它的建成，却使它成为了整个县城的核心和灵魂。可见，自然体现纯朴，人工反映智慧。固守未必就好，改变未必就坏，一切皆因地、因时、因事、因人、因条件而异，实事求是才是硬道理。

自从进墨以来，我们曾经不知道多少次，和队友、同事、来客一起漫步于莲花圣地公园。每次都是与人为伴，关注的重点自然就放在了同伴身上，从未对它进行细看和端详。今天上午，我们组织了县发改、住建、国土、环保、林业、旅游等部门前往昨晚夜访的拉贡神山之后，中午又接待了我国著名作曲家、解放军总政歌舞团团长张千一和著名词作家、诗人、解放军火箭军政治部文工团团长屈塬两位老师一行。把他们送回水电宾馆休息后，我独自一人走了出来。今天说不上春光明媚，风和日丽，但这里的阴天也不坏，既没有雨浇头，也没有阳烤脑，光线尚好，不亮不暗，气温合适，不冷不热，一切都是最好的安排。柔柔春风轻轻拂过，犹如爱人的纤纤玉手在抚弄着我的脸庞。地上的草木也不知道什么时候发了芽，抽了枝，长了叶，开了花。一个人的孤独，正好可以让我慢慢地走，细细地看，静静地品，深深地悟。

莲花圣地公园就坐落在神奇雄伟的卓玛拉神山脚下，是它把县委县政府所在的白玛岗与卓玛拉神山连在了一起。从水电宾馆出来，穿过水仙花路，路边有一个半圆形的小平台。从小平台往下，是六层台阶，每层台阶之间修了斜坡式的花圃，低矮的小灌木正开着白色的小花，蹲下身子一闻，芳香扑鼻，沁人心脾。下了台阶，就是一个稍大一点的平台，又是一条与水仙花路近乎平行的步行道，平台的正中就是公园的标志性建筑——大门和牌坊。往左，通往人造的墨脱门珞古街；往右，通往公园的环湖步行道；穿过大门往下，是两层台阶，通往湖边的中心莲花广场。台阶中间以花圃相间，两边各有围栏。栏杆柱头的形状是男性之根，反映的就是门巴族的雄性图腾和生殖崇拜。

台阶的两边各有一个小的莲花广场和不对称的园林，各种自来的、种植的树草竞相争奇斗艳。不同的是左边还有一条人行道，并通过五曲桥跨过湖区连接到墨脱门珞古街的腰间，而右边则没有这一步行道。再往两边，是不对称和不规则的小型梯级人工湖泊，各有四级，水漫过各自的堤坝后最终分别在左右两边跌落到公园正下方稍大一些的人工湖，共五级。湖中有水草，有莲花，有锦鲤，更有倒影。四周的房屋、青山，天空中的云彩，无一例外都被收纳其中，而且会随着不同时间、不同季节、不同天气而呈现出不同的景象。微风吹过，水面皱起了微笑般的波纹，更使得整个水面和倒影光怪陆离，如幻如梦，如烟如雾，如诗如歌。

穿过公园大门走下台阶，就是一个圆形的莲花广场。广场的地面上镶嵌着黄色的莲花图案。四周各有四个极具门珞特色和不丹风格的亭子。左右两边各有一个棚架，从棚架底下穿过去，可到达两边的园林和下方的大湖边。台阶正对着广场靠下方的一面，有一堵弧形的矮墙，矮墙的正上方有一朵盛开的红色莲花。这个莲花广场，是游客和居民晚上跳锅庄舞的好地方。广场的下方，就是刚才所说的大湖，湖边建了三个不规则的可供人游憩的亭子。湖的左边是墨脱门珞古街，右边和对面是环湖路。

（发布时间：2017年4月8日22：07）

走向天路271

墨脱之春

在墨脱，简单地讨论季节对我们来说好像显得有点困难。一来，墨脱的雨季和旱季相对于四季来说显得更加分明，雨季一般集中在3—9月，有些年份可能会推迟到10月才结束，而旱季主要集中在10月至次年2月。二来，墨脱是全球最典型的垂直、立体气候区，具备从热带到寒带的所有气候类型，用“一天有四季，十里不同天”来形容一点也不夸张，所以在墨脱讨论季节重要的不是时间而是在什么地方、什么海拔高度上。三来，墨脱1月平均气温在8℃～9℃之间，多数时间在10℃以上，如果按气候学上以连续5天平均气温在10℃以上为春季的话，那么即使在一年中气温最低的1月，墨脱也总是处于冬春交替控制之中，这就有点复杂了。

当然，要大概地勾画出墨脱的春天也并非不可能。北半球的春季主要集中在3—5月，各地由于纬度、海拔以及其他自然条件的不同而有所差异，墨脱就是其中一例。墨脱的春天大概主要是集中在3—4月，相对其他很多地方要短些。当然，理论是抽象的，标准是死板的，而大自然却是具体的、生动的。墨脱的春天绝不是气候学家拿温度计量出来的，而是大自然赐予的，想来就来，自然而然，悄然而至。它来得是那么的自然，但走得是那么的突然，是那么的果断。据说到了5月，哪一天太阳出来了，便直接进入了夏天，干净利索，绝不拖泥带水。太阳对于春夏交替来说就像一个切换开关，从春天打过去，直接就到了夏天。

那么墨脱的春天到底是什么样的呢？墨脱的春天很少与阳光明媚有缘，而几乎总是和雨雪连绵结伴，呈现出山上雪、山下雨的奇特景象。山上呢，进入3月了还在延续着冬天的气候，经常下着鹅毛大雪，所有的高山都是白雪皑皑的，大雪也容易导致封山，道路中断。但只要天晴了，雪崩就来了，一样会导致道路中断，让墨脱成为高原孤岛。高山杜鹃可是等不及了，它才不管你阴晴雨雪云雾冷暖，悄悄地开了，铺满了整个嘎隆拉雪山的南坡，形成了一百公里扎墨公路一百里杜鹃的壮观景象。

而山下呢，大约从3月初开始，便是连绵的春雨，当地也叫桃花雨，因为它来的时候，刚好也是桃花盛开的季节。而随着桃花从盛而衰，桃子初成，雨势也越来越大，都快要变成桃子雨了。墨脱的春雨，就是一张天然的巨大无比的伪装网，把墨脱的春天给掩盖了。乘着这张伪装网，春姑娘悄悄地来了，事前没跟任何人打招呼，来了也没惊动任何人。花草不知道什么时候发了芽、开了花，树木不知道什么时候抽了新枝、长了新叶。原来清一色的绿，不知道什么时候增添了鲜红的、紫红的、粉红的、黄的、粉的、白的等各种颜色。而秋冬形成的墨绿、暗绿，也不断地被嫩绿、黄绿所打破，所刷新。农牧民的牛马等牲畜，也开始离开家园，慢慢地向嘎隆拉雪山进发、爬升。门珞群众2月份下种的玉米，已经长出了绿绿的小苗。去年9月收割完水稻被撂在一边的层层梯田，又被农牧民重新翻了土并垒好了埂。世界顶级名茶——墨脱茶，也露了芽，农牧民采茶的手呀，就像缝纫机的针，不断地上下移动，而落在箩筐里的就是一颗颗芽茶。

就这样，墨脱之春已来临……

（发布时间：2017年4月9日22：23）

4月10日
星期一

走向天路272

墨脱古街

墨脱自古以来就是我国西藏地方政府管辖的一部分。据说这里原来是珞巴人的世居地，门巴人大约在五百多年前开始迁入。1951年西藏和平解放，西藏民主改革后建立墨脱县，归拉萨市管辖，1986年划归林芝地区管辖。

由此算来，墨脱镇作为县治，已有近百年的历史。但在西藏和平解放前，与西藏其他地区处于农奴社会不一样，墨脱还处在原始社会阶段。据说当时的居住条件十分原始，主要为茅草屋，甚至还有洞居的。解放后才陆续建起了简陋的木屋，这几年国家实施安居工程才建起了崭新的木房子。县城的楼房，也是近年来才陆续建起来的。因此，虽然已有近百年的历史，但墨脱县城却没有形成古城，也没有古街。现在的墨脱古街，是以佛山援藏干部李灿为组长的广东省第七批援藏工作队墨脱工作组倾心打造的，它与我

在4月8日介绍的墨脱莲花圣地公园是同一个项目。它们的建成，极大地提升了墨脱县城的形象和品位，成为了整个县城的核心和标志。

墨脱古街位于水仙花路、帕宗二路、东布路、白玛岗路与莲花圣地公园之间，略呈半月状。古街共有11座极具门珞风格（其实是不丹风格）的大小高低不一的仿古建筑，中央大街将其一分为二，靠近东布路的一边5座，靠近莲花圣地公园的一边6座。从莲花圣地公园的大门往古街方向走，第一座便是中国墨脱门珞文化展示厅，也是县文广局和旅游局的办公场所。由于展示的内容与莲花阁的墨脱门珞历史文化遗产博物馆大同小异，而且莲花阁具有俯瞰全城和观赏雅江晨雾的优越条件，所以来这里参观的人并不多。展示厅旁边的中央大街中间，矗立着一根高高的塔柱，颇有鹤立鸡群的气势，面向莲花圣地公园的一侧写着“墨脱古街”四个大字，分外醒目。中央大街的中间，建有景观和排水功能兼备的水渠。

由于这个地方原来是一个沼泽地，地下水十分丰富，虽然原来设计和施工时已经考虑了这个因素，但现实依然超出了预期。去年我们刚进来的时候，整个地面和一楼到处都是水，还长满了青苔，于是有人戏称这条古街真的变成“古街”了。我们进来以后，对其进行了改造，并把它移交给一家物业公司负责管理和招租，目前已经大为改观，环境十分优美，个别铺位也已经出租，有的甚至已经开档了。但古街与东布路之间的地带，处于新旧交替地区，景观和环境卫生很不理想，呈现出一边现代化、一边脏乱差的极不协调景象，亟待解决。于是，我们拟在对县城进行风貌改造时，将其一并进行整治和改造，以实现新旧两个区域的融合和协调，进一步提升墨脱县城的形象和品位。我们原来设想将墨脱县城进行风貌改造后，与墨脱古街及其他相关工程一起打包，构建一个“墨脱古城”的概念，以促进旅游业的发展。但由于当地部分干部持有不同看法而改变了我们的初衷，现在将目标改为致力于打造中国最具特色的县城。如果一切顺利，这个目标并不遥远，指年可待。

（发布时间：2017年4月10日21：47）

走向天路273

有这么一群人

有这么一群佛山人
他们离乡背井
翻过了嘎隆拉
来到墨脱
在这高山峡谷间
历尽了艰辛和险恶
他们走进了家中
倾听门珞群众诉说
为了我们的幸福生活
他们拼命地工作
除了留下一片真情
他们什么都没说
什么也没做

欣赏

“有一群佛山人”MV

（发布时间：2017年4月11日22：47）

4月12日
星期三

走向天路274

援嫂颂

欣赏

“援嫂”MV

拥别了丈夫
她的泪水滚滚往下落
回到了家中
她承担了全部的劳作
去到了单位
她还得一样努力工作
想起了丈夫
思念不知该怎样寄托
遇到了委屈
又不知该如何诉说

（发布时间：2017年4月12日22：37）

走向天路275

五福临门

五福临门中的“五福”最早出自于《尚书·洪范》，是指长寿、富贵、康宁、好德、善终。这是一种理想的状态，平时只是出现在大家的祈祷之中。但是，只要付出就有收获，只要行动就有感动，精诚所至，金石为开。

最近，我们就遇到了这样的好事。自2月26日佛山市政府正式印发实施《佛山市全面对口支援墨脱县乡镇结对方案》之后，经过广东省第八批援藏工作队墨脱县工作组的积极沟通协调，佛山市直相关单位、各区政府及有关商会、企业纷纷前来调查研究、对接洽谈、关心支持援藏工作。继3月和4月初佛山市南海区大沥镇等党政机关和广东伊之密精密机械股份有限公司等佛山市顺德区爱心企业家代表团等进墨关心支持外，4月11—13日短短的三天之内，我们就又喜事连连，五福临门。佛山市郁南商会，三水区、顺德区、南海区政府，中医院等五个单位相继进墨，到墨脱对接洽谈和落实援建工作。

4月11日上午，由顺德区政协原副主席江佐中带领的佛山市郁南商会一行9人先行来到墨脱考察洽谈援藏工作，并捐赠爱心资金45,366.76元和价值57,580元的爱心物资一批，共计10万多元。

当天几乎同时抵达的还有由三水区委统战部副部长、区工商联党组书记、常务副主席方耿明带领的佛山市三水区工商联（总商会）一行9人，考察了援藏工作，慰问了援藏干部，捐赠了人民币15万元用于支持援藏工作，并共同为“墨脱镇援藏建设基金”启动揭牌。

4月12日上午，由顺德区委常委、常务副区长王勇带领的顺德区教育考察团一行5人到达墨脱进行调研考察和对接帮扶，签订了《佛山市顺德区教育局—广东省第八批援藏工作队墨脱县工作组—墨脱县教体局教育结对支援框架协议》，并向墨脱县教体局捐赠了一批价值5万元的图书，向工作组捐赠了3万元作为工作经费。

当天几乎同时到达的还有佛山市南海区副区长乔吉飞带领的南海区政府考察团，向工作组捐赠了价值10万元的100台冰箱和10万元工作经费，并代表南海区超盈中学向德兴小学捐赠10万元用于该校新建一个篮球场。

4月13日上午，由佛山市中医院院长助理、三水区中医院院长余俊文带领的第二批组团式医疗队抵达墨脱，他们将留下两名医疗专家支持墨脱县人民医院的建设，为期半年。

4月11日，随同佛山市郁南商会前来的广东广播电视台记者袁媛、曾德明，还对佛山以创新引领援藏工作产生了浓厚的兴趣，并就佛山—墨脱全面对口支援制度、工作组全面联系制度、“佛墨缘”爱心家庭结对等多项创新性援藏工作及通过发展茶叶产业实现脱贫致富等产业帮扶工作，先后前往墨脱县人民医院、墨脱镇拉贡茶场、德兴乡及德兴村进行了采访报道。

在佛山市各级各部门的关心和支持下，在墨脱县工作组的积极沟通和推动下，《佛山市全面对口支援墨脱县乡镇结对方案》不是一纸空文，而是实实在在的行动。率先践行和贯彻习近平总书记东西部扶贫协作座谈会上的重要讲话、中央第六次西藏工作座谈会和中央扶贫开发工作会议、《中共中央办公厅国务院办公厅关于进一步加强东西部扶贫协作的意见》的精神，探索地区之间、部门之间、乡镇（街道）之间、行政村之间的结对帮扶，佛山在行动，墨脱县工作组在落实。

（发布时间：2017年4月13日23：28）

走向天路276

乡亲让我感动

我出生在广东省郁南县，那里是我的第一故乡。我一直在那里长大，直到18岁那年夏天，我去东北财经大学读书，才头一次离开那个地方。我的父母兄姐、乡里乡亲和那里的山水田园养育了我。我不管去到哪个地方，都经常梦见故乡的人、事和景。我深爱着我的故乡，还有我的乡里乡亲，我的乡里乡亲也一直给予我无私的关心和帮助。

去年7月，在佛山工作和生活的郁南乡亲得知我要远赴三千公里之外的边陲小城、高原孤岛——墨脱参与援藏工作，不少人都提出要为我饯行，但出于多方面的综合考虑，我没有接受，也没有吱声，然后就飞到了天空之城——拉萨，随后到达墨脱，开始了为期三年的援藏之旅。进藏及进墨之后，不少乡亲也通过电话、短信、微信等方式表达了他们的祝福和关心，让我十分感动。

我的郁南乡亲们也时刻关注着我们援藏的工作动态。去年8月，佛山的郁南乡亲从我发布于微信朋友圈的日记中，得知我们在全力救治加热萨乡被高压电严重击伤的珞巴族少年白玛次仁后，自发在佛山郁南商会发起救助白玛次仁的爱心行动，第二天我们就收到了来自佛山郁南商会的25,680元善款，这也是我们接收的第一笔爱心善款。

今年的4月11日，他们又创造了一个第一——第一个商会自发组织前来墨脱支持援藏工作。佛山市郁南商会在顺德区政协原副主席、佛山市郁南商会总顾问江佐中的带领下，一行9人来到墨脱调研考察、对接洽谈、关心支持援藏工作，并捐赠爱心资金45,366.76元和价值57,580元的爱心物资一批。从具体到分的捐款和具体到元的捐物数字，还有那份详细的捐献清单可以看出，郁南乡亲是那么的实诚，没有一点水分。

据参与带头倡议发动并亲自前来的佛山市郁南商会副会长、广东中旅（佛

山）旅行社有限公司副总经理史美玲说，佛山市郁南商会自身的实力并不雄厚。事实的确如此，在广东全省没有脱贫摘帽之前，郁南也是排位靠前的国家级贫困县，即使在被统一脱贫摘帽以后，郁南依然是广东省内的重点扶贫县。无独有偶，郁南和墨脱一样，都是由佛山全面对口支援和帮扶的。

而在佛山工作和生活的郁南乡亲，都是郁南的外出务工人员，其中部分虽然成功转型升级去经商，但都是小企业小生意小老板。这一批捐赠资金和物资都是在佛山的郁南乡亲捐赠的，参加捐赠的有爱心企业家，也有年迈的老人，还有未成年的孩子。一位独居的老人听说了佛山市郁南商会的善举，颤巍巍地送来了200元钱和一份深厚的情义；几位小朋友也分别通过微信红包发来了15、28、33、66元，这些都是大人给他们的节日红包和零花钱。

作为同时是佛山对口支援和帮扶对象的郁南县及其乡亲，他们能够自发组织起来为墨脱及门珞人民奉献一份爱心与力量，不能不让我感动。如果不是因为我在这里，他们中的绝大多数人，别说这辈子，哪怕好几辈子也不会跑到这里来。就在4月11日他们过来墨脱的对接洽谈会上，我在介绍情况的时候，终于控制不住自己的情绪，当场哽咽并哭泣了起来而导致会议中断。有同事好心提醒其他人和我都不要再提此事，以免影响形象，但我作为一个郁南人，面对乡亲们如此的关心和支持，我并不觉得有什么丢人。困难从没让我流泪，但关爱却使我感动落泪！

（发布时间：2017年4月14日23：04）

走向天路277

全面考察

每一个援建项目的形成都是一个复杂繁琐的系统工程。首先是调研。我们一方面召集所有县直部门和驻墨单位进行座谈，全面了解情况，听取意见和建议，另一方面开展下乡进村入户调研，系统掌握情况，听取意见和建议。其次是策划。在调研的基础上，对收集的资料进行综合分析，反复讨论酝酿，提出拟建项目的方案。第三是汇报。方案形成后，还要征求县相关部门和乡镇及村的意见，并与相关县领导沟通，然后召开四套班子联席会议讨论通过。第四是报批。县里通过了还要上报林芝市发改委、广东省第八批援藏工作队，并通过他们分别上报西藏自治区和广东省发改委，最后上报国家发

改委审批。第五是准备。上面同意了，我们还要反复到现场去选址，提出设计的理念、思路、规模、内容，组织测量、地勘、鉴定、设计、征地、审批、招标等一系列的前期工作。第六是建设。所有手续齐备了，才能真正地开工建设。

我们在调研、策划、选址、测量、地勘、鉴定、设计等相关环节中，都会注重听取相关部门及乡镇、村的意见和建议，每次实地考察也会邀请相关部门及乡镇、村到场，让大家充分了解和参与。我们在县城所在的墨脱镇安排了不少的项目。由于墨脱镇的格桑卓嘎书记是珞巴族的代表、全国政协委员，经常需要到北京、拉萨、林芝等地出差和开会，因此该镇党政主要领导及相关负责人对我们拟建的项目不是很了解。于是，今天上午我在向自治区“四讲四爱”主题教育实践活动督导检查组汇报完工作之后，便约上墨脱镇的党政主要领导及相关负责人全面考察了在该镇范围内的所有拟建项目。包括了县城风貌改造、致富路改造、墨脱镇综合服务中心、白玛岗360度全景观光栈道、白玛岗地质灾害治理及林相改造、佛缘塔及茶叶配套设施、秘境墨脱、海市蜃楼、巴日小康示范村建设等。下午，我再赶回来参加县“四讲四爱”宣讲员试讲的点评和总结会。

通过陪同乡镇领导全面考察拟建项目，向其介绍项目的构思、建设规模和内容等，让其对项目有了全面的了解，从而争取乡镇及村的支持和配合，为项目的后续工作提供有力的保障。

（发布时间：2017年4月15日21：50）

4月16日
星期日

走向天路278

周日何处去

我们每个队员一方面要承担援藏工作，另一方面又要承担当地分工。因此，我们都必须要做到双管齐下，两手抓，两手都要硬。我们只有通过加强统筹协调，综合安排，穿插进行，分别实现，才能做到援藏工作和分管工作两不误、两结合、两相融、两促进。

今年2月底返墨以来，由于各种工作会议、工作组督导检查和考察团对接支持都很多，几乎应接不暇，所以我们到现在还没有休息过一天。但是我们都是以旅游和娱乐的心态来工作，所以倒也乐在其中，并不觉得累。我经常跟队员们分享我的一句话："你不玩工作，就必然被工作所玩。"当然，这里的"玩"不是视工作同儿戏，玩世不恭，而是一种开朗的性格，阳光的心态，乐观的情绪，积极的行为。

根据工作安排，今天我和队员邓宏照、李展健、郭振华前往背崩乡调研和慰问。我们在乡党委书记王海斌的陪同下，首先来到背崩村罗布扎西家中，对前期到其家中调研时了解到的困难进行回访和回应，给予2万元支持其将已经修好的安居房用作家庭旅馆进行经营，以解决因病、因残、因学致贫问题。

随后我们又前往江新村，看望慰问了我负责结对帮扶的贫困户达瓦措姆家，举行了"佛墨缘"爱心家庭结对启动仪式，并给予了5000元的支持。我们还与该村部分两委班子成员和驻村工作队队员进行了交流，特别是对“四讲四爱”主题教育实践活动了解了情况，提出了要求。中午我们在村党支部书记次仁旺堆家吃了午饭，并支付了费用。

午饭之后，我们返回乡政府与包括乡党委书记王海斌、乡长扎西曲扎、人大主席旦增多吉等在内的乡党政领导班子成员进行了座谈。主要是根据相关制度和活动要求，对我负责包片的背崩乡党风廉政建设和“四讲四爱”主题教育实践活动进行督促检查。我们听取了王海斌书记代表乡党政领导班子所作的相关工作汇报，并提出了相关工作要求和建议。

然后，我们继续在王海斌书记的陪同下，前往格林村调研小康示范村和村级活动场所的建设。返回途中还实地考察了背崩乡“五位一体”拟建项目（游客服务中心、农产品展销中心、门珞服饰加工与展销中心、客运站、村综合服务中心）及盼归亭等。

另外，今天我们还前往解放军驻墨某部进行了调研和慰问。

星期天就这么过去了。

（发布时间：2017年4月16日22：34）

4月17日
星期一

走向天路279

奔跑吧孩子

活泼好动是孩子的天性，我们也曾经历这个年纪。当我们还是儿童和青少年的时候，也到处乱跑，村里村外，山上山下，树林草丛，田间地头，河边水中，塘基湖畔……只要我们能到的地方，都留下了我们的脚印，而不是鞋印，因为那个时候，我们还没有鞋子，既不知道鞋子为何物，也不知道它长什么样。但农村的孩子总有办法，脚底磨多了皮就又厚又硬，几乎什么荆棘和碎石都不怕。

直到1987年我在广东省郁南县大方镇上福小学五年级毕业，考上了当时县里唯一的重点中学——广东省郁南县西江中学，才买了一双当时十分流行的回力白鞋。时间过去了三十年，我来到了西藏自治区林芝市墨脱县参与援藏工作，亲眼目睹和亲身体会了这里门珞群众物资的相对匮乏和生活的艰辛。感谢党和国家的关怀以及内地的对口支援，这里的孩子早已摆脱了没鞋穿的时代。但看到他们就勾起了我们对儿时的回忆，也希望他们穿着鞋子快乐地奔跑。于是，我们联系了佛山的相关爱心企业，支持了我们1600双运动鞋，价值43万多元。鞋子已经在我们1—2月回粤休假的时候发放下去了。

但光有鞋子还不行，因为墨脱常年下雨潮湿，地面和地板容易打滑，特别是这里的很多地板都非常不恰当地使用了抛光砖，更加容易摔倒摔伤。我们去年下半年开展下乡进村入户调研的时候，也到各个学校去调研和慰问，全面查看了各个学校的教学和生活环

境。其中看到各个学校的饭堂大都铺了遇湿易滑的抛光砖，经询问确实有不少孩子摔倒摔伤。于是，我们1—2月返粤休假的时候，专门前往位于佛山市高明区的佛山市远华塑料实业有限公司，请求给予防滑垫的支持，得到了夏冠明总经理的积极响应。最近，该公司已经把2600平方米价值5万元的防滑垫发运到林芝，然后我们雇车把它拉回墨脱，再分发给各个学校及县机关后勤服务中心。

4月14日（星期五）下午，我们与县教体局举行了简单的捐赠交接仪式：一是补办去年年底1600双价值43万多元的学生运动鞋的交接仪式；二是举行2600平方米价值5万元的防滑垫的交接仪式；三是补办去年年底佛山市三水区教育局支持墨脱县教体局2万元工作经费的交接仪式。举行这些仪式，既不是炫耀，也不是图名，而是要向捐赠款物的爱心单位和人士反馈捐赠物资去哪了、给谁了，为的是不让任何一个爱心单位和人士心寒！

孩子们，鞋子有了，地板也不滑了，你们就放心地奔跑吧！祝你们平安、健康、幸福！扎西德勒！

（发布时间：2017年4月17日23：14）

4月18日
星期二

走向天路280

雪崩

今天经过扎墨公路嘎隆拉雪山路段时，依然可以看到3月24日发生的雪崩遗存。在路面上的雪崩堆积物已经被养路工人用机械完全清走了，道路也在前几天从轮流单向通行恢复为双向通行。但道路上方和下方的雪崩堆积物依然完好无损地待在那里。

如果不是来西藏及墨脱，雪崩对我们来说只不过是一个概念，一个传说，跟我们毫不相关。来了墨脱，我们才知道雪崩原来与我们的工作和生活是那么的息息相关。每年的2—4月，特别是3月，是扎墨公路嘎隆拉雪山路段的雪崩高发季节。雪崩，会导致道路中断，甚至会造成人员伤亡事故。今年3月24日的雪崩，就导致道路中断了几天，抢通后又实施交通管制长达20多天。期间每天只能轮流单向通行，今天进就明天出，而且午后就开始封路，导致了诸多不便。

在抢通过程中，扎木机械化养护队的一辆工程车被砸中掩埋，一个工作人员被困，所幸获救。该养护队的队员就是这样，每天都在精心呵护着这条扎墨公路，希望它身体健康。一旦它得病了，他们也会全力以赴去救治它。问题是，它的病有点像当年的“非典型性肺炎”一样，经常威胁甚至危及养护队员的安全乃至生命。据说，其中就有养护队员的父亲牺牲在他们现在养护的这条扎墨公路上，他们在用自己的健康和生命默默地守护着这条生命通道。

雪崩，指的是山峰或山坡上的积雪过厚，导致其内部的凝聚力以及它与山坡之间的黏合力、摩擦力不足以抗拒它所受到的重力时，便开始向下滑动，引起大量雪体崩塌。有些地方的人们也将其叫做“雪塌方”“雪流沙”或“推山雪”。雪崩本身是一种很正常的自然现象，但如果它在有人类活动的地方发生，并且引起山体滑坡、山崩、塌方和泥石流等，就会变成一种十分可怕的自然灾害。据说

雪崩初期的速度可达20—30米/秒，而后期则可达到97米/秒，而一般12级台风的速度为20米/秒。

由于雪崩具有事发突然、速度极快、破坏力大等特点，因此通过雪崩多发路段时要十分小心谨慎。要加强用眼和耳观察，打开一点车窗以便留意响声。如果上面有响声，正在通过就要加速通过，还未过就要停下甚至往回走。一般要利用早晨和上午通过，避免午后阳光照射融雪引发雪崩，最好是请熟悉路况并且经验丰富的司机和向导。

（发布时间：2017年4月18日22：52）

4月19日
星期三

走向天路281

母亲，我回来了

昨天早上七点多起床就收到您驾鹤西去的噩耗，我的泪水就开始哗哗地往下流。虽然早已有预感，可当它真的变成现实时，失去亲人的悲痛还是让我无法忍受。您最终没有等到我三年援藏结束，甚至没有等到我在身边听您的最后一句唠叨。母子连心不是空话，在前天晚上我就已睡得不安稳，没想到醒来不是梦。

考虑到昨天我有三个重要会议和两个活动，其中两个会议和两个活动都安排了我负责讲话，而且我们请假有严格规范的程序和手续，于是便一边和家里商量争取明天再赶回去，一边让队员喻晓坤帮我订明天的机票。但大哥说家里天气炎热，遗体无法在家存放太长时间，而且我们家乡对此的处理相对简单，不像有些地方那么隆重，如果明天才回去葬礼都搞完了。于是又一边让喻晓坤帮忙将票改为今天，一边与相关人员沟通能否请其他县领导代替我出席其中的两个会议并讲话。由于还没有到上班时间，请假手续就待上班了再去办。

根据原先的安排，我们在上班之前的九点钟与佛山市三水区爱心人士一行举行捐赠仪式。为了不让爱心人士失望，我用冷水洗了几次脸后，强忍着泪水如期举行了捐赠仪式，介绍了相关援藏工作情况，接受了他们23万多元的款物捐赠，并代表工作组和墨脱人民表达了谢意。随后前往县机关饭堂吃了一点早餐，回到办公室填好请假单，在县委常委会会议前送县政府主要领导审签，同时向广东省第八批援藏工作队报批。九点半上班后参加了县委常委会会议，然后委托县委办、组织部帮忙向林芝市委和自治区党委巡视五组办理请假手续。我自己则前往墨脱镇亚东村出席因我而提前举行的墨脱镇一百户家庭结对暨援藏帮扶基金启动仪式并讲话，然后便出发前往林芝。而墨脱县工商业联合会第二届一次会员代表大会、中共墨脱县非公有制经济组织工作委员会成立暨2017年非公党建工作部署会议则调整为由其他县领导出席并讲话了。

请假报批和出发前往在同步进行，这样安排使得请假批复下来时我还在墨脱境内，如果不同意就返回，不会违规，如果同意就继续前行，能在天黑之前赶到林芝。出发的时候十分匆忙，什么行李也没带。除了请假时必须说明情况外，向所有队员和其他人都没有说明原因，因为我实在不想从自己的嘴里说出来，以免控制不住自己的情绪。幸好路上王强与我有说有笑，转移了我的部分注意力。

晚上到达林芝广东援藏公寓后，与在林芝开会或学习的李斌副书记和赖明建、雷震两位队员见了面，并为赖明建庆祝了生日。当回到房间后，一个人的独处又让我集中了注意力，泪水直流，只好去长时间的沐浴，尽可能地让自己平静下来。然后含泪写完了当天的《走向天路280——雪崩》，其实这篇短文也隐含了我内心的雪崩。可一旦关灯躺下，又满脑子都是她，泪水不停地往外冒。既然无法控制，便干脆放任自流。不知道什么时候刚好迷迷糊糊地睡着了一下，结果又梦见了母亲躺在她的床上好像想说什么，我只好劝她好好地安息。自此一夜再无眠。

今天早上七点半起床，八点钟出发前往林芝机场。李斌、赖明建和雷震已经在楼下等候，从他们的安排、神情和言语可以看得出来，他们应该最迟在昨天晚上就收到了消息，但大家都没说什么，更多的是一种心领神会。随后陆续收到了来自省队及工作组、墨脱县等相关同事和朋友或明或暗的问候，我都只是以微信或短信答谢，没有打电话，还是怕控制不住情绪。从林芝出发经停成都再转飞到广州的九个小时里，我的情绪一直都处于波动状态。在成都候机期间，佛山市援藏援疆办的谌建新主任闻讯打来电话表示了慰问。

下午五点在广州下了飞机，由于下雨堵车严重，又等了一个半小时，直到下午六点半才坐上了车。我没有回佛山，而是与前来接我的家人和亲戚直接赶回了距离广州白云国际机场230多公里的乡下。由于时值下班高峰期和雨天，两百多公里的路程走了四个多小时，直到晚上十点四十五分才回到家里，见了您最后一面。

母亲，我回来了，但您却走了！

今夜，我们将为您作最后的守候！

明天，您将远赴天国安息！

祝您一路走好！扎西德勒！

（发布时间：2017年4月19日23：15）

4月20日
星期四

走向天路282

送别母亲

当我们昨晚十点四十五分回到乡下老家时，其他家人及相关亲戚都早已到齐，邻居们也过来帮忙。由于我的要求，母亲的灵柩还没有封上，让我见到了她最后一面。当他们打开给我看时，她慈眉善目，神态安详，嘴角微微抖动，好像还要交代什么。他们说她一直在等着我们回来，我们便告诉她我们都已回来，让她好好安息，于是她的嘴角完全停止了颤动，稍后便进行了封棺。

根据兄弟姐妹们的商议，相关仪式一切从简，只要能够表达我们的敬爱和哀思即可，于是便按当地农村的风俗为她进行了祭奠和守夜。亲戚也只是按照直接相关的来进行通知，没有将所有亲戚全部通知到位。相关单位和朋友要前来送行的也一律婉言谢绝了，为的是让她轻松上阵，避免过多的喧嚣。

今天早上，我们便把她送往位于县城的殡仪馆火化，但在那里没有举行任何的仪式，仅仅只是为了完成法律的要求，因为根据相关法规和政策，广东省是实行火化的。中午的时候我们把她的骨灰领了回来并进行了相关安置。于是，所有送别的程序和仪式便全部结束了。

在此十分感谢各位领导同事、亲朋好友的关心和慰问！对未能如愿参与祭奠和送行的亲朋好友表示歉意！顺祝各位领导、亲友及家人健康长寿，幸福吉祥！扎西德勒！

对于母亲驾鹤西去，只能用以下四句诗来形容：

未待尽孝了结时，
您已驾鹤西归去。
从此阴阳两相隔，
所有思念成追忆。

（发布时间：2017年4月20日22：52）

4月21日
星期五

走向天路283

人形萝卜

墨脱的农产品真的很棒！光是萝卜就有好几种，而且各有特色。我在1月23日的《走向天路195——南瓜萝卜》中介绍的“南瓜萝卜”，其外形像南瓜，有红白两色。此外，墨脱的白萝卜也很棒。可能是墨脱的土壤含沙、松软和比较肥沃的原因，这种白萝卜的个头普遍较大，重达几斤。它们都只有一截长在地里，而另一截裸露在地面上。

跟其他地方的萝卜不同的是，它们的形状不是那么的中规中矩，而是容易分叉，而且有时分叉很多，有五六条腿的也不难找到。其中有些极像是男女的人体。因此，我们将其称为“人形萝卜”。根据门珞群众素有生殖崇拜的风俗，结合墨脱“人形萝卜”的形状特点，我们正在和佛山著名雕塑家李春华先生沟通，策划创作一对以萝卜为造型的男女人体雕塑，放置于拟建的墨脱母亲广场上。明天上午，我将到李春华先生的雕塑院参观考察，进一步沟通相关的雕塑艺术事宜。

这里的群众到了秋冬季节就把白萝卜的苗割掉，用于喂猪，而让萝卜继续留在地里，这样它们就不会变坏，也不会花心。看来治这“花心大萝卜”也得有招儿才行。人吃不了那么多，萝卜也拿来喂猪。俗话说，秋食萝卜小人参。这里的藏香猪可没少吃这种“小人参”呢！怪不得它们的肉都那么好吃。而留着苗不割的，则长得高高的，开满了紫色的萝卜花，也十分漂亮，它们可是留着做种的。

（发布时间：2017年4月21日20：45）

4月22日
星期六

走向天路284

墨脱

岭上盖白雪，
山下翠欲滴。
十里不同天，
四季融一日。

（发布时间：2017年4月22日08：49）

4月23日
星期日

走向天路285

六个深化

墨脱在西藏属三类地区，即最为艰险的地区之一。但我们没有停留在对艰险环境的理解上，也没有停留在对艰险环境的克服上，而是把它作为我们工作的基础和创新的动力。我们从一开始就把“敢为人先、通济和谐、崇文务实”的佛山精神与老西藏精神、“两路精神”、老墨脱精神有机结合起来，勇敢地树起了创新的大旗，提出了“佛山援藏，创新引领”的口号。我们是这么说的，也正在这么做。

创新的理念、精神、方法几乎可以体现在我们援藏工作的每一个方面、每一个环节。整体上，我们提出并积极实施了“六个深化”，即推动援藏工作从以党委和政府为主向部门深化、向基层深化、向社会深化、向家庭深化、向市外深化、向全面深化。

向部门深化。我们率先提出并实施了佛山—墨脱全面对口支援制度，安排佛山市教育局、卫计局、农业局、旅游局、公安局、工商局、工商联、中医院等市直单位与墨脱县对应的县直单位结对帮扶，其他部门配合。

向基层深化。我们率先提出并实施了佛山—墨脱全面对口支援制度，安排佛山市的五个区与墨脱县的八个乡镇结对帮扶，具体是禅城区对口加热萨乡、甘登乡，南海区对口德兴乡、格当乡，顺德区对口背崩乡、帮辛乡，高明区对口达木珞巴民族乡，三水区对口墨脱镇。至于佛山市各区哪些镇街对口支援墨脱哪些村，则由各区统筹安排。

向社会深化。我们通过加强宣传和沟通，充分动员和整合社会资源支持援藏事业。目前，我们在社会上募集的援藏物资和资金已近千万元，已经初步形成了社会各界关心和支持援藏事业的良好氛围。接下来，我们还会有两大动作，构建社会各界支持援藏事业的长效机制。

向家庭深化。我们率先提出并实施了“佛墨缘”爱心家庭结对帮扶活动，制定了实施方案，首批佛山8户对墨脱9户共17户已成功结对，近日在墨脱镇再启动100户，后面还会继续。如此大规模地开展爱心家庭结对，将援藏工作如此深入家庭，我们还是首例。

向市外深化。由于我们的宣传和工作引起了全国各地及海外部分国家和地区的关注，也得到了相关地区的单位和个人的积极支持，部分物资、资金以及结对的爱心家庭来自于佛山以外的其他地方，所以佛山援藏早已超越了佛山的行政区域，而具有了全国性乃至国际性的意义。

向全面深化。除了项目、资金、物资、智力、产业、教育、医疗等援藏外，我们还致力于机制援藏、社会援藏、家庭援藏、文化援藏、管理援藏、创新援藏等多方面，希望构建全方位、多层次、宽领域的援藏新格局。

（发布时间：2017年4月23日21：26）

4月24日
星期一

走向天路286

创新引领

敢为人先，一直都是佛山精神的核心内容之一。改革开放以来，佛山人正是以敢为人先的气魄、勇于创新的精神，勇立潮头，创造了一个又一个的奇迹。深受佛山精神浸染长达20年的广东省第八批援藏工作队墨脱县工作组，带着情怀，带着激情，带着梦想，来到这个青藏高原上的深山峡谷之中，是否能够踢腾得开？这里是否具备创新的土壤？当其他很多地方还在把坚守、苦干、艰苦奋斗等作为主要精神的时候，我们现在就提创新是否为时过早？

这是大家都在疑惑和观望的问题，如果不很好地回答这些问题，大家就会底气不足，信心不强，动力不够，前进不力，成效不显。于是我们进行了深入的分析研究：墨脱条件艰险，当地干部群众在开展工作、推动发展过程中克服了很多困难，这个过程中其实有很多创新，体现了很多智慧，可见墨脱并不缺创新的精神和土壤，而只是创新的内容和方式不一样而已；墨脱确实条件十分艰险，但克服困难只应成为我们工作的前提和基础，而不应成为我们工作的成效和结果，我们不应该因其他地方没提创新就放弃了自己的追求；我们的前辈（包括当地干群和援藏干部）已经为墨脱的发展打下了坚实的基础，我们是站在巨人的肩膀上前进的，对前辈们的努力和成果要予以肯定、发扬，而不能故步自封，因循守旧；我们作为广东及佛山派出的团队，应该把我们的先进理念和创新精神带过来，与当地的老西藏精神、老墨脱精神、“两路精神”相结合，让其在这高山峡谷间开出创新之花，结出创新之果。

经过深入分析论证，我们毅然决定将“佛山援藏，创新引领”作为我们的口号，并把创新作为墨脱县工作组的四大精神（践行、融合、创新、大爱）之一。

火车不是推的，牛皮不是吹的，援藏不是虚的。创新不是为提而提，而是为做而提，为效而提。我们已在雅鲁藏布大峡谷竖起了创新的大旗，它正在高山峡谷间迎风飘扬。目前，我们已经实施了五大创新，包括佛山—墨脱全面对口支援制度（详见《走向天路237——全面支援》）、工作组全面联系制度（详见《走向天路127——全面联系》）、“佛墨缘”爱心家庭结对（详见《走向天路268——援藏进家庭》）、援军地三方共建合作机制、统筹规划整合资源建项目等，并已取得了阶段性成效。当前，我们还有更多的创新正在策划和推进中。

我们的创新，既体现在谋篇布局的宏观层面，如昨天提到的“六个深化”；又体现在各方面工作的中观层面，如项目建设；还体现在各项工作的微观层面，诸如小到一份简报甚至是一篇简讯。总之，“佛山援藏，创新引领”，创新无处不在，创新永无止境。

（发布时间：2017年4月24日21：15）

4月25日
星期二

走向天路287

疲惫的旅程

我一上飞机刚坐下就睡着了，也不知道是它什么时候起飞的，后来空姐推餐车碰到我才醒了。这是我有史以来最疲惫的一次旅程，以前还没试过这样的。

自4月18日从墨脱到林芝狂奔了一天，当晚无眠；19日从林芝经成都转飞广州，再驱车回乡下，折腾了15个小时，当晚无眠；20日在家办完事情后于傍晚返回佛山，当天晚上和第二天上午才睡了一会儿，但始终补不回来；21日下午，返回佛山市经信局拜访新到任的局长并办理相关报批手续。

22日是星期六，我上午前往著名雕塑家李春华处参观考察，并与其研究探讨墨脱母亲广场的相关雕塑问题。下午前往广东光烁新能源发展有限公司佛山分公司和狮山哈津摇篮幼儿园在佛山城北的办事处，与其负责人丘裕昌和罗新红等进行了交流，并接受了丘裕昌先生的两万元捐赠，此前罗新红女士也已经捐赠了两万元。这些捐款已经或即将用于相关贫困户的帮扶。23日是星期日，在家忙了一整天。

24日，上午前往禅城区委拜访刘东豪书记等相关领导，沟通汇报援藏工作，得到了很好的指导和支持。禅城区也成为佛山第一个党政主要领导都分别听取过援藏工作汇报并表态支持的区。南海、高明、三水等区的区委主要领导也已听取过汇报并给予支持。下午，前往市发改局及援藏援疆办沟通汇报工作，也得到了热情接待和大力支持。

今天上午先让印刷厂把去年的《佛山援藏工作简报》合订本——《历程》运到我在佛山市经信局的办公室，然后将其分发给各局领导及科室参阅，送一部分到市发改局并请市援藏援疆办帮忙呈送给相关市领导。待派完这些资料和办完相关手续，都已经中午十二点多了，匆忙吃了午饭就往广州白云国际机场赶。

今晚，我将在成都双流国际机场住一晚，明天又得一早起来赶飞往林芝的飞机。

这次集悲伤、奔波、劳碌、无眠于一体，注定是一个疲惫的旅程。

（发布时间：2017年4月26日00：01）

走向天路288

一张机票坐三程

一张机票坐三程，还包一天食宿！这样的好事你遇到过没？我今天就碰巧遇上了。

今天乘坐国航CA4251航班（8：15—10：10）从成都飞往林芝。早上六点起床，然后前往机场办理乘机手续。飞机如期起飞，虽然途中不时有些强烈的颠簸，但总算顺利。经过近两个小时的飞行，飞机掠过巴松措和林芝市区，下降至雅鲁藏布江河谷，进入最后着陆阶段，机场也近在前方了。

就在这个时候，飞机突然拉升了！我知道情况肯定有变化。飞机迅速爬升，穿过云层，然后掉头返回。这时广播通知说由于不符合降落条件，需要返航成都。机舱内开始热闹起来了，我们问为什么不转飞拉萨，回答说拉萨也是一个小机场，条件没有成都完备。

由于只是说不符合降落条件，没有说清楚具体是什么原因，于是周边的人便议论开了。应该不是能见度的问题，因为飞机都已穿透云层下降到雅鲁藏布江之上了，田园、村庄、沙丘、公路等景物都清晰可见。会不会是机场出现了突发情况，不适宜降落？没有相关迹象显示，好像又不是。会不会是飞机有故障？应该不会吧！如果飞机有故障的话就会影响飞行安全，更加不可能返航了！会不会是起落架甩不出来？前几天大家刚好看了美国的民航客机前起落架失灵，最后降落在一辆卡车上的壮举。想想真像那么回事！可能飞回成都一方面可以耗尽燃油，另一方面迫降的条件会好些。

我说应该不会吧！就算真的须要迫降，以现在的技术和条件也不会有太大的问题。况且更为重要的是，现在人在飞机上，想多了也是白想，何必自己吓唬自己呢！于是便继续睡觉。快回到成都的时候，飞机已经下降至离地面很近的距离，在这个时候它又连续转了几次弯，大家又在猜想是不是要盘旋让燃油消耗掉再迫降。直到听到飞机放下起落架的声音和广播说飞机马上就要着陆了，大家才安心下来。飞机降落后，我打了个电话给队员王强，原来是那边后来下暴雨了。我估计是飞机在暴雨下来之前又拉升起来爬到云层上去了。

从机场出来，等候在那里的大巴把我们拉到附近的空港头等舱大酒店入住，两个人一个房间，还包吃，当然吃得很简单。这几天的折腾实在是太累了，所以我也不想动了，就好好地休息一下吧。老天爷给安排了这么一个休息的机会，如果还折腾也太对不起他老人家了。

因为林芝机场为高山峡谷机场，所有航班升降都必须在早上完成，否则午后就会有乱风，无法保证安全升降。所以，今天是无法再飞林芝了，唯有等待明天。至于明天怎么安排，航空公司还没有通知，先等着吧！

（发布时间：2017年4月26日14：54）

4月27日
星期四

走向天路289

墨脱春景

烟雨朦胧阳光疏，
雪峰山林各半坡。
雅江春潮翻滚涌，
秘境墨脱奇葩多。

（发布时间：2017年4月27日21：34）

4月28日
星期五

走向天路290

步步惊心

26日返航成都之后，我们被安排住在空港头等舱大酒店。午饭后睡了一个下午，晚饭后和同房的国家电网的一位朋友一起逛了一圈。直到晚上十二点还没有接到第二天什么时候起飞的通知，于是便睡觉了。正当睡得迷迷糊糊的时候，电话铃声把我们吵醒了，原来是通知我们凌晨四点出发去机场。一看时间是凌晨三点半，便起来简单洗漱了一下就出发。飞机于六点二十五分起飞，并于八点左右顺利降落在林芝机场。

返回市区后，我和郭振华、赖明建前往林芝市人民医院看望慰问了因病住院的门巴族老领导罗布次仁同志，他出生于墨脱县德兴乡易贡白村，是第一届墨脱县人民政府的副县长。他已经九十多岁了，精神状态尚好，一见到我们就很激动，说如果能够见到藏南地区回归祖国怀抱就瞑目了。他是一位爱党爱国的老前辈，我已安排这几天在林芝出差的队员雷震把他的故事整理一下，作为“四讲四爱”主题教育实践活动的材料。下午又向省队和林芝市有关领导汇报了相关工作。

今天，我和郭振华、赖明建返回墨脱。早上十点出发，从林芝到波密的318国道虽然有些地方在修路，但总算顺利。我们下午两点到达波密的时候，收到消息说扎墨公

路约52千米处有雪崩，待我们午饭时说已经抢通了，于是便继续向墨脱进发。当我们往嘎隆拉雪山上爬行的时候，下起了纷纷扬扬的大雪，越往上越大。山上铺满了厚厚的雪，一片白茫茫，时不时有雪崩的痕迹，所幸没有危及道路。路上的积雪也很厚，车轮碾压下去以后形成了一条“鸡胸路”。我们前面的一辆车打滑翻到了路边，所幸没有什么大碍，大家把它拖起来以后继续前进。

过了嘎隆拉隧道，就看到了刚才的雪崩，已被清理出够一车通过的路面，其他雪崩的痕迹也有多处。各色杜鹃花依然冒雪怒放，我给它起了个名字——雪鹃，并建议队员郭振华，二胎如果是女孩的话可以考虑用这个名字。下到半山腰，雪就被雨所取代。沿途有不少泥石流，但滚石更多，几乎随处可见，而且有的十分之大，倘若被它砸中后果不堪设想。随着山上部分积雪开始融化，水流也多了起来、大了起来。原先的水漫路段又开始恢复，有的水还相当深，路上还有些倒树。走这条路确实有点步步惊心的感觉，但所幸还能够通行。我们于傍晚七点顺利回到工作组驻地，据说七点半左右在扎墨公路80公里附近发生了较大的泥石流。

晚饭后，我们听取了相关设计单位关于几个项目的汇报，并进行了交流，提出了修改意见。明天，我们拟徒步前往背崩乡西让村等地进行设计的实地考察，但据说道路因泥石流中断而被迫放弃了。道路中断的还有几个地方，县里已经安排相关领导及部门前往查看和处理。

雨季行走于墨脱，步步惊心，步步小心。

（发布时间：2017年4月28日23：25）

4月29日
星期六

走向天路291

在县城转转

这几天，从县城到各个方向的路都有塌方、泥石流、滚石、雪崩等自然灾害发生，为安全起见，不得不暂时放缓下乡实地考察的安排。

早餐结束后，工作组召开了一个非正式的工作会议，把这十天来的情况互相沟通一下，并对一些工作进行了讨论和安排。然后我与队员赖明建详细讨论了有关产业发展的问题，对相关事项做了详细安排。中午队员邓宏照和李展健又带了设计人员过来讨论相关项目的设计。

下午，我和赖明建前往位于墨脱村的华阳园艺有限公司苗圃基地进行了调研，该公司毕云总经理等介绍了相关情况。毕云是四川人，进入墨脱多年，早期从事餐饮和服装行业，后根据形势转变也进行了转行，现只保留了茶楼和园艺。在这漫山遍野都是花草树木而对园艺没太多需求的地方投资搞园艺也确实需要勇气和胆色。据说好不容易今年开始盈利了，但苗圃又将于明年到期，地租上升已让他无法在现在的地方继续待下去，只能选择更为偏远的地方了。此次调研让我对相关种苗的引进、种植基地的建设、配套园艺工程的实施等有了更深入的了解，为下一步的工作打下了坚实的基础。

晚饭后，我和郭振华、赖明建又到金珠路去逛了一下。金珠路是目前县城两条主要商业街道之一，长约百米，约有几十个商户。街上人不多，显得有些冷清。除了娱乐场所和餐饮店以外，我们逐个走进各个商店，看看墨脱出产的石锅、竹编、藤编、木碗、乌木筷子、石斛等，并和店主聊天，了解相关行情。说实话，我们在搞项目策划和设计的时候，这条路都不知道走了多少次，但像今天这样进店闲逛闲聊还是第一

次。但在闲逛闲聊中，也了解了不少情况，掌握了不少信息。

下一步，我们将把“四讲四爱”主题教育实践活动的教育对象从以农牧民群众、青少年学生、寺庙僧尼为主扩大、深化到企业等相关经济组织和从业人员，让他们也参与到这个活动中来。

（发布时间：2017年4月29日23：35）

4月30日
星期日

走向天路292

春之祭

墨脱的春天来了，山上雪花还在飘，山中百花倍轻佻，山下乌姬更是俏。

墨脱的春天来了，小草悄悄地发芽，绿树偷偷地开花，哥达勤勤地种茶。

墨脱的春天来了，不见大雁往回飞，不见燕子把家归，只为藏南没归悲！

（发布时间：2017年5月1日00：22）

2017年

5月 May

5月1日
星期一

走向天路293

爱在春风里

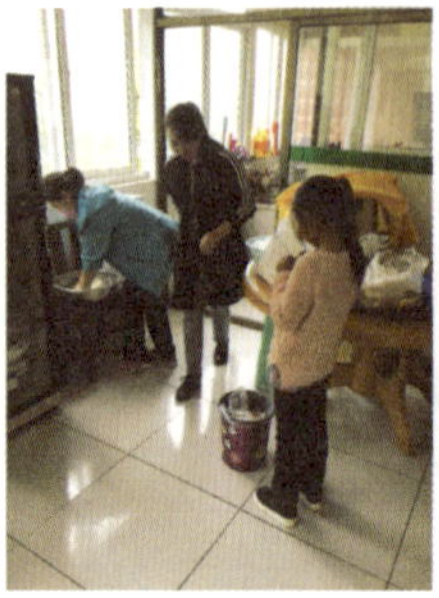

由于我们从一开始就确立了“五个当地（即尊重当地、学习当地、融入当地、依靠当地、服务当地）”的原则，并始终坚持“用心、用情、用爱”推进各项援藏工作，因而得到了当地领导、干部、群众的接受、理解、关心和支持。

当地对我们的关心和支持是立体的、综合的。例如，当地领导、干部和群众会经常请我们到家里去做客，让我们感受当地的热情和风俗。对于这些有利于促进双方沟通、区域融合和民族团结的邀请，我们在不影响工作和时间许可的情况下，都会欣然接受。事实证明，通过上门做客，彼此之间的距离一下子就拉近了。这种交流都在周末和节假日期间进行。昨天中午，我们就受邀到墨脱村一个居民家做客。我们受到了热情的接待，双方进行了深入的交流，也建立了深刻的友谊。

除了邀请我们上门，当地领导、干部和群众也会主动到工作组的驻地来表达他们的热情和关心。例如，去年8月20日，县委常委、宣传部部长普果同志就带领县里相关妇女领导和干部到工作组驻地来搞卫生，把整个驻地卫生搞得十分干净整洁，让我们这些男同志又是佩服又是感动。

今天下午，普果和墨脱镇委书记格桑卓嘎带领县委宣传部、县委政法委、县工青妇综合办公室和墨脱镇的相关妇女干部到工作组饭堂来和我们一起包饺子、做包子，共庆五一国际劳动节。大家在一起边包饺子、做包子边进行交流，既让我们这些离家三千多公里的男同志感受到了关心和温暖，又促进了沟通和交流，双方的关系更加融洽，友谊更加深厚。

他们的到来，让我们如沐春风。汉藏同源，门珞同根；粤藏一家，佛墨一体。感动有你，感谢有你，感恩有你！

（发布时间：2017年5月1日22：43）

5月2日
星期二

走向天路294

不能再等了

我4月28日返回墨脱后，适逢五一小长假，而且由于连日降雨引发塌方和泥石流，除扎墨公路以外，县城通往几个方向的道路都中断了，于是便休整了三天。昨天，通往背崩乡的道路已经抢通，虽然通往地东村的路还没通，但也不能再等了，因为很多工作都迫在眉睫，于是便决定今天前往背崩乡。此行目的有三：一是对“四讲四爱”主题教育实践活动进行督导和宣讲；二是带领相关设计人员前往地东、西让、德尔贡三个村为小康示范村设计进行实地考察；三是带领援藏医疗专家前往背崩开展调研、指导和义诊。

今天早上九点，我和队员邓宏照、李展健以及佛山市中医院的陈建林、丁云霞，广东省城市规划设计研究院的严振荣、李兴菊，县电视台的索次，分乘两辆车冒雨出发前往背崩，目的地是西让。由于修路的原因，中途耽搁了两次，到背崩本来只要一个半小时的车程结果用了三个多小时，原定到地东吃午饭的也被迫改为在背崩了。

我们和乡党委书记王海斌、纪委书记金海会合并，在午饭后继续往地东赶，结果没走多远便要改成徒步，因为前面有多处塌方，汽车已经无能为力了。幸亏不用走多远，地东村派了两辆皮卡过来接应，于是大家便挤到车上，坐不下的就站在后面的车厢上。过了地东没多远，公路没有了，只能继续徒步，幸亏老天照顾，雨停了，也没有太阳。

步行道掩映在丛林中，狭窄崎岖，阴暗湿滑。不少路段山水就沿着道路往下流，道路已经变成了临时的河道。有些路段十分泥泞，人踩畜踏，路面就像我们乡下炼过的田一样。除了水和泥，还有满路的牛粪，它们已经与烂泥巴融为一体，我们只好把它当作铺路石。路上蚂蟥很多，虽然做了防护，喷了药水，我还专门穿了一条睡裤，还是防不胜防，被它咬了一口，它们的穿透力太强了。中途还闹了一阵肚子，真是添乱。

下午五点半左右，我们经过近四个小时的徒步，终于抵达西让村。这时候，雨又下了起来。由于村里已经把饭做好了，我们便先吃饭。饭后我们陪同设计人员继续在村里实地考察，从村子的最高处到最低处，走完了每家每户，然后穿过村子前面的梯田，到达隔田相对的经堂和白塔。此时雨势越来越大，无奈只好在那里等了一段时间，待雨势稍小便冒雨回到村委会主任家中。这时候天已经黑了，在村委会主任家里，我开始了对“四讲四爱”的督导和宣讲，与驻村工作队、村两委班子成员及村民代表进行了沟通。然后，冒着大雨和黑夜到村民家开展义诊，一共去了尼玛曲扎、次仁央宗、加央三个家庭，为他们提供了诊治。

待这些都忙完了，已是晚上十点半之后，手机信号和网络早在不知什么时候停了。晚上，我和邓宏照、丁云霞、李兴菊被安排住在妇女主任家。男女同住一室，我们还是第一次，大家都和衣而睡。他们已经睡了，徒步的疲劳让他们很快就响起轻轻的鼾声。只有我在忽明忽暗、时亮时灭的灯光下写日记。陪伴我的，除了他们的鼾声，不时的狗吠，还有外面哗哗的雨声，以及几乎被雨声掩盖的蛙叫虫鸣。这让我想起了以前在乡下写的一首诗：

山村交响乐

夜幕降临后，
蛙虫齐演奏。
享此天籁音，
无眠何惧愁？

（发布时间：2017年5月3日12：37）

5月3日
星期三

走向天路295

头顶烈日

昨晚躺下后，我才发觉床太短了，双腿有好一段放不下。盘着双腿睡吧，很容易累，睡不着；改成竖起小腿睡吧，刚睡着了就倒下来，还是睡不着。盖被吧，热；不盖吧，凉。总之，整个晚上都没睡好。

今天早上，雨停了。主人家大约六点就起来了，我们也在七点左右起来了。洗漱之后，离约定九点钟吃早餐的时间尚早，我们便到田间地头去逛了一番，收获很大，拍了很多梯田的美景。我们回到村里的时候，陈建林和丁云霞已经在给村民看病了。村民还挺多的，他们俩耐心地看完，然后和我一起到村卫生室调研，并对村医进行指导，对村里缺药的情况让其整理上报，我们再统筹考虑。

九点半左右，我们离开西让村返回地东村。路依然和昨天差不多，就是经过昨晚的雨，变成河道的路更多了，水也更大，路上方滴流的水也多，颇有点水帘洞的感觉。阳光透过丛林的空隙投射到路上，有些斑驳，但由于没有风吹动树叶，也就缺乏了迷离感。快到地东村的时候，就走出了丛林，路也变成了上坡路，烈日当空，大家都低着头缓慢地爬上去。

村民的两辆皮卡已经等候在村子外面，把我们拉到村里。由于已近午后两点，我们便先吃饭。然后开始“四讲四爱”主题教育实践活动的督导和宣讲，接着陪同相关设计人员实地考察和研究，再去了解两位医疗专家的义诊情况，人很多，排起了队，最后是对村卫生室进行调研，对村医进行指导。

下午五点左右，我们离开了地东村，返回背崩乡政府所在地。由于途中的几处塌方还没有清理，所以只好采用两头接送的方式，中间那段只能徒步穿越。傍晚六点左右，我们回到背崩乡，便直奔背崩乡中心小学，与该校六年级的学生、在家的乡干部和背崩村两委班子成员进行了交流，开展了一场“四讲四爱”主题教育实践活动的督导和宣讲。

晚饭后，我们不顾疲劳，绕着背崩村转了一圈。一方面是散步，一方面实地考察拟建的背崩“五位一体”（墨脱农产品展销中心、门珞服饰加工展销中心、游客服务中心、交通客运中心、村综合服务中心）项目。后来，开始下雨了，我们便回到背崩汽车自驾营地休息。现在，外面依然滴滴答答地下着雨呢。

（发布时间：2017年5月3日23：38）

5月4日
星期四

走向天路296

激情越野

昨天晚上一直下着雨，到今天也没有结束。早上七点半起床，八点吃早餐，八点半到背崩乡卫生院义诊。由于人不多，于是我们在九点多出发前往德尔贡村。

去德尔贡村，最怕的就是下雨。因为从背崩乡出发前往德尔贡村，需要翻越一座山，翻山前的路况尚可，但翻山后的路就是烂泥路，容易打滑。去年12月我们下乡进村入户调研时，已经是旱季，都还是这样，现在雨季就更不用说了。

实际的情况比我们想象的更差。过了格林村，就开始沿着那种连续的“之”字形路下坡。沿途多处塌方和泥石流就不说了，毕竟它们影响不大，尚可通行。最大的问题是路面的烂泥，即使是四驱越野车也一样打滑。汽车在狭窄险峻的山路上像蛇一样滑行前进，十分惊险刺激。由于是下坡，问题都不是很大。

下完坡要过桥，桥墩被洪水淘空了很多，已被列为危桥，桥下是滔滔的河水，但这是唯一的渡河方法，只能观察评估以后认为安全再快速通过。

过了桥又要上坡，有一个地方打滑，冲了几次，用了十多分钟才冲了上去。我们下车走路，我踩滑摔了一跤，幸亏手快，才没一屁股坐到地上，只是弄了满手的烂泥和一点皮外伤。有些地方已被冲成了坑坑洼洼的槽状，有些地方路基已被淘空，整条路十分糟糕。

来到村里，我们先进行了“四讲四爱”主题教育实践活动的督导和宣讲，然

后我们和相关设计人员在村里实地考察，陈建林和丁云霞则为村民义诊。

午饭后开始返回，下坡的感觉跟上午一样，但过了河以后就费劲了。有一个肘子弯，烂泥很厚，路又陡，路面又倾斜，而且被水冲出了很深的沟槽。汽车终究没有冲过去，滑到了沟里。后来反复冲了很多次，才摇摇晃晃冲了上去。另一辆车就没有那么幸运了，又是搬石头又是砍树铺垫都没有冲上去，最后只好用工兵铲铲掉烂泥才勉强冲了上来。整个过程用了一个多小时，十分惊险刺激。我们身上都被雨淋湿了，手上全是泥巴，特别是王强和索朗，他们俩真是有技术、有经验、有胆识！

回到背崩乡后，我们便往县城赶，沿途多是塌方和泥石流。其中有两处塌方和一处倒树、一处倒电线杆、一处坏车造成堵塞。直到晚上七点多才回到县城，手机也才恢复了信号和网络。

然后匆匆吃了晚饭，八点又与自治区党委宣传部安排的一个采风团座谈，直到十点才结束。回到家里，雷震和李展健又分别过来沟通研究相关工作。

这个五四青年节就在惊险刺激和忙碌充实中度过了。

（发布时间：2017年5月5日01：34）

5月5日
星期五

走向天路297

冒雨进行

昨晚连夜雨，今天在继续。我们七点半起床，洗漱了一下，到街上吃了一点早餐，我便和邓宏照、李展健、赖明建一起出发了。

我们的第一站是德兴藤编厂。在全面联系制度之下，德兴乡是邓宏照负责联系的，所以我们在德兴的"四讲四爱"主题教育实践活动宣讲，他就选择了德兴藤编厂。在该厂的一个车间里，邓宏照与企业负责人及工人进行了交流，让大家知道了什么是"四讲四爱"及为什么要"四讲四爱"，特别是突出了今年的重点"讲党恩爱核心"。

第二站是德兴村综合服务中心工地。该综合服务中心是我们在建的援藏项目，在建筑棚架的外面，已经悬挂了"四讲四爱"的相关宣传标语。由于李展健负责援藏项目的建设，所以他选择了到工地上去宣讲。在该工地的一个工棚里，李展健面向相关负责人及工人对"四讲四爱"进行了宣讲。

德兴乡党委书记王桂兰及相关乡干部也到场观看了上述两场宣讲。

第三站是墨脱镇墨脱村的果果糖茶场。这是一个新开的茶场，目前正是种茶的时节，这段时间村民都在田间地头忙碌，于是赖明建便选择到田间地头，趁村民中途休息的时候宣讲。我们到达该茶场的时候，依然下着雨，村民就戴着帽子穿着雨衣站在地里听他宣讲。雨水打在帽子上和雨衣上滴滴答答响，在为他的宣讲伴奏。村民听得很认真，而且互动性很好，让我们十分感动。

当天，李斌、郭振华、雷震也分别到墨脱莲花圣地旅游开发有限公司、墨脱县中学、墨脱县人民医院进行了宣讲，而喻晓坤已于5月3日前往墨脱镇亚东村进行了宣讲。至此，我们八个队员已经全部宣讲完毕。通过我们的共同努力，实现了“四讲四爱”进乡镇（一个）、进村庄（五个）、进学校（两所）、进寺庙（一个）、进企业（两家）、进单位（一家医院）、进工地（一个）、进田间（一个茶场）。

其中李展健和雷震为民主党派人士，他们分别是中国致公党党员、九三学社社员。他们站在民主党派的角度向相关对象宣讲了为什么要“四讲四爱”特别是“讲党恩爱核心”，他们开了民主党派人士参与党的主题教育实践活动的先例。

（发布时间：2017年5月6日08：21）

走向天路298

“四讲四爱”在援藏

为喜迎党的十九大，西藏自治区党委决定在全区开展“讲党恩爱核心、讲团结爱祖国、讲贡献爱家园、讲文明爱生活”主题教育实践活动。

由于我在县委负责分管宣传、统战和援藏等工作，所以除了根据上级的要求和县委的安排在全县组织开展“四讲四爱”外，还把“四讲四爱”带到援藏工作中来。4月7日下午，县委召开了动员大会。4月8日上午我们工作组便召开会议，对自治区、林芝市和墨脱县的方案及会议精神进行了传达学习，让大家了解“四讲四爱”的重大意义、主要内容、主要对象、活动安排等，并对工作组主动参与“四讲四爱”进行了研究部署。根据大家研究讨论的结果，我们每人最少进行一场宣讲。

由于我负责联系背崩乡，于是便按照统筹兼顾、综合安排、一次搞定、分别实现的原则，结合其他工作一起安排。我已于5月2—4日连续三天前往背崩乡及背崩村、地东村、西让村、德尔贡村，面向乡干部、小学生、农牧民、僧尼四个群体共宣讲了四次。在西让村，我们待村民们吃完晚饭后，就集中在村党支部书记的家中，在时明时暗、时亮时灭的灯光下进行沟通；在其他地方，我们也没有坐到安排好的主席台上去，而是站在村民、学生和僧尼的面前。在宣讲过程中，我们尽量避免使用书面化的语言，而是更多使用口语化的表达，举

的例子都是群众看得见摸得着的实事，对群众的要求也是具体的。为活跃气氛，我们没有一味地说教，而是更多地增加互动。在背崩乡中心小学，我们给抢答正确的学生派发纪念品，充分调动了学生的积极性，现场气氛十分热烈。晚饭后我们散步从学校旁边经过，有眼尖的同学在三楼的窗户看到了我们，主动和我们打招呼，当我们走远了还大声喊再见。通过这些努力，我们拉近了与基层干部、群众、学生、僧尼的距离，使大家更加容易接受、掌握和理解“四讲四爱”的内容及意义。

5月5日，我们冒雨前往德兴乡和墨脱镇。邓宏照在德兴藤编厂的生产车间里进行宣讲，李展健在德兴村综合服务中心工地的工棚里进行宣讲，赖明建走进墨脱镇墨脱村果果糖茶场的田间地头冒雨进行宣讲。当天，李斌、郭振华、雷震也分别到墨脱莲花圣地旅游开发有限公司、墨脱县中学、墨脱县人民医院开展了各种形式的宣讲，而喻晓坤已于5月3日前往墨脱镇亚东村进行了宣讲。至此，我们八个队员预定的宣讲活动已经全部结束。

接下来，我们还会根据县委的安排和援藏工作的实际，作为“四讲四爱”的自选动作和创新工作，举办“佛山—墨脱全面对口支援对接洽谈会”，并组织相关领导、干部、群众、学生前往广东省和湖北省学习培训，提高感恩和核心意识，教育引导广大群众知党恩、感党恩、听党话、跟党走，永做“讲党恩爱核心”的好公民。

经过我们的共同努力，实现了“四讲四爱”“八进”，即进援藏（广东省第八批援藏工作队墨脱县工作组全体队员积极主动参与），进乡村（我们已经前往三个乡镇六个村进行了宣讲），进学校（我们在两所学校进行了宣讲），进寺庙（我们已经前往德尔贡寺进行了宣讲），进企事业单位（我们已经前往两家企业和一家医院进行了宣讲，填补了企事业单位及职工参与“四讲四爱”的空白），进工地（我们所有援藏项目的建设工地都悬挂“四讲四爱”的宣传标语，并已经前往一个工地进行了宣讲，填补了建设工地及工人参与“四讲四爱”的空白），进田间地头（我们曾经在果果糖茶场的地里进行了宣讲，填补了在田间地头开展“四讲四爱”宣讲的空白），进民主党派（李展健和雷震分别是中国致公党党员、九三学社社员，他们作为民主党派参与“四讲四爱”，开了民主党派人士参与党的主题教育实践活动的先例）。

（发布时间：2017年5月6日16：53）

5月7日
星期日

走向天路299

助你渡过难关

久当卡村位于雅鲁藏布大峡谷腹地，是墨脱县加热萨乡下辖的一个行政村。久当卡距下游的县城约80多公里，距上游的乡政府驻地约8公里，平均海拔约1400米。久当卡为门巴族和珞巴族聚居村，共有34户141人。久当卡于2015年11月通电，2016年11月通路，我们于去年12月14日前往该村开展下乡进村入户调研。

久当卡坐落在雅鲁藏布江左岸的山坡上，下临大江急流，上靠陡峭山峰，地势险峻，风光秀绝。越美丽越危险！久当卡就是一个现实例子。该村虽然风光无限，但却存在严重的地质灾害隐患，已被列为异地搬迁安置的对象。县里已经做了安排，拟搬迁到墨脱镇并改名为朗杰岗村。该村的安置房已经开工建设。

但近期连续降雨，导致地质灾害隐患加剧，一旦爆发有可能吞噬整个村庄。为安全起见，县里在征求全体村民同意的情况下，将搬迁计划提前了。5月2日，除了安排17人留守看管财物和禽畜外，其余在村的81人全部转移到县城，次日再转移到朗杰岗村。

为了解村民的安置情况和困难，今天上午我和队员喻晓坤、郭振华、赖明建、雷震前往实地考察和看望慰问。过了巴日村后，继续往山上爬，新开的道路崎岖难行。路面有很多滚石，有好几处必须下车搬开石头才能通过；也有很多被雨水冲刷而形成的坑洼，一不小心就陷进去了；还有很多泥泞，深及半米，汽车在摇晃中滑行。

到了一个地方，他们告诉我到了。前面是一片工地，整个地面泥泞不堪，只有几栋房子起了一个基础。经了解，这要建成投入使用最早也得明年。而村民的安置点则在道路左上方的坡地上，那是一片新开的梯地，同样泥泞不堪。一片蓝色的救灾帐篷就坐落在几级梯地上。

我们在加热萨乡人大主席多吉索朗和驻村干部的陪同下，前往各家各户逐一

查看，并与部分村民座谈。由于生产和生活物资都不齐备，条件确实十分艰苦。每家一个帐篷一张床，全家人就生活在一个狭窄的空间、睡在一张床上。由于原先的帐篷漏水，后来又在外面加了一层防水材料，漏水的问题暂时解决了。接下来还会搭建活动板房，在安置房建好之前再改善一下住宿条件。粮食短期内已有保障，柴火没有问题，水经过检测可以饮用。村民情绪稳定，对党委政府的安排表示满意和感谢，可见相关领导及部门前期已经做了大量工作。

驻村工作队和村民也向我们提出了四个请求：一是购买水轮发电机解决无电的问题；二是购买铁皮盖猪圈牛圈，解决牲畜安置问题；三是购买粮食解决温饱问题；四是支持驻村工作队建伙房的问题。我们认真听取了大家的诉求，逐一进行了回应，并当场表态从我们自有工作经费中挤出10万元，支持解决上述四个问题，以帮助大家渡过难关。

晚上，我们就在工作组驻地举行了捐赠仪式，将于明天上午上班后马上办理相关财务手续，并要求相关人员尽快将支持的项目和物资落实到位，确保资金使用安全，让群众感受到各级党委政府以及佛山人民的关怀。

一方有难，八方支援，这是我们中华民族的传统美德。为了我们的门珞同胞，在此也希望有条件有能力的单位和个人伸出援手，献出爱心。同时也祝愿久当卡村（朗杰岗村）的乡亲们幸福安康！扎西德勒！

（发布时间：2017年5月7日23：59）

走向天路300

为了更好地服务

广东省第八批援藏工作队墨脱县工作组全面联系制度实施后，我们与各县直部门和驻墨单位、各乡镇及村的沟通联系就实现了五个转变：从被动变主动，从自发变制度，从无序度有序，从分散变系统，从偶尔变经常。我们每个队员都与自己所负责联系的单位建立了分片联系群，大家有什么信息可以互相交流，有什么事情可以互相沟通，有什么建议可以互相讨论。此外，我们也会不定时地走访自己所负责联系的单位，加强沟通和交流，听取意见和建议。

根据前段时间的沟通和交流，我们对各单位的意见和建议进行了梳理，把有关的需求与佛山的相关单位和个人进行了对接，根据动员和整合资源的实际情况，按照轻重缓急难易程度，择优对一些单位的项目予以支持。我们筹集的计划外资金用于支持当地，主要采取提高党政机关自身能力建设进而更好地服务社会与直接惠民济困相结合的方式。这次获得支持的项目，主要是为了完善相关单位的软硬件建设，提高工作人员的综合素质，加强单位自身能力建设，提高为群众服务的技能和水平，更好地服务基层和群众。

经询问捐赠单位的意愿，并经工作组集体研究同意，决定支持县住建局专项建设资金55万元、县公安局专项建设资金50万元、县机关后勤服务中心专项建设资金30万元、县委办公室专项建设资金10万元、县国土资源局专项建设资金10万元，共计155万元。所需资金均从工作组筹集的计划外资金中拨付。

我们希望通过支持这些专项建设项目，相关单位能够不断加强自身能力的建设，完善软硬件设施，提升服务水平，提高服务效率，更好地服务基层和群众，加快脱贫奔小康的步伐，进一步推动墨脱经济社会的发展。同时我们也要求各单位要做到“三个确保”：确保专款专用，确保资金效益，确保资金安全。

（发布时间：2017年5月8日23：08）

5月9日
星期二

走向天路301

墨脱朗夜

月朗星稀沐秘境，
蛙叫虫鸣伴我眠。
鸡鸣鸟唱迎晨曦，
睡到自醒甚觉忺。

（发布时间：2017年5月9日22：58）

5月10日
星期三

走向天路302

二进格当

去年11月17日，我们曾经前往格当乡开展下乡进村入户调研和慰问，时隔不到半年，我们于今天再次挺进格当。

前往格当的路在修，全线拓宽，遇到施工，只能走走停停，停停走走。路面要么坑坑洼洼，要么泥泞不堪，还是相当难走。我们今天很幸运，遇见了“三个一”：一次滚石，一次倒树，一次毒蛇。但都是有惊无险。整个过程还算顺利，我们是早上九点从县城出发，下午一点到达，才用了四个小时，而前几天米玛乡长从县城回来就用了七个小时。

我们到达后先吃午饭，然后前往引进的铜墙铁壁有限公司在建茶场实地考察，协调解决有关问题，对其发展给予指导。我们建议该公司加大建设的力度，加快建设的进度，边发展边解决，以发展来解决问题；选择适合当地自然环境的茶叶品种，如有需要我们可以协助；选择有花有果有益有景观的植物与茶叶进行套种、间种，在同一块土地上形成叠加效益；配种灵芝，用种灵芝的废料种茶，让茶沾染灵芝的精华，提升茶叶的附加价值；种茶的时候加强景观设计，为发展旅游打好基础；加强茶叶加工工艺和市场推广，努力缔造中国第一茶。

随后实地考察了甘登乡多卡村、加热萨龙列村、帮辛乡岗玉村三个村地质灾害异地搬迁安置点。通过我们极力争取，佛山市委市政府及有关领导同意在计划外再支持3000万元，用于三个村90户的安置房建设。其中首期1500万元已经到位，第二期1500万元列入明年的预算安排。该安置点已经开始动工建设。

在返回乡政府的途中，我们前往格当小学，把广东中旅捐赠的书包送给学前班和幼儿园的小朋友。然后返回乡政府，让佛山市中医院的陈建林、丁云霞两位专家到乡卫生院，开展调研、指导和义诊。我们继续前往格当村的一个专业合作社进行考察。该合作社种植灵芝、七叶一枝花等名贵药材和苹果、李子等经济林苗木。我们给予了指导意见，并协调铜墙铁壁公司采购该合作社的苗木，我们也将根据实际情况而给予适当的支持。再返回到乡政府的时候，还前往格当寺进行调研和“四讲四爱”的宣讲。同时，在整个调研考察的过程中，采用边走边聊的方式，对格当乡的“四讲四爱”进行了督导检查。

由于修路把电线电缆都弄断了，乡里已经连续20多天没信号和网络了，因此得到通知前来看病的村民并不多，为了避免浪费了两位医疗专家，傍晚时分我们回到了达木乡。今夜我们就住在达木乡，明天早上我们将为村民进行“四讲四爱”的宣讲和义诊。

（发布时间：2017年5月10日23：35）

5月11日
星期四

走向天路303

红旗飘在山岗上

今天早上八点起来，和达木珞巴民族乡党委书记杨郓、县农牧局副局长赖明建一起，绕着达木村及水稻田转了一圈再和大家一起吃早餐。然后，我们便兵分两路，我和杨郓、赖明建先去达木珞巴民族乡中心小学，将广东中旅捐赠的书包转交给学前班和幼儿园小朋友，再实地查看我们援建的达木珞巴民族乡卫生院项目，了解建设的进度和质量、安全等情况；陈建林和丁云霞则直接前往达木珞巴民族乡卫生院调研、指导和义诊。今天来就诊的人很多，卫生院内外满满的都是人，路上赶过来的人络绎不绝，忙到十一点多才全部看完。

随后我们便转场到卡布村。当我们到达的时候，有一个村民抱着一个小男孩过来问诊。那个小孩已经四岁了，看上去才一岁的样子，据说是近亲结婚的结果。其实之前我们到该村的时候雷震给他看过，也没有更好的办法。对于其所患的疝气，我们建议他到县人民医院进行手术治疗。因近亲结婚致残致弱致贫

在这里并非孤例，我们曾经看望慰问的贫困户中就有好几户，可见杜绝近亲结婚十分必要。村民反映有人病危，我们马上前往其家中，看到一个七十多岁的骨瘦如柴的妇女躺在床上，呈昏迷状态，据说已经有十多天不吃也不喝。经检查估计熬不过今夜，已没有治疗价值，遂给她输液以体现人道主义，并建议家属顺其自然，做好准备。随后继续给其他村民进行诊治，直到午饭后返回县城。

回到县城后，县委书记旺东带队前往因地质灾害紧急异地搬迁的久当卡村安置点（朗杰岗村）看望慰问，我们接上喻晓坤和雷震后便随队前往。我们之前已于5月7日前往看望慰问了，并捐赠10万元帮助他们渡过难关。我们到达后，旺东书记带领我们调研指导和看望慰问，逐家逐户走访，详细听取汇报，对安置工作给予明确具体的指示，并赠送了一批生活物资。雷震、陈建林、丁云霞三人也逐家逐户上门服务，为有需要的村民进行诊治。

我注意到，与前几天相比，村民们更加坚毅乐观，而且每家每户都插上了五星红旗。一面面五星红旗在蓝天白云的映衬下，高高地飘扬在山岗上，显得格外的鲜艳夺目。

（发布时间：2017年5月11日23：26）

走向天路304

红遍雅鲁藏布

每年3月，墨脱境内的雅鲁藏布大峡谷中，就不知不觉、悄悄地冒出了一棵棵，甚至是一片片的红花。这在上白下绿的雅鲁藏布大峡谷，特别是雅鲁藏布江两岸的万绿丛中，显得分外鲜艳，格外抢眼。它和嘎隆拉雪山上的杜鹃一样，是我们墨脱的两个春姑娘，一个在云端，一个在江边。它们都打扮得花枝招展，一改过去雅鲁藏布大峡谷乔木开花低调务实的含蓄腼腆害羞。

江边的春姑娘，当地人称之为象牙树，因为它的花儿像一颗颗红色的象牙。其实，它的名字叫刺桐。它就像带刺的玫瑰一样，满身是刺，只可远观而不可亵玩焉！但它比玫瑰高大多了，可高达20米左右。与山上的杜鹃姑娘相比，一个高大威猛，一个小巧玲珑。

它的花开在3月，花期为3—4月间。它陪我走过了3月，走过了4月的18天。就在4月18日，母亲去世了，我必须马上赶回家去。当天，它依然是那么的红。可待我回到墨脱的时候，它已经没有了，难道雅鲁藏布大峡谷也为母亲落红？

花开花已谢，花艳花已落，就像我的母亲。当你盛开的时候，红遍雅江；当你离开的时候，雅江落红。

（发布时间：2017年5月13日00：35）

5月13日
星期六

走向天路305

她们值得尊重

昨天是国际护士节，县人民医院邀请我去跟护士们一起过节，但因县里有重要会议而未能如愿。正觉可惜之际，他们通知说会议延后到今天早上举行，圆了我的心愿。

每年的5月12日是国际护士节，这是为纪念现代护理学科的创始人弗洛伦斯·南丁格尔而于1912年她去世两年后择其生日设立的节日。其基本宗旨是倡导、继承和弘扬南丁格尔不畏艰险、甘于奉献、救死扶伤、勇于献身的人道主义精神。一百多年来，一代又一代的护士身体力行，用自己的思想、身体践行着她的精神。

而墨脱的护士们更是艰辛。这里冰川雪峰，山高谷深，坡陡崖峭，水湍流急，路险道艰，林茂草丰，虫多兽猛，自然灾害频发，基础设施薄弱，十分不易。

护士们绝大多数是姑娘、美女，她们是“三个出气筒”的综合体。在家，她可能是丈夫、小孩以及其他家人的出气筒；在医院，她可能是领导、医生以及干部职工的出气筒；在岗位，她可能是病人以及病人家属的出气筒。可见，她们有多委屈！

但是，她们依然“三心两意”地做好自己的工作：用自己的责任心、耐心、细心，一心一意、全心全意地当好领导的下属、医生的助手、病人的保姆。人因特殊的环境和条件而崇高、伟大，护士就是这么一个群体。

因此，她们值得我们每一个人去尊敬、去学习、去爱护！

（发布时间：2017年5月13日23：35）

5月14日
星期日

走向天路306

怀念母亲

今天是母亲节，首先祝每一位现在的及未来的母亲，特别是我孩子的母亲及我家里其他孩子的母亲，还有佛山和墨脱的各位母亲，节日快乐，身体健康，家庭幸福！扎西德勒！

今天也让我加倍地怀念母亲。她没能等到今天，让我们为她庆祝节日，而是在4月18日驾鹤西去，离开我们已经有26天了。母亲走了以后，我更加的坚强，但这只是在人前，而在人后，我还是免不了想她，独自落泪。因为她的角色，还有对孩子的爱，是任何人都无法替代的。

80多年前，她出生在广东省郁南县通门镇罗沙村一个极度贫困的家庭。我的外公外婆和我的爷爷奶奶一样，都没有等到我出生就已经先行离去，所以对于他们，我没有任何的印象，有的只是一个概念。母亲在家排行第三，在她前面有两个姐姐。这种家庭结构，在当年的农村注定是要受歧视、受欺负、受委屈的。

母亲一出生身体就不是很好。从她的讲述中判断，估计是得了中耳炎，两个耳朵流脓不止，而且头痛欲裂。这在今天可能不算十分严重的疾病，但在当年差点要了她的命。当时家里也想抱养一个男孩以续香火，他就是我的小舅父。加上母亲病重体弱，家里就想放弃了，幸亏邻村的一户人家收养了她，才有了我的母亲，也才有了我们六个兄弟姐妹。养家的外公外婆我也没见过，我只见过大舅父、大舅母和他们的六个儿女及他们的子女，他们都是勤劳而善良的人。

从我会走路不久，母亲就会带我去两个舅父和两个姨妈家探亲。第一次印象特别深，是小舅父来了以后带母亲和我及姐姐一起去的，累了走不动就让小舅父背。记得当时路很滑，摔倒了很多次，到家的时候已经全身都是泥巴。回来的时候没得撒娇了，只能自己走。在我工作之前，几乎每年春节都会和其他家人走这条路去探亲。这条路约二十多公里，徒步需要四五个小时。

母亲对我们兄弟姐妹都很好。由于我是最后一个小孩，就一直没有戒奶。平时不管母亲在家里还是在田间地头，我都经常捧着吃。直到我略为懂事了，邻居们笑话我，并吓唬说要在母亲的乳房上涂辣椒或是鸡粪，才让我不敢再吃了。我在六个兄弟姐妹中个子最高，应该就是从母亲身上吸取的营养。当我淘气的时候，哥哥们要揍我，母亲会一手把我搂在怀里。那个港湾是多么的安全而温暖啊！不管我们做错了什么事，甚至是顶撞、伤害了她，她也不会打我们，顶多就是骂一顿。后来我终于明白了，母亲的啰唆是我们造成的，而且她越啰唆，爱就越深。因此，在她神智不清之前，我每次回家都会听她啰唆一番，尽管她翻来覆去就那么几句。

母亲的养家就是奶奶的邻居。我的父亲谈了好几个，没有一个成的，全因奶奶反对。母亲是奶奶看中并亲自带回家的，比父亲小了十多岁。挑剔的奶奶之所以看中了母亲，除了她的美丽，更加重要的是她的勤劳和贤惠。母亲也确实如此，拖着羸弱的身体，不光生育还养大了我们六个兄弟姐妹。在家里没有任何收入的情况下，依然让我们上学，只要我们还能上得了，而学费呢，从来都是有拖无欠。母亲是一个完全的文盲，但她用自己的付出和坚持让我们都脱了盲，而且有的学历还比较高。

母亲即使在坐月子期间，也依然坚持劳动，最终落下了更多的病根。我在3月8日国际妇女节当天写的日记《走向天路239——不忍看你》中是这样形容母亲的坚强和勤劳的：“但母亲也一直顽强地生活着。她虽然满身病痛，却从不叫苦，只要还能行走，就绝不会闲着。我们很是担心她的身体，也害怕她可能会摔倒，经常劝她不要再外出和劳作，有时候甚至采取一些激进的措施来劝阻，但徒劳无功，她依然如故。热爱劳动和工作的人是不需要任何激励的，而且任何事情都难以阻挡她对劳动和工作的执着。”前几年我们有一次接她到佛山市第二人民医院看病，她和照顾她的护士唠叨起她的经历，那姑娘当场感动哭了。

母亲和所有中国传统劳动妇女一样，平凡而伟大。她没有做过任何惊天动地的大事，但是用自己的勤劳、付出、忍耐、宽容、坚持，赢得了人们的尊敬。

（发布时间：2017年5月14日22：49）

走向天路307

七叶一枝花

云南白药，估计大家都很熟了。可你知道它的主要原材料是什么吗？这个估计会难倒绝大多数人了吧？

它的主要原材料就是七叶一枝花，这个墨脱有产，而且还是特产。据说这里的七叶一枝花很大，有的可重达十几斤，而且含量高，疗效好。

这里的七叶一枝花处于纯野生状态，主要生长在陡峭茂密阴湿的山林中，所以一般人难得一见。我们于5月10日前往格当乡的时候，终于见到了它的真面目，那是村民从山上移栽下来的。

为什么它会叫七叶一枝花？难道它的叶子只有七片吗？其实不是，它的每一圈轮生的叶子片数并非固定，而是视具体情况而定，从几片到十几片都有，其实“七叶”只不过是个名称而已。但“一枝花”倒是真的，它会从一圈轮生的叶子中冒出一朵花，而花的形状又很像自己的叶子。

据说七叶一枝花具有清热解毒、消肿止痛、凉肝定惊等多种功效，可以用于治疗疔疮肿痛、咽喉肿痛、蛇虫咬伤、跌扑伤痛、惊风抽搐等病症，为云南白药的主要原材料。

这里的七叶一枝花药用价值和经济价值很高，值得规模化驯种和繁育，但现在主要还是缺乏技术指导和投资。希望有资金有技术的单位和个人前来投资种植。

（发布时间：2017年5月16日01：12）

5月16日
星期二

走向天路308

生命直通车

如果没有广东共青团“健康直通车”，她不仅将会失去自己的性命，而且还会留给家庭深深的哀痛。广东共青团“健康直通车”不仅把她从死亡线上拉了回来，没有让她的生命在73岁的时候戛然而止，而且还给她一个健康的身体和完整的家。门巴族妇女多杰措姆在两天内经历了从地狱到天堂的冰火两重天。

这是广东共青团“健康直通车”2017年医疗卫生志愿服务行动西藏行的医疗专家团队于5月15日上午在墨脱县人民医院实施的一例手术（胆囊切除+胆总管切开取石+T管引流术）。据说该手术在墨脱乃至林芝均为首例，如不实施手术治疗，病人将会死亡。在征得病人及其家属同意的情况下，参与此次活动的佛山市第一人民医院蔡云峰、赵伟成、刘世强等医疗专家，在援藏医疗专家雷震、丁云霞以及县人民医院忠东、妮妮、央金等的配合下，毅然实施了手术，特别是丁云霞主动担负起了护理工作，解决了医院在术后护理方面的担忧。当天下午的第二例手术是胆囊切除术。这两例手术，相关医疗专家术前充分准备，术中耐心细致，术后精心护理，体现了高度的专业精神和民族情怀。

广东共青团“健康直通车”2017年医疗卫生志愿服务行动西藏行是根据共青团广东省委的安排，由共青团佛山市委和佛山市青年商会具体组织实施，受广东省第八批援藏工作队墨脱县工作组邀请而来。此活动的团队由共青团佛山市委书记王树斌和佛山市青年商会会长杨间贤带领，成员包括佛山市及各区团委相关领导、佛山市青年商会相关企业家、佛山市卫计局相关领导及医疗专家、媒体朋友等共26人。

王树斌书记一行于5月13日中午抵达墨脱，午饭后马不停蹄前往墨脱镇墨脱

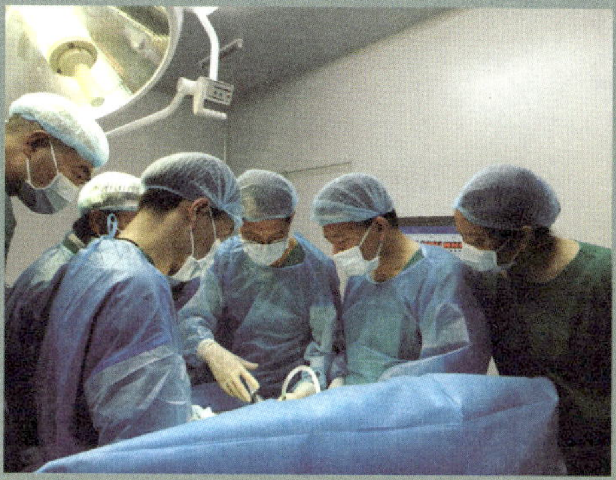

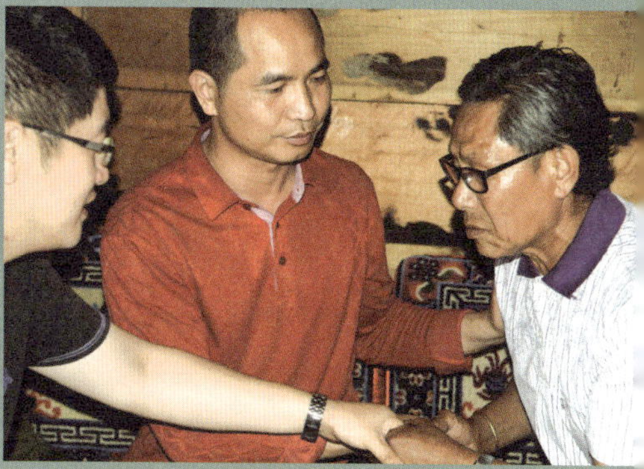

村及仁青崩寺调研考察；5月14日前往德兴乡德兴村、那尔栋村和巴登则村进行义诊和看望慰问贫困户，共诊治128人次，送医送药入户6户，发放药品价值2.1万元，看望慰问贫困户11家。他们低调务实、亲民为民，没有把各村的村民集中到乡政府所在地来看病，而是冒着炎炎烈日和艰险道路前往各村送医送药送温暖，将服务送到家门口，将关怀送到家里，获得了村民的一致好评。

5月15日，王树斌书记带领相关医疗专家前往县人民医院开展了前述的两例手术，支持义诊手术费2万元，并进行了教学查房、培训讲座和座谈交流。当天下午，他们在县人民医院举行了捐赠仪式，向县人民医院捐赠了医疗设备一批，包括除颤监护仪、外周神经刺丛激仪、动态心电图分析系统和新生儿暖箱等，价值12万元。该批医疗设备为订单式捐赠，由县人民医院根据自己的实际情况提出需求，由广东省第八批援藏工作队墨脱县工作组进行沟通协调，由共青团佛山市委员会和佛山市青年商会组织筹集，针对性、实用性都十分之强。随后，他们与县工青妇综合办公室及相关志愿者进行了座谈，向县工青妇综合办公室捐赠了2万元的办公经费，慰问了相关志愿者。晚上，他们还和广东省第八批援藏工作队墨脱县工作组进行了交流，并看望慰问了全体队员。期间，我们进行了深入的沟通交流，并就“佛墨缘”爱心家庭结对等多项援藏工作合作达成共识。

今天，王树斌书记一行已经离开墨脱，但他们低调务实的作风、热情似火的关爱却留在了墨脱。让我们祝福他们一路平安，旅途愉快！扎西德勒！

（发布时间：2017年5月16日21：22）

5月17日
星期三

走向天路309

党旗进农家

根据《墨脱县“党旗进农家”（试点）活动实施方案》的要求，结合“两学一做”学习教育常态化制度化、“四讲四爱”学习教育实践活动以及援藏工作安排，今天上午我和队员喻晓坤、李展健及县委统战部达娃拉姆、县委组织部毕龙金等同志前往墨脱镇墨脱村在卓玛拉神山上的一个自然村——仁青崩村，开展“党旗进农家”活动。我们还邀请了佛山市高明区更合镇党政企代表团一行参加观摩。

我们首先来到仁青崩寺寺管会，举行了“党旗进农家”爱心物资捐赠仪式，共捐赠了六台电视机和六套不锈钢蒸锅，其中六台电视机由广东省第八批援藏工作队墨脱县工作组用自有工作经费购买，而六套“金海岸不锈钢厨具”则由生产该产品的佛山爱心企业提供。受赠对象为寺管会（2套）、寺庙（1套）、贫困户（3套）。

然后我们高举党旗前往3家贫困户和仁青崩寺，将党旗挂在墙上，再与村民和僧尼扯家常、讲工作、谈心得。我们详细了解他们的家庭、生活、生产、寺庙等方面的情况以及存在的问题、困难，向他们介绍了党和国家的相关惠民利民、惠僧利寺政策，宣讲了“四讲四爱”的主要内容，提出了听党话、跟党走、感党恩的期望和要求，并送上了相关爱心物资。

我们通过用具体的行动，让农牧民群众和寺庙僧尼清楚地知道我们都是在中国共产党的正确领导下，清楚地知道党和国家对我们有什么恩、为什么恩、如何感恩、如何报恩，清楚地知道西藏自古以来就是中国不可分割的一部分，清楚地知道以藏族为主体的藏区各民族都是中华民族的有机组成部分。让我们走进基层，让党旗走进农家，让党恩走进民心！

（发布时间：2017年5月17日22：00）

5月18日
星期四

走向天路310

更加融合

更合，是佛山市高明区下辖的一个镇，也是广东省第八批援藏工作队墨脱县工作组队员、墨脱县住建局副局长李展健的派出单位。它位于高明区西部，是佛山的西大门，2005年由原来的更楼、合水两镇合并而成，各取首字而命名为“更合镇”。因此，这个名字本来没有太多的内涵，但这几天，它被赋予了丰富而深刻的含义——更加融合。

为贯彻落实佛山—墨脱全面对口支援制度，由更合镇党委委员康志杰等党政领导和更合镇总商会会长、高明中礼家具有限公司总经理梁礼沛等企业家组

成的更合镇党政企联合调研组一行16人，于5月16日抵达墨脱，开展对口支援工作的调研考察、对接洽谈。

调研组一行在进墨途中，考察了由高明区对口支援的达木珞巴民族乡。他们前往贡日村、达木村及我们的援建项目——达木珞巴民族乡卫生院等进行了调研，然后于傍晚时分抵达县城。

17日上午，调研组一行应我们的邀请前往墨脱镇墨脱村位于卓玛拉神山之上的一个自然村——仁青崩村及仁青崩寺观摩“党旗进农家”活动（详见《走向天路309——党旗进农家》）。他们全程陪同我们进村入户和进寺入庙调研和活动。下午，我们在县政府二楼会议室举行了座谈，对援藏工作进行了对接洽谈，调研组对工作组全体队员进行了慰问，并举行了捐赠仪式，更合镇及更合镇总商会支持工作组15万元用于工作经费。这对本身就面临着经济社会发展的重大压力，而且是佛山最偏远、最后发之一的一个镇来说，实属不易！这样看来，我们在感党恩的前提下，也要感佛恩（佛山的帮助，当然也是代表党和国家的）。更让我们意外的是，更合镇总商会的十家企业拿来的都是现金！全部都是真金白银，不拖不欠，不虚不假！

今天，他们已经离开墨脱开始返程了。我相信通过更合镇的这次调研考察和对接洽谈，会使粤藏、佛墨、高达两地，汉藏及门珞等民族，更加融合，更加融洽。

（发布时间：2017年5月18日22：42）

走向天路311

“擦擦”堆堆

在墨脱上山下乡，时不时会在路边、经堂边、白塔边或其他一些地方，看到一座矮小的房子。这些房子上面架顶，墙不到顶，墙上没门，房内堆放或摆放着众多类似陀螺的东西。经了解，原来这些东西叫做“擦擦”。

“擦擦”，据说源自于古印度，流行于藏区，是藏语对梵语的音译，大概是“真相”或“复制”的意思。它是对模制的小型佛像和佛塔的统称。

那么这些“擦擦”有什么用呢？原来一个个“擦擦”就如同一座座白塔。人们制作“擦擦”的目的，主要在于祈祷，将其作为祈福消灾的圣物，为生者祈福，为逝者超度。

“擦擦”供奉的位置，有些在路边，有些在山顶，有些在寺庙及其他宗教活动场所如经堂、白塔、玛尼堆等旁边，也有人随身佩带，据说旧时西藏地方政府四品以上官员把藏有“擦擦”的头饰戴在头上作为官位等级的标志。

“擦擦”的类型比较多，按其制作的材料和所含的元素，可以分为：“泥擦”——用泥巴或阿嘎土、炼泥、香泥（掺有香灰）、纸泥（掺有纸浆）等制成，本文开头所说的就是这种“泥擦”；“骨擦”——用活佛、高僧大德等成就者或亲人的骨灰混合泥土制成；“布擦”——将实行塔葬的达赖喇嘛、班禅及少数活佛在进行脱水处理时流出的体液混合泥土制成，藏语“布”意为法体；“药

擦”——以相关名贵藏药为原料，依据有关藏药工艺和宗教信仰制成，并可服用治病；“名擦”——由达赖喇嘛、班禅以及其他有成就者、知名人士亲手制作而成。

除了以泥土混合有形物质制作“擦擦”外，人们也会利用水、火、风等制作“擦擦”。人们用手拿着制作“擦擦”的模具，并在模具里放上自认为吉祥的如米粒和棉花等物品，在江河湖泊反复舀水，是为“求擦”，“求”即是“水”；把制作“擦擦”的模具在各种火焰中反复扣压，是为“火擦”；将制作“擦擦”的小模具悬挂在手持玛呢经筒上转动，是为“风擦”。

按我的理解，“擦擦”就是信仰藏传佛教的人们，按照一定的宗教仪轨和风俗习惯，用特定的模具在泥土及其他被认为吉祥的物质，甚至是水、火、风等上印制而成，并被放置于被认为是吉祥的地方，用来进行祈祷的小型佛像和佛塔。

（发布时间：2017年5月19日23：16）

5月20日
星期六

走向天路312

逛市场

曾经多次早起经过东布路，看到村民在路边摆卖蔬果，就一直想逛逛，但每次都有工作在身，就一直没有如愿。平时吧，要么是上班没空去逛，要么是忘了去逛，也一直没有逛成。

今天早上闹钟按时响了，我也就按时起床。洗漱后下去饭堂找早餐吃，结果一个人都没有。转了一圈，碰到刚好也是出门觅食的喻晓坤。得知赖明建一早就起来下地种茶去了，没人做早餐。平时大家每天早上起来只要少了赖明建，就好像总是缺了点什么东西，原来就是早餐啊！于是我便和喻晓坤到街上吃面。

天上还下着小雨，我们俩便戴着斗笠，步行到东布路，在风味小吃店吃了一碗面。刚好想起了逛菜市场的事，便相约一起去看。菜市场就在东布路上，而整条东布路也不过百米，几步路就到了。

把摊摆在路边的有本地的村民，也有外来的四川人。村民都是妇女和儿童，主要来自附近的墨脱村、亚东村和德兴村。我们跟本地摊主聊了起来，了解她们种植、销售、价格、收入等情况。听她们说每天都能卖出几百元，就对她们表示鼓励和支持；听她们说雨水多不好种，就建议她们自己动手砍些竹子再买些薄膜回来搭大棚；听她们说土壤里细菌多、虫多也不好种，就建议她们烧草木灰或买些石灰拌到土壤里去消毒杀菌。其中有个妇女是从德兴村来的，而且还是第一次出来卖菜。为了表示支持，我们在原来没有购买计划的情况下，也帮衬她购买了辣椒等蔬菜，其中辣椒30元一斤呢。

然后我们又和几个四川人聊了起来，他们有男也有女，都很热情，开朗而乐观。他们要么是租村民的地自种自卖，要么是收购村民的蔬果或从波密等地贩运进来售卖。听起来他们的销售额会稍高于村民，可能是因为品种相对较多和经营较灵活吧。他们来墨的目的和经历也各不相同，但有一个共同点，就是“为了生活”。

其中有一个中年男人，据说他来墨脱已经17年了。开始的时候做背夫和烟草贩卖，后来烟草专卖了，这门生意也就没了。现在改成卖些水果蔬菜和杂货等，也兼做诸如苗木花卉等临时的生意，只要能挣到钱就行。他说赚了一百多万元，换了两个老婆，养大了两个儿女，回家乡建了两栋房子给他们，而他却孑然一身在墨脱。他说钱是攒了，而老婆却跑路了，前后两任妻子都耐不住寂寞，留给他的只有两个孩子和两顶绿帽子，令人唏嘘不已。

他还带我们去他住的地方看了一下，就在对面商铺靠古街一侧的一楼里。外面垃圾满地，臭水横流，一股浓浓的臭味直扑鼻孔。幸亏我们很快就要对这里进行改造，外部环境应该很快会得到改善。里面是两间刚好各能放得下一张床的卧室，没水没电，十分昏暗而杂乱。他说已经申请了公租房，前两次没有轮上，这次不知道怎么样。我们记下了他的姓名和电话，但没跟他表明身份也没有明示或暗示将会帮他什么忙，我们会在了解清楚情况以后再做决定。

除了早上临街的临时摆卖点，从一条小巷进入街道的后面才是正式的菜市场。跟临街摆卖的是蔬菜不同，里面主要卖水果、鱼、鸡和猪肉等。里面较外面反而显得有点冷清。我们上大学的时候就对此现象进行过调查研究，与规划统一、规范整齐的菜市场相比，人们更加喜欢在街边和小巷里买菜，因为更方便更就手。这是一个难题，须要加强菜市场的软硬件设施建设，加强规范管理和规范经营，降低成本和提升服务水平，才能逐步解决。

（发布时间：2017年5月20日23：54）

5月21日
星期日

走向天路313

墨脱"不要脸"

不要脸的你可能见多了，但如此不要脸的你还没见过吧？为了生存，它竟然可以"脱得如此精光"，不分季节冷暖，不分昼夜黑白，不分阴晴雨雪，不分场合分寸……特别是到了冬天，它更是脱得连一片儿遮羞的都没有了。第一次看到这么不要脸的，竟然是在墨脱！

那个不要脸的，它的名字叫小果紫薇。虽然它是如此不要脸，但它却价值千金，据说是国家二级保护植物。它是千屈菜科紫薇属的一种，分布在我国西部和南部。看来如此不要脸的，还远不止咱们墨脱一家呢！小果紫薇树皮常绿，剥落后呈光滑的茶褐色，跟番石榴和剥皮桉等很像。由于它的树皮经常剥落，所以看上去好像没长皮。特别是到了冬天，不光树皮没有，就连一片叶子也没有，只剩下光秃秃的枝干。这在地处热带亚热带，全年青山绿水的墨脱，格外引人注目。由于它的枝干无比光滑，当地门巴人称它为"沙那给不信"，翻译成汉语就是"猴哭树"，意思是说这种树长得那么光滑，猴子因爬不上去也急哭了。也由于它的树皮经常剥落，一丝不挂，所以当地门巴人也将其俗称为"不要脸"。

它不光不要脸，而且经常反其道行之。除了冬季落叶与众不同，她还在夏秋开花，而时值墨脱雨季，属于少花季节。它的花为白色，花期长，枝干光滑奇特，具有很高的观赏价值。据说它还对二氧化硫、氟化氢及氯气等有毒有害气体具有较强的抗污染能力。因此，可把它作为绿化、美化、净化的景观树种来种植。

此外，它木质坚硬、耐磨、耐腐，可用来做家具和建筑材料等。据说它的根、皮、叶、花皆可入药，具有清热解毒、利湿祛风、散瘀止血等功效。

（发布时间：2017年5月21日12：03）

5月22日
星期一

走向天路314

墨脱惊现“死亡花”

近日，有人反映在卓玛拉神山上发现了一种奇异植物。我们在5月17日前往墨脱村的仁青崩自然村开展“党旗进农家”活动的时候，也在一户村民家中见到了这种神奇的植物，那是村民从山上移栽下来种在花盆里的。在活动结束后，我们便在相关人员的带领下，沿着卓玛拉神山的转经道去寻找这种神奇的植物。

功夫不负有心人。我们终于在路边的一堆树叶下找到了它。它们隐藏在落叶之中，生长的环境十分阴暗潮湿，既有一丛丛的，也有相对分散的一株株。株高从几厘米到几十厘米不等，全身上下晶莹剔透，就像传说中的玉树琼花一样，十分神奇。当时我们也无法确定它是什么东西。

回来后经查询，原来它叫做水晶兰。但它既不是兰花，也不是菌类，而是属于鹿蹄草科植物。由于其完全依靠吸收腐烂的树叶等植物腐殖质来获得营养，

而自身却不进行任何光合作用，全身完全缺乏叶绿素，因而显得晶莹剔透。

由于水晶兰生长在阴暗潮湿的环境之中，而且是依靠腐烂的植物来获得养分，在一些文学和影视作品中被描述成来自阴间的植物，因而在民间被称为“死亡之花”。同时，也有人将它称之为冥界花或腐生花等。其实，它就是具有独特的生活习性和奇特的外形特征的一种植物。所以，无论是将其描绘成能够帮人起死回生，还是能够杀人于无形，都只不过是个传说，都是为了增强文学和影视作品的吸引力、渲染力而已。

水晶兰由于其特殊的生长环境，要么人迹罕至，要么难以发现，而使一般人难得一见。但它并非稀罕，更非珍贵，而是分布广泛，据说我国大部分省市自治区都有分布，东南亚、南亚、欧美等地区也有分布。但由于它的生长环境特殊，简单的移载难以成活。

水晶兰无毒，既无回天之力，也无伤人之虞。新鲜的水晶兰可以入药，据说是一味性草味淡可医治体虚久咳的民间良药。

（发布时间：2017年5月22日22：25）

5月23日
星期二

走向天路315

青藏石刻

行走于墨脱乡间以至整个青藏高原，我们经常能看到一块块石头，上面刻有藏文或者其他图案。这些文字和图案主要是“六字真言（唵嘛呢叭咪吽）”、藏文经文、佛教图像和符号，以及被人们视为代表吉祥的各种动物等。这些石头就是玛尼石。墨脱的玛尼石，主要是由固定在地上的大石头上刻画而成，文字也是以六字真言为主。如果是小块的石头被垒成一堆，那就是玛尼堆。当然，有的玛尼堆的石块上并没有刻上文字和图案，可能是因条件所限吧。如果这种石头被垒成墙，那就是玛尼墙了。世界上最长的玛尼墙在四川省甘孜藏族自治州石渠县，高度为3米，厚度约2—3米，长约1600米，已被载入吉尼斯世界纪录大全。玛尼堆和玛尼墙在墨脱不多见，但在其他藏区就比较常见。

石头由于其坚硬质地，不仅构成了人类物质文明的重要组成部分，如石桥、石屋、石磨等众多以石头为原材料的生产和生活资料，还是人类精神文明的重要文化载体，如石窟、石刻、岩画等众多以石头为载体的石艺作品。

古时候的青藏高原，由于恶劣的自然环境和生存条件，人们对很多自然甚至是社会现象都感到迷惘和恐惧，

对自然界中的很多东西都保持敬畏和崇拜。大至山峰、湖泊，小至石头、树木，甚至是人的生殖器，都成为人们祭拜的对象。这对深藏于雅鲁藏布大峡谷的墨脱来说，也是十分明显。

这些崇拜，构成了青藏高原原始宗教——雍仲本教（以前叫做“苯教”）的重要组成部分。当佛教传入西藏，并与这些原始崇拜及其他因素相结合，便具有了藏族化和本地化的特色，形成并发展成独具一格的藏传佛教。具体到原有的石头崇拜，它与藏传佛教的一些因素相结合之后，便形成并不断发展演变为现在我们所看到的各种玛尼石、玛尼堆、玛尼墙。

玛尼石与转经筒、经幡、“擦擦”等一样，主要的功能就是用来祈祷，只是它们作为载体的表现形式不同而已。至于祈祷的具体内容和诉求，就要视不同的人和不同的情况而定。玛尼石体现了青藏高原上人们对大自然的敬畏和崇拜，反映了人们希望能够与各种神灵对话并祈求其给予庇佑的内心诉求。

玛尼石在青藏高原上流传久，分布广，风格异，品相众，内容丰，手法活。玛尼石是中国宗教文化和石刻艺术的重要组成部分，其宗教与艺术的完美结合，完全可以申报世界文化遗产。

（发布时间：2017年5月23日21：51）

5月24日
星期三

走向天路316

迎刃而解

前天（5月22日）上午，我和工作组队员、县农牧局副局长赖明建一起，前往林芝墨脱茶业有限公司调研。我们先是参观考察了生产车间，详细了解了墨脱绿茶、红茶的制作工艺和流程，然后与该公司相关负责人进行了座谈。座谈中，我们对墨脱茶叶从选种、种植、田间到加工、品牌、营销等都进行了全面的讨论，也给出了相关的意见和建议。

在了解询问企业在生产、发展过程中碰到的问题和困难时，他们也提出了一些问题和困难，但最突出最迫切的是新厂房的建设遇到了阻碍。于是我们马上出发到现场去，详细了解到底是怎么回事。到达新厂房的工地后，该公司负责人现场介绍了相关情况和问题。据了解，所有问题集中到一点，就是划定范围内还有两小片茶树没有迁走。而这一耽搁就是一个多月，施工机械和工人都来了，就是没办法继续施展拳脚。

当然，在这个过程中墨脱县及墨脱镇还有墨脱村对这个项目都很支持，第二天就迁走了划定范围内的绝大部分茶树，只是留下了一点点的尾子。我当场给全国政协委员、珞巴族优秀妇女干部、墨脱镇委书记格桑卓嘎打了一个电话，希望其出面给予沟通协调，她马上就答应了。

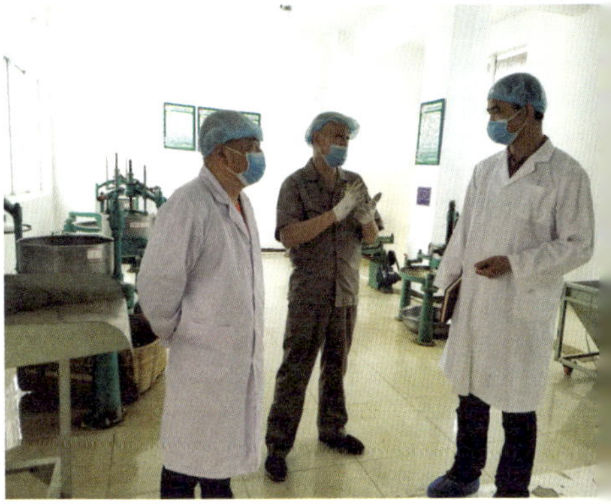

昨天上午，格桑卓嘎书记到我办公室来汇报了相关情况。据了解，她已经分别给该公司和墨脱村打了电话。该公司说的是村里没有把划定范围内的茶树移走，而村里则说该公司的要求超出了划定的范围。这种情况，真是公说公有理、婆说婆有理。据了解，在此之前墨脱镇和县农牧局等相关部门都曾出面协调过，始终没有有效解决问题。

有鉴于此，我便和格桑卓嘎书记一起研究该如何处理。我的建议是把双方约到现场去，分别听取双方的情况、问题和诉求，但不允许互相指责，更不允许吵架，而是在求同存异的原则下进行沟通协调，希望双方各让一步，寻求最大的共同利益，把彼此的分歧缩到最小。我还举了一个具体的例子，说明如何化解这类矛盾的。

我建议格桑卓嘎书记先出马，按照这个思路进行协调。如果还是不行，我再跟她一起去协调解决。格桑卓嘎书记的领悟力和执行力都很强，她马上约好了双方到现场去，接着她自己也马上出发了。半个多小时后，墨脱镇和茶业公司都传回来了好消息，拖了一个多月的问题在半个小时内就解决了。其中茶业公司的信息是这样的："……上午卓嘎书记和村长亲自到场协调，同意明天一大早移茶苗……拖了一个多月的工地终于可以开工了……今后我们一定会做好咱们的茶叶，为墨脱争光……"

思路决定出路，想法决定办法，感动决定行动。格桑卓嘎书记确实不负众望，体现了应有的担当，应有的主动，应有的水平，一举把悬而未决达一个多月的问题给解决了！格桑卓嘎书记，好样的！

（发布时间：2017年5月24日22：13）

5月25日
星期四

走向天路317

不约而同

为落实佛山—墨脱全面对口支援制度，佛山市高明区、三水区党政代表团于5月23—25日前来墨脱调研考察和对接洽谈。他们在同一时间以近乎相同的行程来到同一个目的地——墨脱。虽然他们事先没有沟通约定，但心往一处想，力往一处使，人往一处来！

由高明区委常委、统战部部长冼嘉奋带领的高明区党政代表团一行12人，于23日翻越嘎隆拉雪山进入墨脱。代表团首站便调研考察了达木珞巴民族乡贡日村，而该民族乡是由高明区负责对口支援的。随后，他们调研考察了达木村和我们正在援建的达木珞巴民族乡卫生院，并与达木珞巴民族乡党委政府进行了对接洽谈。24日，高明区党政代表团与广东省第八批援藏工作队墨脱县工作组进行了座谈，我和县委副书记、常务副县长李斌，县住建局副局长李展健，县教体局副局长郭振华，县人民医院副院长雷震，以及佛山市中医院对口支援县人民医院的陈建林等在家队员参加了座谈。我们相互介绍了情况，进行了交流和对接。冼嘉奋代表高明区委区政府向工作组捐赠了20万元的工作经费，并慰问了所有工作队员。

由三水区委常委、常务副区长林剑伟带领的三水区党政代表团一行9人，也于23日翻越嘎隆拉雪山进入墨脱。当天下午，三水区党政代表团与广东省第八批援藏工作队墨脱县工作组进行了座谈，我和墨脱镇委副书记、常务副镇长喻晓坤，县教体局副局长郭振华，县农牧局副局长赖明建，县人民医院副院长雷震，

以及佛山市中医院对口支援县人民医院的陈建林、丁云霞等在家队员参加了座谈。我们相互介绍了情况，进行了交流和对接。林剑伟代表三水区委区政府向工作组捐赠了工作经费10万元、项目建设资金16万元，并慰问了所有工作队员。24日，三水区党政代表团前往墨脱镇进行了调研考察和对接洽谈，并出席了墨脱镇援藏十大民生实事暨亚东村机耕道路改造修复项目启动仪式。今天，三水区党政代表团在墨脱县工作组的建议下，前往林芝拜会了广东省第八批援藏工作队并捐赠了20万元的工作经费。

继4月12—13日南海和顺德两区党政代表团不约而同前来之后，这次高明和三水两区党政代表团又不约而同前来，看望慰问援藏干部，对接落实援藏工作。这充分体现了四个区对援藏工作的高度重视，对党的民族政策、宗教政策、治藏方略及习近平总书记系列重要讲话精神的践行，对高原、对边疆、对少数民族的关心和支持！我代表墨脱县委县政府、工作组及墨脱广大干群感谢你们！有了你们的关心支持，加上上级党委政府的正确领导及墨脱县广大干群的奋力拼搏，作为林芝小幺的墨脱在2018年与其他六个县区同步进入小康社会不是梦。

（发布时间：2017年5月25日22：34）

5月26日
星期五

走向天路318

总领队的关怀

3月24日傍晚，西藏自治区党委组织部副部长、广东省第八批援藏干部人才总领队郭强在随行人员的陪同下，冒着小雨徐徐走进广东省第八批援藏工作队墨脱县工作组驻地。

郭强副部长十分关心队员们的生活，详细察看了我们的厨房、饭堂、房间等各种生活设施，并详细询问相关情况，对我们简单而整洁的生活环境表示赞赏。

同时，郭强副部长也十分关心我们的工作，他边走边听，边听边问。我们简要汇报了团队建设、援藏文化建设、调查研究、项目建设、创新性工作、组团式医疗等方面的援藏工作。他对我们的援藏文化建设、援藏理念和工作创新等表示了充分的肯定，对我们把广东省第八批援藏工作队精神放在重要位置和把宣传队放在墨脱县工作组定位的第一位表示了赞赏。

郭强副部长还对我们的安全十分关心，要求我们要注意避开频发的自然灾害，注意交通安全、人身安全、政治安全等。

我和县委副书记、常务副县长、工作组副组长李斌，以及郭振华、雷震、陈建林、丁云霞等在家队员参与了陪同。

据悉，郭强副部长作为广东省第八批援藏干部人才的总领队，是在墨脱开展调研和工作期间，百忙之中抽空专门前来工作组驻地调查研究、看望慰问、加油鼓劲的。时间虽短，但他的到来让所有队员都感觉好像是墨脱的太阳，一扫连绵的阴雨。

（发布时间：2017年5月26日23：59）

走向天路319

背着书包上学去

根据工作组的工作安排，我们在六一国际儿童节即将到来之际（5月26日），举行了“背着书包上学去——广东省第八批援藏工作队墨脱县工作组与墨脱少年儿童共庆六一”的活动。

当天下午，我们（包括队员郭振华、雷震、陈建林、丁云霞等）一行7人首先来到墨脱县完全小学，校长、部分老师及两个身穿民族服装的女同学已经在那里等候。两个女同学为我们献上了洁白的哈达，戴上了鲜艳的红领巾，我们表示感谢。然后我们来到一群正在彩排庆祝六一儿童节节目的孩子们那里。趁孩子们中间休息的时间，我代表县委、县政府及工作组向孩子们表达了节日的问候，并为全校315名学生每人送上一套文具，价值10,200元（含将另行派发的195套文具，共510套）。孩子们都热情地围了过来，我们便一起合影留念。

我们要离开的时候，突然发现了在人群中的白玛次仁小朋友，他在注视着我们。他就是去年7月31日被高压电击伤的珞巴族少年（详见《走向天路24——接力救治珞巴少年》）。我们便朝他走了过去，询问他现在学习和生活的情况，鼓励他好好学习和生活，待长大后在适合的时候再安装右臂的义肢。得知他学习和生活都很适应，我们很欣慰。

随后我们来到了墨脱县幼儿园，同样代表县委、县政府及工作组向小朋友们致以节日的祝福，并为该幼儿园232名小朋友每人送上书包一个。加上早些时候已经给其他乡镇学前班和幼儿园的156名小朋友发放的，共为全县学前班和幼儿园小朋友发放书包388个，价值35,600元。

这些书包和文具，全部由佛山市郁南商会和广东中旅提供，十分感谢！

（发布时间：2017年5月27日23：38）

5月28日
星期日

走向天路320

无惧风雨

在西藏有这么一个特殊群体，常年驻守在各寺庙，代表当地党委政府为寺庙和僧尼提供服务和管理，他们就是驻寺干部。寺管会和驻寺特派员机构是西藏自治区于2013年创新寺庙服务和管理，为寺庙提供贴身服务，解决政府服务最后一公里问题而设立的，是当地党委政府派出到寺庙的服务和管理机构。

墨脱的七个寺庙，分布于六个乡镇的七个行政村，地处偏远，道路险峻，有的甚至还不通公路，最远的一个寺庙弃车后还要徒步三天才能到达。由于墨脱的寺庙属于宁玛派，僧尼都是亦僧亦俗，他们平时不在寺庙里，居住地又分散，驻寺干部经常需要上门服务。墨脱雨季时间长达七八个月，连绵的阴雨十分潮湿碍事，而到了旱季又寒冷。因此，驻寺干部的工作和生活条件都十分艰苦。

去年，我们在下乡进村入户调研过程中，也前往七个寺庙进行了调研和慰问。对驻寺干部的工作和生活条件，我们看在眼里，记在脑里，急在心里。今年休假结束返回墨脱后，又适逢连绵的阴雨，更是勾起了对他们的挂念。于是经广东省第八批援藏工作队墨脱县工作组集体讨论决定，从筹集的自有经费中挤出4万多元，为全县24名驻寺干部每人配发一套冲锋衣，作为县委、县政府和工作组对他们的肯定和关心。

5月26日，县委统战部组织召开墨脱县宗教领域“四讲四爱”主题教育实践活动工作交流会。我参加了该会议并代表县委作了讲话，也代表工作组向全县24名驻寺干部捐赠24套冲锋衣（价值43,512元），希望他们无惧风雨雾雪，不论阴晴冷暖，以对党和国家高度负责的精神，做好自己的本职工作，维护宗教和谐，社会稳定，民族团结，祖国统一。

（发布时间：2017年5月29日00：01）

走向天路321

引蛇出洞

天气热了，墨脱的各种蛇也开始出洞了。从5月份开始，我们几乎每次下乡，都能看到它们的身影。它要么从路上爬过，要么盘在树上，悠然自得。自此，树林和草丛是不敢轻易进去了，毕竟那里是它们的地盘，还是小心为妙。

当地居民传说由于果果糖像蛇头，那里也是雅鲁藏布江蛇形大拐弯，所以蛇特别多。而前段时间，由于两条眼镜王蛇在路上交配，导致堵了三个多小时的车。据说后来有人拿石头砸，想赶走它俩，结果一条逃到了路底下，而另一条则钻进了一辆大货车的底下。一个大胆的师傅扯住它的尾巴，费了很大功夫才把它扯了出来甩在地上。我看到了他们发来的视频和照片，真心佩服这位师傅的艺高人胆大，也真心替他捏了一把汗。

须知，毒蛇伤人甚至致人死亡并不是一件稀奇的事。即使是解放军的巡逻官兵，也不例外。例如解放军驻墨某部战士焦大银，1975年6月他与战友们一起巡逻经过丛林时，就受到了3条毒蛇的突然攻击，致使其当场牺牲，他当时只有19岁。而墨脱由于运输和储存等原因，并没有血清储备，所以一旦遭到毒蛇攻击，后果可想而知。

墨脱地处热带亚热带地区，加上十分优良的自然生态环境，蛇的种类和数量都很多。仅我们见过的就有眼镜王蛇、墨脱竹叶青、青蛇、脆蛇等，据说还有铬铁头等，甚至还有会滑翔的蛇。至于到底有多少种蛇，估计谁也说不清楚。

而以墨脱命名，以墨脱为该物种的模式产地，为我国所特有的蛇种，就是墨脱竹叶青蛇。它是一种毒蛇，但一般不会致命。它喜欢栖息在树上，经常可以在山上的灌木丛、山间的溪流边、山区林荫小道上见到它。它最大的外型特征是背部和腹部均为绿色，身体两侧各有一条白色的侧线，有的在白色的侧线之内还有一条红色的侧线，但也有无侧线者，尾巴为类似烧焦的红色。

（发布时间：2017年5月30日00：47）

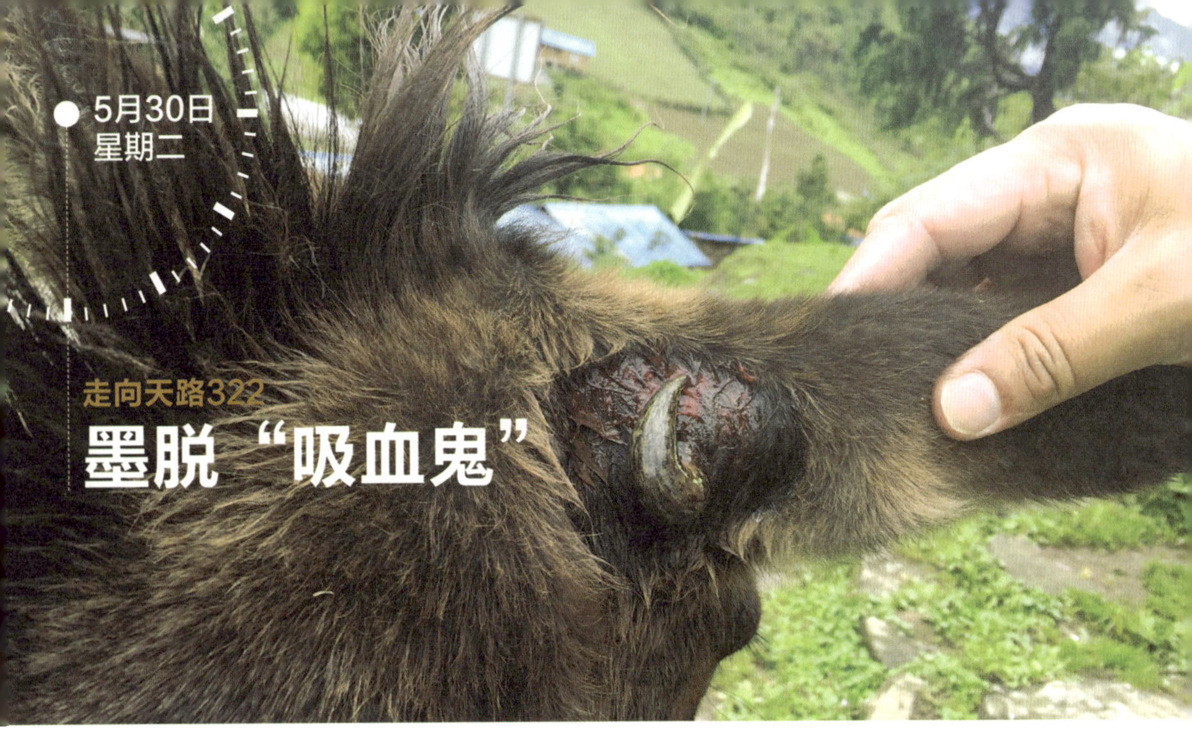

5月30日
星期二

走向天路322

墨脱“吸血鬼”

可能很多人都曾听说过，当然也有不少人经历过，从米林县的派镇徒步到墨脱的背崩乡途中要经过一座被外界传言得有点儿骇人听闻的蚂蟥山。

这蚂蟥山是确实存在的，而且不止是那里，整个墨脱县的低海拔地区和南部地区都有蚂蟥的存在。这里的蚂蝗主要是山蛭，也俗称山蚂蟥、旱蚂蟥或者山蜞等。它与水蛭（水蚂蟥、蟥蜞）都是著名的“吸血鬼”，只不过它们一个在陆上，一个在水中。

山蚂蟥主要生活在我国南部和西南部地区，喜欢温热湿润的环境。它们平时蛰伏在森林、草丛之中，而每当人畜经过时，或攀爬或弹跳或跌落在人畜身上。据说它们是通过感应人畜的热量和人畜经过时所形成的风动而发现人畜的，所以走在最前头的那个人畜被蚂蟥叮上的机会相对较少。如果落在身上而不被人发现，它们便尽情地吸血，直到吃撑了才滚落在地上。没吸血的时候，只有不到火柴棒大，吸饱以后则有指头大小。

山蚂蟥的活跃期，主要是每年的4—10月，夏季尤

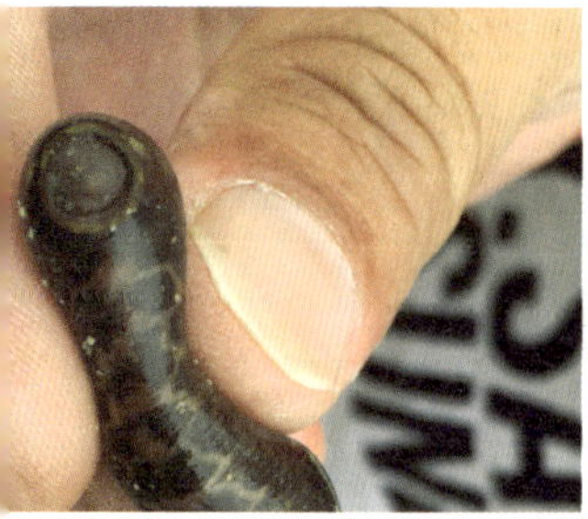

盛，而晚秋、冬天和初春几乎看不到。每天的活跃期主要是早上和午后，而中午则相对没有那么活跃，晚上由于没有经历过就不得而知了。下雨或雨后山蚂蟥十分活跃，而干旱时则相对缺少活力。墨脱由于雨季时间长，因而山蚂蟥的活动十分猖獗。

被山蚂蟥咬过后，伤口还会继续流血不止，大概要一个多小时才能凝结。据说是因为山蚂蟥的嘴里能分泌一种抗凝血的物质，破坏了血液中血小板的凝血功能。而人被山蚂蟥咬过之后，伤口会持续痒痛，长达一个多月之久，十分难受。从进墨至今，我的脚上特别是左脚已留下了近十个伤口，每当静下来的时候便觉痒痛难忍。

人还算是比较好的，因为发现后可以马上把它拔掉。而动物就更辛苦了，我们经常看到马、牛、骡子甚至是狗等牲畜满身山蚂蟥。山蚂蟥特别喜欢叮咬牲畜身上薄弱的部位，如眼睛、鼻子等，但牲畜自己又不能拔掉。每当看到这种情形，只要牲畜愿意配合，我们都会尽量帮它拔掉。而每当此时，我的心里都在想，做牛做马已经不容易，而在墨脱就更痛苦！由此看来，做牛做马也不能在墨脱。

（发布时间：2017年5月31日01：21）

5月31日
星期三

走向天路323

援嫂来了

墨脱到底是什么样的？他们的工作和生活环境如何？……带着思念、关心和疑问、顾虑，她终于来了。她是墨脱县工作组各队员家属中第三位来墨的，之前喻晓坤、邓宏照的家属已经分别来过。她们的到来，极大地鼓舞了队员们，特别是她们自己的家属，也鼓舞了其他还没来的队员家属，给了她们信心和力量。

从5月23日进墨，到27日离墨，她在墨脱共五天。这五天，她穿越了扎墨公路、派墨公路（县城至背崩段）及其他多条乡村道路；游览了莲花阁（墨脱门珞历史文化遗产博物馆）、墨脱古街、莲花湖、仁青崩寺、卓玛拉神山、拉贡神山、德兴藤网桥、解放大桥、林多大拐弯、果果糖大拐弯、檫曲卡大拐弯等景点；参观了县城及墨脱镇的墨脱村、亚东村、巴日村、仁青崩自然村、米日村、玛迪村、亚让村，德兴乡的德兴村、荷扎村、那尔东村、巴登则村，背崩乡的背崩村、地东村、格林村，达木珞巴民族乡贡日村等村落；考察了墨脱镇墨脱村的邦塘、拉贡茶场、果果糖茶场和巴日村的上崩多茶场、西让村的果果糖茶场，德兴乡荷扎村的果萨翁茶场和修容茶场，背崩乡背崩村的檫曲卡茶场等茶叶种植基地，以及米日村、玛迪村、巴日村、亚东村、墨脱村、德兴村、荷扎村、背崩村、地东村等村的水稻种植基地；跟随前往访问了墨脱县完全小学、县幼儿园、背崩乡中心小学等学校，并参与了“背着书包上学去——广东省第八批援藏工作队墨脱县工作组与墨脱少年儿童共庆六一”等活动；旁听了我们的工作会议及相关工作讨论……

五天的风雨兼程，让她领略了墨脱神奇瑰丽的自然风光，体验了墨脱神秘独特的民族文化，感受了墨脱神采飞扬的援藏氛围，使她深深地爱上了墨脱，爱上了墨脱的家。

（发布时间：2017年5月31日21：44）

2017年

June
6月

6月1日
星期四

走向天路324

最幸福的孩子

西藏由于历史条件和自然环境等原因，教育水平相对滞后于内地。为了提高西藏的教育水平，国家对西藏的教育实施了一系列的特殊扶持政策。

在硬件方面，国家资金和援藏资金相结合，投入的力度很大。不少学校的硬件配置并不比内地的同类学校逊色，而主要的差距则在于维护保养方面。

在师资方面，国家也在从提高待遇、加强培训等多方面着手。

在学生方面，最实惠的是“三包”政策，即对学前至高中阶段的农牧民子女和城镇困难家庭子女包吃、包住、包学习用品。这个政策远比义务教育优惠。同时，对义务教育阶段的农牧民子女还实行营养改善计划，主要用于购买牛奶、水果、鸡蛋、鱼肉等改善学生膳食水平、营养状况的食品。

西藏的孩子们享受的是全国最优惠的教育政策，因此说他们是全国最幸福的孩子一点儿也不夸张。

顺祝所有的孩子们六一国际儿童节快乐，学习进步，身体健康！

（发布时间：2017年6月2日00：39）

走向天路325

我想成为一只雄鹰

我想成为一只雄鹰
翱翔在那青藏高原
飞进云儿去感受她的温暖
盘旋在高山雪峰之巅守卫那草原
滑翔在山间峡谷倾听河流的叮咛
飞进森林去沟通各方神灵

我想成为一只雄鹰
希望和你如影随形
烈日当空为你提供阴影
刮风下雨为你搏击雷霆
你若烦恼我愿为你抚平
你如发呆我陪你入定
你若沉睡我会等你苏醒

我想成为一只雄鹰
每夜落在你的门庭
透过烛光读懂你的温情
每朝站在你的窗台
梳妆镜中瞥见你的风采
每日飞在你的头上
我用心祝福你幸福吉祥

（发布时间：2017年6月3日00：11）

6月3日
星期六

走向天路326

不要以为自己只是群众

基层干部处于党和政府工作的最前沿，与群众的沟通联系最紧密，是党的群众路线最基层的实践者、党的群众工作最直接的执行者。因此，基层干部的群众路线执行得怎么样，群众工作做得怎么样，直接关系到党和政府的工作能否最终落到实处、取得实效。

然而，我们在调查研究和日常工作中发现，部分基层干部对群众路线认识不到位，对群众工作的开展不落实，对社会和群众不想管、不敢管、不会管，存在畏难、畏惧、畏缩情绪。更有极个别基层干部把一般的问题、困难、矛盾和纠纷错误刻意地理解或者推诿为民族问题、宗教问题。部分基层干部为了应付考核和实现升迁，对一些本不严重的矛盾和问题，不是教育引导，不是疏导化解，而是回避推诿，甚至迎合讨好，沦为部分群众不合理诉求的传声筒，党和国家政策的哑言人。这样回避问题必酿矛盾，小事不出必酿大事，短期不乱必酿长祸。

我曾于去年12月28日的《走向天路169——从群众中来，到群众中去》中提到：“总之，领导干部不要以为自己不是群众，也不要以为自己只是群众。”其实，基层干部也一样。干部来源于群众，这是本质和宗旨问题；但又要高于群众，这是思想和素质问题；还不能等同于群众，这是角色和要求问题。因此，基层干部要切实加强对群众路线的学习和理解，加强对群众工作的实践和锻炼，真正成为党和国家路线、方针、政策的宣传者和实践者，群众的知心人和领路人。

（发布时间：2017年6月3日22：38）

走向天路327

满地狼毒

凡参观过藏传佛教寺庙的人，可能都曾留意到那些摆放整齐的经书，但你可知道它们是如何做到防虫防蛀的？原来这当中大有乾坤，就是在它的纸张制造过程中使用了一种有毒的植物——狼毒。

狼毒，这是在青藏高原常见的一种植物，目前正是开花的季节。它的花很漂亮，主要生长于高海拔地区，喜欢向阳而干燥的河滩台地和高山草原、草坡、草坪、草甸。一般分布在海拔两千多米到四千多米的我国青藏高原等西南地区、北方各省市自治区。它在不同的地方有不同的叫法，如猫儿眼根草、馒头花、断肠草、燕子花、拔萝卜、川狼毒、白狼毒等。

狼毒是一种多年生的草本植物。它的毒性较大，主要集中在根部，可以用来杀虫。这就是用它制作而成的经书不腐不蛀的原因了。按照中医的传统理念——以毒攻毒，那它肯定有其他用途。据说，它的根可以入药，可以治疗结核病、皮肤病、肿瘤、疮瘘癣、慢性支气管炎等。它的根还可以提取工业用酒精，根及茎皮可以造纸等。

（发布时间：2017年6月4日23：02）

6月5日
星期一

走向天路328

学习取经

根据相关领导关于学习阿里、那曲精神和昌都城市建设、风貌改造的指示精神，并结合墨脱县工作组的工作实际，我和队员喻晓坤、郭振华、赖明建、王强一行五人于5月27日踏上了为期十天的学习取经之路。

5月27日，我们从墨脱出发，经过一天的行程到达林芝，拜访了省队和林芝市相关领导及部门，汇报沟通了相关工作。

5月28日，开始了为期三天的端午节假期，我们也于当天从林芝出发前往拉萨。由于米拉山路段正在施工，堵车堵了一段时间，于傍晚才到达目的地。当天及次日拜访了中央驻藏有关单位、自治区有关部门及企业，汇报沟通了相关工作。虽然是休假期间，但相关负责人还是热情地接待了我们。

5月30日，我们途经拉萨市的堆龙德庆区和当雄县前往那曲，与浙江省杭州、嘉兴两市对口支援那曲县的常务副书记王仁及其他在家队员进行了学习交流，得到了热情接待，并在这个海拔4500多米的地方过了一个很有意义的端午节。

5月31日，我们前往索县，得到了次仁龙培县长和辽宁省大连市对口支援该县的王雷副县长及其他在家队员的热情接待。我们进行了学习交流，当天重点学习了该县寺庙及僧人的管理、服务等方面的工作，实地考察了赞丹寺。

6月1日，我们途经巴青县前往索县的荣布镇，重点调研了穹雄沟及布加冰川的景区规划和建设，并实地体验了当地的虫草采挖。由于辽宁省鞍山市对口支援巴青县的负责人出差在外，我们便没有在该县停留。因道路施工封路的缘故，我们于当天晚上才到达昌都市的丁青县，与天津市对口支援该县的副书记、常务副县长王春雷的交流也改到了次日早上进行。

6月2日，我们在与王春雷副书记交流完之后，便前往类乌齐县，与重庆市对口支援该县的常务副书记江世洪及其他在家队员进行了学习交流。然后于下午到达昌都市卡诺区，在天津市对口支援该区的副书记、常务副县长侯军的安排下，我们参观考察了昌都规划建设馆，并于晚饭后在其陪同下实地考察了该区的城市建设和风貌改造。

6月3日，我们在侯军副书记的陪同下考察了强巴林寺，并与寺管会进行了交流。然后前往察雅县，与重庆市对口支援该县的副书记杨鸥及其他在家队员进行了学习交流。午饭后，我们继续前往八宿县，也是开始回程，于晚上到达目的地。

6月4日，由于前一天到达八宿县已是晚上，于是便把与福建省对口支援该县的副书记、常务副县长郑浩的交流放在了当天早上。当天虽然是星期天，但郑书记等还要下乡工作，于是我们交流完了便往波密方向走，准备返回墨脱。走到接近波密县城的地方，由于修路封路，结果又是晚上才到达波密县城。为了安全起见，当晚留宿波密，今天上午才返回墨脱。

这次行程，我们与相关县区的援藏工作组进行了座谈交流，并有选择地进行了实地考察，重点了解学习他们在团队管理、项目建设、援受关系、生活设施、额外资金等方面的内容，促进了相互之间的沟通和友谊，增长了我们的工作和生活经验。今天下午返墨后便有针对性地进行了项目的实地考察，晚上又召开了项目工作会议，对相关工作进行了调整完善和督促检查。

在西藏出差，路途遥远，道路艰险，而且高海拔地区还严重缺氧，需要克服很多困难。但工作和生活在拉萨、那曲和昌都的援友们更加值得我们敬佩、学习和借鉴。

（发布时间：2017年6月6日01：12）

6月6日
星期二

走向天路329

一波多折

察曲卡茶场位于县城通往背崩公路的上方，如果在建的派墨公路打通了，它将从末端变前端，成为进出县城的关键节点。它在地形上是群山向雅鲁藏布江突出的一个龙头。如果从雅鲁藏布江的角度看，又是一个著名的蛇形大拐弯。它特殊的地理位置、地形地貌和业已形成的茶场，具有十分特殊、不可复制的极高品位的景观资源。我们进墨以后通过实地调研发现了这个稀有资源，便策划在那里建设一个高达39米的青藏高原第一塔——佛缘塔，并以其为核心对茶场景观进行改造，完善相关配套设施建设，形成集旅游观光、休闲度假、生态体验、茶叶展销、国防教育等众多功能于一体的察曲卡茶园仙境旅游区。

在带领相关部门实地考察论证之后，便按相关规定和程序启动了前期工作，包括测量、地质勘探、设计、前置审批等。正当一切准备就绪，即将挂网招标之际，我们收到通知，说那里是雅鲁藏布国家级自然保护区的核心区，自治区有关部门不同意在那里进行建设。虽如晴天霹雳，但我们还是尊重相关法规、政策和当地的要求，另行选址。

我们重新选择位于县城旁边的拉贡神山。这里是我们进墨之初就已看好的地方，可惜因为有关部门当时在那里已有项目安排而作罢。经过沟通协调，相关部门同意把该处让出来给我们建设佛缘塔及相关配套设施，于是我们重新开始了相关前期工作。无独有偶，祸不单行，正当再次准备就绪，即将挂网招标之际，我们又收到国家有关部门的通知，说那里属于活跃的地震断裂带，不能从事相关建设。

前天下午收到这个信息，昨天中午出差回到县城，下午就和队员喻晓坤、邓宏照、李展健在相关勘探单位的陪同下，冒着烈日前往巴日村、亚东典、拉贡神山旁边的一个小山岗等地再次进行选址考察。在巴日村，我遭遇了一只在野外孵化并带着小鸡的野性十足的老母鸡袭击，幸亏反应快一脚把它甩到了树上，才没受伤。在亚东典，我们踏着草丛走了约一半路以后，由于草实在是过于茂盛，而且遭遇了毒蛇，基于安全考虑而被迫返回。在拉贡神山旁边的小山岗，由于草盛林密不能进入，只在外围进行了考察。回到驻地后，连夜召开项目工作会议进行讨论研究。

今天，我们约了发改、住建、旅游、环保、林业、国土等部门及墨脱镇、墨脱村相关部门前往实地考察。我们先考察了拉贡神山旁边的小山岗，在村民现场用刀开路的情况下穿过密林进行实地查看，包括我在内的很多人都被当地俗称“一点红”的蚊虫叮得满手红肿。后来得知该地块在几年前被气象部门征用未建，经沟通无果。于是便继续前往拉贡神山后面的一个小山岗考察，那里各方面条件都很好，无奈也是处于活跃的地震断裂带。因此又到电视台所在的山岗继续考察。

返回驻地吃过午饭后，邓宏照和李展健中午都没休息，对这两天实地考察的选址进行了对比分析，结果是除了不能建的地方以外，只剩下巴日村、亚东典和电视台所在的小山岗三个备选方案。在做了进一步分析以后，发现这三个地方虽然能建，但缺乏应有的功能、配套设施和经济价值，于是否定了所有选址，决定将资金改投到茶叶的种植和配套设施建设等方面，以进一步加强茶叶产业的发展。下午向在家的县政府主要领导进行了汇报沟通，得到了支持。

由于种种限制，在墨脱规划建设一个项目并不容易，而这个项目的遭遇可能只是其中之一而已。项目频繁调整所带来的后果，就是前期工作全部重来，还要支付相关费用，而且很有可能导致项目无法如期完成。

（发布时间：2017年6月7日01：05）

6月7日
星期三

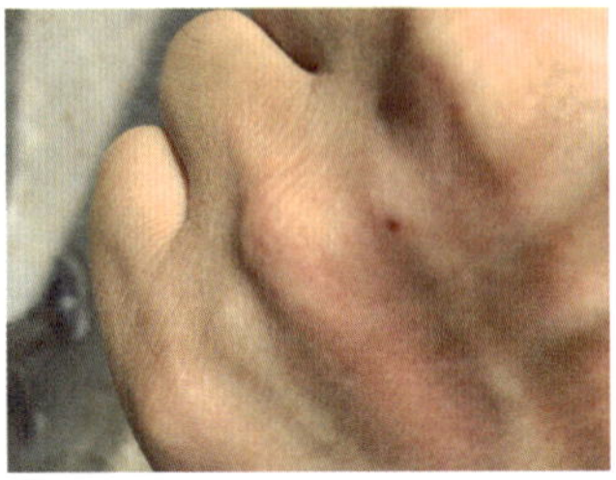
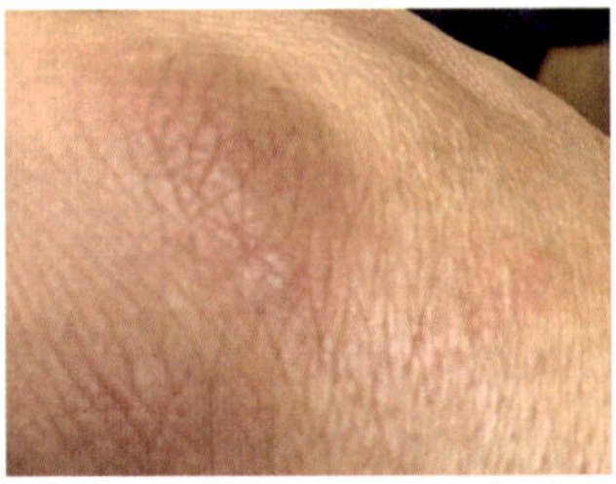

走向天路330

伤痕累累

我们去年七月一进墨脱就要求队员们学习当地，并告诫大家不要以为高原没高人，不要以为墨脱没能人。这不，在这雅鲁藏布大峡谷，厉害的角儿可多了！

去年我们就已经多次领教过它的厉害了，几乎每次下乡，都要跟它相遇，跟它过招。说跟它过招，那是抬高自己贬低别人的说辞。其实我们连它是谁都不知道，也没见过它长什么样，只知道相遇后自己是伤痕累累。伤人于无形，那是它的必杀技，也是我们屡战屡败的根本原因。幸亏后来随着天气逐渐转凉，它才没有那么放肆，有所收敛。

今年回来后，当时正值春天，它还是比较客气的，没有出来捣乱。而从五月开始，在这一晴便成夏的雅鲁藏布大峡谷里，它又按捺不住了，连蠢蠢欲动的准备阶段和动作都没有，而是直接就进入了肆无忌惮的状态。前段时间我们又多次遭受伏击，虽然不至于落荒而逃，但伤痕不少。

前天和昨天连续两天的实地考察，我们频频与它相遇。它依然死性不改，总是袭击我们。开始我们没有发现，结果在一处伤口已经发作时，它还在旁边的另外一个地方进行袭击，于是我也毫不手软，一掌过去，让它呜呼哀哉！但由于它的体形小，而且遗体变形，依然很难辨别它的真容。

它不是别人，而是横行于雅鲁藏布大峡谷，臭名昭著的“墨脱一点红”！至于它为什么叫这个名字，主要是因为被它袭击（叮咬）之后，皮肤会留下一点红色的斑点，所以当地人都叫它“一点红”。它到底是蚊还是虫？我也不是很清楚。而被它叮咬的这个红点却会越来越红肿，又痛又痒，让人十分难受。有时候持续十几天，有时候可持续一个多月。如果忍痛把血泡挤破，把里面的血水挤出来，多挤几次，好得就会快一点。而前两天我被它叮了七个伤口之多，昨晚搞得我彻夜难眠。

（发布时间：2017年6月7日22：49）

走向天路331

虫草找到了吗

在青藏高原，虫草始终是一个绕不开的话题。经常有朋友跟我开玩笑说让我带些虫草回去送给他，我也开玩笑对他们说："可以呀！墨脱虫草还特别多呢！只不过它们是分开的！"有时候见他们还没反应过来，于是只好进一步解释说："墨脱虫草是分开的，即虫归虫，草归草！"玩笑归玩笑，其实据说墨脱是有虫草的，只是因为数量少、品质差、价值低，所以没什么人采挖而已。

虫草，我们在店铺里见得多了，但它长在地上到底是怎么样的呢？对此，我一直都心存好奇和向往，希望自己能够亲眼发现、亲手采挖，哪怕一根也好呀！这个机会终于来了，我们5月27日至6月5日前往拉萨、那曲、昌都学习调研期间，看到路边停着很多车辆，也搭了很多帐篷，场面十分壮观。原来当地正值虫草季节，农牧民在那里安营扎寨，上山采挖去了。据了解，采虫草主要集中在五月中下旬至六月中下旬雪尚未融化时。在这期间，当地中小学生还放虫草假，有25天之多呢！不过，休了这个假可就没有暑假了，这是当地结合实际的安排。

在索县，来自我的母校东北财经大学所在地大连的援藏干部王雷副县长及其他在家队员十分热情，于是我们便提出希望能够安排上山采挖虫草，通过亲身体验学习那曲精神。我们的诉求得到了积极的回应，地点安排在荣布镇，时间安排在6月1日，正好可以在六一儿童节满足我们孩子般的好奇心。

当天下午，我们在荣布镇副镇长次仁的带领下来到一条山沟里。那里就像一个临时的村落，一顶顶蓝色的帐篷映衬着草地、雪山、白云和蓝天，旁边停满了各种车辆。整个营地只有寥寥几个老人、妇女和儿童，其他人都上山去了。次仁之前已经跟村里沟通过了，因为这里采挖虫草是按村划分地头的，决不允许外人参与。我让次仁跟村里说清楚我们只是来体验，如果真挖到虫草了便按市场价格向村里购买。次仁和一个熟人打了招呼便带我们上山了。

我问次仁挖过虫草没有，他说也只曾挖到过一根。我们出发的地方海拔已经接近4000米了。我们沿着山坡往上爬，次仁走得很轻松，我勉强跟得上，其他人很快就落在了后面。整个山坡都是灌木和草丛，紫色的杜鹃开满了大片山坡，十分漂亮。我发现并拍了很多奇花异草。双脚不断往上爬，双眼像雷达一样不停地扫描，心中期待地上能露出一个火柴棒一样的东西。我和次仁爬到了山顶，然后沿着边坡往沟里走，其他人要么到了半坡要么到了山顶就往回走了。我们走了一段，依然没有什么发现，由于时间关系，只好往山下走，到沟底再走回营地。

回到营地，他们正在与上山采挖虫草回来的村民聊天。我们便让村民把一根挖回来的虫草种到地上，看看长什么样，然后每人模拟挖了一次，体验体验。这位村民带着两个小孩子挖了一天，挖到了14根，被我们分别以40—50元每根的价格买光了。随后，我们还被邀请到他的帐篷里去参观。他们夫妻俩带着五个小孩子住在这里，孩子们的眼睛里充满了童真和期待。

虫草是没找到，但找到了感觉。

（发布时间：2017年6月8日23：34）

走向天路332

续说虫草

昨天给大家讲述了采挖虫草的经历，今天再给大家介绍一下虫草的相关信息。

首先，虫草是大自然的造化。虫草，是我们平时的习惯叫法和简称，其实它的正确叫法和全称应该是冬虫夏草或冬虫草。据说目前全球已经发现的虫草就有500多种，我国也有近200种，而只有一种是冬虫夏草。虫草，顾名思义就是虫和草的结合体，但这只是它的外观和假象。实际上，它既不是虫，也不是草，而是一种菌藻类植物。它的形成，简单来说就是蝙蝠蛾类昆虫冬天之前将卵产于土壤中，在次年5—7月，气温逐步回升，冰雪不断融化，土地变得湿润，于是卵被孵化成幼虫并破土而出，待头向上爬至虫体直立的时候，寄生在虫体头顶的一种真菌开始生长，幼虫即死亡，而菌体则以幼虫体内的物质作为养分，快速生长，从幼虫头部长出类似火柴梗大小长短的黄色或浅褐色菌体，这就是冬虫夏草了。据说虫草的生长速度飞快，菌体一天之内就可生长至与虫体相当的长度，约4—5厘米，这时的虫草被称为“头草”，质量最好；第二天菌体就可生长至虫体长度的两倍左右，被称为“二草”，质量次之；三天以上的菌体疯长，已经没有什么价值，所以采挖虫草也要抓住机遇。

其次，虫草是青藏高原的禀赋。从地域上来看，虫草的分布以青藏高原为核心，包括西藏、青海以及邻近的四川、云南、甘肃等省区。一般来说，青海、西藏两地的虫草最好，而在青海、西藏中尤以玉树和那曲的最佳。从海拔上来看，虫草主要生长在海拔3000米至5000米的高山灌木草地上，尤以海拔4000米左右雪线附近的草坡最为集中。一般来说，海拔越高，虫草的质量也越好。

最后，虫草是滋补品但并非神药。虫草历来是我国的名贵滋补品。虫草含有虫草素、虫草酸、虫草多糖等多种有益于人体的成分，具有调节免疫系统功能、抗肿瘤、抗疲劳等多种功效，而且它性平味甘，百无禁忌，男女老少皆宜。但说到底，虫草虽好，也只不过是一种滋补品，对增强人的体质和免疫力有一定的帮助，而不是一种药，更不可能是包治百病的神药。它之所以贵，除了物以稀为贵外，更多的是人为炒作的结果。

（发布时间：2017年6月10日08：17）

6月10日
星期六

走向天路333

仁者心动

行走于藏区，总有一片风景会拽住你的视线，那就是几乎随处可见的五彩经幡。路边、拐弯处、隘口、山坡、山岭、山峰、树上、桥边、河口、河滩、房顶、门首、寺庙……只要是人们认为吉祥或凶险的地方，都会被挂上或插上相应的五彩经幡。五彩经幡在蓝天白云之下，与周边的环境形成鲜明对比又融洽相处，风吹幡动的情景十分壮观。

这让我想起了当年六祖慧能前往广州法性寺，刚好有幡被风吹动，于是有僧人辩论起来，有人说是风动，有人说是幡动，大家争论不休。慧能便上前说："不是风动，不是幡动，仁者心动！"藏区的经幡也是这样，风吹幡动寄托的是人们的愿景。经幡作为人们沟通世俗与神灵的一种媒介，反映的是人们内心的某种诉求和愿望，它是藏族及相关少数民族众多祈福方式之中的重要一种。

经幡又叫风马旗，据说是古象雄时代所流传下来的。那时候由于认识水平、科学技术和生产力都很落后，人们对很多自然现象、社会现象特别是各种灾难都感到迷茫和恐惧，因而对很多事物都进行崇拜，在此过程中也形成了很多的祈福方式，并形成了一系列的载体和媒介，风马旗就是其中的一种。随着藏传佛教的传入，并与当地的一些崇拜和风俗相结合，便让它具有了风俗和宗教的双重属性。据说后来随着藏传佛教噶举派的兴起，许多噶举派寺院为了广布教义、弘扬佛法而悬挂风马旗，使其得到了更加广泛的发展。

风马旗有五种颜色，分别为白、黄、红、绿、蓝。据说在藏族群众心目中，白色代表善良纯洁，红色代表兴旺刚猛，绿色代表柔和平缓，黄色代表仁慈博才，蓝色代表机敏果敢。当然，在藏传佛教中，对这五种颜色还可以有更深刻的含义和理解。风马旗图案的中心一般是一匹骏马，这也是它叫风马旗的主要原因。我认为简单点理解，就是风吹着印有骏马的旗帜。马背上驮着带火焰的佛、法、僧三宝。四个角有四尊保护神，分别是鹏、龙、虎、狮。马与这四种动物一起，分别代表了金、木、水、火、土五行，寓意五行循环往复、生命经久不息。据说雍仲本教认为，风马旗中的五种动物象征人类的五种组成部分，即马象征灵魂（或吉祥），鹏象征生命力，虎象征身体，龙象征繁荣，狮象征命运。而风马旗的其他地方印着各种经文或咒语，有些还有佛像。

风马旗根据其悬挂方式的不同，主要有以下几种：

一是悬挂式。用绳子把正方形、长条形、三角形等形状的风马旗串起来，挂在路边、桥梁、山口、河两岸、树上等，这是最常见的一种方式，数量也最多。

二是插挂式。用竹竿或其他竿状物将长方形的风马旗插挂在山坡、山岭、河滩、路旁等，这是一种大刀旗的形式。据说插挂白色的大刀形风马旗主要是为逝者祈福。

三是塔挂式。在山坡、山岭、山峰等地竖起一条竿，然后从竿顶或上部向四面八方拉经幡，密密麻麻，形状如塔。

四是立柱式。这种形式在寺庙等宗教场所比较常见。很多寺庙的门前或院子里都会有一根或多根经幡柱，柱顶一般都装饰有铜铸镏金日月、宝瓶、五彩华盖、牦牛尾，然后挂着长长的经幡。

五是树枝式。主要插于藏族群众的屋顶，有一个或多个的，也有四个屋角都插的。但这种经幡虽有五色，但每色均为单色，上面没有经文、咒语和图案。在墨脱，门珞群众的屋顶是没有这种经幡的。

六是纸片式。即可以用作供奉物悬挂或张贴于室内外，更多的是用作对天、地、山等神及在佛事祭祀活动时祭献抛撒的吉祥物，与内地抛撒纸钱的习俗有点相似。

（发布时间：2017年6月11日10：56）

走向天路334

不忘记基层和群众的每一个诉求

每一个工作日，都是充实而忙碌的。有不少事情，只能利用晚上或周末去做。前天晚饭后，我和邓宏照、李展健、郭振华、雷震、陈建林、丁云霞、王桂莲等队友相约一起前往县人民医院。先是看望慰问了因公受伤的县住建局驻村干部东阿旦增，嘱咐他配合治疗，好好休息，争取早日康复。然后探望了因地质灾害而从加热萨乡久当卡村紧急搬迁安置到墨脱镇朗杰岗村的产妇四郎拉姆及其儿子，送上了纸尿裤、牛奶等妇婴用品和食品。四郎拉姆是门巴族人，其儿子为搬迁后该村出生的第二个小孩，她希望为其儿子取一个汉名，我们商议后建议取名为佛缘果。而在此之前，我们已应邀为搬迁后该村出生的第一个女孩取名为佛缘花。这两个孩子的父母及其他家人都表示十分满意。最后，我们探望了多杰措姆，了解她的术后恢复情况。5月15日，广东共青团“健康直通车”的医疗专家们为她实施了墨脱首例“胆囊切除+胆总管切开取石+T管引流术”手术。得知她术后得到了精心的治疗和护理，恢复很好，并将于次日出院，我们都替她高兴。

昨天上午，我和赖明建、雷震前往仁青崩寺，把6套冲锋衣送到6名驻寺干部的手上，而另外18套已经移交给县委统战部，将由其转交给另外6个寺庙的18名驻寺干部。

今天，我和赖明建、丁云霞、王桂莲等队友在德兴乡党委书记王桂兰等人的陪同下，前往该乡的那尔东村，为该村驻村工作队送去1.5万元。5月14日，我们陪同广东省共青团“健康直通车”的医疗专家们前往该村开展义诊和看望慰问时，驻村工作队告诉我村里的小水轮发电机组坏了，除了大家没电用以外，晚上想集合村民学习也无法实施，希望我们能够提供1.5万元重新购买安装。我记了下

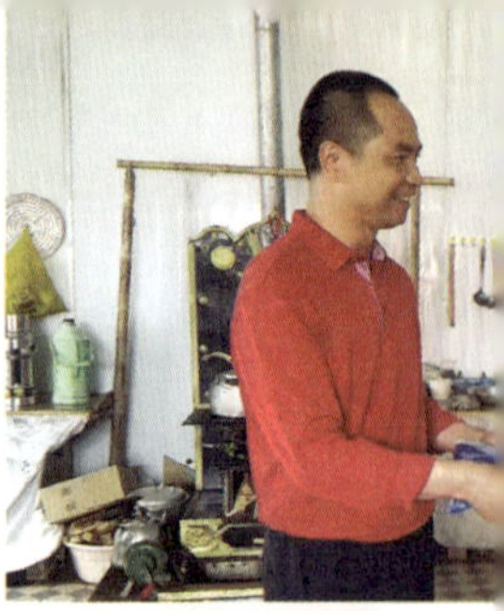

来，并在最近一次工作组会议上提了出来，经集体讨论后决定予以支持，今天前往就是要把大家决定的结果送到驻村工作队的手上。我们前天晚上前往看望慰问的东阿旦增，就是骑摩托车去修水轮发电机组的时候摔伤的。

在该村吃午饭的时候，进来了两位手持锦旗的妇女。原来，她们是去年“6·16”特大泥石流灾害事故的遇难者家属。我们曾于去年进墨后前往看望慰问，并联系爱心企业——广东乐意投资有限公司替其还清了5万元无力偿还的银行贷款。后来，她们都重新组建了家庭，过上了幸福的日子。其实她们早已把锦旗准备好了，只不过是县城路途崎岖遥远她们来不了。听说我们到了村里，便特意从地里赶回来送锦旗。而今天刚好是遇难者藏历一周年的忌日，所以我们除了悼念遇难者之外，也祝福她们平安幸福，并建议她们积极践行“四讲四爱”。

午饭后，我们前往德兴乡最偏远的一个村——易贡白。因为该村驻村工作队队长前几天跑到办公室来找我，说该村的小水轮发电机组也坏了，希望我们支持5万元，我们今天前往了解一下。到达该村，我们与村两委、驻村工作队、驻寺特派员机构的相关负责人进行了座谈，了解相关情况，并在村内进行了实地考察。

随后，我们去往德兴乡的另外一个村——巴登则。我们先是前往旺堆家，他是赖明建的结对帮扶对象。我们到他家里了解情况，送上了1000元慰问金及电饭锅、米、油等物，还到另外一户居民家中聊天。

然后与雷震带领的六位爱心人士会合，前往该村村民格明家。我们曾于去年下乡进村入户调研的时候看望慰问过他，并留下了我们的卡片。他是第一位打电话向我求助的村民，由于语言问题我当时听得不是很清楚，于是将电话号码发给乡党委书记王桂兰了解情况。原来格明一家四口人，夫妻俩年老体弱多病，大女儿已远嫁内地，二女儿在读大学。由于家中无劳动力，收入全靠政策性补贴，女儿读书费用压力大，于是求助于我们。我们了解情况后，于5月14日和广东省共青团“健康直通车”的医疗专家们前往该村开展义诊时，也安排了去其家中看望慰问。今天，雷震又帮忙联系了六位爱心人士不远万里来到这里捐赠1万元给他，对其女儿读书予以支持。格明十分感动，热泪盈眶，非要让我喝了几杯黄酒，在推让过程中把我的裤子也弄湿了不少。我们起身离开的时候他也紧紧抓住不放，直至我打开车门上车的时候，他依然紧紧地抱着我，激动得哭了。

我曾经跟队友们说过：“如果你能让群众感动，群众会让你激动。”对于基层和群众的每一个诉求，我们都不会忘记。当然，由于各种因素的限制，我们不可能满足基层和群众的每一个诉求，但我们会努力的！

（发布时间：2017年6月12日02：16）

6月12日
星期一

走向天路335

藏区神鸟

6月1日下午，我们在索县荣布镇体验了采挖虫草之后，便继续向丁青县进发。很快便翻越了海拔5258米的雪拉山口，快要下到沟底的时候，突然有人叫了起来："秃鹫！"顺着他们手指的方向，有一只很大的禽类在公路上方的山坡上一步步往上跳，步伐既不轻盈也不沉重，速度不紧不慢。

秃鹫就听得多了，可如此近距离地看到还是第一次，于是大家便就近找了一个安全的地方下来看。开始大家的视线都被它吸引住了，随着它消失在山坡上的灌木中，我们便把视线收回来，转向公路下方不远处的河谷。不看不要紧，一看有惊喜！原来有一群秃鹫那么多！有几只正在沿着山坡向公路方向跳，还有几只围着一只动物尸体在啄食。见我们走近，它们也从容不迫地继续往前跳，然后展开翅膀飞到对面的山崖上去。它们展开的翅膀，两个翼尖向上翘起，很像飞机的两个机翼。

秃鹫是高原上体形最大的猛禽。它的特点首先是体形巨大。体长可达一米多，翅膀展开可达两三米长，翅宽也有半米多。这种体形在高原上绝对是傲视群雄。其次是聪明绝顶，即秃顶，这也是它叫这个名字的原因了。当然，它的头并非完全无毛，仅披着很短的黑褐色绒羽，但后颈则完全裸露无毛。据说它裸露的头使得它可以十分方便地把头伸进尸体的腹腔去啄食。而秃鹫的脖子基部却长了一圈较长的羽毛，像小孩子的口水巾一样，防止啄食尸体时弄脏了身上的"衣服"。再次是嗜食尸体。它主要以大型哺乳动物和人的尸体为食，所以那带钩的嘴十分厉害，据说可以轻而易举地啄破和撕开坚韧的表皮和躯壳，拖出沉重的内脏。

它在世界范围内的分布十分广泛，但人们还是更容易在高原上看到它。按我的估计，一是高原上地势比较空旷，它经常在草原或开阔的河谷、裸露的山地上翱翔，而它庞大的体形不容易适应平原密集的居民区和山区茂密的森林；二是高原上人类活动的影响相对较小，而因各种原因死亡的动物为它提供了基本的食物来源；三是藏族及相关少数民族群众死后有天葬的习惯，进一步增加了它的食物来源。它的栖息范围也比较广泛，主要栖息于高原和河谷树草较少的山崖、干旱草原、林缘地带、低山丘陵等。

秃鹫的食性可能会让一些人觉得它有点恶心甚至有点恐怖。但藏族群众却把它视为“神鸟”。因为在藏族的天葬习俗中，如果想让逝者的肉体与灵魂分离，让肉体实现“布施”，让灵魂实现轮回，那么秃鹫就是必不可少的载体和媒介。据说在天葬台附近的秃鹫，除了啄食人的尸体外，并不伤害其他的动物，而人们也从来没有看见过秃鹫的尸体。人们对这些情况的不解和迷茫，再加上宗教的渲染，使得原本只是作为一种猛禽的秃鹫，披上了一层神秘的面纱，被赋予了一种神秘的力量，从而成为人们崇拜的对象。

（发布时间：2017年6月12日23：50）

6月13日
星期二

走向天路336

可爱可恶可怕

可爱的你应该见得多了，可恶的估计你也没少见，可怕的你也曾见过吧。但能够集可爱、可恶、可怕于一身的你就未必见过了，即使见过也未必知道它的庐山真面目。这种“三可”动物不是别的，正是土拨鼠！

土拨鼠是旱獭的一个别称，它还有雪猪、哈拉等别称。前年暑假我们穿越祁连山的时候，就曾经翻越了一座两只哈拉山。当时还疑惑它为什么叫这个名字，现在回想起来应该是它像两只直立起来的哈拉。当然，那里确实也生活着很多哈拉。而最好听的别称还是我们藏族群众给它起的名字——曲娃。

说它可爱吧，你还不得不认。胖乎乎的身材，没有脖子，头身相连，憨态可掬。有时候，它坐在地上，直立着身子，静则像一尊石像，动则东张西望；有时候，它懒洋洋地躺在石头上，享受着阳光的温暖；有时候，它在草原上玩耍嬉戏，跑一下停一下，半立着身子，或直立着行走，动作既有点像松鼠又有点像袋鼠。当它见到有人过来，跑得不紧不慢，总是保持着它们认为的安全距离。你如果去撵，它就往洞口的方向跑，但不会马上钻进洞，而是在洞口停留、等待和观望。你再走近，它就钻进洞口，探出个脑袋观望，只有你更进一步走近，它才会钻到洞里去躲藏。旱獭很容易驯化，不会伤人，温顺可爱。而且它全身是宝：皮毛可以制裘，价值不菲；肉可以食用，味香可口；脂肪可以药用，内服可以医治咯血，外用可以治烧伤，也可以制成高级化妆品，具有润肤、护肤的作用。

说它可恶吧，你还不得不服。它在全球的分布范围较为广泛，主要栖息于气候寒冷的高原草地、低山丘陵、高山草甸、半荒漠地区等。在青藏高原上，旱獭也是常见的动物。它是陆生、穴居和冬眠的草食性动物，夜伏昼行，不喝水，耐饥饿，主要食物为草等植物。它的食量很大，每日要啃食大量的优质牧草，与牲畜争食。夏季主要吃嫩芽，秋季啃食茎、叶，春季在草尚未发芽前则食草根，破坏草原。在农区也会偷吃青稞、燕麦、荞麦、油菜、洋芋、向日葵等农作物。旱獭体型粗壮，四肢粗短，前爪发达，适于掘土，我将它称为“草原盾构机”。可惜，它的本领没有用在正道上，而是用在了破坏草原和植被上。据说骑马的人可恨它了，马如果踩踏到它的洞穴容易扭伤骨折。

说它可怕吧，你还不得不信。据说旱獭因为携带鼠疫等烈性病菌，一向被疾控部门列入监控和杀灭的黑名单。我们前年暑假从甘肃的透明梦柯冰川回来，路上就有防疫部门设卡登记和检查，因为途经的草原和半荒漠地区旱獭为患。

（发布时间：2017年6月13日23：03）

6月14日
星期三

走向天路337

寻求出路

滴滴答答……昨晚下了一整夜的大雨，直到今天早上起床时雨势还未见有减小的迹象。“今天能出发吗？”这是我下楼去吃早餐碰到王强时问的话。“应该可以吧？咱们小心点喽！”这是王强的回答，底气明显不足。按照预定的安排，我们今天要前往墨脱镇亚东村和扎墨公路80K进行实地考察和选址。

在吃早餐的时候，县住建局局长刘敖来电说他先把东阿旦增送走，然后再出发，让我们等一下。东阿旦增就是我在《走向天路334——不忘记基层和群众的每一个诉求》中提到的县住建局的干部，他作为驻村工作队队员驻在德兴乡那尔东村。为了帮村民维修小水轮发电机，他在骑摩托车前往时不慎摔倒受伤，被送到县人民医院治疗。县人民医院及援藏医疗干部人才雷震、陈建林、王桂莲、丁云霞等医护人员对其进行了精心的治疗，病情趋于稳定和好转，我们也曾于6月9日前往看望慰问。也许是对墨脱

的医疗条件信心不足，也许是病中思家心切，在援藏医疗干部人才能够保障其治疗和康复的情况下，他坚决要求回山南市去治疗。

待刘敖局长送走了东阿旦增之后，雨势刚好也开始变小了，于是便叫上邓宏照和李展健，五人一起出发。我们先是来到亚东村一条新修好的市政道路上，下车冒雨徒步，详细考察道路两边的地块，并在心中默默地思考项目如何布局、如何设计、如何建设。考察完了以后，我们便继续前往扎墨公路80K。沿途有很多的滚石，也有一些小型的泥石流，还有一两棵的倒树，总体影响不大。到80K的时候，雨继续下，雾很大。我们冒雨穿雾徒步详细考察了拟选址的地块。考察完已是十二点半，于是便在80K吃午餐。顺便把80K公安检查站、80K旅游门票站的两位值勤负责人高小雄和平措也请来共进午餐，向他们了解相关情况。午饭后返回县城。

之所以要冒雨和冒着危险前往实地考察，主要是由于地质等多方面的原因，佛缘塔和母亲广场两个项目极有可能须要重新选址。为了寻找合适的选址，提供更多的备选方案，近日来我们四处奔波，为这两个项目及资金寻找出路。6月5日和6日连续两天，我们不顾出差十天回来的疲惫，顶着墨脱雨季中不可多得的烈日，冒着草丛中毒蛇出没的风险，前往墨脱镇的巴日村、亚东典、拉贡神山、邦塘茶场及周边区域等多个地方实地考察。6月10日和11日我们又是连续利用周末的两天时间，前往德兴乡的福润农家乐周围地块、荷扎村的果萨翁茶场和修容茶场实地考察。

墨脱可以等，我们不能等！路在何方，亟待破晓！

（发布时间：2017年6月14日21：27）

6月15日
星期四

走向天路338

群众的健康呵护者

温饱问题基本解决之后，健康和教育就成了人民群众最关心、最直接、最现实的利益。而在墨脱，村医就成了广大农牧民群众最前线、最直接、最现实的健康呵护者。墨脱全境山高谷深，坡陡崖峭，水湍流急，路难道险，草盛林密，虫多兽猛。乡村与县城距离较远，道路崎岖，而且还有十多个村未通公路，村民要到县城甚至更远的林芝就医十分困难。有病找村医，这是最直接、最快捷、最有效的办法。因此，墨脱的村医使命崇高，任务光荣，责任重大。如果村医能够及时有效地治疗村民的常见病、小病，就能让患者早日康复，减轻痛苦，尽快恢复健康和正常劳动；如果村医能够及时发现并处置村民的急病、重病，就能够为病人的转移和救治争取时间，挽救生命。

但墨脱的医疗卫生条件还很差，直接而现实的问题是：村医即村民。村医们的学历层次很低，最高学历为高中，最低学历为识字，而这个还没有考虑这里的教育水平和质量与内地的巨大差距。在我们抽取的40个样本中，高中学历2人，占5%；初中学历6人，占15%；小学学历24人，占60%；识字或没有填写学历的8人，占20%。而且，他们均没有受过正规的医护教育，而仅仅是接受过相关的专业知识和业务技能的简单培训。一方面是人命关天的行业属性，一方面是学历很低的从业人员，在这种特殊的环境条件下，既互相矛盾又和谐统一，既对比强烈又融洽相处。

短期内调整充实更多高层次的医护人员到乡村是不现实的想法，短期内提高现有村医的学历层次和素质也不切合实际，那么直接而现实的做法就是加强对他们的培训。依托援藏医疗干部人才及本地相关医护人员，培训一支适应当地经济社会发展水平的医护人员队伍，适当提高他们的专业知识和业

务技能，这是我对驻墨援藏医疗干部人才的要求。在我们完成下乡进村入户调研及多次下乡义诊之后，队员、县人民医院副院长雷震与援藏医疗人才陈建林、王桂莲、丁云霞共同分析研究之后，提出了培训村医的计划，经工作组会议讨论通过。于是，他们拟定了相关方案和课程，县人民医院和县卫生局同意后开始实施。

今天，2017年墨脱县乡村医生基本技能培训正式开始，期限为三天，参训人数为40人。参与培训的师资既有雷震、陈建林、王桂莲、丁云霞四位援藏医疗干部人才，也有县人民医院的相关医护人员。培训的内容既有简单易懂、深入浅出的专业知识，也有可学习、可模仿的业务技能。雷震、陈建林、丁云霞等根据我的要求编印的《墨脱县农牧民常见病防治指引》也正式发布，并成为此次培训的教材之一。这次培训只是第一期，我的要求是在总结这期经验教训的基础上，再开一期，在今年内把所有的村医轮训完毕。

在开班仪式上，县委常委、组织部部长赵敬作了动员讲话，我也跟大家进行了交流。我寄语各位村医要好好学习，并利用好村医这个职业平台，做好群众健康的呵护人、村民冷暖的知心人、党政工作的协助人。特别是在当前墨脱县根据自治区党委及林芝市委的部署，深入开展“四讲四爱”主题教育实践活动的情况下，要带头践行“两学一做”，推进“四讲四爱”。

这两期培训的费用共10万元，由广东省第八批援藏工作队墨脱县工作组从自有工作经费中予以支持。

（发布时间：2017年6月15日22：10）

6月16日
星期五

走向天路339

亦鼠亦兔

行走在青藏高原，你在草原上或草地上经常可以看到一种小动物。这种小动物小巧玲珑，动作敏捷，十分机灵，一会儿跑，一会儿跳，一会儿停，一会儿立，一会儿躲，十分可爱。

它像鼠，又像兔，是鼠和兔的结合体，所以叫鼠兔，也有人叫它兔鼠。其实，鼠兔也好，兔鼠也罢，都只是一个名称而已。如果你站在兔的立场上认为它像鼠，那么它就是鼠兔；如果你站在鼠的立场上认为它像兔，那么它就是兔鼠。正所谓“横看成岭侧成峰，远近高低各不同”。

鼠兔虽然是兔形目动物，但它与其他的兔形目动物都不同，属于鼠兔科鼠兔属鼠兔种动物。它的身材和神态与鼠类很相似，但它的外形外观、行为习惯、进食方式、牙齿结构等又与兔子很相似，因而最终把它定名为鼠兔。

鼠兔主要分布于世界范围内的高原、高山草地及邻近区域。它们一般都是群居、穴居，也有群居在岩石的缝隙间的。相对于旱獭这种大型的“草原盾构机”，它们是小型的“草原盾构机”，而且也是草食性动物，如果过于泛滥，也会危害草原，同样是植保部门猎杀和骑手们所憎恨的对象。有趣的是，在青藏高原上经常可以看见有一些小鸟在白天进出鼠兔的洞穴。据说，这些小鸟可利用鼠兔的洞穴躲避强烈的阳光、暴风雨、冰雹等恶劣天气，而鼠兔也可以借助这些小鸟的鸣叫来实现发现危险的目的。这种现象，在中国古典书籍中被称为“鸟鼠同穴”，而我借用“蛇鼠一窝”这个成语，将其称为“鸟鼠一窝”。

而鼠兔还有一个好玩的特点，据说雄性鼠兔没有阴囊，我也不知道它的睾丸往哪儿搁，还是连睾丸也没有呢？假如没有睾丸，那它是如何繁殖后代的呢？这些都值得我们去研究、探索和发现。

（发布时间：2017年6月16日21：51）

走向天路340

抓紧落实

原来两个处于不确定的项目——檫曲卡茶园仙境旅游区及佛缘塔、背崩小集镇综合服务中心及母亲广场，一直是我们的心头之患（详见《走向天路269——夜访拉贡神山》《走向天路329——一波多折》《走向天路337——寻求出路》）。

昨天上午，县四套班子联席会议研究讨论了这两个项目的去向。檫曲卡茶园仙境旅游区及佛缘塔项目因多方面的因素影响，暂不实施，待日后条件更加成熟时再重新启动，佛缘暂时无缘了。该项目的资金转而投向墨脱茶叶研究中心和墨脱茶叶展销中心，用于加大对墨脱主导产业的支持力度。背崩小集镇综合服务中心及母亲广场的项目被确定下来，局部进行优化调整。至此，所有拟建项目终于全部确定，中途因一些因素影响而导致的不确定性被克服。

下午一上班，我和队员邓宏照、李展健便约上县住建局局长刘敖及地勘单位来到墨脱镇亚东村的一条市政道路旁，再次进行实地考察和确定选址。经过实地查看和研究，最终确定了选址，并安排地勘单位开始作业，同时要求设计单位抓紧时间进行设计。

实地考察结束后，我们回到办公室对背崩小集镇综合服务中心及母亲广场如何修改完善进行了研究讨论。大家都提了很多有益的意见和建议，对该项目的策划和设计的修改完善提供了很好的帮助。晚上，工作组内部又进行了研究和安排。

项目的大局已定！雄关漫道真如铁，而今迈步从头越！下一步就是抓紧推进和落实了，相信我们会给墨脱的领导、干部和群众交出一批优质项目、亮点项目。在此也感谢墨脱县相关领导及干部的关心和支持！

（发布时间：2017年6月17日21：53）

6月18日
星期日

走向天路341

开心的父亲节

今天是西方所谓的父亲节。其实，节也好，日也罢，关键在于今天十分开心。

早上，儿子打来电话，祝我节日快乐。这是他主动打的，而且还聊了一段时间，让我很欣慰。

根据相关工作安排，我和部分队员已于昨天从墨脱到达林芝待命，并与相关方面进行了衔接沟通。今天没什么特别的工作任务，于是便和几个队友相约到巴松措去。毕竟，我们每次到林芝主要都是途经，还没有怎么端详过它。

我们沿着拉林高速和尼洋河谷跑了一段，然后在巴河出口下，继续往沟里进发。尼洋河谷和那条沟两边的山上树木葱茏。河水碧蓝，很有蓝色多瑙河的韵味，特别是进巴松措的那条沟，多个村庄像一串珍珠被道路连接起来。油菜花开得正盛，一片片金黄镶嵌在绿色的河谷平地或山坡上，十分抢眼。

我们一直往里走，在一个分叉路口，一边往错高，一边往新措，我们选择了往新措。经过一段盘山公路和峡谷之后，是一道相对较宽的河谷，风光秀丽而恬静。去到汽车不能行走的地方，有一个简陋的游客接待站。我们在那里吃了方便面，便租了两辆沙滩车继续往里走。三公里之后，便是所谓的新措，沟的尽头有一条冰川。

我们游览完了便往回走，中途要经过一段河道。河水十分清澈，水也不深，于是我们便童心大发，在河道和河滩里开起了沙滩车。好久没有这样尽情地释放了，在父亲节这天仿佛回到了童年。

晚上，儿子又打来了电话，祝我节日快乐。平时整天奔波劳碌，劳心劳力，难得今天这么放松，而且儿子又那么关心我，倍感欣慰。

在此我也祝我的父亲及其他为人父亲的节日快乐！

（发布时间：2017年6月18日23：52）

6月19日
星期一

走向天路342

墨脱仙景

高路蜿蜒入云端，
雅江雾起漫山间。
绝非一定要上天，
蜗居墨脱也成仙。

（发布时间：2017年6月19日21：37）

6月20日
星期二

走向天路343

墨脱之夜

夜幕悄然从天降，
群峰寂静黑纱笼。
半岭农家灯火亮，
疑是星辰落山中。

（发布时间：2017年6月20日22：21）

6月21日
星期三

走向天路344

倍感鼓舞

今天早上七点钟起床，七点半吃早餐，然后于八点前到林芝五洲皇冠酒店集合。今天，广东省第八批援藏工作队的一百多名队员基本都来了，除了个别出差在外和不能离开岗位的。我们在酒店大堂早已准备好的阶梯上排好队，然后大家都怀着期盼的心情在等待。

大约八点半左右，一位熟悉而亲切的长者从队伍的左前方徐徐走来，整个队伍马上响起了热烈的掌声。他就是中共中央政治局委员、广东省委书记胡春华。他亲切地与站在前排的队员握手，并时不时进行简短的交谈，我也是站在前排。跟随在他后面的还有广东省省长马兴瑞等广东省党政代表团部分领导，西藏自治区党委书记吴英杰、政府主席齐扎拉等陪同的自治区领导。胡春华书记及其他陪同领导和我们进行了合影留念。

随后，粤藏双方在该酒店举行了“广东·西藏对口支援工作座谈会暨项目签约仪式”。会议由西藏自治区党委书记吴英杰主持。林芝市委书记马升昌先汇报了林芝市的概况及受援工作情况，接着广东省省长马兴瑞和西藏自治区政府主席齐扎拉分别讲话，然后胡春华书记和吴英杰书记分别作了重要讲话，最后是项目签约仪式。佛山市与墨脱县的签约项目是佛山市支持墨脱县三个地质灾害村异地搬迁安置3000万元，由佛山市委书记鲁毅与墨脱县县长魏长旗作为签约代表。

胡春华书记率领的广东省党政代表团是于昨天上午抵达林芝的。然后不顾高原反应的影响，马不停蹄，先后考察了林芝机场物流园、小康示范村建设、米林藏（中）医药产业园、巴宜区林芝镇集装箱养鱼场、林芝市儿童福利院、林芝市人民医院、鲁朗国际旅游小镇等多个援建项目，并看望慰问了相关贫困户。由于时间关系，这次的行程没有安排进墨脱。

胡春华书记对西藏怀有特殊感情，对援藏工作给予特别关心。去年7月13日广东省第八批援藏工作队领导班子成员进藏的时候，他亲自接见并送行。而仅仅一个月后（去年8月），他又亲临西藏昌都，对援藏工作进行实地考察和指导。在我们进藏快满一周年之际，他亲率党政代表团莅临西藏林芝对接洽淡，指导协调，关心慰问，让我们倍感温暖，倍感鼓舞。

佛山市委书记鲁毅作为广东省党政代表团成员，全程参与了相关考察和会议。昨天晚上，他不顾高反和疲劳，接见了广东省第八批援藏工作队墨脱县工作组代表（我和李斌、喻晓坤），听取了工作汇报，给予了充分的肯定和高度的评价，并提出了明确的要求。鲁毅书记还慰问了工作组全体成员。

而佛山市委秘书长郭长勇、市接待办主任黎永航、市发改局副局长张远航、市政府研究室副主任王礼锋一行4人已于6月19日先行到达林芝。他们与林芝市及墨脱县、工作组就有关工作进行了沟通衔接，并到林芝广东援藏公寓实地考察工作组成员的生活条件，对工作组全体成员进行看望慰问。

（发布时间：2017年6月22日00：28）

走向天路345

给群众一个健康指引

去年下半年，我们通过开展下乡进村入户调研，走遍了全县8个乡镇46个村。按照“统筹兼顾、综合安排、一次前往、分别实现”的工作原则，我们在前往各乡镇及村的时候，也前往各乡镇卫生院及村卫生所室进行了调研和慰问，在看望慰问贫困户的时候也了解其身体和生活情况，并对有需要的村民进行义诊。

去年下半年以来，根据墨脱县的需求和我们工作组的请求，佛山市及禅城区疾病预防控制中心、佛山市中医院、佛山市高明区人民医院、佛山市顺德区人民医院等医疗机构分批派出9名医疗技术人员前来墨脱县疾病预防控制中心和墨脱县人民医院。他们在做好本职工作的同时，也根据工作组的要求和安排，前往6个乡镇的30多个村开展调研、指导和义诊，北至格当乡的布龙村，南至背崩乡的西让村。

根据我的要求，队员们下乡进村入户调研和下乡义诊，都带有一个任务，就是同步进行居民的健康、疾病和生活习惯调查，为提升全县的医疗卫生服务水平和提高广大农牧民群众的健康生活水平提供依据。经过多次的调研，我们积累了丰富的资料和经验。我们发现，全县农牧民群众的疾病主要集中于几种，而且都与当地的自然条件、气候特点和生活习惯等关系密切。于是，结合当前正在开展的“四讲四爱”主题教育实践活动，我便要求由队员、县人民医院副院长雷震牵头，援藏医疗人员陈建林、丁云霞、王桂莲等参与，编写一份《墨脱县农牧民常见病防治指引》。

近日，在雷震、陈建林、丁云霞、王桂莲等人的共同努力下，在墨脱县卫生局及县人民医院的支持配合下，广东省第八批援藏工作队墨脱县工作组印发了《墨脱县农牧民常见病防治指引》。该指引针对当地的自然条件、气候特点、生

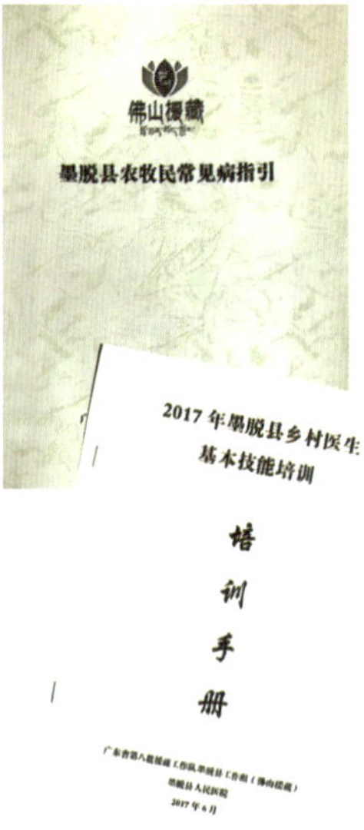

活习惯等因素影响而引发的部分常见病，用图文并茂、通俗易懂、深入浅出的方法讲清楚当地有哪些常见病、为什么容易得病、得了病如何应对、如何预防和治疗等。因此，该指引既照顾了农牧民的文化水平，也充分考虑到村医即村民，他们绝大多数没有受过正规的医护教育，而仅仅是接受过相关专业知识和业务技能简单培训的现实。

该指引已经用作我们工作组联合县委组织部、县卫生局、县人民医院共同组织的全县乡村医生培训的教材。今后，我们还会根据实际情况不断修改完善，并翻译成汉藏双语，做到农牧民群众人手一册。

（发布时间：2017年6月22日23：45）

6月23日
星期五

走向天路346

雅鲁藏布大峡谷

沟窄夹流急，
谷深引云低。
他朝大坝起，
高山从此矮。

（发布时间：2017年6月23日22：59）

6月24日
星期六

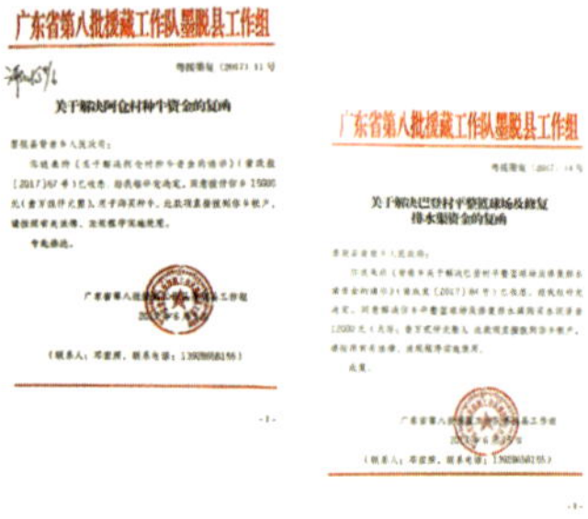
广东省第八批援藏工作队墨脱县工作组

关于解决阿仓村种牛资金的复函

广东省第八批援藏工作队墨脱县工作组

关于解决巴登村平整篮球场及修复排水渠资金的复函

走向天路347

连一头种牛也不放过

我们每次到各个单位、乡镇及村调查研究和开展工作时，都会认真听取他们的意见、建议和诉求，并详细记录下来，回来后进行系统的归纳整理和分析研究。集中的调研有三次：一次是去年我们刚进墨头三天，分片召集了所有县直部门和驻墨单位进行座谈，收集整理了意见、建议和诉求110多条；一次是去年我们下乡进村入户调研，收集整理了意见、建议和诉求250多条；一次是去年底我们通过县委办发文对县直部门和驻墨单位、各乡镇及村进行书面调研，结合前述两次共归纳整理出意见、建议和诉求400多条。

这些意见、建议和诉求具有鲜明的地域和民族特色，充分反映了当前这个时代这个地区的实际情况和需要。这些意见、建议和诉求五花八门，既包括公共基础设施、农牧民的生产和生活配套设施，也涉及汽车、办公设备和用品，还有家庭甚至个人的生活用品等等。大至工程项目，小至一头种牛甚至几棵树苗，不一而足。由于发展阶段和发展水平的不同，这些意见、建议和诉求都有它的现实性和合理性，我们都应该予以尊重、理解和支持。特别是要站在党和国家的治藏方略、民族政策、宗教政策的战略高度，从维护祖国统一、捍卫领土完整、促进民族团结、繁荣边疆地区的角度去面对、思考和决策。对于这些意见、建议和诉求，我们会按照统筹兼顾、量入为出、量力而行、尽力而为的原则，甄别轻重缓急难易的不同情况有选择地给予支持。

近日，背崩乡阿苍村需要一头种牛的诉求得到了支持，工作组给予该村1.5万元用于购买种牛。我们在讨论的时候，也有队员提出疑问，一头种牛那么小的事情需不需要支持？我就笑着问他，如果我们不支持难道你去负责搞定吗？引来的是大家的哄堂大笑和一致同意。当然，玩笑归玩笑。这主要是想说明我们的理念：只要是群众的合理需求，哪怕是一头种牛那么小的事，只要不违反我们的原则和不超出我们的承受能力，我们都会尽力给予支持。

在近日同样获得支持的还有：背崩乡巴登村建设篮球场的1.2万元水泥费用，原来驻村工作队要求的是一副篮球架，后来因县教体局已有安排并解决落实，于是转为要求支持铺设篮球场的水泥；德兴乡易贡白村重新购买水轮发电机组的1.5万元费用。

而5月16日，我们接到佛山市财政局等单位捐赠的价值1万多元的药品，随后将其发放给了相关乡镇卫生院及村卫生室。5月19日，我们将佛山相关企业捐赠的衣服、帽子、围巾等一大批物资转交给县妇联和县民政局，价值分别为5万元和2万元，合计7万元。

经广东省第八批援藏工作队墨脱县工作组队员、墨脱县住建局副局长李展健沟通协调，其就读中专时的学校“湖南煤校（现为湘潭大学能源学院）”校友们为墨脱贫困学生助学捐款2.2574万元。工作组已于6月15日将其发放给了相关学生。

这几项累计投入达14.4574万元。

6月9日，加热萨乡人大主席、久当卡村驻村工作队队长多吉索朗和村支部书记多洛代表全体村民将锦旗送到工作组饭堂，这是我们收到的第三面锦旗。4月27日该村因出现严重地质灾害，威胁全村群众的生命财产安全而将群众紧急安置到墨脱镇朗杰岗。5月7日我们前往安置点看望慰问时根据群众的实际生产生活需要提供了10万元的紧急援助（详见《走向天路299——助你渡过难关》）。

群众利益无小事，援藏工作无小节。

（发布时间：2017年6月24日23：25）

6月25日
星期日

走向天路348

惊险一幕

欢送完了相关领导，结束了这次出差，今天下午开始从波密返回墨脱。虽然天下着沥沥淅淅的小雨到中雨，但一路上的景致和兴致都依然很好。这几天藏东南地区普降中到大雨，今天的雨应该算是小的了。

我们一路上都很顺利，到扎墨公路80公里处时，稍作停留和休息。趁这个机会，与80K公安检查站的同志聊了一下天，了解他们近期的工作情况。同时查看了他们的工作和生活环境，发现他们没有消毒柜和冰箱，餐具和蔬菜就这样摆放在房间里面。在墨脱这种高温多雨潮湿的地方，这样的条件不利于干警们的身体健康，于是我安排随行的队员、县农牧局副局长赖明建迟些时候为他们送去一个消毒柜和一台冰箱。

然后我们继续往县城走。走到扎墨公路约90公里处，突然发现前方右侧的陡峭山崖上树木晃动，像是有牛群在林中穿行。说时迟那时快，几块大石头从树林中猛然冲出来滚到或者直接砸到了路面上！妈呀！原来不是牛群，而是滚石！幸亏队员王强反应敏捷，紧急刹车并后退。我们赶紧下车查看，滚石就在我们前方十多米远的地方，我们与它只有两三秒钟的距离。我们数了一下，共有八块大石头，其中七块滚到了边沟或者路边，一块直接砸在了路中间。根据石头的外观判断，哪一块砸中了都足以将我们送去见马克思！而我们与死神擦肩而过，只有两三秒的距离！

我们观察了一下上面暂时没有大的动静，只有一些很小的石头继续滚下来。于是便让人继续观察，我和王强还有跟在我们后面的那辆车上的两个人，共四个人才把砸在路中间的那块大石头移到了路边。我们清晰地看到，山崖上还有一块更大的巨石已经松动，摇摇欲坠，随时都有滚下来的风险。而这块巨石，如果砸下来足以摧毁坦克和装甲车，汽车更不用说了。于是我们便让人和车在保持观察的情况下分别快速通过。

大家上车后都心有余悸，也暗自庆幸，纷纷说出当时自己的所见所想。路上的滚石我们就见得多了，但如此近距离和大规模的滚石还是第一次见。去年底休假返粤时，从墨脱前往林芝也曾被石头砸中挡风玻璃，就在我乘坐的副驾驶位置的前方，挡风玻璃与车头盖交接处。所幸石头不是很大，只是把挡风玻璃砸裂了，其他都安然无事。今年5月10日我们前往格当乡的时候，也曾遭遇倒树，但它离我们有几十米远，而且由于修路我们早已下车，树倒的时候我们一下就发现了。

在车上，我还在惦记着那块已经松动而且随时有可能滚落的巨石，因为一旦砸中过往车辆和行人，后果将不堪设想。到了达国大桥附近，手机有了信号，我便给扎木机械化养护队二工区区长四郎扎西打了电话，把情况反映给他，并要求派人前往清理和排险。四郎扎西区长告诉我这是三工区负责的路段，不在他们的管辖范围之内。于是我便要求他通知三工区并反馈给我，他爽快地答应了，并随后反馈了信息。我们前行至扎墨公路约113公里处时，碰到三工区的工作人员正在清理滚石。那里有一处很宽的常年塌方路段，曾经发生过十分严重的事故。我便将情况反映给他们，并要求他们前往清理和排险，他们也答应了。

我们在下午六点左右顺利返回工作组驻地。接待完相关来宾之后，与喻晓坤一起继续前往县电视台与赵东台长沟通落实相关工作。

（发布时间：2017年6月25日23：50）

6月26日
星期一

走向天路349

卓玛拉

山高云缭绕，林深多奇葩。
谷幽水更清，游人心开花。

（发布时间：2017年6月26日21：39）

6月27日
星期二

走向天路350

雅鲁藏布江之洲

雅江从天来，
路遇江心沙。
不像水在流，
而似船在爬。

（发布时间：2017年6月27日23：12）

6月28日
星期三

走向天路351
墨脱乌木

我刚到墨脱的时候，有一次到外面用餐，有人介绍说我们用的是乌木筷子。我很好奇，墨脱还用乌木做筷子？在我的印象中，乌木是一种珍稀而名贵的东西。这几年新闻中也时不时有报道哪里哪里发现了乌木，发现者与当地政府就归属问题有争议等等。由于当时在进行接待，就没有再深究。

回来后想起此事时便查询了一下，原来乌木是树木等植物因地震、塌方、滑坡、泥石流、雪崩、洪水等原因被埋藏于河床等低洼处的淤泥中，在缺氧、高压和微生物等作用下，经过上千万年碳化过程而形成的。乌木又称为“碳化木”或“阴沉木”，素有“东方神木”和“植物木乃伊”之称。由于其稀罕珍贵，自古以来都有人把它制作成各种工艺品和吉祥物，以作辟邪之用，甚至有“家有乌木半方，胜过财宝一箱”之说。

后来又想想，觉得不对呀！我们用过的筷子不像是这种乌木做的。那会不会是用一种叫乌木的红木做的呢？因为以前我们去顺德乐从、龙江家具市场的时候，听说过有些红木也叫乌木。越想越像是那么回事，至少比碳化的乌木接近得多了，于是便在脑海中形成了这个印象。

再后来，有人指着一棵鱼尾葵，告诉我说这就是乌木。我不相信，因为这明明就是鱼尾葵，我们乡下也有，绝不可能搞错。结果他坚持说当地人就是叫乌木的，后来向当地人了解，他们确实是把鱼尾葵叫作乌木的，我才彻底信了。这乌木还真给我摆了一场乌龙！为了便于区别，姑且将它叫作“墨脱乌木”吧。

当地人将这种墨脱乌木制作成筷子、手链、佛珠等。但据说鱼尾葵是国家一级保护植物，数量很少而且生长缓慢，已被禁止携带出境。

（发布时间：2017年6月28日23：42）

走向天路352

绿化还是美化

墨脱拥有全球最完整的垂直气候和植被类型，拥有全球最丰富的动植物资源，森林覆盖率高达80%以上。全县除了雪山、冰峰、道路、河流、城镇、乡村、梯田、耕地之外，其他地方几乎都为森林所覆盖。而即使是前面提到的这些地方，也为森林所包围、环绕和遮盖。雪山和冰峰就像矗立在森林之上的一座座白塔，河流和道路就像蜿蜒于森林之中的一条条白带，城镇和乡村就像镶嵌在森林中的一块块宝石，梯田和耕地就像刺绣在森林之间的一片片点缀。在墨脱，开门见绿，推窗见绿，抬头见绿，低头见绿，几乎到处都是绿色的世界。因此，将墨脱称为“世界绿都”，它受之无愧！

身处“世界绿都”的墨脱，还需不需要绿化？在植物只能以“疯长”来形容的墨脱，其他地方都不需要绿化，除了城镇和村庄。其实，如果只是单纯的绿化，城镇和村庄也不需要，因为树和草自己都会“疯长”，根本用不着你操心。这个现实就能回答我们的问题，墨脱不需要简单的绿化，需要的是以绿化为前提和基础的美化。什么叫美化？如何美化？美化就是要正视墨脱是一个“世界绿都”的现实，结合墨脱需要美化的实际，以景观化、旅游化、经济化为导向，对城镇、村庄及其他重要项目进行有意识、有目的、有针对性的策划、规划、设计。在城镇和村庄总体规划下，做好城镇和村庄的景观规划，并按照统筹安排、各具特色、一镇（村）一品、形成规模的原则选择合适的绿化和美化树种。结合墨脱的实际，城镇的绿化美化树种最好是开花但不结果或即使结果也不可食用的树种，村庄的绿化美化树种要结合发展庭院经济，最好是开花结果并且果实可以食用和销售的树种。这样，每个城镇和村庄在开花和收获的季节都可以吸引游客前来观赏、采摘、体验、休闲、娱乐、就餐和住宿，提高墨脱旅游的吸引力和留客力，促进农牧民增收致富，助力脱贫攻坚。

如果我们的相关部门能够按照这样的思路对墨脱进行绿化美化，而不是为绿化而绿化，为做而做，将手段当目标，将过程当结果，就能让同样的投入产出多样的效益，达到事半功倍的效果。

（发布时间：2017年6月29日22：22）

6月30日
星期五

今天晚上，“榜样的力量，身边的感动——林芝市庆祝中国共产党建党96周年暨第三届践行社会主义核心价值观最美人物颁奖典礼”在林芝会展中心隆重举行。市委书记马升昌、市人大常委会主任多吉次仁、市长旺堆、市委副书记谢英、市委常委兼宣传部部长张海波、市政协副主席李庆哲等市领导出席，并为卫军、格列、刘一、益西、亚登、吾坚多吉、旺杰、米玛、拉中强、谢国高等十大最美人物颁奖。其间穿插了六个文艺节目，最后是全体党员重温入党誓词，并合唱《走向复兴》。我作为广东省第八批援藏工作队及墨脱县工作组的代表——最美援藏人出席了颁奖典礼。

在颁奖典礼开始之前，上述市领导接见了我们十大最美人物。市委书记马升昌充分肯定和高度评价了十大最美人物作为各个领域的代表所作的努力和贡献，并提出了相关要求。我作为十大最美人物的代表作了表态发言，感谢市委市政府及相关领导的关怀和指导，我们将珍惜荣誉，戒骄戒躁，以表彰为起点，努力做得更好，不辜负市委市政府及相关领导的期望。

而在今天上午，墨脱县召开建党96周年的纪念活动及相关表彰大会，广东省第八批援藏工作队墨脱县工作组被评为“墨脱县党建促扶贫突出贡献组织”，工作组副组长、墨脱县委副书记、常务副县长李斌，工作组驾驶员王强，分别作为工作组的代表被评为墨脱县“最美援藏干部”和“道德模范”。

一天之内，墨脱县工作组及队员荣获集体荣誉称号一个，个人荣誉称号三个。至此，墨脱县工作组共获得集体荣誉称号三个，八个队员获得个人荣誉称号九个（其中一人两个），六个援藏医疗人才获得个人荣誉称号六个，八个队员在2016年年度考核中全部被评为优秀。

这些荣誉和成绩，是在佛山、林芝两市市委市政府、广东省第八批援藏工作队及墨脱县委县政府的正确领导下，墨脱县工作组与全县广大干群共同努力取得的。我们只是作为广东省第八批援藏工作队及墨脱县的一个代表。而这些荣誉和成绩，既是我们前一阶段的终点，更是我们继续前进的新起点。没有最好，只有更好，这是我们援藏人不懈的追求！

（发布时间：2017年6月30日23：15）

2017年

7 July 月

7月1日
星期六

走向天路354

是分享而不是索取

团队，顾名思义，是由数量不确定的多个成员组成的。离开了成员，团队便不复存在。离开了团队，个人就只剩下个人价值，而团队价值也不复存在。在现代社会中，几乎每一个人都要参与到一个或多个团队中，孤独的个体是难以生存和发展的。例如，我们一出生便参与到家庭这个团队中，一上学便参与到所在的班、级、学校这个团队中，一工作便参与到所在单位的这个团队中。因此，现代社会中的每一个人既具有个体特征，也具有团队特征。

要成立团队，就是因为要实现团队的目标。团队目标是团队成立的前提和基础。如果没有团队目标，那么团队就没有必要成立。通常情况下，每一个成员都会在团队负责人的带领和团队目标的指引下，各司其职，各负其责，分工合作，共同实现团队的目标，并在团队所获得的成果中按一定的规则进行分享。所以，团结协作是团队的生命线。对于为什么要团结协作，古今中外已经有很多的论述，例如“一个篱笆三个桩”“一个好汉三个帮”“众人拾柴火焰高”等等。

但是凡事都有例外。其实很多团队中都存在着三种不同类型的成员：第一种是“贡团型”的，即对团队有贡献的。这种成员能够认同团队的目标并在团队负责人的带领下与其他团队成员为目标共同奋斗。这种成员是团队的基石和主流，否则团队将不成团队了。第二种是“啃团型”的。这里借用了“啃老”的概念，即这种成员对团队没有贡献，他们在团队中只是混日子，占用了位置和资源，还要“分享”团队的成果。借用经济学的理论来形容就是“搭便车”现象，这种人的数量远少于第一种。第三种是“败团型”的，即对团队不但没有贡献，反而有破坏和有害。这种人的数量更少，只是极个别的。

如果借用力学的概念和原理来形容这三种团队成员，第一种就是“作用力”，第三种就是“反作用力”，而第二种就是“无作用力（这是我自己发明的，意思就是与作用力和反作用力成垂直方向的力）”。

那么如何对待这三种成员呢？对待第一种成员应该是“扶”，即对他们予以肯定、表扬、鼓励、支持、重用。让他们能够充分分享团队的成果，当然这是一个综合平衡的过程，而不能局限于一时一事。对待第二种成员应该是“拉”，即拉他一把，对他的问题和不足予以分析和指出，明确他努力的方向，对他的努力予以鼓励和支持。如果有转变，他就会向第一种转变；如果没有转变，就让他离开团队；如果没有转变又不能离开团队，就把他当神一样供起来，只要不破坏团队就行，但很多成员在心里都会鄙视他。对待第三种成员应该是“打”，当然“打”的前提是不“转”，能“转”就不“打”，因为“打”不是目的而只是手段而已。只有对死性不改，坚持错误，继续危害的，才会“打”他。从管理学的角度，也就能够解释为什么有些人社会上对他还有一些认可，但他却最终被打倒了，原因就是他危害了团队。

这个分析，既让我们清楚了该如何管理团队，也让团队成员可以对号入座，清楚自己在团队中的角色和选择。我的建议是，作为一个团队成员，要在团队负责人的带领下，围绕着团队的目标，齐心协力，共同努力，从团队的发展成果中去分享。分享与索取的最大不同，就在于你对团队有没有贡献。

（发布时间：2017年7月1日20：11）

7月2日
星期日

走向天路355

老虎变病猫

我是属虎的，平时好像真的是一头老虎，精力充沛，不知疲倦。其实，这只是一个表征，实质是一种精神支撑。精神是一股十分强大的力量，但也有其弱点，就是不能生病。一旦有病，老虎也就不被称为老虎，而是病猫了。我总结出一种现象，就是人几乎可以克服任何艰难险阻，但在意外和疾病面前就显得脆弱，很多时候甚至不堪一击。

6月28日我和赖明建、王强一起从墨脱前往林芝。当天晚饭后我就觉得很不舒服，头晕头痛，记忆和思维紊乱，全身酸痛特别是关节，肠胃不适，呼吸急促，心跳加速，偶有发抖，用广东话说就是“周身不聚财”。于是我便在房间开着氧气睡觉，觉睡得很不踏实，睡睡醒醒，迷迷糊糊。

第二天（6月29日）早餐也没吃，一直睡到中午，实在饿得慌，才到广东援藏公寓饭堂吃了一点东西。吃饭时和广东省组团式援藏医疗队的冯晓敏医生说起这个情况，他给我诊断了一下，判断为内感和高反，并在饭后让赖明建把药送到我房间。吃完药以后继续睡，一直到晚饭时间才起来去饭堂吃了一点。然后前往林芝会展中心参加“榜样的力量，身边的感动——林芝市庆祝中国共产党建党96周年暨第三届践行社会主义核心价值观最美人物颁奖典礼”彩排。典礼的最后一个环节是安排我带领全体党员重温入党誓词，结果第一句便卡壳了，原先背得好好的到了脑边就是想不出来。因此给活动组织单位及相关工作人员带来了很大的不便，最后不得不换了一个人来代替，为此我一直深感抱歉。

第三天（6月30日）的早餐依然没吃，白天继续睡。吃了药，状态有所好转，但依然是浑浑噩噩。中午在饭堂吃了一点，晚上王强带我去吃面条，也只是吃了一点便吃不下了。然后便去参加“榜样的力量，身边的感动——林芝市庆祝中国共产党建党96周年暨第三届践行社会主义核心价值观最美人物颁奖典礼”。在林芝市十大最美人物的颁奖中，我排到最后。当我站在台上聆听颁奖词的时

候，全身都有点发抖，只好努力去克服。这个时候，我才真正体会到了什么叫“精神在天堂，身体在地狱”。只是，这句话平时是用来形容到西藏旅游的，而此时却应验在我身上。

当天晚上，不少在林芝的朋友打来电话或发来微信，要求次日聚一聚为我庆祝，我一一婉言谢绝了。更有朋友得知我的情况后，强烈建议我返回佛山或前往成都治疗。我自己觉得，如果是高反的话，我返回墨脱即可得到缓解和解决；如果是内感的话，我返回墨脱也可以得到治疗，因为我们佛山有四位援藏医疗专家在墨脱。经过分析，我决定于次日返回墨脱。

昨天（7月1日），我们经过一天的辗转颠簸，终于顺利返回墨脱。晚上，坚持与在家的队员（李斌、李展健、雷震、陈建林、丁云霞、王桂莲）共同庆祝“七一”党的生日，并祝贺墨脱县工作组被评为“墨脱县党建促扶贫突出贡献组织”，工作组副组长、墨脱县委副书记、常务副县长李斌被评为墨脱县“最美援藏干部”，工作组驾驶员王强被评为墨脱县“道德模范”。雷震、陈建林、丁云霞、王桂莲四位医疗专家为我做了诊治，并开了一些药给我。

今天，好了一些，但还是睡到快十一点才起床到工作组饭堂吃了两碗粥。然后县委机要局送来了急件需要阅签。午饭后和队员们稍微走了一下，然后继续睡觉。下午五点，县委机要局又送来了几份急件。

人们常常说，没什么都不能没钱，有什么都不能有病。我就是属于“有什么都不能有病”的这种，一病就会从老虎变病猫甚至死猫了。

（发布时间：2017年7月2日20：57）

7月3日
星期一

走向天路356

耕牛

尝透百草味，
历尽千般劳。
老来没人孝，
反成桌上肴。

（发布时间：2017年7月3日22：23）

7月4日
星期二

走向天路357

儿子毕业了

6月30日，佛山市同济小学举行毕业典礼，儿子毕业了！自去年7月我开始援藏，这一年来，儿子也在不断地成长。从最初的悲伤、无奈、不舍和迷茫，转向了适应、牵挂、关心和成长。生活上，儿子更加自立，除了自己能做的事自己做以外，还会帮助妈妈做一些力所能及的事；学习上，儿子更加自觉，除了在学校认真上课以外，回家也能认真做好作业和复习；感情上，儿子更加丰富，除了更加懂得关心和体贴妈妈，也经常关注和记挂着我。这期间，他的班主任邓剑鸣及其他授课老师给予了他很多的关心、教育和帮助，在此也表示感谢！

现在暑假已经开始了，希望他度过一个愉快幸福的假期，然后在新学期开始后，继续努力学习，开心生活，不断成长。

下面是我写给儿子的一封信，是在他的毕业典礼上通过班主任邓剑鸣老师给他的。

亲爱的邦邦：

当爸爸开始写这封信给你的时候，已经是晚上十二点半了。今天，爸爸出差了九天刚刚才回到县里。爸爸在墨脱的工作是忙碌而艰险的，但爸爸也无时无刻不在想念你和妈妈。

自从去年7月我开始援藏以来，主要是你和妈妈生活在一起，关心照顾你的责任就全落在了妈妈身上。你也在不断成长，除了更加关心照顾妈妈，还更加努力学习，不断有新的进步。爸爸为你感到高兴和自豪，同时也为不能关心照顾你和妈妈而感到愧疚。

爸爸不在身边，你就是家中的男子汉。你要更加努力学习，更加关心妈妈。这个月你就要小学毕业了，希望你能考上心仪的学校。但好学校只是一个方面，如果确实未能如愿，也千万不要气馁。爸爸当年也是在十分差的小学毕业的，关键还是在于自己的心态、努力和坚持！

这个时期也是你的青春期。这当中可能会有很多不解和烦恼，你要注意学习了解，也要学会化解。如果有什么疑问和困惑，可以与老师、妈妈和爸爸沟通，我们都会尊重你并为你保守秘密，请你放心。也请你排除各种干扰，集中精力学习，愉快生活。

祝你学业进步，生活愉快，身体健康，万事如意！扎西德勒！

永远爱你的爸爸

2017年6月25日晚于墨脱

（发布时间：2017年7月4日23：02）

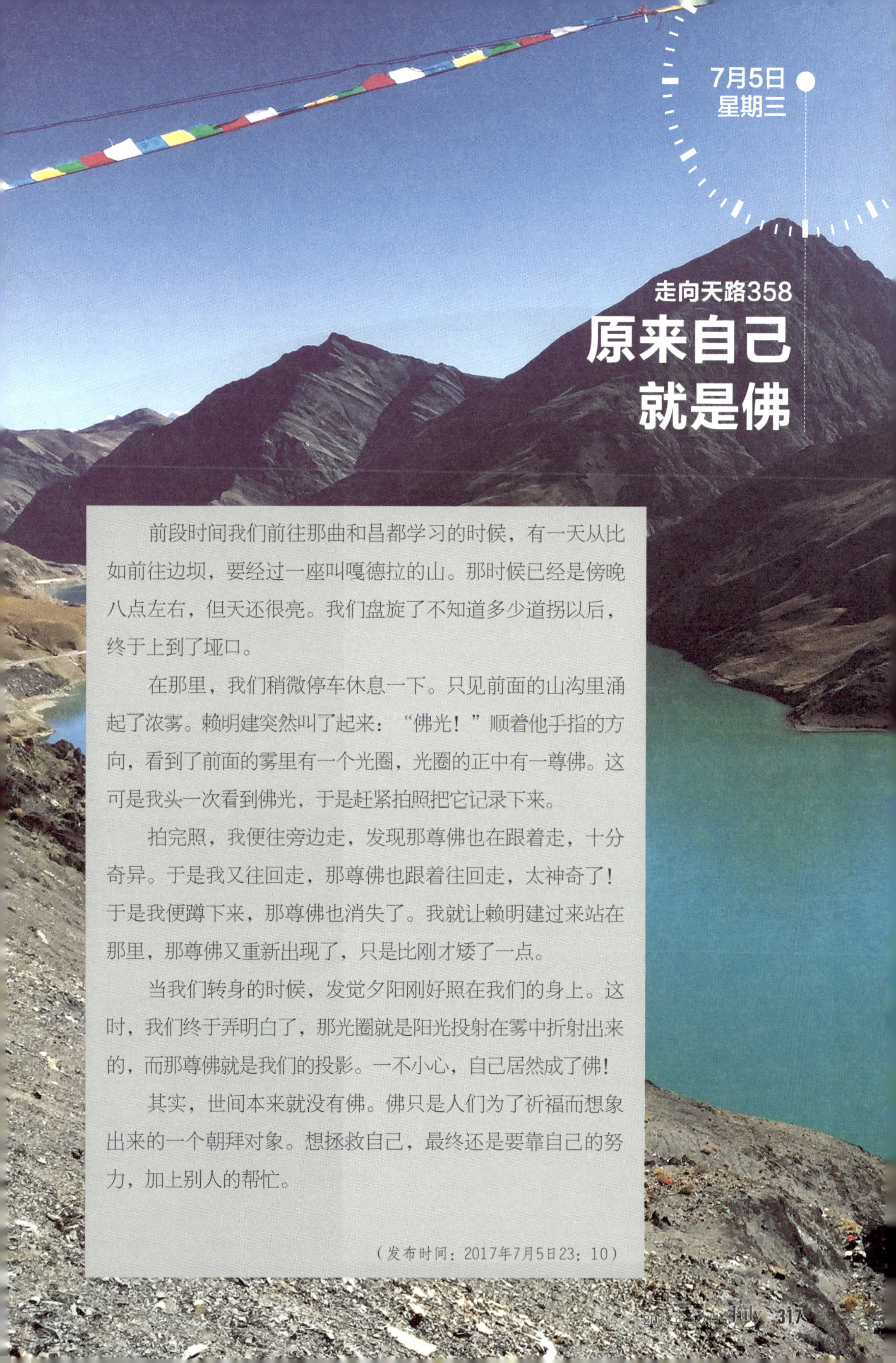

7月5日
星期三

走向天路358

原来自己就是佛

前段时间我们前往那曲和昌都学习的时候，有一天从比如前往边坝，要经过一座叫嘎德拉的山。那时候已经是傍晚八点左右，但天还很亮。我们盘旋了不知道多少道拐以后，终于上到了垭口。

在那里，我们稍微停车休息一下。只见前面的山沟里涌起了浓雾。赖明建突然叫了起来：“佛光！”顺着他手指的方向，看到了前面的雾里有一个光圈，光圈的正中有一尊佛。这可是我头一次看到佛光，于是赶紧拍照把它记录下来。

拍完照，我便往旁边走，发现那尊佛也在跟着走，十分奇异。于是我又往回走，那尊佛也跟着往回走，太神奇了！于是我便蹲下来，那尊佛也消失了。我就让赖明建过来站在那里，那尊佛又重新出现了，只是比刚才矮了一点。

当我们转身的时候，发觉夕阳刚好照在我们的身上。这时，我们终于弄明白了，那光圈就是阳光投射在雾中折射出来的，而那尊佛就是我们的投影。一不小心，自己居然成了佛！

其实，世间本来就没有佛。佛只是人们为了祈福而想象出来的一个朝拜对象。想拯救自己，最终还是要靠自己的努力，加上别人的帮忙。

（发布时间：2017年7月5日23：10）

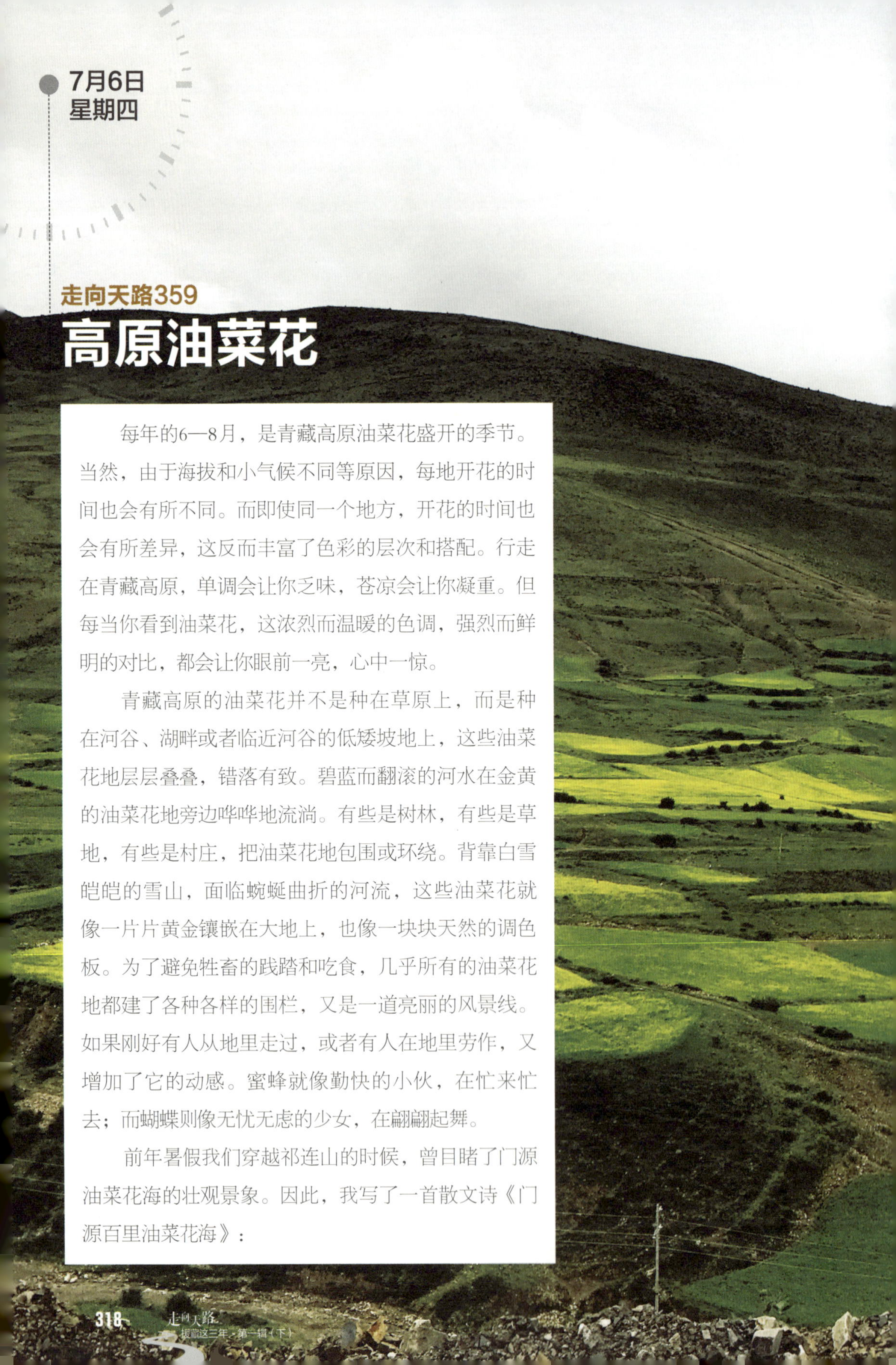

7月6日
星期四

走向天路359

高原油菜花

每年的6—8月，是青藏高原油菜花盛开的季节。当然，由于海拔和小气候不同等原因，每地开花的时间也会有所不同。而即使同一个地方，开花的时间也会有所差异，这反而丰富了色彩的层次和搭配。行走在青藏高原，单调会让你乏味，苍凉会让你凝重。但每当你看到油菜花，这浓烈而温暖的色调，强烈而鲜明的对比，都会让你眼前一亮，心中一惊。

青藏高原的油菜花并不是种在草原上，而是种在河谷、湖畔或者临近河谷的低矮坡地上，这些油菜花地层层叠叠，错落有致。碧蓝而翻滚的河水在金黄的油菜花地旁边哗哗地流淌。有些是树林，有些是草地，有些是村庄，把油菜花地包围或环绕。背靠白雪皑皑的雪山，面临蜿蜒曲折的河流，这些油菜花就像一片片黄金镶嵌在大地上，也像一块块天然的调色板。为了避免牲畜的践踏和吃食，几乎所有的油菜花地都建了各种各样的围栏，又是一道亮丽的风景线。如果刚好有人从地里走过，或者有人在地里劳作，又增加了它的动感。蜜蜂就像勤快的小伙，在忙来忙去；而蝴蝶则像无忧无虑的少女，在翩翩起舞。

前年暑假我们穿越祁连山的时候，曾目睹了门源油菜花海的壮观景象。因此，我写了一首散文诗《门源百里油菜花海》：

早已听过了她的动人传说
也看过了她的亮丽写真
总想和她有个约会
盼望着
盼望着
终于来了
穿过狭长幽暗的达坂山隧道
豁然开朗
眼前一亮
她终于出现了
就像那朝思暮想日夜盼望的女神
尽管早已有了思想准备
还是让人怦然心动

雪山夹峙之间
宽阔河谷之中
齐刷刷的一片
是啊
一片
不是一片片
六十万亩的金黄
何其开阔
何其壮观

悄悄地靠近她
幽幽体香迎面而来
沁人心肺
微风拂过
颔首低眉
没有婀娜多姿的妖媚
没有搔首弄姿的造作

蜜蜂在为她忙碌
蝴蝶在为她起舞
人们在为她陶醉
而我呢
正在为她痴狂

别看她如此纤细柔弱
无数的苗条集合在一起
也能造就气势磅礴
别看她没有五颜六色
无数的金黄汇聚在一起
同样形成波澜壮阔

（发布时间：2017年7月6日21：22）

7月7日
星期五

走向天路360

天然
野生动物园

整个青藏高原就是一个庞大的天然野生动物园。为什么这样说呢？除了这里的动物种类繁多和数量众多以外，还有这里动物的生存和生活方式——它们实在是太自由了。

在青藏高原上，大概可以这样形容，人是圈养的，庄稼是圈种的，动物是放养的。人居住在村庄及房屋、帐篷里，为了防止牲畜进入村庄践踏破坏和到处拉屎，人们往往把村庄用栏杆和篱笆围起来。同样，为了庄稼免受牲畜糟蹋，人们也是用栏杆和篱笆围起来。除了人们的村庄、房屋和庄稼地，其他都是动物的自由空间。这种管理模式恰似野生动物园。

在青藏高原上，动物可以自由活动，而人是要受到约束的。公路是为人类而修建，让汽车跑的。但牛、猪、狗等动物除了可以自由自在地在路上跑、走以及嬉戏玩耍外，它们还可以十分淡定地躺在路上甚至是路中间。即使汽车飞驰而

来，它们也不为所动，别说会受到惊吓，它们瞅也不会瞅你一眼。这种从容和淡定，就是一般的政治领袖和战斗英雄都不可能具备。

在青藏高原上，动物的性自由得到了充分的解放，表现最突出的特点就是“杂交”。由于禽畜绝大多数为放养，它们与同类的野生动物能够经常见面和自由交往，所以经常有禽畜怀了野生动物的孩子回来，甚至是在野外生了一群孩子才带回来的。

除了家养动物与野生动物交配外，动物们还存在着跨界交配和跨辈交配的现象。所谓跨界交配，就是不同种类动物之间的交配，如牦牛与黄牛，它们的后代就是犏牛；马和驴，它们的后代就是骡子。此外，偶尔也能看到马骑牛、牛骑驴子等现象。所谓跨辈交配，就是不同辈份动物之间的交配，例如藏香猪就偶尔能见到仔猪骑母猪的。

同性恋也是动物间常见的，有时见到一头牛骑到另外一头牛身上，走近才发现原来两头都是公的。在朗县还见过三头以上的公牛骑在一起的。性早熟也是普遍现象，经常能看到小牦牛和小藏香猪骑到同伴身上。

（发布时间：2017年7月7日21：00）

7月8日
星期六

走向天路361

我们结婚了

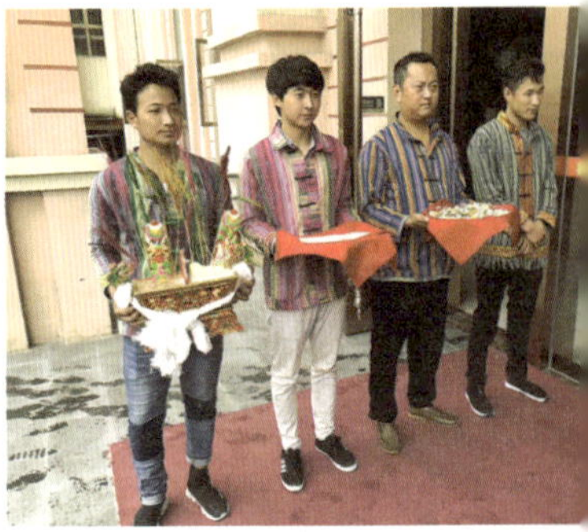

“我们结婚了！”当然，讲这句话的不是我们，而是墨脱的一对新人：旺堆扎西先生和德吉小姐。旺堆扎西是来自察隅县的藏族帅哥，墨脱县人民医院的医生；德吉小姐是土生土长的墨脱县门巴族美女，加热萨乡小学的老师。今天是他们新婚的大喜日子，我们有幸获邀参加了他们的婚礼。

今天上午十点多，我们（包括喻晓坤、雷震、陈建林、丁云霞、王桂莲）来到格拉丹东大酒店。大堂门口左边（背对门口）摆了一张桌子，桌子用红布铺着，布裙下垂至地面，上面写着“恭喜旺堆扎西先生德吉小姐百年好合喜结良缘接待处”。桌子上有一个红色的箱子，顶盖上有一条稍宽的缝，那是接受贺礼红包的，旁边摆放着几个碗、瓶装和罐装的啤酒等。桌子后面站着四个门巴美女，其中两个每人手中捧着一个用藤编包裹的大竹筒，里面装的分别是当地的黄酒和藏白酒。门口右边站着四个门巴帅哥，其中一个捧着当地的“切马尔”，一个捧着摆放了很多已经拆散的香烟的托盘，一个捧着装满了花生、开心果、糖果、饼干等的托盘。

我们到达后，先是向箱子中投放礼金。据说这里的通用规矩是每人200元，我们是六个人凑在一起由雷震负责的。然后是接受敬酒，可以选择喝啤酒、黄酒和藏白酒，我选择了啤酒，也有选择了黄酒和藏白酒的。规矩是用右手的无名指沾酒后向上、中、下弹洒三下，但这个习惯在墨脱并不盛行。但三口一杯（碗）是盛行的，即倒满后先喝一口，再倒满，再喝一口，又倒满，第三口就要把整杯（碗）喝掉。喝完酒便转向门口右边，从帅哥捧着的“切马尔”上抓取一小把青稞，向上、中、下抛洒三次，然后抓一点糌粑放到嘴里吃。抽烟的可以拿烟，不抽烟的可以省略这个环节，也可以根据个人喜好拿些花生、开心果、糖果或饼干之类的。

后来，巡游的花车到了，新郎新娘便在伴郎伴娘的陪同下来到门口。除了不给红包，其他环节跟来宾差不多。然后就穿过大堂，上四楼准备仪式，我们也到四楼找了一张对着主席的桌子坐下等待。

过了一段时间，一位长辈开始主持。为了照顾我们，他特意使用了很不流利的普通话，与流利的门巴话并用。当新郎新娘开始登场时，楼下响起了鞭炮声。待新郎新娘和伴郎伴娘在台上站好后，主持人便介绍新郎新娘及其父母，并送上祝福，然后是新郎新娘交换礼物。我被邀请为他们证婚，就是将他们结婚证上的信息包括双方的姓名和身份证号码读一下，并送上我的祝福。接下来就是来宾给新郎新娘及其父母、伴郎伴娘敬献哈达。这些简单的程序结束后就是开席，大家可以吃饭和喝酒了。饭菜在当地已算十分丰盛，但我们并没有吃多少，因为喝黄酒已经把肚子给撑起来了。

整个婚礼过程简单而隆重，程序和礼仪是汉藏结合的。据说，由于受自然地理条件等的制约，以前门巴族和珞巴族的婚礼相当简单；而现在的婚礼，则主要是从汉地和藏区传进来的。婚礼也反映着一个地区和民族的时代变迁。

最后，让我们衷心祝愿旺堆扎西和德吉新婚快乐，百年好合，白头偕老，早生贵子，家庭幸福！扎西德勒！

（发布时间：2017年7月8日23：10）

7月9日
星期日

走向天路362

墨脱地震

今天下午四点左右，我正坐在房间的椅子上打电话，突然感觉到房子明显地晃了几下——地震了！很快，微信朋友圈上就看到了不少本地干部群众发出来的信息。紧跟着，网上就发布了官方的消息：据中国地震台网自动测定，7月9日15时59分在西藏林芝市墨脱县附近发生4.5级左右地震，震中位于北纬28.89度，东经95.67度。

我继续打我的电话。我知道，地震也就几秒到十几秒的时间，过得去就过，过不去就接受现实，因为"一切都是最好的安排"。而且，地震对于墨脱来说，应该可以算是家常便饭。我记得进藏之前看过一份资料，说墨脱平均每年有400多次地震。当然这个数据未经核实，不知道是否有误。但是我们进墨一年来已发生过多次地震倒是事实，虽然前几次我都没有感觉到，但都有官方宣布的消息。只是，由于震级低，震感不明显，破坏力小，有些还发生在夜晚人们熟睡的时候，所以没有引起人们的关注而已。

墨脱之所以频繁地震，是由它的地理位置和地质构造所决定的。墨脱位于亚欧板块与印度洋板块的交汇处、喜马拉雅断裂带和墨脱断裂带上。这个断裂带不仅是诸如塌方、滑坡、泥石流、滚石等墨脱多发的自然灾害的帮凶，而且也给我们的援藏工作带来了很多麻烦，前段时间就导致我们的几个重点项目需要反复重新选址，浪费资源和耽误时间。

我国历史上最大的地震，并不是唐山和汶川大地震，而是墨脱大地震。只是由于当时墨脱还没有解放以及交通通信十分闭塞等，一般不太为外界所知而已。

墨脱大地震发生在1950年8月15日，震级达里氏8.6级，震中烈度为XII度，为整个20世纪全球第六大地震。此次地震引发了极其严重的山崩、地裂、塌方、滑坡、泥石流、雪崩、滚石等灾害。据不完全统计，共造成4800多人死亡（其中西藏境内达3300多人），损失牲畜1.8万多头，倒塌房屋无数。四个村庄被掩埋或滑入雅鲁藏布江之中，死绝的村庄有五六个，死绝户近120户。很多河流被滑塌的山体截断形成众多堰塞湖，其中雅鲁藏布江就至少有三处。据说墨脱镇米日村下方雅鲁藏布江上的色那拉措就是当年形成的，只是后来被冲垮了而已。

虽然墨脱大地震已经过去了六十多年，但将它与其后的唐山、汶川、玉树等大地震联系在一起，依然让人难以忘怀，心有余悸。

（发布时间：2017年7月9日22：25）

7月10日
星期一

走向天路363

我喜欢孩子

吃完晚饭后，看到雨不怎么大，只有微微的雨丝，于是便和李展健在县政府院子内散一下步，因为这对雨季之中的墨脱来说是非常难得的机会。走了几圈以后，雨丝也停了，于是便相约到莲花圣地公园去逛逛。我们已经被憋了不知道多少天了，也该出去走动走动了。

我们在莲花圣地公园逛了两圈，正想往回走时，展健突然想起了我们拟建的墨脱县茶叶展销中心项目，要再去实地考察一下，于是便调头往亚东村市政道路走。在那里忙完以后，我们继续沿着该市政道路往前，打算走到扎墨公路再折回去县城。

走着走着，看见路下方有一片大棚。这片大棚以前虽然见过，但却没怎么在意，于是我们决定进去看看。进去的路是一条长长的人走出来的自然路，全路段都是淤泥和积水，十分坑洼和泥泞，上面散放着一些石头和木板，十分难走。有时候踩到石头上，由于石头不稳，人在上面要晃几下才能站稳或者找到下一个可以落脚的地方；有时候踩上了木板的一头，另一头却翘起来了，顺便把泥水也带起飞溅到身上。

我们进去看了一下大棚以及里面种植的蔬菜，随后来到了一条小河边，对面就是亚东村。河上刚好有一块木板，我试了一下虽然有点软但是不会断，于是便过河到了亚东村。随之而来的是一股难闻的臭味，原来是村民在河边盖了一排猪棚，是猪屎的味道。再往上，便是村民的房屋。不少村民在门口或者路边闲坐或聊天，我们便跟他们打招呼。他们有些认识我们，有些会说汉语，但不管认不认识，会不会说，他们都会报以好奇的目光和友善的微笑，有些还会跟我们聊一会儿。

我们漫无目的地在村里闲逛，在一个路口碰到了一群小孩子，他们热情而友好地叫我们叔叔。我们便走过去跟他们聊天，他们有男有女，都是县完全小学或者县幼儿园的小朋友。其中一个小女孩正蹲在地上写字，并很自豪地告诉我们说她会写字，于是我也蹲下来与她聊天。她正在描红本上写汉字，写得很是工整。她说在学校见过我们，原来是我们曾经几次到学校调研和捐赠书包、文具等学习用品。经了解，她是县幼儿园小班的小朋友，下学期就要上中班了。当我问她知不知道我叫什么名字时，她却回答了她叫胡春燕，还有一个门巴名字叫尼玛玉珍，引来了其他小朋友的哄堂大笑，气氛更加热烈。

他们问我们想干什么，我们便告诉他们我们想在村里转转，于是有几个小朋友主动请缨帮我们带路，其他几个犹豫了一下也跟来了。小春燕主动牵着我的手，跟我说起书包的事，我便问她喜不喜欢，她说十分喜欢。这批书包便是佛山市郁南商会和广东中旅捐赠的。她还跟我说起家里的事，显得十分熟络。其他小朋友跑前跑后，他们有很多话题要聊。其中有一个男孩子向我投诉说谁谁谁打了他，我看了一下，他头被棍子打得起了一个包包，于是便安慰他，建议他回家的时候涂点药油，并教育了打人的小孩。

后来他们说要到莲花好日子广场去玩，我们便一起来到了这里。这里有一些全民健身的设施，孩子们便飞也似的跑到自己喜欢的设施上去玩。他们都大声喊我们过去，要表现给我们看。有些男孩子甚至翻跟斗和赛跑给我们看。其中有一个设施他们不够高，要抱才上得去，他们便纷纷要求我们把他们抱上去，而且很快就从无序变成了有序，排起队来了。小春燕一直牵着我的手或者紧紧的跟着我，她的笑容特别灿烂。

一直玩到天快黑了，经我们反复劝说，孩子们才愿意回去。我们把他们送到进村的道路，在我们答应以后有空再来村里找他们玩后，他们才依依不舍地回去了。孩子们，其实我们也舍不得你们。

我发觉自己一直以来都喜欢孩子，也比较受孩子欢迎。小时候有一次去亲戚家，他们家的小孩要跟我玩，结果到我回家的时候她却不放人了。以前在佛山市红强街住的时候，同一栋楼的几个孩子都喜欢和我们玩，有时候还玩得很疯，连我的衣服都扯破了。之前每年暑假我们几家人相约外出旅游的时候，通常孩子们都会挤到我驾驶的车上。

保持一颗童心，让孩子快乐，让自己年轻。

（发布时间：2017年7月11日00：46）

7月11日
星期二

走向天路364

助你实现大学梦

近日，广东省第八批援藏工作队墨脱县工作组收到一封求助信，原来是墨脱县格当乡桑珍卡村的曲加先生写来的。

信中称，曲加一家四口人，他自己，一个哥哥，还有一个女儿和儿子。他自己患有严重的疾病，缺乏劳动能力；哥哥是家中唯一的劳动力，身体健康也欠佳；女儿和儿子今年分别考上了中央民族大学、天津师范大学。除了国家政策性补贴外，家中没有其他收入来源。他们原本为了方便孩子上学和就医，在几年前就搬到了生活条件相对较好的波密县。现根据国家的相关政策和要求，需要回迁到户籍所在地的边境一线。政府为他们建设了安置房，但他们自筹资金部分只能依靠优惠政策贷款，已贷了十多万元。综上所述，希望工作组能够给予帮助，支持两个小孩完成求学梦。信中还附了相关的证明和单据。

我们收到这封求助信后，十分重视，马上向相关部门和乡村两级了解情况，得到了证实。于是，我们便召开工作组会议进行了集体研究。各队员均认为，该家庭是建档立卡贫困户，家庭情况属实，家里只有两个小孩而且都能考上名牌大学，说明这个家庭十分重视教育，这样的情况值得支持。经集体研究，工作组决定从自有工作经费中挤出4万元，对两个小孩按每人每年5000元给予资助，以帮助他们完成求学梦，实现大学梦。资助分两次支付，今明两年各一次，头一次已经于7月9日支付到位。

我出身于粤西地区的贫困农村，虽说不上求助无应、求学无门，但也深知求学之艰辛与困苦。个中滋味，体会至深。我用自己的亲身经历，体味了“教育改变命运”“知识改变命运”。因此，我们在助力墨脱的教育事业方面，也是不遗余力。

在此，也让我们祝愿这两个孩子学业进步，学有所成，学会感恩，反哺社会！祝愿这一家人身体健康，家庭幸福！扎西德勒！

（发布时间：2017年7月11日22：16）

7月12日
星期三

走向天路365

河谷绿洲

我曾走过从邦达到波密的318国道段，让我印象十分深刻。特别是从八宿县邦达镇出发，翻越著名的业拉山，也就是大名鼎鼎的“怒江七十二道拐”。“七十二道拐”十分壮观，像一个个连续的不规则的“Z”字形，一路从业拉山垭口盘旋下降到怒江大峡谷，整个形状也像我们小时候学素描练笔时画的图形。

“七十二道拐”固然壮观，但以业拉山垭口为界两边植被呈现绝然不同的景象，更令人称奇。没过垭口前，是草原、高山灌木和草甸，植被满地；过了垭口，几乎是寸草不生的裸露山体。但是，盘旋到同尼村和嘎玛村的时候，它却分别出现了一片山谷绿洲（河谷绿洲），绿树成荫，田地层叠，房屋俨然。

继续往前，过了怒江大桥，离开怒江沿着它的支流冷曲前行，经过八宿县城，直到安久拉山垭口，几乎都是一样的景象。河流从谷底穿过，河谷两岸从山脚到山顶都是裸露岩土，只有有地下水发育或水流经过的山沟台地才有一片绿洲。我们把这种区别于戈壁沙漠的绿洲称之为“河谷绿洲”或“山谷绿洲”。更有富于联想的人将这种现象称为“阴毛现象”，确实十分贴切——上不长，下不长，中间长，只有在地下水冒出或流经的山沟周围长出一片不大的绿地。

但是，如果把它形容为“阴毛现象”，只是看到了表象。其实，这种现象在地理学和气候学上被称为“干热河谷”，有人将它称为“内

陆热带飞地”，有的地方将其叫做“干坝子”或“干热坝子”，还有人将其进一步细分为“干热河谷”“干暖河谷”“干温河谷”等。这种现象主要分布于我国横断山脉及附近地区，在西藏、四川、云南、贵州等省（自治区）的怒江、金沙江、澜沧江、元江、南盘江等河流的部分河段都有不同程度的体现。

之所以形成这种干热河谷，既有大环境的影响，又有小环境的作用，是“焚风”和“山谷风”等多种因素综合影响的结果。大环境主要是指“焚风效应”。所谓“焚风”，有的地方也俗称“火风”，意思就是温度高到可以把东西都烧着的风，主要是指温暖湿润的空气遇到高大险峻的山脉，爬坡时因高度升高温度降低而形成降水丢失水分，翻越山脊之后开始下坡，已经失去水分的气流高度降低温度升高，还会带走原有空气中的水分，因而下坡变得十分炎热干燥。当印度洋的暖湿气流遭遇横断山脉时，迎风坡一面形成丰沛的降水，而背风坡一面则干旱少雨，风在背风坡下沉的过程中还具有增温效应，因此致使河谷干旱。

“山谷风”是山风与谷风的合称。有理论认为，在垂直高差大的河谷中，其温度的昼夜变化会导致山谷风的昼夜环流。白天，山坡由于受到太阳照射而导致温度升高，沿山坡的一层空气温度也随之上升，而与山坡相同高度的河谷上空空气则因离地面和山坡较远，空气增温较少而温度较低，于是沿山坡的一层暖空气不断膨胀上升，在山顶附近遇冷降温而流向温度相对较低的谷地上空，并开始下沉，挤压谷底的空气并结合前述的山坡升温，导致谷底的空气继续上升，这样便在山坡与河谷之间形成一个局部的空气环流；夜晚，空气环流的方向刚好相反。由谷底吹向山坡的风称为谷风，由山坡吹向谷底的风则称为山风，而下降气流的增温减湿则会增强谷底的干旱程度。

而我认为，除了上述解释以外，河谷的阴阳坡也能形成空气环流。白天，阳坡由于受到太阳照射而温度升高，阴坡因缺乏阳光而温度相对较低，两边的温差也可能形成局部的空气环流。

（发布时间：2017年7月13日00：15）